许我唯一 许我天荒

下

浅浅烟花渐迷离 著

测绘出版社
SURVEYING AND MAPPING PRESS

目录

C O N T E N T S

第一章

许我唯一，许我天荒

结婚后遗症

人生有三大喜事：他乡遇故知、金榜题名时、洞房花烛夜。前两项我没遇着，占了最末的那项，今天我刚刚结婚，而此刻正是洞房花烛夜。

就是我那英俊的新郎喝酒喝到不省人事，四仰八叉地躺在大红喜床上呼呼大睡。我考虑要不要趁他酒醉没醒时来个霸王硬上弓，独自把这房给圆了？

但将他上下左右看了看，还是觉得这个任务太过艰巨，非我能独自完成的。

最后心态端正地出了卧室，一摸肚子，饿得发慌。结婚简直是对新娘的摧残，从头到尾一口没吃不算，滴水都没进。翻遍厨房，也没找着可供填肚子的食物，所有人把精神都扑在了婚宴上，却忽略了新组建的小家庭里的温饱问题。

幸好在客厅的圆桌上找到了蛋糕，不管我平时有多腻味那甜品，肚子饿起来也不管了。正当我吃得不亦乐乎，头顶传来磁性的嗓音："我也饿了，给我吃点。"然后手上举着的那块只剩一口的蛋糕就进了对方嘴里，顺带还含到了我的手指。

这不小心碰到也算了，问题是手指在他口中被舔舐了半圈，将那上面的奶油都舔干净了，他才满意地放开，然后进攻桌上的下一块蛋糕。

我的脸倏地如煮熟的虾子般变得通红，这这这……我和他虽关系密切到已经冠上他的姓，可如此暧昧的调情，乃初次碰上。气人的是，他那一脸无辜的样子，就像是刚才什么事都没发生，气定神闲地拿着叉子，很是优雅地吃着蛋糕。

从小就学过一句话：你敬我一尺，我敬你一丈。而谦让，从不是我的美德。于是，我就做了件更加暧昧的事，凑到他唇边，伸舌轻舔他的唇角，半圈过后，我退开，指了指他的唇道："沾到奶油了。"

然后欣赏着那留了我水印的唇瓣，很是满意。

乌亮的眼眸直直盯着我，我有些不淡定了，难道是我太主动了？可怎么着窗外黑漆漆的，是可以那个啥了，呃，就是人生三大美事的最后那一美。

第一章

结婚后遗症

浅浅梨涡变为桃花灿烂的结果是什么？就是我醉在他的妖娆一笑里，而下一秒我的笑变成了苦笑，因为一把奶油被抹在了我脸上，肆意的笑声传来。

有仇不报非君子，我大吼一声，抓过一把奶油就要往他脸上反抹回去。可我的手还没贴上他脸，就被捏住手腕反手一剪，将我往前一推，扑跌在沙发里。手被扣在了背上，而双腿则被他用膝盖顶制住，然后我，不能动弹。

头顶传来醇厚的嗓音："我没教过你吗？制敌要先机，你一共犯了三大错误。首先在攻击前不该大吼，这等于是在提醒我，'出其不意'四个字的要领你没学好；其次在我将你反擒住手腕时，你该以迅雷不及掩耳之势设法脱身，而不是继续顽抗；第三则是你选错了对手，你这几下子是我教出来的，敢把招数用在我身上，嗯？"

我将脸埋在沙发内，边把那奶油揩在垫子上，边暗自神伤。

可已经得势的男人却还是不肯放过我，傲慢的口吻在问："服不服？"这个局面我能不服吗？恹恹地回："服。"

"大声点！"

"服！"

他依然不放过我："没个称呼的？"我不由得恼羞成怒："许子杰，你有完没完？"

蓦忽间，气场顿然转变，他突然凑到我耳边咬着我的耳朵轻语："喊许子杰是吧。"口吻极度危险。我还没反应过来，他的牙齿已经磨在了耳垂上，不轻不重，有点微疼，更多的却是酥麻。然后，下一秒我身体一轻，被他拦腰提了起来。因为是头朝下，所以可从他的脚步方向分辨，这是在去往卧室，难道是……要进行那洞房花烛夜？

哎哟，我又娇羞了，只是这个方式实在是野蛮，我比较喜欢公主抱啦。

可当他脚迈入卧室门后，却没有往床那边走，而是一个转弯进了浴室，等到凉水冲在头上时，立即让我一个激灵。我推开他作恶的手，想去瞪他，又被下一波的莲蓬雨浇灭了气势。雨幕中传来他的声音："头发上都是奶油，帮你清洗清洗。"

为什么我觉得他是在恶整我？最后我实在撑不下去，大声喊："指挥官！行了吧。"凉水戛然而止，抬头见他居高临下看着我，表情甚为满意地说："嗯，洗干净了，去外面擦头发换衣服吧，我正好冲个凉，去去身上的酒味。"

我惊愣住，呆呆地看着他脱因刚才小战湿掉的外衣，当解到衬衫纽扣时，他顿住了手，挑着眉似笑非笑地问："想和我一起洗？"唇角的那个弧度，怎么看都带着邪气。我连连摇头，然后落荒而逃。

当我换好衣服，拿着毛巾还在擦头发时，察觉身后有异动，以飞扑之势跳进床内，一头钻进被窝，侧身面朝外。几秒过后，另一边的位置往下陷，他也躺了进来，然后……没动静了。等了几分钟，依旧安静，再等几分钟，还是不动声色。我不淡定了，悄悄翻转，却见他平躺着，双目垂闭，长长的眼睫毛覆盖住了黝黑，呼吸已是均匀，居然睡着了。

不由得泄气到底，难道是我太没有魅力了？之前是他喝醉酒没法办事，刚才可是清醒着又身强力壮的。悄悄瞄了眼自己的身材，不说凹凸有致，但也不小哇，尤其是在结婚前夜，还特意去做了个SPA，全身皮肤都整得滑溜溜的，就为今夜做准备呢。

还在我烦恼着是不是要有"适当"的主动时，闭着眼的男人却语含笑意地说话了："不睡觉盯着我看干吗？"

我纯粹是有贼心没贼胆的人，被他揪住后连忙否认："没有，就是看看你睡着了没。"

一声沉笑溢出："是吗？"话声一落，他一个翻身压在了我身上，黑眸直直看进我眼底。

他的气息突然扑进，舌如开发蛮荒之地般强势探入。然后我灵活的脑子变得迟钝，再到混沌，继而呼吸不稳，渴求的空气越来越短缺。

就在我要成为世界上第一个因为接吻而窒息的人时，他终于松开我的唇。我立即大口大口呼吸，直叹氧气真乃人之生存之本。意识刚刚有些恢复时，就发觉他的唇并没休战，而是转战他地，改而攻击侵袭我的脖颈，且大有蜿蜒而下的趋势。

更主要的是，我被他搅得脑子像糨糊，他却能一心二用，当他唇舌侵占到锁骨时，手指在灵活地解开我的睡衣。"苏敏，你不专心噢。"危险的声音不知何时抵在了耳畔，他的唇绕了回来，流连在耳根之后的地方。

顿时我嘴里干涩至极，吞咽了一口："子……子杰。"

"嗯？"

狼牙嗑下，在我后颈！脑子立时反应过来，连忙改口："指挥官！"狼牙松开，改为舔舐。

当初身上的男人还是我的指挥官时，教过我一句话：实践胜于理论。

今晚我把这句话用到这里再恰当不过！事前做足了功课和心理准备也没用，当他真正侵占进来时，那些安抚情绪的话都成了狗屁，原来实践真的是一门长远课程。

当一切平息下来后，他喑哑着嗓子道："苏敏，我们暂时先不要孩子好吗？你还小，我这边事情也没了，等一切安定下来之后，再准备生吧。"

心漏跳了一拍，转而漾开笑颜，俯贴在他左胸的位置，听着强劲的心跳声："听你的。"

因为是新婚夜，兴奋度迟迟不退，睡下后就一直迷迷糊糊、蒙蒙眬眬，无法深入睡眠。过了很久，隐隐感觉到身旁的位置传来异动，贴在身旁的温热也消失了。

困顿地微眯开眼，模糊的身影从另一边翻身而起，套上了黑色睡衣。钝钝地想，他去尿尿？我又闭上眼，继续在那迷迷糊糊。但过了好一会儿，也没感觉温暖回来。

奇怪，他这是掉马桶里了？揉了揉惺忪的睡眼坐起身，想掀开被子去洗手间找找看，可别在那睡着了吧？可当脚尖点地，视角掠过某个位置，晃了个神后又再回转头去看，发现不是自己眼花，那个疑似去洗手间的熟悉身影正站在阳台上。

我欲起身去唤他，可只站起在床边，脸上的那点惊喜之色，慢慢剥离，只剩了惊。

房间没有开灯，漆黑的身影几乎融进了夜色中，之所以我会注意到，是因为他手指上夹着星火。他会抽烟本不是件什么奇怪的事，但问题是我从没见过他抽烟。

从这个位置看，并不完全正对他后背，有个侧角的距离。今晚的月光特别皎洁，打在他身上形成淡淡的光晕，将他的侧脸清晰地呈露在我的视线中。

忧郁、伤感，不足以形容夜色中他暗沉的身影，应该用绝望才贴合。他完全敛去了白天的优雅从容，又淡去了之前的邪恶，还原了他本来的面貌。

我悄悄地坐回了床上，弓起膝盖，手托着下巴，痴痴凝望。于是，他在外，我在内，隔了几米的距离，却似形成了无法跨越的界线，偏扰的思绪泛潮而来。

我想，伊甸园的神话，可以宣告终止了。一场冠名为自欺欺人的梦，也宣告结束了。

那个站在阳台上的男人，是我的丈夫，我又怎会懵懂到无知？早八百年前就从他手机里看过那张照片，也曾与那个站在他心尖位置的人正面相逢过。后来的一切，不过是我画地为牢，自己为自己编织的梦而已。

所以前一刻我们温柔缠绵，这一刻我们咫尺天涯。

从他正式追求我到结婚，只花了三个多月的时间。就是我再执迷不悟，也明白我和他从爱情到婚姻，都是镜花水月，华丽、绚烂，却不真实。

小叔叔曾问我，就一定要栽在这棵树上吗？我的回答是点头，因为他不知道，当时的我已经无法抽身。

重述往事，有些不堪回首。

认识许子杰，是还没毕业，去找老爹汇报些事。正逢校场上一群绿装男儿在较量身手，我那爱凑热闹的性子自然是不会错过的，钻进人群一眼就看到个浅绿衬衣、深绿军裤的男人背对着我，两边袖子卷到手肘处，身材颀长挺拔，一个干净利落，就将对面的男人撂倒在地。

刚好他转过身来，翻遍脑中所有形容词，最后只想到了“好看”俩字。是真的好看，棱骨分明，五官精致。从旁人嘴里问了他的名字，许子杰。

此时我并不懂一眼定终身的意义，直到很久之后，才明白，人往往有时候就是在第一眼的瞬间，指引了心的方向。

后来在小叔叔的婚礼上，看到小婶婶身旁西装笔挺的他，一时间有些无法反应过来，他居然是小婶婶的弟弟。那个婚礼我神不守舍，眼睛骨碌碌全往他身上打转了。婚礼散场时，我悲摧地发现，自己喜欢上了这个男人。素昧平生，从头至尾没说过一句话。

由于对他时刻关注，因此第一时间得知他被调派委任“猎鹰行动”总指挥这消息。届时我已从学校毕业了，跟在老爹身边混，顿然萌生去参加这次行动的念头。

老爹一听我自愿参加这次集训，接受挑战，眉开眼笑，举双手赞同，于是我成为“猎鹰行动”女团中的一员。

这于我来说是个大突破，终于正式走到了他的面前。

这次的集训是封闭式的，当我站在好多排女团姑娘中间，目光自然而然盯住了最前方的许子杰。比起初见，他变得沉敛了许多，英俊的脸上没有半分笑意，只有刻意的肃穆。当威严的目光带着寒意扫过每一个人时，别人我不知道，我自个儿是差点脚软了。

不知是不是我的错觉，他的目光在扫到我时，定了有两秒钟。他应该认识我吧，我有些不确定地想。可为什么那眼光看我时特别地瘆人呢？怎么着，我和他也能搭上点亲戚关系呀？

第一章
结婚后遗症

点名时，一个个姑娘高声宣读自己的名字，轮到我时，我用那无比嘹亮齐正的嗓音宣报："报告，我是008号苏敏。"但凉凉的目光射来，就听许子杰说："听不见，重报。"于是我使出吃奶的力气高喊："报告，我是008号苏敏。"

"听不见！"

"报告，我是008号苏敏。"

我敢说自己这最后一遍犹如那河东狮吼了，要是他还说听不见，我得建议他去看医生。当然这只敢在心里YY下，哪敢真说出来。

他淡漠地看着我，语调冰冷："希望在四十八小时极地生存训练后，你还能有此高昂的斗志！"

我再度震吼："是，指挥官，我一定做到！"

不是我要跟他宣战，而是他那微带了浅讥的口吻，戳中我的爆点了。我苏敏从小到大别的不会，意气之争最会，最受不住这种激将法。

许子杰站在高台上宣布这次行动的规则，首先会在四十八小时极地生存训练里，选出前三十名，进入培训基地，通过五个月的专门培训，再决出前十名；然后才真正进入战斗营，分组训练且比赛，最后胜出者为此次行动的最强者。

听完我就笑了，为期十个多月都能见到他，而且将会有密切接触！心内暗爽，这次来参加集训真是来对了。

哪知等集训真正开始时，我歇菜了。

许子杰作为总指挥，根本不会亲临现场指导，而沿路从旁协助监督我们训练的另有几名男教官。只有完成一个关卡，领取成绩号码牌时，才能与他有那么几秒钟的对视。这……这也太不天赐良机了，我筹谋好了天时与地利，唯独算漏了人和！

训练计时开始！第一个项目是野地马拉松长跑，历时三小时，我以第一名的速度跑到他面前领取牌子。虽然胸口在撕裂般地疼，但为博他正视一眼，也值了。

之后二十四小时内的项目，我都轻松过关，成绩不至于次次拿第一，但也都在前三名内徘徊。可到了后二十四小时，真正的难题才降临。

人的极限，因为高强度的训练而提前到来，不只是我，所有人都开始纷纷出现状况。最后一个项目是翻越山丘，中间必须攀岩、走铁网、跳跃，等于是铁人几项一起过关。咬碎了钢牙，第一个抵达终点，许子杰依旧高高在上。我有气无力地微仰着视线宣报："报告指挥官，008号苏敏来报到。"

他没有把号码牌立即递过来，而是将我上下扫了一遍：“大声点！”

我只好重复：“报告指挥官，008号苏敏来报到。”暗道此时自己的形象应该是破灭了，头发黏在脸上，还有之前留下的污泥，也不指望他惊为天人。

“之前我怎么说的？还记得吗？”

我困惑地看他，脑中翻着他为数不多的几次宣言。还没等我翻找到，就听他沉冷了声音说：“信不信我让你这次成绩冲零？作为一名集训成员，要牢记上级训示的每一句话，如果你连这点都做不到，还有什么资格站在这里？”

呃，我领悟到一个事实，他是在整我。

深吸了口气，扬起声线：“报告指挥官，我知道了。您说希望我在四十八小时生存训练后，还能有如此高昂的斗志。”

“所以呢，给我看看你的斗志，大声点！”

“报告指挥官，008号苏敏来报到！”喊到最后那个字时，我……破音了，形象真正幻灭。可他总算将号码牌递了过来，接住的瞬间，手指相触，冰与火的碰撞。

自然火的那个人是我，冰是他。为了这次碰撞，值了。

背转过身时，我的唇角扬起了得意的笑容。

毫无悬念，我进入了培训基地。说是基地，实则就是用简易板房搭建围堵起来的一个训练场。因为要专门特训，所以必须选一个队长出来。

经过一番“拼杀”，我勇夺了队长这个宝座。私底下其实我是个低调的人，但现在与平时不一样，抢这队长做，首先是为夺许子杰注目，其次还是为夺他注目，因为身为队长有机会向他直接汇报相关事宜。

人与人的交集，是靠自己创造的。而确定了奋斗目标后，自然是要一步步向那儿靠近，如此良机，我怎能轻易错过呢？

如我所想，苦尽甘来不至于，训练依旧严格且艰苦，但与许子杰的接触确实增多了。以前有个几秒的眼神，现在能每天都对上话，虽然大多数都是我在向他汇报，有可能最后只得了他一个点头。

正当我暗暗窃喜时，基地来了个女人，偏偏是找许子杰的。

自我防备意识迅速提起，偷瞄的目光将那女的如扫雷般扫了个遍。然后赤裸裸地自卑了，我跟她比起来，是不是太爷们儿了点？

晚上例行训话时，那女的站在窗边观望，目光如她整个人的气息般温婉倦柔。许大指挥官严令做两百个俯卧撑才能休息，这于我来说本是小CASS，可是今晚的月色那么美，我特别也想温柔一把。

刚俯身手撑地时，就听冷硬的声音在头顶道：“苏敏，如果你想多做两百个的话，那么尽管慢吞吞就好。”顿时一个激灵，再不作他想，老老实实地完成任务。心中哀号，离那温柔婉约之路越来越远了。

军靴磕在地面上的脆响逐渐远去，不敢扭头观望，仅以耳力分辨，应是去了那特为招呼客人的房间了。而房间的里头，是那位美丽的姑娘。

远来是客！我一边做着运动，一边在心里告诫安慰。人那么远跑来，总得安排安排吧，问候问候吧。这么一想，心里顺畅了许多，突觉两道视线射来，不巧正定在我身上，立即犹如天来神助，打了激素般，伏地起身再伏地……两百个俯卧撑完成时，我第一个站了起来。

然后，这晚睡得不好，原因有二。一是在那胡思乱想，二是睡前训练的那两百个俯卧撑用力过猛了，导致手脚酸痛。这个事实充分证明，逞一时之勇的，是匹夫；抒一时之气的，是莽夫。我既做了匹夫，又做了莽夫，呜呼哀哉。

这事在第二天那姑娘离开后，我就丢到脑后了，继续我的追随崇拜之路。

五个月后，到接收成果的时候，我咬着牙冲锋在前，将那一个个科目当成某个人，完成一个就是超越。最终不出意外，我又挺进前十名的行列，真正走入战斗营。

到了战斗营后，心境上倒有些改变了。起初参加这个活动是为找机会与许子杰接触，那叫醉翁之意不在酒。但后来刻苦的训练，每一次都挑战不可能的极限，越来越把我的兴致磨起来了。就算为在许子杰面前争那么一口气，我也誓要把那第一的宝座抢到手。

十个人，分成两组，我又毋庸置疑做了其中一组的组长。可最后的冲刺却比前面来得更加残酷，集训的难度上升了好几倍，密集式的训练让人透不过气来。每高强度训练一个月，会展开一次两组队员之间的PK，输的那方会有一名成员淘汰。

我作为队长，在排兵布阵上不容有半点差错。否则淘汰的就会是我的组员，也可能是我。所以当其中一次任务因为我指挥不当而失利输掉比赛，差一点就被淘汰时，我那叫一个悔啊。枪打出头鸟就是说的这，当初真是脑袋反轴去抢这组长来做。

顿然萌生退位之念，于是我借机找上许子杰，打算与他好好“沟通”。机会是自己创造的呀，理由很充分，所以我敲响许子杰房门时，很是理直气壮。

听到一声应后，推门而入，眼睛倏然一亮，纯属条件反射，只要看到他的身影，就会如狼崽子见到猎物般，闪烁幽幽绿光。他原本似乎在整理着什么，见进来的是我后，就起身漠然而问："什么事找我？"

小酝酿了下，昂起头一本正经把来意讲了出来。

他听完后没立即说话，只是盯着我看了半晌才问："你考虑清楚了？"

"报告指挥官，我考虑清楚了。"

"为什么？给我个理由。作为组长，虽然在要求上我会对你更加严格，但也是最能锻炼你能力的。除去个人自身能力，还有领导才能，这些都是一个真正的强者需具备的。你现在请求卸掉这个职务，是怕了？"

激将法？好家伙，还真对我做过研究呢，知道这招对我有用，可在来之前我早已做好心理准备了。深吸了口气，扬开声铿锵有力道："报告指挥官，我不怕。但我认为一个强者更需要的是认定自己的位置，我们每一个队员就好比矛和盾，合格的队长是一面最坚固的盾，不仅要能够排兵布阵，更要学会扬长避短。我自认自己还没做到这么好，所以我愿意化身为最尖锐的矛，来刺破敌军的盾。"

屋内陷入沉默，我没有避开他的目光，而是直面迎视。黑眸中有什么一闪而过，快得让我抓不住，最终他只道："先回去，这事我考虑下，明天宣布答案。"

"是。"转身之际又听他道："还有。"我连忙又转回来，笔直站好，以敬仰之姿看他，心道莫不是要夸奖我刚才那番言论？夸奖我吧，适当的赞美也是一种鼓励，我绝对承受得住。

哪知，他说："以后有事汇报赶早，不要深更半夜，知不知道会影响别人休息？"

呃，我赧然了，不乘天黑风高之夜，怎么借机与你搭讪呢？心里贼溜溜地这么想，表面却再正经不过："抱歉，指挥官，以后我会注意。"

等从他屋里出来后，我抬头看了看天，黑茫茫，夜朦胧，挺好的天气啊。

隔日，许子杰宣布了答案，接受我的卸任，任命组内另一名队员为队长。我心雀跃，终于卸掉那个重担了，以后可尽情发挥我所长了，再不用受那队长的限制。

当我们被淘汰剩五名组员时，迎来了一次正规演练。

届时我参加这个集训已经十个月了，不管从历练上还是能力上，对每一个人来说都是残酷的成长。中间，我受到过赞美，也受到过批评，还有过质疑，但最终我以坚忍之姿站在那位置上牢牢不动。

队长在分派任务时，我主动申请充当先锋部队。说过要做最锋利的矛，那就务必要将尖端直捣敌心。但没想到，这一次的演练会发生残酷的意外。当强劲的身影飞扑在我身上，沉沉将我压在身下时，耳旁传来震耳欲聋的轰鸣声！

雷区误判，仿真雷提前爆裂！那霸道的冲击力使我浑身发疼，耳膜鼓动失聪，脑袋晕眩。可我没忘记压在身上护住我的人，是许子杰。奋力想要翻身，却被他紧紧压住："别动！可能还会爆炸！"听惯了他高昂冰质的嗓音，此时轻得像在呢喃，还有隐藏的喘息。我顿时急了，但用尽了全力也翻不开他，整个人如座山一般重重压着我。

当外围队员赶到，将他从我身上搬开时，我艰难地撑起身去看，只见他双目紧闭、满面漆黑地趴在地上，整个背部的衣装都成了焦灰，隐隐可见底下的血肉模糊。

在我们的四周，散落着碎片，焦黑一片。如果他没来救我，那么此刻躺在地上不省人事的就是我！凝视的目光变得有些模糊，我眨了眨眼，又看清他了。

一片忙乱，我坐在原地看着他们拿担架将他快速抬离，视线越来越模糊了。

失去意识的瞬间，脑子里只有一个想法：我苏敏光荣就义了。

当然，那只是纯粹想想。醒来时，入眼一片苍白，脑子有那么几秒是停止运作的，昏昏然不知身在何处。醒过神后，从匆匆赶来的小叔叔口中得知，许子杰被送往市级大医院急救，而我不过是轻微脑震荡，躺在医疗室中。

在我的软磨硬泡下，小叔叔颔首同意带我前去探看。抵达医院时，小叔叔已经通过电话联络医院那边，大致了解了救治情况。我在旁削尖了耳朵，听了大半内容，心沉到底。

所有的信息都只有四个字：生命垂危！

而且似乎中间还出现过反复，许子杰接连两次被推进了急诊室，目前仍在昏迷中。我的心情也只剩四个字形容：心急如焚！

冲上医院长廊，远可见那处急症病房前，小婶婶凝目在玻璃窗内。她的身旁站了个人，我没心思去分辨旁人，只从小婶婶脸上哀戚的神色判断：他不好。

心在隐隐作痛，这是我第一次感受到为一个人心疼难过的感觉。

由着小叔叔揽我一直走到跟前，他们的目光转过来。我没心思关注他们之间的暗波涌动，在看清玻璃窗内躺着的人后，就再也抽离不了视线。不敢相信，那个高高在上、坚挺强大的男人，如今却浑身插满管子，奄奄一息躺在那里。

忍不住往前走了两步，听到自己用干涩的嗓子问："能告诉我，指挥官怎么样了吗？"

哪知不问还好，一问小婶婶就用质问的口气对我道："他怎么样你看不到吗？如果不是因为你，他会躺在那里生死未卜？"我从上到下都如被冰水浇透般冰凉，禁不住往后退了一步，身体微微发颤。从出事到现在，我的思绪一直紧紧牵挂着许子杰的伤势，根本没意识到责任问题。

被小婶婶这一质问，顿然窒息，只敢小声回："我不知道的，当时是我太鲁莽了。"

小叔叔自小就疼我，有时候比老爹还要宠我，他安抚地拍我肩膀，却对小婶婶冷了声。两人在医院走廊上争吵起来，我见到了小叔叔冷漠的一面，也见到了小婶婶咄咄逼人的一面。

在印象中，小婶婶从来都是优雅、高贵、美丽的代名词，那时她与小叔叔论及婚嫁时，我跑去偷看她，心里那叫一个羡慕啊！那种纤柔的气度是我苏敏这辈子都学不来的。

而如今，这个柔和的女子却如一把尖刀般锐利，指的是我，对峙的却是小叔叔。

最后我拽着小叔叔的衣袖，轻声要求："小叔叔，我们先走吧。"愧疚早已无济于事，我只能退守在旁默默等着赎罪。

转身时我愣住，一个恬静的女子怀中抱着婴儿站在不远的地方看着我们，视线相碰那刻，我立时认出来了。她不就是那天来基地找许子杰的姑娘吗？不怪我对她印象深刻，而是统共就这么个假想情敌，能记不住嘛。

还有一次，半夜我睡不着出营地遛弯儿，远远看到某个熟悉的身影坐在草地上。出于本能地对光源靠近，我悄悄绕到旁边，离他有好几米远，借着草丛匍匐下来窥望。

发现他手上拿着一部手机，目光专注地盯在上面。以我2.0的视力眯起眼，看清手机屏幕上是一张照片，照片中的主角正是眼前的这位。目光移向她怀中的婴孩，心上一空，那孩子不会是许子杰的吧？这……这……太惊悚了！

肩上一紧，"小敏？"小叔叔的声音在旁提醒，我恍惚着心神移开目光，抬步而走。进入电梯，我敛去杂乱的思绪，向小叔叔提议："咱们去找医生了解下情况吧。"从小婶婶那儿想要知道点什么，一个字：难。她情绪太激动了。

第一章
结婚后遗症

小叔叔沉目看我，眸中的幽光微微泛寒：“小敏，他的情况刚才路上的时候，你也从电话里听到了。你不觉得关心得有些过头了吗？”

“我哪有？”慌乱地避开那目光。如果小叔叔知道我对许子杰的想法，会不会直接把我给灭了？最后小叔叔只冷冷丢了句话给我：“希望你知道自己在做什么。”

等小叔叔独自开车离去后，我站在原地回味这句话。从认识到现在，不算短的时间，当初对他带着点好奇还有英雄主义的崇拜，但参加这次集训我却一点都没后悔。心没有比此刻更加坚定，我喜欢他，所以想离他很近。

我悄悄待在角落里守着，一刻都不愿离开。终于等来了好消息，他醒了。

但我始终不得门而入，最后是那疑似假想情敌的姑娘，与许子杰的堂兄许子扬走到我跟前，说同意我进病房去看他，这时小婶婶已经离开。从之前偷听到他们的对话得知，她叫余浅，她抱着的孩子是身旁这个男人的，他们是一对。

在解除了情敌警报后，我对他们感激涕零。

走进病房的那一刻，双脚是颤抖的。抬眼间就与许子杰的视线对上，幽深晦暗不见底，心漏跳了一拍，硬着头皮走过去，刚要开口就被他冷声呵斥：“你来干什么？”

他的嗓音因为气虚而少了以往的坚硬，可语气却很冷，目光也很冷，仿佛看待陌生人。我觉得自己又有些歹了，一面对他，气势上就弱了。冷硬的目光将我凌迟了个遍后，他缓缓道：“苏敏，你的集训完成了？”

集训？都出了这事还提什么集训啊。“这不是你为救我受伤了嘛，所以……”话没说完，又被他给打断：“所以你就可以擅离岗位？苏敏，你把营地当自己家了？想走就走？”

这什么跟什么，憋屈地回嘴：“我哪有？”

“没有吗？那你为什么会站在这里？你可知道这个名额有多重要，有多少人想要成为行动中的一员？不要以为苏沐天是你父亲，你就可以为所欲为！”

言辞犀利，毫无情面！即使气息不稳，一长串话下来都微微喘息，也将我训得面色发白。

我就知道他对我进猎鹰行动有意见，可是没想到他这时候来跟我算这笔账。本就因无法进门来看他积存了一肚子的委屈，又被他如此不留情面地批评，顿有点酸涩感，强带笑容道：“总指挥，这次你为救我而受重伤，我只是想来看看你，那些事就不提了吧。”

哪知许子杰冷哼了声，面色更寒：“你以为我是为了救你？苏敏，该说你天真还是单纯呢，如果你不是苏沐天的女儿，你觉得我会舍身救你吗？”

心中一颤，我微微晃神：“你救我是因为我是苏沐天的女儿？”

“要不然你以为呢？如果你出事，整个猎鹰行动都将会被迫终止，而相关人员也都将受到牵连。”他的话直白而尖锐地告诉了我，什么是现实。也就是说，这一切不过是因为我姓苏，而我父亲叫苏沐天。如果不是这些原因，是否他就会眼睁睁看着我受伤？

不，我不信。他绝对不是这样的人！

想找些什么话来反驳，却惧于他的眼神，这股惧意是长期累积下来的。在他面前，我永远都是挨训的份儿。他见我不语，声音更加冷沉：“我已第一时间在通信器里让你原地待命，你却不听指挥逞勇斗狠。如此不服从命令之人，不配跟着我。苏敏，你已被除名这次集训活动，后面的比赛你不用再参加了。现在，给我消失！”

斩钉截铁之外，还有……愠怒！

我绷不住了，背转身往门口走，强忍已久的眼泪夺眶而出，去他的集训，除名就除名，我还不稀罕呢。一口气跑到楼下，冷风扑面而来，寒簌簌地打了个冷战，头脑也清醒了些，回想刚才那些难听的话，琢磨出了另一层意思：他似乎有意将我赶走。

为什么呢？就因为我走后门了？理由说不太过去，至于如此讨厌我吗？

念及他受伤在身，也可能脑子受到震荡而神志不太清楚，姑且不与他计较。心里有个声音在吐槽：你就是想计较，人家还不搭理你呢。

被这么赶走，多少有点灰头土脸，且垂头丧气。跑去外面溜了一圈，到傍晚时分，控制不住脚步又转了回来。没办法啊，心落在这里呢，我担心他的伤势。也不指望进病房陪他了，还是在外面悄悄看上两眼吧，省得又被扫地出门了。

走出电梯，远远朝那边看了一眼，走廊上半个人影都没，安静得吓人。

莫名地，有些不安，眼皮也应景地跳了两下。

直觉上就把这种莫名情绪联系到许子杰身上了，我加紧脚步走向急症病房，却在门边听到里面传来说话声。门是轻掩着的，并没有关上，透过玻璃窗探头看了一眼，里头背对着门的是余浅姑娘。

不是我有意想偷听，而是从我的角度看，可见许子杰满眼苍凉。沙哑的嗓音透过门缝，传进我耳里，然后我的脸色一寸寸泛白。

不敢相信自己的耳朵，他说这次演练的意外，舍身救我是为了换得与老爹谈判的筹码，想要利用老爹的关系为没落的许家崛起铺路。

怎么会这样，他的意思是在利用我？还没等我消化掉这些信息，又听到了一个震惊的事，是关于小叔叔和小婶婶这段婚姻的。我以为小婶婶只是性情淡薄，所以平时总是冷冰冰的，却原来她有自己的爱人，但为了家族不得不嫁给小叔叔。

浅略知道许家家道中落，可没想到会中落到如此地步，需要小婶婶与小叔叔来联姻，还要许子杰用如此极端的方式来获得那所谓的筹码。

当里面提及我的名字时，抽回了凌乱的心神，却听到他将我与他的关系，界定为——乱伦。

这俩字好严肃，我在心底很想反驳我们只是名义上的，又没血缘关系，可是理由不够有力，就是“名义上”这顶帽子被扣下，也会很沉重吧。

这也是我在面对小叔叔质疑时心虚的原因，可以预料到无论是老爹还是小叔叔，他们若知道我对他有了情意，定会掀起大风暴，也定将反对到底。

可我有什么办法，对他倾心不是一天两天的事。喜欢上他的时候，他姐姐还没嫁给小叔叔呢，还没那啥“亲戚”关系呢，那时我也没明白自己的心。等明白时，事已成定局，尤其是这十个月的相处，我对他越来越迷恋。即使在听到他说利用我，心很痛之外却没有任何愤怒，也没有生出放弃的念头。

我是不是无药可救了？

真正打击到我的却是，接下来许子杰对余浅说话的语气，还有那小眼神，数不尽的担忧与温柔。他说他会尽最大的可能保她安若，让她坚信，她和他的堂哥许子扬会幸福。我从那星眸中看出了眷恋，是的，眷恋。

原来，不是他的心太强硬，而是那里早已住了人。那个人的名字叫——余浅。

之前初见时，真的不是我的错觉，女人对情敌的敏锐与生俱来。

是太震惊，也是太突然，以至于无法接受，我选择退开步子，撒腿而跑，没有慌不择路，连我自己都好奇居然还能头脑清晰地按电梯楼层。抬手一抹，凉凉的，湿湿的，唉，怎么又哭了呢？从小到大都很少抹眼泪的我，倒是一天里头哭了两次。

在即将跑出医院大门之际，突听身后传来喊声：“苏敏，等等！”

我顿了顿身形，那声音是余浅姑娘的，她来追我干吗？我现在这个狼狈样子可不能被她看到，冲出大门就准备拦的士，突听她喊："苏敏，子杰晕倒了！"

身体比脑子还要反应快地奔了回去，也不去看余浅，直往大楼内冲。清冷的声音在身后问："你是想去质问他吗？"身体一僵，止了步子，质问他？我哪敢？不是我㞞，而是他一个瞪眼我就胆寒了。

余浅直截了当点明了我刚才的偷听举动，在我还没来得及觉得难堪前，又问我是什么想法。我能有什么想法啊，就是觉得挺悲摧的，喜欢这么一个人，不仅在算计利用你，心里头还有了人。相比之下，后者比前者更让我觉得难受。

想说这许子杰的脑袋是咋长的，明明只要顺应下我对他那明目张胆的贼心，就可水到渠成助他成事。做老爹的女婿比什么都来得妥帖，他却偏偏舍近求远，拿命去换什么筹码来跟老爹谈判。归根结底，还是为了眼前这余浅姑娘吧。

这是不是就叫落花有意流水无情？

你说你一门子把心砸给别的姑娘也不说了，偏偏人家还不待见你，还与你堂哥那个啥郎才女貌，闺女都有了。这不是剃头挑子一头热嘛，还不如成全了我呢。

"苏敏，听我说些子杰的事吧。"

立即敛回心神竖起耳朵，全神贯注听起来。本以为会很长篇，结果她用精练简短的语言概括了一个男人从年少到年长的历练过程，听得我意犹未尽。很难想象，许子杰也曾有过那样嚣张跋扈的一面。

这些是其次，余浅姑娘虽然语气平静，可讲出来的事却令人震惊，许子杰与许子扬居然曾联手算计伤害过她，至深！在那之后她出了一场差点丢掉性命的车祸，是许子杰救了她，他们成了兄妹。我是明白她意思的，她想说她与许子杰之间就是亲情。

从她那眼底的柔意可看出，她对那个叫许子扬的男人深爱至极。可是她没有看过许子杰看她照片时的眼神，我想他是把万般眷恋都藏在了心底吧，也许他不会参与进她的幸福，但他心上的位置，却被她牢牢占据。

不过，这番话不是对我没启发的，至少我肯定了一件事——我家老大没戏！

心里止不住幸灾乐祸起来。

你丫不待见我，自个儿喜欢的姑娘也不待见你，还喜欢你堂哥，足可见你魅力不如人啊。

与余浅姑娘来过这么一次算交心的谈话下来，我原本郁结的心情消散了不少。她问我会去揭穿这次事件背后的真相吗？会恨他对我动机不良吗？

我自然是摇头，前一个问题我没想过，后一个问题我想了下，得出的结论是：只恨他对我动机太纯良了，还可以更不纯良点，比如说……直接从了我。

这事我得仔细琢磨，与她分开后，走出了医院在大马路上游荡。当夜色将沉时，心里有了决定，隔日小叔叔就丢了句话给我：小敏，你真的想好了吗？

听这话意，应是谈妥了，就知道他出马，必定马到成功。

昨儿回到家，展开了场家庭风暴，风暴的起源与核心都是我。

因为我扬着脖子跟老爹说，要嫁给许子杰。这是我想了一下午的结论，不管他现在对我什么心态，这种方式最直接，最能让他达成所愿。意外事件里，虽然他是我的救命恩人，老爹作为上级领导定会追查这个事件，万一被查出里头的猫腻怎么办？就算他做到事无巨细，与老爹谈判的筹码也比不过与我结婚来得有力。

老爹是个极其护短的人，如果我和他在一起了，许家的事就成了我们苏家的事。小叔叔那边我也能劝服，如此一来就能真正帮到他了。当然这里头更多的是我“单纯”的小心思，经过白天这一茬，加上从余浅姑娘那儿获得的鼓励，我想为自己谋条出路。

否则以他那淬了冰沫子般的态度，我向他进军的道路势必是要夭折了。

这条战略想出来后，深觉明智，我还给起了个响亮的名号，叫置之死地而后生！

既然称之为风暴，那定是在家中掀起了天翻地覆。不仅是老爹，就连一向宠我的小叔叔都站在了反对的行列，但最终都没敌得过我的蛮横哭闹，无可奈何地应了下来。当晚小叔叔就去医院找许子杰了，至于谈话的内容我不得而知，结果却是我如愿以偿。

等我再度厚着脸皮上门时，许子杰没再拿语言激我，也没再赶我走，当然也没给我什么好脸色，阴鸷的眼神常把我看到瘆得慌。

熬过近一个月，我与他进入了和平模式。此和平并不是乐观的那种，是到了相敬如宾的状态，他不至于一直不理会我的讨好卖萌，可是清凉的眼神有愈来愈冷的趋势。

就是这种压抑的平和，也被一次意外打散。缘由是我与余浅姑娘谈话时等电梯迟迟不到，改走安全通道，然后偏偏撞上邪门的事，在底下楼层间，通道门一开，就是煞气扑面而来。因为集训过，我本能地对危险规避，等反应过来回头时，已经来不及拉余浅姑娘。

她被人挟持了！

该死的医院，居然闹出这么大的事！病患家属挟持人索求医院偿命。

万一余浅姑娘有个差池，那我可就得自刎谢罪了。闪身进安全通道，拔腿就往楼上跑。百米冲刺我都没跑这么快过，冲进病房后把事情向他们简略汇报，两条身影如箭般冲了出去，其中一个是本还在床养伤的许子杰。

等我赶到时，危险霎时解除，许子杰与许子扬配合默契眨眼就将挟持者给制服了。余浅姑娘除了受了点惊吓外，并没有受伤。但看许子杰惨白的脸色，分明是动到伤口了，我甚是担忧。安定好一切后一行人上楼，迈出电梯时，我见他身形一晃，条件反射地伸手要扶他。

哪知他突然一声怒斥："不要碰我！"人更是往旁边躲开了我的手，声音大到整条走廊上都有回音。我被吓住了，愣愣地看着他，手一点点缩回，那满是怒意的眸中有着沉浓的责备。"你是在怪我吗？刚才我……"

不等我解释，就被他怒声截断："你住口！苏敏，收起你委屈的表情。你学过最好的搏击术，我教过你那么多，你的临场反应去哪了？你让一个手无缚鸡之力的人被挟制，而你却落荒而逃，以后不要说我是你的谁！"

脸唰的一下白了，心往下沉，那话里话外……我幽声问出心底的疑问："你的意思是当时就该我被抓为人质也不能让她受一点伤害，对吗？是这意思吗？"

明知他可能在盛怒之下会口不择言，却仍然忍不住计较那话的含义。

"是，如果是你被挟制，以你临场应敌的经验可以有效掌控住情势，并能抓住敌方的弱点而给予反击。这是必须有的自身觉悟！"

去他的自身觉悟！就因为我经过训练，然后生生拿了把枷锁往我身上戴！可当时那情形哪容我考虑，所有事情都发生在电光石火间，根本来不及反应。

微仰了头，抑住即将满溢出来的悲愤，戳穿一件事实："许子杰，你不必说得如此冠冕堂皇，现在你这般震怒，无非被挟持的那个人是她，是你心尖上的人，你舍不得她受一点点痛。呵，我也是个女人，我也会怕啊。我问你，你是不是真那么讨厌我？只要你点头说是，我苏敏发誓，从此以后都不会再来烦你。"

这是我对着他说话最义愤填膺的一次，人心是肉长的，我也会疼的。如果我是以前没心没肺的苏敏，那么最多摆摆手说再见，大吼一声：此处不留爷，自有留爷处。

转个身想天涯何处无芳草，这些都是很好的自我宽慰方式。可偏偏我将一片冰心交付在了这男人身上，就算得不到回报，那么至少也不要是厌恶吧。

可是，他目光冰凉地盯着我，嘴里吐出的话带着狠绝的残意："是，我讨厌你。"

泪涌而出，真比狠狠甩我一巴掌还要疼啊。击掌声从旁传来，我循声而望，几乎是没迟疑地就冲进了宽厚的怀抱，抱着来人的臂膀哭求："小叔叔，带我走，我再也不要见他了。"

小叔叔向来宠我，也与老爹一样护短，蔓延了怒意对着他们撂下狠话后，带我傲然离去。

第二章

许我唯一，许我天荒

是可忍，孰不可忍

我步入了漫长的修复期。在家里连着宅了一个礼拜没出门，老爹看不过去了，板着脸踢开我的房门。届时我正抱着本言情小说，哭得稀里哗啦，鼻涕眼泪纵流。

老爹语气不稳地问："小敏，你没事吧？"

我朝他挥挥手，无所谓地道："我能有什么事啊。老爹你看，这是宁一给我找的小说，可好看了，看得正乐呢。"宁一是我自小到大的闺密。

"看得乐那你干吗哭啊？"

我抬手抹了把泪，伸到他面前，纠正："这不叫哭，这叫喜极而泣！"随后老爹拿看怪物的眼神看着我！一声长叹，我的世界太孤独啊，没人懂我！

老爹忧虑地转身，走到门边时，对我下达了指示："明天你给我回队里去。"

门没掩上，他的身影在门框背后消失了。我脸上的笑容也僵住了，一点一点剥离，随意往后一躺，心想回就回吧。这么荒废度日也不是个事，并非宁一找的小说不好看，而是我居然看着搞笑的桥段还能感觉出荒凉来。

我是真的栽了，栽的还不是小沟，是没有底的黄河。在被那人那么狠心地说讨厌后，还真厚不起脸皮再去找他，那个婚事不用说也泡汤了。

回到原来的岗位，猎鹰行动的集训，最终还是没有走完。因为每天都安排了训练科目，分散了心神。加上同僚战友们在一起打打闹闹的，没空余的思绪胡思乱想。除了夜深人静时，闭上眼睡不着，脑中想的都是那个人影。

好多个日夜反转下来，原本满载的愁怨烟消云散，只剩纯净的思念。

强大的自愈系统，自动过滤掉他那句讨厌我的话，且当是被蚊子咬了一口，还留了个疤。等改天有机会了，我就咬回去。思想境界有了质的飞跃后，我苏敏又满血复活了。

正当我计量着该如何打破僵局时，领导找我来了，不为啥，找我煽情去。集训小伙伴袁珺，在没了我这个强有力的竞争者后，毫无悬念地在猎鹰行动里拔得头筹。

然后组织搞颁奖仪式，要在通报出最后成绩前，给前三甲的小伙伴们煽情一把。在那之前征求过她们的意见，问她们最想与谁分享这胜利的成果。袁珺同志，忒不厚道地点了我的名，然后我就成了悲摧的后援，还得做地下工作者，悄悄溜进那会场，等主持人把话锋带到我时，才能出面。

我等啊等，站在舞台后面吹了老半天的西北风，吹得我都开始忧伤了。越想越觉得不是滋味，这袁珺姑娘分明就是刺激我来的呀，勾动我好不容易平复的伤感情怀了。

要没那意外，就没后面许子杰与我的决裂，没准我此刻还能捧着第一名的成绩，站在高台上受万众瞩目，最主要的可能是还能得到他的褒奖，这是件多美的事啊！可结果呢？只映衬了我的悲摧……

当主持人念到我名字时，有意对着话筒轻咳了两声，佯装深沉。随后我才气定神闲、慢慢吞吞从后台走出，缓步而上。这一过程中，台上的袁珺姑娘，泪如滔滔江水，还没等我跨到台上站稳，她就以琼瑶式拥抱撞进我怀里，差点没把我从台上给撞摔下去！

不知道的还当我是这孩子的亲妈，呃，不对，是亲姐呢。至于哭成这样吗？我甚为不理解。

正了正音，拍了她两下肩膀，打算轻声劝哄时，目光就那么随意一瞥，定住了。

那……那……坐在台下第一排正中位置，腰板挺得笔直，面目俊朗如画的，不正是我日思夜想的人吗！他也来了？我此时的情绪用四个字形容：惊喜交加！这还真是天赐良缘啊。

原本我还有那么点不待见这个颁奖仪式，有那么点不甘心的小肚鸡肠，现在完全没有芥蒂了。该来！来对了！哈哈！“苏敏？你乐啥？”耳旁传来袁珺还带着哭音的疑问。

呃，我囧了。忘记这是在台上了，忘记此时的场景是要与袁珺煽情，我的表情僵硬到扭曲，然后硬是把扬起的唇角下垂，做出感慨万千状与袁珺姑娘抱在一起，马后炮地弥补我刚才的情绪“错乱”。

可我的目光却抽离不开啊，尤其是我发觉他也在看我，我敢发誓，他嘴角抽动了下。嘲笑我刚才的出糗？好吧，能博他一笑，也值了。

接下来，主持人适度调节气氛，愣是要把煽情戏码演绎到最高潮，让我说什么鼓舞袁珺姑娘的话，这之前台本上没写啊。台底下第一排坐着的人，我粗略看过一遍那肩膀上的条条杠杠，都是领导，就是临场素养再高，也有怯场的时候。

尤其是，那乌溜溜的黑眼睛，也堪堪盯着我。

硬挤话出来的结果就是，结结巴巴，前言不搭后语，还找不着调。实在无奈，我只好讲了一个从简宁一那儿听来的段子调节僵硬的气氛，听得底下笑得前俯后仰。原本感伤又煽情的戏，顿时变得滑稽好笑。

回头一望，袁珺姑娘那梨花带雨的小脸，满是惊愣地看着我。这姑娘，就是没见过世面，不知道我这是临场机变吗？

主持人从风化中回过神，激情澎湃的情绪破灭不少，抢过话头后再不敢让我发言了，随意糊弄了两句就把我调度下了台。此举正合我意，反正在台上也无我发挥之地。

后头也没我什么事了，原本我就可以功成身退了，可既然许子杰也在，那就是九匹马来拉我也拉不走。仔细一算，将近有一个月没见他了，他身上的伤全好了？刚看他的脸色不是太红润，气色也不如集训时，肯定是还没好。

这领导也真是的，不就是个颁奖仪式吗，又没有像我这样祖国花朵般的精英在，需要把身负重伤的他给请来，一点都不体谅他，怎么着也算是因公受伤吧。

我瞅了个空，从外圈绕到了台前的左下方，找了个极佳的位置，正好可以看到他的侧面。就是隔得有点远，看不太清他脸上的神色，不过也可聊以慰藉我的思念啦。

台上在说什么，我是没心思去听了，直到"许子杰"三个字钻入耳朵，以为是听错了，朝台上看了看，就见袁珺姑娘特傲娇地独自站在台上，而一直受我注目礼的许子杰也缓缓起身走上了台。瞬间，所有人的目光都凝聚在他身上，不知怎的，心里酸溜溜的。

过了一会儿，我明白酸意从哪来了，因为那袁珺姑娘的小眼神，乌溜乌溜，扑闪扑闪，放着强光盯在他脸上呢。好你个袁珺，原来一直肖想他呢，指不准今天她是醉翁之意不在酒，喊我过来也不为煽情，而是为了向我宣战！什么？她丫还敢在大庭广众下要求许子杰给个拥抱！还真抱上了！

这……这……真是岂有此理！

我在旁边看得咬牙切齿，呕到吐血，愤怒的小火焰逐层燃烧。

这股火焰一直烧到仪式结束时，许子杰从身后叫住我，有那么一瞬心中划过慌乱。其实我也不是没心没肺到痴傻，一个月前医院那事实在难堪，刚才骤见他那叫一个惊喜，愣是没缓过神来，可真到了私下里短兵相见，却是尴尬的。

他朝旁指了指道：“去那边走走？”听着像是邀请，却是命令式的肯定句。我轻应了声，耷拉着脑袋跟在他身后，又忍不住偷偷盯他的后脑勺，心有狐疑。他会主动找上我，委实令人意外。原本还愁着要如何化开冰层，这下倒省去我动脑筋了。

等走到僻静处时，前头的身影忽然止步，我一时没察，差点一头撞上去，险险刹住车，离他只剩一寸的距离，鼻间都是独属于他的清冽气息。顿时面上一红，连忙退后一步，转而又觉得自己犯㞞，这么好的机会，居然不好好把握，这时候娇羞个什么呀。

还是他打破了沉默，直入主题：“上回在医院，我对你批评得过重了。”

我惊愕，他这是……在跟我道歉吗？还没等我将受宠若惊的情绪酝酿起，下一句话又一掌把气焰拍灭了。

“可是我对你的临场应变能力，以及格斗技巧，确实很失望。集训期间教导了你将近十个月，你是把我教的全都忘了。”

我沉默着垂下眸，做聆听状。

“还有，原本今天站在领奖台上接受嘉奖殊荣的有可能是你，而你却自动放弃了好不容易得来的集训机会。当初我就对你说过，战场上的逃避，是最不负责任的。这也是我对你失望至极的一点。现在，你有何话要向我说？”

我……无话可说。他这番话，我总结了下，就是表达两个字：失望。

可是他今天还特为深明大义，表情也没原来那么严肃，用一种宽慰的口吻道：“不用怕我，尽管讲出你的观点来，反正集训到今天为止已经正式结束，我已不再是你的指挥官。”

这话怎么听得让我瘆得慌，像是跟我诀别似的，加上之前他疑似对我的道歉，脑子翻转了一圈，顿生某种念头，腿不由得一软，一把抓住他的手急问：“你是不是伤势恶化了，还是查出了什么毛病？”

他蹙起好看的眉，不解地看着我：“你在说什么呢？”

“你跟我又是道歉，又是和颜悦色的，不是因为伤情恶化或者身染不治之症吗？”

嘎嘣！我惊悚地听到他咬牙了，盯着我的眼神透着危险的寒光，呃，我是不是说错话了？

“苏敏！你是有多想咒我死呢？”

手上一痛，原本是我在焦急之下抓着他的手，现在反被他扣住，而且扣得极紧。再察言观色一番，他似乎有那么点咬牙切齿的味道，整张脸都沉下来了。

“就这么说说而已，你别当真。”分辩的声音如蚊，听起来更像在狡辩，一点说服力都没有。果然他眉毛一掀，寒着脸道：“不习惯和颜悦色是吧，行，就你这次集训未完成以及之前那件事，写一份不少于五千字的检讨书交给我。”

话声落，他掷开我的手大步离去。那步伐比起刚才的轻慢，要重上好几分，我将同情的目光落向被他践踏的草地。看他如此凌厉矫健的气势，应是与我那不好的预感相去甚远，这我就放心了。

回到营队后，我就冲劲十足地找来了笔和纸，准备大干一番。说要写五千字，为了表达自己的诚意，我打算写上一万字。可是雄心壮志是好的，实践起来却是困难的。在我将前前后后整理过的思绪化为文字后，仔细一点，不过才两千字，中间还写了好些废话，离五千字可谓漫漫长路，远矣。

重整旗鼓，继续努力！东拼西凑了半天，再一数，只有三千字。我有去撞墙的冲动！

本就不是那文学的料子，当初在校时，一碰到写作文就头疼。抠了三千字，还有两千字去哪抠？如此我已不做一万字的考虑了，那目标实在太遥远。正在我百爪挠心之际，忽然心生一个大胆的念头。既然五千字的检讨书我铁定达标不了，还差那两千字，何不用来抒发抒发我对他的情怀？

我是个喜欢将理论付诸行动的人，这么一想后也就立即做了，等我奋笔疾书写完时，从头数一遍，居然六千字了，可见我对他的情怀是有多深刻。还是写这个才思敏捷，得心应手，一点都没凑字数的嫌疑。拎起纸张，满意地吹了吹，成就感十足。

可是，问题来了，我该怎么交给他？

这个问题等到早练时还没想到办法解决，而那检讨书就折放在我兜里，炙热得很。因为检讨书里头掺了“水分”，时间拖得越久，我就越加心虚。到了中午的时候甚至想，要是交不上去就不交了吧。

下午训练时，我被点名去办公室，说有领导找。跨进门槛就见许子杰赫然坐在里面，正与领导说着什么，发现我抵达后，两人停止了交谈向我看来。

在我严肃行过军礼后，领导的那张扑克脸难能可贵地朝我露出了笑脸：“苏敏，许指挥官你应该不陌生，不用我介绍了。根据你参加集训时的优良表现，许指挥官特意过来向我点名要你作为特训队的一员，这是极大的殊荣，以后你要好好表现，可不能丢我们营的脸。”

狂喜不足以表达我的情绪，窃喜比较适合我。踏出领导办公室门，刚准备来个奔放的笑容，就听身后传来严肃的声音：“回宿舍去整理东西，马上就走。”

这么赶？我立即小跑而走，其实也没啥要整理的呀，就是一些个人生活用品，前后十分钟，箱子一盖，拎包即走了。走出宿舍门，见那笔挺的身影背对着这边，听到我的动静后，他转过头来，幽深的双眸如一本我永远读不懂的书，丰富而致远。

有那么一瞬间，我跌进了那潭汪海不能自拔，因为那里面有疑似的温柔，却被他一句话给击醒：“检讨书呢？怎么不交上来？”

美丽的幻影霎时破灭，果然是我多想了，直觉去捂住兜，临到跟前，我又㞞了。

动作太明显，导致灼热的目光射向了我兜的位置。他说：“写好了就拿出来。”没有任何转圜的余地，把心一狠，死就死吧，伸兜里抓了那纸片递过去，等我目光触及时，发现自个儿又悲摧了……

原本被我折叠得好好的三张纸，结果因为今天早晨的多次匍匐训练，被摧残了不知道多少遍。如今递在他眼前的信纸，皱巴巴如厕纸般狼狈。我不敢去看他的脸色了，眼角的余光却不受控地乱瞟，在他抬手接过我的检讨书的瞬间，我看到他的嘴角又抽了。

翻手间，信纸被塞进了他兜里，长舒了一口气，庆幸他没当着我的面翻阅，要不然真没脸杵他跟前。见他目光落在我手里拉着的小行李箱上，我立即摆手道：“不用麻烦，我自己拿就好。”

他点点头，转过身时丢了一句：“本就没有要帮你拿，自力更生才会丰衣足食。”

我瞬间风化。

许子杰领我去的地方，不是原来的基地，而是换了一处小海岛。到了那里，才发现这次特训队有男有女，已经有一名教官抵达，叫左韬。而女队行列中，袁珺姑娘居然也在，还真是狭路相逢。

自从颁奖仪式上发现她对许子杰的贼心后，再见此人，我有磨牙的冲动。

可袁珺姑娘却硬是接收不到我的敌意，看到我来犹如见到亲人般，一个箭步就冲上来抱住我：“苏敏，可把你给盼来了。”哟嗬，这意思是她早知道我也是特训组的一员了？

也不容我们叙旧，许子杰一声令下，所有人都站列整齐排好。刚我用心数了下，一共有十名战士，五男五女。由左韬教官讲述这次特训的任务，此次行动是受上级特意指派，为期两个月，个人素质和团队合作都作为特训的内容。两个月后，验收成果，将会从中挑选最优秀的五名组员，加入特派队。

这次生活条件可就没上回在基地集训那么好了，一人一顶帐篷了事，还得自己搭。

来小岛的第一夜，我失眠了。

心情压抑不住地澎湃，一月前我心灰意冷宅在家里啃小说，笑到莫名流泪；半月前我思前想后总结错误，给自己找了许多借口打算重整旗鼓；两天前我百思不得其法，烦恼要如何循机再找他；结果现在我就躺在了这个孤岛上，呼吸与他同一片天空下的空气，他离我不过几十米距离，然后有两个月可与他朝夕相处。

山重水复疑无路，柳暗花明又一村。

可我的窃喜没持续太久，当天未明就被一声哨声叫醒时，那叫一个痛苦。可怜我差不多三点多才蒙眬睡去，结果五点就被唤醒起来了。

所有人整装待发，排列整齐是在十分钟后，随后许子杰与左韬并排走来。这回轮到他训话了："我挑选你们来特训，不是让你们来享福的。从今天开始，每个晚上都有可能紧急集训，时间不定。所以，你们必须做好每一分每一秒都全身戒备，就是在睡梦中也必须有警觉性。明白了吗？"

"明白。"

"大声点，我听不到。"

"明白！"十个人的高吼声，划破长空，宣誓着信念和决心。

上午绕岛长跑，一番辛苦自不必说，午后休整过后，就进行第二项特训——分组对抗。

两边队伍各由两名教官带队，在规定的场地内伏击对方，哪方将对方组员全体击灭就哪方胜利。这是一场比枪法、近身搏斗以及团队合作的比赛，目的就是要锻炼我们的临场应变能力和作战技巧。

选队时，采取抽签式。为求分布均匀，以男三女二和男二女三的形式组合。我在心底祈祷，一定要让我抽中许子杰那个队伍，可有句话叫希望越大失望也就越大。当我拿到属于左韬教官的签时，已经没力气说话了。

这还是其次，更悲摧的是那袁珺姑娘居然抽到了他那队。看着那小脸蛋上笑开了花，我顿生怒意，前仇旧恨一起涌来，好你个袁珺是吧，让你肖想他，等下抽不死你丫的。

接下来是穿好防弹衣选武器，一组连教官在内是六个人，有三人主掌冷兵器，三人执枪。冷兵器是未开锋过的刀具，枪则是真枪，只是子弹经过特殊处理，但小范围内的震力还在，打在人身上会疼。我暗暗朝袁珺瞟了一眼，唇角勾起诡异的弧度。

哨声吹响，比赛正式开始。我逮着个机会瞄准了不远处的闪光点，正是袁珺姑娘是也。

默数一、二、三，发射！没中？

千钧一发之际，她居然被人从旁边拉开了，而我的潜藏地反而被暴露。立即掉头往旁边的丛林奔走，借此转移敌方注意力，以供先锋士兵攻进他们的战地。此乃声东击西战略。刚才我没看错的话，拉了袁珺姑娘一把的，正是许子杰！

边跑边在通信器中向左韬汇报情况，敏锐的直觉，身后有人在追我。七绕八弯进入了一处隐蔽之地，准备找地方藏身看看追来的是谁。要是那袁珺姑娘，嘿嘿，正好就地解决了。

可还没来得及隐身，就觉一道强劲气势扑来，连忙往旁躲闪，转身间一道黑影欺身而来。不过一个晃神，我手里的武器被踢落在地，一把长刀已经架在我脖子上。虽没开锋，可那银光扑闪的，耀花了我的眼，而持刀人，正是许子杰。

如果说这刀开过锋，那我就是被一招致命！

他使的招数叫出其不意，呃，还有……美男计。刚要不是因为看到他身影时有片刻晃神，我是能够避开他这一击，并且还能给予强有力反击的。

一念之间，兵败如山倒。

他挑了挑好看的眉，看了眼地上的那把枪，给予评价："有勇无谋！"

嗯，比较中肯，总比胸大无脑好。我在心里嘀咕，面上却做乖巧状。

哪知他下一句是："你的检讨书我看过了。"

咯噔！不是心头一震的声音，而是腿上一软，膝盖差点磕到地。勉强稳住身形时眼睛躲闪着，不敢看他，哪里会想到他突然提此事，荒郊野外，周边无人……

"前半部分词句不通，后半部分言不达意。"

呃，词句不通？言不达意？我放大胆子问了句："你都看完了吗？"

沉默，大约五秒过后，他答："看完了。"

"看仔细了？"

“不看仔细能给你批示吗？严重怀疑你在学校时语文是怎么学的，前言不搭后语，前一句是对集训时的总结，后一句又跳到医院里的事上面去了。至于后面那段长篇大论，整体性太差，光描写我在校场里单挑就足足半张纸，剩下的半张纸又都描写你小叔叔的婚礼去了，直到收笔都没点到主题。”

欲哭无泪，就是我此刻的感受。

他不仅看了，还看得十分仔细，可是他领悟能力有待加强。后三千字我是用一种隐晦的手法，对，隐晦！描述认识他到情感转变的这么一个过程，抒发了我对他的滔滔敬仰之情，就差没把“我爱你”三字赤裸裸地写出来了，他居然说我言不达意。

“那个……那个……”我那个了半天，也没憋出半个字来解释，脸倒是涨得通红。

许子杰直直盯着我，忽然说：“苏敏，我们试试吧。”

“啊？试什么？”我脑子转不过来，跟他老人家不在一个调上。

结果，沉默持续……

又被他盯了那么将近一分钟，他似乎重整旗鼓，还将手搁在了我肩膀上：“苏敏，我说，我和你试着交往，你同意吗？”

疑问句，命令式的。我直觉意识点头，等反应过来他话的意思，脑子死机了。

“交往？你和我？”

他又蹙眉了：“你想和谁？”

我想和谁？迟钝的脑子成了复读机。这头我还没回过神，那头他已经一锤定音：“点头就是同意了，从今天开始，我们交往吧。”

“等等！”声音高亢有力，我左右看了看，荒野丛林，除了我和他，空无一人，那声“等等”出自我口……我发现我又悲摧了，因为许子杰的眉毛扬起了，因为我不知道自个儿喊了等等究竟是要哪般。

“你有意见？”他搁在我肩膀上的手重了些，而且又走近了一步，瞬间气息将我包围，幽亮的眸凝在我脸上。这种情况下，我若还能有思维考虑，那就不叫苏敏了。

于是，我和他的关系在懵懵懂懂之下就此确定。那确定了之后，原本应该乘着天空晴朗、四下无人时说点温情话吧，可还没把情绪酝酿出来，远远就听到煞风景的嗓音一路呼喝着过来。

往那处一看，不是袁珺姑娘又是谁？她满脸仓皇地往此方向逃，眯起眼细看她的身后似有人影在追，好家伙，敢挡我风花雪月者死！

脚尖一勾，将原本摔在地上的枪挑起，一个漂亮的抄手，已经稳稳抓在手中。目标如此大，瞄准都不用了，“砰砰”两枪，距离我还有三十米远，袁珺姑娘不幸中弹，惨呼声与她倒地的动作同时运行。很不巧地，左右两枪，正中她胸部！

我勾起胜利的微笑，但得意不到一秒，手上一轻，冲锋枪脱手到了许子杰那边。只见他手持枪，枪管“恰恰”正对了我，纯属条件反应，我拔腿就跑，砰的一声后背上就灼痛了起来，整个人往前扑跌在地。

悲摧地，我中弹身亡了！元凶，许子杰！

龇牙咧嘴翻过身仰躺在地上，愤怒地质问：“你为什么开枪打我？”

他这次眉毛也不掀了，迈步走到了我跟前，居高临下看着我：“比赛还在继续，你我是敌对，你击杀了我方一员，我自当反击。”

“可你不是说我们交往吗？”哪有刚确定了男女关系，转个身就把人给毙了的？

但他却道：“苏敏，你得认清一件事，我和你的交往不会牵扯到特训，在训练中我是教官，你是我的兵，明白？”

说得这么明，能不明白吗？我不死心地多问了一句：“那私底下呢？”

他蹲了下来，枪把托了托我的下巴，唇角勾着弧度，反问：“你说呢？”我想我又被迷住了，眼冒红心。因为实在受不住他这种严谨中带了点邪气的味道，明明脸还是板着的，可是眼底的星光和嘴角上弯的弧度，都特别迷人。

一道爽朗的笑声中断了我的遐想，侧头去看，左韬与两名我方组员正朝这边而来。许子杰直起了身，眼睛微眯，只听左韬道：“子杰，你输了，你方组员全部被歼灭。”随后赞赏的目光落在我身上，“苏敏，干得好！若不是你引开了贼首，敌方也不会群龙无首四处乱窜，你牺牲得值啊。”

第一次听着赞美的言辞，我心如泣血，为啥？“贼首”看我的眼神，那叫一个阴风阵阵！黑洞洞的枪对着我，大有再补一枪的意思。

我在心里把左韬恨了个半死，他这是往我伤口上撒盐啊。

最终成绩：我方牺牲两名组员，其中一个是我，而敌方全部被歼灭，只剩许子杰这个光杆司令。根据规则，组员全灭，比赛就结束。

回到集合点时，我以扭曲的姿势挠了挠后背，灼痛依旧，暗暗朝许子杰的背影比了个中指，你狠！转头间，撞上左韬教官似笑非笑的眼，顿时一阵心虚，赶紧把手指藏在了背后。

破天荒地，我受到表扬了。

常被骂有勇无谋的我，在这场两方对战演习比赛里，居然被冠上了智勇双全的名号。原因是我牺牲小我，成全大我，将敌方主指挥吸引开，从而留给己方足够的空间发挥。

此后常有类似的近战演习，只要我与袁珺姑娘不是分配到一组，就是发挥我所长的时候。跟袁珺姑娘杠上后，我开始担当狙击手，因为发现了这个职业的乐趣，特别妙趣横生！可以躲在最隐蔽之处，然后综观全局，冷不丁地给你放上一枪，绝对枪枪有效。

有人是这样形容狙击手的：如果你感觉到我的存在，请放心，你不是我的目标。

也就是说，真正最强的狙击手，可杀人于无形，没有人能够感觉到你所在的位置。而我更喜欢另外一句话：one shot one kill（弹无虚发）。

我在每次的训练中，都在朝这个目标奋勇前进。于是，袁珺姑娘不知道牺牲在我枪下多少次了，到后来她抱着我哭得稀里哗啦，质问我为什么每次都打她。我说那是上级命令，任务需要。她又质问我为什么我和她是一组的时候，还是打她？呃，那是失误……我瞄她瞄习惯了，都忘了她跟我分配到一组这回事。

事后我也得到教训了，被许子杰拎到别处，进行单独“教育”！这种模式甚合我心意，抓紧任何可能之机与他单独相处，是我每天的奋斗目标。

因此，我不介意他对我再教育；也因此，我会努力地犯错。

许子杰的开场白是这样的：“你说说，为什么对袁珺有那么深的敌意？”

我微眨了下眼，表情特纯真地否认：“我没有。”

他目光流转，微扬了唇角道：“没有？那为什么每次对敌时你看到她犹如打了鸡血般兴奋？来岛一共十天，我们演练了十二次对战，其中你与她有三次分配在一个组，九次是敌对组，袁珺在你手底下阵亡了却有十一次，你来跟我解释解释，这个数据是怎么分配的？为什么同一组时，她也‘不幸’中了你的流弹？”

要不要把数据分析得这么透彻啊，还给不给我活路了？真心觉得他那天向我提出交往是在诳我，接连着这么多天下来，不但没享受到一点点福利，反而每次都拿我当炮筒子轰，连个温情的眼神都不给。

人家交往谈恋爱是逛街、看电影、吃大餐，到我这儿交往就是演习、训练、哨大饼，三不五时还要吃顿排头，挨个训。这人生呢，不能比，越比越觉得自己悲摧。可这话我还不能抗议地说出来，得在心里头藏着，眼前还得先把他这块应付了过去。

于是，我琢磨了下，如此做了总结：“报告，击毙袁珺是战略，以她的光荣牺牲来麻痹敌方，从而取得最终胜利。”

“强词夺理。”

我垂下头，小声辩驳：“我没有。”

头顶传来一声叹息，脑袋上一热，我瞬间僵硬了，因为许子杰的爪子抚在了我头上，那个动作貌似在轻揉。这……这是有史以来他与我最亲密接触的一次！

“以后不要再针对袁珺，知道了吗？”

我脑袋瓜一热，思维就成糨糊了，该说的不该说的也就吐露了出来：“谁让她那小眼神一直围绕着你转呢，有事没事都往你那儿凑。”

“哦？看来这才是你的真正理由？”

咯噔！糟糕，我把真实心境暴露了。而更令我惊骇的是，那本在脑袋上的爪子，居然移到了我脸颊上，他的五官放大凑近，然后，他轻吹了口气，然后……

他收手退回一步，淡淡道：“你脸上有草屑，帮你吹掉了。”

我的双颊轰的一下，红到了耳根。

“不早了，回营地吧，午夜会有集训，别睡死了。”他潇洒转身，挥挥衣袖不留半片云彩，身形挺拔迈步而去，徒留我独自僵立原地，像电线杆子。

等回神往营地走时，已经是十分钟后，猛然间想起刚才那事，我脸上有草屑，他只需用手帮着拿开就好，何用双管齐下，又吹又摸的？他这分明是在对我搞小暧昧。

夜里躺在帐篷里头时，心里乐开了花，总算觉摸出点交往恋爱的味道了。

午夜哨响，我第一个跑到了集合点，因为根本就没睡，连衣服都没脱。不知是否之前那点小暧昧太知味了，如今看他越发觉得帅气，听他说话嗓音也特醇厚磁性。

“苏敏？听清我说的任务了吗？”

啊？又点我名？我朝他眨了眨眼，暗示他放我一马。可是许子杰铁面无私如包拯，神色一寒，厉声道：“苏敏，任务结束后，俯卧撑两百，十公里负重跑。”

十公里负重？那得跑到天亮了！好吧，我又悲摧了。

午夜集训的任务是突袭男组员营地，俘虏他们守夜的人。等我们女队完成任务凯旋时，我有些小心虚，因为在最后关头使了点小计谋。原本是没这么顺利的，我也被其中一位师兄给揪住了，脚都被他给扭了，于是就借着这理由假意做委屈状，勾起对方的愧疚之心，然后我们就那么溜之大吉跑回营地向教官报告了。

最终结果是，五位师兄被许子杰批得一无是处，尤其那个被我说动的师兄最惨，受到全队的指责，被罚十公里负重跑。

受罚前，他朝我这边瞟了一眼，那小眼神特哀怨。

一声解散，姑娘们都各自回帐篷，我却被许子杰喊住。暗自窃喜，难道他要乘夜黑无人时，私下里对我表扬一番，然后再发展发展私人感情？

却听他沉着嗓子问："苏敏，你是不是忘了什么事？"

我茫然困惑，就着月光看他酷俊的脸，眨了眨眼，暗示他给点提示。他勾唇一笑，声音婉转又轻柔："任务之前我说了什么？"

顺着他的提醒，我开始回想，任务之前……呃，十公里负重跑？"能不能看在我立了大功的分儿上，把这罚抵消了？"

"你立什么大功了？"

我有点憋屈，你不能把我的功绩全抹杀了啊。于是我为自己分辩："最后关头，我用计诱引师兄，让他放弃追捕我们，赢得了关键性的胜利。"这是铁铮铮的事实，有人证可询。

却听他轻哼了声道："什么计？美人计？苏敏，我看你是皮痒了，这点事还敢跟我邀功？还不去背负重，是打算磨蹭到天亮再跑？"

"……"

天底下再没比我更苦命的人，大半夜的刚动过一场武，还没喘口气，又开始受罚。吭哧吭哧跑了会儿，就开始觉得艰难了，不是我体力不支，而是之前被师兄扭到的脚开始隐隐作痛。身上背了负重后，更加剧了脚的受力程度，每一步跨出去都开始觉得揪心。

这情形不妙啊，可别十公里跑完，我这脚废了。

左右看了看无人，于是缓下身来，心道反正无人监督，干吗要那么实诚。可走没多久，突听身后传来沉问："你脚怎么了？"

一滴冷汗从额头滚下，整个人都有发毛的感觉。不是我胆小，这夜里黑漆无人，突然身后冒个人声，哪怕嗓音好听，也真真吓人啊。

转过身，高挑的身影在离我十几米远处，快步朝这边走来。

第二章
是可忍，孰不可忍

清冽气息逼近，与四周的芳草泥土气息融合在一起，月光打在他的背后，将他的脸隐在了暗处，而目光却在浮动。我有片刻的愣神，等反应过来时，许子杰已蹲下身探手摸向了我的脚踝，指尖的微凉透过袜子传到我皮肤里：“这里疼？”

点点头，发现他低着头看不到，于是应声：“嗯。”

“什么时候受伤的？为什么不早说？你是想脚伤加剧逃避训练？”

连忙小声分辩：“你没给我机会汇报呀。”他直起了身，朝旁指了指：“去那边坐下再说吧。”那个位置有棵大树，地上铺满了树叶，坐下时还软软的。可因为枝繁叶茂，遮住了头顶的月光，此处变得特别阴暗。

刚坐定后，他就抬起我受伤的脚到他腿上，然后轻按伤处。动作称不上温柔，却让我心跳如雷，耳畔是彼此的呼吸声，清晰又迷乱。

咦？当下不就是夜黑风高无人时，正可以交流下私人感情呀，如此良机，不能错过。于是我酝酿了下，决定打破沉静：“指挥官……”

“以后无人时，就喊我名字吧。”

“啊？我不敢……”

“啊什么啊，让你喊就喊，难道你打算一辈子叫我指挥官？”他似乎想到了什么，轻笑了声，“像你这么笨，教得人累，还是别荼毒我了。”

有这么笨？我怎么觉得自己脑袋瓜子还不错啊，要不也不能将袁珺姑娘压制得死死的。等等，他前面那句话说了什么？“你重复一下刚才那话。”

“像你这么笨？”

“不是，前面那句。”

“喊我名字？”

我真心哭了，哀怨地去揪他衣角，悄声问：“你刚才是不是说一辈子？”三个字轻滚在唇边，光这么念着，都觉得犹如梦中。

黑漆中，许子杰抬起了头，星眸若灿，他说：“一切不以结婚为目的的恋爱都是耍流氓，你是想我对你耍流氓？”语调是轻慢的，目光是灼闪的，气息是邪魅的。

“恋爱？结婚？”我控制不住自己高亢的音量了。

“有何问题？交往之后不就是恋爱？恋爱之后不就是结婚？需要这么惊疑？”

我凌乱了，不淡定了，激动了。不带这么刺激人的，还一下子抛巨雷炸弹！

人一激动，脑子就不利索了，开始犯傻了，骨碌站起来了，然后……“啊！”忘记脚扭伤了！只站了半个身位，人就往前栽，很不巧，正对的位置是许子杰。我重重地跌在他身上，由于俯冲势头挺猛，他也没防备，结果就是我把他压身下了。

瞬间定格，停止思维！

他仰躺在地，我伏趴在他身上，两手抓住他的肩膀，脸与脸之间只有寸余的距离，气息扑面交融，若我再往下半寸，即可正贴他的唇。这……太暧昧了！

正待我手撑地要爬起时，他发话了：“苏敏，你是在对我耍流氓吗？”

手一软，重新跌在他胸口上，这回可就没刚才那么走运了，额头磕在了他的下巴上，一声闷哼从他嘴里溢出，接着是他磨牙的声音：“苏敏，你头怎么这么硬的？”

捂着额头，苦不堪言，我也疼啊，他老人家的下巴也不软。一个翻转间，还没反应过来，位置颠了个倒，变成他上我下了。这是什么情况？我不经大脑地反问了句：“许子杰，你这也是在对我耍流氓吗？”

黑暗中，我感觉身上的人顿了下，随后气息逼近，只听他说：“目前这个行为还没有，正准备开始。”话语落，就觉唇上一凉，迟钝了半秒反应过来发生了什么事，他在吻我！

这这这……我不会表达了，也没法表达。

从两唇相碰到分开，时间很短，估摸着也就两三秒时间，可我觉得漫长得犹如一个世纪。待他翻身而起，蹲在旁边时，我一直都直愣愣地看他。只恨天为什么不亮，月光为什么不照到这里，让我看不清他的脸、他的眸。

“试试看能起来吗？”低沉的嗓音打破了沉静，我羞赧地坐起身，唇上发烫，面上发烫。抬首间，他已经站起伸手来扶我，突听他道：“有人来了。”我脑中一热，就地一个翻滚，藏树后面去了，等回过神时我就想了，干吗要躲啊？

那头脚步声沉重，越来越近，忽然顿止，随即一个嘹亮的嗓音起：“教官好！”竟是那被罚十公里跑的师兄！这尼玛也太巧了，幸亏我躲得及时，要不被他看到荒郊野外我和他孤男寡女……那跳进黄河也洗不清。不对，我和他本来就洗不清了，抬手触摸唇瓣，那处的灼热似乎还未消散。

一个晃神，那边不知说了什么，就听师兄的脚步声远去。许子杰绕到树后问：“你躲什么？”我能说刚才莫名其妙心虚了吗。

被师兄那么一打岔，之前暧昧的气氛也没有了，这时候再沉默的话，就变得尴尬起来。我挖空心思想着说点啥，突听他提议说回营，立马点头同意。可是当他伸手扶住我的胳膊，将我半边身体重量靠在他身上时，我又凌乱了。他要么冷冰冰，要么如此火热，我招架不住啊。

原路返回，脑子浑浑噩噩，有身在梦中的感觉。一直到即将抵达营地时，他才松开了我的手臂，轻声问：“你自个儿能走吗？”

默声点头，我胡乱瞟了他一眼，天光泛白，已隐隐看清他的脸面，俊酷的脸上线条似乎柔和了许多。连忙移转开视线，压低声道：“我先回营了。”随后，一瘸一拐地往前走，这姿势，委实不雅。

基于脚受伤的缘故，许子杰额外开恩免去了我的晨跑，也免去了上午的战地训练。然后我坐在空无一人的营地，有足够的时间静静反思。

仔细琢磨了个遍，最终得出一个结论：昨晚上我的初吻丢了……

就在我无聊到快数脚边草时，总算见兄弟姐妹们回来了，走在最前面的是左韬。看着怎么有点行色匆匆，我刚直起身准备向他行礼，他劈头就问：“许教官回来没？”

啊？我直觉摇头，待这一上午了，别说人了，连鬼影子也没看到。

左韬蹙起眉，回头就对组员们吼：“你们两人一组结伴去找，不管找没找到他们，半小时后在此处集合，明白吗？”“明白！”

等等，我拉住欲走的左韬：“出什么事了？”

“袁珺在对战中不知去向，子杰去找了，他们的通信器可能掉了，目前失去联络。你腿不方便，就留在原地等候，如果他们回来，欸，你去哪啊？”

我头也不回：“找教官。”

笑话，袁珺和教官大人！我能放心他们俩在一起吗？

就知道袁珺那丫居心不良，不过是我因伤误工了半天，她就出幺蛾子了。别说我跟他已把关系定下，就是还没定下时，我也不会便宜了她那小样呀。

一上午的休整，扭伤差不多好了，只是还有点隐隐作痛。我也没跟谁结组同行，赶上同伴问了大致情况后，挑了个方向开始搜索。并非盲目寻找，而是在这岛上好多天了，自然对地形相当了解，几处险要之地我都了然于心。

在我如X光扫射下，走出大约两百米，就发现了可疑痕迹。一处丛林茂密之地，似被人踩踏过，这个方位是我们平时对战演习都不曾到过的。因为临近海边涯岸，跑偏了就可能会跌进哪个石缝里叫天不应叫地不灵。

当我发现黑色通信器落在一处草丛中时，更加肯定他们来过此地，心不由得焦忧起来。也不顾地形是否危险，沿着丛木往涯岸边寻，不放过任何一个可能隐藏了人的点。直到翻过一个小坡，到了礁石群，举目而望间，定住视线。

然后，小火焰燃烧了！士可杀不可辱，用词不对，是可忍孰不可忍！前方五十米处，袁珺姑娘浑身湿漉漉地平躺在某块大礁石上，而许子杰也湿漉漉的，正俯身……吻她！气煞我也，今儿凌晨刚跟我论定恋爱关系，还拿走了我的初吻，一转身就跑去亲别的姑娘了。

我真是狗眼无珠……呸呸，思维一乱就胡言乱语了，狗眼无珠哪能用自己身上，是有眼无珠才对！心里虽在懊恼纠结，可脚下却没停，朝他们的位置疾奔，等到临近了些后，我眯着眼看出了点苗头。

那袁珺姑娘看着是双目紧闭，像在享受中，可应该没有一种接吻是亲一口，松开，再换一口气吧。野地急救有培训过，这种类似的方法也看过示范。

是我错怪他们了？许子杰是在救她，实则没有奸情？

我的脚步声惊动了他，还没等我开口，他就下令："用通信器联络左韬，让他立即联系医护队到岛上来。"

事有轻重缓急，如此情形，我也大致明白了，不敢怠慢，立即按照他的吩咐与左韬对上话，也详细告知了地点方位。不出十分钟，左韬就带人陆续赶来。而这期间，许子杰没有放弃急救，双手压在袁珺姑娘胸口，呼吸一口，压一次，看得我那叫一个心绪难平。

人被抬上了担架，火速往营地赶，医护人员也赶到了，对袁珺一番急救后，她就醒了过来，吐了不少水。我站在人群中，听到许子杰与医务人员的交谈，得知了事情始末。

袁珺姑娘不知脑子是不是秀逗了，在对战中为避狙击手耳目，想从外围绕到敌方后营，结果摔进了涯岸边的丛木中，那摔就摔了吧，待在那等待救援就好，她偏偏逞强想自救，颤颤巍巍爬起来后没了方向，竟然跑到了涯岸边。

许子杰赶到之际，正好她跌落海中。这丫进了海里一惊怕，把平时学的泳技全忘了，猛喝海水补充钠，等把人救上来时，已经因"钠过量"而昏迷了。

不得不说，这女人，绝了！

第二章

许我唯一，许我天荒

心与心的距离

一场风波之后，两名教官吩咐大伙休整半日，于是各自散去。

找了个视野开阔处坐下，托着下巴研究这整件事。还真不是我多疑，实在是“巧合”太多了，平时都是被我第一个瞄准击毙的胸小无脑之人，居然能想到从后包抄敌方？那个涯岸边危险，又不是没交代过，她怎么偏偏就走了那处？而且更离奇的是，她既然自救出来了，不原路返回，走那什么峭壁岩石的路干吗？还偏偏许子杰赶到，她跌海里了。

严重怀疑，整个貌似惊险重重的过程，其实就等着最后这一遭。

朝医护人群那边看了看，从缝隙中正好与袁珺姑娘目光对上，哟，那小眼神，够委屈的。不过她只是恰好扫到我，转而就落在许子杰脸上去了，哀戚幽怨，我见犹怜。

我就说她动机不良，阴谋，赤裸裸的阴谋！

可我在这边明察秋毫没用啊，那头男人低首与她说着什么，眉色温和，颇有殷殷关切之意。左右看了看，找找有没有称手的棍子类武器，真想举了棒子冲上去敲人。当然，我铁定不敢敲他，要敲也是敲那狐媚子。

实在看不下去了，眼不见为净，起身往别处走。到了僻静地，靠在一棵树干上，朝受伤的脚踝瞥了一眼，好家伙，肿成馒头了，一上午的休养都白搭了。刚去找他们时，也没顾得上脚伤，哪偏僻就往哪钻，乱草丛里高低不平也看不着。几下一折腾，加上连奔带跑的，钻心之疼像蚂蚁噬咬般，我抬头对着天空龇牙咧嘴。

扭曲的表情还没恢复，就闻身后有人问：“脚伤严重了？”扭头一看，刚温情脉脉的某人居然也逛到这地来了。反正在他面前形象早就破灭了，也破罐子破摔了，悻悻地转回头，没吭声。

这是有史以来，第一次他跟我说话，我不想搭理。结果我难得矫情一次，却听脚步声逐渐走远，顿时风中凌乱了，心中那叫一个悔啊，恨不得拔腿把人给追回来。仅余的那点自尊，控制住了我没骨气的脚，扎在原地愣是没动半步。

自尊是保住了，魂却丢了，除了长吁短叹也不知道如何表达酸涩情怀。

“坐下来！”

我身体一僵，去而复返？只是凉凉的语调，与刚才如出一辙，强令自己不扭头去看他，耳朵却竖起，全神贯注听着他的动静。只听一声轻叹，气息迫近，一只手搭在了我肩膀上：“苏敏，你在跟我闹脾气？”

有吗？我哪敢？心里嘀咕，面上继续紧绷着。

但下一秒就绷不住了，因为腘窝被踢，屁股实扎实地坐地上，疼！不是脚疼，是屁股疼！我怒了，他居然搞偷袭！还没等我发飙，脚上一紧被他抓在手里，接着就是凉飕飕的，鞋袜被他脱去了，然后手指摸了上去，上药。

此时我才发现他拿来个医药箱，不知在红肿的脚踝处抹了什么，只觉火辣辣得像灼烧般，随后他拿纱布认真地裹了一圈，又一圈，还一圈……

“你准备裹几圈？”我实在看不下去了，再裹下去别说穿袜子了，就连鞋子也别想穿上了，这个样子还能走路吗？他低垂的双眸微抬，向我注目而来：“愿意和我说话了？”

这话问得我哑口无言，又想做鸵鸟避开他的目光，却听他下一句带威胁道：“你继续保持沉默，我就将你的脚裹成粽子。”

“许子杰！”我学他磨牙再咬牙切齿，然后出口后发现居然唤了他的名字，立即忐忑心虚去看他脸色，却见他一脸气定神闲，像没事人一般地道：“什么事？说！”

不知是该气还是恼，硬是一口气梗在胸口，没憋出一个字来，倒是气不顺猛咳起来。那叫一个来势汹汹，只差撕心裂肺了，涨红着脸说不出话的同时发觉他探手到我背后一阵拍。等缓过气时，揪着他衣袖上的扣子道：“你这是谋财害命啊，有你这么用力的吗？”

他轻哼一声问：“你有财？”

我想了想，确实来这岛时，可算身无分文，于是想了个中肯的说法：“谋色害命。”

这下他不轻哼了，而是上上下下把我打量一番，给了句更中肯的评价：“没发现有色。”

我顿时怒了，怎么着我也算是有姿色的吧，虽然离我向往的文艺女青年方向越走越远，可一身绿装裹身，也曾被人夸赞过英姿飒爽。怎么到他这儿就成没色了？于是我开始反击："谁有色？袁珺？那你丫的跑这儿来给我裹脚干吗？"

他眯眼了，我胆怯了。

盯了我半晌，他问："你在吃袁珺的醋？"

我矢口否认："袁珺是哪根葱啊，值得我吃她的醋？"许子杰凑到我跟前，嗅了嗅，"嗯，挺酸的。"我羞愤了，往旁打了个滚，还没爬起来，脚就被往后一拉，整个人伏趴在了地上，想要挣动，头顶传来危险的声音，"脚伤不想好了？"

这样的姿势实在太难看，头埋在手肘间，憋闷至极地问："你到底有没有把我当女人啊？"

"不把你当女人，能跟你提出交往吗？能跟你以结婚为前提恋爱吗？目前对男性还没多大兴趣。"听他这语调，带着点调侃，忍不住仰了脖子回头看了眼，不由得气结："有你这样跟人谈恋爱的吗？就知道欺压我。"

他整个人的姿势是这样的：单膝跪地，另一只膝盖磕在我腘窝里，一手按在我背部，另一手，待命。但凡我要还用手反抗，估计就是遭到反剪的命运。

这分明是制伏歹徒的招式，也是校场上与男人单挑的行为，却用在了我身上，还说把我当女人看！我估计没人谈恋爱有我这么憋屈的，时不时受训受罚，还不能回击。

背上一松，腘窝里的重力也移开了，他就地坐在了我身旁，低目看着我："袁珺出意外这事，我身为领导是有责任的，适当的慰问不能代表什么。"

他是在向我解释吗？我嗡着声音咕哝："可你需要对她那般轻声呵护吗？"

哪知被他耳尖听到了："我哪里轻声呵护了？统共就跟她说了两句话，你就扭头走了。"只有两句？我才不信呢。就算他寡言，那袁珺姑娘逮着了机会还不多蹭几句话？

突然拍来一掌，把我给吓了一跳："还不起来，你打算这样趴多久？"

我高兴，我乐意，怎么着了？心里小小反驳着。

结果，磨牙声又起："苏敏，你这是在找抽。"这才发现，声由心发，把话给说出来了。这种情况下，只有装糊涂，手撑地准备站起来，腰上一紧，他揽着我的腰扶我起身，还没待我娇羞情绪泛起，就听旁边传来调侃声："小两口黏糊完没？子杰，有事找你呢。"

呃，是左韬！十几米开外处，左韬依在一棵树上，笑得不怀好意，不知在那儿看了多久。这回我也用不着羞愤了，直接找个地洞钻得了。

倒是许子杰气定神闲，绷得住皮，将我扶正站好了后，才看向那边："什么事找我？"这淡定的气度，非我能及啊。左韬挤眉弄眼了一番后就把他叫走了，独留我一人在原地反省。

夜幕降临时，休整完毕的小伙伴们去训练了。整个营地就剩下两名伤员，一个是我，一个是袁珺姑娘。

这丫的挂了一下午的点滴，小脸蛋都红润透透的，居然也敢称病怠工。这人啊，就不能被看死，当初我还瞎了眼跟这丫好呢，现在怎么看她都觉得烦。

"苏敏。"

嘿，丫还主动找上门来了。

袁珺姑娘声音细小："能和你谈谈吗？"一脸委曲求全的样子，跟小媳妇一般，倒真像是我将人怎么着了似的。学某人，挑了挑眉问："谈什么？"口气不算生硬，也不和风细雨，没理由对个遭烦的人还好脾气吧。

她似极难开口，几次张嘴没出声，又咽了回去，看得我都为她累。半晌，她才总算开了口："苏敏，你是不是误会我什么了？"

我眨了眨眼："误会你啥了？你跟我说说呢。"

她的表情如吃了只苍蝇般难受，看得我心中喷笑，堵不死丫的。我还不信她脸皮厚到敢把我家子杰拿出来说事，反正是她存心来找堵，送我枪口上来的，不射白不射。

许是也看出了我的恶意，不吭声了，那不吭声就不吭声，你丫回去自个儿帐篷面壁去，干吗在我面前给我添堵？好吧，那就别怪我了。

先是长叹了一口气，然后语重心长道："袁珺啊。"唤了声她名字后，有意停顿了下，等见她腰背挺直竖耳朵细听时，我才继续，"那时候集训，我觉得你这人不错，除了有点婆婆妈妈、爱哭、多愁善感外，是个挺周正、心无城府的好姑娘。"

是人都爱听夸奖的话，袁珺姑娘那小嘴角翘着，还强装镇定坦然。

小叔叔从小就教育我，打击敌人的至高境界就是在给一块糖后，再给一棒子。让她从天堂掉落地狱，高空跌落谷底，那绝对比蹦极还刺激。所以，我扬高声音转折："但是，没想到自己看走了眼，当真应了那句人心隔肚皮，女人心海底针，表面看着无城府，心里却黑着呢。"

袁珺姑娘标致的小脸变色了，她蹙着眉佯装不解："苏敏，我不懂你在说什么。"

"不懂？那看来是我表达不清楚。这么跟你说吧，咱们老大，也就是许子杰，现在是我男人，你呢最好收起你那些小心思，别三不五时地来个意外博眼球。老实说，今这事明眼人都看得清楚，你当他不明白？是高估了自个儿智商呢，还是低估了别人的智商？"

她要是还说不懂，那我直接找棍子敲她，帮助她开发脑力。暴力不见得能解决所有问题，却是解决某些问题的办法。

这回她总算也不装傻了，只是将原本养得红润润的脸，给染成了白色，神色从委屈变成哀怨。我笑了起来："想哭？装委屈？也得有人看啊，这四下无人的，你哭给谁看？袁珺，我劝你差不多就行了，快回你地儿去吧。"

话声完，她还居然真滚金豆子了，肩膀轻颤，眼泪扑簌簌地流，很快就在脸上开起了水沟。柔柔弱弱，委委屈屈，那叫一个我见犹怜！若不是怕太刻薄有损自个儿形象，我还真想啧啧两声给她鼓掌，她这泪功是大有进步啊。这时候来了谁都会以为我苏敏欺负了她。

袁珺抬起梨花带雨的小脸，委屈开口，却不是看向我，而是看着我身后的位置："教官，我想跟苏敏和解的，可是……"

我猛个回头，夜朦胧，月朦胧，玉树临风、潇洒倜傥的某人，不巧就站在我身后。

顿时有骂人的冲动，草泥马，你袁珺给我下套呢！

许子杰垂眸淡声道："袁珺，我选你们过来是特训的，不是来联谊的。身体恢复好了？那就参加训练吧，要不要先去跑两圈？"

原本哀戚可怜状的袁珺姑娘，这回愣住了，眼泪要掉不掉的，表情都不知道该如何摆。头顶传来沉声命令："回自个儿帐篷反思去。"

看着落荒而逃的身影，我忍笑到内伤，太精彩了！还是他派头足啊，三言两语就把人给轰跑了，我之前说了一大堆，她都还坚挺着。如此看来，我与咱家老大确实不是一个段位的，光那气势就超出我一大截，嗯，必须得向他学习。

"想笑就笑，不用憋着。"

我嘴角上扬，毫不客气地笑起来。轻哼声又传来："瞧你这小人得志的样。"忽略掉，继续傻笑，其实我乐的不是袁珺吃瘪，而是他帮我教训她。远处传来人声，他轻咳了下，压低声音道：“这回你不会再觉得我对袁珺有什么了吧。”撂了句话后，就朝集合场地大步迈去。

我坐在原地没动，凝望着他的身影潜进夜幕中。

莫名地，多愁善感了。我仰头轻叹：子杰，你可知我介意的不是袁珺，而是你心头那人？

不知为什么，在袁珺身上我看到了余浅姑娘的影子，她们长得一点都不像，却有一种类似的气质——柔弱。可能连他自己都没察觉，之前袁珺在打点滴时，在旁嘱咐的神情是那般柔和。这种柔和只在那次他住院期间出现过，是对余浅姑娘说话的时候，而我偷偷站在门外看着。羡慕吗？羡慕，如果有一天他对我也这么温柔的话，我会乐得飞上天。

第二天，我就开始继续训练了。许子杰常会把目光投向我，疑似关切，而且他似乎剪除了体能类的训练，偏重于对战模式。如此，我的脚伤避免了加重的可能。

忍不住将目光凝在前头英挺身形上，他是在以另类的方式宠护我吗？扬起唇角，我感受到恋爱的滋味了。谁说恋爱就要逛街、看电影了，这样的方式与感觉，很不错。

正当我乐滋滋地开小差，通信器里传来沉冷的声音：“苏敏，你要是再不全神戒备，信不信我立即把你踢出局？”呃，他背对着也能发现我在走神？太神奇了吧。不敢再懈怠，凝神屏气，端着枪瞄准好前方位置，不用说，我又被安排在狙击手的位置。

当某道敌方身影出现在视线内时，我眯起了眼，居然与袁珺姑娘狭路相逢。

瞄准目标，射击！

袁珺居然在我出枪时闪开了，躲过了这一击，真是大大出乎我的意料。看来我对她的长期“培训”很有效啊，知道躲避了。一击不中，她立即朝我这儿反击，就地而滚，半蹲起身。两人的目光在空中交会，我伸出了手指，朝她轻蔑地勾了勾，随后转身往草木丛中钻。

跑了不出三十米，就听到身后传来追奔的声音。我轻笑了下，很好，要的就是你追来。

耳内又传来许子杰的声音：“苏敏，你人呢？”我一边跑一边回：“报告，我在与敌人周旋。”对面沉默，随即再传来的声音变得冷硬，“苏敏，立刻回来，这是命令。”

我回头看了看，袁珺紧追在后，沉吟了一秒：“老大，我完成了任务就回来。”说完就将通信器拉了下来，里头还有沉怒声传来，一时也听不清了。

这还是我第一次违背他的意思，原因无他，只为与袁珺做个了结。

当觅得一处复杂地形，我将身形隐在一个大树背后，立即感觉两旁鼓鼓的风声。尽量先躲闪，待我一个翻滚藏进草丛中时，我知道反击的时刻来了。

眼下袁珺整个身形都暴露在我的视野范围内，她却还以为用树身挡住了自己做好了掩护。基于多次对战总结出来的经验，我首先瞄准了她的手背，砰的一声命中，她手一痛，武器掉在了地上。其次，瞄准器从她上身划过，对准她的腹部，又命中，她倒在了地上。

我从草丛里走出来，武器抗在了肩膀上，居高临下地看着她问：“怎么样，服不服？”

袁珺瞪着我，紧闭着嘴不作声，看她这表情也不像服的样子。我故意从她身旁跨过，丢下一句：“等练好射击再来找我吧。”哼，就她那两把刷子，还敢跟我比射击。

“苏敏！”还没待我撂下话扬长而去，袁珺在身后喊我了。顿住脚步也没回头，只是讽笑着问：“还想来？”她要有这特殊癖好，我绝对会满足她的。

“敢不敢放下武器和我单打一场？”

玩单挑？我转过身看她，只见她已经手撑着地，极其艰难地想要起身，微有诧异，她倒是挺坚挺的嘛。格斗搏击是她的强项，虽然我们从未真正硬碰硬对打过，可那个自知之明还是有的，尤其明显她在用激将法激我，我又岂会上当。于是我笑道：“没有多此一举的必要，我们在演练，你已被我方歼灭。”

正待抬步离去，袁珺姑娘忽然幽声说：“加重赌注，谁输谁就退出这次特训。苏敏，再问你一次，你敢还是不敢？”

当下，我想到了巫婆与白雪公主的故事，袁珺就是拿着毒苹果的巫婆，我自然是正面人物白雪公主。她将红灿灿的苹果伸到我面前，引诱着我一口吞下，老实说，这个赌注很诱人，也很危险，更是刺激。一场定输赢吗？很合我口味。

我将武器扔在了地上，还没开口，忽然有道细小的声音传来：“苏敏，戴上通信器。”是子杰的声音，来自挂在我脖子上的通信器，里头又重复了一遍命令。基于长期受迫模式的养成，我将通信器放进了耳朵里。

随即那头他沉稳开口：“听着，攻她下盘。袁珺格斗技巧最大的死穴，就是下盘不灵活，她擅长手上击打招式。”

恍然而悟，他这是在给我作弊啊，他此刻定是在哪个位置看着我们。心里乐翻，有了他这个后盾，我顿时信心满满，勾起唇对袁珺说：“来吧。”

虽说格斗不是我的强项，但同时受训，同样规格教习，她学到多少，我也学到了多少，只是技巧上有偏差。加上刚才她腹部受我袭击，算是有伤在身，我还有后盾，所以觉得赢她是板上钉钉的事了。

可真到打斗起来，才发现自己轻敌了，也可说这袁珺姑娘深藏不露。她远比多次对战训练中表现出来的身手更矫健，出招更凌厉，完全不给我任何喘息的机会。并且显然连许子杰也低估了她，她的下盘路哪里不稳健，扫堂腿踢得可利落了。

只过几分钟，我就已显败势，耳内叹息声起：“苏敏，你不是她的对手。”他在旁也看出了苗头？可赌注下在那儿，我如何肯服输，这不是面子不面子的问题，退出特训代表的背后意义是放弃他，这在刚才彼此的眼神中已经传达。

“听着，苏敏，你如果想赢，就必须速战速决，越拖下去对你越不利。乘刚才袭击的后挫力的威力还在，攻她腹部和手。”

我立即听令行事，出拳击向她腹部，她缩身避开我这招，却不知我真正的目标是她手骨，小擒拿捏住她的腕骨，用力往我旁边一拽，继而一脚踹向她腹部。同时受创，伤上加伤，她整张脸疼得都揪在了一起。

“闪到她身后去，劈她后颈。”

我身形急变位，手掌拍下瞬间，耳中指令又到：“踢她腘窝！”抬脚，踢中！袁珺姑娘往前趴伏在地，跌了个狗吃屎，这回不用他再教了，一个飞身疾扑，压在了她身上。可她却仍旧顽抗，想挣扎起来，到这种时候，女人与女人之间打架就不讲究技巧了。

她一边吼着“苏敏，我不会输给你的”，一边则一个抬肩将我往旁掀，反手还来抓我的脸。好家伙，居然想破我相，那也别怪我，一把抓住她的头发死命按在地里，另一手反剪住她的手腕，用力压她红肿的伤处，疼不死你丫的。

等到许子杰不知从哪走出来喝止时，我们俩的战况都不太乐观。我衣服上的纽扣被扯落，她帽子不知跑哪儿了，脸被我摁在泥地里，吃了满嘴的污泥，还被我压在身下无法动弹。

咆哮声起："你们这样成何体统？"

我自然不能揭穿他其实早在附近的事实，佯装低着头挨训，一句话也不吭。而袁珺姑娘则在看到他后，开始号啕大哭。

待我们一前一后回到营地时，其他组员都已在列。

"报告，我想退出这次特训。"袁珺走到了前列，扬声对两位教官汇报。

我殷切的目光看向许子杰，心里念着：快答应吧。乘着天色还早，还能联络外界来将人带走，免得拖到明天。哪知他面无表情地问："为什么？"

"因为我吃不了这个苦，无法胜任接下来的训练课程，所以自愿退出特训，回原来的岗位继续待命，为下一次做好充分的准备。"

静默，我几乎看到许子杰眼中也闪过了讶异。这话委实说得漂亮，换成是我绝想不到这么好的台词，只会实打实地硬梗着脖子要求退出。

"你知道何为岗位？岗位就是你坚守的这块土地，你站在哪里，哪里就是你的岗位。袁珺，你的请求我驳回。"许子杰做出裁决，我的心也凉了。

只见他站在上首位置高声道："你们十个人，都是经过精挑细选才能站在这里的，我不希望再出现任何人跑来对我说吃不了苦之类的话，那意味着什么？意味着你们在逃避，对自己不负责任。现在告诉我，你们想当不负责任的人吗？"

"不想！"

"很好，记住你们现在说的话。一周后，将开展综合测试，一场定输赢，就看你们谁留到最后。"许子杰的视线扫过我的脸，眼神中带着警告，似乎还有鼓励。

基于那个"温暖"的眼神，我决定深明大义不追究袁珺姑娘反悔这事了。老实说这场胜利我赢得也有点虚，要是没他在耳边指导，那输的一定是我。这次教训告诉我一个道理：宁可相信小人，莫要相信袁珺。

夜间集训解散后，有个意外的惊喜等着我。许子杰在确定我脚伤无碍后，让我每晚训练结束后到林地空处训练格斗技巧。我压抑住兴奋忐忑地问："你教我？"

他挑挑眉："要不然呢？还是你不想我教？那行，我安排左韬。"作势欲走，我连忙拽住他的胳膊："别别，你教就好，不用麻烦左韬了。"

额头一个响指敲来，疼得我龇牙，他冷着声训斥："左韬是你叫的吗？"

我捂着额头委屈地回嘴："就私下里说说的嘛，你不也让我私下里喊你名字嘛。”一个响指又敲来，直接打我头顶，“我和左韬能一样？”

好吧，大人威武！

等我第三次被他过肩摔摔在地上龇牙咧嘴时，我在心里大呼：大人暴力！

这格斗技巧也不是他这么训练的啊，拿我当沙包一样甩了，他还美其名曰要练就练最基本的，先从被摔练起。我欲哭无泪！等到他终于放行时，身子都在风中打战，那个疼啊，全身骨头都散架了。

可到了第二天晚上，我又如期赴约了，原因无他，我要跟他谈恋爱。虽然方式暴力了点，但至少是单独相处，这天黑风高的，这花前月下的，指不准可捞着点啥好处，比如……

“哎哟！”我一个四脚八叉被掀翻在地，头顶的月光被许子杰愠怒的脸遮挡，声音寒凉：“苏敏，你要是再不集中注意力，我不介意今晚磨炼久一些。”

如此更好！我在心中欢呼雀跃。脸上却难维持淡定，因为小臀部被刚才那一摔，估计是青了一块。从昨晚起，我这身上就多处乌青，全被他摔的！照此下去，相信到综合测验那天，我就体无完肤了。

一只手伸向我：“起来！”我顿时就乐了，喜滋滋地拉住他的手，就势要站起。哪知还没站稳，就被他顺势往前一送，然后以恶狗扑食之势跌趴在地。头顶传来他肃寒的声音，“这是教你任何时刻都要提防对手，反应要灵活，要学会随机应变，刚才你有足够的时间稳住自己而给予我还击，可你却跟木头一样傻愣愣的。”

羞愤，他居然说我像木头！我那不是因为相信他，才把手伸给他嘛，哪里防到他来这一手啊。真憋屈，要摔我也弄个好一点的姿势吧，总之我在他这是形象全无。

“自己爬起来！”

我咬了咬牙，从地上爬起，转身就是一个扫堂腿踹他胸口，他往旁及时避开，眉毛掀了下：“这招不错，速度可以再快些，脚再抬高一点，就不容易避闪开了。”

得了他赞赏后，再接再厉，引身出拳劈他肩膀，却被他一把揪住手臂然后反旋，另一手肘已经勒住我脖子，将我整个人控在了他胸前，动弹不得。他磁性的嗓音就在耳旁：“你这招出拳速度太慢，反应也不够敏捷，见势不对就迅速收拳。这种反击招式，袁珺最擅长，她在拳路上有一套，应该做过专门特训。苏敏，你到底有没有在听？”

我走神了……原谅我实在抵抗不住眼下的情势，后背贴着他健硕的胸口，耳边听着他说话，几乎那吐露的气息都能感受到，这要我如何能集中精神嘛。

被他如此喝问，急急回头欲解释，哪知估错了两人靠近的距离，回头间刚巧脸颊擦过他的唇，顿时两人都愣住了。随后那处被他唇触过的脸颊如火烧般蔓延开，一直烫到耳后根。上一回的情景如数窜入脑中，这是自那日后，我与他最亲密接触的一次了。

而下一瞬，我与他又做了一次非比寻常的亲密接触。俯压而下的唇瓣带着凉意贴近，气息铺天盖地席卷而来，吞没了我。这次，他没有浅尝辄止，而是试图挑开我的牙齿探进来，可怜我因神经高度紧张而牙齿紧磕，他在周旋了一会儿后，松开些抵在唇边轻语："张嘴。"

基于脑子对他的命令是自然遵守模式，牙齿一松，唇自动启开，随即他的舌挑入，勾卷。在席卷了几个来回后，他似觉不够，转而吸吮我的舌，直到舌尖发麻才松开，继续勾舞其他领地。他的手早已松开对我的钳制，改而一手按住我后脑，一手扶住我腰。

越到后来，脑子越加混沌，只感觉酥麻从舌尖蔓延向四周。终于他退开了唇，气息紊乱，视线内可看到他的唇瓣带着晶莹的水润，那其中有我的功劳。

这可是质的飞跃啊！我就说天黑风高，花前月下，能捞着点啥好处，这不，福利来了。

许子杰再开口时，嗓音微有沙哑："今天就到这里吧。"可话这么说，他的手却没放开，还搁在我腰上。

这个晚上我没失眠，睡得特别好，春梦无边。

所谓练兵千日，用在一时，终于到了验收成果的时候。清晨曙光微凉，所有人都集合在场，听着许子杰宣布今天的测验项目。采取的是两两对决方式，完成五项考核，最终胜利的五名加入特派组。

正在准备分组时，忽然袁珺大声道："报告，我请求与苏敏一组测验。"

得，这丫是跟我杠上了，赤裸裸地挑战呢。我挺了挺胸，心道谁怕谁，不就是格斗技巧比我稍强嘛，敢这么嚣张，灭了你。

五项考核，前四项我与袁珺平分秋色，各赢两场。而一场定胜负的最后一个考核，偏偏就是格斗技能对战。我知道她就等着这呢，势必是要挽回私斗时输给我的场子。那看着我的小眼神，藏着一把把小冰刀，恨不得做那李寻欢，全飞我身上来。

真正动上手时，才发现人比眼神还凌厉，她出的每一招都虎虎生风，踢过来的每一脚都带着狠意。我几次都险险避过，不敢掉以轻心，先以守为攻，抓准时机再击她空门。

几十个回合后，仍未见真章，两人都不由得有些气喘。欺身靠近的瞬间，袁珺忽然低声道：“苏敏，你以为指挥官私下教你练习了一周格斗技巧就能赢我吗？”心中一沉，她居然知道？一拳击中我腹部，疼得我弯下了腰。

好你个袁珺，给我玩阴的，故意用别的事来分我心神。

刚避开她击向我面门的一拳，又听她道：“我就说上回在林子里你的拳脚功夫怎么可能赢我，原来是指挥官在私下指导你。这种行为叫徇私！我会向上级领导反映的。”

呃，肩膀被她一脚踢中，人往后退了三步才稳住身形，瞬间半边肩膀麻了，这一脚可真够狠的。袁珺似乎找到了甜头，一边攻击一边拿话刺我，而且全围绕在许子杰身上，也是我死脑子转不过弯来，只要碰到他的事，就傻傻分不清楚。

忽然远处传来一声尖哨，我微转目光去看，只见许子杰站在高处，居高临下看着场中，目光正凝向这边。心中一凛，立即屏气凝神，不再受她分心。老实说，头两天挨的那几顿摔还真挺有用，皮都摔厚了，只在被击中时疼得发麻，过后立即就可忽略那疼。

当我一个重重的过肩摔将袁珺撂倒在地时，她睁圆了震惊的眼，似乎无法相信她会在最引以为傲的格斗对战里输给我。我紧紧压住她的身体，将她双手反缚，轻声道：“袁珺，你知道你输在哪里吗？心不正！”

如果她不求胜心切对我使阴招，而是全神贯注将心思用在对战上，那么就算我临时抱佛脚练习了一周，也难是她的敌手。许子杰曾说，袁珺的格斗技能并非一朝一夕间练出来的，而是长期刻苦的训练，所以我要赢她，一个字：难。

成绩出来，特训就结束了，我被入选特派队，而袁珺自然落寞离开。在正式入编前，上级给安排了休假，算是慰劳我们这两个月的不见天日。

于是，我与许子杰走在大马路上，烈日当头，美其名曰——逛街。

是他提出的，当时我有被惊悚到。途经商场，他拉了我进门，揪住他衣袖问：“你要买东西？”他摇摇头，“你给别人买礼物？”他又摇摇头，“那你来这里干吗？”什么都不买跑商场吹空调？太会为国家节省资源了吧。

“女人不都是喜欢在恋爱时逛商场吗？”

我眨了眨眼，再眨了眨眼，吞咽了口唾沫：“你是说，你在和我谈恋爱？”

他轻睨我一眼：“要不然呢？”将我手从他衣袖拽下，改为握住。我的小心脏又扑通扑通荡漾了，逛街、恋爱，想想就美。

可在商场里逛了一圈，仍然两手空空时，开始觉得不是那么美丽了。很想问一句，是谁提出恋爱就得逛街的理论？太无聊了。等走出商场大门时，长舒了一口气，耳畔也传来类似的一声，看来不止我一人有这想法。

模式是死的，人是活的，在他提议去看电影时，我果断拒绝。怕直接在那电影院里睡着了打呼噜，那可就丢脸丢大发了。于是在我的提议下，两人杀去了射击俱乐部。

一进射击场，我就摩拳擦掌，语带挑衅地问：“玩一局？”

许子杰瞟了我一眼，放下一句话：“想找死就来吧。”我顿时成了愤怒的小鸟，别的我可不敢在他面前班门弄斧，但射击可是有底气的。

可等一轮十发子弹比下来，我歇菜了，成了怨怒的小鸟。有五枪打了9环，三枪10环，还有两枪是8.5环，按理这个成绩算不错了。可是他架势摆起，连射十枪，没有一枪是在9环以外的，总成绩一加，没有悬念。

他轻吹了下枪口，嬉笑地说：“很多事是需要天赋的。”

揉了揉眼睛，再凝神看，还是那股味道——痞气。

从未将这两个字与许子杰结合在一起，可眼下他穿着绿装，领口纽扣解开两颗，露出里面的浅色衬衣，唇角微微上扬，眼底含着漫不经心的笑意，一股子痞味就出来了。

下巴微凉，他用指尖挑了我下巴，气息扑进，在我以为他又要那个啥时，却听他说：“苏敏，给你一周时间，只要有一次赢过我，就送你一样礼物如何？”

我愣愣地回：“什么礼物？”他好看的唇角勾起：“秘密。”

美色当前，毫无抗拒力。等我回过神时，已经应下了这个约，细细一琢磨，觉得也不亏，反正他也没说赢不了会怎样，等于说我赢了有礼物，输了最多被他削一顿。为此我特意确定了下：“是真有礼物？射击是吧？”

他掀了掀眉梢，回道：“不是射击，你哪个项目能拿得出手？”

软箭射中！我自找的。

接下来一个礼拜，我又投入刻苦训练中，为了这个约甚至还特意跑去找老爹，请他帮忙找射击教练，苦练一周。第七天赴约，进门就见他先我一步在射击馆内，斜靠在支架上，视线扫过我身上时凉凉的，冷哼声从他鼻子里出来：“就你这副懒散的样子，还想赢我？”我没敢回嘴，走到靶前看了看，支吾着做出要求：“子杰，能不能让我两环？”

见他不吭声，我就当他默认了，做好防护工作后，抬起手臂准备射击，忽然手上一紧，他从身后贴住我的背，扶住我握枪的手，咬字在我耳边：“手不要颤，呼吸保持均匀！每一枪的间隔呼一口气，你行的，苏敏！”

当他松开走向旁边位置时，一口被憋在胸口的气才吐出来，心中哀号：老大，有你这么鼓励人的嘛，分明就是扰乱军心。这下我哪还集中得了注意力？

耳旁“砰砰砰”连发的枪声传来，闭了闭眼，死就死吧，深吸一口气屏住呼吸，咬牙扣动扳机，等到十枪射完，我不忍直视了。有史以来成绩最差的一次！一个10环都没打中，而且全跑8环以外去了。成可见，美色干扰太牛叉了！

一个重重的响指敲在我头顶，数落声在旁：“不是请了私人教练嘛，练了一周就这水平？”我吃痛地抬头，惊疑：“你怎么知道？”他抿唇轻哼，“左韬是那射击场的头，你那教练是他手下，你说我会不知道吗？”

得，我又扮演了一个礼拜的小丑，供他娱乐了。

垂头丧气往门边走，他在身后问：“去哪？”我头也没回，“找人算账去。”

“哟，这是要教训谁？私人教练，还是左韬？”

我敢吗？当然是回家找老爹去，问问他怎么给我找了个不着调的教练呢。埋头继续走，身后又丢来一句：“礼物不想要了？”我麻溜地跑回他身旁，腆着笑脸道：“想要。”怎么会不想要，我每天晚上都在想他会送什么。

“闭上眼！”命令式短句。

我照做。等了五秒，还没听到指令，有些急躁地问：“能睁眼了吗？”沉默！我又问了一遍，继续沉默……

他不会将我搁这跑路了吧？眯开一只眼，人影还在，松了口气，再眯开另一只看清眼前时，我不会呼吸了，这……啥子情况？

他的手上托着一个红色的小丝绒盒，盒盖被开启，里头躺着一枚璀璨钻戒，亮花了我的眼。“喜欢这个礼物吗？”从未听过他用如此轻柔的声音与我说话，瞬间心酥化了。可是，女孩子不好随便收戒指吧。心里边想着，嘴上也喃语了出来。

轻笑传来，他的眼角上弯：“傻妞，还不懂？我在向你求婚。”

What？求婚？

“之前我就向你表示过，我不是在耍流氓，与你交往、恋爱，都是以结婚为前提。现在，你愿意嫁给我吗？”

来个什么把我砸晕了吧，受不了这么大的刺激啊。

他见我发呆不语，又问：“苏敏，你愿意嫁给我吗？”心里头无数个声音在喊快答应，可是我因情绪太激动呼吸不稳，出不来声。最终结果是：许子杰不耐烦地直接将戒指套我手指上，然后帅气地将红盒子抛向不知哪个角落，拽了我的手走出射击馆。

当他领着我走进婚纱摄影馆时，我又鸡冻了。全程都是他在跟里头的工作人员协商，敲定了哪组摄影，然后约定时间拍摄。完了走出门时，我拽着他的手不肯走：“子杰，你拍我一下脑门。”他挑挑眉，铁砂掌盖来，疼！是真的！

然后听他下一句道：“今天是周末，民政局关门，明天记得把户口簿带出来。”

于是这晚我回家，直接抱着户口簿睡觉了。

第二天走出民政局，第一件事，就是拿手机拍了张红本子的照片，传给闺密简宁一显摆。

嘀嘀两声，短信回来了：敏子，我要当伴娘！

我回她：考虑考虑。嘴角却乐开了花。

“苏敏，专心点走路。”警告声在前，我刚哦了一声，就砰的一下……撞路边的电线杆上了，顿时眼冒金星，很是哀怨地道：“你早点提醒我呀。”

暖热的手掌贴上我额头轻抚，他的语气颇为无奈：“你整天心神恍惚，我提醒得过来吗？这么大一根柱子，你也能一头撞上去，我以为你是想练练铁头功。”

铁头功？我还硬气功呢，一点都不厚道，纯心埋汰我。

过了两天，甜甜蜜蜜拍完婚纱照，迫不及待先跟摄影师要了毛片，跑简宁一那继续去显摆了。看吧，虽然我整天奔在日头底下训练，皮肤给晒黑了，可粉底一打，雪白的婚纱一穿，还是娇俏漂亮的。更主要的是，穿着纯白色西装礼服的子杰，真就像一个白马王子。

而这个白马王子，是我的。

这么喜庆美好的事，能不跟最好的死党分享吗。结果宁一囫囵吞枣看完所有照片后，表情颇为莫名地看着我。看她这架势我就生出不祥的预感，指着她鼻子警告：

"你丫给我说点好话，要不然伴娘我找萧雨做。"

"萧雨？你敢！"宁一狮子咆哮了。不怪她如此情绪激动，而是她死磕了大把年头还在守望期的陆家哥哥陆昊，初恋情人不巧正是那萧雨。我、宁一、萧雨，是一个院里长大的。在陆昊毛还没长齐时，简宁一这小丫头就昭告天下这辈子跟定陆昊了。偏偏陆昊那人贼坏，送到嘴边的当哥们，一头栽进了萧雨的温柔情海，从而奠定了宁一与萧雨的情敌生涯。

后来萧雨挥挥衣袖出国去了，陆昊的初恋才算是终结。

在我用出萧雨这个必杀技后，宁一瞟了个哀怨的眼神给我，再飘忽一句话出来："敏子，其实我是想跟你说八字箴言。"

"哪八个字？"

"如人饮水，冷暖自知。"

"不懂，语文学得没你好。"

她叹息，一脚踹向我："你个文盲，赶紧滚去学习。还有，忘了跟你说个事，陆向左要回来了。"Who？陆向左？惊悚之后就是哀号声起。

陆向左是谁？陆昊他亲弟！

从小到大，我跟他干架最多，不知有多少回被老爹训斥是受他连累的，曾有一度我把他奉为灾星。好不容易盼着他走人去祸害帝国主义了，这还没过几年，居然说又要回来了，真真是个噩耗啊！

"瞧你那小样，至于吗？"简宁一在说风凉话了，她小时候跟着陆昊，也少不了被陆向左欺压，可她那小心思在陆昊身上，想尽各种办法贿赂这小叔子。后来陆向左不知被她拿什么收买了，改而将炮火完全正对我，轰得我灰头土脸。

他走的那天，我没去机场送。而是跑到庙里去烧香，不为啥，为还愿。每年去庙里都得跟佛祖爷爷许个愿，让陆向左远离！终于是被我盼着了。

没了陆向左的荼毒，我的学校生涯混得风生水起。

这不，后来还碰上了一生中最美好的事——与我家子杰结缘。

时间一日一日过得飞快，婚礼前三天，按照规矩，男女双方都不能见面。在子杰与老爹他们商量下，婚礼就办在本市，所以他陪着从C市赶过来的准公公和准婆婆入住在酒店。

如此这般，我又忧郁了。

要连着三天都看不到他啊，当真是度日如年。婚礼前一天，宁一看我鬼打墙一般在房里来回踱步，就发飙了。她发飙的结果是领着我直接杀去酒店，此建议甚合我意。

这丫最喜欢埋汰我，可却干了件特仗义的事，就是怂恿我去偷窥我家子杰！

我俩先是遮遮掩掩避开耳目偷跑出了家门，再特意跑商场换了个装。等站定在准公公、准婆婆一家入住的酒店楼下时，我朝戴着大太阳帽的简宁一看了看，嗯，不会露馅。

反观我，那就更不会露馅了！一款波西米亚风的长裙裹身，一副超大号的墨镜遮住大半张脸，还有一顶长波浪卷的发套，就是走到老爹面前他也认不出我。

既然来意明确，自当直奔主题，由简宁一与大堂服务周旋引开视线，我悄悄潜入电梯。出了电梯转过一个弯，刚走几步，我就听到熟悉的声音。

扒墙角一看，果然是我家子杰！他轻靠在墙上，面前站的靓丽女子是小婶婶，柳眉紧蹙地看着他。似乎在我来之前，他们正在争论着什么，但就目前气氛而言，应该是结束了。

只见小婶婶抬手拍了拍他肩膀，轻声道："子杰，姐不想你步我的后尘，好好想想吧。"转过身往走廊另一头走去，身影似有凄凉，很快就消失在某扇门内。

我不明白小婶婶为什么会那样说，听着那话，心里很不是滋味。我有点不敢走出去了，整个身体几乎是全趴在地上，从下往上的角度仰看着他的侧脸。那张脸上有不安、有压抑，似乎还有……我看不懂的沉痛。

忽见他在兜里翻找着什么，找了一圈后在裤兜里摸出手机，手指极其灵活地翻滑，然后定格住。心中微动，小心地从地上爬起，视线瞟过他掌中的手机上。即使隔得远看不清，也意识到他在看什么，因为他的神色迷离，曾经我见过一次，在看余浅姑娘照片的时候……那个名字多少次我在心间徘徊，却从不敢去深想。而就在婚礼前一天，他看着她的照片满眼痛楚，这代表了什么？茫然转身，告诉自己，他只是在缅怀过去，给他安静的空间。

走到楼下，简宁一跟那大堂经理你来我往相谈甚欢。我在旁观望五秒，决定绕过他们，咱不能破坏人情感交流，指不准对上眼了，那也不用吊死在陆昊那棵树上了。可刚走出酒店大门，手臂就被简宁一给拽住了，嚷嚷声起："敏子，有你这样的吗，走也不喊我一声。"

我回头将她红扑扑的小脸望了望，这春风得意的，到底脸蛋长得漂亮就吃香啊。掸去她的爪子，无精打采地抛了一句："不想破你的桃花运。"那丫的狗鼻子出了名的灵敏，立即就嗅出点啥味道了，她凑近我问："怎么了？没见着你家男人？"

我摇摇头："见到了。"

"那怎么这么快，没说点啥，腻呼一下呀？"她不怀好意地拿肩膀顶了我一下。

腻呼？我倒是想呢。"我见着他，他没见着我。"

简宁一没声音了，我奇怪地看了她一眼："你怎么不问我原因？"她却拍拍我的肩道："看你这落寞的表情就能看出点苗头了，等你想说的时候告诉我吧。"

微微动容，这孩子极少像这样着调过，要在平时，肯定使劲消遣我。难道我看起来真的很落寞？这两个字有些陌生，似乎从未与我关联过。

到了晚上跟宁一同躺床上好久也没睡着，我到底没绷得住心事，将白天的情形讲了出来。她闷在被子里默不作声，我推了推她问："你有什么看法？"

被子呼地被掀开，她气急败坏地坐起来吼："苏小敏，有你这么坑人的吗？看看几点了？凌晨两点钟！你把我喊醒就为讲你男人看前女友都排不上的女人的照片？那能代表什么？"

我心虚地看了眼手机上的时间，还真是凌晨两点，那丫眼睛眯成了一条线，睁也睁不开。我小声咕哝："我就是不知道代表什么才问你的啊。"

她哀号了一声，往后倒进床内："你也说了，那姑娘是你男人堂哥的老婆，他们能有什么可能？人还抛夫弃女跟他？我都不明白你在这儿纠结啥。难道说你会因为他看看女人照片，然后明天不结这婚了？"

铁定不会！经她这一分析，确实有点像我在胡乱纠结。可是心里慌寥寥的，最终我把这焦虑的心情定义为婚前恐惧症。

然而，婚礼这天夜里，就确诊了我不是婚前恐惧症。

即使我满脸漾着幸福的笑，即使我满心都是甜蜜的喜悦，即使我假意不懂他不要孩子的原因，即使我……不愿承认余浅姑娘始终都在他心底，也逃不开这一刻。

他站在与我几步之遥的阳台上，满身的孤寂与绝望沉载，我躺在承着我们喜庆的婚床上，静默相守且凝望。距离由此而生，不是空间的，是心与心的距离。

第四章

许我唯一，许我天荒

我的那个太阳

这夜，子杰直到天光发白时才抖落一身寒凉走进屋，进门那刻，我闭上了眼假寐，耳朵竖起听他的动静。只听脚步声走动，抵在另一头时，并没立即躺下来，灼人的目光似落在我身上，庆幸刚才明智地背转了身，要不被他这么一看，我肯定绷不住要破功。

等过一会儿，身后位置陷下，他躺了进来。并没有靠近我，中间隔了距离，不知是他身上的寒意还是我心头的触动，莫名地慑缩了下。

本以为会睡不着，可不知是否他躺回来了，心里也安定下来，很快睡意就侵袭而来。看到周公前我在想，原来这洞房花烛夜比那集训还要累啊。

第二天是在简宁一的夺命铃声里醒来的，条件反射往旁边位置看，许子杰早已不见踪影，摸摸床位是冷的，昭告主人已离开多时。接起电话时有气无力地喂了声，那头就开始吼了："哟哟哟，这是纵欲过度的症状吗？昨晚喊得太用力，连嗓子也喊哑了？"

去他的纵欲过度！"简宁一，你还是不是女人呢？有你这么说话的吗？"黄腔乱开，她家耗子怎么受得了她？哪知她没脸没皮惯了，痞痞地回："我是不是女人这事，基本不用鉴定了。快跟我说说，昨晚你男人猛不猛？八块腹肌有没有摸到？"

"滚犊子！"这丫大清早来YY我家男人，就不该告诉她那八块腹肌的事！磨着牙低吼："简宁一，有本事扑倒你家耗子，省得你这饥渴女整天一肚子黄墨水。"

那头传来一声怪笑，随后就听她压低声音道："敏子，别说话，给你听个声音。"我听了半晌，只觉一阵静默，不知她给我听的啥，过了会儿后就听她问，"听到没？"

"听到啥？"我莫名其妙。

"呼吸声啊。"

第四章

我的那个太阳

什么呼吸声？这女人在搞什么？等等，呼吸声！不会是……我尖声问：“你跟耗子滚一起了？”这下简宁一除了傻笑蹦不出半个字了。原来这丫大清早扰我清梦是为显摆来的，她居然借着这次我结婚当伴娘的机会，把人陆昊给就地正法了。

难怪她坚持要陆昊当伴郎，原来一肚子坏水就等着借酒行凶，生米煮成熟饭呢。

“宁一，老实交代，这阴谋你计划多久了？”

“咋说话的，什么阴谋阳谋的，老娘我可是奉献了第一次，他不亏的。你说你这傻妞都抱男人了，我能输给你嘛，这才体现我们姐妹情深，同一天成为妇女。”

看她这嘚瑟劲，恨不得拿面旗子飘起来诏告天下她成妇女了。

我懒得跟她贫，准备挂电话，可她扒着手机不放人，非要采访我的洞房感言。我跟她本就没啥秘密，被她几句一逼问就把那啥洞房收尾的事给吐露出来了，只听她在对面冷笑两声道：“敏子，不是我说你，平时看你也挺精悍的，怎么到关键时候就脑袋卡壳了呢？你不会在那时候来个霸王硬上弓，反过来压倒他？让他想抽身也没法。”

呃，这行为不叫精悍，得叫彪悍了吧。“你就这么对耗子的？”那我表示同情，陆昊估计被简宁一折腾得不轻，难怪睡到这时候还不醒。

我是趴在床上背对着门钻被窝里跟宁一分享新婚秘密的，所以当身后传来一声轻咳时，整个人从头到脚都发凉，汗毛根根竖起，手一颤，手机掉床上了。

那头简宁一耳朵尖，麻溜地直接挂断了电话，把烂摊子丢给了我。

基于敌情没掌握，不晓得他来了多久，听了多少我和闺密的“贴心话”，决定暂时先做鸵鸟，继续趴着“躺尸”。

“打算就这么一直趴着到晚上？”清冷的声音在头顶响起，从语速和语调来看，听不出喜怒。侧过脸，就见他立在旁边，神色莫名。

我装傻，假意眯着眼做刚睡醒样坐起来：“嘿，早啊。”

“不早了，你不是电话都打半个多小时了？”

转移话题失败，我再接再厉：“咦，真不早了，都中午啦，你怎么还在家里呢？”

他挑了挑眉，反问：“我不在家在哪？”好吧，这个话题又起错了。

在我还没想好第三个话题时，他就突然冒了一句话：“你跟简宁一关系很铁？”我直觉点头，他又问，“铁到连闺房私密事也跟人家说？”

得，我也不用纠结起啥话题了，他全听到了。被宁一那丫给害死了！下巴微凉，他的手轻抬起我的头，只见他眉峰微蹙着道："苏敏，孩子这事你要是想……"

"我没想！"这时候还不表态，那就真傻了。

他沉默了下，没再围绕这话题，转而道："起来换衣服吃饭去。"说完起身往门外走，却在到门边时顿住，"以后要有啥夫妻间的疑问跟我提，别与那简宁一太近乎，她会带坏你的。"

本以为许子杰提议吃饭，也就附近随便找一馆子将就一顿，可他竟然开着车停到了一五星级酒店门前。从车里下来时，我有些不好意思："那个就咱俩吃饭，规格不用这么高吧？"他也没应我，只一手环住我的肩带着进了门，等迈入包厢时，我愣住了。

一桌子的人，齐刷刷向我们看过来。有老爹、小叔叔夫妇，还有公公婆婆都在列。老爹首先皱着眉严厉批评："还有点纪律性吗？有你们这样让长辈等的？"

子杰浅笑了下，道："爸，抱歉，是我的错。昨儿忙晚了，今早睡过了头。"

老爹不说话了，其他人的目光扫向我，这才意识到他刚才那句"昨儿忙晚了"背后的意思，顿时脸上飞了红晕。还是婆婆打破尴尬，招呼我们落座，过了好一会儿，我才反应过来这是回门酒，之前一早就定好了的。这顿办完，二老收整收整就要回C市去了。

而我因为新婚夜之"荒唐"，将这事抛到脑后去了。

为求表现，吃饭过程中，我微笑到面部表情抽筋，而饭菜却没吃多少，还得忍着少说话。总算熬到用餐结束，二老提出了告辞，我作为媳妇，自然得跟着去送行。

婆婆临走前，送了一只玉镯我，碧绿碧绿的，我面带微笑送他们上了车。

夜间来临，豺狼苏醒时。说的不是子杰，而是我，还真被简宁一那丫给带坏了，满脑子考虑的是早上纠结的问题。当然没她那么黄暴，我想的是晚些他将我扑倒时，该不该把心中的提议说出来。

浴室门开，许子杰头发滴着水从里头走出来，微微敞开的睡衣内，可见身前水渍没擦净，向下滚落延伸进……这太刺激、太性感了！低头抱起自个儿的睡衣往浴室冲，却在与他擦身而过时被他拉住："苏敏，等下再洗，跟你商量个事。"

"啥事？"视线落在他胸前，吞咽了下口水，有些心不在焉。

"明天我要去Z市一趟。"

我点点头，应声："知道了。"就这事用得着跟我商量吗，继续吞咽口水。因为我这角度恰好能看到睡衣底下镂空处，那里春色无边。

"苏敏，我在跟你说事，注意力集中点！"子杰音量提高了，我赶紧抬起目光，正视他的脸。却听他又重复了一遍刚才的话，随后问，"你怎么说？"

我认真考虑了下后，才回道："咱结婚了，你就是一家之主，大事你做主，小事你决定，不用什么事都和我商量的。"忍不住为自己喝彩，这番言辞够大度，够开明吧。

哪知他眉梢抽了抽，盯了我半晌后才道："我算是明白个事，跟你说话就不能绕着弯，因为你就一根筋。我刚才的意思是，要去Z市一阵子，你是留在这边呢，还是跟我一起过去？"

一阵子？"那是多久？"

"待定。"

我一个箭步上前，扶住他的胳膊紧紧道："子杰，我错了，我发誓以后再不跟宁一瞎掺和了，你可不能为了这就跟我分居啊。"

他的反应是挣开我的手，然后推我到浴室门口，抬起脚将我踹了进去，咬牙低吼："去洗澡！把脑子洗清楚了再出来说话。"接着砰的一声，门被他重重关上了。

这性子！真够急躁的，幸亏有我这慢性子捂着，出不了大问题。

也不知他发哪门子火，一边冲着凉一边回想刚才的谈话，想从中总结出点啥来。结果洗到一半就听外面吼了："苏敏，你给我出来！"

急匆匆跑出来，就见他手上拿了个绿盒子怒视着我问："这是什么？"

我朝盒子指了指，小声提醒："那上面有字。""杰士邦"三个字还是挺显眼的，他没道理看不到。下午偷了个空，特意跑去药店溜达了一圈，转身就把这捎回来了，藏在了床头柜里。之前我琢磨半天的心事就是这，觉得有这个必要跟他提一提。

可真话到嘴边时，我到底还是羞涩的，只敢隐晦表达："网上有人说，你那个样子比较伤身体，不如用小雨衣的好，安全又健康，有助身心。"

某人大步朝我走来，我见形势不对，扭头就跑。虽然我不明白他为啥跟吃了爆竹一样，但风雨欲来的气息还是嗅得出的。可刚跑进客厅，就听身后脚步声逼近，心慌之下脚底踉跄，往沙发栽去。在接触地面的瞬间，腰上被箍住，随后拦腰被提起往回走，倒退的景物中想抓住点啥，手还没抬就听头顶冷冷威胁："苏敏，你要再乱动，我让你当回空中飞人。”

空中飞人？游乐园里我玩过，还算刺激。基于家中器材有限，想想还是算了，怕有个损伤不太好。一个惯力，我被丢进了软铺里，骨碌翻身，就见他一粒粒解着扣子，很快睡衣敞开了，不禁问：“你干吗？”

“你说干吗？”

“……”我呜呼哀哉了。

天蒙蒙亮，被从被窝挖起来，可怜见的，坐进车内时，我连眼睛都睁不开。

一路磕磕碰碰头撞车窗上打瞌睡，抵达Z市时已经日上竿头，我也从瞌睡中拼凑了睡眠，算是休整过来了。

车子停下，就见堂哥许子扬站在那儿，视线扫过来，在我身上没停留，落在子杰那边。推门下车时，两个男人已聚首，只听许子扬道：“先上楼吧。”

我抬头看了看，眼前是幢高楼精品公寓，不由得暗自猜想，难道这是他堂哥家？一个晃神间，他们已经迈进了楼内，赶紧亦步亦趋跟上。今儿子杰穿了一件黑色风衣，衣摆随步履走动而翻飞，有股说不出的俊逸气息。

反观那许子扬，初见他时我就赞叹过男人绝色不外乎如此，精致剪裁的深色西装裹身，透着股暗沉气息。但他从骨子里泛着冷意，只在对着余浅姑娘时温柔无限。

余浅姑娘？！我怎么把这给忘了呢，许子扬在这里，那余浅姑娘不是就在楼上？欲哭无泪，今天才是新婚第三天，我家大人就火急火燎赶来见心上人……

意识到这个问题后，我开始冥思苦想如何阻止他不上楼，抬头间发现两道目光射向我，他们已经停驻在电梯前。我连忙笑脸迎上去，状似不经心地提议：“子杰，还是别麻烦大哥招呼了，我们先去酒店安排住宿吧。”

电梯门开，许子杰环住我的肩膀往里走，嘴上回：“不用。”

拒绝得够直白！我眼角抽了抽，心生第二计，扒住门框惊呼：“啊，我的包落在车上了，我们回去拿吧。”他扭头看我，微蹙了眉，“你什么时候有过包的？”

呃，我忘了！打小起，女士背包与我无缘。我赶紧纠正：“记错了，是外套落车上了。”

“苏敏，你今早出门没穿外套。”哪知子杰再度戳穿了我，目光瞟到我的手指上，轻描淡写地说，“电梯门坏了，你自个儿在这修理。”呼溜一下，缩回了爪子，门缓缓关闭。

我心里默默哀号。

届时已没啥想头了，做好心理准备目睹他与心上人“眉来眼去”。哪知到一扇门前时，许子扬从兜里摸出钥匙递了过来：“我就不进去了，晚点儿打你电话。”

子杰接过钥匙点点头，转身就去开门。我在旁看得莫名，这是哪遭？堂哥提供机会给堂弟和自个儿姑娘幽会？还连钥匙都送上了？那头许子扬还当真衣袖挥挥，迈步走进了电梯离开了，看得我那叫一个纠结。

这头门开了，子杰也没招呼我，就直接走了进去。如此情形下，我也无须斟酌了，赶紧跟上吧。顾不上参观什么摆设，眼睛自动变成雷达模式，开始四处扫描，且看余浅姑娘是在哪处，总得做出有效的规避吧。

怎么着有我这“电灯泡”在场，他们那个啥，也会收敛点。想想又觉得悲摧了，怎么着我就沦落为“电灯泡”了？好歹我也是名正言顺的正室啊。

客厅不见，那是在卧室？瞄了眼某人的动向，乘他不注意如矫捷迅猛的豹子钻进了卧室，找了一圈没发现敌情，回转客厅时突听洗手间有声音，原来在那儿！想都没想就冲了过去，然后……我鸡冻了！

先解释下洗手间的格局，门打开是洗手池，洗手池的对面是抽水马桶，再进去就是一个浴缸。很普通很平常的卫浴设备，不普通的是那里头站了个人，伫立在抽水马桶跟前。

而这个人，很不巧地，是刚才我明明看到坐进沙发里的子杰。现在也没心思分析他怎么移形换位如此快，从沙发就到了这里了。此时他面色黑沉，双目怒瞪着我。这还是其次，主要的是，在他偏下方位置……双手提着松垮垮的裤子。

这种情景下，已无须发挥联想能力。

“苏敏！”大人咆哮了，我夺门而逃。

慌不择路间，最终选择餐桌底下为藏身地，没过两秒，就听头顶传来敲击声，随后阴恻恻的声音响起：“你是打算躲在桌子底下不出来了？”扭头一看，一双锃亮的皮鞋赫然就在桌外！

狼狈地从桌子底下爬出来，仰头一看，那脸色阴沉得吓人。我强装笑脸顾左右而言他：“你怎么知道我在这里的？”只见他朝我身后指了指，顺着他指的方向回头去看，结果这一看，连死了的心都有了。

我在慌不择路间，不知何时把他脱下的风衣外套勾在衣服上了，然后一路拖着跑，等我觅得良地藏身时，那件黑色风衣赤裸裸地暴露在外！难怪我刚坐地上时，没觉得这地面凉，原来是那风衣垫底下呢！

这时候“尴尬”一词已不能形容我的心情，硬着头皮装傻：“那个啥，洗衣机在哪儿？我看你这外套脏了，帮你洗洗吧。”许子杰沉目盯着我，眸子里的火焰在串烧，看得我后背发凉。

就在我快撑不下去准备认尿承认错误时，他终于开了尊口：“苏敏，我以长官的身份命令你，两个小时内将屋子打扫干净，床铺整理出来，至于你手上的衣服，给我手洗！如果办不到……”

“报告长官，我一定办到！”一个军姿站定，高声截断他的话，此时不表态，更待何时。

凉飕飕的眼神将我扫了个遍，这才转身走入某扇门内，那个房间我刚才探查过，疑似书房。经此一事后，我也安顿了，大致了解到这个屋子应是许子扬特意安排给我们住的，是我先入为主地想成了他家，以为余浅姑娘住在这里，然后有了后续的荒唐事发生。

整个屋子的格调偏英伦风，虽不至于脏乱，但也久未住人。

从小受打压惯了的我，家务事难不倒我，撸起衣袖，说干就干。五分钟后，我跑去敲书房的门，听到应声后探了个头进去：“子杰，床单和被子那些放在哪儿？”

他从书墙那边转过身，凉凉丢来一句：“自己找。”

我缩回了头，麻溜小跑而走。

十分钟后，我又敲开书房的门，有些纠结地汇报：“找不到肥皂和肥皂粉，衣服怎么洗？”砰的一声，一本厚厚的书丢在了桌面上，“清水洗！”

收到指示，扭头跑向阳台，与那件风衣周旋。当我第三次敲响书房门时，连我自个儿都觉得有些不好意思了，可实在是……“子杰，家里没拖把，不好打扫。”

不明物向我飞来，眼疾手快关门，钝声在门板背后响起，然后自由落体掉在了地上。我拍拍胸脯，惊叹：好险！

在我忙碌中途，那扇门开了，但他瞟都没瞟我一眼，直接拉开大门出去了，只留了个清撩的背影给我。我暗想他这气还真不小，出去了也好，可以暂时消消气。

但过了小半日，肚子就开始叫了，此时门正好打开，只见子杰两手拎满了袋子走进来。看到我就唤：“过来帮忙拿东西！”我连忙趋步上前，接过他一边的袋子，全是生活用品。

等闻到其中有饺子的香味时，心里就乐开了花，麻溜跑去厨房拿了筷子，打开饺子打包盒，就开吃起来，一口下去，嘴里塞得满满的，心里甜蜜蜜的。

这男人啊就是喜欢面上扮黑，嘴上冷刀子，其实底子里是贴心的，知道我定是肚子饿了，然后带了吃的回来慰劳我。

可等我扒到第三只饺子时，却听他冷声道："那不是给你吃的。"

啊？我咬住饺子抬起头，疑惑地看着他，不给我吃给谁吃？低头看了看盒子里的数量，确实不多，难道他也还没吃？那剩点给他好了，最多我饿着点。于是我边吞咽着饺子，边道："那，给你留十个，我吃六个就好。"

老实说，六个饺子连给我塞牙缝都不够，可我不能为了口腹之欲而忘了自家老公。

哪知他走到桌前连盒端走："饺子是买给小白吃的，你肚子饿自己去厨房做，食材在袋子里，拿去放冰箱。"

小白？Who？这屋子里统共就我和他两人，哪里又多出一个人来？却见他手上端着盒子，走到了没关的门前，然后低头轻唤："小白，进来吧。"

外头有人？我三步并成两步跑过去，好奇地去探望，结果视线从上到下，定住！毛茸茸的一团，白乎乎的一堆，小白是只狗？

子杰蹲下身去，将盒子放到了它面前，结果它只是瞟了一眼，趴回地面，神情颇似不屑。瞬间怒了，那可是从我牙缝里夺下来的饺子，你丫还不爱吃？哀怨地点了点他肩膀劝道："狗不吃饺子的。"

"你怎么知道？"

一句话把我给堵得好像我多没常识似的，咬牙辩驳："我小时候养过一头狼犬，无肉不欢，爱啃骨头。至于这种博美，就算没狼狗彪悍，最起码也得吃专门的狗粮吧。"

子杰默了半晌，回了我一句："饺子里也有肉。"

继而伸手抱起小白，越过我进屋，直往厨房而去，等再出来时，手中已无饺子。我悄声钻进厨房，寻了一圈，发现那大半盒饺子躺在了垃圾桶里。这人也太不厚道了，宁可浪费也不成全我，可怜我总共才吃了三个饺子。

无精打采地去翻食材袋子，还能怎么办，肚子饿了总得自求生路呀。门上传来轻敲，抬首见他抱着小白伫立在那儿，面色微带迟疑地问："你懂狗粮？"

我想了想，点点头。

子杰转身而走，走了两步顿住，头也没回唤："苏敏。"我立定，高喝："有！"命令传来，"跟上！"小跑步上前，紧跟其后。

等在楼底下来回转了两圈后，我不得不小声问："这是要去哪？"他停住，侧头问我："哪里有卖狗粮？"

半小时后，从宠物店里出来，满载而归。我这边还抱了个宽敞明亮的狗屋，只是前头那人却面带愠怒，我埋着头，尽量减小自己的存在率。当到了公寓楼底下时，还是因为那小白突然爆吼了两声把他的火焰点燃了。

"以后你能不干那么多不着调的事吗？"

我懊恼地瞪了一眼小白，弱声辩驳："不是你说它失恋了嘛，所以我看那宠物店里这么多狗，就想着给它相个亲，没准就能让它缓过神来。"

"结果呢？"

结果……某只母狗以为小白横刀夺爱，扬起爪子捍卫爱情，跟小白直接扭打在了一起，把宠物店闹得鸡飞狗跳！那时，他因为发觉我其实对狗粮一窍不通，直接指派我看管小白，由他跟店内工作人员了解喂狗详情。

于是等他赶过来时，小白已经被那条母犬压在身下当"小三"扁。我在旁劝也不是，不劝也不是，因为那个啥，我被一条雄赳赳气昂昂的公犬给虎视眈眈地拦住，大有我动一步就扑上来撕咬的趋势。倒不是我惧了一条狗，而是我在衡量要如何用和平模式解决这场三角恋爱的纠纷，难不成我还跟狗厮打在一起？

总之一句话，子杰赶来的不是时候！早一点来，那么可挽救小白免遭九阴白骨爪；晚一点来，我也解决了那对"小情侣"。偏偏不早不晚……然后过错全堆我头上了。

迈进屋门，前头身影直接下令："你离小白两米远。"我撇了撇嘴，没敢抗议，这是怕我把小白给荼毒了？切，还不知道是谁荼毒谁呢。乘着他拿狗屋找地装置，我朝小白比了个中指，压低声音命令："以后离我远点！"

哪知小白原本还耷拉着脑袋，半闭着眼趴在地上，突然抬起头就朝我猛嚎起来，这一嚎我就急了，被子杰听到不是又要指责我欺负它。果然那头脚步声传来，人未到声先到："苏敏，你就不能离它远点？"

我哧溜一下钻进了厨房，顺便把门给关上了。可狗仗人势这话真不是假的，那貌似温善的小白，居然追到门口吼个不停，把刚才憋屈受打的气全撒我身上了。可怜我还只能咬咬牙忍着，因为我发现了，我家大人喜爱它，在这个屋子里，我的地位呈滑铁卢。

都说人善被人欺，到我这要改一下：人善被犬欺。

小白风波，最终在我的卑躬屈膝下平息了。

不是我没骨气，而是这关系到切身利益，不把它给伺候好，子杰那里没好脸色给我看。如此情形，我只能把脑子动到小白身上。几次尝试喂它狗粮，又带它外出溜达后，它终于放下对我的成见，不再见毛色变地吼我，也与我拉近了那两米的距离。

这日晚上，子杰带我出门吃饭，走进包厢时，我眼睛一亮，抑不住喜悦喊道："小叔叔。"那坐在正位上仪态从容的男人，不是小叔叔还能是谁?

小叔叔笑着扬手招呼我："小敏，坐过来。"我立即屁颠屁颠小跑过去落座，熟悉的范思哲香味流转鼻间。都说用这种香水的男人很有品味，在我的感官印象里，小叔叔极具男人魅力。我偏头问道："小婶婶呢，没过来吗?"

"过来了，她觉得累，在酒店里休息呢。"

点点头，没再多问，回眸间见子杰也已落座。不过没坐我身旁，是坐在了对面，他的旁边还坐着他堂哥许子扬，正唇角含笑看着我们。

眼珠滴溜儿转了半圈，气氛有些不对。统共就四个人，却要了张圆桌，虽然桌子不大，但位置是按八人座的排。我与小叔叔并肩坐一起，那头许子扬与小叔叔隔开了一个位置而坐，子杰坐他身旁。也就是说我与我家大人之间隔了三张椅子的位置，于是成了对岸两相望。

再看三人神色，小叔叔这不用说，他总是那调调，我已见惯不惯；子杰感觉有些疏离意味；许子扬则一改往常的冷沉，眉宇间多了锋利，气势上竟不输于小叔叔。

一看这架势，应是他们男人有事要谈。来了近小半月了，大抵已经明白这一个个都往Z市跑的原因。许家要准备出击，据说之前也是在这里萧败的，在哪里跌倒就要在哪里站起。

不能怪我对这些事不感兴趣，而是他们谈的事听得我云里雾里，都是说半句留半句的，最后我也懒得再去听，填饱肚子后就悄悄拿了手机藏桌子底下跟简宁一发起短信来。

短信发过去，很快就回过来了，但就两个字：没空。

气得我想骂人，然后我将愤怒的语言转化为文字再次输送。这回是过了五分钟才回的：苏小敏，我是陆昊，办事中，勿扰！

过了两秒才反应过来啥情况，这实在是有碍风化啊！夜还没深呢，两人居然就在那办事了，看这情形自我婚礼那晚宁一把陆昊压倒后，两人用小半月的时间，演变成互压了。真叫人眼红！与之相比，我这已婚妇人就比较悲摧了。

自从小白成为家庭成员后，子杰把温柔体贴给了它，把疾言厉色给了我，时不时就将我打压一番。最主要的是，再没对我付诸狼性，我寻了下原因，归结在小白身上。

因为每每有那么点情绪酝酿出来了，它就在旁见天吼着，十足的超级电灯泡，吼到你啥情绪也没了，它就钻回狗窝了。回头我还不能修理它，因为那啥，有人护着它呀，要是对它动上手了，那撕心裂肺一吼，我这身皮就得绷紧了。

回到当下，心里不是滋味，基于受到不小的刺激，我决定小报复下。拨通电话响两声挂断，再拨通，周而复始三回，我埋下头将耳朵贴近了听，那头关机了。

“小敏，桌子底下有什么？”耳畔传来小叔叔的询问声。

我连忙回话：“没啥，不小心把筷子掉地上了。”假意俯身去捡，纳闷他们谈事怎么注意上我了。抬起头时，就见小叔叔看着我，温和地问：“近日可有闯祸？”

呃，小叔叔，不带你这么问话的，好像我常闯祸一般。赶紧摇头，却见对面眉毛轻掀，我朝他暗使眼色，可别在小叔叔面前拆我台。再回眼看小叔叔时，见他眉色疏散，很是惬意的样子。后面又问了些家常的事，我都乖巧地一一回答了，最后小叔叔很是满意。

从饭店出来时，小叔叔拍了拍我的肩膀吩咐：“我会在这边待一阵子，平时没事的话就去酒店那边陪陪你小婶婶。”

我满口应下，第二天安排好小白的起居，就打了车往昨晚小叔叔提到的酒店而去。子杰大清早也出门办事了，交代过中午不回来，让我自行解决饭食问题。我打算去找小婶婶一起用餐，乘这机会巴结巴结她。

可刚走出电梯，就远远听到争吵声，举目一看，那边站了三人。第一眼看到的自当是子杰，没想到他居然也跑小婶婶这来了，早知跟他一起啊。此时他正一手环着小婶婶的肩膀背对着我这边，挺拔的身材遮住了些视线，但我仍从缝隙中看到站他们对面的是小叔叔。

不由得纳闷，他们怎么吵起来了？

只听小婶婶扬高声音如宣誓般道：“苏暮年，你听着，我会永远追求心中的梦想，也永远爱他，此生不渝！”

“心中的梦想，永远爱他？我等着让你梦想破灭的这一天。”小叔叔的声音是从未听过的寒冷，且带着萧沉的怒意，语气凌厉。很显然，他们口中的这个“他”，是指第三人。我还来不及惊讶，就听子杰在低吼：“够了，苏暮年！”

心中一颤，眼皮开始跳起来，不好的感觉油然升起。

小叔叔沉怒声起：“‘苏暮年’这三个字是你喊的吗？”

“呵，”清凉的声线里带了浓郁的讽意，“那喊什么？跟苏敏喊你小叔叔？”

“就算不喊声叔，你也该喊我一声姐夫！”

小婶婶突然尖声讽笑起来：“哈，苏暮年，你配吗？你除了会用逼迫的方式来达到目的，还会什么？我今天才知道，原来你将余浅母女软禁了，以此来逼子杰和你侄女苏敏结婚，你觉得这样的婚姻能长久吗？”

轰！脑子轰然而炸，思绪翻飞，支离破碎。

原，来，如，此。

仅剩的那点神志，强命自己转身悄悄退离。来去匆匆且安静，无人知晓，走到楼底下抬起头，这日天气当真是极好，阳光明媚，照在身上只觉得暖洋洋的。

可是我却觉得周身从外到内，从头到脚，骨子里泛冷。原谅我的脑神经没法运转，到了麻木不仁的境地，往前走了一段距离后才拿出手机拨通简宁一的号码。因为这时候除了找她，我不知道还能找谁倾诉，而如果不倾诉，我想我是完了。

电话接通时传来的是男声，我默了下，轻声道：“陆耗子，麻烦你把手机给宁一。”许是我的口吻太过正经，那头像是愣了两秒，继而丢了俩字：“等等。”再传来声音已经是宁一在说话，我只做了个要求，“能让你男人消失半小时吗？”

然后她丢了与她男人一样的两个字给我：“等等。”

好吧，这默契……等到她终于肃清“苍蝇”后再回来，对着话筒道：“苏敏，你最好有重要的事跟我说，否则我飞不死你丫的，老娘我可是好不容易把陆昊逮在家里一回。”

我沉默了下，将刚才偷听来的事跟她倒豆子般全说了，讲完后静等她高见。

却听她咂吧了两下嘴后问："就为这事找我？"我老实应声，讲得这么明白，不为这事还能为啥？难道跟她探讨如何"办事"？

宁一在那头直接干脆地说了俩字："离婚。"

我顿了顿，中肯地问："有折中的办法吗？"前后我跟他结婚才半个来月，这丫就在那儿怂恿我离婚了，有这么当闺密的吗？她这是唯恐天下不乱。

那头宁一的笑声特别尖锐，带着满腔的嘲讽意味："敏子，你其实只是想倾诉，不是想要听我建议，我劝的你要能听，就不叫苏敏了。你栽了，是真的栽了，你家男人从头到尾在利用你，跟你结婚也是为保别的女人，都这样你还是对他没绝望，你这辈子是跌在这条河里爬不起来了。要折中的办法？行，有一个，跟他死磕到底吧，指不准有一天他发现你的好，然后回头就爱你了。"

嗯，到底是闺密，确实懂我，这方法听着也励志，正想夸奖两句，那头她又金口断言了："保守估计，你得等到天荒地老。"

天荒地老？好浪漫的成语，好悲摧的人生。不过我愿意。

微仰了目光看头顶的太阳，在目眩中轻声道："宁一，你知道吗？其实能够等到天荒地老，也是一种幸福。"那头宁一哀叹："敏子，你已无可救药。"直接将电话摞了。

嘟嘟声流转在耳膜间，单调孤凉，如我心境。

龇牙咧嘴，漾开笑容，这样才像没心没肺的苏敏嘛。控制不住脚，走着走着又回到了酒店楼底下，我左右看了看，找了辆停在车影中的越野车作掩护，目不转睛盯着大门。

等了好一会儿，也不见有人出来，不由得觉得心焦烦躁，难道刚才我走开那么会儿，他们恰好都离开了？其实我也不知道回来是要干吗，等着子杰出来冲上去跟他干一架？貌似打不过他，吵的话也没气势，被他眼一瞪我就蔫了。

再说这个事，我根本没理，是小叔叔亏待压迫了他们许家。对，我是回来找小叔叔理论的。总算找了个可说服自己的理由，心绪稍稍回转了些。

突然身后传来沉喝："干什么的？"我被吓得惊跳而起，回头一看，是穿着制服的保安！基于心情不算美好，我没好气地嚷："师傅，能不这般吓人吗？"

却见他迈上两步，冷哼着说："注意你好久了，鬼鬼祟祟躲在车子旁边，是不是想拿工具划花客人的车？"

第四章

我的那个太阳

我鬼鬼祟祟？划车子？瞬间暴怒：“你怎么说话的？我哪里鬼鬼祟祟了？你哪只眼睛看我要划车子了？”本来就一肚子哀怨没处抒发，找简宁一那丫谈心，给我左一个天荒地老，右一个无可救药，直接把我给说忧郁了，回头还碰上这事，能怪我脾气暴吗？

那保安许是没想到我突然这般凶悍，往后略退了一步，却仍不依不饶地质问：“那你一直站在车后干吗？都有半个多小时了。”

“哈！”我仰天讽笑，“我看这车型不错，行吗？我研究下细节回头去4S店买，行吗？”

“你喜欢这车？”

“对，我就是喜欢，怎么了？”

等等，声音不对！方位不对！倏然转身，高大挺拔又英俊帅气的许子杰不知何时站在了车前，刚才讲话的显然是他。我顿时就蔫了，小心地看了眼他的神色，讳莫如深，一点都看不出来他之前有过情绪波动。

他的视线从我身上掠过，转向那边的保安，浅声道：“抱歉，她是我老婆，是我让她在车边等一下的，给你添麻烦了。”

保安怔了一下，连声道歉，讪讪而去。

我将眼前的越野车重新审视了遍，话说我这眼光也忒毒了点，随便找了辆车子掩护，居然就找了他开的那辆！不过我还不知道他什么时候多了辆越野车，刚买的？不像，成色有些旧了，朋友借的？

“还不走吗？”催促声传来。

“去哪？”

他蹙了蹙眉，跨过两步拽起我的手就往酒店反方向走。我指指后面车子问：“把车撂这不开了吗？”

“哪里有车？”

“你刚才不说那车是你的吗？”

“我有说过？”

回想了下，好像没说！可他说话时的神情，倨傲镇定，从容自若，然后让在场的其余两人都以为那辆车子是他的。不得不承认，气势上，我输他的不是一截。到我这儿就是差点干架，到他那儿一句话就把纷争解决了。

低眸间视线落在他拽在我腕间的手上，不紧也不松，就像他对我的态度。时而强势冷凝，时而婉转温和，将我的心如旋珠拨转，控在执掌间，逃也逃不开。他的心中是否有着一把戒尺，衡量着我和他之间的距离，或远或近。

当他松开手拦车时，骤失的温度让我心中一空，这才发觉，原来哪怕他在我不远不近的地方也是好的。如果有一天他像现在这样放开我的手，到了我无法企及的位置，那才真的叫悲摧人生。

他把我送到公寓楼下没有停留就去办事了，我拨通了小叔叔的手机。

之前在酒店楼下被发现，以子杰的智商能猜不到我为何在那儿吗？可他一路沉默，没有多问一句，甚至态度是从没有过的谦和，却多了疏离淡漠。

如此这般，我要是还拎不清，就真是猪脑子了。与小叔叔的这场会谈，成了必然之行。

约的是公寓对面的咖啡馆，等了二十来分钟，就见一身黑沉装着的小叔叔推门而入。

等他落座时，酝酿了下情绪，打算开门见山，因为就我这脑力，还不够与小叔叔斗智的。

“咳咳，”以两声轻咳为开场白，随后要求，“小叔叔，你能把余浅放了吗？”

那边小叔叔闻言顿了下，漫不经心地问：“子杰告诉你的？”我摇摇头，凝目而望：“昨天你让我有空就去陪陪小婶婶，你也知道的，你的话我一向都听，所以今天上午得了空就过去酒店了，结果很不巧，你们不方便见客。”

我这意思应该表达得很清楚了，不想他又把过错加注在子杰身上。

小叔叔的神色微不可察地变了下，转而又恢复了自然。他慢条斯理地抿了一口蓝山，才浅声道：“小敏，这件事你别管，我会处理的。”

我怔怔地看着他，忽然鼻头酸涩，垂眸间有水珠滚进了茶杯里，漾开一圈圈水纹。耳畔传来男人惊疑的声音：“小敏你……”

“小叔叔，我知道你疼我，可不能是这样的。”

恍然明白，难怪许子杰明明在医院时对我一副深恶痛绝样，过了一个月却主动来找我道歉；后来进了特训队，他有条不紊地向我提出交往、恋爱，然后结婚，就像是一个既定好的方程式；而婚礼那天当晚，他独自站在阳台浸润在黑暗里，满身孤凉与绝望！

这许许多多的事情背后，都只有一个原因，那就是余浅姑娘。

他为了她向我低下高傲的头，他为了她强颜欢笑与我从恋爱到结婚，他为了她甘愿隐忍所有的悲苦，只是为了她。

再抬头时，泪眼已经蒙眬，我从未这样哭着求人，尤其是对着小叔叔："放了她们吧。"

于情于理都不能拿妇孺婴孩作为要挟，那不仅对子杰是一种折辱，更对我是一种莫大的讽刺。本以为婚姻的背后，最多就是这个男人放不下过去，为成事而接近我，如此这般反正我本就有意于他，也甘愿被利用，最起码还能在夹缝中获得他的注目，那我也就满足了。

却不知，就连那些注目都是奢求来的，是他千般隐忍后不得不为的。

不得不！三个字何其讽刺啊，我苏敏竟然沦落到了这种地步。抬手抹去眼泪，想来个笑脸掩饰这一脸苦相，却听小叔叔道："笑不出就别强笑了。当初我就问过你想清楚了没，你的答案是从未有过的肯定。既然如此，无论是大哥还是我，都会为你达成所愿。"

"可是我……"

"小敏，别插嘴，听我说完！"

缩回了到嘴边的反驳，心生惧意。老实说，小叔叔严肃起来，要比老爹还吓人，面色微沉，眼神却幽深锐利。

"从小我就教过你，目标明确了，就尽可能地实现它。过程可以暴力，可以温情，可以强取豪夺，也可以心甘情愿。权看你如何衡量这个目标的价值，看它是否值得你拼尽全力。"

"那……我和他已经结婚了，没必要再关着余浅母女了吧？"

他却摇头而叹："小敏，你还是不懂。你真以为我软禁她们母女是为逼许子杰娶你？诚如你小婶婶说的，逼迫而来的婚姻不会长久，这个道理我又如何会不懂。自你小婶婶嫁给我开始，咱们苏家与许家其实已经连成一线，一荣俱荣，一损俱损。可许家是一个深坑，要想水涨河满，必先保证没人会临阵退缩。要做到这个保证，那就必须先排除软肋，余浅母女，就是他们两兄弟的软肋。与其让对方拿她们来做文章，还不如由我们苏家插手，将人隐藏起来，起码要比留在他们身边要安全得多。"

这回我有些听懂了，迟疑地问："你的意思是余浅其实是被我们苏家暗中保护起来？”

“要不然呢？你当我和你老爹是抢劫犯还是拐骗犯？”

呃，面色微赧，我小声辩驳：“我哪有那意思？”

“嗯，是没那意思，就是我这屁股还没坐热，就一把鼻涕一把泪地求我放人。”

哪里一把鼻涕一把泪了？不过就是小抒发了下情怀……

之后从小叔叔口中得到了肯定答复，等子杰和他堂哥许子扬正式在Z市翻身后，余浅姑娘就会回来了，这是他们之间一早协定好的。

因此我也松了一口气，至少这个事没我想象中那么糟，但我依然觉得难过。

自那天开始，我和许子杰之间似有什么变了，表面上好像保持原状，该埋汰我时埋汰，该修理我时照样修理，可就是有股子疏离油然而生。

矛盾偏飞，像雪球般越滚越大，终于某天，爆发了。

爆发点还得从小白说起。

晚上子杰回来，将外套一脱扔沙发上，习惯性地走向狗窝去拨弄拨弄小白，这是他们一人一狗之间的逗趣。突闻那头沉声而问：“小白怎么回事？”

我探头朝那边一看，就见小白横躺在地，肚皮都露出来了，眼皮半搭着，似奄奄一息状。我心中一紧，急忙跑过去，等到了近处脚下一软，一个趔趄差点摔过去。那狗屋的垫子上，明显有疑似呕吐物，恰恰就在小白的嘴边。

寒凉的目光射来，其中含着沉怒。他俯身抱起小白就往门口走，我愣了两秒才反应过来，跑到沙发边抓起他的外套跟了上去。火急火燎赶到宠物医院，医生一诊治，就语带责怪道：“你们也太不当心了，这症状明显是吃坏肚子了，而且有段时间了，怎么到现在才来看？”

“你给它吃什么了？”耳旁质问声起，子杰面色已是萧寒。

我心中一沉，莫不是昨晚我吃剩下的肉汤拌饭有问题吧？这阵子他贵人事忙，常不回来吃饭，我一个人伙食就简单了，有时候懒起来就拿隔夜饭泡泡，或者炒个蛋炒饭之类的。通常这时候，小白就在我脚边巴结奉承着，肖想我碗里的饭菜。

可这都跟我吃了那么多天了，之前都没事，怎么会突然就吃坏肚子了？

在子杰严厉的眼神下，我支支吾吾说出昨晚那个肉汤拌饭，旁边医生一听连连摇头：“这种宠物狗的胃金贵，哪里能吃粗粮啊，肉汤里面有油脂，会滑胃，难怪会吃坏呢。”

我哀怨地转眸，这兽医会不会说话呀？白米饭这么金贵，怎么到他嘴里就成粗粮了，还肉汤滑胃，我呸！哪门子的歪理，一点科学依据都没有。没看子杰已经在那儿怒火熊熊燃烧了，还在旁边火上浇油，这是要害死我啊。

从宠物店出来，小白已被打了一针，还喂了药，相比送来时的气色要好了许多，如今正偎缩在子杰怀中闭目休养。我悄悄瞟了眼他的脸色，赔着笑伸手："我来抱吧。"

却见他往后退开一大步，冷冷丢下一句："不用。"随而绕开我而走，徒留我一人僵立在原地。眼见他越走越远，咬了咬牙，趋步追了上去。

无声沉默，我没有紧靠着他，落后在一米开外处，步伐与他保持一致，左脚起，右脚迈，像以前走队列正步一般。突然有些怀念那段日子，那时候不管他对我心存何念，至少没有这许多烦恼事。

…………

爱情的这条长河，是我无数次跌倒又爬起的过程，因为唯有爬起，我才能离头顶的太阳更近一些。子杰，就是我的那个太阳……

第五章

许我唯一，许我天荒

老虎嘴里拔牙

回到公寓后，子杰连个眼神都没给我，径自抱着小白前前后后地忙，那体贴劲看得我眼红又心酸。什么时候我也能得到他这般照顾一回，那我就乐了。可从小到大，基本上连个感冒都少有，身体素质好得没话说，天生天养就这副强健体魄。

砰的一声，打断我偏离的思绪，扭头看了看，不见人影，往门边看他的鞋子还在，那就是没出门。盯了眼卧室紧闭的门，他进房了？忽然想到什么，我小跑到狗窝那边，往里头一看，空的，再在屋子里四处寻了一圈，洗手间和阳台都没放过，最终哭了。

他把小白带房间里去了！真是半点机会也不留给我与小白独处啊。

我悄悄扒在门边侧耳聆听，里头没有一点动静，试着转动了下门把，松了口气，还好没有锁门。可门一开，我就凌乱了。他坐靠在床沿，手里拿着什么杂志在看，他的腿上垫了条毛毯，小白大大咧咧地躺在上面，享受着他的爱抚。

我羡慕到眼红，又没办法，只能咬牙切齿着。

清凉的视线扫过来，也不说话，就这么直直看着我，短促的神经觉摸出了点淡漠的味道。

“子杰，小白今晚要睡这？”硬着头皮发问，他这个样子当真很瘆人，我宁可他朝我怒斥，命令我做什么来惩罚。他收回了目光，低下头甩了一句话过来：“没听到医生怎么说？”

兽医说什么了？仔细回想，好像临走前交代要留意小白夜里还会不会呕吐，若严重须立即送医院。也就是说，今晚他打算亲自监护，这里势必是没我什么事了。瞟了眼我的卧铺位置，悲恸得很，那里要被小白占据了。

垂头丧气地退回了门外，还没骨气地给关好了门，拖着脚步窝进沙发里。

在沙发上睡到半夜，连连打喷嚏，揪了揪身上的男式外套，将胳膊掩进里面，可外套太短，遮了上面难遮下面。摸了摸肚子，饿了。

反正凉意阵阵也睡不着，于是就起身跑去厨房。十分钟后，一碗香喷喷热乎乎的面出锅，里头还特意加了两个鸡蛋。哧溜了一口汤，嗯，鲜美！加了特配的鸡汁，味道就是不一样。端起大碗准备去外面桌子上吃，转过身被吓了一跳。

只在厨房开了盏昏黄的小壁灯，外头客厅是黑乎乎的。突然那黯黑里冒出个人影来，能不吓人吗。透过微薄的光亮，看清那颀长的身影是子杰后，惊跳的心变成了惊疑。

定格了大约两秒，他从暗影中走出，脸上神色莫名。我心中忐忑，不晓得他怒气尚存呢，还是怒意未消呢，还是……手上一空，他转身，端走了我的面！

这是什么情况？我从愣神中醒过来，跑进客厅，就见这么一幅画面：某位大人端着我的面坐在餐桌前，哧溜哧溜地吸，他的脚边小白吧唧吧唧吃着狗粮。吃得真叫人狗尽欢！

可那是我的面啊！

叫屈声压在嗓子里，只能是无声的抗议。哀怨地转身，重回厨房，上下翻找冰箱，刚才最后两个鸡蛋都打在那碗里了，可怜见的，最终我只能吃白水荒面。可等我再次端着面走进客厅时，那里已经空无一人，除了桌子上放了只空碗，还有一双孤单的筷子。

很不是滋味地坐下，白水面到嘴里淡得一点味都没，勉强吞咽了几口，还是作罢。正要起身去倒掉，突听一声冷哼传来："浪费可耻。"我的动作僵住，慢动作似的缓缓扭头，声音源自小白的狗窝位置。

果然，那处凝立了一黑影，正是我以为带着小白回房去了的子杰。

我又坐回位子，埋头继续与白水荒面抗战，静谧的空间全是我的吸面声，尴尬就在这不雅声中持续，等到一碗面下肚，嘴里寡淡，心头惶惑，余光忍不住往那处瞟。他似乎半蹲在地，不知道跟小白腻呼什么。

心不在焉地收拾碗筷，手上一滑，乒乓声起，直接来了个自由落体，两只大碗全砸地上，四分五裂不说，那剩下的面汤还全洒我身上了。欲哭无泪，这人衰起来，诸事不宜。脚步声传来，我赶紧蹲下埋头捡碎片，忽听一声轻斥传来："让开！"

我目光略转，就见眼前多了一双脚，视线转开些，旁边是簸箕和扫帚，半蹲着往后挪了挪位置，却没想后脑勺重重磕在桌沿上，忘记自个儿是蹲在桌子旁边了，这也就罢了，头撞桌后引发了连串反应。先是我抬手去揉后脑勺，随后身子没稳住，往一边踉跄而倒，基于手还在脑袋上，来不及去撑，于是我就用不倒翁的姿势斜摔地面上。

那摔一下也没什么，反正皮厚着，最多抚两下就过去了，偏偏不巧得很，摔的方位有错。臀部着地时，压在那碎了的瓷片上了，于是我悲剧了！

哎哟！这痛呼声压在嗓子里没敢发出来，我斜躺着身体，正好仰视而上。此时他满脸惊愕，左手扫帚，右手簸箕。如果眼睛再瞪圆一点，嘴巴再张大一点，那就是活脱脱的目瞪口呆。这种表情，鲜少在他脸上出现，可见我这情形是有多惊悚诡异了。

咬了咬牙，准备自救，手刚撑地，就听他突然沉喝："别动！"吓得我手上一软，然后臀部二次受创！倒吸凉气，那真叫一个疼啊，我怀疑瓷片穿透衣料扎肉里去了。腰上一紧，身体腾空，然后被一路提着到了沙发跟前才被放下。

"趴着！"

我立即麻溜爬上沙发，老实趴着。脚步声转了一圈又绕了回来，他手上多了个医药箱，等等，医药箱？！急急伸出爪子拉住他的手，干笑着说："我自己来就好。"

他回头盯了我一眼，没有说话，起身走开了。

昨儿晚上还在那儿肖想他照顾来着，立马梦想成真了，可我却有福不能享。这伤处实在是那个啥，太羞人了！独个儿翻了翻医药箱，突然就犯难了。先不说伤在臀部，这反手上药的难度，主要是那边子杰大人还杵在桌前清扫碎片，声声入耳不容忽视，我这总不能当着他的面宽衣解……裤吧。

于是我又默默把药箱盖上，脸埋进沙发里，忍着一阵阵疼，忍着龇牙咧嘴，忍着面部扭曲。得，发现自己有做忍者神龟的潜能。

清冽气息靠近，头顶传来询问："干吗不敷药？"我闷在沙发里回："敷好了。"翻动声起，继而一记轻拍在我后背，命令道，"抬下腰。"我听令行事，却发现他的手摸在我裤腰上，准备那个啥，连忙按住扭头问，"你干吗？"

他的回话很绝，还带了点黄腔味："你自己脱还是我帮你脱？"

如果不是当下这种情形，我想我会被他这话弄得满面羞红，太令人遐想了。绞尽脑汁想着如何应付过去，却听他又道："跟我还要遮遮掩掩的？赶紧，别磨蹭。"

迟疑间，腕上一痛，手指松开，然后臀上一凉，只剩羞愤！许子杰，有你这么黄暴的嘛。"啊——"凄厉的哀号声响彻屋内，头顶传来低斥："嚷什么？碘酒消毒是必需的，这点痛都忍不住？"

我憋屈地咬唇，泪珠在眼眶里打转，这尼玛太糟心了。我果然要做忍者神龟！

他的动作一点都不温柔，整个过程就是粗鲁加暴力，了事后还冷声命令我不准提裤子，说要等那碘酒干。我丢不起这脸，等他起身去放医药箱，不管不顾提拉好了裤子。

许子杰重新走回时，目光在我臀上盯了一秒后移开，倒没再说什么。

我见气氛良好，赶紧顺坡而爬，仰着脖子朝他道歉："小白那事，是我错了，你别生气了好吗？"凡事先认错，没有亏吃。

"苏敏，以后你能不把那套养狼狗的理论用在小白身上吗？狼狗是狼狗，小白是小白。"

我连连点头，嘴里应声："嗯嗯，我了解，明白，领会。"然后他不吭声了，默看着我，一看情势不对，连忙噤声，多说多错不如不说。最终他轻叹了声："不早了，睡觉吧。"

我往墙上挂钟一看，确实不早了，都奔凌晨四点去了。刚闭眼就听他提高了声音："还不进房？脚又没伤着，要我抱你走吗？"

公主抱吗？这不错，心中如是肯定。咦，进房？我扑腾着从沙发里爬起来，牵动了伤口也忍着没龇牙，趴在沙发背上向站在卧房门前的男人小声问："我可以进里面睡了？"

他蹙起眉，沉声道："那你打算置气到什么时候？犯了错误我还没说你，脾气倒是比我还大，立即给我进来！"说完转身而走。

我不由得糊涂了，怎么成我置气发脾气了？不是他在生气吗？等我纳闷地走进卧室时，一眼就看到那个被小白躺过的毛毯，摆放在他那边的地板上。脑子一短路，我脱口而问："小白不睡这了吗？"出口时悔得肠子都青了，这小白来睡了，哪里还有我的容身之地？

他躺进卧铺内，淡声道："医生说了只要上半夜不呕吐，基本就没事了。"

我点着头走到另一侧，怀疑的目光在上面溜了一圈，也不知道有没有狗毛掉在那。虽说我没什么洁癖，可昨晚小白呕吐了后去宠物医院，回来直接进房了，都没洗澡！俯下身嗅了嗅，没狗味，换了一处再嗅嗅，嗯，挺好闻的，有点像子杰用的沐浴露香味。

"你在找什么？"

“找找看有没有狗毛。”继续扫描中。

顿了两秒，好听的声音又问：“这上面怎么会有狗毛？”我想都没想就答：“小白不是在这睡了半宿嘛，指不准就掉毛在上面了。”

静默，继而磨牙声起，我心中咯噔一下，连忙抬头，见原本缓和下来的脸色有变黑的趋势。我立马二话不说钻进被窝，乖巧地趴好，也不管什么狗毛不狗毛了。

过了半晌，他终于平躺下来，低声冒了句话：“它睡的是地板，没睡你位置。”

脑中转了一圈，我撑起身越过他朝地上的毛毯看了看，直接哭了，搞了个大乌龙！原来之前子杰没有不让我进屋睡的意思，他把小白抱进来，纯粹是为就近照顾它，然后我被他冷飕飕的眼神一看，就自觉领会成小白要鸠占鹊巢。这自身觉悟也太敏锐了点！

懊恼地想，合着我躺小半宿的沙发挨饿受冻，都是自找的。还有受的这伤……这难道就叫蝴蝶效应？于是这晚，前半夜我在喷嚏中度过，后半夜我在懊恼中入梦。

第二天在我的再三保证下，他还是把小白的生活大权交给了我。风波算是有惊无险地过去了，我对小白的饮食起居是加倍小心。

牵着小白在附近遛弯，好久没动静的手机忽然唱起曲来，拿出来一看，是宁一。左右看了看，前方二十米处有张长椅，我牵着小白大步而走，坐定下来时接起电话，宁一劈口就是：“离婚了没？”

“我呸，有你这么拆台的吗！”

她却嘿嘿两声笑，然后道：“跟你开玩笑的，就你那副对人哈喇样，谁离婚也不会是你离婚呀。”我皱皱眉，这丫的嘴巴怎么越来越臭了，什么叫哈喇样？左一句离婚，右一句离婚的，她这是有多巴着我不好呢。

旁边有个人坐了下来，我把小白往身边挪了挪，腾出点位置。随后对着手机道：“赶紧的，有事说事，没事挂机，别磨磨叽叽瞎说话，是不是你家陆耗子没满足你，然后你欲求不满了？如果是这事，你找错人了，我能给你的建议就是直接扑倒，反正你又不是没干过。”

刚说完这话，就觉旁边射来一道目光，我微微有些小尴尬。与宁一贫嘴惯了，忘记这是在公众场合，嗯，要注意形象。于是我绷了绷脸上的神色，假装无意地向那边瞟了一眼，电话里头传来宁一的怒吼声：“我会欲求不满？滚你犊子！我看你才欲求不满吧。”

她的嗓门也忒大了点，震得我耳膜发痛，声音绵延四周，尤其是那响亮的四个字，太有碍观容了，旁边的视线又深透了些。我只得抱歉地朝那人再瞟过一眼，还尴尬地笑了笑，转过视线时，微愣，那个人怎么那么眼熟呢？

不由得回转目光，只听宁一终于平复了暴脾气，在那头道："也没啥事，就是跟你说一下，陆向左回来了，而且从耗子那儿打听了你的消息，可能会跑去找你，你留意着点吧。"

说到最后，她的音量弱了，有些发虚。

我只回了她一句话："简宁一，你怎么不去死！"然后挂断电话，转头朝身旁的人咧嘴："Hi，陆向左，什么时候回来的？"心里恨得半死，简宁一那死女人还能再通知晚一点吗，人都找上门了，才想到打电话来提醒我，早干吗去了。

难怪我看着这唇角带邪笑眉毛飞扬的男人，觉得眼熟。

原来，是……陆向左。

陆向左学我也咧嘴而笑，露出洁白的牙齿："小敏子，怎么结婚都没喊我？"

我一看他那牙，心里就瘆得慌。原因是八岁那年跟他扭打起来，我拿板砖砸了他的头，他在我手掌上狠狠咬了一口，留下极深的牙印，连血都出来了。随着时间变迁，手上的牙印是消除了，但心里的牙印却一直在。然后每次一看他的白牙露出，我就条件反射地缩手。

他这开口一问，就把我给问住了，只能装傻充愣："那不是你人在国外嘛，怕耽误你的学业。"陆向左唇角弧度变深，笑得那叫一个和风细语，说："我三年前就毕业了。"

毕业了？这么快啊，我支吾着打算说点什么，却见他目光如滑过秋水的刀，盯着我道："难得我回来，做东请我吃饭吧。"

远来是客，我就是想回绝也不好意思，怎么着也有那么点交情吧，就是噩梦偏多些。

于是我起身指了个方向道："走吧，带你去吃川菜，那家店的辣很够味，包你吃得欢。"陆向左定在原地，微眯着眼说："我很早就戒口不吃辣了。"

"怎么戒口了？你不是最喜欢吃辣菜吗？"记得那时候他无辣不欢，还硬拖着我也去吃，每次把我给辣得眼泪鼻涕直流。反正那时候，我不喜欢什么，他就硬逼着我要适应，手段还贼阴，吃了不少苦头。追忆那些年，简直就是一路辛酸史。

陆向左的神色不置可否，顿了两秒后道：“我出国前就戒了。”我只好重新建议：“那去沪菜馆吧，口味清淡。”这回他没反对，低头指了指长椅上的小白，“你的狗？”我点点头，很显而易见的事嘛，不是我的狗，我拿链子牵着它干吗。

“阿土死的时候，你不是哭着说再也不养狗了吗？”

呃，你说这个人，我能待见他吗？真是哪壶不开提哪壶，我统共就那么点悲伤小往事，他还就喜欢拿刀子捅，一回来就揭我伤疤，真是江山易改本性难移。

阿土的死，是我单纯人生中的一个不小的坎。

曾经对着那个土墩，轻声发誓：以后再也不养狗了。

因为太伤感情了。

七年，它从儿时陪伴我到少年，然后埋在土下，真的如了它的名字——阿土。

原则上我是不想再养狗了，可小白是子杰抱回来的，是我们夫妻的小情事，不能拿来与外人道也。所以我摆了摆手，假意满不在乎道：“那时候随便说说的呀，哪还能当真。”

半小时后，我和陆向左还在路上，因为我忘记那家沪菜馆的方位了。明明记得就在附近的，可领着他走过一个路口又一个路口，都没找到那家沪菜馆。

“小敏子，你这是带我遛弯呢，到底还要走多久？”

我扬起手，烦躁地吼：“你别吵，就要到了。”都怪他，沿路一直催问，把我给催得晕头转向，到底在哪儿呢？绕过一个弯，正举目四望不见其影，似乎走偏到住宅小区了，怀中的小白蠢蠢欲动起来。

按了按它的脑袋，暗道这时候它瞎起哄什么。忽见前方公寓楼里走出一颀长身影，而小白“汪汪”两声吠，引那人回头注目。咦，那不是堂哥许子扬吗？他住这里？转眸重新审视这幢公寓，似乎极普通，与我们现在住的相比，要略逊一筹。

小白看到他，两眼闪闪发光，恨不得扑到地上冲过去。

“认识？”陆向左走到了我并肩的位置。

很显而易见的事，我懒得回他。许子扬在定睛看清我们后，已向这边走来。我赶紧上前先打招呼：“大哥，你住这边啊。”他轻点了点头，目光转向我身旁，我赶紧笑脸介绍，“这是陆向左，是我……邻居来着，刚好过来这边，就碰上了。”

“汪汪！”小白不甘心被忽略，吼着插入。许子扬视线落向了它，唇角微不可察地上扬，居然伸手过来在它头上轻抚了两下，随后才道：“你们随意，我先走一步。”小白竟然出奇地乖顺，甚至还摇头摆尾的，使我大为惊讶。

原本我是微笑着目送许子扬走向车边的，忽然想起什么，忙喊：“大哥，等等！”他停下来回身，我见机不可失，赶紧走上前问路：“就是那个，我想问下于家沪菜馆怎么走？”

他指了指路旁的车道：“上车吧，我送你们过去。”

“不用了，不用了，给我指个方向就好。”如此劳师动众，非我所求。

他也不勉强，抬手指着某一边道：“走过两个路口，右转弯过去百米就到了。”

那不就是我们刚走过来的方向吗？没诳我吧？甚是怀疑地多看了他走进车内的背影一眼，应该不至于骗我吧。

原路返回，按着那路线走，居然还真走对了。原来之前我们在路口转错了弯，往反方向走了。坐定下来，点好了菜，突然想起了个事，悄悄在桌底下去摸兜里。之前是带小白下来遛弯，没想会“巧遇”陆向左，那兜里除了几张毛票，没大面额的。

可刚点的菜，我们好像都是挑好的点的，只想着把对面哄好了赶紧走人。不由得惆怅起来，这等下要结账的时候，如何是好？

陆向左自然不知我心里的曲曲弯弯，只见他慢条斯理地拿开水烫洗着餐具，烫完自个儿的，也没问一声，拿过我面前的开始涮起来。看得我略带惊疑，这人啥时候变这么讲究了？以前凑桌时，吃起东西那叫狂风过境，风卷残云，现在倒学了老外那套矫情。

菜上齐后，我招呼一声就开动起来，当我第三次筷子夹向面前那盘辣子鸡时，对面发话了：“是不是我无论怎么做，你都要跟我反一下？”

啊？筷子顿住，莫名其妙，不懂他在说什么。

只见陆向左指了指那盘铺满红色辣椒的辣子鸡，笑道：“那时候我吃辣菜，想着有福同享吧，于是每次捎带上你，你却一副深恶痛绝样。后来我把辣给戒了，也没找着机会跟你再一块吃东西，这么多年后，你反而喜欢上了辣？”

有福同享？他是这么想的？额头有虚汗落下，他这福我消受不起啊。我偏着脑袋想了想，给了个觉得还算中肯的答复：“人的习惯总是会变的嘛。”

陆向左耸耸肩，不置可否，唇角的笑邪气中带了点嘲意。正当我夹了块脆骨准备送入口中时，他突然清幽地问：“如果当年没跟你表白，我们的关系是否不只是邻居？”

手上一松，脆骨掉桌底下去了。

这人怎么这样，懂食不言的道理吗？害得我好不容易找到的脆骨掉没了，埋头找了一圈，发现就在他脚边，也不指望他弯腰了。俯身捡起来后见小白在旁边的位置上眼巴巴地看着我手上的脆骨，它想吃？还是算了吧，别回头噎着了又被子杰骂。

“苏小敏，你能专心回答我问题吗？”那头陆向左声线变长，语调微扬。

我轻叹一口气，看来是逃不过，语重心长道：“阿左啊，你那不叫表白。”

“怎么不是表白了？”

“有谁表白是三更半夜把人从被窝里挖出来，然后拐到黑漆漆的江口边，伸手不见五指就不说了，那可是大寒天，江风一吹，人都在打飘，好几十个喷嚏接连着，没把我给冻死。”他的那声“喜欢你”也在我的喷嚏声与江风中淹没了，事后我总结：他分明就是在恶整我！

那晚回去就头昏脑涨，身体如此强壮的我也没挡得住江寒，第二天就因发高烧倒下了。这是我苏敏病史上的唯一败笔！缘起于一场伪告白。

陆向左唇角的笑一点一点剥离，眸内有我不懂的冰沫子闪动，忽而什么一闪而过。他突然凑近我，气息吐在我脸上，在我还没明白他用意何在时，就听他压低了声音道：“小敏子，在你身后门口的位置，有个男人站那儿看了你足有五分钟，我猜……他可能是你丈夫。”

啊？子杰？！我急急转头去看，没想陆向左又靠近了一寸，唇瓣擦过他的脸，又划过他的唇，然后，我与子杰惊异的目光对上了！火花四起！

“你好，我是许子杰。”子杰走到桌前，右手伸过桌面，低沉的嗓音里听不出喜怒，却有着不易察觉的冷冽。我慑缩了下，对面目光立即飘了过来，一闪而逝，陆向左直起身握手，浅笑有礼道：“陆向左。”

两人松开手后，子杰就一副主人架势指了指座位：“陆先生，坐吧。”随后推了推我，轻声吩咐：“你坐里面。”我后知后觉地挪动位置，与小白挤在了一张椅子里，他落座在了我身旁，挨得极近，瞭了眼桌面的菜后，笑着问：“怎么不多点几个菜呢？这家菜馆的几个特色菜很不错。”继而扬手示意服务员拿菜单过来，大笔一挥又点了几个菜。

整个过程，陆向左始终含着若有似无的笑，静坐对面。我家大人也从容自若，一副见惯大场面的样子，唯有我坐立难安。

第五章

老虎嘴里拔牙

刚才那个小小“碰撞”，我敢打包票是陆向左故意的，他就是见不得我好！问题是，目前的情况我连坦白从宽的机会都没有，就是反应迟钝，也嗅出了点剑拔弩张的气味。

只听子杰浅声问：“陆先生是小敏的邻居？过来这边怎么没先来个电话呢？”

陆向左闻言眨了眨好看的桃花眼，朝我看来：“小敏子，你没和你先生提吗？我昨天就跟你通电话了呀。”我直接呆愣，继而愤怒，你丫什么时候跟我打过电话来着？

张嘴刚想分辩，子杰已经侧过头来，目光清撩，看得我发憷。心里问候陆向左的祖宗，真要被他给害死了。那头还状似漫不经心地飘话过来：“你也别怪她，可能是她一激动给忘了。再说我们好久没见了，外人在场，怕是不好叙旧。”

去他的外人！尼玛这里就你陆向左一个人是外人，我和我家子杰亲着呢。得，到了这地步，我也就直接忽略对面的害虫，扒住身旁男人的胳膊，恳切要求：“子杰，我们回家吧。”

视线扫过我紧拽住他胳膊的手，转回眸时笑看陆向左：“陆先生，不好意思，她小性子一来就是这样，还请包涵。你慢用，我们先走一步，单我买了。”说完扶过我腰起身，朝对面点头致意后转身，轻迈着步子走向门边，身后灼热目光紧随。

这时候我没空理会陆向左，因为圈在腰上的手带了重力，再重一点就成掐了。侧首看他脸色，刚才的浅笑早已收起，只剩一片肃然。这种情形，我若还不知轻重，那就白活了。

从饭馆里头出来，一路被他带到某辆崭新的车身前，我目眩了下，继而手上一空，小白被他抱走了，同时塞进了一把钥匙。他丢了一句：“你开。”就拉开了副驾驶的车门坐了进去。

这个车貌似很眼熟，墨蓝色，越野车型，等等，越野车？前不久酒店门前的画面闪入脑中，又比照了下车身，确实与那型号一模一样。我低矮下身，不安地问：“你买的？”他挑了挑眉，我又确定了一次，“你真买了？”他回我：“不是你说喜欢这种型号的车吗？”

一口噎住，真想说当时我那是睁眼说瞎话而已，他还当真了。别的女人喜欢mini，到我这就成了喜欢爷们似的越野，这太彪悍了吧！

“磨叽什么，赶紧上车。”

我没动，迟疑了半晌道："驾驶证没带身上。"

"没多少路，不会有交警查的。"

"我们是有纪律的人，还是遵守下交通规则为好。"

"你到底上不上车？不开自己走回去。"

我一个箭步冲到驾驶座那边，拉开门闪身而入，关门，一气呵成。

十分钟后，旁座的男人忍无可忍吼："苏敏，你给我下车！"我没理，车在路面上运行，跳车危险系数太高。他默了默，改了命令："靠边停车！"这回我执行了，悠悠转转滑行了五十多米，车子终于在人行道旁停下。

他推门下车，绕过车头到我这边，我在他灼热的注视下，默默爬到了另一边。随后就听他坐进来冷斥："本田越野被你开成了QQ，电瓶车都比你快，你到底有没有驾照呢？"

"有。"我小声辩驳，"六年前拿的，后来再没摸过车。"不敢吐露的是，刚领驾照第一天，就把老爹的营房给撞了个洞，至此，照被没收了，严令不准我再碰车。

他瞪了我一眼，换挡改变车道，速度立刻提升了上去，一溜烟就到了公寓楼下。

我悄悄看了眼他的脸色，觉得早晚也是死，还不如把心一横，全招了。于是不等他解了安全带下车，就拉住了他的手臂道："那个陆向左是我小时候大院里一块长大的邻居，后来他出国了也没联系，今天他突然冒出来，我还吓了一跳呢。根本就没有什么昨天就联系好了一说，你别听他胡扯，这人从小就爱欺负我。"

我自认这番说辞严谨又客观，将陆向左定义为坏痞子邻居。却听他凉飕飕地道："哟，还是青梅竹马呀，难怪见面就如此亲昵了。"最后"亲昵"俩字咬得特别轻，听得我心头狂颤，后背发毛，立即领会他是在指那个"恶作剧之吻"。

实在是天大的误会啊！我在心中哀号，绞尽脑汁想着说辞，但我家大人已经不给我机会，直接撸开我的爪子，推门下车，留了个清凉萧寒的背影给我。

呜呜声传来，一低头，小白不知何时落在了座位底下，仰着脖子在向我抗议。我拍了拍它脑袋，哀声道："今天你和我同命，都被咱家大人给漠视了。"

这天下午，子杰钻进书房没出来，只在晚饭时间点了个外卖，单份的。

到了晚上，新买的毛毯放在了沙发上。他摸了摸我的头，特温柔地说："不急，想好了理由再进房。"

我一口咬住毛毯，泪眼婆娑地趴在沙发椅背上，看着颀长挺拔的身影消失在卧房门背后。简宁一这时候打来电话无疑是火上浇油，噌噌噌把我小怒火给飙升到最高，按下通话键就狮子吼咆哮："你还敢给我打电话？我劈不死你丫的，你知不知道……"

卧房门开，某人出现在门后，我咆哮声瞬间湮灭，希望之火熊熊燃烧，难道他要恩准我进房了？就知道他是刀子嘴豆腐心，哪会真让我当厅长。

可是，在我万般期待的眼神下，他轻哼着说："不要大声喧哗！"继而砰的一声，门关上了，清脆嘣响！我僵化……

等了好几秒，那扇门纹丝不动，毫无再开的迹象。我蔫了，倒回沙发里，有气无力地抬手对着话筒"喂"了一声，宁一立即嚷了起来："信号好了？你刚吃了炮仗啦，火气那么大的，你家男人没帮你泄火吗？"

听她这调调我就来气，可刚才雷霆之怒已被生生打断，某大人又严令明申不许大声喧哗，放我两个胆子也不敢再咆哮了。最终我只能恨恨地按断电话，并且关机。短时间内不想再听那丫的声音了。

第二天夜幕降临时，我心中惆怅了，今早子杰面色清寒地出门，到这时都没回来。往日若是晚归，也会打个电话让我自行解决晚饭，另外嘱咐照料小白，可墙上的时钟都指向八点了，也无声无息的。他这气，还真是不轻啊。

终于在八点半时盼来了他，然后进门就对我蹙了蹙眉，指着沙发道："苏敏，有话找你谈。"我心中一个咯噔，这是要开审讯大会吗？

屁股刚贴到沙发坐垫上，就听他冒了句话："今天你邻居来找我了。"我当下就跳了起来，惊骇至极："陆向左？"他微抬了眼，轻描淡写道，"除了他，你还有别的邻居？"

有一个陆向左这般的邻居够短我十年寿命了，再来一个，我怕英年早逝。迟迟疑疑，忐忐忑忑地问："他找你说啥了？"

"你觉得他会说什么？"他把问题丢给了我，语气那叫一个轻柔，眼神那叫一个迷离。然后唇角上扬的弧度，好看是好看，就是感觉透着森森寒意。我顿时腿软，趴倒在他膝盖上，揪住他的衣袖："子杰，你别听他胡诌，我跟你全招了。"

说完之后，我目不转睛盯着他看，只见他眉毛往上扬了扬，没作声，但那意思摆在那了，就是让我赶紧从实招来。我再不敢打马虎眼，将从小到大受陆向左压迫荼毒的事，全都老老实实地吐露了出来，不敢有半点隐瞒，生怕藏了啥，然后被陆向左歪曲事实瞎讲一通，那我就有理也说不清了。

整个过程中，他始终含笑做聆听状，等我讲述完毕后，还问了一句："没有了？"我摇摇头，已经知无不言言无不尽，就连陆向左临出国前那深更半夜的惊悚表白，都事无巨细地汇报完毕。而昨儿个白天的事情，从事发开端到事发经过，我都描述得详尽又具体，只差情景重现了。深深表达了我的冤屈之情，也聊表了自己的坦诚。

我巴望着良好的态度，能够获得坦白从宽的机会，也能纠正陆向左对我的污蔑。

哪知许子杰忽然邪勾起唇角，露齿一笑，洁白的牙齿闪着光晃过我的眼。继而他微俯下身凑近我，气息吐在我面上，轻语："其实你的邻居就在电话里跟我问候了两句，倒不知他跟你的渊源竟这么深。"

我僵化成石……

这是啥子情况？自己挖坑往里跳，然后还很负责任地把土也给填上了？

亡羊补牢不知道会不会太晚？试一把，我结结巴巴地开口："子……子杰，刚才我说的都在跟你开玩笑呢，你别当真。"

"哦？都是开玩笑？你的意思是昨天在于家沪菜馆里你俩旧情复燃亲上了？"

我真要哭了，谁跟那坏胚子旧情复燃啊，我们根本就没旧情！连忙分辩："那个是真的，不对，那个是纯属巧合，也不对，那个……反正我和他什么都没有，子杰，你一定要相信我。"越解释越黑，我已经不敢看他的脸色了，将脸趴在他膝盖里，做哀戚状。

颊上微痛，他用手指在轻弹我的脸，低声命令："看着我！"我不敢违抗，立马抬头，只听他道："以后离你那邻居远一点，你跟他不是一个段数的。"虽然辱及了我的智商，但还是用力点头。"还有，"我立即又竖起耳朵，"写三千字的检讨书给我，什么时候写完什么时候进房，不准再掺水！"话毕推开了我的爪子，起身而走。

又写检讨书？！咦？这是要放我过关不追究了？

唉，三千字的检讨书！又要咬笔杆奋斗了。

等时针爬过十二点，我的三千字检讨书终于完成。贴在门上探听了好半晌，里头半点声音都没，悄悄转开了门把，里面只开了昏黄的床头灯一盏，光晕下，子杰背对着门，似已入睡。捏了捏手上的纸片，我奋斗一晚上的成果，还是塞进了兜里，等明天再交给他吧。

轻手轻脚关好门，一个转身就见刚还躺在那的人，已经坐起了身，脸因埋在昏黄的暗影里，看不清晰，却可感觉那灼灼目光直射而来。“检讨书呢？”

摸出兜里的纸片走过去递上，指尖碰触时，暖意流转。他问：“你冷？”

我连忙摇头，结结巴巴地称去洗澡。实在是面对他这种冷气压，我底气不足。

五分钟后，我在热气腾腾里唱洗澡歌：我爱洗澡乌龟跌到，幺幺幺幺，小心跳蚤好多泡泡，幺幺幺幺……

十分钟后，我把洗澡歌唱了第二遍，心有忐忑，因为那啥，进来匆忙，忘拿睡衣了。

二十分钟后，悄悄关了水龙头，侧耳细听外面动静，结果外头悄无声息，我这边心如擂鼓般怦怦直跳。

突听门上传来钥匙插入声，心中一惊，但想起洗澡前把门给反锁上了，又松了口气。

三秒过后，外面传来了醇厚嗓音：“苏敏，你要是打算今晚睡浴缸的话，那我就帮你把门给锁上了啊。”这语气外带了柔和，这语意包含了贴心。随即，钥匙转动声清晰穿透耳膜，等等，睡浴缸？锁门？这外面也能锁？

“欸欸欸，子杰，别锁，我不睡浴缸。”急匆匆地打开反锁的插销，拉开门就见他手拿一串钥匙伫立在跟前，赶紧哧溜一下钻出门再说，可别真给他强行锁里面了。可是……他手上的钥匙怎么那么疑似那辆越野车钥匙啊？我惊愕地指了指问，“这钥匙？”

他勾唇一笑，将钥匙在我眼前晃了晃：“汽车钥匙想拿给你的，不过目前……”他有意上下扫过一眼后才道，“你应该没地方放。”

当然没地方放了，我全身上下就裹了一条浴巾！

他明显就是在睁眼说瞎话，三更半夜拿钥匙给我干吗，再说那辆越野车在我以蜗牛速度开过后，显然是不会再让我碰了。我犹还不死心地问了句：“这浴室门从外面也能上锁吗？”

“应该能吧。”

什么叫应该？我又被他给忽悠了！额头一记爆栗，疼得我龇牙，训斥声起：“都几点了，还不睡觉？”这话我也想问他，都几点了，怎么还没睡着？跑浴室门口来堵我，还使用威胁引诱招数。

躺床上没过几分钟就梦周公了，这一睡还睡沉了。到第二天清晨似感子杰拍了拍我脑袋，说了句什么，我迷糊着应声，继续补眠。

醒来是被手机铃声给吵醒的，昏天黑地在床底下找到手机，一看上面六个未接来电，有一个是陌生号码，其余都来自于子杰，手一颤，手机摔地上了，铃声也中断了。心凉了半截，捡起来一看，屏幕黑了，他不会以为有意关机吧，这误会可大了。

捣弄了半天，总算开起来，赶紧拨过去，响了一声就被接起，清冷的声音透过来："怎么还没过来？都几点了？"刚开机后时间显示是下午一点，这是要我过去哪啊？我还没发问，那头顿了顿，冷声问，"苏敏，你不会还没起床吧？"

一听那语气，哪敢承认，连忙道："哪有，我正在喂小白吃东西呢。"根据以往经验，拿小白当借口向来有效。

"我早上跟你怎么说的？"

茫然一片，他早上说什么了？等我不耻下问后，听到他在对面深吸了两口气，随后用冷扬的命令式语调："苏敏，限你十五分钟内赶到君悦轩。"通信中断。

十五分钟！我骨碌起身，用最快速度梳洗和换衣服，临出门前想到小白，又反转回去把狗粮送到了狗屋，摸了摸小白的脑袋就冲出了门。我跑到楼底下一看时间，已过十分钟，走运遇上了个飞车能手的哥，一路狂啸着飞奔，终于在规定十五分钟内赶到。

手机铃声响，怕又是子杰来催，抓起后就按了接通键，一边小跑一边报告："到了，已经到了。"那头沉默了两秒，继而传来陆向左带着笑意的声音："小敏子，你这是到哪呢？"

一听他这声，昨晚悲摧的一幕就重现，顿时就怒了，朝着话筒吼："陆向左，你怎么还没去死？"说完就去按挂机键，今儿赶时间，没那个空教育他！最后那秒，听到对面如宣誓般断言："苏小敏，我赌你会离婚。"打了一个冷战，手机已经挂断，有那么一小瞬的茫然，低头将陌生号码拉入黑名单。

我要和这个衰神绝交！

走进君悦轩，迎面就见楼上一群人顺着楼梯而下，我家子杰赫然在其中。转过视线，发现小叔叔和许子扬等人也都在列，还有一些是生面孔。我迎步上前，扬了笑容唤："小叔叔。"

众人停驻，有人在问："苏执行长，这位是……"

小叔叔还没答，子杰已经抬步到我身旁圈住我肩膀，微笑着说："她叫苏敏，是我老婆。”众人恍悟而笑，我暗自窃喜，小叔叔眉色舒意，朝他看了眼后，落向我这就带了宠溺味：“怎么到现在才过来？还想着跟你吃顿饭呢，你倒是好，直接到席散了才到。”

我有些微窘地吐吐舌，幸而小叔叔也不介意，拍了拍我肩膀道：“要是还没吃饭，就让子杰再陪你吃点吧。”转而就与旁人寒暄着往外走。

肩上一紧，许子杰在耳旁没好气地问：“肚子饿不饿？还要吃吗？”

“要！”当然要！睡过了早晨，又睡过了中午，自然是错过了早饭与午饭，能不饿吗？

也没挑包房，就在楼底下找了张靠窗的位置落座，察言观色，发觉今儿我家大人的眉眼里似有喜意，这可是极少见的。于是当下，我多吃了一碗饭，在他的微笑注目下。吃完后，心情甚是惬意，肚子也满足了。

后来我才知道，他的喜意从何而来。原来，许家终于要在Z市翻身了。

一方势力的翻身，必然代表着另一方势力的瓦解。

哪怕我懵懂不知他们那些事，也会因为事关子杰，而想要了解其中的详情。从小叔叔那里得知，许家的对手已经先后被检举揭发出一些旧事，只等法庭审判出结果。

这是好事，子杰此行来Z市为的就是这，可我却有些惶惑不安。小叔叔在电话里问我：小敏，你做好准备了吗？当时我心虚地假意问做什么准备，只闻对面的叹气声，终是没有再说其他。可就是如此，我心里也透着点凉意。

这日，子杰起得很早，西装笔挺在身，尤为英俊帅气。几个月的时间，原本削短的板寸已经长长不少，添了丝邪魅。看着他前前后后准备着什么，我在旁琢磨了好一会儿，眼见他走向门边时，小跑过去揪住他的衣袖要求：“子杰，我能一起去吗？”

他微蹙眉头：“你去干吗？”

“没见过，想跟你一起去见见场面。”这话说得有些心虚，很小的时候就跟着小叔叔观摩过，可为了跟他一起去，只能当回没见过世面的土豹子了。

不错，今天正是法院公审的日子。

虽然子杰和许子扬已经胜券在握，去也只是走个形式，可那日被小叔叔问得心虚后，连着几日都有些烦躁，今儿早上起来后心里跟猫抓一样。莫名地，就想跟着他一起过去，事后一总结，如此重要的时刻，他身旁怎能缺了我呢。

“那还不去换衣服？”

惊愕，这么容易就过关了？本想了一箩筐的理由来劝服他，甚至做好他要坚决不同意的话，我就悄悄地跑去，找小叔叔疏通下偷着进庭。这叫上有政策，下有对策嘛。

法庭，自然是庄严肃穆的地方，我与子杰落座在了听审席。

一声肃静，正式开庭。端坐好，聆听场上审案。余光却时而瞟向身旁的男人，只见他气定神闲，唇角牵着若有似无的笑。

审判近尾声时，我无意中朝身后瞥了一眼，转头时愣了下，又再回转过去看，只看到庭审的后门从外面被轻轻掩上，刚好像看到小叔叔的身影了。这才想起，今天这个场合居然小叔叔不在，心底微微纳闷。法官最后裁定一周后正式判决。

散场后，许子扬等人向我们这边走来。走到近处，与已经站起的子杰相视而笑，两人的神色除去意气风发，还有着如释重负。

出了庭，男人们走在一起谈着刚才公审的事。不知是被呛着了还是怎么，许子扬突然猛咳起来，他身侧的女人在旁扶着探问，其他人停驻下来凝目。

还没等我疑惑起，就听耳畔子杰低语如轻喃："若若……"

然后，我看到那许子扬如定格了般，手背轻掩着嘴缓缓抬头，眼睛越张越大，瞳孔却在收缩。茫茫然转头去看子杰的神色，他的视线飘向了外面，满目都是震惊与不敢置信。

下一秒，没等我转目，就觉身旁劲风而闪，两道身影先后冲了出去，其中一道，是……我家子杰。记忆飘然，若若这个称呼，我听他只对一个人喊过，那两个字如眷珠般滚在他唇间，含着无尽的温柔。

目光流转而随，定住视线。法院大门处，衣影飘飘、婉柔静怡，迎风而站了一名女子，如记忆中一般纤柔，她，回来了……

余浅姑娘。

终于了悟小叔叔那句问话的含义，也了悟这阵子心中莫名的惶惑不安，更了悟为何今早起来心里猫抓般难受，原因在这里了，我在害怕……

那时小叔叔就说过，他日许家两兄弟功成名就时，就是余浅姑娘归来之日。

我刻意地，逃避了、忽略了这个事实。潜藏的意识却深知，也许就在今天，也许就在今天以后的每一天，余浅姑娘都将会回来。

脑中闪过那日与宁一的对话。宁一说我等子杰可能要等到天荒地老了，我回了她一句特别煽情的：其实能够等到天荒地老，也是一种幸福。事后还为这句话骄傲了下，当时我确实是这么想的，喜欢这个人，无处不觉他是温柔的，那么再长的等待也是值得的。

然而，得知他是因为余浅姑娘而被迫娶我后，我的潜意识里，就明白这段许他天荒的单恋有了期限。

期限就是，余浅姑娘归来的这天。

脚步沉重地跟上前，掩在子杰的身后偷偷注目，只见她眉宇轻皱着，似有万般轻愁。侧转而看，子杰的目光自始至终没离开半寸，他的脸上出现了从未有过的炙痛，还有脆弱。这些名词很陌生，却在此刻，在他身上诠释。

眼睛开始发酸，赶紧垂眸，将思绪放空抽离开来，不去看、不去听，固守在自己的方寸之地内。等耳旁传来唤声，我才茫然抬头，发现原地就只剩了我和子杰。

他往法院门外走了两步，见我没跟上，回头注目："还不走？"我立即小跑上前，悄悄观察他的神色，貌似恢复了以往的清冷肃面，只是眼底又好像藏了什么。

正要去拉车门，他突然开口："你来开吧。"说完走到我身边，把钥匙塞给了我，拉开车门坐了进去。心中纳闷，他不介意我开车如蜗牛了？上回还把我损得面目全非呢。我嘀咕着启动了车子，缓缓而行，朝他瞥了一眼，不觉有异样，沉目定在窗外，低眼间恍然大悟。

他垂在两侧的手，在轻颤着……

原来平静都是表面，他的心上掀起了狂潮，以至于抑不住激动地颤抖。他向来有多面，对外敌、对兄弟、对我、对余浅姑娘，好比一张张不同的面具，他在重见余浅时，竟是情不自已。不知此刻我脸上正挂着什么面具？苦涩、惊慌、不安？

咂吧了下嘴，淡而无味里溢出了苦，也觉摸出了点悲情味。

"看路。"他头也没转地冷声提醒。

立即收回视线，原来前方百米处有个红绿灯路口，不过以我的龟速爬到那里还要一时半会儿，不必太过紧张。等车子缓缓停靠到公寓楼下时，车还没停稳，他就身形利落地跳下了车。要在平时我定要吹个口哨赞声酷，今天却看着那萧瑟的背影，心戚戚然也。

回到公寓后，似乎一切如常，他在书房忙着什么，空了就去逗逗小白，我窝在沙发里发呆。这就是不同之处了，往日里他鲜少白天在家，我独自偷着乐，晚上他回来了，我就围着他团团转，被他训了也在旁傻乐。到底还是因为什么而改变了，也不再如常了。

半夜里，又一次发现他站在阳台上抽烟。从前后两次吸烟的现象来分析，他应该是在焦虑的时候会吸，也就是说余浅姑娘回来，他的情绪很不稳定。

前一次我悄悄看着他落寞的身影，心疼之余还会做梦，想守着这个人到天荒地老，反正只要待在他身边我就快乐。可这一次，心疼依然会，但不晓得约周公如何续梦。想了想，既然周公那里不好说话，就直接跟他面谈吧。

是刀子，总得往心窝里捅一次，才知道疼；伸头是一刀，缩头也是一刀，长痛不如短痛。许多道理在嘴边信口拈来，可真执行起来，却委实困难。纠结了好半晌，那边忧郁的男人已经点到第五根烟了，才终于鼓足了勇气，准备去挽救可怜的阳台。

二手烟，危害生命！呃，阳台好像没生命，这个理由找的有点弱。

推开玻璃移门，他闻声回头，小眼神深瞅着我，看得我有些心猿意马。默了两秒他问："怎么醒了？"我装睡眼惺忪状打着哈欠，然后挺文艺范地来了一句："孤枕难眠。"

一声轻嗤后，许子杰道："先睡吧，我站这儿去去烟味就进来。"

我用力嗅了嗅，烟草味极淡，与他的清冽气息融合在一起，很好闻。上前托住了他的胳膊，靠在他肩膀上轻声唤："子杰。"他低了眉眼看我，轻嗯了声。

"那天在酒店，我偷听了你和小叔叔、小婶婶的对话。"考虑再三，还是决定以事情的起源为开场白，从他毫无惊异的神色中可知，他确实早已知晓。开口之后，话也讲得顺溜了，"事后我去找小叔叔，质问他原因，求他把余浅姑娘放回来，他告诉我说你们成功之时，就是她归来之日。小叔叔果然守信，今儿余浅姑娘就回来了。"

却听冷哼声起，他敛去了刚才的柔和，神色肃冷："你的小叔叔根本就没放人，是若若自己逃出来的。"我怔住，余浅姑娘是逃出来的？这主动放人和逃出来，意义就差远了，直觉分辩："可是小叔叔说……"

"苏暮年说苏暮年说，能不能不提你小叔叔？"他粗声打断我，眼底敛藏了风暴，"苏敏，进屋去，让我安静会儿。"逐客令下得毫不客气，就像是川剧戏里的变脸，前一刻似还有温情在，这一刻只剩冷面寒霜。

我松开了扶着他的手，咬了咬牙低头："对不起！余浅姑娘这事，我代小叔叔向你们道歉。”这声对不起积欠已久，没机会对余浅姑娘说，对他传达也是一样的。

可他似被瞬间点燃了般，扬起眉怒声反问：“道歉？若若母女整整被软禁了七个月之久，你以为一声对不起就能弥补？你的小叔叔做每件事都滴水不漏，却能让她一个妇孺还带着婴孩从掌心逃出，回去问问他，究竟安的是什么心？嗯？”

我不懂，他的意思是小叔叔故意放余浅姑娘逃出来的？他见我一脸懵懂，转而讽笑了下道：“是了，苏暮年一向疼你如宝，又怎会将那些龌龊事告诉你呢。”龌龊俩字太过刺耳，我忍不住大声反驳：“不是这样的，小叔叔绝不是那种人。”

这回他也不叱责我了，直接推开我的手，往室内走。

我紧追两步低喊：“等等！能问你最后一个问题吗？”他顿住脚步没回头，背影肃冷至极，盯着他的后脑勺，蓦然而问，“你和我结婚，是因为……余浅姑娘吗？”还是问出来了，积压心底已久的问题，如亮晃晃的白刀，赫然伸在眼前，那光，炙痛了我的眼。

只见他猛然转身，阴暗中面如罗刹，目光阴厉地瞪着我。

我心中发毛，脚后跟缩了小半步，肩背靠在了玻璃移门上，凉意透过睡衣传递到肌肤，加上阳台上的窗户洞开着，丝丝寒风吹进，令我从头凉到脚。

如此这般凌厉的眼神，若在平时我早已龟缩了起来，可这刻却倔强地回视，想求个答案。

对峙好一会儿，他不带一丝情绪地说：“如果，我说是呢？”

惨然而笑，这个答案不是早已通透了吗？怎么还会觉得压抑到窒息？哦，原来是我屏息等他答案太久，忘记呼吸了。喟叹声中，我用轻到不能再轻的声音说：“那么，指挥官大人，我们离婚吧。”即使再轻，静谧的深夜，都能清晰传达进对方耳内。

既然结婚缘由于我，那么离婚也由我提起吧。可心控制不住怦怦直跳，屏住呼吸等候着判决！有个细小的声音在吐槽：苏敏，承认吧，你根本就是以退为进来置之死地而后生。

微茫的希冀堵在心口，只听他冷静平和地问：“你考虑好了？”全无刚才半分厉色，语气却是越见萧寒。乒乓！心碎声……他没有驳回，他问我考虑好了吗，是否只要点头，一切就成了定局？

这个头，我点不下去。我避开他视线丢下一句：“好困，我先睡了。”匆匆跑回床边钻进被窝，被子一蒙到底，做回鸵鸟。

过了好一会儿，身旁的位置才有动静，拽住被子的手松了些，可是他没有掀开被子。等过半晌，我悄悄探出了头，黯然，他和衣侧躺，留了个疏离的身背，将整条被子都让给了我，是已经不想与我再有分毫碰触了吗？

鸵鸟的头又缩回了被中，心叹：眼不见为净。

第六章

许我唯一，许我天荒

言不达意真谛

只是眼净了，心却不静，懵懵然，彻夜都睡不着，想要翻转又怕扰了身旁的人。天明时，归结出一个道理：即使不是孤枕，也会难眠。

默声穿衣服起身，去洗手间梳洗时，小白在脚边打转，拿头拱着我的小腿，提醒我该出门散步了。于是我收拾了下就牵着小白出门了，一圈逛了回来，磨磨蹭蹭到九点多，进门一愣，这门前的男式皮鞋居然还在，他没出门？

手一松，小白跑跳着奔进了里面，等我换好鞋去找，发觉客厅不见其影，而卧房的门却虚掩开了一条缝。哀号一声，急匆匆冲进门，正待一声震吼把它给喊出来，结果“小白”两字生生压在嗓间。瞪大了眼看着卧榻上的身影，他还在睡觉？觉得有些不对，走过去一看，发现他的脸色有着不正常的嫣红，身子似在轻颤。

悄悄探手到他额头，滚烫的温度说明了一件事：他在发高烧！

一声闷哼传来，只见他星眸微眯，已是醒来。

我连忙跑去外面医药箱里找出退烧药喂他喝下，再去绞条冷毛巾打算给他敷在额头。可等我再跑回来时，他又昏睡了过去。冷毛巾换了一趟又一趟，直到他的额头开始冒汗，细细的汗珠也在他周身泛起，我才松了口气。

见他可能是汗出多了不舒服地动起来，打了盆温水过来，撩起袖子绞毛巾给他擦脸和手。可很快他身上的睡衣也黏在了身上，略迟疑了下探手去解他胸前衣襟的扣子。哪知解到一半时，他突然抬手按住了我的手，惊愣抬眼，发现他仍紧闭着眼，不见有苏醒迹象。

尝试挣动，他握得更紧了，这是什么情况？防狼？我这可是为公而屈，没半点豺狼心思。而且，就算我有贼心，也没那贼胆啊，有贼胆，也有心无力啊。

我能对个病秧子上下其手，然后吃干抹净吗？

反掌擒拿，扣住他的手腕提到一边，继续我的解扣工作。嘿，总算让我小占了回便宜，拳脚切磋上就没赢过他，乘着此时他昏沉之际，三下五除二把他上衣给剥了下来。

早知衣服底下有料，也看了不止这一回了，仍然会看着那健硕的胸膛而忍不住面烧。尤其是指尖触在他皮肤上那触感……嗯，很有弹性。为他擦拭身体委实有些煎熬啊，胡乱擦过一遍后迅速转身，一抹额头，全是汗。

进到洗手间，先拿凉水扑脸，等到热烫消去后，深吸了口气出门。见他已经安定下来，就去厨房先自己随便糊弄了点吃的，然后熬粥，给病员熬的。粥里面只加了点菜沫和盐花，据说生病的人要吃得清淡，幸好他平时吃东西也不重口味。

全程紧守，等到我端着粥从厨房出来，小白跑脚边起哄。这才想起忘给它喂食了，拿脚小踢了它下道："你等等啊，今儿你家大人不行，不对，是生病了，咱先把他给料理了，然后再来伺候你。"

推开卧房的门，迎面撞上一双深漆的眼，那里头还冒着危险的火花。

"我不行？嗯？"声音是沙哑的、好听的、性感的……

我满脸春风笑意走上前，惊喜慢了好多拍："你醒了？太好了！我摸摸，嗯，热度退了。来，给你煮了白粥，看上面还撒了葱花，很香吧。"满满一大碗粥递到他跟前，连我闻着那香味都不觉流口水。

可是，他却不依不饶："你还没解释刚才那话呢？"

我眨了眨眼，假装迷糊道："刚什么话？我在门外没说话呀，你一定是睡糊涂听错啦。"

深眸看着我不语，我也淡定而对。

终于，"我这样躺着怎么吃？扶我坐起来。"暗舒了口气，总算过关。把碗放下扶他坐起后，他突然道："我没有说门外，你在不打自招。"僵化中……此地无银三百两，说的就是我。

黯然递粥，他却不动，疑惑间他道："调羹也没，要怎么吃？"

原谅我一时大意，赶紧道："你等等。"放下粥，噌噌跑了出去，然后又噌噌跑了回来，调羹递上的同时还问了句，"需要我喂你吗？"结果得了个飘忽的眼神，看得我背脊发毛，这还不是体谅他病体初愈嘛。

在他舀了一调羹送进嘴里咀嚼后，我满是期待地问："怎么样？味道如何？"想着总能得他一句半句赞美吧，哪知他却丢了两个字："一般。"我立马悲愤！怎么会一般？这人就是不实诚，也不会说句好听的。

他吃得不快，细嚼慢咽，倒是最后也把碗见底了。等到放下碗时，他又给了句差评：淡而无味。我也不悲愤了，心中埋汰他口是心非，端着空碗傲然转身。哼，还有小半锅呢，我自个儿吃，你丫别想了。

进到厨房，拾掇那小半锅粥时，嘴馋舀了调羹尝尝，然后自我安慰了，其实也没那么难吃嘛，米粒细腻，浓稠度刚好，只是忘放盐花了，不是淡而无味，是根本无味。这不是体谅我家大人病弱，要吃清淡的吗。

回头再进卧室时，发现他已躺下闭着眼，这情形不太乐观啊，实在不习惯他这病快快神色委顿样。要不还是上医院吧，人不能讳疾忌医。于是上前轻唤，他眯开了眼，星目迷离，把我看得有些扑簌了，赶紧把建议提出来。他却又闭了眼，沙着嗓子咕哝道："不去。"

气势上要比以往弱了很多，但语气还是斩钉截铁的，我把这态度定义为孩子气。男人固执起来就像孩子，尤其是生病的男人，且行且让之，是为上策。

跑去菜场整合了些东西匆匆回来，进门就放下袋子，先跑去卧室看了眼，见他仍在睡，也就放了心。回到厨房，我撸起袖子，准备大干一场。

中午的粥得了个差评，晚上这顿怎么也得扳回一城才行。于是冲到菜市场，买了做饺子皮的面粉，又买了青菜、豆腐干等素菜准备做馅。全部亲手制作，方显诚意！

哪知雄心壮志是可取的，实践起来是艰苦的。饺子出锅时，个个都是巨无霸，徒自安慰：卖相一般，口味纯良就好。满腹盛情地端着成果进卧室，发现子杰已醒了。这一觉睡下来，似乎他精神大好，能自个儿坐起来了。

此时不表现，更待何时？我赶紧把刚出锅的巨无霸饺子送上前，嘴里还问了句："饿了吧？"得了个飘忽的眼神，手上一空，碗就被端走了。这次我比较机敏，来时捎带了筷子。在看他吃下一个饺子后，小有忐忑地问："味道如何？"

他咀嚼了下滋味，回我同样两字："一般。"表情酷酷的，语气凉凉的，顿时把我一腔热血给扑灭了。灰头土脸间，他又加了一句，"比中午那粥要强多了。"此话一出，我又满血复活了，有比较就是好，尽管我这饺子卖相不咋的，那滋味可是杠杠的。

见他吃得麻麻香，一摸肚子，也饿得慌，于是跑厨房把剩下的饺子都下了，也端了个碗进房，拉张椅子坐他跟前，呼哧呼哧地吃起来。暖融融的热汤下肚，真是舒服，那头目光扫过来了，我抬头一看，不是看我，而是看着我碗里的饺子。

不由得问了句：“你不够？”

哪知不问还好，一问之后，他就用沙哑的嗓音开始数落了：“有你这么照顾病人的吗？自个儿碗里的比病人的还多。拿过来！”最后那声成了命令式，我条件反射就将碗递过去了，只见他把碗里剩余的饺子全倒在了他的空碗里，然后继续呼哧呼哧吃起来。

泪牛满面……可怜我刚才统共就吃了三个！对，又是三个！勾起我沉痛的回忆了，上回是小白，这回是某位病患。

懊恼地端着空碗转身，这肚子总还得填吧，进厨房转了圈，最终把那中午吃剩下的粥热了热，加了点盐花，捣弄着吃了。没办法，谁让他是病患呢，不让着我还跟他抢食啊。

等我走出厨房门时，就见他从室内走出来了，不由得惊问：“你怎么起来了？”他哼了声，漫不经心地说：“都躺一天了，再躺下去身子都麻了。”

我点点头，这倒也是个理，既然他睡了一天能起身了，应该是差不多快复原了吧。走神间忽听他飘来一句：“苏敏，帮我洗澡。”

“啊？”

“啊什么啊，帮我拿下干净的衣服和放水啊。”

哦，原来是这事啊，真是的，讲话讲得太有歧义了，人家会误会的啦。放完水后我就扭头进卧室。“苏敏。”一声轻唤，回头间见他神色莫名，心下一惊，他莫不是要旧事重提？

强装笑脸，快速拿了他干净的衣物，一边推着他进浴室的门一边道：“快进去洗吧，水都要凉了。”临关门时又多加了句，“要是有啥困难，嚎一声就行，我立马赶来救驾。”门拉上，里头传来恼怒之言：“苏敏，你当我是小白？你才嚎一声呢！”

我在外嘿嘿两声笑，踢踏踢踏跑出了卧室。坐进沙发里，脸上的笑就绷不住了，如今的情形，就只能进行那拖延与装傻的招数了吗？万一他洗完澡出来硬要我给个答案呢，我能说昨晚梦游了，然后胡言乱语了吗？

最终还是做了鸵鸟，谎称家里没干粮，去超市买，没等他洗澡出来就匆匆下楼了。

想着他病体刚有好转，应该挺虚弱的，也容易累，会很快就睡吧。也没去远，就在公寓底下徘徊，出来时忘穿外套了，没想到夜里还挺凉的，于是我绕着马路边的花台一圈圈慢跑起来。这种程度的运动，于我来说是小CASS，那时候十公里负重都跑过来了。

没过一会儿，身上就开始出汗了。不知道跑到多少圈，兜里的手机开始振动起来，我停下来一看，竟是子杰发给我的信息。心里一寒，不会是没当面逮着人，然后喊我回去对质问话，或者直接就在这短信里说了？

我顿觉握在掌心的手机炙烫无比，心中哀号：要不要这样赶尽杀绝啊。迟疑间，又是一条短信发过来，我磨蹭了小半分钟，又来一条！手一滑，点了进去，留在他名下一共三条短信，从上到下排列着，语句那叫一个精练，字数越来越少！

第一条信息：苏敏，东西买完了没？第二条信息：还不回来？第三条就简单了，两个字：回来！我思虑着要不要把这手机“不小心”给丢了，然后再等两小时上去，他居然到这时都还没睡！手机上时间已经直指十一点，我这都在外面流浪两个小时了。

仰头看了看自家公寓的那间窗户，然后定格、风化……

不是我视力太好，而是我们住的那层不过才五楼，窗口伫立了个身影，无须太多联想力，就知道那是谁了。侧过视线看了看旁边敞亮的路灯，这灯怎么这么亮啊。我在楼底下磨叽着跑步，全都被他给看到啦，这不是明晃晃地拆穿了我之前那蹩脚的借口吗？

心中忐忑地回到楼上，屋内一片昏暗，大灯已经关了，只留了盏小壁灯。推开卧室的门，颀长身影躺在那，闻了闻身上的汗味，悄悄拿了睡衣又退出了房。

钻进浴室冲了凉，在沙发里窝了会儿，这才轻手轻脚走进卧室。听到男人清浅的呼吸声，心终于松了下来，长舒了一口气，他可算是睡着了。躺下后，顿感全身各处酸麻袭来，折腾了一天早已累得筋疲力尽，很快就会周公了。

一觉睡到天亮，转头间身旁已无人影。忐忑着梳洗完毕出房门，外头静悄悄空无一人，我把屋子里里外外找了个遍，没发现他。只在桌上找到了张便条，他给留字了：晚上不回来吃，不用等我，你先睡。

他这是出门了？到底是指挥官出身，身体素质就是精干！昨儿是病猫，今儿就成猛虎，能外出办事了，深表佩服。

这日，我在与小白相互慰藉里度过了整整一天。虽然孤单了点，寂寞了点，却从未有过这般独处的踏实。与小白窝在沙发里看看电视，上上网，倒也惬意。晚饭糊弄过了后，上网下载了部电影，把笔记本搬床上看，很快就入梦了。

迷蒙中，似感觉有人把压在腿上的笔记本电脑拿走了。

再睁眼，又是昨天一样的光景，摸摸旁边的位置，已经凉了，但是被躺过的褶皱在。了悟了个事：子杰如了我的愿，也开始避着我了。他每天起早贪黑，我每日睡到自然醒，晚上在他回来前又早早入睡，这作息大有更年期的趋势。

平安无事，各自错开时间近一周，到了这日我莫名醒早了，耳旁还传来穿衣的窸窸窣窣声。听到脚步声移动时，偷偷眯开一条缝，正好看到他的身影走出卧室，然后转首状似要轻带上门，在他回身的刹那间，我闭上了眼。

心底憋闷，我和他怎么就到了如此地步？明明那些满载温情的日子都还近在眼前，明明前几天他病倒关系也稍有缓和，明明每夜同榻而眠，却因为一个不敢面对的问题而逃避开来，成了如今这种悲情的氛围。

“咔”的一声传来，应该是他又出门了，我没精打采地爬起身。在刷着牙时，忽然想到一个事，今天好像是一周后审判要出结果的这天。也没漱口，跑到客厅里去翻日历，果然是今天，再看衣橱，他的那套西装被穿走了。

脚不受控制地走到法院门口，我抬着头逆光看那肃穆之地，原来心中再彷徨，还是想要亲眼见证他的成功。摸出手机发了个消息，很快小叔叔从里面出来。小叔叔将我从头到脚审视了一遍，欲言又止想问什么，最终只拍拍我的肩膀道：“跟我进来吧。”

坐在最后一排门边的位置，因为随时可以借机闪人。目光凝在前面第一排子杰的后脑勺上，嗯，发型挺正的，头发长短度刚好，板刷头太过冷硬，这样子的他更添俊逸。

晃神间他突然回转头，视线碰上，心中一咯噔，糟糕，被发现了！急忙猫着身子拉开一条门缝，哧溜钻了出去，幸亏我明智，选了个好位置。可跑出门没两步，就听到身后脚步追来：“苏敏。”

我停下来，回过头，睁眼说瞎话：“嘿，子杰，原来你也在啊。”

他走到我跟前，默了下后开口：“帮我个忙。”

“啊？”在惊愣中被他握住了手牵着走，一直到他那辆越野车边，他才松开转去了驾驶座。车子启动后，一路沉默，我几度想问，都见他一片肃色，最终疑问变成了：“我们去哪？”

他侧目看了我一眼，只道：“到了再跟你说。”

一句话解决了我所有疑惑，只要他不是来追问我“考虑”结果，其他事都OK。心里还不由得小窃喜了下，没准帮了他这个忙，就能把之前那事给揭过去了，也可以终结我们目前的焦灼状态。老实说，我快撑不下去了，每天都避着，这生活委实水深火热啊。

当车子停下时，我探头往外看了下，咦，这个地有些眼熟啊。耳后子杰道：“苏敏，你能把刚才审讯的结果跟她说下吗？”我懵懂地回头，愣头青似的问：“跟谁说？”然后他不说话了，只用深邃的目光看着我，脑中转了一圈，再回转一圈，扭头再把窗外的公寓楼打量个遍，恍然而悟！

难怪这地觉得眼熟呢，上回陆向左出其不意来的那次，不是要我请客嘛，我带着他找沪菜馆找迷路了，就迷到这个地，还碰上了他堂哥许子扬。

如此一联系，事情就通透了。余浅姑娘回来了，定是跟他堂哥住一起喽，不在这里能去哪？可是我不明白，为啥审讯结果这事要我来说，他堂哥回家后不会讲吗？

问题出来后，他却像是有口难言，眉宇深蹙在一起，视线飘向窗外。过了片刻才幽幽而言，道出了一些隐藏在表面下的内幕，听完后我只剩四个字：目瞪口呆。

难怪刚才没见到余浅姑娘在审讯地呢，难怪他有口难言反而要我这个外人来把结果告知。原来，这楼上，只住了余浅母女；原来，他们为求成功，做了很多隐忍的事；原来，看似表面的成功，其实却还差了些距离，还有事情没了。

最终我捏着手机下车，站在楼底下拨通了余浅姑娘的号码。

在人下楼之前，子杰把车开走了避开，只让我事情完了给他打电话。

我和余浅姑娘坐进了公寓附近的一家茶座，开口第一句就是：“对不起。”这句话我欠了她七个多月，但她却道：“这三个字不该对我说，要对子杰说。”

顿然无言，想说已经对他道歉过了，可是……他不接受，甚至很偏激。那是我见过他情绪起伏最大的一次，满满的，都是对小叔叔的控诉和愤怒。归根结底，这个事情说到最后，受益人是我，那么如何开始的，也就不重要了。

可我还是想将一切始末讲给余浅姑娘听，莫名地就是对她想要倾诉。

我从结婚当夜开始讲起，到那次偷听到小叔叔和他的对峙争吵，知道事情真相；再到恳求小叔叔放人无果，直到一周前她回来，我与他之间的种种。余浅姑娘的第一反应是问："你要与他离婚？"脸上带着惊疑。

有些难堪地牵了牵嘴角，最后那番话我其实把自己给说高尚了，若真有意要与子杰离异放他自由的话，这一周来就不用避得这么辛苦了。到底还是心不由己，嘴上逞强而已。

后来，余浅姑娘有段话，挺深刻的，也让我这破脑袋瓜触动了。

她说最初时，子杰并非没对我动心过，是我阴差阳错地把他的心给推远了。他宁可选择搏命也不愿利用我对他的感情，可现实残忍，命运强大，逼着他还是走了这条路。

如果真如她所言，我想仰天长叹，指着老天爷喊一句：你太瞎来了！被这老头子横生生地摆了我一道。不过，我不后悔。

因为那些都只是猜测，并不一定就是真的。我不想习惯在一个离他很远的地方，看着他，暗念他，那样比我的现状还要悲摧。对，我就是喜欢他，爱他，哪怕是他冷酷的拒绝，也能让我觉得温柔。

在我把审讯结果告知后，任务就完成了，提出了告辞。走出茶馆时，拨通了子杰的电话，他让我往左边走五十米转弯，就能看到他的车了。上车后把前后经过描述了一遍，首先在他脸上划过的表情是怅然，然后眼底痛楚一闪而过。我的心也随之揪了下，想想自己还真挺傻的，他在那儿心疼别的姑娘，我在这边心疼他，是否爱得多的那个人，终究是要吃亏些？

如果真的定义爱得多，那么起码有个人爱得少，如此而言我倒也觉得不亏。可是，他不爱我……我这个亏，吃得可就大了。

当车子停在公寓楼下时，我没急着下车，酝酿了下，又再酝酿了下，把心里盘算的事讲了出来："子杰，我想先回去了。"

他直觉点头，忽然似乎想到了什么，目光盯在我脸上问："回哪？"

我抿唇而笑，许子杰就是许子杰，到底是我的指挥官大人，立即就领悟了我的意思。"出来这么久，老爹打来好几个电话了，我看你这边还得忙一阵，不如我先回去吧。"

"你要回H市？"

他的神情似乎有些惊疑，我肥了胆去拉他的手，心底兴叹：六天，我已经有六天没与他肌肤相触了，连手都没摸过。嘴上却如是说："我怕再不回去，咱们那新房要被毛贼光顾了。”

他的眉皱得更深了：“苏敏，这边事很快就完了，你其实……”

我没心没肺地摆着手截住他的话道：“擅离岗位这么久，要是我主动回去向老爹报到，他一定得夸我。怎么着你都要给我这个机会啊。”

子杰，如果这是你担心的，那么我会帮你消除忧患。老爹那里，你其实无须太过在意；至于小叔叔，从他上午在法院门口对我的欲言又止的神态可看出，他应该是不会再来干预这件事了。再说，今时今地的许家，也不会如半年前那般了。

原谅我无法默默待在公寓，彷徨着哪天你问我要“考虑”的答案，心酸地看着你为余浅姑娘的幸福四处奔波……黯然神伤这种情绪不适合我。还不如眼不见为净，回我的地盘荼毒简宁一去，找回点尊严。

最终他在我的天真烂漫笑容里，轻问：“你考虑好了？”

心头一颤，同样的问话，不同的场景，他是在问我原来那个答案，还是眼前这个？我感觉脸上的笑要绷不下去，前一个答案我能回答还没考虑好吗？在我辗转万千，又万千辗转时，他移开视线去推车门：“算了，你先回去也好，我这边事一完就回H市了。”话完，人已站在了车旁。我暗暗松了口气，原来他是在问后一个答案。

上楼后我就开始整理东西，他在客厅等着。其实也没什么要收拾，来的时候就是两袖清风。麻溜整理好走出卧室，只见子杰蹲在狗窝前，与小白腻呼着。骤然想起一个问题，小白怎么办？我这一走，把它留在这里，那子杰在外面忙事，总不能把它也捎带上，然后晚上回来，小白饿晕了？想想这个画面，就觉肉痛啊。

子杰听到我脚步声回头，定了定视线问：“好了？”我点点头，指着地上的小白道：“它……”只说了一个字，就被他接过了话，“晚点我会想办法把它送走的，你就不用操心了。”心中一紧，上前了两步，伸出爪子揪住他的衣袖问，“你要把它送去哪？原来主人那？”那这段时间对小白的悉心照料，不是都白搭了？

却听他犹疑着说：“可能它回它主人那，会很开心吧。”

“怎么会？”我一个没控制住，高声呼喝了出来，回头发觉音量太大了，引来他的侧目，赶紧解释，“我的意思是小白原主人肯定事多人也忙，还是不要麻烦人家了吧。不如让我带小白回家吧，让它领略下咱H市的风光。”

“你带回去？平时你不是挺不待见它的吗？”

“我哪有？”睁圆了眼与他争辩，“我跟它不要关系太好啊。放心吧，小白跟着我，保证没事，出了问题你找我。”最终，小白去留问题定下，跟我回H市happy去。

至于回程交通工具的问题，一张Z市去往H市的汽车票搞定。眼下我也不指望子杰能送我回去，所以就主动请缨了，大巴车那宠物不准携带的规矩，用票子搞定就行。毕竟我们家小白是忠厚老实，且无害的博美犬呀。

登上大巴车，屁股刚挨着座椅，车子就缓缓而行，子杰的身影变得越来越小，最终成了一个点。这是我真正意义上，在有选择的情况下，离开他身边。有些小惆怅，也有些小忧郁，但是我告诉自己：离开是为了重新寻找突破点。

车程太长，拿了手机一个字一个字地打着，是写给子杰自编的段子笑话。人离开，心没离，最主要的，我得提醒着点他，别真“忙”到忽略了我的存在。先编好了存手机里，打算半夜乘他睡着了再发给他。身旁有人坐下，我往小白那处移了移，继续埋头在手机上。

“打错字了，那个字读cun，不是fu。”

咦？不是叫思付吗？思春也太不雅观了吧。

“是cun，不是chun，竖心旁一个寸字。思忖良久，意为思考了很久。”

这人是谁呀，怎么这么烦的？我在这里打字，他在旁边唧唧歪歪个什么呢。头也不抬地回了句：“你管得着吗？我就喜欢写成思付，从小到大都这么写的。”

旁边终于闭嘴了，默了下来。

两秒之后，我抬起头侧脸去看，然后嘴角抽搐了：“你怎么会在这里？”

陆向左！

我就说那声音怎么如此耳熟，刚太投入在编纂段子里，没发觉。就不明白了，怎么哪里都有他？别跟我说这是巧合。

结果陆向左露齿一笑道：“还真是巧合，我坐这班车回H市，没想坐在前面等了十五分钟，发车前你也上来了，只不过你的视线直飘窗外没看到我，径直走到了最后一排。”他顿了顿，唇角又扬起了点，“所以，不构成我尾随你，反而我要怀疑是不是你故意赶这班车想与我同行呢。”

我去！要是知道这个祸害在这班车上，我一定扭头而走，宁可等下午发的那班车。那样我还能跟子杰再多处一会儿呢，也不至于如此惨淡地捧着手机，编着段子，还不敢发。

他歪着脑袋，似笑非笑加上那闪动着流光的眸子，看得我心里发憷，足足看了我有两分钟之久后，语出惊人："小敏子，你成了弃妇！"

"我呸，谁是弃妇？你还弃男呢！"

"那你为什么一个人灰溜溜地回H市，许子杰为什么还留在Z市？"

我哪里灰溜溜了？都把贴身保镖——小白，给捎带走了，足可见我的地位牢不可动。我翻了个白眼给他，随后道："我们夫妻间的事，你管得着吗？没看到我刚才还在与我家老公发短信互动呢，这叫异地相思，你孤家寡人一个，不懂就别乱说话。"

他朝我的手机上扫了一眼："好像没见你有发送过消息，另外提个醒，你编的那两个段子太老旧，现在不时兴了，毫无笑点。"

这一说，我瞪眼了，他到底在旁边偷瞄了多久？竟然把我编的内容都看去了。老旧怎么了，子杰就爱这个调子，太新潮的他不适应，怕吓着他。给了个冷哼，我扭头不理。

可陆向左哪里肯放过我，又旧事重提："异地相思我是没看出来，只看出你落寞可怜相。小敏子，不会真被我说中了，你和他要离婚了吧？"

"陆，向，左！"我咬牙切齿，他还敢提，就是被他下了诅咒，我才沦落到如此地步，恨声怒斥，"闭上你的乌鸦嘴，谁离婚都不会是我和我老公，少在那瞎论断。"

他眯了眯眼，抬手把我手指往旁推了推，然后丢了句话："我拭目以待。"

恼得我真想上去给他一拳，什么叫拭目以待？倒像是放话走着瞧的意思！被他这一搅，啥心情都没了，哪里还写得出段子来，只能气呼呼地给手机插上耳机，然后两边耳朵一塞，音乐开到最大声。我惹不起，总躲得起吧。

在煎熬中，终于抵达H市。

背起包抱住小白，大步往车站门口冲，搭上停泊在门前的出租车，然后以毅然决然的速度扬长而去，留个汽车尾烟给屁股后头的害虫。

先回了趟老爹那里，有个事得向他报备。可等我把提议跟老爹说了后，他立即跳脚，横眉竖眼地大吼："我不准！"原因在于我刚跟他提出说想退离岗位，也不想去那什么特派队，还说了个想干的委婉职业——老师。老爹瞬间就怒了，指着我的鼻梁把我臭骂了一顿，然后我梗着脖子就与他吵了，然后我灰溜溜地出门了。

如今我也是有家的人了，所以就算除了老爹那，还是有地方可去。打了个车，直奔我和子杰的新房，没忘记顺路还买了个狗窝给小白。

第六章

言不达意真谛

宁一消息倒是灵通，没通知她居然也能找上门来，外带了我俩常吃的路边摊。我毫不客气接过，风卷残云一番，肚子总算填饱，往沙发里一靠，很是舒服。

宁一冷不丁地飘来一句“萧雨回来了”，我瞬间坐正了身子，惊愕地看向她。本还觉得她那小脸蛋上的笑容挺刺眼的，如此一来倒觉摸出点苦相了，颇有些同病相怜，到底是闺密，连境遇都如此雷同。

她显然不想多谈那萧雨，倒是把我一个人独自回家的事给挖了个透底，然后她总结了敏子，你挺像打酱油的。

我先是困惑，然后是理解，最后是愤怒，叉着腰质问：“你说谁是打酱油的？”

“舍你苏小敏还能有谁？”宁一斜着视线睇我，唇角轻勾，“人家姑娘一回来，你就觉悟特高地独个儿跑回来了，怎么看你都像是狗血剧里的杯具女配，酱油属性的。你不想想，那姑娘是谁？你老公堂哥的老婆，孩子都有了。你又是谁？你老公名正言顺的老婆，你俩可是领了证的，合法的，你却在给连个小三都算不上的女人腾地方，有你这么高尚的吗？”

我细细一琢磨，还别说，她确实讲得有道理。余浅姑娘与子杰这事，我心里一直有谱，他们没戏，可我那不是为了避那晚的“考虑”答复嘛。

小声分辩了下，宁一立马就爆了：“所以说你觉悟高啊，当初叫你不要跳火坑，你不信，跳下去了。那你嫁就嫁了，还人姑娘一回来，自觉自悟地跑去提离婚了。我都怀疑你是脑袋被轧了还是不爱你家男人，有你这么实诚的吗？”

这声声数落，我没还嘴，因为被她这么一说，自个儿也肠子都悔青了。可是凡事有个可是，就是转折，她不懂我当时的心境。在偷听到前因后果时、在余浅姑娘归来时、在看到子杰再次独立阳台时、在他用声声质问掩盖凄凉时，我那句离婚就这么出口了。

尽管立即就后悔了，也退却了，可情在当时，有感而发。这心情，我描绘不出来，而此刻，也只好巴望着宁一，问：“那这时候我该怎么做？”

宁一起身，掸了掸身上根本就没的灰尘，随后道：“自个儿看着办，看你想要离婚还是求和了。”我哀怨地看着她，这不是埋汰我嘛，要是想离，能当这鸵鸟？她嫣然一笑，“就你这表情，定是想求和了。那就杀回去啊，给你老公来个惊喜。如果他还扮忧郁小生，就地正法，男人和女人的矛盾，这就是解决王道。”

额头顿出黑线，又是这招？她一看我这迟疑的神色，直接扭头走人，到了门边时又回头：“对了，敏子，还有个事不是我打击你，当老师是需要教师证的，你有吗？就你这破水平，能教什么？教体育？还是算了吧，我怕你戕害祖国花朵。”说完，砰的一声关门走人了，徒留我一人干瞪眼。

心中愤愤，我有这么差吗？不过经她一说，不得不承认，离开Z市，是我做得最尿最不理智最后悔的一件事。

仰倒在沙发上，耳旁的电视依旧是静音，画面徐徐缓缓而放，我的心思却飞到了几百公里以外。子杰，我想你了，你会想我吗？

应该，不会吧。这时候的他可能还没回公寓，在他堂哥那边忙着；也可能回公寓了，站在阳台上吸烟，然后想余浅姑娘，哪里能空出一点心思想我？不过我倒是能指望下他偶尔念起小白的时候，顺带念起了我这个小白的监护人。

这么一琢磨，唇角就上扬了，总结了下，他还是有想我的。所以带小白回来，是个很明智的举动，为此我特意给小白加餐。

第二天一大早就去队里把退伍申请递交了，领导看我的神色，一脸恨铁不成钢。他不知道，我就是不想成钢，一个女孩子要钢做什么，柔才是王道。我出了门就觉肩头上的担子松了下来，捂了捂口袋里的手机，心里微痒。

今天凌晨两点，给子杰发了第一条段短信，之后做贼心虚地关机睡觉了。现在这个时间按理他应该是起床了，不知道有没有看到我那条短信，他看到后是什么表情？

思前虑后，到底没忍住，还是开机了。静等半分钟，无动静，又等两分钟，依旧无动静。我划开手机屏幕，点开短信那栏，确定发送成功了，时间显示凌晨两点零二分。好吧，今天子杰睡过头了，还没起呢。

于是这天，我从早到晚都捏着手机，但是那个铃声始终都没响过。

同样的情形在又一天里持续，手机安逸平静如关机状态。简宁一得知这事，冷笑连连，那眼神嫣然是藏毒的，却也没再数落我。原因不是她良心发现，而是她跟我难兄难弟，她怀疑她家陆昊去找萧雨了。

然后我悲摧地就被她揪去蹲守在陆昊公司楼下，等了足足一个上午，里头进进出出的都是正常的员工，并没什么猫腻。倒是头顶的大太阳晒得人头晕，额头也沁了细汗，我摸了摸肚子，拿肩膀顶了顶旁边聚精会神注意力高度集中的宁一问：“什么时候管饭啊？”

“别闹！关键时刻呢。”

“有啥关键的，已经是午饭时间了。”

“就是午饭时间才有猫腻。”

我仔细一想，确实有些道理，中午开饭时，约会进行时。

还别说，真被宁一说中了。

不过出人意料的是，萧雨不是从外面走进大楼的，而是与陆昊、陆向左两兄弟相偕从里头走出来的。这下宁一的脸色唰的一下，没变白，变黑了……

合着我们在外头顶着大太阳枯等了半天，人家在里头已经腻呼来腻呼去了。看宁一左边袖子撸起，右边袖子也撸起，有大干一场的架势。我衡量眼前形势，当机立断冲上前一把抱住她的腰：“宁一，冷静点！”那边可是陆氏两兄弟，我身手再好也不见得能一对二。她最多能跟萧雨扭打两下，不指望能帮上什么忙，所以怎么算都是我们吃亏。

却听宁一压低声音呵斥：“敏子，你抱着我干吗？”

“别冲动，敌方人多，不宜动武。”

“谁动武了？你再抱着我不放，他们就走没影了，已经上车了。”

我呆了下，松开了环抱她的手，迟疑地问：“你不动武撩袖子干吗？”

她翻了个白眼，拽住我胳膊边走边没好气地说：“天气太热，我把袖子卷起来散散热不行？当我是你啊，一根筋直到底的，这时候能跑上去撒泼吗？敌军形势未明，继续查探！”

到了车边，她把我往驾驶座一推，丢了句：“你来开！”

等开了两分钟，宁一就暴怒了：“就不能开快点吗？他们的车过红绿灯了，还怎么追得上？”我头也没转回她：“你自个儿干吗不开？”

然后她没声了，路口等红灯时冒出一句：“我照被没收了。”

“陆昊？他还管你这事？那你还买车？”

“不是他，是被交管部门没收的。因为我拿驾照第一天，把人家的车门给撞了，还是停在路边的车。”

我身子一颤，惊疑地瞪她，合着早上她是无证驾驶？

前头陆昊的车子已经停下，我在宁一的呼喝下立即刹车。

遮遮掩掩跟随那三人进了一家餐馆，再遮遮掩掩绕了一个大圈，躲在他们隔两桌的位置上。那处正好有个窗格挡着，既可从窗格里偷窥到那方动静，又能有效规避被发现的可能。

服务员送来菜单，宁一就推到我跟前，让我自己点，想吃什么就点什么。

基于她如此大度，我也没跟她客气，随随便便点了个澳龙套餐，又点了两份小鲍鱼，还指了条不知名的鱼。给我记录菜单的那服务员越听眼睛越放光，最后拿着菜单走时，脚步那叫一个轻快，脸上笑容那叫一个和风细雨。

心安理得坐在位置上等菜上来，顺便也朝那边桌子看去，只见陆昊与陆向左坐在了一排，萧雨独自坐在了他们对面，三人正有说有笑。我看宁一那架势，恨不得把耳朵伸长到那边，仔细偷听个遍。

菜逐渐上来，我就不去管他们了，埋头吃起来。嗯，这个鲍鱼口味不错，这条鱼挺鲜美的，这龙虾肉嫩……总算这趟没白来，起码慰劳了自个儿的胃。终于，伸长了脖子的宁一回头了，面带诡异，唇角弯度疑似偷笑，我不由得问道："观察出点啥了？"

她抿唇嫣然一笑，笑得我打寒战。但低眸间她脸上的笑就一寸寸剥去了，转变为震怒："龙虾？鲍鱼？鱼翅羹？珍珠斑？"我几次想提醒她注意场合，但她越讲越控制不住音量，到最后都快成咆哮了，"苏小敏，你自己埋单！"

得，我也不用提醒了，那边已经有人走过来，正是陆家两兄弟。

"宁一、敏子？你们怎么在这里？"陆昊如是问道。

原本还在暴怒中的宁一立即来了个川剧大变脸，转首时已是满脸惊讶："咦？阿昊、陆向左，你们也在这里吃饭？"看得我一愣一愣的。她竟能把有目的性的跟踪变成巧遇，这个演技啊，一个字：绝！

陆昊提议："去我们那桌吧，小雨正好也在，我们几个好久没聚了，这回倒是齐了。"宁一自当是她家男人说什么应什么，也正好如了她的意，光明正大监视。不过我不得不提醒她："那这桌菜……"换桌总得搬菜过去吧，就是不搬，也得把单给结了吧。

哪知宁一瞥过头轻哼着对她男人说："阿昊，别理她，乘我不注意讹诈我呢，让她自己埋单去。"我被噎住了，出来得急，口袋里半毛钱都没，我拿什么埋单？

闷笑声起，陆向左开口："记我账上吧。"

干干脆脆移桌。再见萧雨，我是没宁一那么大的反应，不过是儿时的一个小伙伴，后来慢慢生疏了，再后来她出国就不联系了。所以朝她点了下头算打招呼，就打算做回我的酱油属性，挨着宁一落座。

可等位置坐定后，发觉有些微妙了，这座位……我的左手边是宁一，右手边是陆向左，宁一旁边是陆昊，陆昊再旁边就是萧雨。这架势有些像陆昊左拥右抱啊。我偷觑了眼宁一的神情，见她一扫刚才的郁气，脸带春风似的，满面含笑。

忽而脚上一痛，我嘴角一抽，拿眼瞪宁一，你踢我干吗？她笑得嫣然："敏子，小雨跟你说话呢。"啊？与我说话，愣愣回头，果见一道、两道、三道目光都看向我，萧雨的那道尤为复杂。

这种情况下，我唯有装傻："不好意思啊，刚跑神了。"

萧雨抿唇而笑，柔声道："没关系，就是问问你在哪儿高就？时间过得真快，这一晃眼，五年过去了，H市也有了很大的变化。"

微有纳闷，她这是在感慨年华逝去匆匆？要不要这么文艺，至于我的高就，挺了挺胸我开口道："目前属于自由职业者，有意向当一名网络作家。"

噗！噗！噗！三声，除去萧雨和我之外的三人，都动作一致地喷茶了。三人中属宁一最不厚道，离得我近，茶水尽喷我手上。我写小说有必要如此惊讶吗？上回提当老师的方案，她埋汰我没智慧，会误人子弟；那我改成网络作家，算是又体面又不耽误别人了吧。

还是宁一先发难："敏子，就你那两把刷子还写小说，还是省省吧，我怕你错字连篇，语句不通，言不达意，然后荼毒网文界。"

按平常，我要是被她这么数落贬低，定是追上去跟她理论三百回合，可今儿我却愣怔了。因为她最后说了"言不达意"四个字，还记得当初我交给子杰的第一封检讨书，他就对我的告白内容下了言不达意的论断，但也是我甜蜜的回忆。

一顿饭工夫，把该寒暄的都寒暄了，该拉的家常也都拉了。初步了解，如今陆向左跟陆昊一起合着干，这萧雨一回来，就成了他们公司聘请的设计师。

我拿同情的目光看宁一，为她到这时才知道这事，为她以后有吃不完的飞醋，为她打落牙齿和血吞地故作大方。到底是闺密，情路都与我一般艰难。

事后宁一却没我想得那般悲苦，而是一副深沉之态地论断：萧雨巴望陆向左。

我只当她是受刺激了，看她的目光越发怜悯。但想想自己，也是难兄难弟，我每次给子杰发的信息，都是石沉大海。

子杰，我离开了Z市后，你是乐不思蜀了吗？

这晚我躺下后就开始浑浑噩噩地跟周公谈话了，谈着谈着一脚踏空摔了个大跟头，然后睁开眼发现自己竟是从床上摔下来了。龇着牙爬起来，窝回被窝里，刚闭眼就听嘀嘀两声，是短信提醒的声音。谁大半夜发短信给我啊？还让不让人睡了？短信？！啊！我还没给子杰发短信呢，从枕头底下扒拉出手机，一看时间竟是凌晨三点半了。

上面提示有三条短信，我点进去，泪牛满面，居然是子杰发过来的。

第一条是两点半发过来的：今天的段子呢？怎么还没发？第二条是三点钟发的，比较精练，就两个字：快发！然后第三条就在刚才传过来的：再不发我睡觉了。

细细一琢磨，他这意思是在等我的段子？顿时所有惆怅化为乌有，手指翻飞点进草稿箱内，搜寻着一早就打好的段子，按下发送键。两分钟后，又是嘀嘀两声，我麻遛点开信息，这次也比较精简：不好笑，睡觉了。

我却开始偷着乐了，原来他真的在看，尽管评价不高，也总算没白费我的脑细胞。人就是要精神鼓舞的，得了如此肯定后，我又满血复活了。左想想右思思，竟已过四点了，反正也睡不着，索性起来上网，制作我的原创段子。小半宿过去，天已大亮，手机草稿箱里满满的，我心里乐滋滋的。

原定计划有所更改，从原本每日一发短信改为每日两发，增加我与他的亲密度。因午夜两点时间已经养成了习惯，就决定不改了；另一条就改在下午两点吧，恰好是午休时间。从这天开始，段子发过去后半小时内都有回复过来。

每次都是对我编纂的段子的点评，尽管褒奖不曾有，多为差评，有时候还抓错别字，但我都将一切回复转化为鼓舞的动力。

这日我发了这样一条过去：有一只北极熊，因为雪地太刺眼了，要戴墨镜才能看东西，可是它找不到墨镜。于是闭着眼睛爬来爬去在地上找，爬呀爬呀，把手脚都爬得脏兮兮的才找到墨镜。戴上墨镜，对着镜子一照，这才发现：哦，原来我是一只熊猫。

那头回了这：……

我一看我家大人回复迅速，应是无事索身，就再接再厉发了第二条：一只北极熊孤单地待在冰上发呆，实在无聊就开始拔自己的毛玩，一根、两根、三根，最后拔的一根不剩，然后他就冷死了。

那头回：用错字了，熊是动物，不是用“他”。

我顿时乐了，兴冲冲地回：没用错，就是他。因为我把你比作了熊，怎么能用“它”呢？

发完消息我就偷笑起来，想象着我家大人的表情，一定很精彩。

“欸欸欸，敏子，我说你能别笑得跟刘家傻愣子似的吗？看看你那哈喇子，都快流下来了。”宁一煞风景地埋汰我，把手上的单子推到我面前指派，“诺，把这单号给我对一下。”

悲摧得很，因为我目前属于无业人士，哦不，自由职业者，被宁一这丫给拎过来压榨劳动力。我把单子往旁一放，手机短信又来了，这次比较长：苏敏，你皮痒了是吧，以后不准再发有关熊的段子，否则……

“哟，这是跟你家男人和好如初了？学人家谈恋爱发短信呢，腻呼吧你。”

我斜眼看她，这口气酸的，脑中一转就发现问题了，拿肩膀推了推她问：“怎么，你家耗子跟萧雨腻呼了？上回是谁说不担心的呢，就在我跟前嘴硬吧。”就她对陆昊的那在意劲，能对萧雨与陆昊朝夕相处这事放心才怪呢。

果见她面色不悦，撇了撇嘴道：“哼，那小蹄子在陆向左那儿吃了闭门羹，回头就跑我家阿昊跟前装可怜，别给我机会，总有一次我要她好看。”

“需不需要我帮你去撂撂狠话？”

“你？还是算了吧，你不是萧雨的对手。”

“什么话啊，”我不满地嚷，随后道，“再说我又不是去找萧雨撂话，是找你家耗子，警告他收敛点，否则……哼哼。”这是刚跟我家子杰学的。

可宁一这孩子却不依了，虎着脸道：“我说你能不斥之武力吗？不是什么事都能靠拳头解决的，尤其是感情这事。要不然你家男人迟迟不归，你怎么不杀过去出拳头？”

我直接不说话了，跟这丫讲不通，好好说她男人的事，怎么牵扯到子杰身上了？这根本就是两码事，能放到一起来相提并论吗？再说，就是我肥了胆子敢跟子杰动手，也只有一个结局：完败！

所以这种可能性，我从未肖想，因为太没操作性了。

我跟宁一的争论，停止于一个电话。是陆昊打过来的，说今天是萧雨的生日，晚上大家约在一起聚会。宁一接电话时嗓音甜美，笑容温柔，等挂后时，脸就黑了。

磨牙嚯嚯，她咬着唇说：“敏子，走。”

“去哪？店不看了？”

“这时候还管什么店不店的，你把拳头磨好了，晚上有用。”

乘着宁一在收拾东西，准备走人，我细细一琢磨她的话，惊疑：“这晚上是要准备动手大干一场了？你不是说不要斥之武力吗？”

却听她道：“非常时期非常用，有句话叫忍无可忍就无须再忍。”

我点点头，拍拍她肩膀道：“嗯，男人不能助长的，别对陆昊忍了，晚上我替你揍他。”她一掌拍开我的爪子：“我让你磨好拳头揍萧雨，没让你对阿昊动手。”

我一口气噎住，好半晌才憋出话来：“我不打女人。”

“得了，当初是谁对着小情敌又是瞄准射击又是痛殴的？那小情敌叫袁什么来着？”

我后悔了，就不该什么事都讲给她听，回过头来就拿那些事埋汰我。

第七章

许我唯一，许我天荒

婚姻就像赝品

晚上的生日Patty是约在了KTV里，宁一也没让陆昊来接，我和她两人一起去了。

当我们相偕走进包厢时，发现有不少人。除去陆家两兄弟和萧雨外，都是些陌生的男女，后来一问才知原来是他们公司里的员工。

我跟宁一落座后，生日会就正式开始了，战争也开始了。

萧雨这个寿星被推着唱了一曲，宁一立即上前也捏着嗓子迎战一曲，于是在各有千秋下，大伙怂恿两人比拼。那头萧雨柔柔媚媚吟唱，这头宁一婉婉转转浅歌，两人赛得那叫一个水深火热。

中途反正也没我什么事，就尿循出去溜达。宁一此时满能量战斗中，暂时用不到我这边的火力。哪知从洗手间的格子里走出来，就见刚还战得热乎的其中之一推门进来，萧雨看到我似有一愣，转而就笑问："你也在啊？"

这不是很显然的事嘛，我指指门："你慢用，我先出去哈。"脚刚抬起，就见萧雨好看的眉微蹙了下，我一反思立即了悟过来，连忙解释，"我意思是你慢用厕所，诺，这间是空的。"刚那"你慢用"三字，通常是用在饭桌上……

看她神色不悦，应是挺急的，也不占位了，赶紧让出好位置，错身而过时却听她喊："敏子，能聊聊吗？就两分钟。"我顿住脚，只听她说，"敏子，当年的事，我欠你一句对不起。"

我眨了眨眼，甚是困惑："当年什么事？"却见她脸色变了一变，面上露出哀戚："敏子，你何必如此挖苦我呢？"更加困惑了，这哪跟哪呢，我哪里在挖苦她了？是不是喝过洋墨水之后，交流起来比较困难了，思想走不到一块了。

于是我语重心长道："那个萧雨啊，你人回来了，就可以把洋气放下来啦，要不……"我指了指脑子，"没法沟通。"估摸着两分钟时间也到了，就不耽误人家解决需要，免得憋出病来了，那可不好。

拉门迈出，关上门的瞬间听到萧雨幽幽而言：“苏敏，你不过是仗着陆向左喜欢你。”

我嘴角抽搐了下，且当耳旁风吹过。但说曹操曹操就到了，应该说这个曹操就站在包厢门前靠墙吸烟，听到我的脚步声侧头看过来，目光触及我时，那唇角的弧度就上扬了。

瘟神，躲不起还不能避之吗？转身而走，听身后劲风而来，条件反射往旁闪过，肩膀刚触及墙时，就觉一股重力而来，我被推靠在了墙上，立即陆向左浓郁的气息逼近。没待我开口，“阿左！”一声柔音从左耳方向传来，那个位置恰好就是洗手间方位，扭头一看，原来是萧雨姑娘释放回来了。她的面色被灯光照得挺白的，我怀疑那上面堆了不少粉，到底是没宁一天生丽质好看。

借她一打岔，我一个重掀，将陆向左逼近的身体推开了。我念起上回宁一说萧雨喜欢陆向左这事，眼珠滴溜溜一转，有了，轻咳两声开口：“陆向左，你喜欢萧雨就对她直说啊，男子汉大丈夫还这么遮遮掩掩的，正好乘现在这个机会，表白去吧。”

自觉让出单独空间让他们“把话摊开了说”，迈过一步准备去推门，却听耳旁清凉的声音起：“我陆向左这辈子只对一个女人表白，就是你，苏小敏！”我翻了个白眼，懊恼地回头：“能不提这事吗？黑漆漆，冷寒寒，风透到骨子里，有这种告白方式吗？你那是在整我！”

“苏敏你……”萧雨突然出声，一脸愣怔地看着我，“是不是忘了什么？”

“萧雨你闭嘴！”宁一的震喝声来自门前，她一个闪身挡在了我跟前，怒斥出声，“陆向左，你最好带着萧雨立刻滚！滚回你的美国去！”

“宁一，你这是干吗？”

我又一次闻声扭头，得，陆昊也出来了。

先不说宁一为啥跟张开翅膀护犊的老鹰似的，就是陆向左那神情，够迷离难解的。

突然萧雨笑了，她似恍然而悟道：“原来如此，我就说哪里不对劲呢，怎么苏敏看到我半点反应都没。阿左，这就是你不惜放下一切回来追逐的原因？你以为她忘了那些事就能和你从头来过？呵，苏敏，你的人生是一场不完整的可悲！难怪你老公不要你呢。”

“萧雨！”“小雨！”两声男音呼喝起，伴随着一声脆响。我目瞪口呆，宁一居然飞扑过去扇了萧雨一巴掌，需要如此激动吗。不是该把动武的角色留给我吗，怎么自己动上手了？只见宁一怒指着萧雨的鼻子：“我警告你，饭可以乱吃，话却不能乱说！”

陆昊率先走了过去，拽过宁一，担忧地问：“小雨，你没事吧？”这情形把我给看怒了，你丫陆昊还顾虑不顾虑宁一的感受了，有你这么当着面对狐狸精嘘寒问暖的吗？闺密是拿来做什么的？闺密就是该埋汰时埋汰，该并肩时并肩，我冲上前抬起大脚就去踹陆昊的腘窝，他一个不稳，半跪在地，方向刚好是对着宁一的。

“敏子你……”

“我怎么了？”怒瞪一眼，这时候我也不怕翻脸了，看着宁一那强忍着咬唇的表情，心里憋得慌，“好你个陆耗子，吃着碗里的还想着锅里的，是想脚踏两只船呢，有你这么差劲的吗？当初我就不该应了宁一的情，给你当那什么伴郎，真是便宜你了。”

我又侧头看向萧雨，实话实说：“知道为嘛从小到大我与宁一好，不喜欢与你玩在一块吗？因为你这人太阴！不过刚好和一个人是天生一对，喏，就是你们家陆向左，赶紧地，把人巴着去，别在这唧唧歪歪的。至于我跟我老公的事，就轮不到你来说话了，闪一边去。”

居然敢埋汰我家子杰不要我，是可忍孰不可忍！

萧雨被我折损了一顿，脸色极其难看，旁边陆向左说话了：“小敏子，你真觉得我和萧雨是天生一对？”我嗤之以鼻，对此人不屑理之。就在陆向左眉毛上扬着准备再开口时，宁一忽然截断他的话：“好了！敏子，我们走！”说完就拽住我的手大步离开，身后目光紧随。

从KTV埋进漆黑夜色里时，迎面而来一阵清风，吹散了刚才的一些郁气。觑了一眼旁边宁一的神色，她在出了门后就松开了我的手，敲着高跟鞋走在人行道上默不作声。这是极少见的现象，哪次她跟我在一起，不是聒噪得很？

“那个啥，宁一啊，今晚咱俩其实是胜利了的，刚那一巴掌打得脆响脆响的，完了最后我们还是完美谢幕，走得那叫一个气势磅礴。咦，你在看什么？”

我抬起头顺着她的视线去看，一片漆黑中，只有几个星星微微眨着眼。

“我在看有没有太阳。”

神经病！“晚上怎么会有太阳呢？”

“正是这个理啊，可是你苏小敏也学会安慰人了，这不是太阳打从西边出来吗？”

好了，我沉默了，这女人神经强着呢，根本无须我替她操心，还有工夫来消遣我。既然这样，那我就不绕弯子了，拿肩膀顶了顶她问：“那萧雨说我忘了什么事，这是怎么回事？”

“有吗？你听错了吧。”宁一装糊涂。

我朝她嘿嘿一笑，直接戳穿：“宁一，别给我装没事，虽然没听明白她说什么，那意思我还是能领悟出来的。貌似我跟她以前有过节，所以她觉得我对她太友善了，刚我想了一路，也没想出和她争闹吵架过啊，究竟是怎么回事？”

宁一摆了摆手：“哎呀，都是些鸡毛蒜皮的事，你也说萧雨那女人阴了，指不准你什么时候得罪了她，自个儿都忘了，然后她那边还惦记着呢。别提她了，闹心，不晚了，我们打车回家吧。”她径自走到了路边，招手拦下一辆空的。

回到家后想想都觉得郁闷，被萧雨说成老公不要我了，真够光火的，一咬牙，也不发什么段子了，直接拨通了手机。等待接通的时候，心提到嗓子眼，呼吸屏住，终于那边传来熟悉又好听的声音：“喂？”

瞬间我就激动了，张口刚喊：“子杰。”却发现那声唤不是出自我口，来自电话那端，而那声音正是余浅姑娘的，下一刻就听他道：“先不说，晚点再打给你。”随后沙沙声传来，却不知是他没按断还是怎么的，那头的声音传来。

“若若，还记得我对你的承诺吗？”

“只要你要，只要我有。还有……许我一生安若。”

嗡！我在电话这头脑血直冲上顶，耳边一片鸣声，温柔的语调里带着眷宠。那声若若，似含在嘴边的宝贝般呢喃，那个承诺……

按断了电话，又按了长时间红色键，关机音乐起，屏幕变黑。

把手机扔在桌面，快步走进阳台，推开窗，扑面的冷风侵来。一个寒簌间，我仰头望着星星慨叹：好美的誓言啊，只要你要，只要我有，许我一生安若。

今晚我犯了个大错，不该忍不住给他打电话，不该在他说晚点再联系时没放下手机，更不该在发觉他没有按断电话后去偷听，最后落得个凄凉孤单的境地。遥远的Z市，他陪在她身旁，承诺着美丽的誓言。

如果说“许我一生安若”我还能当成是一名兄长在呵护妹妹的亲情，那么“只要你要，只要我有”这一句，我要如何自欺欺人？

牵动唇角，想再来个苏敏式的标准笑容，却发现嘴角僵硬得连上弯这个动作都做不来。有些领悟为啥他总喜欢站在阳台上想事了，原来此处的视觉如此开阔，因为楼层高，几乎可以看到H市的全貌。远处的霓虹长桥，五彩斑斓，比那天上的星星美多了。

回屋搬了躺椅过来，又从衣柜里找出毛毯，就这么躺在阳台上，吹着凉风慢慢进入梦乡。入梦前心里如是想：看吧，我还是那没心没肺的苏敏呀，都这样心凉了还能睡着。

是被拍门声给吵醒的，中间还合着宁一的声线与小白的呜呜声，这丫怎么又跑来了？直起身时顿觉浑身酸累，头晕脑涨的，鼻子也塞了，抬头一看，还在阳台的躺椅里，窗户洞开着。嗅着鼻子去开门，宁一劈头就道：“敏子，打你电话关机，你这是消极旷工！”随后审了审我的神色，抬手探我额头，微变了脸，“你发烧了？”

有吗？只是有点小伤风而已。我还没说什么，她竟拽住我的胳膊往门外拉：“走，上医院去。”直接被她雷倒，一个小感冒至于上医院吗？“家里有药啦，吃上一片就没事了。”身体素质强如我，何曾需要上医院了？

宁一是一刻也不等，火急火燎把我拉进了医院，反常地前前后后跑腿排队。从医生办公室出来，我就怒了，那蒙古大夫，拿个什么小电筒照了照我的喉咙口，量量体温的，就随随便便开了挂三天的点滴，而宁一这丫还举双手赞成！

原本还不止，建议说住院，被我一口否决了！我苏敏得个小感冒就搞住院了，以后还混不混了？宁一想劝解，被我按了个“STOP”的姿势，总算缩回了废话。

两瓶点滴挂下来，感觉起身时脚都在打飘了，怎么这挂了点滴后反而比没挂更严重了呢？医生不会是开错药了吧。宁一当机立断决定把我捎带上去她家，可就近照顾，怕我一个不小心在家里头自生自灭了。

因为头发昏，有气无力地问她，我要是去了，不会妨碍她跟陆昊那个啥吧。她默了两秒后开口：其实，自从萧雨回来后，他就没住我那边了。于是我沉默了，敢情是这丫心底压抑难受，要找我陪呢。

我没有再提反对意见，但还是得回家一趟，不能把小白给忘了。我回家里捎带上小白，拿了些换洗的衣物就跟着宁一蹭窝去了。

本还想着这回小白又有伴了，宁一那头萨摩虽然高大了点，但贵在性格温善，与我家小白正好趣味相投。哪知到她家前前后后没找着那头萨摩，问起才说陆昊对狗毛敏感，就把萨摩送走了。我顿住，好半晌才冷哼了声道：“宁一，你丫可真够心狠的。”

她为了陆昊不仅没有原则，而且毫无底线。

就像我……

但这次那个“只要你要，只要我有”的誓言是座大山，压得我喘不过气来，这不还应景地生病了吗，且等我气息稳了再说吧。

可我这口气还没平顺过来，晚上就接到了子杰的来电。他问：“你昨晚怎么关机了？”我想了想，回：“手机没电了。”这是最官方的回答，也无漏洞。他默了一秒后又问，“你现在人在哪？”按平时我的脑袋瓜肯定没法反应那么快，可今儿不晓得是不是突然开智了，立即敏锐察觉到情况问，“你回来了？”

那头的他轻嗯了声，我的手颤了下，他回来了……

在昨天之前，我每一天都在盼着他能早点回来，可昨天不巧听了那句誓言后，我开始害怕他回来。因为他的回归只可能是来向我索求那个答案的，也许甚至都无须答案了，只是来与我谈谈那离婚协议。

“宁一这边出了点事，我陪她几天。”

他这回沉默了足足有五秒，才道：“嗯，过两天回来时，我去接你。”

我也学他轻嗯一声，然后无话可说，拿下了贴在耳边的手机，按了红色键。我浑浑噩噩地开始做梦，里头统共就一个人的身影，板着脸训斥的、怒目瞪我的、说讨厌我的，还有拿着疑似文件的东西推向我的，全是子杰。

模糊中似感觉身旁有人声，几度想睁眼看看宁一是在和谁说话，可是眼皮沉重得连眯开一条线都困难。意识昏沉，知觉却在，有人将我抱了起来，身体在行走中，等到消毒水味道入鼻时，知道身处何地了，显然是又回到医院了。

我睁眼是满目的白，耳旁有争吵声传来，来自门外。侧耳听了听，好像是老爹的声音，还是在发火，不知道谁又在挨他骂了。因为刚醒过来，脑袋如定格了般迟钝，头顶还在吊着点滴，所以外头的杂音被自动过滤掉了，也没听进耳里去，只对那个受老爹骂的人抱以同情。

咔的一声，门应声而开，我侧目而看，怔住！

想过进来的会是宁一，会是医生，会是老爹，会是其他任何我认识的人，却没想推门而入的居然是子杰。下一刻我就在心里骂宁一了，肯定是她通知他的，她以为我头昏脑涨病弱时最想看到的是他，可不知道我偏偏最不想看见他。

因为我害怕……

避了又避，终还是要面对。咧了咧嘴牵出标准的苏敏式笑容："你怎么过来了？宁一就喜欢大惊小怪，不就是个小感冒吗，吃了药睡一晚就没事了。不但把我送医院，还通知你了，搞得我好像快挂了似的。"扒拉了一大堆，发现他一直沉默着站在门边不动，我说不下去了，不知道后面该如何扭转这僵凝的气氛。

一声轻叹从他口中溢出，在我还没反应过来时，他已经快步走来，手向我伸来的刹那间我条件反射往后闪躲，这是被他磨炼出来后的本能，结果是他的那只手僵在空中，而他的神情错愕。忽见他一瞪眼："躲什么？"爪子落在我头顶，轻抚……

我心头颤了下，微微避开他的视线。

"昨晚简宁一打给我电话时，你已经高烧烧到40摄氏度，要是再不把你送医院来，我怕你本就智商不高的脑子要烧成弱智了。"

40摄氏度？有这么严重吗？难怪后来头昏昏沉沉，眼睛都睁不开了。等等，他这是在向我解释？还别说，我有点受宠若惊的感觉。

我连忙转移话题问："那宁一呢？怎么没见她？"

"人家为你忙了一宿，还不放人？我让她回去休息了。"

我扭头看了看窗外天光发白，竟是快天亮了。这个话题被堵死了，只好另辟他径，想了想后提议："那你要不要也回去休息下？"如果是半夜里热度起来的，那宁一为我忙一宿，他应该也忙半宿了吧。

他不说话了，黑幽的眸子盯着我，看得我心底发虚，他不会打算乘我"病弱"时提出那件事吧？视线触及某处，我立刻高呼："呀！点滴瓶空了！"

他抬起头看了看，遂道："我去喊护士。"

等他身影在门口消失时，我轻拍了拍回落的心，也算是避过一劫。笃定主意等下直接装睡得了，他总不至于对着个"昏睡"中的人说啥吧。护士进来麻利地为我换输液袋，嘱咐了两句就走人，我佯装打着哈欠，睡眼蒙眬地对他说："好困，我再睡一会儿啊。"

闭眼时，听到他在轻嗯，语音疑似轻柔。

向来自诩身体倍儿棒的我，这回蔫了。哪里知道一场阳台上的伤春悲秋，引发了一个小感冒，到最后居然演变成各种感冒症状纷纷而来。发烧、流涕、咽喉痛、咳嗽，样样都兼顾了，合着那病菌把我当成载体了，在体内繁衍不息呢。

到后来我连嗓子也哑了，出口的声音跟破葫芦一般，几次尝试之后，就没再开口，太损形象了。不过如今我在子杰面前，也基本没啥形象可言，有气无力躺了三四天，头发乱糟糟的，脸色吗也就不说了，有谁生病中还能红润润呢。

终于这天在我的坚持下出院了，是乘着子杰不在的白天。站在医院门口时，我打了个电话给他，告诉他这事，然后把个人计划也跟他报备了下。那头沉默了好一会儿，开口时声音清冽："苏敏，如果你真暂时不想看到我，那这阵子我就先住宿舍这边吧。别去简宁一家了，总归还是自己家里方便。"

耳边的嘟嘟声响了很久我才放下电话，宁一提着我的包歪着脑袋问："怎么说？"我冲她咧了咧嘴，"走吧，上你家去接小白。"

"你男人说啥了？"

我抬头看了看云层背后的太阳，遥不可及……"他说近日那边事多，就留住在宿舍了。"

宁一又冷笑了，我觑了她一眼，直觉这丫目前有愤青的潜质。回头走进她家门，立即顿悟过来她这回怎么就不留我了，玄关处的男式皮鞋，屋子里四处满溢的男性气息，得，这丫又回春了！

果然，卧房门后陆昊从里头走出来，看到我怔了一下，随即笑问："敏子，出院了啊。"我鼻子轻哼当应答，他得庆幸没有衣冠不整，要不然我会控制不住再踹他一脚。

找到小白抱起就走人，到了门边听陆昊提议："我开车送一趟吧。"还没来得及开口拒绝，他又转了语锋，"要不叫阿左过来，那天半夜接到宁一电话时，他比我们都要着急，一路抱着你冲下了楼，又冲进了医院。"

我倏然止步，惊愕地回头。是陆向左送我去医院的？不是子杰？侧头看向宁一，从她的神色中得到了肯定，她小声开口："那晚你高烧不退，我急得实在没办法了，只好打电话给阿昊，没想陆向左也赶来了，后来才通知你老公的。"

我一口气没上得来，噎在胸口处，闷痛不已。转身就往门外走，到电梯前，宁一追上来，有些怯懦地唤："敏子。"许是从没见过我发这么大的火，被我给镇住了，不过我是真的憋火。

我压着嗓子耐着脾气问：“宁一，你给我一句话，你跟屋里头的男人，是不是在那晚和好的？”在她艰难地点下头后，我也学她冷笑做愤青了，指着她的鼻子道，“好你个简小一，重色轻友，拿我当你追陆耗子的桥梁呢。你给我闪边点儿，姐这阵子都不想看到你。”

电梯门开，我闪身而入，关门的一刹那，只见宁一惊惶的小脸被掩在了门外，我对其比了个中指，表达对她的彻底鄙视。

回自个儿窝，风平浪静地一日过一日，到第三个礼拜，住宿舍的人扬言回来了。

子杰满脸写着有话和我谈的意思，心在下沉，是到了开诚布公摊牌的时候了吗？早知道躲得过初一，也躲不过十五，决定回新家来住，不就在等着这一天？

耷拉着脑袋坐下，心凉如冰地等待着审判，等待着那两个字从他嘴边滚落。可是在听他讲完事情后，我惊疑地抬头：“去C市？参加你堂哥的婚礼？”不是和我谈离婚的事？！

子杰点点头：“明天就举行婚礼了，我们最好今天就赶过去。”

C市，他的家乡，跟他结婚至今，我都还没去过呢，他这是特意回来跟我说这件事的吗？带上我一同前往，是以妻子的身份吧。等等，他堂哥不就是许子扬吗？我不由得问了一句：“你堂哥和谁结婚？”

他微蹙了下眉，我也没等他回答，又开口确认：“是不是余浅姑娘？”可别是其他什么童姑娘啊李姑娘的，只见他点点头道：“自然是他们俩结婚了。”说这话时，他的眉眼是疏散的，唇角微不可察地上扬着，显然是心情不错。是因为看到余浅姑娘终于得到幸福而喜悦吗？

不管如何，他不是找我谈那事就行，其他事都OK。我指了指那头流着哈喇子的小白，问：“那它呢？一起带上吧。”他扭过头，若有所思两秒，回头时眼底融了笑意，“你想带就带吧。”

于是，随意收整了下，我带上小白，坐上他那辆越野车，往C市而驰。

一直到夜里十二点左右才抵达，被子杰带进酒店套房时，我已经困得睁不开眼睛了，沾床就睡，一夜无梦，直到清晨才迷糊醒来。

扭头间见一张放大了的脸在我旁边，长长的睫毛覆盖着，窗外的阳光恰好打在他身上，整个人都笼罩着一层淡淡的光晕。如此近，呼吸都能闻到，独有的清冽气息，那么熟悉。

第七章
婚姻就像赝品

敛转目光，见小白躺在茶几旁边，地上铺的是极软的地毯，神情惬意。一男一女和一狗，似乎在静默中圈画了这个狭小空间的温馨。

是手机铃声打破了沉寂，我们匆匆忙忙吃了早饭，就急赶着说先回老宅一趟。到那边，发现公公婆婆都在屋内，还有一大堆的长辈。进门婆婆就把子杰拉去帮忙了，安排一些长短的事，却没派我做事，在几次被要求“让让”后，我只好抱着小白退回了院子，然后看着大伙忙忙碌碌。

似乎，我被隔离了……

摸了摸手腕处的那个玉镯，安慰自个儿只是今天办喜事，我又是初来乍到，被当成客人也不奇怪。因为知道自己的毛躁性子，平日里可都不敢戴着这翠绿的玉镯，但这回跟着子杰回来C市，务必是要见公婆公公的，所以临走前我又跑回去把镯子给戴上了。

“那镯子你还戴着？”

我微微一怔，眼前是一双金色的靴子，抬起头就见小婶婶逆着阳光低头，注目在我手腕处。我笑着起身唤：“小婶婶。”刚人太多，一时也没得空与她交流。

突见她凑近我，唇角的弧度有些诡异，随后在我耳边轻语了一句，转身走进了大厅。我则呆愣在原地，垂眸看着那抹碧绿色。刚她在我耳边说：你戴的那个镯子是我从旧市场上随便买来的赝品。

抬起手腕对着阳光照了照，是赝品吗？对玉没研究，看不出来。那如果是赝品倒也无须紧张怕打碎了，就这么戴着吧。只可惜了我还以为此举能拍拍婆婆马屁呢，反倒是提供了笑料，倒也未尝不是一乐，挺好的。

子杰忙完过来喊我，说是要去酒店那边了，我笑着迎上去。

到了婚宴处，子杰拉我坐进了一群年轻人中间。今天的余浅姑娘好漂亮，一袭长白的婚纱把她的玲珑婉约勾勒到极致。站她旁边的新郎官许子扬是英俊帅气又丰神俊朗，郎才女貌说的就是他们。

我悄悄注目身旁的子杰，他的脸上始终都面带微笑，眼角和眉梢都上扬着。席散时，子杰脸颊微红，喝了不少酒，似已半醺，等回到老宅后，就蒙头大睡，独剩我百无聊赖。

第二天，家宴。

席到中途时我想起小白今儿还没喂狗粮，跑楼上拿了食料去院子里。起身时从门堂处往内看，纷繁热闹有说有笑，多协调和满的一幕，我就不进去掺和了吧。

我就地坐在了一块凸起的石头上，把小白抱在了怀里。

“苏敏，怎么不进去吃呢？”婉柔的声音来自身后，余浅姑娘！我僵了下转身，刚准备牵出笑容，却觉怀中的小白窜动起来，它似要跳出我怀下地，嘴里还发着呜呜急切的声音。

而那头传来惊唤：“小白？”

我怔了下，她也知道小白的名字？手上一痛，竟是小白狠狠咬了我的虎口，留下了极深的牙印，松手的一刹那，白色的身影飞扑向余浅。不过是瞬间的工夫，原本还在我怀里的小白，已经扑进了她怀中，仰着脖子呜呜直叫。依平时的经验，它这是兴奋与激动的表现。

原来，她们认识！

我一时脑子转不过来，只傻愣愣地看着对面一人一狗亲昵着，脑中扑闪过一些画面，快得让人抓不住，但仿佛有什么呼之欲出。新郎官许子扬从屋内出来，余浅姑娘转首问他：“小白怎么会在这里呢？我不是送到惠芬那边去了嘛，快说，是不是你特意安排给我的惊喜？”

许子扬低目扫了眼小白，勾唇笑了下道：“这小东西我给子杰养了，他倒是把它也给带回来了，这个惊喜可不是我给你的。不过，你要准备怀孕，一一又还小，还是少接触小白为妙，等生完了再把它接回来吧。”

“啊？给子杰养了？怎么没人告诉我呢？”余浅转目看向我，笑得十分柔和，“小白在你们那边没添什么麻烦吧？”

我牵强地笑着摇头，到了这时，还听不明白就成傻子了。难怪当初小白见许子扬时表现出前所未有的热情，难怪刚才小白不惜咬我一口，也要扑向她。

原来，不是小白和她认识，而是，她是小白的主人。

在许子扬说要回去继续敬酒后，余浅就与我客套了几句，把小白递到我手中。待两人身影迈入厅内后，院子又恢复觥筹交错下独有的宁静。我僵立凝目看里头的热闹，刚才觉得自己与之是格格不入，现在觉得我就是个外人。脚步移动，往大门的方向而走，我想安静一下，去外面喘口气。

小白似带着蛮横想要溜下去追寻主人，可我执拗地抱紧了它，仿佛抱紧它就能抱住幸福。我迈出了大门，随意往一个方向走，脑中纷杂闪过一个又一个与小白有关的画面。

第一次它进家门时，子杰对它的细心呵护状；它生病时，子杰焦急与恼怒，那一夜，他甚至亲自看护；后来无数次的点点滴滴，都可看出子杰对小白的疼爱有加，几曾我都羡慕它的地位赶超了我。原来它不是赶超我，而是从来就比我要高，因为，它是余浅的小白。

不知道是因我太专注回想那些过往，还是没留神脚下，当一个磕绊往前栽倒时，我只来得及松开手，不让小白被压在身下；而我重重磕倒在了地上，紧接着就是一声脆响，来自手腕，那个玉镯，碎了。

与此同时，小白撒腿而跑，跑的方向与位置正是老宅那处。我扭着脖子看它的小身影跳腾得欢跃，龇牙笑了笑，算了，到底是人家的小白，又怎能苛求它不忠呢。而且此举恰恰印证了它的忠贞，只是它把所有的忠贞给了原主人，至于我，不过是它一个临时的玩伴。

当初就说不再养狗了，因为太伤感情。阿土之后，我又一次将心扑在了小白身上，然后被狠狠伤到，这就是我不吸取教训的下场。虎口处的牙印很深，有些像当年陆向左咬我的那口，钻心地疼！扑腾着从地上爬起来，就地而坐在了路边的台阶上，膝盖处火辣辣的，应该是蹭破了皮，手掌上也有几条血痕，但没什么大碍。

凝眸在地面那片碎裂了的碧绿上，赝品，如此可好。

仿佛我的婚姻就像是它，从虚妄开头，然后揭开一层层的面纱，透露出本质，然后慢慢出现裂痕，到现在裂痕有崩裂的趋势。不由得想，子杰带我来C市，带我参加许子扬和余浅姑娘的婚礼，究竟是存了什么念头？是对过往的最后缅怀，还是要我再次看清事情的本质？

至少，小白是他给余浅的惊喜吧。

口袋里的手机突然振动，屏幕上闪烁着的名字：我家子杰。 我轻忽而笑，很快前面“我家”两字就要去掉了吧。

接起电话，那头聒噪中传来他的声音：“你人呢？去哪了？”

“就外面走走。”

“刚妈问起你来着，快回来。”

挂了电话，我仰头吸了吸鼻子，阳光直射进眼底，有些刺痛。 我咬咬牙起身，膝盖处已变成了麻痛，放慢了步子往回走。到得老宅门前时，就看到子杰站在那处，休闲的土黄色毛衣穿在他身，玉树临风当如是。

而他开口的第一句话，如是问："小白呢？不是和你一起出去的吗？"

怔住，刚它不是撒腿拼命回头跑的吗？"它……没回来？"迟疑的问话一出，他定住目光眯了眯眼，倏然转身入内，我跟着进入，院内确实不见其白色身影。厅内人声依旧鼎沸，他迟疑了下没惊动里面，只私下叫来家里的佣人询问，却都没人发现小白。

我想了想，小白从我摔倒之地往回跑，前后也就百米的距离，不大可能会去哪。于是开口要求："我去附近找找，小白那么机灵，不会去太远啦。"哪知脚刚迈出门槛，就听身后一声沉喝："苏敏，不要玩了，小白你藏哪了？"

身形僵住，如慢动作般转身，茫然而问："子杰你说什么？我玩？我把小白藏起来干吗？"

他蹙着眉走到我跟前，目光微低地看着我："没事先告诉你小白是若若养的，是我的错。你若是喜欢小白这样的狗，回去后我买一只给你。"

脑中思绪翻了又翻，将他的话组织了好几遍，我终于明白那背后的意思了，但还是不太确定。于是我问："子杰，小白带来C市，是要送还给余浅姑娘，当作她的结婚礼物的吗？"

他沉默不语，只用深幽的眸子看我。

如此我就已有答案，牵强地笑起，仰着头倔强地又问："然后刚才余浅姑娘在院子里的时候，你其实在旁观望。于是你就认为我在发现小白是她养的后，不愿还给她，就带着小白出门，把它给偷藏起来了。子杰，是这样吗？"

他依旧不说话，眉头蹙得更紧了，眼中似有迟疑和犹豫。

蓦然垂眸，我拼命睁大眼，仍拦不住泪夺眶而出，一滴、两滴……溅落地面，渗进土里。"我没有把小白藏起来，信不信由你。"语气委屈得都令自己觉得心酸。

"苏敏……"

我背转了身，任眼泪在脸上开河，难过的不是他将小白带来送还给余浅作为她的结婚礼物，而是他竟以为我会拿小白作为报复的工具，这叫我情何以堪？泪眼朦胧中，右手虎口上的牙印是那么清晰，小白留下的；而身后这个男人留给我的，却是噬在心头的伤。

终于顿悟，哪怕我再装疯卖傻，扮二糊弄，逃避做鸵鸟，也都无法力挽狂澜了。

我和他早已站在一条长河的彼岸，看似近在咫尺，心却若天涯。原来，所有的结局都已写好，所有的泪水都已起程，我却忽然忘了是怎样一个开始，在那个久远的、不再回来的夏日。

抬起头，迎向阳光，那个夏日，太阳要比这秋日更毒辣些。那个站在场地中央军绿色的背影，令我驻足，随后，沉迷的开始，直至沉沦……

“子杰、苏敏，你们都杵在这门口干吗？席都散了。”

婉柔之后，就听子杰惊疑声起：“若若，小白怎么在你那儿？”

“我正在楼上给一一喂奶，它偷跑上来了，一一看到它挺喜欢的，就在楼上玩了一阵。”

我不由得笑了，抬起手背擦了擦眼泪，转回头看了看那边站着的余浅姑娘。小白在她怀中温顺如小猫，一点都不像刚才那伶牙俐齿的样子。转眸凝向身前男人时，他眼中含着歉意：“苏敏我……”我破天荒大胆地用手捂住了他的唇，冲他轻轻摇头。

总说日久见人心，我用一片冰心待之，没有十分回报，也起码能有两分吧，可是偏偏我连那两分都没有。现实就是，与他处得越久，变得越加疏离。原因在于，他对我的疏离，犹存在骨子里，从一开始我和他的路就走错了。

他太高，我必须得用仰视的角度看他，这样的偏角也一直是我喜欢的，但此刻我说：“子杰，上回夜里你问我考虑好了吗？我一直都没有给你个明确答复，今天我诚恳地向你回答：考虑好了。”

轻忽而笑，捂着他嘴的手缩回时，手指有意从他唇瓣划过，揩了把油。既然把答复给出来了，那以后这样揩油的机会就没有了，所以，算是最后一次了吧。

侧头看向那边，余浅姑娘的身旁已经站着许子扬，男人的怀中抱着个可爱的小baby。他们相依的身体，靠得很近，各种亲密与眷爱，委实令人羡慕。美好的爱情与一家三口，这才是真正的夫妻，不像我和子杰。

好了，就这样吧，小白我也不用抱回来了，它找到了真正的主人，再不需要我。转过身，抬步，身后子杰在问：“苏敏，你去哪？”声音疑似干涩。

“就在附近转转透透气，放心，我不是小白，不会迷路的。”

大步而走时，我承认自己又撒谎了，到路边打车直接就报了车站。这个地方，这座城市我再也待不下去了。空气太凝滞，压得我都无法呼吸，我将此反应归类为水土不服。

坐上回程的大巴车后，我给子杰发了条短信：先回H市了，什么时候你把协议书拿给我签字吧。随后关机，头靠在窗玻璃上，我眯着眼看窗外的景色错落有致地往后退。

回H市的第二天清晨，我站在月华寺门前，幽幽古刹，鼻间浓郁檀香味。听说这间寺庙的神佛很灵，想着能否跟佛祖说说心中的悲苦，没准佛祖一个心善，就念了咒语，将求而不得变成了得。我回念一想，似乎自从那年还过愿后就没再来，已是好多年了。

今天虽不是节假日，但来的香客倒也不少。到了佛坛前，我低头看了看那个红色的蒲团，又再看看旁边的，不由得觉得奇怪，为何我对之前来这的情景不太记得呢？

虽然隔的时间长了点，有五六年了，但也不至于只剩模糊片段啊。

“苏敏。”一声幽唤在耳边响起，我侧头而看，见萧雨站在离我一米之远。

自那日与她撕破脸后就没再见，这算是狭路相逢吗？无心与她再起冲突，转身往堂外走，但身后脚步声亦步亦趋，心里很是烦，又不能拿她怎样。当走到挑高的木门槛边时，正待跨过，忽然身后一记重推，我直觉反手而扫，将袭击者一掌推开，但自个儿身体也没控制住，往门庭外栽倒，幸而这月华寺门前是泥土地，摔得倒也不疼。回头怒目而瞪着那被我一掌掀翻在地的萧雨：“你干什么？”

她也不起身，就坐在地上仰看着我，诡异地笑问：“苏敏，记起来了吗？那年你也是这么从台阶上跌到了门外，然后哭得稀里哗啦找你母亲。”

有这一段？我怎么半点印象都没？等等，她说什么？我哭着找妈妈？“萧雨，你记忆错乱了吗？我到这来许愿还愿都有十七八岁了，我妈妈早就没了，还哭得稀里哗啦呢，编故事也编个像样的。”

萧雨轻忽一笑，艰难地从地上爬起来，刚那跤似乎跌得不轻。她站定后幽声开口：“记忆错乱的其实是你，我说的那年，不是你十七岁的那次，而是你五岁那年，你妈妈将你在这里遗弃的那一次。”“遗弃”俩字，她说得特别轻。

我怒瞪了眼，手握成拳，一个字一个字道：“你胡说！”

“胡说不胡说，你回去问问就清楚了。对了，最好再问问你妈妈是怎么死的，很多事就一目了然了。是不是觉得这些事都没什么印象？这事也得怪我，要不是当年我‘一个不小心’把你推进了江中，你生了一场大病，脑子被烧坏了，也不至于会如此……精神分裂！”

第七章

婚姻就像赝品

“萧雨，你闭嘴！”我嘶吼出声，直觉体内一股邪火熊熊燃起，直冲脑门。

但那边的萧雨依旧噙着冷笑，踱步到我跟前，凑近我轻声道：“苏敏，别怪我挖你的老底，要知道查出你妈妈那些旧事和你得的这毛病，我可是费了好一番工夫呢。要怪就怪当年你不该抢我的阿左，而今嫁了人还迷惑着阿左。对了，据说还有一个传言，你，苏敏，根本不是苏家的孩子！”

砰！一记直拳，我毫不犹豫地捶向了她的脸。她往后震退三四步，嘴角破裂露出血丝，脸颊红肿，怒意在她脸上一寸寸燃起，之后变成扭曲，对着我高吼：“苏敏，你妈妈是神经病，你也是！苏家的荣耀不过是你偷来的，你根本就不配得到阿左的爱！”

“哈！”尖锐的笑声从我喉咙发出，“陆向左是吧，从此刻起，我会让陆向左彻彻底底不属于你！萧雨，不要让我再看到你，否则，见你一次打一次！”

从今天开始，不打女人这个原则从我生命中消失！我奉行，该出手时就出手，因为有些人，真的不打不行！气死我了，竟敢诬蔑我妈妈！

重力敲开宁一家的大门，我进门第一句话就是：“肃清场地，闲杂人等一律消失。”

宁一在我背后嚷嚷：“哟，火气怎么这么大？你不是不搭理我了嘛，还跑上门来受我消遣啊。”我回头一脚把一张靠背椅踢翻，大吼一声：“陆昊，出来！”

宁一脸色变了变，没敢再出声。卧房内脚步声踢踏而来，不是陆昊又是谁。

我指了指门道：“限你两分钟内离开，否则别怪我拳头不认人！”

陆昊看了看宁一，两人面面相觑了会儿，最终还是沉默着往门边走，只在临出门时对宁一道：“撑不住了打我电话，我来给你收尸。”

等人肃清后，宁一发话了：“行了，现在没人了，来说说为啥跑我这来发疯？”

“发疯？”我哼笑了声，一屁股坐进沙发内，仰头靠在沙发椅背上，“宁一，告诉我那年在江口边的事吧。”我没有冲动地跑回家去问老爹那些不可能的事，什么妈妈遗弃我，我不是苏家的孩子，鬼话连篇的，我要信了才是傻子呢！我不是苏家人，谁是？她萧雨啊，滚一边去，苏沐天女儿这个身份我当定了，不容置疑的事实！

但有一件事我必须弄清楚，那年陆向左向我伪告白的江口边，究竟发生了什么事？而萧雨为什么说她也在场，还把我给推下了江？

最主要的是，这些我完全没有印象。

没有忘记之前宁一讳莫如深地阻止萧雨多言，显然她是知道内情的。

在我的逼视下，宁一跟我全招了。说那年江口边究竟发生了什么，她因为没在场，知道得并不清楚。只知道我掉落江中，被陆向左救起送去了医院。当时她还以为陆向左因为告白被我拒绝而拉我殉情，可当陆老爷子狠抽陆向左时，萧雨跳了出来，说是我不小心滑进江中的。她声称那晚尾随了陆向左，躲在旁边看得一清二楚。再询问陆向左是否事情属实，他就闭紧了嘴，一个字都不吐了。

她讲到此处顿住，凝眸看着我："敏子，知道上回你感冒发烧，我为何如此急吗？因为你是易感群体，别人一个小感冒少则三日，多则一个礼拜，自能痊愈。但你却不是，你要么不生病，一生病就会是场大病，所有感冒病症都会一样样得过来。那年你被陆向左从江水里捞上来，病的不是三天，也不是一个礼拜，而是整整两个月！

前一个月你长时间昏迷在医院，后一个月稍稍有好转，被苏伯伯带回了家闭门修养。等到两个月后你再出现在众人眼前时，就是你后来那般没心没肺的样子，你的记忆似乎定格了，自动过滤掉了某些事，然后只剩下对陆向左的敌意和厌烦。那时陆向左已被陆老爷子送出了国，你还开心地跑月华寺去烧香拜佛，后面的事你也知道了。"

如果不是宁一神情肃穆，眼神从未有过的认真，我真会把她这番所言当成天方夜谭。

宁一那基本上该挖的也都挖完了，事情的表象浮出，内底里的事却还如层层迷雾般被遮挡着。或许当时真是我冲动了，该听那萧雨把料都抖完了再揍。

拍拍屁股走人，我临走特意提点了下："以后少受那陆昊糊弄，他们姓陆的没一个好东西。"听君一席话，我对姓陆的越加不待见了。

脚不知不觉走到了家门口，是老爹那个家。比起江边的疑问，我其实更在意的是关于妈妈的那件事。虽然一遍遍告诉自己萧雨是在撒泼胡言乱语，可到底还是迟疑了。因为，就在她重推我栽倒在月华寺门外的瞬间，脑中晃过丝缕片段，快得抓不住。

如果想知道妈妈的事，那么所有的一切都在这间屋子里，在老爹的书房里。他将有关妈妈的遗物都放进了他书房的柜子里，得空了就拿出来怀念一下。

刚好老爹不在，我与慧嫂谎称拿点东西，就上了楼，直接进了老爹的书房。

老实说，我也不知道自己要找什么，可就是压不住心底的念头。犹如一个小偷般一个个翻动柜子，最后找到保险箱这边。上面是密码锁，我想了想，输入妈妈的生日，结果不对，提示再输错就会自动锁定。这次我输了自己的生日号码，竟然开了，直觉先心虚地回头看看门口，不见有人才深吸了口气拉开保险箱的门。

果然如我所料，妈妈的遗物都被转移进了这里，首先就看到了妈妈的那个相框。因为长时间被老爹摩挲的原因，相框的框边都已经斑白了，但夹在中间的照片却保存得非常好。盈盈笑容，纤纤温柔，不是第一回见，但依旧保持原观点：妈妈比我长得漂亮。

所以，我把自个儿的成长基因归类在老爹身上，就是因为像了他，才塑造了我女汉子的形象。要是能像妈妈多一分，子杰定能对我刮目相看，也不至于落到如此惨淡局面。

咦？下面有封信！

“小敏，你在干什么？”老爹一声震吼，从门边传来。

我僵硬地转身，木木地看着他，手中的信纸翩然落地，清晰可见老爹的神情从震怒变为惊慌。听到不像自己的声音从喉咙里出来：“老爹，这信上说的……是真的吗？”

“小敏，你听我说，不是那样的。”老爹快步走到了我身前，抓住我的肩膀急声道。我仰起视角，凝看他眼角的纹路，两鬓的斑白，还有脸上早已被岁月蹂躏出的一道道情皱，悠远的声音来自我：“原来，妈妈曾遗弃过我，原来，妈妈是自杀的。”

原来，我真的不是苏家的孩子……

跌落地面的那封信，竟是妈妈的遗书。很长很长的篇幅，讲述了一个女人对一个男人从忠贞不渝的爱情到背叛，到最后选择自绝这条道路。上面还历数了一个母亲对女儿的痛恨，多次想要遗弃她，只因她不是苏家的孩子，甚至最后自绝那刻，都曾想带着孩子一起走。

萧雨带着恶意讲出这些时，我不信，可如今字迹斑斑来自妈妈，我要如何坚定地说不信？尤其是此刻老爹脸上的痛楚，手捂着心口哀戚难抑，我的心沉落到底。蓦然间，我不知道要如何面对老爹，惊慌失措到夺门而出，从楼梯跑下到最后两阶时，一个趔趄滚了下去。但我随即狼狈起身，不顾身上疼痛，也不顾身后老爹的呼喊，慌不择路地逃出了大宅。

家，这个字，我竟不敢再轻念嘴边。如果我不是老爹的女儿，那身后的宅院，又岂会是我的家？从来都以苏沐天的女儿自傲，也以苏家人为荣，可是妈妈在最后的信中说，我不是苏家的孩子，我是个错误，她不要我……

脚跟处揪心之痛袭来，是刚才从楼梯上滚下来时扭伤的，腿一软，我向前跌了个狗吃屎，趴在地上不想爬起来，满眶的泪含着，强忍住不掉下来。抖着手去摸口袋里的手机，按了开机键，自从C市回程关机后，一直都没开机。这一刻，我只想听听子杰的声音，想立刻见到他。

手机里的音乐响了很久才被接起，那头传来他极轻的声音。我不等他开口就不管不顾地急问："子杰，你在哪？还在C市吗？什么时候回来？能不能早一点回来？"

那头沉默了好一会儿，才悠悠开口："苏敏，你真那么急吗？"

我猛点头："急，很急！子杰，你快回来吧。"我想见你，只有在你的怀抱，才能觉得安全，才能告诉自己，我是个有家的人。

但是他却说："还要一阵子的，我暂时可能没法回去。"

心怦然而碎！是了，他早已不要我了，我又怎能苛求他这时候回来呢？手上一松，手机摔落在地，屏幕暗了。我趴在地上，将脸埋在手臂中间，眼泪在自己制造的狭小黑暗中化蛹成蝶，无声无息，落进地面，渗进土里。

第八章

许我唯一，许我天荒

再见我的良人

当夜幕降临时，我一瘸一拐地走向公寓，不管有家无家，似乎只有此处能安生，所以只能回这。然而，陆向左站在公寓楼下：“小敏子，有件事我不得不说……”

一盆冰水兜头而下，浇得我脑袋都麻木了，只愣愣地看着他问：“你说什么？”

他深吸了口气，又再重复。

我心火冒起，怒瞪着他：“你胡说！我刚从老爹那边出来的，怎么可能他现在就进了医院，还说什么生命垂危？”

“你说的刚刚，是三小时以前，伯父在你离开后就倒地昏迷不醒，送入医院后，你小叔叔四处打电话找你，宁一和阿昊也分头去找你了，我则留在公寓楼底下守着。小敏子，这三个小时你去哪了？到底出什么事了？”

我去哪了？三个小时里，我花了半个小时趴在地上痛哭，其余时间都用在了走路上，不辨方向地走，找寻着自己的家，最后我回到了这里。在心里头认定，至少在子杰给我离婚协议书之前，这儿还是我的家。

冲进医院大门时，我连脚都是在颤抖的，不敢相信刚才还对我吼着的高大男人，如今躺在那里不知生命何许。急症病房前，小叔叔僵立的背影，沉重而又压抑，听到我的脚步声时，他转眸看过来，在我意识到他眼中闪过怒意时，一个巴掌已经重重扇在了我脸上。

火辣辣地疼，伴随而来的是小叔叔的冷言厉色：“谁允许你私自翻动大哥保险箱的？明知他有心血管病，不能激动，你在当时气完他后还一走了之！你是嫌你父亲命太长是吧？”

“我……”

“只凭一封你母亲的遗信，就论断你不是苏家的孩子？哼，你若不是苏家的孩子，大哥需要对你这般呕心沥血？你若不是苏家的孩子，当初你吵着要嫁给许子杰的时候，你当我们吃饱了撑的来管这事？”

这是小叔叔第一次动手打我，也是第一次对我疾言厉色斥骂，顿把我给吓蒙了。小叔叔的意思是，我是苏家的孩子？那妈妈的遗言又是怎么回事？

“出来了，出来了。”

小叔叔疾速回身，走向急症室门前出来的医生，我一个箭步冲进了病房。老爹双目紧闭，眉宇痛苦深皱着，脸上被呼吸器遮盖了，耳旁似听医生在说着什么，却没有一句听进脑里。深深的懊悔从心底蹿起，我当时为什么不心平气和问清楚？为什么在发现那件事后要落荒而逃？老爹是被我气倒下来的。

忽闻身后传来小叔叔暴怒的声音，茫然回头，只见他揪住医生的前襟在怒吼：“什么叫不行了？不可能有这种事，他的病一直在长期治疗，怎么可能不行？我命令你，立刻再救治！”

他们在说什么？老爹不行了？不会的！

我紧紧握住老爹的手，凑到他耳边轻喊：“老爹，是我啊。对不起，我不该偷偷开你的保险箱，不该不问青红皂白就质问你，我错了，你不能有事啊。”

一股蛮力从身后而来，将我从床沿拉拽而起。小叔叔一边推搡着，一边怒骂：“你滚！你不是苏家的孩子，在这里干吗？快滚！”我眼泪扑滚而出，揪住他的衣袖哀求：“小叔叔，别赶我走，让我待在这，我要陪着老爹，求你了。”

但向来疼我的小叔叔，这回却是彻底冷了心，一路将我推到了门边。我死死扒住门框，他佯作要关门，震喝：“缩手！”我手颤了下，但仍牢牢抠着门框，身旁传来陆向左请求的声音：“苏叔叔，小敏子她……”

“你住口！陆家小子，如果不是看在你老子的分儿上，今天绝不容你站在这儿！”

陆向左顿失了声音，面色惨白。

我无暇去分辩，只埋着头倔强地堵在门边，就好像坚持到底，就能抓住一点希望。绝没想到，第一次与小叔叔对峙，是在此种情况，以这种方式。

“暮年，别赶小敏走。”

当那声苍老而熟悉的嗓音破空而袭进耳内时，我倏然抬头，蒙胧的泪眼里看到老爹已经睁开了眼，呼吸器被他移到了旁边。小叔叔先我一步冲了过去：“大哥！你醒了？”我紧步跟进，却没敢冲到床沿边，只缩着身体躲在小叔叔的身后，我无颜见老爹。

几声重咳后，老爹在唤：“小敏，过来。”

怯懦地从小叔叔背后走出，隔了一臂距离，不敢再近一步。老爹轻叹：“暮年，你太严厉了，把丫头吓着了。”小叔叔转首看了看我，目光依旧阴霾，但嘴上却道：“我去找医生。”

等房内只剩我和老爹时，我再也忍不住，上前一步趴伏在病床前泣声说：“老爹，我错了。”老爹抬手摸了摸我的头，满眼尽是沧桑与忧虑，“小敏，那件事我和你小叔叔本想瞒你一辈子，让你一直无忧无虑地过下去，可是到底还是让你给翻出来了。既然如此，就坐下来听老爹讲故事吧。”

我很想张口说不要讲了，老爹此时说句话都很累似的，气也是虚的，加上之前小叔叔与医生争吵的话，心里不着调地慌乱着，莫名地有不祥的感觉。可偏偏张口也发不出音来，竟像是失声了般，唯有心底深处知道，我想知道那件事，那件老爹和小叔叔打算瞒我一辈子的事。

“大哥，你真的要说？”

小叔叔的声音在门边响起，我木木地转头，只见他靠在门框上，神情肃穆中带着悲切，目光穿过我落在老爹脸上。

“暮年，我和你都老了，不可能保护小敏一辈子，她总有一天会知道事情真相的。与其从别人口中听到恶意的毁谤，还不如由我们来亲自告诉她。要不然等到哪天我不在了，而你又无能为力时，她要如何承受这个事实？”

小叔叔沉默了，好一会儿他才道：“我出去抽口烟。”说完身影消失在门后，他这举动是默认了老爹的话。

“小敏，是爸爸对不起你妈妈。”

这是老爹的开场白。之后他讲述了一个男人把一生献给了事业，把寂寞和孤独留给了妻子的故事，最终导致了悲剧的发生。但毋庸置疑，他们曾经是相爱的，只是岁月的洪流带来了太多不安定的因素。

老爹说第一次发现妈妈精神状况出问题时，是在我四岁那年。她拿枕头把我差点闷死在床上，是慧嫂赶来得及时，才阻止了惨剧发生。后来问妈妈原因，她说我不是老爹的孩子，不该存在于这世上。去医院一查，心理医生说她这是长期压抑之后引发的症状，俗称忧郁症。

但她的情况要更严重些，她活在自己的世界，产生一种幻觉，潜意识里认为背叛了老爹，与别人生下了我。所以一次次想要遗弃我，就如我五岁那年，她把我带到月华寺，叫我站在某处，自己却悄悄离开了。后来老爹带着人四处寻找，问妈妈我的下落，她只一个劲地抹泪，却始终闭口不言。

最后还是萧雨的父亲找上门来，说他们家萧雨提起在月华寺里见过我。等老爹赶到月华寺时，天已大黑，大伙里里外外没找着我。老爹嘶哑着嗓子一声声唤，最终是在神台底下发现我的。那时的我像惊惶的小鹿般，抱着身体簌簌发抖，直到回到老爹温暖的怀里，我才大声哭起来，告诉他妈妈不见了。

回家我就生了场大病，迟迟不见好。后来医生查断，说我是易感体质，要么不生病，一生病就难痊愈，因此造就了后来老爹为我细致安排锻炼事宜。

此乃后话了，回到五岁那年。

自那以后，老爹对妈妈格外不放心，二十四小时留了人在旁守着她，可到底还是没守住。月华寺遗弃事件过后半年，妈妈还是吞下安眠药，永久地睡下了。当时的我，也在！

老爹推开卧房门进来时，妈妈安详地闭上了眼，气息已无，而小小的我被绑在她手上不能动弹，眼睛睁得铜铃一般大，却不哭也不闹。那段时间内，谁也不知道我和妈妈究竟发生了什么，然后我变得只会睁大了眼，却痴痴呆呆不会说话。

老爹讲到这顿了下来，我也默然着。

“那后来我是怎么好起来的？”听到自己干哑如撕裂般的嗓音在问。这些事我一点印象都无，而我自有记忆以来都是东奔西窜的，没有半点痴傻的痕迹。

老爹握住了我的手，他满是掌纹的手心摩挲着我的手背：“你妈妈的后事办完之后，我就请来了心理医生为你诊治，医生说你的痴傻只是表面现象，而你又还是孩童时期，只需仔细引导就能痊愈。可一个月下来，医生束手无策，你完全没有好转，反而有往自闭症方向走。后来你小叔叔当机立断找来了一位催眠医师，入你梦中，发觉你脑中一直在盘旋着你妈妈的身影。于是我们下了一个决定，对你催眠，封住那段与你妈妈有关的记忆。

起初我们还犹豫、担忧，但在催眠之后，你果真从封闭的世界走了出来，变成了单纯无忧无虑又调皮脱骨的野孩子。你妈妈的阴影，再也不存于你的世界，看到这样的你，我和你叔叔都十分欣慰。直到你十七岁那年，我接到说你掉进江中的电话时，手都颤抖了，赶到医院时，你还在抢救，整整三天三夜我没合眼，你才熬过来。

之后有近一个月的时间，你都昏昏沉沉的，可我记得你清醒时，开口第一句话就是问你妈妈是否遗弃过你。当时我就蒙了，问你怎会有此一问，你却咬着唇不语。我立即跟你小叔叔商量这事，估摸你可能因为掉落江中受到冰寒刺激，而启发了被封存的记忆。前事在例，我们不敢冒险，怕你又一次陷入那封闭的世界，只能匆匆找来那名催眠医师，他通过催眠入你梦，再一次封存了你在江边出事后的记忆。"

原来是这样，难怪我完全不记得自己掉落江中，可显然这个催眠医师是技术不过关的，他并没有完全封住我的记忆，我还残留了陆向左在黑漆漆的江边告白的影像。

是催眠医师的问题，还是我的问题？会不会，那封存的记忆在慢慢回来？

"小敏，让大哥休息吧。"

小叔叔再次进来打断了我们，他的眉宇皱得极紧，神情肃穆到峻寒。我心中一个咯噔，转首看老爹，只见他微眯着眼看我，但又不像是在看我，好像穿透了我在看另一个人。

退出急诊病房，只听随后跟出来的小叔叔压低了声音道："医生那边下通知书了，说是……就这两天。"我陡然惊起，一把揪住他的胳膊："什么就这两天？"这是什么意思？老爹刚还不是跟我清清楚楚讲着那些往事吗？心血管病一直有在吃药，只不过是比上回严重而已。

但小叔叔的眼底染满了悲恸，凝注着玻璃窗内的老爹，沉声开口："大哥的病早已入膏肓，上回医生就下过通知了，不能再受刺激，一倒下就可能再也站不起来。这也是他早早退下来的原因。小敏，这一次，你真的太不懂事了。你可知你妈妈的事，一直都是他的心病？这么多年，他始终都在内疚，所以把加倍的疼爱给了你，表面对你极其严厉，可但凡只要你所想，他和我都会尽全力为你完成。就比如，你要嫁给许子杰这事。可如今，你的许子杰在哪儿？他为什么还没有回来？"

我的子杰在哪儿？他为什么还没有回来？这句话问得我哑口无言，手伸到口袋，抠着硬硬的机器，它在之前被我摔了后，就一直处在关机状态。等小叔叔又去找医生探讨治疗方案后，我摸出了手机，再次启动拨通那个号码。

依然是响了好多声才被接起，依然是那个轻到不能再轻的声音，熟悉、遥远……

"子杰，你回来吧。"我真的真的要撑不下去了，求求你，无论如何，都先回来。让我依靠，给我支持的力量，告诉我老爹不会离开我，我没有比这一刻更需要你。

但是，他沙着嗓音回："苏敏，抱歉，我这时候不能回去。"

"为什么？"我蓦然嘶吼，对着电话，"为什么你不能回来？就当是可怜可怜我也不行吗？余浅已经结婚了，你还要守她守到何时？她不爱你，许子杰，她不爱你啊！"还有一句话我没有怒吼出来：可是，我爱你啊，子杰，为什么你就不能看看我？

砰！我把手机砸在了墙上，然后，它从墙面做自由落体运动，到地面时已是四分五裂，就像我的爱情，我的婚姻，乃至我的人生。

当夜，老爹走了。

走得很安详、很平和，当时我在场。

当年我见证了妈妈从生到死的过程，而今，我又见证了老爹从生到死。不知是老天爷对我残忍还是优待，生命和死亡本就是密不可分的，妈妈和老爹是我最亲的人，让我陪他们走这最后一程，未尝不是好事。

老爹说的最后一句话是：暮年，以后小敏就拜托给你了。

最后的最后，老爹依然不放心我，将我托付给了小叔叔，可是他不知道，我是那么那么的依恋他，只想牵着他的大手成长，只想永远待在他身旁没心没肺。

因为，我是他苏沐天的女儿。

我以为我的天塌了，可当所有的真相铺天盖地而来时，才知老天爷觉得我磨炼还不够。

老爹的追悼会，办得很隆重，所有他曾经的老友都过来送他最后一程了。一切事宜都是小叔叔在办理，井井有条，一丝不苟，他的肩背依然挺直，脸色依然肃穆。绝没人会想到，那个在老爹咽下最后一口气时的他，是如何痛哭失声的，我僵立在旁，反而是默默流泪。

但我知道，无论是有声还是无声的悲恸，我们都一样。他失去了兄长，我失去了父亲，都是我们在这世上唯一的亲人。

此刻，我就站在小叔叔的身旁，对每一位到访的宾客鞠躬敬礼。听了无数遍"节哀顺变"，耳根已经麻木，幸而这样的场景无须勉强自己微笑，脸色再难看也没人来追究你什么。

耳旁传来小叔叔疾言厉色的声音，他在怒斥着来人，我以为他是在骂陆向左和萧雨。可抬头间却怔住了，一男一女相依着站在那处，男的丰神俊朗，女的纤柔婉丽，是子杰和许阡柔，他终于来了。

“苏暮年，子杰他……”

“够了，无须向我解释！许子杰，你是否以为你们许家已经成事，就再用不着我苏家了，所以任由小敏独自回来也不管不问？信不信我不惜一切代价，也要与你们许家周旋到底？”小叔叔斥责完又回头拉了我一把，指着他扬声道，“小敏，你看清了吗？他就是个养不熟的白眼狼！”

是狼吗？都说狼是这个世界上最痴情的动物，一生只有一个伴侣，如果伴侣没了，它绝对不会再找，它会对天长嗥，它会就此而孤独寂寞终老一生。原来如此，难怪他对余浅姑娘痴守眷爱，再无法割舍出一点爱意于我，原来，如此啊。

我痴痴看着他那双眼睛，里头似有惊痛、悲伤，还有什么看不明。只觉周身犹如一片茫茫废墟，等开口时，语气带了无可避免的悲凉：“谢谢你们来拜祭。”

低首，鞠躬到底，如对每一位宾客一般。

头顶是长时间的沉默，只闻自己的呼吸声。我迟迟没有抬起头，视线却不可控制地凝在那处的黑色皮鞋上。终于，那道射向我的目光转移，那双皮鞋开始轻轻挪动。

挪动？！

我惊惶抬头，只见他们姐弟俩已经背转了身，一步一步往外走，很慢、很慢！他的脚？他几乎是将全身的重量都依靠在小婶婶身上，尤其明显的是右脚在拖动着，他出了什么事？

“小敏，行礼。”小叔叔在旁提醒。

我艰难地扭转了头，向面前的一位世伯鞠躬敬礼。等答谢完直起腰时，门边已不见他的身影。之后是大大小小的事，根本不容我去多思虑，送老爹最后一程，看着骨灰入土。

回程的路上，小叔叔说暂时先住他那儿吧，我没有反对。

开始整夜整夜地做噩梦，日夜生活颠倒，不敢夜晚入眠，整夜看电影或者读小说，再困也死撑着，一直熬到天亮才肯闭眼。这天，还在沉睡中，隐约听到外面传来喧哗，眯盹着起身，卧房门没拉开就听到小婶婶在说：“苏暮年，你这是什么意思？不给子杰见苏敏解释也罢了，还让律师发离婚协议书。都说了子杰是因为那天急着赶回H市出了车祸，你侄女打电话来时他还躺在医院，后来发现这边出事了，他咬着牙出院赶回来，为的是什么？为的还不是苏敏？”

“哼，为了小敏？是怕我将那天的话付诸实践吧。你们许家虽然事成，但毕竟根基未稳，这个时候，他怎敢跟我撕破脸？所以阡柔，收起你这些假装的善意，许子杰对小敏如何，我用眼睛看着呢，包括你，你又何时小敏善待过？嗯？”

我轻靠在门板上，外头的声音还在穿透而来，原来他接了我的电话不肯回来，是因为出车祸了，难怪他在老爹送殡那天，脚是拖着走的。原来，这么多天他一直有想见我，原来，小叔叔已经把离婚协议书发给了他。

离婚……轻轻咀嚼这两个字，曾经我提出了又极力逃避，想尽各种办法来避开这个问题。后来从C市逃回H市时，已有了成全放手的打算，也给了他明确答复，但潜意识里在等待着他把协议书拿给我，而不是由我主动。

但一切阴差阳错，反反复复，最终还是以苏家的名义率先提出来了。也好，婚姻的开始，是苏家起的头，不管他心里如何计量的，我无法否认，这场婚姻，有逼迫的成分在。那么，最后的结束，也由苏家来吧。心中不受控制地去想他的车祸，应该不是太严重吧，要不然也不能立刻赶来了，尽管走路走得很艰辛。

一道尖锐笑声划破耳膜，拉回我的思绪，我微微拉开了点门缝，还是小婶婶，她似乎极其愤怒。从我的角度，只能看到她的侧脸，小叔叔却在我的死角里，看不到其人。

只见她脸上浮着讽笑，满目苍凉地开口：“苏暮年，真以为我不知你的心思吗？你书房的抽屉里有一本书，里面夹着一张席云舒的照片。呵，你大哥到死都不知道，他亲爱的弟弟与自己的妻子背着他苟且！”

“你闭嘴！”怒吼声把走廊都给震动了。

“怎么，说中你心事了？你对席云舒有爱慕、有内疚，然后把这种情结凝注在了你侄女苏敏身上。现在表面是把苏敏守在家里，实际上你是想利用我和你婚姻的幌子，从另一层意义上得到她、拥有她！所以你迫不及待给子杰发离婚协议书，逼他们离婚，这一切不过是为了满足你的私欲，因为你苏暮年根本就不是苏沐天的亲弟弟，你也不是苏敏的亲叔叔！你爱上了苏敏的母亲席云舒，又把这爱在她女儿身上延续！”

砰！我一屁股摔坐在了地上。

卧房的门从外面被推开，小叔叔惊慌失措的脸出现在门后。我仰首睁大了眼睛看着他，嘴里喃喃着：“不会的，不会的……”

“小敏，你起来，听叔叔解释，不是她说的那样。”小叔叔一个箭步到我跟前，要来扶我，可是我浑身都在发颤，腿脚软到无力，整个人瘫坐在了地上。

门前小婶婶的脸上已没了愤怒，只剩哀戚和怜悯。是的，怜悯，她用同情的目光在看着我，就像我是天桥下的乞丐，就像我是戏台上的小丑。

我颤着声音开口了：“许阡柔，能请你暂时离开一下吗？”这是我第一次唤她的名字，尽管她从未真诚对我，但我始终如一当她是敬仰崇拜的小叔叔的妻子，唤她一声小婶婶。可是就在刚才，她出口污蔑了我的妈妈、我的老爹、我的叔叔，所有与我息息相关的亲人，我无法原谅她。

她的眼角颤了下，最终背转了身走开了。

等恢复静谧后，我转首看向半蹲在跟前的男人，轻声问：“小叔叔，她说的都不是真的，对吗？”已经有过一次前面不听老爹解释，最终活活将他气死的经历了。这一次我不要盲目视听，我要亲口听小叔叔解释，听他的答案。

他深幽的双眸凝看着我，良久之后才道：“小敏，你跟我来书房。”

我点点头，这样的确不是说话的方式，可是我试了几次，脚颤得不行，怎么都站不起来。最终小叔叔弯下腰将我抱起，命令：“搭住我肩膀，别摔了。”我立即执行。仔细看他的眉眼，若说这个男人爱我，我信，但绝不是那种男女情爱，他的眼底没有一点欲念，只有满满的慈爱，如老爹一般。许阡柔错了，定是她错了。

到了书房，小叔叔直接将我抱到沙发边才放下。我埋坐在沙发里，看着他走向那张大办公桌，不知从哪儿摸出了钥匙，打开了抽屉，随后拿出一本书。心中一动，那本就是刚才许阡柔说的夹着妈妈照片的书吗？

他迈步而来，将书递给了我，随后坐在了我旁边轻声道：“在第三百六十五页，夹着一张你妈妈的照片。”我翻到那一页，果然一张七英寸照微微泛黄夹在其中，上面笑颜如花的女人正是妈妈，但那是一张妈妈年轻时候的照片。

不由得想起老爹说妈妈患有心理疾症时，认为自己与别人生下了我，所有人都以为那个别人是妈妈的幻觉，是虚构的，但不是，那个别人其实是小叔叔？那我……难道是小叔叔的女儿？

“不是，小敏，你不是我女儿！”小叔叔斩钉截铁地怒喝，原来刚才我将脑中盘旋的心思都不知不觉地念了出来，看着他震怒的眼，我微微慑缩。

他在平息着怒火，几次深重呼吸后，才缓缓开口：“小敏，我确实不是你的亲叔叔，我们没有血缘关系。我是七岁那年跟着姐姐来到苏家的，我姐姐是大哥的第一任妻子，但只结婚两年，她就因肝癌去世了，那年我九岁。之后，大哥工作调度，带着我来到这座陌生城市，因为我们同姓苏，所以几乎没有人知道我们不是兄弟这件事，是大哥抚养我成长，培育我读书，后因为天资与努力，连跳几级进入高等院校。

我与你妈妈是在大学里认识的，没错，我们相恋，成为恋人。那个年代，感情都很纯真，牵牵手偶尔拥抱就是全部，但在毕业之际我们分手了。她要求我留在那座城市发展，我却坚持要回来H市。因为那时大哥并不顺利，他栽培了我，我不能忘恩，必须回来帮他。我们两兄弟熬过了艰苦年头，总算慢慢走上了平坦路，那时大哥已近四十岁。在我和周旁朋友的劝解下，他才动了再婚的念头。

是领导给大哥介绍的，我当时挺忙的，常常有应酬，只知大哥与那姑娘挺谈得来，是好现象，可赶着在四十岁前把婚事办了。第一次正式宴请女方家长定下来时，大哥拉我去坐镇，当我看清那姑娘时，当场就蒙了。没错，就是你妈妈，她看到我时脸也白了。

哪里会想到，时隔两年，我们以这种方式见面。当天婚期就定下来了，我回家自省了一番，觉得自己对你妈妈已经没了感情，毕竟我们属于过去式，没有道理因为这阻断大哥寻求幸福。我看得出大哥很喜欢你妈妈，而你妈妈看大哥的眼神中也流露了爱意。”

我知道故事应该还没有完，要不然许阡柔不会那么说的。

果然，小叔叔缓和了片刻后，开始讲述：“你妈妈和大哥没过多久就结婚了，婚后第二年，就生下了你，大哥刚好四十岁。老来得女的他，笑得合不拢嘴，把你抱在怀中看了又看，指着你的小鼻子说像他。这是我第一次见大哥如此喜形于色。

“尽管他对你疼爱有加，但受岗位限制，没法长时间逗留在家中，时常会有任务下达下来，一执行就是几个月。那时你还小，大哥总是打电话来吩咐，让我多多在家帮衬着点，你们母女缺个啥也好有照应。所以那段时间我几乎每天都按时下班，实在推不过去的应酬，也会等应酬完了赶回来。我守的是对大哥的承诺，尽的是对家的责任。

“却没想你妈妈会因此而感情变了质，当她把这本夹着大学时照片的书给我时，我看出了她眼底的情意。那天，我落荒而逃了，随后接连很多天没敢回来，尝试提醒大哥经常回来看看你们。她不是不爱大哥，只是经久累月的分离，让她产生了错觉，以为回到了我们当初的大学时代。

“那时候，如果我能多留意她一分，那么之后的惨剧就不会酿成。可我一心只念着大哥那边，忽略了事情的本质。直到她第一次伤害你时，我才发现她的精神状况出现了问题。是长期的压抑，自相矛盾，以及过去与现在重叠产生了幻觉。她的潜意识里竟将你当成了我的孩子，然后面对大哥时觉得深深愧疚，所以一次次想要抛开你。

“直到那天，大哥悲恸不已地抱着她的尸体痛哭，我在旁看着悔恨万分，也才明了大哥是那么的爱她。人已逝，只能追忆。活着的人还得活着，我将整件事的起末原原本本告诉了大哥。他先是给了我一拳，指着我鼻子大骂为什么不早一点告诉他？如果他早一点知道，可能就……他没有再说下去，眼底是深浓的悲恸，我明白那意思，如果早一点说出来，可能就不会有悲剧了。

“最终他还是原谅了我，神色严肃地向我下令：你以生命起誓，向我保证，会护小敏一生一世！我知道他是在给我机会赎罪，同样地，他也想赎罪，那个誓言我喊得很大声。至此我和大哥对你就是一个唱白脸，一个唱黑脸，但凡你有所求，我们必将为你达成所愿。看着你从那一丁点儿起，慢慢长大，你承载了我和大哥所有的希望与愧疚。”

讲到这里，小叔叔才转首过来看着我，幽声问：“小敏，这就是故事的全部。你还觉得我与你妈妈有那苟且之情吗？还认为我对你有非同一般的感情吗？”

蓦然摇头，我从未如此想过，即便是许阡柔歇斯底里般嘶吼出那些所谓的“内幕”，我依旧不曾如此想，所以震惊之后只想知道真正的答案。

虽然我的破脑袋瓜子与智商基本无关，可面前这个男人，是我从小一直依恋崇拜的。他温暖的怀抱，细心的呵护，甚至比老爹陪伴我的时间都多，等同于我的另一个父亲。

小叔叔拍了拍我的肩膀，只说了句“你一个人好好想想”就走出了书房的门。他迈动的步子异常沉重，直到这时，我才猛然发现，他竟也老了。

不过才四十多岁，年华岁月在他脸上没有留下太多痕迹，可是那沉黯的背影却透着说不出的沧桑。苏家的这个担子不仅落在老爹身上，还有他的身上，为了这个家，他背负了很多，包括长年累月的愧疚，以及对我照料一生的誓言。

摊开掌心，看着血液在皮层下的色泽，嘴里喃念俩字：血缘。

血缘其实并不是那么重要吧，流不流同样的血液又怎样呢？即使我和他没有血缘关系，也有这二十多年的感情在，不会因为没有血缘关系就统统抹去，那根本就是抹不去的痕迹。

想把这些想法告诉小叔叔，四下找了找不见其人，卧室的门开着，也没发现他。走下楼往屋后寻去，后面的空地上，小叔叔让人建造了一个玻璃写生屋，是专门给许阡柔准备的。

还没靠近，就隐约听到争吵声再次传来，依然是他们夫妻。

我停住脚步，因为是全玻璃的小屋，站在我这位置能够清晰地看到里面对站着的两人，里面的说话声也徐徐传来。

“苏暮年，你说你爱我，这就是你对我的爱吗？将我困在这个牢笼里，折断我的翅膀，然后还要每天看着你对昔日恋人的女儿呵护备至，你这是在逼疯我！”

“阡柔，你能不能理智一点，不要这么蛮不讲理。大哥走了，小敏这时候除了依靠我还能靠谁？你弟弟许子杰？”

“子杰怎么了？他对你的宝贝侄女可曾亏待过？即使他不爱她，还不是与她结婚了，而且婚后可曾对她有过一分的不好？”

“好？你是没有看出小敏脸上的笑有多牵强多苦涩？还是没看出她隐在笑容背后的难过？在没有嫁给你弟弟前，她每天都活得没心没肺，嫁给他后，忧虑、烦恼、眼泪，一个个接踵而来，为什么余浅一回来，她就独自回了H市？为什么明明她和许子杰一同前去C市参加你堂弟的婚礼，最后她独自回来了？阡柔，有些事我不去追究，不代表我不知道，你要我说得再明白些吗？”

许阡柔的脸色变了变，转而又变成满满的嘲讽：“呵，看吧，还说你对她不在意，她的快乐、她的难过，你都了如指掌，你整个心思都在围着她转，你根本就没忘记席云舒！当年你在我身上寻找她的影子，不过是因为我长了一双与她相似的眼。如今你又在苏敏的身上寻找她的痕迹，因为她是她的女儿，苏暮年，你当真是痴情！可如此痴情，为何要来招惹我，又为何不在最初的时候直接就与她在一起？要到后来悔恨终生！”

我心中一惊，仔细去看许阡柔的眼睛，竟真的找到了照片上妈妈的轮廓，这……

“这不过是巧合！”男人怒吼出声，他的整个背脊线条冷硬，即使隔着这么远的距离，我都能感受到小叔叔的愤怒。他对许阡柔说：“十年，我们从认识至今，已经十年了，你以为如果不是你许阡柔，我会点下那个头救你父亲？我会不惜一切帮你们许家？你当许家的那个劫真那么容易度过？将余浅藏起来，是为斩除他们两兄弟的后顾之忧，安排各种事宜精心布置，为让你们许家能顺利过这个坎，你知道背后我做了多少事？可你们一个个认定苏家亏待了你们，苏家在逼迫你们，你是，许子杰也是！与你结婚后，我竭尽所能将包容、关怀都给你，你还给我的是什么？猜忌，还有不信任！我做得还不多吗？为什么你就不能信我爱你？”

我看着小叔叔那沉重的背影，不由得眼眶酸涩，十年情爱，只为眼前的女人。

这夜，我悄悄地离开了。

原本觉得，我与他有没有血缘关系都没有关系，认定了他是我的亲人，我的小叔叔，那么就此赖定他，依靠他一辈子，等他年老走不动了，把他当成父亲一般孝顺。可是不行，我的存在严重扰乱了他的生活，尤其是许阡柔对我极其在意，除去我“亏待”了她弟弟许子杰外，妈妈就像是她心中的一根刺，十年前是，十年后也是。

而小叔叔这人，是个极重情又守承诺的人。当年他就对着老爹发下重誓，老爹又在临终前将我托付于他，哪怕此刻与许阡柔决裂，他也会誓将诺言进行到底。他将我当成他的责任！

可是，小叔叔，我从来都不想成为你的包袱，也不要你因为责任而与爱人分崩离析。

这个家，我不能再住下去。离开，才能成全小叔叔蹉跎了十年的爱情；离开，才能让许阡柔放下心结，正视自己的感情。

夜色凄茫，头顶的夜空熙熙攘攘只有几颗星在闪耀着，月亮更是被云层遮了半边脸，似隐非隐的。迷茫地站在路口，看这座城在夜晚时分的浮光、流岚、繁华、迷乱。

脚像是有自主意识般，走过一条条街道，转了一个又一个弯，回到了那个我和子杰共建的家的楼底下。至少，此刻，这里还能算是我的家。

仰头数了数窗户，找到那扇窗，暗沉的灯光依然亮着，他还没睡吗？不知道他的腿好些了没？尽管每天噩梦连连，可心思不受控制地还会想他，尤其白天一次次听到许阡柔提及他，我就忍不住心底的焦虑，想要来看看。

可是到了这里，又停下了，只做仰视的动作，像以往每一次对他注目般，虔诚的。

曾在C市回来的途中，想着再也不要那么义无反顾地想他了，可是思念这东西哪里由得了人，它总是不经意地钻入了脑子里。如此幽静的夜晚，没有人比我更知道，思念入骨，满满都是他的身影在脑中盘旋。

口袋里就有家门的钥匙，我只要迈步上楼，打开门，就能看到他了。但是我没有动，只是眯着眼，着迷般看着那迷离昏黄的灯光，想着他在里面干什么？是坐在沙发上还是已经躺下？会不会腿疼得厉害，无法安眠？

心中无数个臆想都敌不过突然出现在窗口的身影，心漏跳半拍，身体比脑子先有了反应，一个闪身，掩身在墙角的暗处。然后痴迷地盯着那个颀长的身影，眼睛不敢眨一下，生怕只是眨眼的瞬间，他就消失不见了。

秋夜的寒，丝丝入骨，他站在那高处，风要比楼下来得更猛烈。灵光乍现间，想起一句诗：如此星辰非昨夜，为谁风露立中宵。此刻的子杰，盈立窗前，是在思着谁，想着谁？一声轻叹从口中溢出，这个傻子，比我还傻，明明心爱的姑娘都已嫁作他人妇，他却依然这般孤寂地守望着。

不知站了多久，阳台上那个孤消的身影终于走进了屋，很快灯光就灭了。我从阴影中走出来，顿觉腿脚酸麻，是僵直着站得太久的原因。左右看了看，找了个暗处席地而坐，四肢松散开，背靠在身后的墙面上。凉意渗透进衣服，钻进皮肤，钻进血液，最终抵达心间。

拉了拉衣领，将脸缩在下面，暖意回笼了。脑中胡乱转着，回忆起了我和他的许多甜蜜过往。比如那第一封检讨书，比如海岛上两个月的特训，比如他为我私开小灶独授格斗技巧，比如……没有了，本想把小白也算进去，但还是算了，到底不是我的。

前些日子，在网上论坛溜达，曾看到这么一段话：去爱一个良人吧，他愿意陪你从唐诗读到宋词，从戏剧唱到歌曲，从拉萨走到三亚；他眼里会盛着你醉人的发丝和淡淡的痴笑，他会和你谈韩剧、美剧，他也能讲爱恨情仇、风花雪月，他会揽你到怀里不见颤抖，他会真的等从人间到桃源……

那个意境好美，好令人向往，常常在梦中与周公宣誓，我的子杰就是那个良人。但现实与梦的差距就是，梦中他是我的良人，现实他与我是两人。

一晃眼，竟是天光发白了。左右看了看，对公寓附近的治安表示肯定，居然我一个单身姑娘独坐了一夜，也没个小蟊贼或者小流氓找上门。不是自身太没魅力，就是物管同志们太敬业，我自然不愿承认是前者。

倒是有点期盼来个蟊贼，然后正好借着无聊的工夫把心中郁结悉数发泄出来。如果来的人多了，我搞不定，震吼一声，没准就能惊动了楼上的人，也偿了我见他一面的心愿。

可终究这些只成了心中的YY，天亮了，回忆结束。

我也该走了。

再次仰头看向那扇窗户，心中默默而言：子杰，再见了，我的良人……

说不清楚爱你到底是有着怎样的原因，又或者为什么会如此爱你。我其实，只是想有一个家，回去的时候你都在，只是想如果不能在一起，以后的路该如何走？

第九章 汪洋恣意的海

有人问我，你喜欢许子杰什么？我想了想，做了个不太恰当的比喻。

喜欢他是一种感觉，就像是："我偷偷藏了一块糖，把它塞在口袋里很久，迫不及待地跑去他面前想要给他一个惊喜，而他刚好也爱吃糖。"这么美好的事情。

只不过我没想到，现实就像"糖已经化了，我却根本不知道他在哪里"一样残忍。

再见的那一瞬，被似绵远其实还很近的记忆牵扯着，拉得很长很长。就像无论如何都躲不过去的劫，心间滚过一连串数字，那些数字，我把它定义为时光。

大半年，十个月又十天，三百一十三天，七千五百十二个小时，再后面，我的脑容量计算不过来了。只知道，我与他分离了秋天到冬天，冬天到春天，又春天到夏天，即跨过了四个季度，再差两个月不到，就是一年的轮回。

心间滚过他的名字——

许子杰。

不自觉地往门前靠近了一步，想要看得更清楚一些。他穿着一身剪裁别致的手工西服，不是那种压抑的深色，而是浅灰色，他的头发长得有些略长了，额发自然垂落，遮住了些目光，却将他的五官凸显得更加立体。

不得不承认，他还是让人一眼看到后移不开目光，疑似浅沉的声音来自他，带着沙沙的质感，如记忆中那般好听。不知是否我的错觉，他若有似无地朝这方向瞥了一眼，随而目光就转向了旁坐的校长，唇角弯起弧度，添了丝邪魅。

"苏老师？"愣愣地转头，两秒迟钝，才辨认出是之前喊我过来的老师在唤我。我喉咙里干干的，声音飘忽得像在唇边的叹息，"里面那个人……"

"你说许总啊，他是创杰企业的老总，这次来我们学校要建立一个扶贫助学基金，首次赞助是二十万元。据说创杰是新兴企业，却在网络市场异军突起，最难能可贵的是，老板还这么年轻，这么帅。”

创杰，唇间轻滚过这俩字，他开了公司？可是他的职位要怎么办？能顾得过来？

“苏老师，我们进去吧。”

进去？蓦然惊醒，不，我不能见他！“那个啥，我忽然想到有急事，拜托你跟校长说一下。”转身而离，走得飞快，脚步也凌乱。

他怎么会突然来这所学校？是因为这所学校曾是余浅姑娘待过的地方吧。

机缘，真的是可遇不可求。我固守在吴市这座城市已有大半年，想必就是宁一也决然不会想到当初她一语成谶，她说就我这破水平还当老师，能教什么？教体育？还是算了吧，怕我戕害祖国花朵。没想如今的我就在行那戕害祖国花朵一事，还真当了个体育老师，不过是代课的。

我的邻居，恰好就是这所学校的体育老师，在晨练时偶遇，之后两人就相约了每天一起锻炼。然后一次意外，她的腿骨挫伤，就向学校推荐了我，暂时代课教体育。

选择转身背离，不是我依然还停留在鸵鸟的位置，而是怕和他之间有形的距离越缩越短，无形的心的距离却还源远流长；怕他穿过众位老师向我看来，眼中只剩疏离的目光；怕他与我擦肩而过的一刹那，没认出我。

九月的天，还带着闷热，走在林荫树下的回廊，吹在身上的风都是热的。

因为不完全是学校在编教师，所以并不太受约束，之后也没课了，我就回办公室收拾了东西走出学校。临出校门时，我回头看了一眼，飘忽而笑。

时间还早，我先赶回家一趟，换了个行头。出门遇上邻居，正是介绍我当代课老师的那个。她上下看了看我问道：“又去射击馆那边打工呢？”

我笑着点头，傍晚六点到晚上十点兼了份职，射击馆助理。

严格说来这才是真正回到我的老本行。曾经梗着脖子跟老爹抬杠，觉得退伍之后干什么都行，可真的退下来了，才发觉我来自那样的环境，潜移默化里喜欢的东西和兴趣全在那里。

犹记得第一次经过那家射击馆时，我驻足在门外发呆了小半日。第二天，再次经过，惆怅了一个小时。第三天，我就推门进去了，向老板表达了自己的意愿：不计报酬，能够让我待在里面摸摸枪就行。

老板见我有诚意，安排了个讨巧的工作给我——擦枪。上班时间为每周一、三、五、七四天，六点到十点，算是小时工。

至于工作性质，也在某次指导了一位客人射击的姿势后，从擦枪变为了助理，辅导一些新客户射击的技巧。我享受的是以标准姿势握枪，全副心神贯注于一点瞄准的这个过程，哪怕我作为工作人员，没有资格开枪。

到了馆里后，与老板打过招呼，就开始我晚上的工作。

前台小张冲我眯着眼，神秘兮兮地凑近低语："小苏，今晚来了个位'娇客'，那身板，那相貌，还真不是盖的。而且特有范，进门就出示了白金卡，也不知道老板什么时候发给人家的。他点了个单独包房，不过没点服务。"

"切！没点服务你跟我说什么，还'娇客'呢，我看是暴发户吧。"

基本上到我们馆里来的都是男人，不晓得小张怎么就把"娇"这个字用在客户头上了，她口中的"娇客"意指相貌中上的，让她流口水的……

反正没事，我就坐在小张旁边听她聊客人的八卦。正聊得起劲时，老板从里头走出来，看到我远远就喊："小苏，去1号包房指导下，客人遇上瓶颈了。"

我不敢怠慢，立即起身，身后小张惊喜的声音飘来："呀，'娇客'好像点的就是1号包房，小苏你有福了。"头顶乌鸦飞过，再来三条虚线，汗！

推开包房门，我习惯性地问出官方客套话："先生，有什么需要帮忙的？"

然后声音卡在喉咙口，我定定地看着那个背对的身影，浅灰色西装，柔软的墨发，颀长的身材，还有无法可挡的气势，以及遥远和熟悉的气息。

他缓缓转身看过来，眉眼似清澈又似深邃，像跋山涉水找到了归处，又像站在高峰俯首而望脚下的尘土。而我，就是那粒沙尘。

心里头把小张给骂了个遍，什么娇客呢，有话不好好说，要是提到他的名字，我能像个傻子般愣站在这吗？退也不是，进也不是。就在我心生退意，脚步往后缩了小半步时，他发话了："辅导员吗？过来矫正下瞄准器。"

我默了下没动，那口吻像当初指挥官时的他，命令式的。而我的称呼从苏敏变成了辅导员，瞄了眼他身旁桌子上的气枪，若是别人要求我帮忙矫正还说得过去，他是谁？能不会？当初是谁枪枪瞄准红心，射击技术比我更有天赋来着？

自欺欺人，已是我的专利。只有我心底最清楚，第一次经过这家射击馆时，驻足凝看了半日，脑中闪过的不是什么训练的过往，而是那日他向我求婚的情景。反反复复地翻转，全是他的片段画面，他抿唇而笑的样子，他持枪凝目的神态，他魅惑迷离的眼神……

第九章

汪洋恣意的海

如今，这个人站在我眼前，唤我辅导员，像以往每一位顾客般指派我工作。

我白天转身而走，害怕他疏离的目光，害怕他擦肩而过的一刹那没认出我，却不知这一刻才是我最害怕的。正面而对，他认出了我，却只把我当成了这个馆内的一名工作人员，脸上甚至连一丝诧异都不曾出现。

是有多漠然，才会如此？我默默垂下了眸，视线定在了脚尖处。沙沙的带着质感的声音再次响起："还不过来？"心中一抽，有意忽略开，几步就走到桌边，检查气枪，校正靶心，一套动作完成后把枪重新放回桌上，目光垂在他领口处："先生，已经矫正好了，请问还有什么可以帮忙的吗？"

我暗暗给自己打了九十分，从礼仪到职责，都尽善尽美。

"教我。"两个字的命令式语句，我没有动，目光垂落而下。

"我倒是不知道现在有盯着别人下巴说话的礼节，你们馆就是这么为顾客服务的？"

无奈我只好抬头，直视他的眼，牵强而笑着回："抱歉，我是想研究下您这高度该以什么位置持枪最为合适。"

"哦？研究出来了吗？"

煞有介事地点头，手在半空比画了下，睁眼说瞎话："那，与您胸口持平的位置，瞄准靶心射击，这个角度最为好。"尽管我的目光游离，仍然能从余光中看到他的视线凝在我脸上，只听他道："你来示范下吧。"心中紧了紧，唯有从善如流，我握住枪做了个标准的瞄准姿态，随后看向他问，"看到了吗？就这样，您要不要来试试？"

他唇角轻勾弧度，露出浅笑："好啊。"上前一步，从我手中接过枪，指尖触及的一刹那，我如触电般缩手，动作太明显，气氛一时变得尴尬。而垂在身侧的手指，就像真被电流击过般发麻，我用力握了握才消去那种感觉。

只见他看也没看抬枪就射，砰的一声响，耳边微有震鸣，他怎么连护耳都不戴？这些是最基本的防护啊。他瞟了眼靶心，咧了咧嘴道："不行，射不准，你亲自来教。"

不太明白他这是何故刁难我，但在其位，谋其职，只能耐着性子上前打算从他手中取过枪。哪知他往旁微微避让开，挑着眉说："最好的教习，是手把手帮助射击者寻找感觉。"

啊？手把手？！

他见我呈目瞪口呆状，又加问了一句："有什么问题？"

我收起惊疑神色，很想回他说大有问题，至今为止还没哪位顾客要求我手把手地教习呢，亏他开得出这口。我唇角轻弯，微笑挂在脸上，微仰了视角看着他的眼睛道："先生，您这种情况可能得请教练来帮忙，我们馆有最好的射击教练，定能手把手教到你会，需要我去帮你请一位进来吗？"

他上扬的眉梢慢慢垂落，整个脸部的线条都变得冷硬起来。目光一闪，他用手指敲了敲桌，似甚是不耐烦地道："不用那么麻烦，我包下这个房就是图个安静。秦周既然找你来，就你指导吧，还是说，你的射击技术已经荒废了？"

明知他在对我用激将法，可我还是深吸了一口气走上了前，不是他激将法有效，而是他提到了秦周，我们老板的名字。他一句话里，不但用了激将法，还用了威慑，我只要还想保住这份工作，就得暂时放下自己的情绪。

待他握了枪抬起时，我伸手扶在了他的手上，帮他摆正姿势，嘴里轻念着该如何瞄准，该如何凝聚心力，这些都是他曾经教过我的。等到准备射击时，我建议他把护耳的耳套戴上，自己也戴上了备用的那一副，一枪射出，正中红心。

我勾了勾唇角，尽量不要让讽意浮现，没有一个新手能够第一枪就射中红心的，就是常来玩的老顾客，也最多射中九环以内。我不得不称赞，此人乃"天赋异禀"！

我收回了手，公事公办地说："先生，就照刚才那样瞄准，您可以自己试一下。我先去为你点杯茶过来。"馆里有专门的茶吧，是为顾客服务的。转身走到门边，手刚握到门把上，就听身后清撩的声音在问："你就一定要喊我先生吗？是真不认识我了，还是有了别人，把我给忘了？"

惊慌地回头，撞进那双深潭般的黑眸，似跌进了维谷深渊，我又惊慌地拉开门钻了出去。

走出射击馆，抬头看了看满天的星斗，嘴间微有苦涩，我又落荒而逃了。从包房出来，就去了前台小张那儿，谎称突然接到家里急电，需立刻赶回去，拜托她帮我送一杯茶进1号包房。小张本来就惦记着里头那位"娇客"，二话不说应下，还乐滋滋地将我目送出了门。

离开他将近一年不到，我依然做不到淡定。想想也是，曾经那么爱着的，爱到义无反顾的一个人，又如何能这么快就忘怀呢？至少，我做不到。

第九章
汪洋恣意的海

经过家附近的一条巷子时，我略一迟疑，秉持着艺高人胆大，还是迈入。穿过巷子就能到家门口了，如果从大路绕的话，起码还得十几分钟。我心绪混乱，只想立即回到家中平复心情。

我走得并不快，整个空间静谧到只有我的鞋跟敲在路面的声音，以及我的呼吸声。走出巷口时，骤然屏住呼吸，一道凌厉的劲风扑面而来，我条件反射往后疾退！

眼前出现一道黑色身影，拳势如影随形直袭我面门，我一个左侧，躲开那一拳，抬手欲使用擒拿手抓扭来人的手腕。可我轻敌了！

手指在触及对方手腕时，忽被一个反扭转，然后以扭曲的姿势反剪在身后，一记重力推搡在我肩膀，整个人被压制在了墙上。沉重的呼吸，来自我，飞速的心跳，也来自我！

一招制敌，一招反被制！不是我轻敌，而是敌方太强大，而我虽心跳加速，却没有慌乱。因为在袭近的一刹那，我闻到了对方身上独有的气息，就在半小时前，还清晰闻到。这是其一。其二是对方反擒拿的手法太熟悉了，快、狠、准！

沉黯沙质的嗓音已在耳后道："看来你真把原来的训练都荒废了，来敌未明就敢擅自近身搏斗，今晚要是敌方有个武器什么的，现在就是刀抵在你脖子上了。"

我闷声不语，心道：你当每个人都和你一般厉害啊，我这反应和身手，对付个把普通男人还是能行的。他许是见我不吭声，加重了扣在手腕上的力道："舌头被猫咬了？"

"许子杰，你放开我。"一直保持这种贴墙的姿势，加上手腕处传来的疼痛，很不舒服。没想到他冷哼了一声后道："不称我为先生了？不是礼貌挺到位的吗？正准备颁个最佳礼仪奖给你呢。"嘴上那么说，手上倒是松开了桎梏。

我抚了下腕间的酸痛，摸不准他是什么意思。学校他来赞助扶贫助学基金，我可当他是来余浅姑娘曾经待过的地方缅怀；射击馆里再遇，可当是偶然相遇，因为他与老板秦周认识；可如今在这夜深人静的巷子口，我要如何把这一而再再而三的遇见归类为巧合？

很显然，他从射击馆一路跟着我出来，然后堵在这当口。

"这么久没见，不请我去你家喝杯茶吗？"他如是要求，却又只顿了两秒后，忽然凑近我，呼吸扑在我脸上，"还是你家中有人，不方便？"

心头乱跳，此处漆黑至极，除了远处屋舍的灯光微微透了些亮过来，我和他都置身在黑暗中。他靠得如此近，除去依稀的轮廓外，就是那双眼睛，熠熠发光，似要将人拉进那旋涡中。我选择往后退开了一步，站到安全距离以外，抬手指了指天空：“已经太晚了，真的不是很方便，不如约明天吧。”

看，我从离开他那天起，又学会了一件事：懂得拒绝。

气氛又凝滞下来，隔着一米的距离，我都能感受到他身上丝丝寒意逼过来。幸而是九月的天，比较闷热，寒气与心中的烦躁倒也相抵消了。

我越过他身旁走出了巷子，外头的天空广阔，空气也不稀薄，气压也不低。但脚步声跟在身后呢，一下一下敲磨着，心。

到了家门口，我已准备好措辞，转身正要开口把腹稿婉言讲出来，却见他越过了我，擦肩而过时丢下一句：“希望明天你不会搬家，又消失不见了。”

我一口气没缓过来，呛着了，猛咳着看他逐渐走远的身影顿了顿，并没有再回头，很快就埋在了夜色中。这感觉就像是你积聚了浑身的力量准备一拳挥过去，可是拳头没出，目标已经消失无踪，然后一下就泄了气。

我走进屋子时，心还是空落落的。觉得不该是这样，可是又该怎样，说不出个所以然。

没有意外地，我失眠了，反反复复翻身，就是睡不着。起来逛了好几个论坛，四处留言灌水，又下载了部电影看，才总算是迷迷蒙蒙地睡过去了。

迷迷糊糊中似有手机铃声在响，我眯着眼看了看时间，才七点刚过。一般体育课都是在下午，我这睡眠质量绝对可以保证，接通电话，五分钟后我就哀号了。立即起床梳洗，打电话到学校调课，原因？我初到吴市时找的第一份工——旅行社导游，今天有活干了。

说起这份工，起初一番波折不用说，后来总算稳定下来，并且由于我没导游证的关系，只作为本城的带团导游。这倒是省去了我不少麻烦，也能有更多空暇时间，但相对的工资也少，故而才会有第二份、第三份工。

当我赶到旅行社，交接完各种事项后，在大巴车上再次看到熟悉的身影，已经不知道该怎么形容自个儿的心情。他当真是无处不在！

今天的许子杰与昨天相比起来，要大不同。如果说昨天的他优雅如绅士，虽然行为不那么绅士，到现在我的手腕上还留了乌青的指印，今天的他则一身休闲打扮。上身蓝红细条的T恤，下身是一条米色休闲裤，应该是同一系列的。

这穿着是我从未见过的，另外还戴了副深色墨镜，遮住了那双好看的眼睛。

尽量不让自己的嘴角抽搐，与我合作的大巴司机已经发车，这时候我就是想临阵退缩也晚了。只好认命开始我身为当地导游应该做的事先准备陈述。

相比以往，这一次要比任何一次带队都别扭，因为那啥，有道目光不说如影随形吧；就是无法忽略时常盯在你身上，而你还看不透那墨镜背后的眼神到底是什么个意思。

先去爬山，我站在队首高举着旗子，边在前面领队，边拿着个小喇叭沿路解说。这地段来过多次，那些人文故事都背熟了，因为这是做一名地陪导游最基本的技能。

其次，我得组织好队员，因为是散客，他们不可能全听你一个人指挥，你要指望着他们跟部队里那般一声号令就全待命在原地，那是不可能的。一遍遍吼到嗓子哑了，游客们才终于肯归队。抵达山顶，我把旗子往高处一竖，开始清点人数，这一数竟是少了一个，扬开声音对着喇叭喊："大家左右看看，还有谁没到的？"

队员们左顾四盼，一脸茫然，都不知缺了谁。虽说组成到一个旅行团内，但都来自各地，属于临时搭伙的，各自除了管好自己外，谁又会去注意别人？

"穿紫色衣服的女的，在半山腰处落队没跟上。"戴着墨镜的某人开口了。

我噎了口气，蹙起眉，人在半山腰就落队没跟上了，你到了山顶再来跟我说？耐着性子对在列的成员问："你们有谁认识这个紫色衣服的姑娘？有没有她的联系方式？"

鸦雀无声！

咬了咬牙，人丢了不能不去找，寄望剩下的人有点团队精神，能够留在原地等我找人回来。刚准备开口把我的意思传达，就听好听的男音再度开口："你在这组织好人吧，我下山去找。"然后也没征得我同意，径自往山下大步而走。

亮蓝色在这山道上尤为明显，而他走路的姿势又特有架势，腰板挺得直直的，步伐沉稳有力，这是长期训练之后形成的。无疑，这样的许子杰，很抓人眼球。

大约半小时后，亮蓝的身影出现在视线中，配上身旁的浅紫色，远远看还是挺美的一道风景线。两人相偕走来，那遮了小半日的墨镜，竟已摘下来，而那个落队的姑娘面色嫣红，一副欲语还羞状。

这是个小插曲，在山顶游玩了一阵，我就组织大家乘索道下山了。

第二站，东阳河畔。

一路声情并茂地讲解着，烈日炎炎之下，我是口干舌燥。不知哪个好心又体贴的队员从旁递来了一瓶水，我嘴上道了声谢后，就开瓶猛灌了好几口，总算是解了那个渴，也润了那个喉。但等扭转头时，却愣住了，刚递水的方向，只站了一人，许子杰。

见我看他，冲我亮了洁白的牙齿问："还渴吗？"

我手上一松，还剩了小半的水瓶腾的一下，掉在了地上。他垂下眸子看了看："不要随地乱扔垃圾。"然后转个身往树荫底下走，闲凉地往那儿一站，乘凉！

我嘴角抽了几抽，缓缓弯腰，把水瓶捡起来，走到垃圾桶边扔了进去。

本以为这东阳河畔应该出不了什么事了，我也盯紧了所有队员，以防爬山时有人落队的事发生。竟没想小心再小心，还是又发生了点小意外，偏偏那个意外又是那紫衣姑娘。

不知是在最后被绊倒了，还是往前扑倒，连带着前方的人也都趔趄过去，那个紫衣姑娘就"不幸"扭到脚了。我哭笑不得上前察看，见那脚踝处立即就肿起来了，只能扶着她到旁边坐下。简单推拿过后，仍不见好，怕是扭伤到骨头了，略一沉吟就安排两个同行的年轻女孩先送她回车上。再等两位女孩赶回来后，才继续游河畔。

一番游览过后，回程时身侧并肩了个人，亮显的颜色，不用扭头看也知道是谁。

"很看不出来，"他忽然开口，却又顿住，在我忍不住侧目时，他才缓缓道，"你居然也有一天可以这般面面俱到地带队，能够沉着冷静地处理各种突发意外。"

我微觉惊讶，这算是褒奖吗？好像自认识他到今天，从没得过如此好评。脸上展露微笑，我眯着眼眺望前方，淡声道："人都是慢慢成长，渐渐成熟，然后不断进步和改变。"

如果停留在原地，那么我苏敏这一生可能就此毁矣。没了老爹的照拂，没了爱人的怜惜，就算小叔叔信守承诺护我一世周全，我也成了米虫与颓废无用之人。不会知道靠自己双手挣钱是何等辛苦；不会知道生活可以压迫人到没有信仰和理想；同样也不会知道，一个人活着，其实可以做很多事，权看你愿不愿意去做。

就像身旁这个人像现在这般一瞬不瞬地盯着我看，目光灼热而凝烈。如果是在当初，我定是欣喜若狂到眼泛红心，而此时我则能淡定地在心中滚着许多个念头。这就是改变。

司机载我们回到出发地，与众人告别后就欲带紫衫姑娘去医院，哪知她各种推托找理由。正待要苦口婆心劝解，却见姑娘的目光时不时飘向我身后，恍然领悟，原来她不是不想去，而是这陪去的人不对！

这回我对人开口了：“能帮把手吗？一个人不好扶。”

许子杰的眉头微蹙了下，但还是上前扶住了姑娘的另一边。我立时就觉得扶住的身子精神一振，又往那边靠了靠，大有挣脱我之趋势，真叫我觉得啼笑皆非。

以为此行可能会有什么猫腻或者不可预料的事发生，却没想紫衫姑娘在看诊时接了个电话，等从医院出来时，大门口就等了一年轻小伙。然后她三步一回眸的，跟那小伙走了，两人亲昵姿态，怎么看都像是情侣。驻足原地，等人都走远了也愣是没回过神。这都有男友了，还哈帅哥？亏我还给她创造机会，合着都名花有主了。

正打算与身旁的人分道扬镳，却被他先声夺人：“帮了你忙后不会想过河拆桥吧，今天天还亮着，把昨晚欠的那杯茶给补上吧。”

我无语了，以前的许子杰不会纠结于一杯茶，他只会把那杯茶以命令的方式下达。而今的他会接受我的第一次拒绝，然后不接受第二次。可以说，我改变的同时，他也改变了，但骨子里的一些东西却没变。

选择从善如流，有些事躲不过，唯有面对。他找来这儿，必然是有事要与我说。

只是原本想好给他泡杯茶，把该说的说了后就送客的。结果事情发展到后来，变成是他喝完茶后，坐在桌前连晚饭也一起解决了，就因受不了他那激将法。

我秉持食不语的良好习惯，屋内除了动筷声，算是静谧。

总算许子杰在放下筷子后，给予评价：“味道不错，去学厨艺了？”

我一下就笑了，为他前一句肯定的表扬，为他后一句对我的不了解。我收拾碗筷起身之际道：“其实从认识你那天起，我就会做这些菜了。”只是你从未吃过……

他的表情先是一愣，然后变得愣怔，在我走进厨房之前，都能感受到那目光紧凝在背后。我有意在厨房里磨蹭，手里刷着碗，心思盘旋着晚饭吃完茶也喝了该怎么送神走。

刚如是想，厨房门口就出现道颀长身影。把碗麻溜冲洗干净放好后，手上的水就势擦在了衣服上，回眸间就见他挑着眉道：“你这习惯倒是没变。”

还揩在衣服上的手立即一僵，有些不好意思地垂在身侧。

他问：“你何苦逼自己到这般？”

懵懂不明，我疑惑地看着他，不解他是何意。却见他意思性地环顾四周，转而再定看于我。我了悟过来，不由得失笑着连连摇头：“你是觉得我这个屋不行？”

学他也环顾四周，每一件家具都是我在二手市场买来的，每一样家私都是我仔细积累收藏的，相比曾经可能是简陋了些，但此刻的我觉得亲切安逸，一切都挺好的。知道他不是那种看重金钱的人，是看我住这样普通的小屋，买着十几块一袋的茶叶，觉得我是在以困苦惩罚自己。

殊不知我只是一个人努力地……生活，没有那什么逼迫与惩罚一说。老爹将我教得这么好，他教我做人要刻苦、严谨；为人要豁达、看得开；他希望我能够永远无忧，我又怎会负他之愿而将那些负面情绪占据生活呢。

“苏敏，你一定要当着我的面走神吗？”

许子杰的声音把我从神游里唤回，他脸上已现愠怒。我做了回老虎口里拔牙的事，身靠厨台边，微仰着脸注视他：“其实，你要是还有事或有约的话，时间还来得及，我也正好可以……”

“正好可以什么？你急着与人约会？谁？陆向左？”

我默了下，点点头：“嗯，阿左要过来，你在这……”抬手在空中随意比画了下，接了下一句，“不是太方便。”

“苏敏！”我的名字在他嘴里滚出来，带着咬牙切齿，满脸的怒容藏都藏不住。他骤然跨近一步，低眸逼视着我，眸中淬了冰刀，“阿左？你有胆再说一遍！”

浮动的凝凛气息，在我们之间流转，我没有眨眼，迎视着他的目光：“我说阿左今晚要过来，你在这儿不是太方便。你既然查到我在这儿，想必是知道阿左会过来这件事的吧。”

倏然身影疾走，一声巨响从外传来，是门的声音。我走出厨房，突然间觉得屋子空寥寥的，只不过是少了个人，而那个人进这屋子前后只有一小时左右。我埋坐进沙发，陷入思潮。

如果到现在我还看不出许子杰是寻我而来的，那就真是太傻了。虽然我在离开H市后确实有意避开了可能被追踪的痕迹，但还是很意外他会如此费心思找我。

基本上可以认定，藏匿此处的破绽来自陆向左。当初是陆向左带我离开的，他帮我隐藏了形迹。但到了吴市后，我用难听的话把他给轰走了。因为既然要重新生活，那就当是告别所有从前。可人算不如天算，就在三四个月前，我又莫名感冒了，易感体质一生病就来势汹汹，接连几天都没出门。陆向左不知从哪儿得知了这事，从H市赶了过来。

那次重感，陆向左就是安排我住院也是十分小心的，但还是被“有心人”发现了。

所以，我其实是有意让许子杰进来的，有些事还是要有了断的，如此甚好。本以为，生活可以恢复平静了，他气成那样离开，应是不会再出现。所以我心安理得地开始正常工作，可是走进学校，再次被校长点名，推门而入时，校长旁边英俊绝伦的男人赫然在座。

我不知道该怎么形容自己的心情，有些无力，又有些无奈，眸中的情绪一闪而过，随即就挂上了微笑问：“校长，你找我？”

“小苏，快来坐，有个事情要咨询下你。”

微有讶异，居然还有事咨询我这个体育代课老师？深感荣幸！

等校长把事情跟我一说，大致明白了什么意思。就是创杰公司在学校设立扶贫助学基金，中间除去辅助贫困学生外，还有培养体育特长生的计划。于是，这个体育特长生的问题，校长就特意来“咨询”我了。

不用脑子想，也知道定是旁边坐着的那位提出来的。我露出谦恭的笑容，摆正好应有的态度，向校长建议了两名学生，完了又道出可能要与原来的体育老师也就是我的那位邻居交接了，她的腿骨基本已经伤愈。

本来可能会再拖一段时间，现在吗……就提前些吧。

基本上今儿走出这校门，我就与这所学校say goodby了。体育老师能有什么要交接的啊，把担子一卸，换人上任即可。

“你何至于避我避到这般？真那么不想看到我？”男人在身后的嗓音高傲而清冷，带着无边的讽意，又似藏着些别的什么。

我顿住脚步回转身，他站在阳光底下，浅咖色的休闲西装，银灰裤子，低调的色泽却将他衬得尤为俊酷。如果不是眉宇间深蹙着，如果不是眼中泛着寒光，如果不是唇角上扬了浅讽的弧度，那么这个男人会显得阳光又帅气，而他周遭的景致都只是虚设的背景。

我如是问：“子杰，你来找我做什么？”

他微微一怔，应是没想我会问得如此直白。顿了两秒后，他又把问题抛给了我：

“你不想我来找你吗？”我学他蹙起眉，慎重思考这个问题。

想吗？由心而答，曾经想过，后来就不想了。在老爹走的最初那阵子，我习惯在夜晚安静地清醒，在白天喧闹地沉睡，因为每晚的失眠真的让我困扰。那时候曾想，如果他来找我，能够陪在我身旁，该有多好，前提是我们之间没有那些纷扰和已经失去的……

后来我孤身一人留在这座城市，开始渐渐习惯在人群中低调地行走；习惯浅笑着应付左邻右舍的热情；习惯与合得来的人嘻嘻哈哈；习惯与一些在乎或者不在意的人相忘江湖；习惯每周在三份工作里徘徊并井井有条；习惯一个人厘清生活中的琐事；习惯偶尔闲来无事就穿梭在这偌大的城市；习惯回到出租屋放上音乐过单调的日子。

这时候，我发现自己开始享受这一切，喜欢上这种感觉，一个人的怡然自得，一个人的孤单，其实并没有什么不好。会常听那首奶茶的老歌《一辈子的孤单》，然后背下了歌词。

当孤单已经变成一种习惯，习惯到我已经不再去想该怎么办，

就算心烦意乱，就算没有人做伴；

自由和落寞之间怎么换算，我独自走在街上看着天空，

找不到答案，我没有答案……

这不正是我的心境吗？于是，在一切变成习惯后，我不再想他来找我了，就这么过吧。因为我发现，但凡我不自量力想要改变这种习惯，那一定跌得又伤又重。就好比当年阿土的死，就好比后来小白的弃，就好比老爹的离，就好比子杰的爱。

所以，我想就这么孤单下去，一辈子也不要紧。至少，不会再伤感情了。

这次回答他的问题，我从了心，走近到他身前，仰起视角。曾经这个角度看他是我最爱的，因为他在我心中从来都是被仰视崇拜的。“子杰，能不能拜托你，以后不要再来找我？”就让我安逸地留在这座城市，与孤单相伴，让我独自走一条陌生的路，看陌生的风景，听陌生的歌，然后慢慢地，将费尽心机要忘记的人或事，忘记……

他的眼中泛起某种刻骨的情绪，刺疼了我的眼，那抹情绪叫痛楚。

终于，他转身走了，没留下一句话。

我凝着目光看他挺得笔直的背影，专注而克制，安静而死寂。某处的跳动，似乎疯狂而绝望。这一次，应该是结束了吧，我心中如是想。

第九章

汪洋恣意的海

不是我有意将他推拒，而是不愿他因为愧疚和责任来迁就我的任性。是的，在他看来，我来到吴市，住民宅，打着三份工，是在任性地惩罚自己。殊不知，自我的天空塌下那天起，就失去任性的资格了。

接下来，我的生活又恢复了原来的单调而一成不变。

如火如荼的国庆长假迎来，也到了全国各地旅游高峰密集期。每天的时间都被排得满满的，通常回到家里都已经晚上十点过后。这个如玉石般清透的城市，就是晚上游客也兴致不减，纷纷畅游在各个角落里。

这股火足足弥漫了有一个月左右，终于人们的游兴开始衰减，城市又逐渐恢复原有的安宁。而属于我的黑色十一月，静谧而来。情绪开始变得浮躁，我每天都过得恍惚，甚至夜里在射击馆时，顾客与我说什么，只看得到他们的嘴在动，声音却无法传达于耳内。

老板秦周把我唤去办公室，问我是否出了什么事，怎么老是心神不宁又心不在焉。我张了张嘴好几次，都没憋出一个字来。我能告诉他说去年的这个月份，失去了生命中最重要的男人；我能告诉他说在同一个月，将爱情与婚姻统统埋葬？我不能。

秦周见问不出什么，最终建议我休假一周，等情绪调整好了再来工作。

我又开始日夜颠倒了，整夜整夜地睁眼到天亮，在发白的天光中迷迷糊糊睡去。夜晚安静地清醒，白天喧闹地沉睡，成了生活的主色调。就像是踏在悬崖边上，静静等待着什么，直到那天即将到来，我连白天都不再能入睡。

再也忍不住，买了最快一班去H市的车票，一天多的路程始终都浑浑噩噩的，不知脑子里在轰乱着什么。等抵达故土时，已是夜里十一点多，拦到一辆出租车，报出地名时司机怔了怔，又问了遍，怕以为自己听错了，但我重复的答案没有变。

司机沉默开车，只到快抵达目的地时，才犹豫着开口相劝：“姑娘，你要扫墓的话，最好还是白天来，这时候墓地一个人都没有。”我冲他淡笑了下，递上了一张红票子道：“谢谢师傅，让您这么晚跑这一趟，不用找了。”

推门下车，司机在身后喊：“欸，姑娘，深夜这地打不到车，你要怎么回去啊？”关切的声音被吹散在了风中，我在心中想，这个司机是好人。

但是他不知道，过十二点，就过了老爹忌日了，而我也没想今晚就回去。

循着记忆中的方向，找到了那块属于老爹的墓碑。很奇怪，这个地我就来过一次，却将这个位置深深记牢了，因为，这儿是老爹的家。

天地，一片漆黑，头顶的月光，只将周围一块块竖立的墓碑变成了撩人的黑影。但是我却不害怕，不是因为我艺高人胆大，也不是因为不惧鬼神，而是因为老爹在这里。有他在的地方，向来都是安全的，他的怀抱曾是我一生的港湾。

接连多日的焦躁开始慢慢平复，早知焦躁缘起于何，我却忍着不想回来，怕心再起涟漪，过不去这个坎，怕……去年的今天，一幕幕在眼前重演，心殇成灰！可终究还是没忍住。属于老爹独有的日子，我怎么能缺席呢？

席地而坐，伸手去摸墓碑上刻的字，一笔一画凹凸不平，在苏这个字上徘徊了很久。我曾经怀疑过这个姓氏，老爹用最悲恸的教训来驳斥我的无理取闹，我流淌着他的血液。

“老爹，我来看你了……”一句话出来，鼻子就酸了。抱住墓碑，我将额抵在某处凹凸上，恰恰就是那个“苏”字，带着丝丝凉意。

待酸意回转，心情平复时，才重新开始我与老爹的“谈心”。

絮絮叨叨地将这一年的事娓娓道来，静谧的空间只有我一个人的声音在回转，但我想老爹定是能听得见的。他看到我如今能够独当一面又无须再依靠人，应该会在那头笑吧。

印象中他很少笑，额头的皱纹，眼角的纹路都显着严厉，是习惯所然。

可能就是他这种刻板而严谨的绿装形象，根深蒂固地刻进我脑里，所以在那年看到子杰时，徒生出深度迷恋。“老爹啊，你看吧，我受你荼毒真是挺多的。本以为你能罩我一辈子呢，我也就不管不顾地胡作非为，反正有你在前头挡着呢。哪想你突然就撒手不管我了，这一时之间要适应，还真挺难的。幸好我心理承受能力强，就像打不死的小强一样。”

我仰头看那阴霾的漆黑天空，幽幽的声音来自胸腔：“老爹，你怎么舍得下我，让我一人孤苦凋零？”眼睛刺疼，以为那里早已干涸，却仍然有湿意泛起，有什么滑过鬓角，埋入发中。老爹啊，无数个不眠的夜里，我是那么思念你，你可有在那个地方想念过我？

怎么能不焦躁呢？去年的今天，我痛饮死离别，再过几日，我又饱尝生离别。同样地，都是我生命中最最挚爱的男人。两者相比，我宁愿是后者，至少生离别只是情求不得，至少离别的时候我们都还活着。而前者，哪怕是穷尽一生，都再不能见到。

张小娴说：曾经以为，离别是离开不爱的人。有一天，长大了，才发现，有一种

第九章
汪洋恣意的海

离别，是离开你爱的人。有一种离别，是擦着眼泪，不敢回首。

我在生与死的离别中长大、成熟，然后擦着眼泪不敢回首。不过是眨眼的工夫，慈爱的脸永埋地下；不过是转身的距离，我和他已经隔着一片汪洋恣意的海。

眼泪在黑暗中流淌，竟不知自己可以有这么多的泪，是曾经笑得太多，所以将泪水都积聚了吗？困顿着、荒撩着、枯坐着，直到天明。

保持同一个姿势整整一夜的结果就是，四肢僵硬。我扶着墓碑扭曲了身体站起来，再度低头凝目，轻语喃念：“老爹，明年再来看你。”转过身，全身血液冻住。

他怎么会在这里？！

十几米开外处，许子杰黑衣裹身凝立，额际的发丝沾着晨露，与我一般。他这是来了很久？而我的敏觉性却低到毫无察觉，是他潜藏踪迹的功夫太高深，还是我沉浸在自己情绪里太投入？如果他来没多久，那么也目睹了我凄凉的情景；如果他来了很久，甚至从我踏入这墓地时他就在的话，那么他就是观赏了我从苦到悲的整个过程，这让我情何以堪？

要知道，我可以将悲伤流露给任何人看，唯独不能是他！从来不愿在他面前，展露脆弱、表现无依，因为这两种情绪只会加深他对我的愧疚，从而让我陷入可悲的境地。在他面前，我智商不高，但还算有可用之处。时常犯二，但能博他一乐。即使转身，也至少保留了微末的骄傲。然而此刻，我仅余的骄傲尽扫于地，无所遁形。

“为什么你要跟着我？为什么你就不能不管我？”尖锐的嘶喊划破长空时，才发现来自我，我瞪圆了双眼，比对面的他还要震惊，这是我吗？我怎么会这样对我的子杰？可是，他还是我的吗？我恍然摇头，早已不是了。

他在向我走来，距离越来越近，直到跟前的时候停下，忽而抬起手伸向我。脑中做出一个避让的动作，却发现身体并没随脑而动，直愣愣地动也不动地看着他。微凉的指尖触及我的脸颊，他低首轻声说：“我没有跟着你，昨天一整天我都在这，想代你为你父亲守墓。”

心头巨震，他说什么？代我为老爹守墓？而他下一句，却是直接将我整个人震到发麻，脑中只剩白光。他说：我怎能不管你呢，你是我老婆啊。

足有半分钟的思维空白，半分钟后，我也只能重复问一句话：“你说什么？”

他指尖改为掌抚在我脸上，似叹息似无奈：“我说，苏敏，你是我的老婆，合法有证的，我不可能不管你。”掌心的凉意渐渐散去，温度穿透皮肤没入血液，却焐不热。从表层到内里再到心脏，我的周身都是寒凉的，感觉得到温度也渴望着，但就是无法把那凉意温暖。

往后大退了一步，脸颊也从他掌中退开，我迎着他的目光，幽声道：“你不要开玩笑了，我们已经离婚了，一年前小叔叔就把离婚协议书拿给了你。”

他微眯起眼，眉峰又蹙在一起：“如果我说，我从未签字呢？那张纸就形同废纸。”

“不可能！”我大声否定，“许子杰，你不欠我，真的，你无须对我心存愧疚而来补偿什么。说到底其实是我欠了你的，是我用爱情将你束缚，用婚姻将你捆绑。现在我把这绳索解开，还你一片清宁与自由，也请你放我独自一人，好吗？当我求你了。”

一长串话倾吐后，我再也待不下去，转过身拔腿而跑。深秋的寒风吹起我的发，刮在脸上生疼，但再疼也疼不过心如割裂了般的痛意。人之所以卑微，是因为有比较，在这个人面前，我就是渺小到卑微的。

百米短跑的速度，跑出了墓地，我禁不住回眸看了一眼，心上的痛楚在加剧。远远地，那道身影屹立，像……冰雕一般，动也不动，甚至连转身看向这边的动作都不曾有。子杰！无数个声音在心头呐喊着他的名字，但凡我只要失去些理智，就退回去冲向他了。

可，理智还在。我重新迈开步伐，往马路而奔，不知跑了多久，再回首已是看不清墓地了，我终于大喘着气停下。买了最快一班回吴市的车，但也是在两小时后发车，计算时间抵达终点时，应是凌晨。

没有去别处，就坐在候车厅内发呆。视角被阴影遮挡，黑色皮鞋，深色西裤，深色西服，一整套凝重肃穆的打扮，不用抬头也知道来人是谁了。如卸去浑身的力气般，缓缓向后靠在座椅背上，我就着这样的角度仰望：“小叔叔……”

登上回程的大巴车，我的颠倒生物钟开始起效，昏天黑地就睡了起来，等到终点站时，还是大巴司机将我推醒的。有那么几秒钟，我脑子空白，不知身在何处。脚踏实地时，我深吸了一口气，焦躁一时间无法消除，至少回去看了老爹，心不再纠结了。

至于……其他，还需要时间。

第十章

许我唯一，许我天荒

身上一块顽疤

一周过去，我向老板秦周报到，不说神清气爽，但也恢复了原来的耳聪目明。

由于到了旅行社的淡季，学校代课老师也辞去了，因此我主动向秦周提出白天也当班的请求。他当下就批了，因为馆内要增设一个项目，正是用人之际。

增设项目的具体内容是开辟室外场地，模拟CS对战游戏中的经典场景，主要用于给射击爱好者团体进行实战游戏。我顿时就对这项目上心了，因为这与当初我们特训时的对战模式训练有异曲同工之处。

可就在室外场地即将落成时，老板秦周突然宣布射击馆将有一位合伙人入驻，此合伙人也正是这个室外新增项目的投资人。隔日，秦周就领了人来馆里，我除了瞠目结舌站在原地外，什么话都说不出来。

秦周口中的合伙人，是许子杰。

也就是说，在距离老爹忌日那天一个月以后，许子杰成了我的老板之一。而且，他不是一个人过来的，还带来了两位故人，左韬和袁珺。

终于还是恍然大悟，就说这个室外场地的构思，为什么会如此有新意，就连这场地上的障碍物都与海岛上的模式基本相同，原来如此。

到了这境况，明白避是避不开他了，除非我离开这座城市，前提还得是走得悄无声息。倒是他被秦周带进来时，并没有看我，漠然到完全如正常的陌生人一般。

之后相关事宜都是左韬在负责，从他那儿得知，他们三人先后退伍，先由许子杰创立创杰公司，他和袁珺后期加入，分担各职。徒生世事无常的感觉，曾经我们这些人聚首在一起，每天被训练占满时间。当时的我们决然没想过会有一天从那个地方退席，然后以这种方式再遇。

早有预料避免不开与某人碰面，可当外场正式营业那天，他一身银灰西装袭门而入时，我还是愣怔了。袁珺与左韬分立他两旁，像是他的左臂右膀，左韬自不必说，那袁珺一身剪裁精致的套装，恰恰也是银灰色，与他相辅相成。

他们说是要举办个小型的仪式，作为这个外场项目落成的庆祝。整个过程中，我看到了袁珺的面面俱到，从礼仪到交际，再到个人素养以及专业知识，都不禁令我咂舌。明明我们来自同一个地方，受过相同的训练，为何她能蜕变成白领丽人，而我则只是谨守着本色。

这就是人与人的区别吗?

仪式结束后，秦周提议大伙不妨试玩下这个场地对战游戏，看看实际效果如何。左韬顿时就笑了，摩拳擦掌跃跃欲试，拿肩膀顶了顶身旁的男人问："玩一局？"

许子杰一声嗤笑后，拿眼梢斜睐着他："又想找侮辱了？还没挑够呢？"

"哈！什么话呢？"左韬跳脚，"想当初我也将你队全军歼灭过，那那那，这可是有人证在呢，袁珺和苏敏都在场的。"

我心漏跳了半拍，没想到左韬会突然提起我。于是在场的一些馆内员工都将目光转向我，其中有一道，清凉而深远。

既然提议了，主事人又没持反对意见，就决定分由左韬和许子杰两人带队。至于人员的配备，没想秦周点了名，将整个射击馆内的员工都加入进来，包括我！称是来次馆内的集体娱乐活动，因为基本上馆里的所有人在耳闻目染的熏陶下，多少都对射击有着一定的了解。

列队而站时，不由得怔然，这是不是就叫情景重现？袁珺入列A队，跟随许子杰，我入列B队，跟随左韬，曾经的对战模式，再次上演。

左韬笑得一脸怡然自得，向对面放狠话："子杰，这次你又输定了，我有秦周这个神射手，又有苏敏这个福将，你等着接招吧。"

许子杰的回复很精短："我拭目以待。"目光从我脸上划过，带着肃杀！我垂在身侧的指尖禁不住微颤。

正式开战后，本想谨守原地，只当一名备用者。但左韬哪肯放任我躲在后面，指派好秦周蹲守高位做狙击后，就调度我去充当前锋。一头扎进战斗场地后，我左拐右绕地游走在障碍物之间，但仍然与袁珺狭路相逢在一个偏角落里。

从她的姿态可看出，她是特意来堵我的。

我微眯了眼，全部心神都凝聚在她手中的武器上。袁珺轻笑了下："苏敏，你变了不少。"

我不明她何意，且当成她是想经由说话来转移我的注意力，这种事当初她就曾干过。然而，她下一句话却是："你变得像个缩头乌龟！"

我蹙了蹙眉，没有作声，静等她下文。

"以前的你，凡事都求表现，冲在最前头，有勇无谋但至少还有个勇。现在的你连勇都没了，那还剩下些什么？"

刻薄尖锐不外如此。倒是我错看她了，以为经过岁月洗礼，大家都有所改变，就好比我看到她不会再跟竖毛的兽般敌视，这就是我的转变。而她似乎并没有，依旧是表里不一如昨日，或者说她也做了改变，变得更像八爪鱼，比变色龙还要擅长伪装。

袁珺见我始终不言不语，只是沉沉盯住她，又改变了策略："苏敏，老规矩，单挑一局如何？"又是激将法？我在心中嗤之以鼻，她还真当我苏敏停滞不前呢，我挑了挑眉故作急躁状问："赌注是什么？"

"辞职！我赢你辞职，你赢我辞职。"

原来她算计的是这！我偏了偏头凝目："说话算话？"她微笑点头，胸有成竹。

我将枪往脚边一扔，比出格斗架势道："来吧。"她的唇角露出激将成功的得意笑容，学我把枪往地上一扔。刹那间，我用脚尖挑起枪把，一个探手接住了枪，砰的一声命中她小腹，她倒退几步跌坐在地，痛意爬上她的脸。

"你耍诈！"

我笑了起来，提枪走到她跟前，居高临下俯看她道："有没有听过一句话：唯女子与小人难养也。既然我是女人，那就宁做小人也不做君子。"话说完，对着她的肩膀处又射了一枪。这次她直接痛呼出声，不过也只一声，她就咬紧了牙，额头沁出了汗。

我俯腰凑近她，以只有两人能听到的声音："其实也亏得你提醒，刚你说我有勇无谋还少了勇，那不妨用些谋吧。袁珺，不是我埋汰你，子杰那……你没戏，这辈子都别肖想了。"

人贵在有自知之明，袁珺这人各方面都不错，脸蛋长得漂亮，城府又深，行事又能干，就是缺了点自知之明。她以为把我从射击馆掘走了，就能与子杰有戏？异想天开呢。

袁珺的脸色变了几变，瞪着我的目光几乎能挤出点什么火花来，但是她始终咬紧了牙关，再恨再怨也没吭一声。愿赌服输这一点，是我在她身上发现的最大优点，从过去到现在。最终她坚忍地手撑地站起，默默转身，一点一点移步，缓缓走离了视线。届此，我为我方放倒对方一名悍将。

仰头看了看幽蓝的天空，我深吸一口气后开口："子杰，你出来吧。"没有意外，在身后五米远处的障碍之后，走出了一道颀长的身影。绿色的迷彩服穿在他身上，要比任何人都更适合，也比他任何便装更英俊。常常觉得，他就是为那个专长领域而生的，可是他却退役从商。

是商海太迷人，还是为了我？是因为找我而不得不退伍吗？愧疚，不该出现在他身上，而该是我。一年前的我，可能真的用错了方式，不该只字不留就那么离开，至少该确定还他自由身，至少该给他圆满的交代。

凝烈的目光直视着我的脸，我没动，他也没动，我一动，他就动了！动的不是他的身体，而是他的手，他的手中握着一把精短的手枪。第一枪射中我握枪的手腕，刚刚用来对付袁珺的武器应声落地；第二枪射中我的另一边手腕，确保我不可能再故伎重施，对他进行反扑。

第三枪，他瞄准的是我的小腹，但没立即射，只是架势摆在那。他那凛冽和肃杀的眼神告诉我，只要再动一寸，他会毫不犹豫地开枪。但我还是选择了……转身，于是那本该射中我腹部的一击，打在了我背部，一个后挫力将我往前扑倒，跌了个狗吃屎的跟头，四肢贴趴在地。

龇了龇牙，还真是疼，与当初一样。一直知道，这个男人骨子里其实有着狠意，只是他能控制情绪，不会让一些负面情绪影响到他。而此刻的他，我感觉到，那抹残意主宰了他，他毫不吝啬地将它们展露在我眼前，因为……我的转身。

军靴敲在地面的声音从远而近，很快那双鞋就走到了我眼前，鞋帮上还沾了些泥。他刚才站的那个障碍物后是块湿地，足以证明，他站在那处，观看了我与袁珺私斗的整个过程。气息逼近，他蹲了下来："你是打算就这么一直把脸埋在地上不看我吗？"

我僵着不动，心中叫苦，不是我要保持这姿势，而是两手痛到发麻，背部灼痛，就是想翻身都难。再加上，他强烈的气场，压得我喘不过气来。

一声低笑从他口中溢出，随后他伸出了手，将我身体翻转，正面朝着他。那张含着笑的俊脸近在眼前，只是笑不达眼底，反而透出森森寒意。

他说："一个月又二十天，我一直在想一个问题，是否我太宠你了，让你如此不再留恋地糟蹋我对你的好。如果是这样，那么，我收回。”

话声落，他俯身堵住我的嘴，用他的唇。但不是亲吻，而是噬咬！唇上立即传来痛意，他以一种掠夺的姿态，粗暴地辗转反复，几乎是瞬间，就感觉到唇瓣麻痛到充血。这还不止，我在惊愕中回神后，强忍剧痛想要抬手推开他，但只起了个动作，就被他敏捷地一手扣住双腕，压制在头顶。

在我睁大的眼中，只看得到一双犹如黑豹般幽深而锐利的瞳眸，似要把我拧碎了吸进去，淬着寒冰，与这十二月末的天一样，肃冷到骨子里。

以为最坏也就如此，最多双唇破到不能见人。哪知他的另一只空闲的手滑过脖颈，径直伸进了领口，并且长驱直入，钻进了内层底衣。我惊呆了，下一秒剧烈挣动，不可以！

可是挣动无效，他整个身体都紧紧压制下来，手和脚都被压在他身下。当我感觉到某处坚硬抵在身下时，再不敢乱动，因为我所有的动作都只助长了他眼中的火苗疯长。我怕火苗长到燃起时，他真的会不管不顾就在这……随时可能被人发现的偏角，将那件事进行到底！

他疯了！心中有个声音在呐喊。

大手钻进内层后却是没有再动，指腹压在其上，嘴上噬咬的唇终于停住。他就抵着我的唇话钻进我嘴里：“原来这里还会跳动的，我还以为你没心呢，嗯？苏敏！”

我闭上眼躲开他逼人的目光，轻声道：“子杰，你不要这样。”

“哼，你说我是因为愧疚才来找你，你不是我，又怎会知我心中所想？苏敏，告诉我，你究竟在逃避什么，这些理由绝对不是你真正的原因，否则你不会像当初那样与袁珺针锋相对，你分明还是看不得她对我中意。”

我睁开眼迎着他的眼神：“袁珺是你故意带过来的吗？”

因为离得近，他眼神中微小的变化我都能抓住，而他此刻也没隐藏情绪，惊异展露其中。“苏敏，倒是有句话你说对了，有勇无谋不再适合你，相比原来，你的孤勇在逐渐消失，头脑却越见灵活了。”

我别转过眼，不去看他。仅希望沉默能让他的浮躁平息下来，可是我错了，沉默非但没能平息他的浮躁，反而挑起了他的怒意。唇再度被压住，带着肆意，立即舌探入，而他的手掌由贴紧改为抚动。

我不知道该怎样来形容情绪，羞愤？懊恼？震惊？似乎都不是，又似乎都有一点。此地不算是荒野，他的手游走在身上，指尖所到处无一不带出我身体的颤意。

荒唐终止于脚步声临近，他终是松开我。在我慌乱整理衣襟的同时，左韬愉悦的笑声已到："小苏敏，这回你又立大功了，吸引敌方领队主力，我等已将敌方全军歼灭！"

我苦笑，为什么每次牺牲的都是我？

左韬又在旁嘚瑟了，他拿肩膀顶了顶随后走来的秦周，调侃道："我说了吧，只要苏敏出马，必能吸引敌方最强火力。有人还敢说自己没输过呢？"

许子杰嘴角抽了抽，拍拍身上看不见的灰尘直起身，淡漠的目光瞟了我一眼，转身冲左韬那边丢下一句"小人得志"，就越过他们离开了。风轻云淡，不带走一片云彩。

傍晚时分，我站在家门口心不在焉地拿钥匙开门，白天的事虽没有后续，却足够使我心绪难平了。待门一开，忽然身后一股推力将我推进了门，随后砰的一声，门在后面被关上。

回头我就见一道暗影站在门边，从身形到气息几乎立即就辨认出来人是谁了。深吸了口气，转身穿过院子，开了里头的屋门而入，没有管他会不会跟进来。

我刚放下工作包，就听身后低沉的声音传来："苏敏，你究竟与你叔叔隐瞒了我什么？"

心漏跳了一拍，我转身时悄悄握了握拳，脸上故作不解地问："你在说什么呢？我走后，小叔叔又去为难你了？"

他就站在门边，一双目光沉沉地盯着我，似要将我灼穿一个洞。

我又强装镇定地说："时间过得真快，都一年多没见小叔叔了。他若是还有为难过你，我代他向你道歉。"

"呵！"一声讽笑从他口中溢出，笑意不达眼底，泛着幽冷的寒光，"苏敏，你还要睁眼说瞎话吗？自你离开后，我和苏暮年倾尽全力都找不到你行踪，直到半年前，陆向左沉不住气辗转几个城市到这里，才总算找到了你。既然我能查到，一向疼你入骨的苏暮年又怎可能查不到？所以，你那句一年多没见他，是拿我当猴耍吗？"

我的脸色开始泛白，声音全都吞没在喉间。

凌迟还在继续："一个多月前，你父亲忌日那天，你从墓地慌不择路逃开我，买的是上午十一点的回程票，候车期间足有两个小时，你见的那个人，难道是鬼？

苏敏，真有你的，撒谎、编故事，样样都精通了啊？你敢再说一次你从没见过苏暮年？嗯？”

“你一直跟着我？”干裂的嗓音终于从嘴里憋出来，却得来他的一声冷笑：“自从半年前得知你在吴市后，你的周围至少有两批人盯着，其中一批来自我。你何时从吴市搭车，何时抵达H市，又乘了什么车到墓地，我只需静等，所有资料就如数汇报过来。那晚的墓地，除去我，还有另一批人蹲守在外，否则你以为你叔叔会放心让你一人留在那？”

“好了，宝贝，这些事都拎清楚了，可以跟我讲讲你跟你叔叔之间藏着的秘密是什么了。”他的声音骤然放得很轻，像是唇间的呢喃，满含宠溺，只是柔意进不去他眼。

我微侧开头，嘴里强辩着：“哪里有什么秘密，如你所看到的，也就是在候车时小叔叔找来，跟他叙了叙旧。”

砰！他的掌猛拍在桌上，发出巨响，着实将我吓了一跳，脚下一软，跌坐进了身后的椅子里。他怒意勃然一个箭步朝我走来，双手压在我两旁的椅背上，微微俯身，将我整个人包裹在他身前，只空了一尺的距离。

阴沉的双眸，紧扣住我的眼，冰凉的气息吐在我脸上：“半年前陆向左不惜暴露行踪赶来，三天之后你叔叔赶到，然后足有一周时间，资料显示空白。那一周内的痕迹，被人抹得干干净净，除去苏暮年有这本事，还能有谁？你还敢称在那之前没见过他？”

我将眼中的惊慌一寸一寸剥落，在只剩倔强时，仰视着他近在咫尺的脸，寒凉了声音说：“就算见过小叔叔又怎样？我没有那个义务向你报备所有事吧。你要知道那中间发生了什么事，好，我告诉你！我跟陆向左在一起了，他爱我，我也爱他！这个答案够不够？”

“你在撒谎！”他从齿缝中憋出那四个字。

我笑着摇头，唇角带着讽意：“许子杰，你求一个答案，我给你了，然后你不能接受，就说我是在撒谎。那么我讲得具体一些，那次阿左来是因为我又感冒了，高烧烧得昏昏沉沉，他赶过来照顾我，孤男寡女同处一个屋，自然是该发生和不该发生的事都发生了。小叔叔赶到的时候，发现我们还抱在一起。至于你说的那些，我想应该是事后小叔叔知道你没在协议书上签字，我们还没算离婚，发生如此行为怕我吃亏，于是就将这件事给隐了去吧。”

痛意又在那双星眸里泛起，下一瞬，他俯下身堵住我的唇，直接挑开牙齿长驱直入，肆意席卷唇内各处。吻得极重，带着愤怒的发泄，很快舌头就又麻又痛，可他仍下了重力在吸吮。

突然他手在我腰间一勾，将我整个身体贴在了他身上，转而他的唇移开，沿着脖颈一路蜿蜒而下，每到一处都停留许久，直到痛意传来才放开。我仰头喘着气，目光紧凝在头顶的天花板上，感觉自己像砧板上的鱼，等待着刮去鱼鳞，再切成碎片。

当他的手探入衣服底下，甚至往下探时，我终于深吸着气，闭上眼无限悲凉地开口："子杰，如果这就是你想要的，那么拿去吧，只求你这次过后，以后不要再来找我了，好吗？"

瞬间，他所有动作都僵住，延伸到锁骨处的唇抽离开。我没有睁眼看他，怕那目光中沉沉的怒意，怕那目光中有着撩人的痛意。突觉他将脸埋在我颈间，气息喷在我耳后根，然后带着沉痛的声音像条蛇一般钻进了我的耳膜："苏敏，为什么要这么对我？我如果只是想要你的身体，何苦等到今天？你不是爱我吗，怎么可能再爱上陆向左？我不信，一个字都不信，明明你的心还在为我跳动。"

"一个人这一生，不会只爱一个人。会有一段一段的感情出现，然后在对的时光里遇见对的人。在很早的时候，还没有认识你，阿左就与我青梅竹马，他陪我走过童年，伴我青春年华，本以为我对他是厌恶的，可一个人如果对另一个人印象深到永远抹不去，那么其实是喜欢的。所以，不是再爱上他，是我本来就爱，你懂吗？"

他松开了我，目光定在我脸上，长久。

我忍不住睁开眼，却又立即后悔，从没在他眼中看到过的哀伤。是的，他眼里流溢出来的是哀伤，带着悲戚，刺痛人心。几乎是瞬间凉意染满心头，一下下抽痛着。

他问："你是想说陆向左是那个对的人，而后来，你只是错爱了我？"

不是错爱！心中无数个声音在喊，可我却没发声。看着他眸中的痛楚一丝丝展露，再一寸寸收回，等到他直起身俯视时，整个人只见肃冷，再无刚才那失控的情绪外显。他说："苏敏，如你所愿，今后我不会再来找你。晚点我会将离婚协议书签好字派人送过来，祝你和陆向左能够有情人终成眷属！"

门被轻轻带上了，没有上回的震怒摔门，我仰靠在椅子里一动不动，眼眶里忽然开始泛酸。那些藏在角落里的回忆，在这个时候都涌了上来，思绪回到半年前。

确实如子杰所言，在陆向左赶来后的第三天，小叔叔就出现了。当时的我像迷路的孩子，惊慌失措又无路可逃，因为我躺在病床上，身体发虚。小叔叔的双眉蹙紧，肃穆的面色中带着忧虑，却只是深叹了口气，伸手抚着我的头发道："小敏，再也不要躲着叔叔了，会让我很痛心。"

当时只以为他是担心我一人在外无以为生，我在敛去被抓包的惊慌后，笑着说："小叔叔，没事啦，我一个人能照顾好自己，以后你就别为我操心了。你跟小婶婶，应该和好了吧？"话声落，我就后悔失言了。极明显地，痛意和内疚从他眼中闪过。但他终是没有说什么，轻轻拍了拍我的头道："你先休息吧，我去问问医生情况。"

听话地闭眼，但没想，这一睡过去犹如跌进了无底深渊般，浑浑噩噩一直醒不过来。耳旁时有人声，可是就连睁眼这个动作都无法完成，外界的声音也无法通过耳膜传输入脑。

我想应该是那易感体质又发作了吧，也怪自己，来吴市后，就时常偷懒不锻炼，这不晚上忘关窗户，吹了一夜的凉风，就被病菌找上门了。

当意识逐渐回笼时，首先听到的是小叔叔的咆哮声！这还是我第一次听到他如此不顾形象的怒吼声，他向来都是沉稳中带着淡定的。等仔细听后，发觉他咆哮的对象是医生，是在质问为什么我迟迟不醒。

想要睁开眼告诉他，我已经醒了，可是眼皮还很沉重。可当听到医生的答复后，我整个人顿时蒙了，他是在说我吗？怎么会？！

刚那医生居然说我每生一次大病，身体就会虚弱一分，这样昏迷的时间就会变长，直到油尽灯枯，再不会醒来！

小叔叔不咆哮了，沉默了下去，只听某道声线在惊疑地问："怎么可能？"如是也问出了我的心声，怎么可能？油尽灯枯？这四个字会不会太严重了些，我就只是感冒而已呀。

反应慢了半拍，辨认出刚才那声疑问是陆向左的声音。昏睡太久竟然把他给忘了，还是他送我进的医院，对他委实有些没良心。

而他不敢置信的疑问，就像点燃了小叔叔心中的火焰，沉怒中夹杂着什么："怎么不可能？小敏的易感体质，早在她年幼时就被证实，我和大哥费尽心思锻炼她的身体，让她不要轻易得流感，哪知那一年你却害她跌入江中！你以为我为什么要用尽手段将你逼出国门，因为小敏在那场大病中差点丢了性命！"

"不，我不知道……"

"你当然不知道了！"小叔叔怒吼着截断陆向左，"你不知道对常人来说只是普通的感冒，对小敏来说就是一场劫难！你不知道江水的浸泡，让寒气入了她的骨，几乎耗尽了她的生命！你不知道那一次医生就宣布了，以后她每生一次病，身体就会虚弱一分！你不知道她会寿命缩短，她会比我们任何一个人都先死！”

最后那个死字，如一把钝刀敲进了我的心房，带着磨砺的痛意。

那些事，我都毫无所知。

沉痛的呜咽声传来，来自陆向左，他竟哭了！打小自认识他起，就没有见他抹过眼泪，连砸破他头那次，都只是反咬回来。而今声声压抑的呜咽穿透耳膜，其中带着无尽的悔恨。

小叔叔荒凉至极的声音似远又似近：“是，小敏确实曾喜欢过你，但我让催眠医生将她对你的感情尘封了，只残留下所有你曾对她的恶意欺凌影像。你当是报复的手段？是因为但凡勾起她一丝回忆，就有可能让她陷入曾经的噩梦轮回，你是没有看到她从地狱走了一遭后醒来时空洞的眼。如果不是那时你已出国，如果不是看在你父亲的面子上，大哥和我都绝不会如此简单放过你！”

莫名地，对陆向左有些不忍，哪怕这些事我之前已经听过，哪怕我忘了许多事。“小叔叔……”我假意从昏沉中缓缓苏醒，做出茫然之态，“你们都在啊。”

转眸间，见用右手捂住双眼的陆向左猛然背转身过去，但只是那一瞥，看到他指缝中还在流淌的眼泪，以及纵横在脸上的泪痕。只听他嘶哑着嗓音道：“我去喊医生。”人就快步走出了病房门，之后就没再回来。

我收回视线，撞上小叔叔深幽沉痛的目光，心上一抽。

“小敏，你是不是早就醒了？”

我顿觉慌乱，想要矢口否认，可见他看我的眼神中已是满目了然，就知我刚才的假装苏醒逃不过那双精明的眼，咧了嘴苦笑而问：“很明显吗？”

他摇头：“不明显，只是我看着你长大的，知道你的所有小动作。”顿了顿后，又道，“小敏，既然你偷听到了，我也不瞒你，本来这个事情总有一天你也会知道。病痛不可怕，可怕的是不敢面对，你会害怕面对随时可能侵袭你的病魔吗？”

“我不怕。”

“那就好，等病好了，就跟我回去，你小婶婶那儿无须介意。事实上你失踪后，她也很内疚。至于其他的事，且看你如何想，放心，小叔叔还是有能力护你周全的。”

不由得沉默，懂话中那“其他事”意指什么，在这个从小看我长大的男人跟前，我就如透明的一般，心事全写在脸上。但最终我还是任性地选择留下，不是害怕影响小叔叔夫妻的感情，而是不敢面对那个人。

如果说曾经的我，还能义无反顾地去爱，漫长的时光洗刷不去我的执念，秉持着心中的小希望一路坚持。就是在这之前，心虽消沉，但那个爱念的火苗却没灭。佛曰苦海无涯，回头是岸，几曾我也想过要回头，可是回不了，因为苦海的彼岸，有着那个人，他比回头的岸更吸引我，明知是虚妄与镜花水月，也心甘情愿横渡这苦海。

所以到了这座城市后就常常想，不管他身边有没有我，我身边有没有他，都无损我孤独地想念他、偷偷地爱他，哪怕我已出局，他都是锁在我心里的那个无与伦比的人。

等有一天再见，可能他已经牵着别人的手，我傍着别人的胳膊，然后遥遥相望，那也是不错的。是的，我从未想过不再见他，甚至心底最深处怀着痴心妄想，突然有一天他出现在眼前——来找我。可事到如今，再不做此想，我希望的是，渐渐将他忘记，而他不再记起我。

仰望一个人太久，又与之共同生活了近半年，即使他的心沉如许，到底也是了解些他性子的。他对我心存愧疚，包含责任，如果得知这件事，绝对不会不管我，他会将我背在身上，当成他的包袱。而我最怕的就是如此，不愿余下的有限生命，成为他的包袱而存在。

可避得开人，避不开命。

一次次地出言伤他，心比谁都痛，尤其是看清他眼中若有似无的情意含着痛楚时，心揪疼到撕裂。为什么会这样？之前我求而不得这么久，等到老爹离世心冷成灰，都没等到他的爱，为何再遇后他却对我动了情？

可我能做的唯一的事，就是不惜一切将他推远，远到他再也不会回头。就如刚才，他发狠了般说着要派人把离婚协议书拿来，祝我和另一个人幸福。

这一次，应该是成功了吧。如此他才不会知道，有一天我会从这世界先他而去。

有人说人生有三样东西无法挽留：生命、时间和爱。但我却觉得时间逝去了，还能把握住没有流失的时光；爱丢了，还能寻找；唯独生命，是真的无法挽留，没有了就是闭上眼，停止呼吸，将时间和爱统统覆灭。

一个多月前墓地行那回，小叔叔问我这是何苦，为什么不把实情告诉他？我边哭边口齿不清地说："不能讲。"前前后后就这三个字。他默然之后是沉沉的叹息，蹲下身与我平视，神情极其认真地说："小敏，既然你不想再见他，出国吧。叔叔再联系美国那边的医学博士，据说那医生曾医治过易感病症。这么些年，我和大哥一直都没放弃为你求医。"

去美国？我直觉想要摇头。

小叔叔并没有急于求我答复，只让我考虑。后来回程的路上，我一直在思考这个问题，等脚踏上吴市土地时，心中已有结论。我不想出国，如果说吴市已经离子杰很遥远，那么至少我们还能呼吸同一片天空下的空气，去了美国，还剩下什么？

这一夜，我僵坐在椅子里整宿，回忆着这些被隐藏的过往，一遍遍告诉自己：你做的是对的。

天亮时分，当我拉开院门时，血液凝冻住，为那坐在门前台阶上孤凉的背影。他没有走！天已是严冬，外面气温极低，呵一口气都是白雾，他竟就这么坐了一夜。

眼眶泛酸，定定地看着那似僵化的后背。

他没有回头，以来自极遥远的声音缓缓道："苏敏，我错了，我不该在那时为了目的接近你；我不该在明知你单纯时还利用你、娶你；我不该在娶你之后有意或无意地忽略你；我不该在心一步步沦陷后还逃避；我不该在你最需要我的时候错当逼迫离婚选择拒绝；我不该在半年前发现你后想着步步为营筹谋将你带回身边。"

一连几个不该，细数了从相识到这一刻的过往。我钝钝地想，那许多不该里，也有着我对他的纵容，因为我是那么爱他。

顿了两秒后，他又艰涩开口："如果我在最初的时候就用心对你；如果我在婚后愿意对你坦白；如果你父亲身故之前我在你身旁；如果半年前我一发现你就赶过来，是否……我还有机会？或者现在，我想问，你还能给我一次机会吗？"

瞬间，我视线模糊，热泪盈眶。

这个背着身不敢回头，低声哀求给他机会的男人，还是我的子杰吗？我怎么就将他逼到如此境地了？我极力忍住不要抽噎，哪怕脸上泪痕再肆意纵流。

咬了咬唇，轻声，又足以能让他听到："子杰，我就像一块你身上的顽疤，让你难以愈合。总想修复，却抹不去痕迹。其实你尽管过你的生活，依着原来的轨迹行走，我这疤，虽然看起来不那么好看，会很显眼。但你要知道，再把我晾一晾，我就会褪去的，你也总会痊愈的。"

这番话适用于今后任何时候，包括将来我可能闭眼之时。

眼下的身影缓缓低下了头，将脸埋在了拱起的膝间，继而，清晰地看到他的双肩开始颤动，以某种特殊的频率。我心如被刀挖般揪心裂骨地疼，甚至凝目的眼都开始充血了。

他近似呜咽的声音飘来："可是你这块顽疤长在了心上，你要我怎么痊愈？"

脑中的弦绷断了，他的话，他的声音将我击得粉碎，所有的努力都白费了，我无法看着这样的子杰而无动于衷。缓缓弯下腰，颤着双手从他身后穿过绕到他身前，将他紧紧圈住，脸贴紧在他背上。良久，我说："那么，就不要痊愈了吧。"

偌大的世界，数十亿的人，偏偏让我碰到了他，在我生命最美好的年华里，在我无知过往的岁月里，在无数个情深不寿的日子里，我怎么放得下？要如何放得下？

曾经我把怀中的这个男人比作南墙，别人是不撞南墙心不死，我是撞了又撞，撞到头破血流，还擦擦血又往前走了好久。而今，不但自己疼，南墙也疼了，终于是求仁得仁，等来了他的转身，却在尝尽悲苦之后。

怀中的身体，颤动得更加厉害，听到他以不太确定的声音在问："苏敏，你是愿意给我机会了吗？"我哭着笑着答："嗯，我愿意。"泪滑落在他肩背，渗进衣料中，沾湿了一大片。

这天，我没有再出门，他就像一头需索无度的猎豹，饿极了，丧失了理智。仿佛我们身处一叶扁舟上，在举目无涯的海面漂浮，波浪卷动着船身，浮浮沉沉，一次又一次，从高处到低谷，再从低谷到高处，狂风暴雨不外如此。是了，这就是那无法回头的苦海，他在彼岸，他在我怀中，我终究是没有回头，向他迎了过去。

当风浪逐渐平息下来时，两人都重喘着气，死死地盯着对方的眼，像抵死纠缠的兽。

他突然唇压下，凑近我的耳："敏敏，我以后都唤你敏敏，好吗？"

"好。"从未有人如此唤过我，老爹和小叔叔都唤我小敏，宁一他们唤我敏子，而他一直连名带姓地唤，而今这个称呼，算不算是他的专属？

在我臆想发呆间，突听他的气息扑在耳郭，声音穿透耳膜："敏敏，我们生个孩子吧。"全身血液冻住，原本灼热的身体瞬间发凉。

孩子……我能拥有吗？会不会有遗传？这个问题我从未考虑过。以前他不愿要孩子，我会觉得心伤落寞；现在他想要孩子，我依然觉得难过。

第十章
身上一块顽疤

原本在走进院子看到他背身坐在台阶上，然后又听他呜咽着祈求时，心防彻底被冲垮。没有办法再对那样的他说一句残忍的话，一个字都不行，只想就这么抱着他吧，成全他渴求的机会，也成全自己心底永不熄灭的火苗。可是拥抱过后，孩子这事首先被提起，就如一盆凉水从头将我浇到脚。

如果我因为这身体而不能拥有孩子，那么这个没有背弃的婚姻里，我还能给子杰什么？而如果我能生育，将来的某天，不仅让子杰失去妻子，还让孩子失去母亲。

侧转脸没敢把心慌表露，他将我的沉默当成了默许，竟是情潮又起……

我是在太过疲累的情况下睡过去的，等睡醒睁眼时，眼前已是一片漆黑。片刻的恍惚后想起了这一天里所发生的事，就像是从生到死，再从死到生。

身旁的位置空无一人，且温度都消失了，仿佛之前做了一场梦，而今梦散了无痕。从卧室走出，被外屋的灯亮晃了下眼，晃过眼适应了明暗后才定睛。环视了一圈，似听到厨房传来声音，脚步随心移动，走到厨房门口凝住视线。那个刚才以为走掉的男人，正穿着我的围裙，手持锅铲翻炒着什么，忙碌得不可开交。

踮起脚尖看了看，锅里一片碧绿，印象中我的冰箱里好像没什么储备了，正合计着要去采购一番，他这是出去买的菜？问题是，他竟也会做菜？！

转眸看向旁边的炉灶，上面似乎闷着什么，香味已经飘散而开，循循诱人。忍不住做了个吞咽口水的动作，原本背朝门的男人骤然回头，目光焦灼在我身上："醒了？去梳洗下吧，出来就能吃了。"

两菜一汤上桌，无论从色到香，都应是不错，夹了块鱼肉一尝，自卑了，他做的菜居然比我做的还要好吃！还是没忍住开口询问："你什么时候学会做菜了？"之前和他在一起时，从没见他动过铲子，基本上两人都是叫外卖吃，自然而然就以为他信奉君子远庖厨的理念了。只见他筷子顿了顿，又夹了块鱼肉放到我碗里才说："最近学的。"

啊？最近？我不由得瞪眼，看看桌上的菜，再看看他的神情，不像有假。"你有去报考厨师班？"要不能学这么快？他却道："没有，就网上看了看大致做法，做过几次就会了。"

我直接埋头吃饭，大口咬碗里的鱼肉。再问下去，就是自个儿找侮辱了，可对面的男人却不放过我，似调侃似炫耀地说："很多事，其实都是需要天赋的。"

他这话说得就跟当初与我比赛射击时一样骄傲，让我很是磨牙霍霍。

然而牙没磨成，我被鱼刺给卡喉了，从轻咳到重咳，后来发展成了猛咳，眼泪都咳出来了，也没把鱼刺给吐出来。子杰一边拍我的后背，一边担忧地道："你怎么回事呢，吃个鱼也能被刺卡了。"我无力去反驳他，刺梗在喉的痛苦，无法言表。每一下吞咽，哪怕是口水，都似折磨着喉咙处。

尝试了吞咽饭、喝醋等几种土办法后，最终均无效，只能去医院。好好的一顿色香味俱全的晚餐，就这么泡汤了，也算是小小报复了下某人的"天赋"论，就是代价很痛苦。去到医院后，医生用手电筒照了半晌，说刺扎得很深，得打麻药拔。

等从检查室出来，我的腿都软了，脑中只有两个字：可怕！从小到大没做过什么喉镜，听表面意思以为就是拿个什么仪器在外头照照而已，哪知根本不是如此。居然是用管子穿过鼻腔进入喉咙处检查！从那台上爬下来时，鱼刺是除了，我整个人都虚脱了，眼泪控制不住流了一大把。

这不是坚忍不坚忍的问题，而是人的生理自然反应。出门就冲进子杰怀里了，紧紧抱着他的腰，抽噎着喊："我再也不吃鱼了。"

难怪张爱玲说人生三大憾事——红楼未完、玫瑰无香、鲥鱼有刺。这个鲥鱼有刺的憾事，她放在了最末，我想应该是印象最深的，因为那拔刺的过程，太糟心了！

幸而是周末，不用去上班，正好窝在家里养"伤"。等周一早晨上班时，坐了子杰的车一同前往射击馆。但在即将抵达时，我让他停车放我先下来，免得被同事看到了说闲话。

但在我下车时，听到身后突然问："敏敏，我们在一起，有那么见不得人吗？"

心中一惊，连忙转身，幽暗的眸中似有若无地藏着薄怒，连忙解释说是不想受同事非议。但他听了我的理由后，唇角微扬带着讽意："非议又如何？我们是夫妻，名正言顺。"

我顿时被噎住，一句话也说不出来。

原本姣好温和的面色，一寸寸泛冷，寒意抵达眼底，最终他没再说一个字，启动车子开离了我的视线。于是，我们重修于好三天，冷战了。

每天他同样准点准时上班下班，但早上不会再提议我搭他的车，下班回来也都沉默不语，像个执拗的孩子般，与我怄着气。哪怕我试图缓解气氛，都被他一张冰脸给冻住。

这场冷战持续了近一个礼拜，消止于我的调职！

这日我当值白班，刚走进射击馆，就被秦周叫去了办公室。等听完他的安排后，我表示无言，让我暂时转调去外场部门做培训导师。那个外场部门，刚巧就是子杰那边的。

外场离得并不远，徒步过去只需五分钟。还分设了室外与室内两种模式，同样，不光是对战游戏场地，室外射击也成了专有项目，射程相比原来要远了许多，也更具挑战性，吸引了更多的人。

不用说，我与本在这边做负责人的袁珺又对上了。她在得知我的来意后就眉毛掀了问："你要过来这边？"

我浅笑着点头，虽然秦周说是暂时转调来这边，但这个暂时不知道是要多久，最起码有一阵子。我是要与她成为同事了，希望不要擦出太亮的"火花"来。

"苏敏，你至于吗？以前是这样，如今还是这样。如果爱一个人需要像你这般步步紧逼地守着，那么只证明一件事，"袁珺顿了两秒后，有意一字一句地说，"你很可悲！"

走近一步，因为身高关系，她要比我矮小半个头，顿时气势就比我短了半截。我朝她后面看了看后浅声道："麻烦让让，许总在等我，刚还打了电话来催，你要叙旧的话晚一些吧。"

睁眼说瞎话向来是我的拿手活，事实是我今天手机都忘带了，还在家里头躺着呢。但效果立显，袁珺的脸色变得很难看，身形却没动。我见状耸耸肩，扬声："左副总——"她急转过身，但见那处空无一人，懊恼地回头怒瞪我。

我也任她瞪，目光瞥及某处，再次扬声："许总。"

这回袁珺不上当了，轻喝出声："苏敏，还想诳我！根本就是你自动自发跑来的，还敢称是指挥官找你，哼，指挥官目前在忙，等着吧。"

哟！她这"指挥官"的称呼，倒是喊得顺溜。

"袁珺，你去左韬那边，他有事找你。"

这回袁珺的脸色可就精彩了，变了几种颜色，才僵硬地转身，喏喏而唤："指挥官。"但子杰略微迟疑了下后，又道："以后在公司还是叫我许总吧，我已经不再是指挥官了。"

气氛顿然凝滞，最终她点头，唤："好的，许总。"无形中，距离就因为称呼而拉开了。

跟着某总进了办公室，门一关上，他就酷着脸发话了："想笑就笑，不用憋着。"

我朝他眨了眨眼，反问：“为什么要笑？刚才的事哪里好笑了？”

他怔了下，将我审度了半晌才道：“你以前不是很不待见袁珺吗？我以为……”后面的话隐在了喉间，其意很明显，我不由得失笑：“你也说了是以前了，现在哪还会再那么幼稚。”

“幼稚？你是那样恒定的？”扬高的声线里，透露了某人又不高兴了。

我闭上了嘴，保持沉默，免得旧波未平，新波又起。

子杰见我闷不吭声，又做了如是猜测：“你是在介意她那称呼吗？那时我初建公司，身边急需人手帮忙，左韬拉她入伙，算是一起度过最初的困难期。她习惯了唤我指挥官，私下里纠正过她几次，都没纠正过来，但工作中一直都是领导与下级的关系。”

我点点头，重复了句：“嗯，私下里。”

他果然色变，又急急解释：“不是这样的，我……”他说不下去了，表情尴尬，我却忍不住笑了，这人是忘了我们还在冷战了？

磨牙声起，他恼怒地瞪着我：“你是故意的！”

“谁让你假公济私的？说吧，我到这来当那什么培训导师，工作日程是怎么安排的？”

“哼，哪里有假公济私了？这边是缺人手，找秦周要个人怎么了？你们馆里还有谁比你更合适做这培训课程？至于工作日程，自然是与我上下班同时了，这回你不用再忌讳什么被人看到后风言风语了吧。”

得，他这还不叫假公济私？合着他一直恼那天不让他在射击馆门前停车这事，于是就整合了这个转调的计划，想要来个顺理成章。

也没那个心情跟他多纠结了，就这样吧，反正到了他跟前，一次妥协就代表两次、三次、无数次妥协。我下狠心决定与他在一起时，就早已预料到了。

同出同进开始上班后，子杰的脸上又浮现笑容了。

风平浪静无波无澜，两人也算甜蜜，每日基本上是二十四小时腻在一起。曾问过他一直待在吴市这边，那创杰公司怎么办？他鼻子里哼着气回说有人不肯回去，那他只好把公司搬来这边了。这才知道他在附近某幢大楼租赁下了一个楼层，将作为创杰企业转移地。

心中浮动异样，原来这个人背着我在做很多事，他在以他的方式来宠爱我的任性。

平和的甜蜜消止于袁珺的一次有效挑拨，以及，后续意外事件。

第十一章

许我唯一，许我天荒

信念来自经历

这日，与往常一般，两人一起进到场馆。子杰近日特别忙，创杰正在搬迁中，故而进馆没多久就出去办事了。上午这场馆一般来客很少，大都是午后和晚上来娱乐的人比较多，所以整个场内很冷清。

袁珺堵在我跟前劈头就问："你知道指挥官初来吴市时住在哪里吗？"我蹙了蹙眉，觉得她这话问得莫名其妙，他能住哪？不就是酒店嘛。但基于这丫恶迹斑斑前例在那儿，明显话中有话，还有下文。

果然她又开口了："我们这个场，地处市中心，地皮其实颇贵，除去它存在经济效益，还有一个原因是离那个家很近。"

"哪个家？"我顺着她的话意就这么问了。袁珺却笑而不语，就那么看着我。

被她看得很不舒服，正要转身而走时，她却缓缓开口了："苏敏，给你个良心建议，去创杰要搬迁的那幢大楼后面看看吧，或许，会有惊喜。"

傍晚，我早退了。因为在做事时骤然想起这座吴市曾经是子杰安排余浅姑娘入住的城市，当初我来这里，也就是为了看看这座城市何以会被子杰选择。下午接到子杰的电话说晚上有事要晚归，然后与早上袁珺的暗示相联系，心底的那股子火苗就蹿升了。

到了那幢大楼前，仰头看了看，夕阳的余晖照在某一层的滚金字体上，流泻出一道无与伦比的光芒。依稀可辨，头两个字是"创杰"，所在楼层还挺高的。我收回视线，向左右望了望，袁珺说那个"家"就在这幢楼的后面，在左手边找到了路，正要过去，忽见熟悉的车身滑过，也是开向里面。

心中一动，趋步跟上。那辆车我不会看错，子杰的本田越野！跟进了大楼后方，满目的碧绿，是四季常青树，公寓楼前是自成一格的小花园。外头的大楼就像是保护伞一样，将身后的独栋公寓包裹其内，外界的喧嚣都被隔在了外面，此处独有宁静。

第十一章
信念来自经历

目之所及，越野车缓缓而停，我下意识地找了地方掩藏，注目而望。只见子杰从车内下来，急匆匆绕到车的另一边拉开门，然后探身小心翼翼地扶着某个纤细身影出来。无须辨认，我一眼就认出了那是余浅姑娘，哪怕只是个背影，她婉柔的气质是别人没有的。

是了，袁珺要我来看的就是这一幕，余浅来了……

两人相依着走进了公寓楼内，子杰的侧脸上有着淡淡的笑意，眉眼都是舒展的。很显然，余浅姑娘的驾到，令他很开心。有一种纠结就是，明知余浅有许子扬，跟子杰就算是同处一个屋檐下，也不会发生什么，但偏偏还是会去在意。

事实摆在眼前，第一时间里，他将余浅摆在了首位。

我轻叹，这是个永远绕不开的环。

没有离开，固执地等在楼下，他说晚上会回来，那我就等他一起回。冬天，真是个冰冷的季节，连连呵气都抵不住寒潮，在四肢即将冻麻时，我意识到这样不行。开始跑动起来，来来回回地在楼底下跑了一圈又一圈。

从黄昏到天黑，从天黑到夜深，终于楼前有道身影出现，径直走向停泊在楼下的汽车。我停住步子，抬头看了看天，是夜色太浓以至于没发现我？在他去拉车门时，我微扬了声音唤：“子杰！”身影顿住，立即转过身来，大步走到我跟前。昏暗的路灯打在他背后，将他的脸藏在了阴影里，我看不清他的面色。

只听他惊问：“敏敏，你怎么在这里？”下一刻，不等我答复带着他体温的外套将我包拢。随后他握住我的手拽着往车边走，坐进车子启动后，暖气开到了最大。

他的举动暖融了我，关切之情溢于言表。我固执地等他，是不想两人之间再像原来那般什么事都遮着掩着，然后彼此猜疑，那会将我好不容易下定的决心颠覆。要知道，决定与他重在一起，我是鼓起了多大的勇气。

有问题出现，那就开诚布公地解决。

“子杰，是余浅姑娘过来了吗？”

握在方向盘上的手顿了顿，星眸转向我：“你在楼下等了很久？为什么不打我电话？”

我下意识想去摸口袋，但手只移了半寸：“手机忘在场馆里了。”除了这个借口，我没法解释宁可在楼下风口里等着，也不打一个电话给他。

不打电话是因为不希望听到他以某个理由解释他的晚归，而那个理由偏偏与余浅姑娘无关，那么我听着这样的谎言是拆穿呢还是沉默呢?

他没有再继续追问，转回视线凝目前方，低声解释："若若跟子扬起了点纷争，刚坐完月子就跑这儿来了。因为身体还虚着，如此长途跋涉的，到了这里人就不舒服了，所以我才照应一下。放心，子扬今晚就能赶到。"

嗯，合情合理，身体不适是得照应。但，为什么你要瞒着我?

忽略心头的酸涩，我假装随意而问："她是什么时候来的啊，你去接的吗？"本是极简单的一个问题，身旁的人却迟疑了下，转而回："嗯，下午到的，我去接的人。"

有人说：谎言和喝酒一样，当你习惯了喝醉后的飘然，你会愿意醉下去。当你相信谎话的甜蜜之后，你就不再愿意了解事情的真相，情愿被它骗下去。

可当经历了悲苦后的我，告诉自己要清醒而理智地活着，不再做个糊涂虫。

"子杰，知道我为什么会跑来这边等你吗？因为白天袁珺暗示我过来。连她都知道了的事，你还要骗我说余浅姑娘是刚来吗？我不知道你选择隐瞒的原因，但夫妻间，贵在坦诚，我也向你认错，刚才撒谎了，手机其实就在我兜里，并没有遗落在办公区。之所以不打你电话，是因为不想你像现在这般，编着你认为是对的理由来隐瞒我。"

吱的一声，缓速行驶的车子被踩下了刹车。他解开安全带就急转身扣住我肩膀认真地看着我："敏敏，你听我解释，之所以瞒着你是怕你误会，我知道你心里对若若存着结。这次若若突然赶过来除去与子扬起了矛盾外，主要是想来看你，可我怕她的出现，将我们好不容易修补好的关系又打破，所以遮着藏着不敢让你知道。"

原来他知道我心中的纠结，可是他不知道结之所以成为结，是因为隐瞒。如果坦荡荡，又何来误会，何来猜疑？这些话滚在唇边，没有说出来。

因为眼前这个男人，满目忧色中似还有着惊怕。他和我都像是惊弓之鸟，想要用尽全力停歇在一根树枝上，但撩人的声响一下一下鞭笞着各自的心，可能下一刻就有人受不住这恐慌而振翅高飞，一个向左，一个向右，散在空中。

我轻叹一声，终究是妥协："不早了，我们回去吧。"

车程表上的时间已经指向了九点，这么僵着也没意思。两人心事重重地回到屋内，我从浴室出来就闻到了香味，桌上放了碗热气腾腾的面。站在桌旁的男人神情顿卒，他用手指敲了敲桌面道："你还没吃吧，刚做的，我先去洗澡。"

待他进了浴室后，我坐进椅内，挑了挑碗里的配菜，心道他倒是越加心细了。

这晚躺下后，他就变得特别浮躁，反反复复翻身，黑暗中仍能清晰可见他的眉宇始终紧蹙，眸中的星火明明灭灭。

一种压抑的、桎梏的、逼仄的气息，在我们之间悄悄展开。

当我事后在洗手间内，正要悄悄吞咽偷藏起来的避孕药时，他突然推门而入，堪堪抓了我个当场。怒意在他眼中一寸寸浮现，他咬牙切齿地问："为什么？"

原因其实很简单，我不适合怀孕。有去偷偷问过医生，除去我之前顾虑的，于我而言，怀孕是不安定因素。免疫力会下降，易感体质更容易遭到病菌侵袭，然后一躺就是一两月，病菌会有损宝宝的健康，很可能会生出畸形儿。就算万幸在怀孕期间，病菌都没来找我，生育也将会是个关卡，很可能我会上了手术台就下不来。所以，这个孩子，真的不能要。

但这个原因我不能讲，所以此刻只能选择撒谎："我不想要孩子。"看吧，之前两人的甜蜜只是表象，矛盾根深蒂固存在着，就在同一天，他骗我，我又骗了他。

他怒喝："你胡说！那时我说不要孩子，分明看到你眼中有受伤，你是想要与我生的。"

心上一颤，原来他一直心如明镜，我所有的喜怒哀乐他都看在眼里，但他选择漠视。

垂眸而下，视线定在某处，轻声说："子杰，人是会变的，那时是那时，现在是现在，我认为这时候的我们，不适合要孩子。"

"什么叫不适合？这时候不适合，那什么时候适合？苏敏，你告诉我！"

什么时候可能都不适合……我在心里默默地答。恍然间觉得，潜意识里可能在等着这一刻，等着裂痕被剥开，等着子杰对我心死。

那日的妥协是情到深处无法自已，可理智回归，查着一项项资料，得出那许多结论后，心变得越来越荒凉。一个家，总要有夫、有妻、有子才完整，如果我没法生养孩子，那么我能留给子杰什么？是留给他将来我故去后的悲恸吗？那么还不如早一些将他对我爱意的火苗掐灭，也好过他痛苦一生。

我的长久沉默，换来的是他愤然而离。一室寂静，除了自己的呼吸声，再无其他。我僵站了好久，才走出洗手间，躺倒在床时提醒自己明天早上记得去买药。刚才药还没吃就撒落在了水池中，而药瓶也被他给带走了，这事不能存侥幸心理。

可躺下没多久，忽然想到了什么，我一个翻身而起，大步冲到门边，拉开门将院子里仔细看了又看，连角落都没放过，又不放心地穿过院子去大门外瞧了瞧。看到原本停在门前的车子不在后，才总算放了心关好门回到屋内重新躺下。

上一次实在太揪心了，不想早上走出门，又一次看到他脆弱地枯坐一夜。

半宿无眠，辗转反侧始终睡不着，清晨顶着熊猫眼出门，走到路口就见迎面走来一男一女，男的俊女的柔，两人相依在一起，画面十分和谐。

子杰没说错，许子扬果然追来了。看他们的架势，应是来找我的。

站定跟前，余浅姑娘柔声开口："苏敏，好久不见。"

我与余浅有过两次促膝谈心，这是第三次。她是来当子杰说客的。她说子杰是爱我的，以前是，现在是，将来也是。说子杰昨晚离开后，就去找许子扬喝酒了，喝了整宿，到后来就醉了，口里一遍遍问"为什么"，现在人还醉倒在她家里。

余浅把那个家的钥匙给了我，说那本是属于子杰的家，该物归原主了，我才是那里真正的主人。当我握着钥匙伫立在门前时，心里还在犹疑，到底进还是不进呢？

到底是没硬得下心，拿钥匙开了门，门打开，一目了然整个屋内布置摆设，一个字：柔。很符合余浅的性子，也处处彰显了她的痕迹。待仔细闻时，确实空气中散发着一股浓郁的酒味。是两室一厅的户型，不用去猜测哪个房间是子杰的，因为一间纯女性布置的门是洞开的。

推开另一扇门，目光流转，却没在大床上找到人。心随念转，移动脚步掀开洗手间的玻璃移门，顿把我给愣住了。只见子杰整个人席地而坐，埋头靠在浴缸的池边上，他的手遮住了脸，看不出是清醒还是在昏睡中。

这酒味就不用说了，要比外面浓郁百倍，整个洗手间都被熏得酒气冲天。他到底是喝了多少酒呢，这算不算是为我借酒消愁？迟疑了下，走上前半蹲下推了推他的身体，没有动，又推了推他，还是没动。

好吧，他是睡死了，这人还真会挑地，好好的有床不睡，偏偏要跑洗手间来，睡在马桶和浴缸边上，是嫌这地不够凉是吧。拉开了他扒在池子边缘的手，露出了紧闭着眼的侧脸，就是睡着了，那眉宇居然也是蹙紧着。

只能把他的手绕过我后颈搭在肩膀上，然后使了力气扶撑着他的身体缓缓起身，很沉。都说喝醉了酒的人像一摊烂泥，倒没想在我使力直起身的过程中，他居然动了，还跟着我起来了，这倒是省了些我的力气。

也证明他或许并不是很醉，还有意识在。

可在站定后，他几乎将全身的重量都依靠在了我身上，然后眯着眼睛把我看了又看，原本清亮幽深的眼眸中，如今是一片迷离，像隔了层雾气般。架着他往卧床边走，将他翻倒在软铺内，蹙着眉俯身去剥他脏掉的外套，很是费了番工夫。正要转身去把衣服扔在外面，手腕上一紧，被他抓住，低喃又起："别走。"

我心中微惊，他清醒了？却见他半闭着眼，目光迷离浮动，没有半丝清醒的样子，原来还是在犯糊涂呢。

"你别走，听我说说话。"

我看了看另一手拎着的脏外套，臭气熏天的，实在难闻，对他低斥："放手！"但他却在下一秒将我往下拽，然后用身体压住了我的胳膊，不让我挣脱，"就一会儿，你听我说说吧。"

如此我也不折腾了，这架势他要不说出来，还不肯放人了，且看他有什么"苦闷"要讲。可是等了好一会儿，也没见他开口说什么，可我这半边身子在外，半边又被他给压着的姿势很累啊，不由得催促："你到底说不说啊？"

却听他极小声地问："能不能让我摸摸你的肚子？"

啊？我一时被惊愣住，等回过神来他的手已经贴在我肚子上了，神情专注。过了会儿他给了两个字评价："真软。"我不由得气结，喝醉酒的人都像他这般思维跳脱吗?

却听他又道："我好喜欢小宝宝，可是……敏敏不要。她不要孩子，子扬说可能是她年龄还小不想要，也可能是还没真正原谅我，你帮我想想，为什么她不愿意为我生孩子？"

心酸不已，我不要孩子的行为，对他真的伤害如此大吗？开口时，我的声音格外干涩："可能是你们之间还不适合有个孩子呢。"

"不，不是，你不知道，当我看到敏敏在吞服避孕药时，心像是被重锤敲了两下，钝痛钝痛的。她倔强的眼里写着坚定，她是真的不要孩子。呵，我本想要个孩子，好维系我们之间的感情，这个念头很早就有，早到那时在C市参加婚宴的当晚。可是她不要……"

有些不敢相信自己的耳朵："你说的是真的吗？"听到自己在屏息问。

他低低笑起来，笑声中透着凄凉："什么是真，什么又是假？是现在我的信用度已经低到无论说什么都不被认可了吗？如果真不想要孩子，那就我来做措施，再也不要吃药了。”

垂眸的视线里，因为他整个脸都是埋在我的手臂和卧铺里的，所以看不到他说话时的神色。但我却能清晰感受到吐在皮肤上的气息，以及话中的沉痛。我一点点地抬手，再缓缓落在他柔软的发上，手指穿过墨黑的发丝。终于，将他的头揽进怀里，我轻声说：“生吧，你想要就生吧。”

下一秒，原本趴伏在卧的人，突然抬身一个用力将我拽进了身下，随即俯身重重压住，唇被堵住，等他肯松开时，我怒目瞪他，质问：“你根本就没喝醉！和他们串通好了来忽悠我呢。”这个认知在他拉着我诉苦时就发觉了，有哪个喝醉酒的发酒疯说胡话，能如此条理清晰的？还句句戳中我的软肋。

他嘴里强辩：“我也没说自己喝醉啊，是你以为我醉了。”

“那你衣服上的污渍是怎么回事？满身酒气是怎么回事？睡在浴室里又是怎么回事？”

这回他目光闪烁心虚了：“酒喝了点，但没喝多，昨儿空着腹，胃里折腾着难受，就去洗手间吐出来，正好听到你进门的声音，然后就……”

“然后你就将计就计，糊弄我是吧。”

他手上一使劲，将我的头重重压在胸口，下巴顶着我的上额：“没有糊弄你，那些话都是我的肺腑之言，敏敏，你不知道我拿着那药瓶出门时，手都是颤抖的。开车时，几次都差点撞上别人的车，一遍遍自省，为什么你要背着我偷偷吃药，为什么你不想要一个孩子。”

我无言了，恼怒也散了去，枕着的地方恰好是他心口，那里的振动一下一下清晰可辨。最终我艰涩开口：“不会了，再也不会了。”庆幸他看不到我眼中的哀戚，否则我真不知道要如何隐藏，从来我的情绪在他面前都无所遁形。

孩子这件事，算是尘埃落定，两人有意地避开了追究原因。

临近年终，过年气氛越来越浓，四处可见年味的产品，小叔叔也打来电话催我回H市。去年的春节，我是独自窝在家中度过的，但今年我其实还是不想回去，据闻小叔叔与许阡柔目前关系宁和，但因为我的事心结仍在。

子杰这边，我知道他也在规划回C市过年的事。他基本上算是长年不归家，到了年终抵不住家中来电，也不好再推托说不回。莫名地，我心里隐有不安，怕他向我开口。

可该来的总还是会来，除夕前的某日，两人正在吃着晚饭，他突然状似随意地说：“敏敏，这两天你收拾下衣物，我们明后天就要回了。”手上一顿，很想假装没听到，可灼灼目光射在我身上，容不得我逃避，我只能硬着头皮说：“可能……我不能跟你回去，因为年假关系，旅行社那边就到了繁忙的时候，会脱不开身。”

这话其实不假，去年初一我就开始带队了，连着六天，行程排得满满的。旅行社早前已经打过电话给我，问我是否过年期间愿意带队，我已经应下了。

可几乎我一说完，子杰的脸就拉了下来，目光泛冷。只听啪的一声，筷子被他撂在了桌上，椅子往后一推，人就起身气冲冲进房了。

我抚了抚被吓到的心口，还没来得及舒气，就见他又突然暴走出来，怒声质问：“你们那是什么旅行社？有哪家旅行社连除夕都上班的？”

“除夕是不上班，但社里会有活动，然后初一就要带队。”

“射击不是你的爱好吗？为什么还要去旅行社做事？如果工资太少，我让秦周给你加就是了，或者你直接来创杰。”

听到这里，我一股邪火在心中蹿起，但不想和他吵架，还是试图跟他讲道理：“子杰，不是那么回事，在你来之前，我就这么打着两到三份工，完全可以胜任过来，没道理你来了之后就变成依赖你，甚至不再工作。”

“依赖我怎么了？你是我老婆，天经地义的事。”

“我就是不想依赖你，你还不明白？”我再也忍不住声音扬高了吼出来，顿时安静了。子杰沉目盯着我，眼中似惊似怒，还有受伤，最终他什么也没说，再次转身走回了卧室，这一次没有再出来。

我看了看对桌上只吃了几口的饭菜，不由得轻叹，埋头默默吃完，然后收拾碗筷。等到梳洗完进房时，他躺倒在床内，我躺下后身体微微轻靠住他。

“子杰，睡了吗？”没有理我，只有沉沉的背影。我深吸了口气，将留存在心底的想法缓缓道来，“旅行社是我来吴市的第一份工，它陪伴我度过了初期的艰难，并非钱多钱少的问题，而是我喜欢这份工作，享受大自然的灵动，哪怕我已经将各处景点游览了无数次。你不知道我有多骄傲在一群游客中轻松幽默地讲解那些人文地理，又能井井有条领导着他们。这是导游这份工作给我带来的满足。”

背朝着我的身体动了动，但还是没有翻身过来，有些无力和气馁。

“怎么不说了？再多说些，没准就说服我了。”本还执拗着不肯妥协的某人突然开口了。我想了想，爬起来翻趴在他身上看他，星眸若璨，灼灼光华，但一张脸还虎着，扯着他的胳膊道：“好啦，别气了，反正过年很快的，你回去过个年假就来了，也就分开几天而已，当是出差吧。”

“有人把过年回家当出差的吗？”他没好气地问，然后又道，“你等着，早晚有一天把你们那旅行社给拿下来，定下过年不接团的规矩，过年统统都给我回家，少在外面胡乱折腾。”

嘿，听他这意思就是首肯了，我心中松了下来，也有心跟他磨嘴皮子了：“我说子杰啊，你这口吻很像一夜致富的暴发户，行为也像。从学校扶贫基金，到射击馆的投资外场，现在又撂话说拿下旅行社。”

在听到磨牙声起时，我一个翻身躺回自己位置，也学他背转了身：“困了，睡吧。暴发户，晚安！”下一秒他再也梗不住，直接身体力行将我重重压在身下，咬着牙道：“暴发户是吧，我就让你看看这个暴发户是怎么征服女人的。”

“……”

事后我即昏昏欲睡，可他却偏偏不给，揪着我问：“暴发户行还是不行呢？”

“行，行，行，你最行了！”

之后接连两天谁都没再提这话题，可眼见已是小年夜，他都还没半点要回去的动静。手机一天响起的次数，以十位数来计的，一通通电话都在催他走，可他就是滞留在家。

我看不下去，到了晚上就问起他这事。他听了后沉默了会儿，冒出一句话：“你这么不想我陪着你？”啊？他想留下？这……不好吧。

却听他果真说：“我想索性打个电话回去，说公司有重要公务，没法回去了。”

“不要！”音量一时没控住，高了点。在他眯起眼薄怒浮现之前，我赶紧补救，“我的意思是你不要为了迁就我而不回家，我一个人在这边没事的。而且初一就要去带队了，不会一直都在家里，你留在这里也陪不了我多少时间。逢年回家总还是要的。”

他定定地看着我，最终丢了一句：“说到底，你就是不想我留下来。”

隔日是除夕，他一大早就起身了，随意收拾了些东西就走了，什么话都没多说。折腾了半天，他还是生着气走的。

第十一章
信念来自经历

屋子里少了个人，立时就静默下来了。习惯真是要不得，一个人那么久都没觉得什么，他一走，寂寞、孤独，这些可怜词汇就找上门了。

为了转移心思，我开始给屋里大扫除，中途去了趟洗手间，回来听到客厅桌子上的手机有短信提示音。走过去拿起一看，半小时前，子杰发了条短信过来，简短易懂。

初二回去，记得想我。

虽然无语，但心中的失落淡去不少。再遇后的子杰改变不少，他变得在乎我，愿意表达，开心还是生气都会让我知道。会想他吗？不用说答案是肯定的，就是现在，我都发觉自己想他了，而他只是刚刚离开。

除夕要吃饺子，我又动了和面做饺子的念头，家里有现成的面粉，馅料什么的冰箱里也有食材可做。并非第一次做了，经验是积累出来的，和面擀皮子，做馅料，一整套活如今做起来是得心应手。

差不多完工时，口袋里手机在响，我看了看满手的白面粉，随意在衣服上擦了擦。摸出手机看是子杰，就直接接通了夹在耳边，手上继续包着饺子，准备多包一些，留着明后天吃。

“喂？到家了？”

“都晚上了，能不到家吗？”

口气还冲着，火没下呢。索性闭嘴听他说，免得又惹他大老爷不高兴。可静默两秒后，他就问了：“怎么不说话了？在干吗呢？”

“包饺子。”尽量简明扼要些，多说多错。

那头轻哼了声，吐槽：“就你那水平，是在糟蹋面粉。”我低头看了看旁边一个个像元宝一样工整的饺子，如是回应：“还行，面粉基本没浪费，晚点拍张照给你看看，来个点评。”

“现在就拍！”

好吧，他如是要求，只好满足了。按断电话拍了一张照传过去，很快音乐铃又响了，他劈头就道：“我也要吃。”我忍俊不禁，故意调侃：“刚不是说我这水平是在糟蹋面粉吗？”

“总之你给我留着，初二回去我要吃。”

提到回来一事，我想了想不由得劝道：“你要不要在家多留几日，难得回去一趟的。”今天才赶着回去，然后住过两夜就又走了，把家当成旅馆了。

“敏敏，你就这么不想我回来？”本还算平和的语调又变冷了下去，继而嘟声响，竟是挂断了。我不由得苦笑，这人现在脾气怎么这么大，我也就那么一说而已，真要回来还能拦着他啊，脚长在他身上呢。

手机刚放下，他又发来一条短信：我就是想你才要早点回去的。

我忍不住唇角弯起，手指翻动，打了一个字：好。

好，回来吧，我其实也挺想你的，现在就想。所以包着你曾经吃过的饺子，也算是与你共度这除夕夜了。

午夜钟声响起时，子杰的电话又打过来了，清透的嗓音穿过千里传进我的耳膜：“敏敏……”噼噼啪啪的爆竹声，掩盖了他的声音。我透过玻璃窗看外面绚烂的烟花，对着话筒说：“子杰，烟花好美，明年我们一起放烟花好吗？”

明年，我们一起过除夕吧，不只明年，是今后的每一年，我们都在一起。

不知他有没有听清我的话，只仿佛听到他又唤我的名字了，我把他后面的话主动翻译成“好”。笑颜如花，窗外一道道烟花升空的璀璨光亮耀在我脸上，射进我心底。

这晚睡得十分香甜，但香甜的结果是早上没听到闹铃声，然后起晚了。等匆匆赶到集合地点时，已经是一大群人等在那儿，赶紧上前连声抱歉。幸而游客们也不在意，有人笑着调侃问是不是昨儿睡得太晚了，我抿唇而笑。

大年初一，本以为游客不会太多，可是进了山才发现那叫一个壮观。一整日奔波，说到口干舌燥，回到家时，人就已经瘫了，随意下了点饺子，填饱肚子就爬上了床。

半夜迷糊中似听到短信提示声，可困意深浓，眼睛睁不开。早上起来，边看短信边吃早饭，看得不由得心里乐呵，一个夜里基本上每隔半小时子杰就发条骚扰短信，持续到午夜三点。

也没实质内容，就是简单的话：你在干吗？睡了？怎么不回短信？成天跟猪一样，就知道睡。等等，诸如此类。这人是有多无聊呢。

最后一条短信只有俩字：等我。

想他今天就赶回来了，晚上应该就能看到他，心里就不觉乐起来。我也就是嘴上硬硬，其实还是想他早些回来的。不管他现在醒着还是睡着，我在手机键盘上敲了三字：嗯，等你。

第十一章
信念来自经历

临出门时特意去冰箱看了看，除夕包的饺子还有好多，不过我打算要是今天能早些回来的话，重新包一点新鲜的给他吃。我穿戴整齐出门，仰头看了看天空，有些阴霾，昨晚听天气预报说今天可能要下雪，还真有这迹象。

一整个冬天都没下雪，居然赶上这春节了。不过下雪有下雪的好处，等山里有了积雪，游客就会变少了，那样我也能空一些。当看到游客中某道熟悉身影时，目光微顿，心间划过难言的感觉。

旁边同行的导游拿肩膀轻顶了我下："欸，看那男的，帅不？"

帅！陆向左这人只要不动邪念，不开毒口，安安静静的，很是好看。但可能是我从小看到大，对他那张脸免疫，怎么看都不觉得有子杰帅。

大年初二阴天，他居然跑来这了，还加入了游客行列。在他目光射向这边时，我扭转了头。当接受了子杰重归生命时，我就决定与他划清界限，再说，与他横隔着的是条长河。

在上山途中，天空开始飘雪了，不是很大，但游客们还是纷纷撑起了伞，顿时山路的台阶上，从上而下看一片五彩，挺壮观的。

雪越下越大，我在喇叭里吼着提醒大伙小心脚下路滑。到半山腰时，已有游客萌生退意，怕山路不好走，可大部分人还是不想放弃，坚持着要攀到顶上。我们商量了下，决定打算回程的游客，就由同行导游领着下山去车里等，其他人则继续跟我上去。等人数清点下来，上山的人群中，陆向左赫然在列。

目光相碰间，就各自转开了。他跟团进山，并没试图与我攀谈，站得远远的，偶尔视线划过也只是秒瞬，虽然没对我造成困扰，可也无法忽略。

因为天气恶劣，让上山过程变得艰难，尤其是大多数人撑着伞的缘故，视线受阻，时而有人不小心滑倒，幸而都无大碍。我不由得建议，要不大伙也回头下山吧，改天等天气放晴了再来爬。可有几个年轻人不愿意，说大老远跑来这边，爬都爬到这里了，不想放弃。

我往山顶处看了看，确实我们已经登了有四分之三的路，最多还有四分之一就能登顶了。

"姑娘，就带我们上去吧。今天是我们的结婚周年日，就想过得有意义点，想站在山顶上看看大雪纷飞的景色，一定很美。"那是一对中年夫妻，向我请求的是妻子，眼中带着希冀。看着这双眼睛，我没法拒绝，冲他们微微一笑，扬高声音喊：

“那走吧，大伙注意点脚下，向山顶出发！”

待爬上最高处时，人群爆出了欢呼，像是打赢了一场仗似的。事实证明，不虚此行，站在山顶眺望，几乎能将整座吴市览在眼底，而大雪纷飞的景致，要比想象中更美。

游客们纷纷拍照留念，我被拉在他们中间，比着胜利的手势。自当这个导游到今天，还是第一次如此与游客们融入，彼此间就像是共患难后有了友情。

差不多就得安排人下山了，扬高声音说去那边索道处看看。索道是在山顶的后方，可谓此山的又一处风景，走得较快，一不小心与迎面而来的男人撞了下，忙连声道歉。

那人骂了句“走路不长眼”就走开了，我耸耸肩，大过年的怎么火气这么大。走到索道工作处，工作人员居然说因为天气原因，索道关闭了。那我们这群人下山，还得原路返回？想跟工作人员说说情，可他们态度坚决，称此天气开索道车比较危险，容易出事故。

如此我无可奈何，只能垂头丧气往回走，远远看到刚撞人又骂人的男人往这边走来，随意瞥了他一眼，忽然想到什么，顿足，又仔细将他五官与身材观察了下，眼睛不由得睁大！在小区门口，贴着一张公告，上面有个通缉犯的头像，与眼前这人长得十分相像，不，应该说，就是那人。

直觉摸手机，绕远了些走到旁处，视线范围内能看到那犯罪分子。想也没想就拨通了子杰的号码，那头刚传出他的声音，我就立即压低声音道：“喂，子杰，你听我说。我带队在山顶上，发现了一名正在通缉的凶徒，他可能有枪，这时候我该如何做？”

那头沉默了足足有五秒，才开口：“敏敏，你听着，现在你若无其事地带着你的团队下山，然后到了山脚下你再报警。千万不要马上报警，听到了吗？一切以你自身安全为前提，不要逞强，我已经在回程的路上了。”

“可是，这个人被通缉了很久了，就这么放过吗？”

“苏敏！”沉怒声起，话语中透着焦急，“这是命令！我以指挥官的身份，命令你立刻带人撤离，越快越好！听到了没？”

“听到。”我撇撇嘴，要不要这么凶的？还指挥官呢，他早就不是了。不过从他焦急的语气可看出，他是在关心我，怕我出事，心里漾过暖意。正打算说点什么收线，抬眼间忽见那男人与我带队的游客起了矛盾在争吵着什么，一看这架势不对劲。

二话不说，把手机塞进口袋就往那处跑，可终究还是晚了一步。

尖叫声、惊呼声，还有枪声！响彻山头。那个男人持枪击倒一名游客后就夹持了一个女人，不巧正是之前要求上山的那对夫妻中的妻子。她满脸惊恐，瞪圆了眼，脑门上被顶了一管黑洞洞的枪。

枪声把大伙给吓到了，没人敢往前一步，除了那女人的丈夫。

悲剧就在那一瞬间发生，他因担忧妻子吼着冲上去，凶徒毫不犹豫就开了一枪，一声惨呼人倒在了地上，胸口血如泉涌般冒出。在电光石火间，地上躺倒了两人，事情突然到我都没来得及制止，均已发生。

我赶到跟前时，只看到被挟持着的女人双眼凸瞪，直愣愣地盯着地面上已经不动了的丈夫，本还尖叫呼喊的，顿时失了声。

我扫了眼地下，深吸了口气，缓缓开口："你想要什么？尽管说，请不要伤害人质。她被你勒得喘不过气了，你放松一些。"

确实如此，那女人脸色发白，出气多进气少，眼里只剩空洞和绝望。

我能做的就是安抚凶徒的情绪，让他不要再轻易行凶。子杰在电话中让我早早撤离，以自身安全为前提，不要逞强。可是时在当下，由不得我选择。我是这支队伍的领队，团队里每一名成员的安全都需要负责，已经有两个人倒下了，我不能让更多的人受伤。

所以，我必须走到众人之前，与歹徒周旋。

凶徒的脸是扭曲的，他满身都是戾气，眼中射出阴毒的光，直直盯着我问："你是谁？凭什么我要听你的。"说完，又将勒住女人的手臂收紧了些。顿时她张大了嘴，试图吸气，却见脸色越来越涨红。

我心中焦急万分，但不能形于表："我是这支队伍的导游，有什么需要可以跟我商量。"敞开双手，语调放缓，"你看，我身上没有武器，又是女人，对你毫无攻击能力，现在我走近两步，看看他的情况可以吗？"我指了指地上胸口中枪已经不动的男人，凶徒的视线从我脸上滑向地面，没有作声。

我尝试着迈出了第一步，见他不动，又迈出第二步，到第三步时已经到了伤者跟前。目光一瞬不瞬盯着对方，身体做一个缓蹲的动作，待我正式蹲下后见凶徒只是表情阴鸷看着我，并无别的动作，我这才垂眸去查探伤者情形。

凶徒沉声问：“你是护士？”

我心中一惊，抬起头朝他轻轻摇头：“我不是。”目光微转间，触及某处迅速移开，陆向左果然看懂了我的暗示。他悄悄从旁绕到了凶徒的后方去，目前正在一步步缓缓靠近。

向陆向左用眼神暗示帮忙，是因为想到他的身手极好，在此种情况下只要能卸下对方的枪，定能救下人质将凶徒制伏。可我忽略了一点，我不去看那处方位，不能保证身后的游客们不去看，等我意识到这一点时已经来不及，凶徒转过身面色吓变，抬枪就要射。

我想也没想，一个飞身扑纵过去，口中对着陆向左厉声吼：“趴下！”

砰砰！两声枪响，我将凶徒与那个女人一起撞倒，一个翻手就先夺下枪，再去扭勒住女人的手臂。忽然脑中什么划过，等等，两枪？分明只看到凶徒朝空中开了一枪啊，还有一枪……我抬起头，陆向左伏趴在地，他的背上有一个血窟窿。

我们都错了！公告只通缉了一名罪犯，就先入为主地当成了此人是独身，可没想到他原来有同伙。他在这边行凶的同时，他的同伙一直在附近观望着，而当陆向左从另一个方向慢慢靠近时，他的同伙已经躲在一旁瞄准好了。

即便是身手极好的陆向左，也没想到会是这种情形，他躲开了前方，却没躲得开后面的暗箭。“陆向左！”我嘶喊出声，不会的，他不会就这么……迎面那藏在暗处的另一名凶徒朝这处飞奔而来，顾不得其他向身后的游客吼：“全都趴下。”

我手脚也没停歇，扳住身前被我压倒在身下的凶徒的胳膊，揪住他领子提起来挡在身前，女人得救快速逃开。可与此同时，凶徒同伴也将陆向左给扣在了身前，枪指着他的太阳穴，怒吼：“放开我大哥，否则我立刻开枪杀死他。”

我眯起眼，只见陆向左虽然脸色发白，但还睁着眼，那一枪应是没命中要害。心中懊悔万分，若不是我让他帮忙，就不会变成现在这副情形。虽然我与歹徒一人挟持一名人质，貌似相互对峙，但我心里明亮着，我处在弱势。

因为我不是那穷凶极恶的歹徒，他们可以罔顾人命，我不可以。对方若不顾一切开枪射杀陆向左，那我要怎么办？这个可能性，让我心胆俱颤。

被我挟持在身前的男人忽然咧嘴而笑，满口黄牙显得阴森至极：“你是警察？我就说了一个女人怎么可能如此冷静。阿生，压着那男的向我靠过来，她不敢开枪的。”

第十一章
信念来自经历

心头惊颤，歹徒竟然意识到了这一点。对面那人挟持着陆向左一步一步往这边靠近，被我扣住的这个还在挑衅："有本事你开枪啊。"

目光泛冷，我抬起枪毫不犹豫扣动扳机，子弹擦着他的脸颊而过，立即一道血痕在他脸上浮现，冷笑了一声后道："你可以试试，我敢不敢开枪。实话告诉你，我就是便衣，有权开枪击杀任何威胁到他人生命的歹徒。你的同伴若再近一步，那就别怪枪走火了。"

男人不敢再挑衅，就在这时，原本看似已经完全没有攻击力的陆向左突然动了，他的头往后重重一击，抬手间扭住歹徒持枪的那只手腕反剪。我单眼眯起瞄准，砰一声，射中歹徒手腕，枪落在了地上。可顾了那边，就顾不了身前，本被我挟持的凶徒一记手刀劈在我胳膊上，顿时整条胳膊都酸麻了，手上一松，枪掉在了地上。

男人俯身想去拾枪，我一个飞踢将枪踹远，滚落山坡，再反脚朝对方踢去，他往地上翻滚到旁。突听人群里爆出惊呼声，转首间看到众人惊恐地瞪着我身后，我朝他们视线方向看去，然后浑身的血液瞬间变凉！

陆向左呢？！

原本他与那名凶徒在那边搏斗的啊，他人呢？不只是他，那名凶徒也不见了。有人在惊喊："姑娘小心。"我还没反应过来，背上就传来重击，剧痛钻心！咬着牙边还击边吼："来帮忙啊！"此时凶徒已无枪，那群人还站在原地看什么？

总算是有人上前，与凶徒缠斗在一起，我再不顾其他，冲向山崖边。放眼只见茫茫大雪下黑中夹了白，是树枝逐渐被雪覆盖，可就是不见陆向左的影踪。难道他们打到了别处，可念头刚闪过就听旁边人说："那小伙子跟坏人一起摔下去了。"

心沉到谷底探头往下细看，似有些被压过的痕迹。显然陆向左与那人一起翻滚而下，摔进底层的树丛里去了，然后，生死未卜！

我只觉得整个人从外到内，都犹如这冰雪般寒凉，连血液都凝固住了。苍茫的大雪落在我头上、脸上，雪水淌进眼里、嘴里，又疼又苦！不能，我不能让陆向左就这么掉落深崖，他后心还中了一枪。

忽听身后众人再次惊呼，竟是那本被制伏的歹徒忽然顽抗挣脱了压着他的两名年轻人，向我飞身扑来。条件反射往后避闪，却忘了自己是站在崖口，这一退，脚下一空人就向后倾倒，人之本能自然反应伸手去拉凶徒，却拽着他随我一同做自由落体运动。

耳旁是呼呼风声，还有此起彼伏的惊喊声，但那声音越来越远。很快我的手不受控制地松脱了对凶徒的控制，下滑的速度快得惊人，在调整好姿势后只能尽可能让肩背受山体斜坡上石块、树枝等的摩擦。

虽然山体不是呈直角，但坡面很陡，几度尝试抓拽两旁的树枝来减缓下滑趋势都没见效，反而手被磨破了皮，火辣辣地疼。我没再多费力气，双手护住头，仰倒在坡体上。

当下滑渐缓时，我知道可能是要到底了，费尽全力抓住了一棵较细的树干，一下子顿住身形，全身的重量都靠一条胳膊支撑，剧痛撕扯着犹如脱节般，万幸总算是停了下来。

耳旁传来沉重的撞击声，应是那与我一同跌下来的凶徒滚到底部了。

凶徒如何我并不关心，我关心的是陆向左怎么样了，手上松开，一点点慢慢下移，整个空间只闻我的喘气声。当我终于找到着力点能站起来时，只觉浑身各处都丝丝抽疼。可这时候没心思顾这些，雪还在下，虽然丛林茂密挡住了不少，但还有雪花飘进这最底层。

尤其是这深山，特别寒凉，我必须尽快找到陆向左。此处地形恶劣，即便是我经历过孤岛徒步探险，都觉得下脚极难。每一脚下去都似要陷进去，很可能下一脚就陷在泥潭里，原来此处的地表因为长期被草木遮住，加上这大雪天，山泥十分软滑。

找到陆向左时，他是与凶徒倒在一块的，整个人还压在那人身上。当我要去扶他时，他的四肢紧紧扒住对方身体不肯放，即使人失去了意识，都还牢牢控住。好不容易将两人分开，先探了探他鼻息，大松了口气，还好，气息尚有，且不算微弱。

再去探那坏蛋鼻息，竟发觉已经死了。亡命之徒，终究还是把命送在了路上，就是临死还一人拉个垫背的，把我和陆向左给拖下水了。

此处阴暗又潮湿，雪还不时钻进骨子里来，肯定不能待人。我弯腰把陆向左扶着坐好，然后将他双手搭在肩膀上，费了些力把人架在背上一步步往前拖着走。

信念，来源于经历。无限感激曾经的一切，让我有在困境中谋生的动力。而动力的来源，更来自于心中那个人——子杰。是他教了我这一切，他是我的指挥官，是我挚爱一生的人。

脑中不由得浮现最初集训与他正式碰面时的情景……

我脸上浮起依恋的笑容，子杰，你现在一定在拼命赶回来的路上了吧？放心，我不会有事的，会等着你来救我。可当体力一点一点透支，脚步越来越沉重时，我的心，没法不沉。

终于触不可及的光亮在接近我们，用力眨了眨，确认不是幻觉。

重见光明，被白茫茫的雪刺疼了眼睛，闭了好几次眼才勉强能睁开。看着苍白的世界，心中一片沁凉，大雪已经纷盖了遍野。没了树木的遮挡，雪花全都打在了人身上。

心头暗念，必须得找个能够遮风挡雪又视角很好的地才行。一边前行，一边搜寻着各个角落，突闻耳后传来轻吟声，心中一动，急问："陆向左，你醒了？"

"敏子……"

声音虽细如蝇，却让我很激动，醒过来比昏迷要好很多。我重重喘了口气道："陆向左，你手上能使力吗？如果还能动，就环着我脖子，我背着你走。"

但陆向左却说："放我下来……"

我没理他，用力将他往背上颠了颠径自向前，耳旁只闻破碎的声音，散在冰冷的空气里。

"敏子，对不起……"

酸涩从心起，陆向左，这句对不起，该我对你说，是我把你拉进了这无底深渊。在这混乱的时空，在这冰天雪地，一切都失去了控制。

我知道，自己跌进了深渊，不只是现实的有形的深渊，还有无形的。心中无比恐惧，肩背上驮着走的这个人如果出事，那后面的路我要怎么走？明明决定要和子杰好好的，早上都还发了短信对他说等他，之前遇见凶徒时也听过他的声音，可现在……

子杰！我在心中呐喊着那个名字。

第十二章

许　我　唯　一　，　许　我　天　荒

共赴永殇之河

终于看到某处山石向外延伸，底下空地被遮挡，形成一个天然屏障。我驮着陆向左躲进里面，长舒了口气，此处北风虽然凌厉，但至少大雪飘不进来。

把人一卸放在地下，顿觉身上一轻，但想要直起腰却异常艰难。猛地想起刚才陆向左一直没说话，急急回头去看，却见他仰靠在山壁上，眼睛半合半睁着，虽然人没昏迷，却是极不对劲。

俯身探手一摸，发觉他的手是冰的，额头却滚烫。我立即撕开了一片衣料，沾一些冰水，贴敷在他额上。但他最需要的其实是立即送医，背后那颗子弹留得越久，危险就越大。

可苍茫一片，在这深山凹地里，我要如何向外界求救？口袋里的手机早就不知遗落在了何处，可能滚下山时就掉了，摸他袋里，也遍寻不到任何通信工具。发觉他整个人都在颤抖，没有犹豫抱他在怀中，并且解开了羽绒服外套的拉链，将他包在身前，希望我的暖热能够传递给他。想了想，又凑到他耳边说："陆向左，你醒醒，不要睡，我们说说话。"

我的声音似对他很有效，本是无力的眼又睁大了些，目光定在我脸上，隔得如此近，那双漆黑的眼眸尤为清晰，连我的倒影都能看到。

"敏子，你是不是想起我们以前的事了？"他突然极缓慢地问，一下就把我给问蒙了，想要否认，可对着那双迷离悠远的眼，讷讷不能成言。脑中无数翻转的念头，最终变成了疑问："你怎么知道？"

他吃力地抬起手抚过我的发，然后道："你的眼睛告诉了我。长久以来，你看我的眼神都是不喜的、烦躁的，甚至是厌恶的，可现在你的眼里藏着眷浓的疼痛。"

从小叔叔口中得知我的身体状况后，向他做了个请求，让他把那个尘封我记忆的催眠师找来，解开那道封存的指令。既然人生可能会很短暂，那么我希望能够清楚知道自己的过去，这样才是完整的苏敏。

当答案真正打开后，我沉默了。只能说，没有想象中糟，妈妈临走前，确实起了念头要带我一起走，她把我用绳子绑在她身上，一圈一圈地绕，嘴里说着：你不该存在的，你是背叛的证据，我要带你走。我当时吓哭了，一遍遍喊着妈妈，可是她都充耳不闻，甚至拿安眠药想要来灌我。

可临到跟前时，她握药瓶的手顿住了，痴痴地盯着我看，最后又是哭又是笑，吞服下了整瓶药丸。我就那么看着她慢慢闭眼，不再动，那时候太小，不明白她是怎么了，就是一直喊她，她也不再睁眼，渐渐我不哭了，双眼睁得极大。后来，老爹就冲了进来……

之后，我看到了一个不会说话的自己，整日就坐在椅子里傻傻地发呆。然后记忆是模糊的，人在五岁时其实记不得太多事，是妈妈的事件太过深刻才会记住。然后从儿时到少年的这段过程，我无忧无虑像天空不知疲倦的鸟儿，总有无限的活力。在八岁那年，跟陆向左一次对打里，拿板砖砸破了他的头，他报复地咬了我一口。

咬得其实不重，至少是没我那一板砖砸得狠，据说他后来被缝了几针，老爹差点就拿皮带抽我。这事深深印在脑海里，是见证陆向左从小到大一路欺负压榨我的最强有力的证据，每次埋汰他时，都会把这往事揪出来，觉得那牙印深入了骨，埋进了心里。

却没想到，是真的埋进去了……

当宁一第一次跟我说陆向左喜欢我时，我不信，笑得前俯后仰，说那坏胚子怎么可能。

当第二次从同学口中听到这句断言时，我依旧嗤之以鼻。可当身边每个人都说陆向左那个啥，对你有意思，一次两次会不信，三次四次会怀疑，五次六次就信了。十四五岁，别看我像个男孩子，但还是有少女心，也会萌动。于是在某年某月某日，开始觉得这陆向左其实也不是那么讨人厌，他的眉眼其实很帅气。

陆向左虽然嘴巴毒一点，常常不定时还会给我一顿排头吃，可但凡有别人欺负我时，他都是冲在第一个的。宁一说，这就是陆向左对我爱的表达，我似懂非懂，再看他时，觉得人更加英挺了，然后称呼从陆向左慢慢变成了阿左。

就这么磕磕绊绊、打打闹闹又无限欢乐地一路伴随成长，直到那年江边出事。半夜三更，被陆向左骑着机车载到江边，江风阵阵，吹得人跟冰柱子似的。

他却浑然没察，还神经兮兮地拽着我的手说，有句话一定要在这种浪漫的地方讲才有效果，我的回应是一个大喷嚏打在他脸上。

黑漆漆、冷飕飕，寒风扑面，浪潮滚滚，哪门子的浪漫啊。我也懒得吐槽他了，且听他下文是什么，打算要是不中听的话，直接把他推江里得了。

于是，他的那句“我喜欢你”的告白，飘散在空中，但也飘进了我的耳内。

当时的我因为羞涩与环境恶劣的因素，还学不会回应，到底还是喜悦的。但喜悦还没来得及蹿升，一声幽怨的呼唤来自我们身后：“阿左！”转头去看，萧雨从黑暗中走出来。

陆向左看到她神色变了变，不耐烦地问：“你怎么在这儿？”萧雨忽地上前抓住他的手，年轻的脸上有着不属于她这年纪的凄然：“阿左，你忘了那天我们……”

“萧雨！你闭嘴！”陆向左的一声暴喝把我吓了一大跳，本还削尖了耳朵想听听这半夜三更是纠结啥事呢。萧雨突然将矛头指向了我：“苏敏，你为了帮简宁一，故意来抢我的阿左，是不是？”

没等我辩驳，她重新拽住陆向左的胳膊，语气转了个调，不再像刚才那般咄咄逼人，变成哀求状：“阿左，我们回去，好不好？我怀孕了。”

陆向左什么表情我是看不清，我的表情是瞠目结舌，张大了嘴，不知道该如何反应。

怀孕！这名词对我来说太陌生了，想都没想过的事。可没想过不代表无知，知道怀孕必须是男女双方那个啥之后才可能有的结果。这萧雨与我一般大，她可当真是大胆！

只听陆向左似不相信地低吼：“你胡说，不可能！”

“白天我刚偷偷去查的，医生确诊过了，才一个月。”

我听得似懂非懂，忍不住打断他们：“等等，我不太明白，萧雨怀孕是怎么回事？阿左你激动个什么呢？”虽然我也挺震惊的，可也不至于像他激动成那样。

陆向左没答，萧雨却开了口：“我怀的是阿左的孩子。”

“……”

陆向左闻言急了，一把拉住我的手解释：“小敏子，你听我说，是她乘我喝醉酒了犯的错，原本我还不知道，前几天她给我看手机里的照片，她竟把我和她躺在一起的画面拍了下来，现在她又说怀孕了，这根本就是预谋好的。小敏子，你要相信我！”

我点点头，甚是焦躁："嗯，我相信你。可是萧雨真的怀了你的孩子啊，这要怎么办？"

当时的我因为年龄关系，没法成熟到正确判断这件事，手足无措得反倒像我出事一般，一时间也没反应过来陆向左背叛了我。而我的问题提出来，他也蒙了，不知该如何回答。

只能说，那时的我们都还年少，不管是我还是陆向左，都不懂得如何去处理。而就在此时，萧雨忽然尖锐地笑出声来："哈！阿左，你是不是想要打掉我这孩子，然后与她在一起？你休想！我真是恨，恨小时候就不该跟家里说在月华寺看到你，那样你就可能被遗弃在那无人知晓，或者被人贩子给带走了，也不会来抢我的阿左了。"

"什么月华寺？你在说什么？"

"苏敏，你还要装吗？你五岁那年，我亲眼看到你妈妈将你遗弃在月华寺里，若不是我，你现在根本就不可能站在这里！你以为表面假装什么事都没发生，就能掩盖你被你妈妈遗弃过的事实吗？"

"你胡说！我妈妈没有遗弃我！"愤怒充斥我心头，她可以说我别的，但不能胡编乱造这种谎话。陆向左也在旁怒斥："萧雨，你不要乱说话。"

萧雨一下就跳了起来："我乱说？全大院的人都知道那件事，不信你回去问问陆伯伯。虽然苏家极力隐瞒，可事实俱在，糊不了众人悠悠之口的。她妈妈指称她不是苏家的孩子，曾多次试图遗弃她，就是后来他妈妈突然病故，据说都有内幕，很可能是自杀身亡的。"

脑子"轰"的一下，思绪被炸飞。在我能做出思考前，拳头已经出去了，一拳就砸在了萧雨脸上，怒吼："让你胡说！信不信我打到你满地找牙？"

萧雨被我一拳打得后退了两步，却捂着痛处对我继续喊："我没胡说！苏敏你少在那装，这些事我就不信你不知道，故意装了一副天真烂漫样来迷惑阿左，你其实是个烂货！你根本就不是苏家人！"

砰！又是一拳，这回我一把揪住她的衣领："收回你那句话！我姓苏，我叫苏敏，我是苏家人！"如果她敢再说一个侮辱的字，那么我绝不会手软，管她是不是女人。

陆向左见情形不对，上来扯住我胳膊，急道："小敏子，你别冲动！"

"滚你犊子去！"这时的我不是冲动，而是吃了炮仗，谁来就炸谁，"陆向左，你给我闪一边，今天我不把这丫的嘴巴治一治，还不姓苏了。”

萧雨也来得硬气，她立即冲我一句：“你本来就不姓苏，你是你妈在外面偷汉子生的！你老爹戴了顶大大的绿帽子！”

得，拳头下见，我还不信打不服她了。又是一记重拳砸过去，可这次却被陆向左给拦住了：“小敏子，别再打了，再打会出事的。”

出事？出什么事？恍然想起前面那事，顿时火冒三丈，口不择言就开骂了：“好哇陆向左，你因为她肚子里有你的种就帮着她是吧，今天我还打她打定了，你敢拦试试，我连你一起打！”松开对萧雨的桎梏，转而对陆向左开揍，他因为理亏不敢还手，连连往后躲避。

萧雨在身后尖叫着喊“不要打阿左”，我充耳不闻。

“啊——”一声尖吼突从背后而来，稍一回眸，就见萧雨跟蛮牛一样铆足了力冲向我，条件反射往旁边避让开，却没想到刚跟陆向左打架已经退到了江边岸堤上，这一避脚下一空，身体不受控制往后倾倒。

陆向左凄厉的呼喊声在耳边，而我已经重重砸进了江中，庞然巨响之后，就是人往下沉。江水没过我的身体、头部，口鼻间被水灌入，冰寒侵入我四肢百骸，手脚完全无法动。即便我会游泳，即便我尚存意识，也在片刻之后，意识逐渐抽离，只感觉身体一路往下沉，然后沉到底时，觉得像躺在了软榻上。

之后是漫长的黑暗，我如跌进了一个蛮荒地带，每日都在那黑得伸手不见五指的地方沉浮。可脑中却会慢慢有影像，一个小女孩在月华寺里反反复复爬着门槛，一次次跌倒在那，眼泪鼻涕纵横，丑得不像话，嘴里不知道在喊着什么，最后躲在了神台下面。

又见小女孩与一个女人共躺在一张床上，女人闭着眼，小女孩哭着喊着她就是不睁开眼看一看。我仔细辨认，终于看出了那口型，女孩在喊：妈妈。

妈妈？！那个女孩是我，那个闭着眼的女人是妈妈！我从昏睡中惊醒过来，瞪大了双眼也不敢相信，这些影像从何而来？为什么我不知道有那些事发生？是过去太久了没印象，还是受了萧雨的影响而形成了幻觉？

我仰望着神色焦急万分的老爹，喃喃而问：“妈妈是否遗弃过我？”

其实我不信萧雨的话，就是在那无边黑暗里看到了许多影像，我还是不信，可是老爹的神色，却让我信了。我的话问出来，他犹如被人狠狠打了一拳般，震惊之后是痛。

这一刻，我终于知道，萧雨说的那些事都是真的！

我是被遗弃的孩子，我不是苏家人！光这两个事实，就让还年少的我，根本无法承受。之后就又开始昏昏沉沉了，甚至变得不敢面对老爹，也不敢将那些疑问问出来，怕问了得到肯定，然后我就成了无家可归的孩子。

又一次被催眠，抹去不敢面对的事，也抹去了与陆向左相关的一部分记忆。这个曾经让我拥有羞涩、愤怒、喜悦等情绪的人，留存在脑中的印象只剩下厌恶、不喜。

回到当下，陆向左喘息着说："敏子，其实当年我并没有碰过萧雨，那都是她有意设的局。她跑来找我，见我跟朋友一起喝醉了酒，就拍下那些照片，后来她说怀孕也是假的。这些事是出了国，她追过来，我才得知的。"

我沉默着，垂着眸不去看他，良久才轻声道："其实，阿左，不管这件事是真还是假，你至少给了她机会，而你自己事后也不敢肯定，你敢说那年的你，完全问心无愧吗？"

"不，不是的，敏子你不知道当时我的心境。我没把你掉落江中这事推到萧雨头上去，是真的认为错在我。如果不是我听阿昊说什么江边表白浪漫，就不会把你带到那里去；如果我把萧雨的事处理好，也不可能会出事。你不知道你掉入江中的一刹那，我浑身血液都凝固了，想都没想也要跟着跳下去，可被萧雨死死拽住，就是耽搁了那几秒的工夫，差一点害得你……"

他说不下去了，脸上的表情就像是当年的事在情景重现，然后深刻的、隽永的痛意慢慢爬进他眼底，布满他脸。我能明白他的那种懊悔，真的能明白，因为那滋味就跟我懊悔老爹逝去一样难受。但他其实是幸运的，那场浩劫里，我至少活了下来。

沉默持续了好一会儿，我从愣神中回转，低头一看，发觉陆向左眼睛都闭上了，连忙急喊："阿左，你怎么样？阿左？"连唤两声后，那被长睫毛覆盖了的眼又睁开了，他定定看我，轻声说："敏子，你终于又肯喊我阿左了。那些记忆都回来了，是不是你对我……"

"不，阿左！"我打断他，"那些都过去了，你明白吗？"

过去的就是过去了，我们再也回不去从前。那年我们处于樱花烂漫的年纪，喜欢一个人很单纯，如果后来的事情没有发生，我没有忘记对他的感情，那么可能会一路陪伴，青梅竹马到开花结果。

可是发生了太多不可预料的事，尤其是在我成年后，认识了子杰。两种感情拿来比较，孰轻孰重立刻就分得清，一种是初恋的美好情怀，一种是眷恋的爱意缠绵。我没有办法违心地说，恢复记忆了，就找回了对他的感觉，在这之前，我早已将所有情感、所有爱恋统统给了子杰，收不回来。

在我态度表明后，原本含着希冀的目光，一寸寸黯淡下去。我艰难地扭开头，想到一事："阿左，你背过来，让我看看那枪射在你身后的伤。"

但，一切快得让人来不及。

在我准备将他翻身时，忽然滚烫的液体，从他嘴里喷出来了，有些溅到了我的脸上。我的眼睛里，有那么一个片刻，视角里变成了红色。我蒙住了，摸摸自己的脸，又去摸他嘴角不断溢出的液体，是红色的，黏稠滑腻，是血！

脑中所有的神经都塞住了，钝钝地疼。我小声问："阿左，你怎么了？"

颤抖着手去抹他的血，可是越抹越多，因为那血一股一股在向外冒。巨大的恐惧占据我心，比之刚才任何时刻都要强烈，似乎这许多的鲜红都在指明一件事，可是我不愿承认。

"敏子，你是在为我流泪吗？"苍白的雪地里，他苍白地笑着问，短短一句话，血又大量涌出来。我不明所以，茫然地睁大眼，我哭了吗？"阿左，告诉我，你究竟怎么了？为什么会有这么多血？"

他轻声叹息："敏子，我想我的肋骨至少断了两根。从那么高的崖顶摔下来，着地时应是受了重挫，刚才其实就很疼了，我一直强忍着，怕吓到你，但到底是没忍住。"

断了两根肋骨！天哪，那我这一路把他驮在身上，岂不是一直将他断裂肋骨的地方挤压。难怪他那时坚持要自己走，可我偏偏不听，以为他是在逞强，殊不知我这是在害他！

"阿……阿……左，"再出声时，我语音都开始颤抖了，"我带你走，我立刻带你走出去，你不会有事的。"再不能等救援队赶来了，再等下去，他会死，他真的会死！

说完就俯身去抱他，不敢再用原来方式背人，可是他太高大，也太沉，我根本抱不起来。尤其是他又一口血呕出来，直接就吐在了我身前衣襟上，染红了一大片。五内俱焚，我的眼圈红了，却不敢再妄动他，怕每动一分，都会牵连到他那断裂的肋骨，吐这么多血，极有可能是肋骨断裂后刺穿了肺叶。

再也忍不住，绝望滚烫的泪滑落，落在他惨白的脸上，血和泪交融在一起。要怎么办才能救他？他不能死，哪怕我现在不再爱他，可他也是我曾经的阿左啊。

冰凉触碰我脸颊，是他吃力抬起的手，指尖的温度就如这地上的冰雪一般，他虚弱地说："敏子，你别怕，我没事。我很高兴终于等到这天，你愿意为我流泪了。这眼泪好珍贵，如果可以，真想用什么装起来，永久珍藏。"

他的样子哪里像是没事，强撑着睁开的眼，虚弱到快无声了，却还在说："你做得很好，这里视野极佳，又有天然屏障可遮风挡雪，就待在这里等待救援，很快会有人找来的。我的小敏子长大了，学会思考，成熟处理各种紧急状况，你在与歹徒搏斗的过程中表现得非常睿智而勇敢；你对我伤势的处理也沉着而冷静；只是你没想到我除去后心中枪外，那么高摔下来还摔断了肋骨。

我知道你很内疚，认为当时如果不对我使眼色求助，就不会害我这样。呵，你个傻瓜，你是我心爱的姑娘啊，在那种情况下，就是你不暗示，我又岂会坐视你陷入危境？你能向我求助，当时别提有多高兴呢。所以，你不要自责，这是……天意。"

在陆向左惨淡地笑着说这是天意的时候，我知道他是抱了必死的心了，之前他说没事的话，根本就是在骗我，或者他身上可能还有别处的伤！

用力将他搂在怀中，俯身贴在他耳边，夹着泪水坚决而肯定地说："阿左，我一定带你出去。"

二月的天，很冷，下着鹅毛大雪的天，更冷。但我脱下了羽绒服，将它紧紧裹在了陆向左身上，用帽子遮住他的头。如此隔着两件厚外套，应该背动时，能避开点他受伤的肋骨。

再一次，将人背在了身上，深吸一口气迈入大雪纷飞中。只穿一件羊毛衫的我，冷得牙齿都在打架。怕身上的人昏过去，我一边走一边与他说话："阿左，还记得我八岁、你十岁那年，咱们是为了什么打架的吗？怎么会狠到我敲你一板砖，你咬我一口呢？"

"呵，还不是你为了帮宁一出头。那条疤还在我头上留着呢。"

我咧了咧嘴，反驳道："是这样吗？我怎么记得是你牵着阿土去遛弯，结果回来时你一个人，说把阿土卖掉了，是那样我才跟你打起来的。"

"不是的，你记错了，那次没砸我板砖，那次我们就是扭打在泥地里，滚了一身泥。后来阿土自个儿跑回来了，你就放开我投奔阿土去了。”

“不是，不是，是你记错了，阿土那次……”

细数年少往事，每一桩都遥远而熟悉，不是我不记得，而是有意以此来引他说话。从他声音的笑意里，可听出回忆那些过往，他很开心。可是他的气息依然在以缓慢的速度逐渐变弱，我背着他在茫茫大雪里艰难行走，心中越来越绝望。

他的唇凑在我耳旁，小声说：“小敏子，我给你讲个故事。有一个年轻小伙子，上了一艘游船，他在船上遇见了个姑娘，两人一见钟情私下里相会。没想到那船在夜间行走时，突然撞上了一块巨型礁石……”

我忍不住笑着打断：“你这是讲的《泰坦尼克号》吧？”

“你看过？”

“这么经典的电影，谁没看过呢？”

“那你记得结局是什么吗？”

我不说话了，明白了他讲这故事的含义。但他见我不语，轻声而又缓慢地继续讲：“故事的结局，你一定知道，Jack把浮在海面上的木板给了Rose，最后自己沉了下去。后来Rose活着回去了，然后嫁人、生子，活得很长很长，到了满脸皱纹的时候，她去回忆这个故事。敏子，其实这不是一个爱和奉献的故事，而是懂得取舍的故事，因为在当下，他们两个人都知道，同归于尽并不代表情深意重，只有代替另一个人活着，才是真正有意义的。”

“不要说了！”我粗声打断他，“那是电影，是虚构的，我不会放下你。今天哪怕是走断了腿，我也要带着你走出去，再往前走一段看看，如果还没出路，我想办法带你爬上去。我做过特殊的极地生存训练，如何攀越高山，我有经验。”

“敏子，为什么你要这么固执呢？”

这不是固执！我在心中呐喊，人在末路时，不是留守原地安享太平，而是命悬生死之间的一线生机，不放弃追逐求生。

当我身体因为极寒冻到全身僵硬，脚也变得麻木时，一个趔趄，猛地往前扎去，重重栽进了雪地里。想要起身，可是身上因为压着一个人，竟再也起不来了。试了多次，都没有办法，绝望重重而来。陆向左已经有一会儿没说话了，即使我一直在唤着他……

记忆犹如暗涌层层退却，年少时的一切，恍若电影镜头在脑海中一幕幕闪现。

第十二章

共赴永殇之河

欢笑的、愤怒的……好像与他一起时，只有这两种情绪，而此刻，生生感受到了休戚与共的惨痛和绝烈。

子杰！一声轻喃在唇间滚出，一声之后又是一声，到后来我声嘶力竭喊："子杰！"你在哪？你为什么不在我身边？为什么每次我最无助的时候，你都不在？这些念头在最初出事时，就一直极力压在心底，没敢拿出来想，可此刻，我绝望了，真的绝望了。

"苏敏，是不是你？"

恍然间似有人声传来，我以为太想一个人生出了幻觉，可过了会儿，听到一道清脆的女声："苏敏，你在哪？"是救援队赶来了吗？我奋力从雪坑中抬头，举目而望，雪太大遮挡了视线，可是那呼喊声还在传来，哑着嗓子嘶吼："我在这，我在这！"

前方出现了一道狂奔的身影，越来越近……

"苏敏！你怎么样？"黑色身影飞奔而来，冲到跟前，我仰着头看那清丽秀美的脸，第一次觉得这张脸是如此美丽。

我亲爱的，袁珺姑娘。

"喂喂？人找到了！方位：山坳深处五百米左右位置。一共有两人，其中一名男士身受重伤，人已昏迷，需要担架以及急救医疗设备。"袁珺对着通信器做了一番汇报后，就上前小心地把陆向左从我身上翻了下来，惊呼出声，"天哪！这么冷你居然只穿一件毛衣！"

二话不说，把自己身上的羽绒服解了下来，裹紧我。我已经僵硬到全身没有了知觉，只能愣愣地看着袁珺一边搓着我的手，一边哈气，为我身体各处做拿捏按摩，试图让我暖和起来，可……效果甚微。因为那寒意，已经侵入骨髓，漫进血液。

"你怎么会来？"我轻声问。

袁珺抬眼看了我下："指挥官打我电话，说你在此处遇险，让我想尽一切办法召集人赶来救你。等我带人赶到时，你已经掉落山崖，于是我们分成几个小组下山搜寻，可到了下面才发现山坳如此深，只能分散开来。别这么傻地看着我，很惊讶我会不计前嫌来救你？"

确实挺惊讶的，我跟她从集训到工作，一直都针锋相对，多次交锋，胜负各半。

但觉眼皮沉重，想要闭上，却听袁珺凑在耳边说："苏敏，别睡，你的子杰就要来了。”我立时精神一振，睁眼去寻找，可是苍茫一片，根本不见他。

突闻她惊喊：“来了来了！欸——我们在这！”顺着她的视线而看，果见几十米开外处，有好些人向这边飞奔，眯着眼细细辨认，最终眼中的光翼黯淡下来，失落与失望交织，子杰没来。

又一次深切地感受到，我与他跌进了某个遥远不可及的轮回。上一回老爹将逝，他车祸受伤赶不及，这一回又是如此！拿陆向左那句话说，是天意！天意如此！

救援队来了有三人，一共抬了两副担架，袁珺要来扶我，我摇摇头，指着地上气息微弱的陆向左说：“先救他！”袁珺回头看了眼，没有多说转身就去抬陆向左，边抬边与同伴讲着他的伤情，急救设备诸如氧气罩这些都已先为他接上。医护人员探手进他衣服内摸了摸后道：“初步估计，断裂两根肋骨以上，有刺穿肺叶的可能，必须立即送医。”

话不多说，两名救援者抬了陆向左就往原路回奔。袁珺扶着我起身，可我刚刚直立起来，就听她惊喊：“苏敏！”

我疑惑地去看她，只见她的视线落在我脚跟处，低头而看，愣住。苍白的雪，本身就很刺目，如果在雪上染了殷红，那就更加刺目了。是血！

可是，怎么会有血？

袁珺急问：“苏敏，你哪里受伤了？为什么不早说呢？医药箱都被带走了！”

我抬起头，茫然地看着她，想说我没有受伤，从山上滑下来最多是一些擦伤，之前驮着陆向左走了那么久，都没有特别严重的伤，怎么这会儿会流血呢？且那血似乎在扩散，还在流？！因为极冷，冻住了我的知觉，包括痛觉神经，无法感知究竟哪处有伤。

“苏敏……”突闻袁珺抽噎出声，她看我的眼中多了悲悯。怎么回事？她为什么要这么看着我？莫名地，心头浮上了一层阴霾，甚或不祥的感觉。

只见袁珺别开了头，似忍着什么情绪，过了会儿才唤旁边那名救援者将我扶到另外一副担架上躺下。随后我听到她说：“苏敏，没事的，你跟指挥官以后还会有的。”

我懵懂而问：“还会有什么？”

她的神情窒了下，转而眼底满满悲意：“苏敏，你不要这样，我会怕。”

我想了又想，都没明白她的意思。担架已经抬起在行走，仰看着头顶的天空，雪终于慢慢停下来了，落在脸上无凉意，也不会立即融化，是我的脸太冷的缘故。不知怎的，心上如迷了一层灰，很压抑、很难受，听到自己在问：“袁珺，我没明白，你刚才在说什么？”

过了好几秒，袁珺才极难开口地说：“我知道你很难过，可是孩子这事也是讲缘分的，你跟指挥官还年轻，以后再怀就是。”

“孩子？什么孩子？”

袁珺惊异又难言：“你不知道吗？你的血是从……那沿着裤管而流下来的，这情况孩子应该是保不住了。”

轰的一下，脑中什么被炸飞了，支离破碎。

“敏敏，我们要一个孩子吧。”

“我好喜欢小宝宝，可是……敏敏不要。”

“生吧，你想要就生吧”

一些词句闪过我的脑海，静静的，仿若轻风掠过。是曾经过往我和子杰为了孩子这个问题的纠结，是他对生命的索求与我的妥协，是满满酿着我对子杰的爱。

那些话不是轻风，是惊雷，从我耳边掠过。带着淬了毒的针，狠狠扎入我脑海，疼得我整张脸都皱在了一起；又觉得有梗塞的钝痛，从胸中蔓延开去。那感觉，像是被人在心中塞进一块巨石，还偏偏往心的最深处塞进去——那是一块尖石，棱角分明让人血肉淋漓。

痛啊，真的好痛！

周围一片死寂，我抬眼蒙眬地看向袁珺。她似顿悟到什么，眼中满满都是悲悯，嘴唇在上下翻飞说着什么，可是我一个字都听不到。

孩子……这两个字仅仅是在心间滚过，犹如让那尖石又扎进了几分，疼得我连喘息都不能了。忽见袁珺抬眼间，面露惊喜，拉着我在说什么，我努力听了又听，终于辨认出她在说：苏敏，指挥官来了！

我强撑起身扭头去看，很远的地方，一道高大而又挺拔的身影在向这边狂奔，看不清面目，但无须辨识，对他的身影太熟悉了。“子杰……”我嘶哑着声喃念。

撑着身体的手忽然一软，重重跌进担架里，眼合上失去意识前，我拽住袁珺的手，语气近似哀求：“打电话给我小叔叔，找他来，务必！”

……

黑暗并不可怕，清醒才可怕，因为我不得不面对残忍的、悲痛的现实。

再睁眼，是意料中满目的白，高高挂着的点滴液瓶，还有坐在床边的男人。

当意识到那双黑眸间满溢痛惜时，我觉得眼睛又刺疼了，连忙闭了眼，不让那疼从眼睛漫流进心底。但眼能闭，耳朵却没办法闭塞，只听他沙哑的嗓音穿透耳膜："敏敏，对不起，是我来得太晚了。"

心角的某处又开始泛疼了，而且一路沉冷，沉到不知哪里的水底，又分外清晰。似远又似很近的声音在问："是不是……真的有孩子了？"问出来后才发觉那声音来自我。而话一问出，原本紧握我手的掌，重重一颤，然后，死一般静寂。

再一次觉得犹如身在冰川，寒意将我围拢，多希望他说其实没有孩子，那些血只是我腿部受伤或者哪里受伤而流的，我宁可是那样！可是他的沉默宣告了我希望破碎。

"敏敏，我们以后还会有的。"

压抑的、沉痛的、悲恸的……还有更多无法言表的情绪，即使我不睁眼看他，也能从他声音里听出来。强抑住泪不要冲出来，可是拼命忍拼命忍，也像是心口被揉进了什么，最后忍不住了，只好侧转了脸埋进枕头里，灼热的泪终于可以不受阻拦了。

修长的手抚在我头上，只觉得他极小心极小心地将我抱在身前，唇贴着我的耳朵："敏敏，别哭……"可他话出来，居然自己也哽咽了，他有多想要那个孩子，我比谁都清楚，可是，孩子没了。

不是一个人的殇，是我和他共同走进了永殇之河。只听到自己的呜咽声，环绕在整个房间，而他将我紧紧抱住，脸贴着脸，湿了的泪不知是他的还是我的，交融在一起。

我哑着嗓子问："小叔叔来了吗？"

子杰答道："来了，在医生那边询问详细情况。"

"我要见他！"

"敏敏，我……"

"小敏！"后一声呼唤压过了前一声。我蓦然转头，见门框处站着的男人，轻呼："小叔叔！"说不出道不明的委屈、哀伤以及难过，蜂拥而出，眼中藏不尽的悲意。

小叔叔神色阴霾地走过来，看也没看子杰一眼，就道："出去。"尽管没有指定谁，可那意思是人都能明白，但子杰没有动，握住我手的掌握得更紧了。

第十二章

共赴永殇之河

心又开始抽痛了，我缓缓背过身，轻声要求：“能让我和小叔叔单独待会儿吗？”炙痛的目光凝在我后脑，死死咬住唇，任由那痛意从脑后抵达脑中，再流到心口。

终于，听到他起身了，然后，脚步逐渐远去。

我抬手胡乱抹了把泪后就仰起视线问：“小叔叔，我昏迷有多久了？”

沉黯的目光在我脸上徘徊良久，他才开口：“你是想问你身体情况有没有瞒过他吧？”

我语塞了，小叔叔一句话就把我给堵住了，直接戳中我的硬伤。确实悲恸之后就是理智回笼，我骤然想到的一件事，就是这个……

身体是自己的，哪里不好，哪里出了状况比谁都清楚，许多症状都在指示着我又一次得重感了，而且因为流产，从未有过的虚弱。仅仅是刚才说一番话，就觉浑身疲乏，无处不在痛，这些我都刻意藏起来，没让子杰发现。

小叔叔的眼神中染了怒意：“如果你担心这，那我可以告诉你，第一时间这边安排留守的人就将你的情况汇报给我了，所以在你进医院前，医生方面已经做了相应安排，不会有任何人将你的真实情况告知。”

我刚舒了口气，就闻小叔叔咬着牙恨极了地怒斥：“可是小敏，你怎么敢！你怎么敢如此不爱惜自己？你这情况能怀孕吗？啊？你是不是脑袋发昏了？跟歹徒搏斗？你当自己是警察？明知自己是易感体质，居然还敢冰天雪地脱了外套去救人？我真该敲断那陆向左的腿，他害了你一次又一次，这次是真的害死你了！”

我瞪大眼睛看他，心在下沉。

“流产和重感一起迸发，你的体质根本承受不住，你不是问你昏迷了多久吗？一天。嗯，听着只是一天，与上一次掉落江中昏迷一个月相比，少之又少。可是医生正式通告，你的生命力开始衰竭，以肉眼看不到的速度衰弱，直至终止。”

我心中忽然大恸，不是得知孩子没了时脑中的一片空白，不是有话不能对子杰言的心酸，不是每次我最需要他时他却不在的委屈不忍……

而是翻江倒海的痛。

那些隐藏的疼痛仿佛从血肉中涌出，清晰得寸寸入骨。我的身躯似都被这剧痛洞穿，僵硬麻木不能自已。

因为我清楚地洞察到一件事：我和子杰，终究，或是早就，无法再相守在一起。

我与他的故事，走到今天，只有两种结局，一个叫永远，在梦境里；一个叫死亡，在现实里。

听到极遥远的声音在问："那……那我还能活多久？"

"苏敏！"惊怒声劈进我脑中，我愣愣地看着满面都是愤怒，又变成扭曲的痛苦的男人，猛然觉悟到刚才那个问题是有多残忍。试问有哪个亲属会去问医生这样的问题？哪怕明知是死局，依然都不愿放弃，也不愿知道那个最终答案。

我连忙慌乱地抓住他的手，哀哀地道歉："小叔叔，对不起，我说错话了。"

但他重重甩开了我的手，脸上痛楚依旧，神色间是无比的荒凉："你对不起的不是我，是你自己。这次的事，但凡你有考虑过自己，就不会变成现在这样。如果只是受冻得重感，还不至于如此糟糕，可是流产，这就是对一个身体健康的女人来说，也是极大的伤害。该死的许子杰！是他害了你！不，该怪我，我以为你们和好了，你会跟他回去过年，早知道你一个人留在这儿，我就是拿绳子绑也把你绑回家。"

看着满目都是内疚和沉痛的小叔叔，我心头无比酸楚，张了嘴话却又变了味："小叔叔，你别自责，这事其实怪不了子杰的，是……命！"

可等我一说完，小叔叔愣怔了下，然后身体颤抖着凄凉而笑道："是啊，不能怪他的。根本就是我的错，当初就不该让你和他结婚的，在你隐隐有那个火苗前，我就该生生掐灭了！害你到如斯地步，大哥泉下有知，要如何瞑目，我又有什么颜面去见他？"

从未见过如此这般疯乱的小叔叔，我被吓到了，极力想要撑起身去拉他的手，可是他却颤着身体一步步往后退，我急喊："小叔叔，不是这样的，这不怪你！"

"怪！都怪我！啊——"他一声嘶吼，向门外冲去，我急得从病床上翻下，可双脚刚点地就摔了下去。整个人都是虚软的，手臂上的吊针掉了出来，血涌出来，滴在地板上，红得刺目钻心疼。

子杰惊慌的脸出现在门后，他一看我的情形，面色大变地冲过来，一把将我抱起，重新放回病床上，按下呼叫铃后问："发生了什么事？"

"小叔叔他……"倏然止口，真实情形如何能对他说？最终我道："刚跟小叔叔起了点争执，他发火走了，我想去追，然后就跌倒了。"

子杰不疑有他，心疼地抚了抚针头掉出来的地方，那处已经不出血了，但留了乌青。护士很快就进来了，为我重新输上了液，病房内恢复静默。

我困顿地闭上眼，很快意识就混沌了。之后是没日没夜的重感入袭，病菌没有放过我，依然是将所有感冒症状染了个遍，加上本身身体受创，我虚弱到连喝水吃东西都需要喂。即使不照镜子，都能想象出自己的脸色有多苍白难看。

陆向左那边的情况，算是于我最大的慰藉吧。子杰说他在重度昏迷三天后苏醒过来，继而医生宣布他脱离生命危险，到底还是活下来，也不枉做出如此大的牺牲。

这日，子杰刚好出去，病房的大门就被踢开了，萧雨满脸怒容冲了进来，疾闪到我跟前就欲挥手向我打来。条件反射地闭眼，预期中的疼没有传来，睁开眼，见陆昊拉住了她的手道："小雨，你冷静点。"

早得知陆昊与萧雨赶了过来，但不晓得为什么宁一没来。之前可能是子杰让人把他们拦在了外面，如今子杰刚好走开，萧雨就见缝插针冲进来了。

"冷静？"萧雨怒然扬声，"她差点害死了阿左，你还叫我冷静？"

陆昊低眸快速掠过我一眼后蹙着眉对萧雨说："这事怪不了敏子，她也受伤了。"

"怪不了？哈，不是为了来找她，阿左会大年初一赶到这边，然后初二陪她上山吗？不是因为她，那该死的英雄情结泛滥去救什么人，阿左会中枪受伤还被歹徒拉着摔下山吗？不是因为她，这么多事哪一件会发生？"

愤怒的质问，让陆昊无言以对。

萧雨的硝烟并没有停止，她狠狠地看我的目光，像当年，像一年多前在江边一般阴毒，无须臆测都看得出里面刻骨的恨意。她说："苏敏，你这个害人精！你可知当年阿左为了在江中救你，冻伤了肺叶？所有人都只看到你昏迷不醒，陆伯伯甚至还抽打了阿左一顿，却没想第二天他就倒下了，医院一查是肺部极度受损。可就是这样，你叔叔和父亲还是用尽各种手段，逼陆伯伯将他送走！"

我惊愣住，震撼地看向陆昊，从他脸上窥知萧雨说的是真的。我以为那江边的后续已经知道了全部，却没想背后还有隐秘事藏着。

萧雨突然大声笑起来，笑声凄然，满目都是悲切。我心绪波动，不明她为何笑成这般。就连旁边的陆昊也颇为焦急地唤她："小雨，你怎么了？"

蓦然间，眼泪就从她眼里冲了出来，垂了眸，声音哀戚："苏敏，你从来都是坐享其成的，等着阿左把心掏给你。他在国外没日没夜思念你，却迟迟不能回国，因为你的小叔叔下了禁令；他为了想与你靠近，学你最喜欢的射击，练习搏击术；当他从阿昊口中挖来你的消息，却是你即将结婚的喜讯时，他整个晚上哭得像个孩子；他准备不顾一切回国找你时，他却……昏倒了。”

“小雨，你说什么？阿左昏倒？”陆昊率先震惊地问。

萧雨没抬眼，依旧垂着视线，眼泪扑簌簌地掉，再出声已经是声音哽咽：“我亲自送他去的医院，亲耳听到医生说阿左得了肺癌，晚期！”

我僵化了，不敢相信自己的耳朵，双眼瞪得极大。

“他不得不停下脚步，进行治疗，却坚决抵制动手术，以及化疗与放疗，只肯吃保守药物。知道他为什么不肯做那些治疗吗？因为他要回来看你，他怕动手术没命活下来，他怕做了化疗头发脱落丑到不成样，那样他没脸见你，他更怕你知道。

是的，在他得知自己生病后，就放弃了对你的念头。你结婚那天，他站在窗口整整一夜，明明隔了十万八千里，即使洞眼欲穿也根本无法看得到，他就是偏执地看着东方。后来病情稳定些，他就回国了，也可能是你结婚了，你小叔叔就解了那个禁令了吧。

等我回国，徒然发现阿左变得更加沉默，他说你不快乐，也不幸福。多少次，我看他一个人静静守在远处，看着你，却不敢走近。直到你那次生病，简宁一打电话给阿昊，他比任何人都快冲了出去，等我和阿昊赶到时，就看见他满脸痛楚和怜惜地抱着你出来，那表情就像是呵护最珍贵的宝贝一般。可转身，你的丈夫许子杰就打了他一顿，他又被你父亲赶走。

那天回来，他脸色特别苍白，连吃几颗药都不见好转。夜里他就开始发高烧，人昏迷说胡话了，可他念在嘴里与心里的全是你的名字。看着这样的他，你说我怎能不恨？我恨你的天真无辜，我恨你不知道他所受的这些苦，我恨你占据了他的心，即使我守了他这么多年，也敌不过你对他的一言一笑。”

萧雨抬起头，眼睛被泪洗刷得极亮，那里面似有淬了毒的钉子，向我飞射而来。我在脑中钝钝地想，她是真的恨我入骨，所以那天不惜引我去月华寺，拼着两败俱伤，再次将隐藏的秘密揭露开来，为的就是要打破我的天真。

她不是要抢陆向左，而是要为陆向左求个公道！

“苏敏，还觉得你无辜吗？”她轻声问。

我无言以对。

“半年前他接了个电话人就不见了，等再回来时，他一头栽倒在了我身上，嘴里念着‘我害了她’就晕过去了。等他苏醒后，我问他出了什么事，他却闭紧了嘴巴一个字都不说。我是不知道他那句话的含义是什么，只知道他自那以后变得更加沉默，眼中常常流露痛楚。大年初一那天，他躁动不安至极，后来打了个电话，我在旁偷听是打给旅行社的，在确认你仍在吴市后，下午就找了借口出发了。我知道他又是去找你，却没想这次你几乎把他的命都索了。”

萧雨说到这儿，用力闭了闭眼，再睁开，恨意刻骨成殇。

陆昊问：“小雨，为什么这些事你不早说？阿左他……”

“早说有用吗？早说了就能让阿左放下对她的执念？你没听到吗，这几天他人在昏迷，口中喊的全是她的名字！他就是至死也放不下她！”萧雨声声凄厉，句句如断肠。

我的心口又开始泛疼了，像中了毒一般，很疼很疼，之前陆向左说我终于为他流泪了，这一刻我是在为他心疼。他怎么就那么傻呢？

在我还在凝神炙痛时，忽然原本对我满载了恨意的萧雨弯下腰鞠躬到底：“苏敏，拜托你，去看看他。”我惊愣住，她这是做什么？为什么要这般卑微地求我？忽然想到什么，失声而问：“阿左是不是出了什么事？医生不是说他已经脱离危险了吗？”

萧雨弯了腰不动，身体却开始轻颤起来。我将目光转向陆昊，却见他双眉紧蹙，眼中亦含哀色。他说：“阿左至今都未苏醒，他除了偶尔会喊你名字外，一点动静都没。已经被医生下了通牒，说如果二十四小时内再不醒来，就……”

他再也说不下去，别开了脸，不让痛色尽显。

我的脸色一寸寸变白，子杰骗了我，他说陆向左脱离生命危险了；不光是他，就连来病房为我换点滴的护士都在骗我。我以为牺牲换来陆向左的生是值得的，可是现在他们却说，陆向左根本就没醒来！

“谁允许你们进来的？”门口一声厉喝，侧转目光就见子杰满脸怒容站在那儿。他没有看我，大步走进，伸手就去拽陆昊的领子，要把他推出门外。萧雨面露惊恐，上前一步紧紧抓住我的手，急声道：“苏敏，求求你去看看阿左，你不去他会死！啊！”

随着她一声尖叫，原本抓住我的手松脱了开，人也被子杰一把推开。我再也忍不住，嘶哑着嗓子吼出声：“子杰，你住手！”他本欲伸出的手僵在半空中，震惊地回眸看向我。

“我要去看他。”

不管为了什么，我必须去看陆向左，无关情爱，无关道义。只因，他是我曾经的阿左。

“敏敏，你的身体根本没法动，你要怎么去？”

“轮椅，如果没有，我爬也要爬去。子杰，你为什么要骗我说他脱离危险了？你为什么让周围所有人都瞒着我？”

“我……”他喃喃答不出后话，眼中痛楚一闪而过。

明知不该质问他，他所做的一切都是为了我，可是无法在知道后还无动于衷。当坐着轮椅进病房时，只看一眼，我的鼻腔就酸涩了。

这才几天，陆向左就瘦得形销骨立，孱弱到几乎看不见他胸口有起伏。

我让所有人都退出病房，包括子杰。

就在刚才，下了个决定，一个至此将爱埋葬的决定。

第十三章

许我唯一，许我天荒

我是真的爱你

待房内只剩我和陆向左两人时，握住他的手唤：“阿左。”他自当不会应我，浓密的睫毛覆盖了那双幽深的双眸。纷纷繁繁讲了许多，也不知道主题是什么，功效一点都没，陆向左安静到连呼吸都是清浅的。

松开他的手，两手撑在床沿，使了力将身体半撑起，缓缓向陆向左凑近。待唇凑到他耳畔时，一字一句地说：“阿左，醒来吧，你不是想要我幸福吗？我的幸福就是你，只要你醒来，我就和你在一起。我们一起相伴，共度余生吧。”

生命的价值，在于付出和放下。走到这里，我没法不放下了。以前还能心存侥幸，可事实证明，侥幸就是用来被打破的，老天爷生生扇了我一巴掌，告诉我是在异想天开。

小叔叔没肯说出我还能活多久的时间，医生也一般不会就此将生命定数断死在那，可终究是有期限，一年、两年、三年，或者运气好些五年，然后呢？

没有然后了。我已经拖了陆向左下水，不能再把心爱的子杰也拖下水了。就这样吧，陆向左得了肺癌晚期，应该也没两年可活了，就让我和他相伴一起走这最后的路程，偿他多年爱我不得的苦，偿我费尽心机隐瞒的殇。

“阿左，只要你醒来，我们就在一起。”

在我第三遍说这句话时，陆向左的睫毛开始颤动，他的手指也开始微微弯曲，我一眨不眨地盯着他的眼睛，直到那睫毛掀开，黑幽的眼珠绽现。因为是凑在他跟前的，眼与眼的距离隔了不到一寸，彼此望进对方眼内，都看到了清晰的倒影。

牵起笑容，我压住心口涌出来的剧痛，轻声说：“阿左，你醒了。”

他的唇蠕动着，却发不出音，可这么近，依然能听清他在问：“小敏子，你说的是真的吗？”

本是压抑的剧痛，在心间顿时排山倒海翻涌着，但我强忍住不让痛意有一丝显露，笑容不变，眼神温柔，点点头，回答：“是真的。”

只见他眼中，一寸寸染上了笑意，唇角慢慢弯起弧度。

我先伸手按响了呼叫铃，又扬声喊：“来人！”在听到门声打开后，用足以整个病房都能听到的音量，说，“阿左，你一定要好起来，然后，给我幸福。”身后一片静谧，沉寂到掉一根针都可能听到。

陆向左的目光只定在我脸上，没有移开过半分去看来人，就像是看不尽我似的，带着贪婪和渴切。直到护士台那边来人，又通知了医生，整个急症病房里，人堵得满满的。就在护士想来推我轮椅时，一双手已经抢先握住了我背后的推杆。

不用回头，也知道是谁，而我，不敢回头看他一眼。

一路沉默着推我回到了病房，到了病床前，他走到前面弯下腰抱起我，再小心翼翼轻放在床上。整个过程中，他没有看我一眼，脸色一片清冷，没有喜怒。

见他转身要走，我唤住他：“子杰。”他定住脚，却没转身，我深吸了口气，不带一丝情绪地说，“我们……离婚吧。”

终于，我又一次地说出了那两个字。

只见他背对我的身体震了震，然后缓缓转身，神态反常地冷静平和，甚至眼中的情绪都已淡去，让我看不透。他说：“我不同意。”语气似乎很平静，但语调却带着不容忽视的强势，他再一次开口，“敏敏，我不会和你离婚，不管你为了什么，我都不同意。我说过，从今往后，我不会再让你一个人，这不是承诺，这是我一定会付诸实际的行动。”

我仰望着他，这个角度看他，真的很好看。他微低了眼的神态，他逼人的气势，他俊秀的眉毛，无不让我着迷，可是心底却透着无限悲凉。

不知是否因为我的沉默，子杰脸上的冷静平和开始一寸寸瓦解，忽然俯身将我紧紧抱在怀中，头埋在我脖颈间，唇贴着耳畔，气息全吐在上面：“敏敏，我失去过你一次，绝不会再有第二次，我不会让你离开我。陆向左醒了，他已经被你唤醒了，就不会有生命危险了，你没必要为此而……”

“他会死！”我轻声打断，“在不久的将来，他会死。他的肺部有个肿瘤，是因为当年在江边为救掉落江中的我而冻伤了肺叶，从而引起的后遗症。而这次，他又为救我身受重伤，危在旦夕，我没有办法就这么看着他从此长眠。”

子杰倏然抬头，震惊在他眼中浮现：“你掉落江中？怎么回事？”

“那是好多年前的事了，就是上次我跟你讲过陆向左在江边跟我告白那次。”

“为什么没有告诉我你掉在了江里？还有，这世上没有哪个病人得肺癌是因为冻伤，这根本与你无关。至于这次的事，我很感激他，也更恼恨自己，在你最需要我的时候，我没在你身边。可是敏敏，你不能一竿子就把我给打死了，你要给我补偿的机会，给我好好爱你的机会。”

记得某本书中说：等待一小时太久，如果爱，恰巧在那以后；等待一万年不长，如果终于有爱作为报偿。一直以为我要等子杰等到天荒地老，终于这刻，有爱做了报偿。其实早感觉到他对我的情意，但他没说破，我就不敢确定。说与不说，区别很大，自己意会完全没有现在这么深刻地说他爱我，来得冲击大。

本该欣喜若狂，我却悲恸不已，因为爱在此刻说出来已经太晚，因为接下来的话，会如一把尖刀狠狠插进他的心。

“子杰，你知道吗？那一年的江水好冷，冷到我失去知觉，差一点没了呼吸。然后醒来，就忘了许多事，直到不久之前，才请催眠师帮我记起。”

他的脸上浮现惊痛，是对那年的我怜惜，眼神又困惑：“你想说什么？”

我闭了闭眼，再睁开，直直地看着他，一字一句说：“在失去记忆前，我爱陆向左。”

话出口的一刹那，我就知道这句话，伤到他了，极深。他就定定地看着我，脸上神色是重击之下那一瞬间的安宁，随后慢慢浮起一丝不可置信的惨痛。

他身体微动似想再度抱紧我，可在下一刻身形骤然顿住，沉重的呼吸就喷在我脸上。转而他深吸了口气，松开我的肩膀直起身，语气仓促：“你又来骗我了，上一回赶我走，也是说你爱他，这个谎话哪里能用了一次又一次。反正不管你说什么，我都不同意离婚。”然后急转过身，大步离去，背影萧索而荒撩。

我将被子拉到头顶，蒙在里头准备放声大哭，却又怕他离了并未走远，只能翻了身把脸埋在枕头里呜咽。我做了什么？竟有一天，会对子杰如此残忍！

可是不如此让他以为，他又怎会肯放手？在他再次横空降临在我生命中时，我就知道他无论对我是否有爱，都不会放弃我。以前觉得他是因为责任，现在知道他是因为爱。

他爱我！从认识他那天开始，就孜孜苛求的一件事，终于实现了。可我却要用一把锯刀生生割开我与他的牵系，从此以后各走各的路。这是老天爷对我的惩罚吗？

惩罚我偷了那么多年的天真烂漫、没心没肺，惩罚我一言成殇害死了悉心呵护我的老爹。于是，在那之后，老天爷收走我所有的一切，包括生命与爱情。

病魔不可怕，可怕的是它会像一座大山，压得人喘不过气来。如果子杰知道，一定不离不弃地守候我，那么终有一天他会看着我逐渐衰竭，变得很丑很丑，做着这样那样的检查，像吃饭一样大包小包地吃药，被病痛折磨到心力交瘁，从身体到心性产生巨大变化，开始脾气暴躁，怒斥身边的人来得到发泄。

这些都是将来我可能会变成的情况之一，还有一种是，生命力衰竭带来身体机能的各种衰竭。从五脏六腑开始，再到五官，等到耳聋眼瞎的那天，是要我情何以堪把这些从生到死的丑态展露给子杰看？我做不到，真的做不到。

夫妻本该共患难，可不是还有一句大难临头各自飞吗？仅希望飞离了那个枝头，有一个人可以保留最后的尊严，有一个人可以在岁月洪流中渐渐将对方遗忘。无关伟大不伟大一说，也无关为爱牺牲这说法，只算是成全我最后的念想。

说我懦弱也好，自私也好，我都希望，留在子杰心中的我，可能不是最漂亮的，也可能不是最夺目的，却是他记忆中没有褪色的傻傻地爱着他的姑娘。

自那以后，我再没见过子杰，或者说，再没在清醒的时候见过他。他总是乘我睡着了才会悄悄进来，又在我苏醒前悄悄离去，并请了最好的看护来照料我。别问我为何知道，缘由在于他在我身旁存在过的气息实在太过浓烈，而我又是那么熟悉对方。

隔了两日，病房门口出现了宁一苍白的脸，我先是惊喜莫名，这么久没见是真的想她了。可待她走近了，我才发现她的眼中有着刻骨的殇。

她第一句话是："敏子你个小样，居然敢不声不响跑掉，连我都瞒着；居然敢不死不活躺在这里，让我现在才知道！"

我定定地看着她，忽略她叫嚣的话，只问："宁一，你怎么了？"之前只看到陆昊与萧雨赶来而不见她时，我就纳闷，为什么宁一会没来？

宁一咧了咧嘴，笑得却极其难看："我很好啊，只不过是与陆昊分开了。去外头旅游散心了，也亏你的指挥官大人能找到我，连我都不知道今天过了，明天会在哪里落脚。得知你出事住院，只能结束旅程，马不停蹄地赶过来看看你死了没有。"

即便她强装了满脸不在乎和坦然，我也看出了她眼底深处的痛意。据我与她从小一起长到大混出来的革命友情的了解，不只如此。她绝对不只如她所讲的与陆昊简单分手而已，以她对陆昊那义无反顾的爱，苛求了这么多年，她绝不会轻易放手。

可以伤她伤到不惜远走他乡，以旅行来慰藉，那必然是发生了什么无法回头的事。

“宁一，告诉我，你和陆昊发生了什么事？”

她怔了下，转而垂了眸，却是缓缓俯身而下，将我抱住，唇抵在我耳旁喃喃轻语：“敏子，我们是闺密，是死党，是同样落魄的可怜鬼。你现在身上所受的痛，每一分我都能感同身受，因为我们的境遇，竟是如此雷同。这是不是叫狗血啊？”

我心中巨震，失声而问：“你……你也失了孩子？”

一声轻笑，她原本贴在我脸上的脸，埋在了我肩头，咕哝着说：“你这人怎么这样，老爱揭我伤疤，这都还没好呢。敏子，当时你是不是很痛，我也好痛，我的比你要大，三个月了，医生说成型了，可是仅仅就被撞了下，他就那么离开我了。”

湿意漫延了我的肩膀，流进了我脖颈间，也流进了我心里。我伸出双手，将这个最好的姑娘紧紧揽在怀中，失去的痛，是刻骨的，我亲身体会。

我在唇边咀嚼着词问：“你是因为这跟耗子分开的吗？”

她笑了起来，万般讽刺与悲凉：“敏子，撞我的那个人，就是他。”我不说话了，本想劝慰的语句生生咽下，只觉得心口沉闷得难受。只见宁一往后仰了仰，背靠在椅背上，目光定在头顶的苍白上，轻声说，“也是这么刺目的白，我躺在那冰凉的床上，感觉生命一点点流失到消去。从没有比那一刻更绝望，我当时就想，我和陆昊这辈子是完了。”

她忽地坐直了身体，静静地看着我说：“所以敏子，你比我要幸福，我失去孩子的时候陆昊都不知道在哪，而我离开了也没有人来追寻。你就不要和许子杰怄气了，说什么离婚呢，你爱他爱到不能自拔，提了离婚也是在苦自己。何必呢？敏子，能过就过吧，但凡我与陆昊还能有一点将就，我都会死扒着他不松手的。”

原来，她是子杰找来当说客的。

我沉念在心头，朝宁一勾了勾指：“附耳过来，跟你说个秘密。”

宁一脸上故作嫌弃状，嘴里嘟囔着：“知道你跟你家男人亲密甜爱，需要这么显摆吗，你这是在刺激我。”嘴上虽那么说，但她还是从椅子里起身，把耳朵凑到我跟前。

我轻声笑了笑，然后跟她说起了悄悄话。秘密很长，长到可以当成一整套的故事了，秘密又很短，其实无非就那些不可说的事。她的脸色慢慢变了，等我说到最后，

第十三章
我是真的爱你

她怔怔而问：“敏子，你说真的吗？”

我咧开嘴，露出了曾经最没心没肺的笑容：“真的不能再真。”

“我不信！”她带着蛮横坚决否定。

“我也不信。可事实偏偏如此，所以，宁一，帮我好吗？”

她泪眼婆娑着问：“帮你什么？”

“帮我……离开他。”

陆向左自醒来后，就积极配合医生的诊治，不敢说气色有多好，但至少也在以肉眼看得到的速度逐渐好起来。每次他看到我去，眼中都会放光，神色间带了喜悦。可我的笑容总消失在出门以后，能感受到背后依恋的目光，其中夹杂了难言的情绪。

每夜闭着眼无法入眠，直到某人悄悄进来，又悄悄躺在我身侧，背贴着那宽厚的温暖，才能安心入眠。在睁眼后，身旁总是早已一片冰凉，他不知离开了多久。我变得害怕睡醒睁眼，宁可让深夜更长一些，让白天变短一些。

这样一拖再拖，就连宁一都看不过去了。她说：“敏子，你要么给他一刀，要么就把那刀丢掉，这样子折磨的不仅是他，还有你。你看看你眼窝下的乌青，一天比一天深，是不是有好几晚都没睡了？”

我心虚到不敢看她，确实被她说中了，接连几日，每晚等他已经成了习惯。而在知道他温暖的怀抱即将再也无法奢求时，就想清醒地保留久一点，那样以后还能有个回忆。第一次强撑着精神，一直到半夜抵不住困意睡了过去；第二次几乎撑到天亮，但还是没等到他离开的时候；第三次我习惯了夜里不眠，终于等到他苏醒的那刻，然后心碎了。

他将唇啄吻在我发上，极轻极轻，生怕吵醒了我。然后是抵在喉间的喃语：“敏敏，我爱你。”这才知道，原来他每天都在对我说一遍“我爱你”。在那之后，每天清晨，我都听着他这句爱语，微笑着入眠。日复一日，真希望能够更久一些。

这晚，我做噩梦了，梦到那个大年初二，大雪纷飞的山坳！低头是漫天铺地的淋漓殷红，将苍白的雪染了一地的红。是被子杰推醒的，他说：“敏敏，别怕，是噩梦而已。”

后背上，他的手在一下一下轻拍着，试图缓解我的惊怕。待我平复下来时，他就起身下床绞来了毛巾，替我擦干额头的冷汗，然后再回来时没有再躺上来，而是拉了椅子坐在一旁。他没有解释为什么深夜会在这，我也没有问，两人各自心照不宣。

“敏敏，你要睡了吗？”他忽然打破沉默。

我侧转目光看他，摇摇头。他问过之后又沉默了，两人相对无言。

半晌过后，他拉了我的手低声说：“敏敏，你现在变得不想与我说话了。”

他的脸上露出艰涩的笑容：“很想念那时候你不着调总是犯错的时光，你不知道，我总会想起那阳光很好，你靠在树旁，毛茸茸的短发压在你耳后，笑起来弯成月牙儿的眼睛。后来很多个晚上当我再想起，好像都能令黑夜变得更加耀眼。”

我不由得微笑，轻声反驳：“我哪有你说的那么好，那时候你不是不待见我吗。”

“敏敏，我从未不待见过你，即使对苏家心存怨念之时，也从未对你有那一分不好的情绪。是我不会表达，也总以为你会站在原地，看着我，爱着我。”

我默了默后道：“没有人会永远留在原地等待的，而且，”顿了下后，“我那只是对你崇拜和迷恋，在心迷路了后的迷恋。”

他凝视着我，眼角慢慢染上了一层悲伤。他如此聪明，自然明白我话中的含义，于是他垂了眸，沉郁的嗓音低微到近似无声：“我不要你的崇拜，也不值得你迷恋，我就是一个在很多方面比普通人还要差劲的男人。察觉不到你细微的伤感，体会不到你埋在深处的痛，直到你离开，每一天醒来，觉得整个世界都是空的。我才顿悟一件事，”他抬起眼，沉郁的嗓音，一字一字撞击着我的耳膜，“我早已爱你爱到无可自拔。”

他伸手环住我的肩膀，将我整个人揽进怀中。我的头就靠在他胸口处，那处一下一下的心跳，穿透到我身上，闭了闭眼，感觉有液体，炙热地烫在眼角，引起异常刺痛。

“子杰，我们分开吧。”

压在我背上的手震了震，他强势而近乎蛮横地说：“不分开。”

“不过就是因为陆向左为你差点没命，不过就是他生了绝症，那也不需要你用一生去埋葬。敏敏，你明明仍然爱着我，否则这每个夜晚为何不眠，又为何不将我呵斥走？”

心头一震，他竟然都知道！

我在他怀中挣动，想看他的神色，可是他用手紧紧按住了我的头，不让我抬起。

“如果你觉得亏欠陆向左，那么我代你还债，找美国最好的肿瘤科专家，为他动手术治疗。假如治不好，陪你一起守着他，只要你不再提分开的话。”

我眼角的炙热，终究还是滚了下来。他几近卑微地讲着这些能够解决的办法，可这所有的前提都建立在我能陪他到老的情况下。他不爱我，我都不愿他有一天因为愧疚和责任而难过；他爱我，我更不愿将来的他悲恸一生。

子杰，对不起。

“我对陆向左不是亏欠，是爱。”我如是说，“他承载了我从童年到少年，又从少年步入成年时光的爱恋。这不是亏欠，是因为记忆不见了，缺失了与他有关的爱念。你看，即使失忆，我都没将他这个人彻底忘记，足以证明我爱他爱到忘不得。所以子杰，我真的不能再陪你走下去了，抽屉里有一份离婚协议书，我已经签好字，你能签一下吗？就当还我心愿，放我自由。”

禁锢在头顶的掌松开了，这回却变成我不敢抬头看他，怕那狭长而好看的眼中，会有惊痛的晶莹。可即使我不抬头，也觉某处头皮一凉，湿意泛开，然后又是一滴，他声音哽咽着问：“敏敏，你真的……不再爱我了吗？”

爱！怎么会不爱？“爱过，但终止在老爹离开的那天，终止在记忆复苏的那刻，终止在我发觉自己爱阿左的时候。”我眼泪簌簌地流下来，“许子杰，我们分开吧，我想好好地爱阿左，我想陪他走这最后一段路，我们忘了过去的一切。”

“敏敏……”

我颤抖嗓音混着哭泣：“求你了，签字吧。”抱着我的手在不住地颤抖，刀子终于狠狠地刺进了他心口，血没流出，是没进了心底。连带着，我的心也跟着撕裂。

“我签！”

极其艰涩的两个字，终于从他口中吐出，含着咬牙的沉痛。

他将我放回床上平躺，又倾身擦我的眼泪。迷蒙中透过晶莹看到他的眸中是深如海洋的痛楚，而两颊上湿润的痕迹犹在，待见我眼泪怎么都擦不干时，他叹息着说：“敏敏，我已经答应签字了，你别哭了，我会心疼。”

眼泪流得更凶了，甚至哽咽到抽噎。就在我泪眼模糊里，他松开了我，拉开旁边的抽屉，顿了顿后，拿出了一叠纸。白天就让宁一去帮我弄了离婚协议书回来，签上“苏敏”两字时，笔锋几乎把纸都画破了。宁一说：你这是何苦？那么爱，还要放手。

我回她：因为爱，所以放手。

眼中的泪眨去了又再涌出，我始终看不清他的神色，只依稀看到他握着笔的手颤得厉害。我逼他逼到如斯境地，还只能咬着唇透过泪雾凝望。

终于，沙沙声传来，是笔在纸上落下的声音。他写得很慢，一笔一画，极其工整，可再慢，“许子杰”三个字，终有写完的时候。待落下三字后，他把笔扔在一边，然后将协议书放在我床头，默声道：“敏敏，什么时候去民政局，你说一下。我先出去了，就在门外，你要什么喊一声。”

从起身到转身，都很缓慢，可他背转身后，就脚步飞快地走出了门。轻掩上门的瞬间，我看到了他满面的泪痕静静流淌。

盯着那已经将他身影挡住的门，眼泪一直流，咽喉仿佛被什么扼住，除了抽噎完全发不出声音，泪水冲得鼻腔和喉咙极其疼痛。终于，眼泪干涸停止了，而脑中一片空茫，睁大着眼睛看头顶惨淡的白，唯一的感觉，是胸口的那处，被掏空了。

他就在门外，隔了一墙之隔，近在咫尺，却远如天涯。

我终于，将他彻底推离了生命。从此，他与我，末路，亦是陌路。

睁着眼到天亮，直到宁一的脚步声走来，他的脚步声走远。

曾以为是亲爱的人，到最后却陌生如同路人。曾以为仅仅只是路人的人，却成了你最亲爱的人。

这是奶茶刘若英《亲爱的路人》MV中，最开始的一段独白。它道出了我所有的心声。

从认识子杰那天起，我就将他当成是亲爱的人，仰望、崇拜、爱慕，都不足以表达我爱他这件事。我撞破头流了血，也要埋进他这条洪流中。如愿以偿，我们结婚，成为亲密的枕边人，“夫妻”俩字于我而言，是最最甜蜜、最最亲爱的。

那时候，就是我想破了脑袋，也想不出，会有一天，我和他将成为路人。

而陆向左，在我没有解开尘封记忆前，我将他定为衰神、坏蛋、噩梦。念起他就觉得是倒了八辈子的霉，才会跟他一个大院长大，然后受他荼毒成长。没被歪曲成坏孩子，是我心理素质佳，他去了国外后，更是觉得与这人就不过是路人了。

却没想到，有一天，我将这个路人，变成亲爱的，决定与他共度余生。

这，是不是就叫，世事无常？

差不多一个月过去，我准备出院。凌迟的这天，也终究还是来了。

从走进民政局到走出，我整个状态都是恍恍惚惚的。

第十三章
我是真的爱你

垂眸间，喜庆的红很是刺目，以前总说结婚是红本，离婚是绿本，以此来分开喜与哀的情绪。不知何时，居然连离婚证也变成了红色，只是封面变了一个字而已。是否意味着，离婚是好的新开始？

犹记得那时候，我揣着两张结婚证书，笑得嘴都合不拢。情景依旧，同样的两个人，却物是人非。到底还是不同的，那时的我是拿着两个红本子，他两手空空；而今，我们一人一本，我的这本在手上，他的那本揣兜里。

鼻子酸得厉害，但不敢回头看他，怕他的眼中那支离破碎的痛楚，会将我击溃。我残忍地主导了这场婚姻的开始和结束，最终留给他的是心殇。泪意涌出时，我低着头使劲揉眼睛。

子杰在身后问："怎么了？"

我低声说："刚被风迷了眼，沙子进去了。"

他紧走两步到跟前，略使了力拉开我的手，泪痕犹在，无所遁形，叹息从他嘴里溢出："敏敏，别哭。你如果哭，我会不死心的。"

泪更泛滥了，模糊的视线里看着他，很多天没见，他没有消瘦、憔悴、颓废，却从内而外散发了悲伤。如此凝望他的机会，可能以后都不会再有，我只能在回忆中想他了。他话中的意思，是否代表他会在这之后，对我死心？

如此，不正是我所想要的吗？

他艰涩地开口："能再抱你一次吗？"

我想说不能，离婚后我们就是路人，再不该有留下任何会令对方遐想的行为。可行动与理智不统一，我已经轻点了头。下一秒，温暖的怀抱将我紧紧相拥，默声流转，谁都不出声。就在这民政局大门之外，两个刚刚离婚的人，抱得比谁都紧。

曾听过一句话说，拥抱是两个人心与心距离最近的时候。但我却认为不是，拥抱时，心房的位置，一个在左，一个在右，根本无法一致跳动。这世上只有一种方式，心房才靠得最近。听到自己轻声要求："子杰，你能背我吗？"

他似怔了下，继而回："好。"松开怀抱，走到我前面，半蹲而下，我趴到了他背上，双手绕过他的脖颈轻轻环绕。臀下微提，我整个人就被他背了起来，"去哪？"

我举目往前看了看："沿着这条人行道，你走九十九步好吗？"

人生若有百步，那你就背着我走九十九步，剩下那一步，让我自己来走。

三个月的恋爱，半年的婚后相伴，一年的分离，正式和好再聚三个月，然后结束……看，开头和结尾，都是三个月，很多事真的是命中注定的。而如果，细数上我认识他到十个月集训的时间，居然也兜兜转转好几年了。

看来无论是爱情还是婚姻，都不能以时间来衡量，在该开始的时候开始，在该结束的时候结束。他走得很慢，短短九十九步，连五十米的距离都没有，就要走完我与他所有的历程，每一步都如在淡去我驻足不走的魂。周遭的一切，哪怕吴市的早晨，空气清新，街景秀丽，都成了灰色的布景。

结束了，背着我走的这个人，那么爱，但还是得放手、转身。

我凝着他的侧脸，细致而贪婪。其实不用如此，我已经将他刻在了心上，永远都不会忘记，可就是想这么看着他，因为九十九步接近，连这么看他都将成为奢侈。

轻轻将脸贴在他背上，胸口也紧贴着，这时应该是心与心靠得最近的时候了吧。就让我任性这最后一次，从今往后，我从他生命中退出。

到第九十八步时，他停了下来，问："我能不能不走这最后一步？"

原来我和他都有在默数，或者说在倒数着每一步。我压着声线道："不能。"他的身体震了震，最终还是迈下最后一步，然后缓缓而蹲，我从他背上滑下站定。

"好了，子杰，我们就到这里吧，我往前走，你往后走，谁都不要回头。"

温煦的目光定在我脸上，他说："嗯，你先走。"

我摇摇头："不，你先走。"就让我最后看一次你的背影，看着你走出我的世界。他没有坚持，浅笑了下，笑得和风细雨，又悲伤莫名，转过身一步一步。

以为自己够坚强，能够这样看着他离开，可到底高估了自己，在他走到第十步时，我就背转了身大步迈出，只想赶紧逃离这一切。可只走了几步，就听身后子杰在叫我名字，很大声地："敏敏！"我顿住身形，不敢回头，嘀嘀两声手机短信，点开："我是真的很爱你！"

心里轰然碎成一片，连那乒乓声都那么清晰，手指翻飞敲字回去："为什么还要说出来？"

"因为，不说可能就再没机会说了。"

眼泪冲出，我拔腿而跑，再一次，以这种方式离开他。终究，还是我先他而走，终究，还是让他看着我的背影，黯然成殇。

我的生活变成了一成不变的单调，医院——家，两点一线。两份工作，都以

E-mail的方式打了辞职报告，不管老板批没批，都没有再去上班。一来，是身体不允许，小产后即使过了一个月有余，走路仍然觉得轻飘飘的；二来，我不想再给自己起妄念的任何机会。

我已经决定要陪陆向左去美国治疗，只等他伤愈能出院，行程就会放上来。陆向左怕我来回赶辛苦，打算出院，陆昊与萧雨强烈反对，最后都被他赶跑了。

出院手续很快就办好了，但问题是他出院后住在哪？住酒店断然是不可能的，毕竟还没好全，万一有个啥，身旁又没人照应，后果不敢想。最后折中把人带到我那儿去，但不是与我住一起，是找来房东太太租了一间邻屋的房子。

医生说病人最好是能走动走动，呼吸呼吸新鲜空气，于是我提议去附近的人民公园走走。

傍晚时分，公园的人挺多，但清一色的都是年长者，我们走在中间，不伦不类的。只过了一会儿，陆向左就忍不住了："敏子，我们还是换别处吧，这根本不是我们待的圈子。"

从公园里走出来，决定去离这边大约两站路的梅园走走。念及陆向左不宜多劳累，虽然只两站路，也打算打车过去，可正是下班高峰，来往的士除了客满就是要交班，硬是没有一辆车停下，反倒是公交车缓缓驶来。

陆向左提议："不如坐公交车吧。"

我探头看了看，蹙着眉说："不要了吧，这时候公交车很挤的。"

"没事的，我们挤两站路就下来了。"

想想也是这个理，就顺了他，但上了车就后悔了。真的就应了那句"没有最挤，只有更挤"，人贴人一丝缝隙也没。有几次，都因为后上车人的推搡，跌靠在旁边的人身上。

这样的氛围，我就是想伸展拳脚都难。

陆向左一手挡在我身侧，一手稳稳扶住我腰，使我整个人都几乎包在了他怀中。还没来得及有任何多余的想法出来，车子就是一个刹车，所有人都往前倾，幸而陆向左紧紧揽住我，才没有摔倒。

一站到时，有人上车，也有人下车，我们随着人流走动，终于走到车窗的位置，也稍稍松落些了，不至于像刚才那么挤。

抬眼间忽然就看到了对面的车行道，有一辆深色的本田越野驶过来，心猛地一跳，那颜色、那车型，对我来说太熟悉了，目光不自觉地移向车头的车牌上，浑身血液凝固住。

子杰的车！

傍晚的交通总是堵塞的，车子缓刹停了下来，车窗缓缓降下了半格，我的脸被挡在人群后，视线模糊不清，看不清那张英俊的脸。等我努力眨掉眼中的模糊时，公交车已经起步往前开，我与他只隔了中间围栏的距离，心底惊跳不已，一抽一抽的。

仿佛命运的流转，终究我与他就这么交错着，越来越远。因为我们不在一个车道，我们行的不是同一个方向，因为我们已经成了路人。

腰间的紧握，身后的怀抱，在提醒着我，身边有着另外一个人，已经不再是他。我拼了全力挤到挨窗的位置，向车后望去，视线最远处，那辆越野车已经看不到。

我闭了闭眼，有什么炙热烫在眼角，引起异常的刺痛。

公交车又到站了，下车的过程又是一场战斗，待我和陆向左终于挤下车时，已经大汗淋漓。上车与下车时，心情变了个样，我的魂还丢在刚才那眨眼的片刻瞬间。在陆向左不知第几次唤我后，终于晃过神来，愣愣地问：“你说什么？”

他默了两秒后，道：“敏子，你怎么了？一副心神不宁的样子。”

我矢口否认：“哪有，刚刚被那公交车挤昏头了，以后再不要在这样的点挤公交了，宁可自个儿走路或者跑步，呼吸也自在。”

陆向左失笑摇头：“都你这心态，公交车司机就轻松了。我们看看附近有什么吃的，今天就别回去做了。”我刚要点头，听到身旁骑自行车的人在交谈。

“欸，真是惨啊，那越野车都撞成什么样了。”

“是啊，现在的渣土车真是害人，这样的下班高峰怎么还让开进这市区来呢？”

“肯定是偷偷跑进来的，没看那车速快得，直接就把那辆深色越野车给撞飞出去了。”

声音越来越远，我整个人被钉在了原地，脑子被炸得支离碎片。

转身，一步、两步、三步，再也顾不上其他，开始拔腿狂奔！他们说深色的越野车……我不敢去想，可又没法不去想，冲到十字路口，茫然四顾，在哪？车祸在哪？

“敏子，你还不能如此狂跑。”耳旁传来遥远的声音。我愣愣地回眸，苍白的脸近在眼前，喘息不断，辨识了好一会儿也没认出是谁来，反正不是子杰，喃喃而问：“在哪？”子杰你在哪？目光定在对面马路往里延伸一百米处，拥堵了一群人，围得密密麻麻的。

恍惚着往那处走，身后传来一声“小心”，接着胳膊就被拉住了，一辆车从我面前险险滑过，幸而是在十字路口，车速都不快。等过了马路后，我又开始狂奔，一直到人群前才停住。从人影的背后，已经看到一辆大的渣土车横在路中央了，是这里！

我拼了命地往里头挤，拨开人群，旁人在骂什么，我也都听不进去。等挤到最里头，看着如散架了一般的车子，我再也忍不住蹲下身来抱起头，想要哭得肝肠寸断，歇斯底里，可是最终只是浑身颤抖着，是惊恐与后怕。旁边的大妈俯身问：“姑娘，那是你的家人吗？别哭了，节哀顺变。”

她错把我的肩膀颤动，当成了是在哭泣。可“节哀顺变”这四个字！残忍、刺耳、悲恸。

伸手在口袋里掏，掏半天也只掏到钥匙，我抬起头跟身前的大妈说：“阿姨，能不能把你手机借给我？”大妈见我脸上并无泪水，似愣了下还没反应过来，一只黑色的手机已经递到了我面前，我顺着那手往上看，眼角，忽然颤落了，泪水。

刚才辨识不清的人，现在看清楚了，陆向左就站在我跟前，居高临下俯视着我，夕阳的余光打在他身上，仍可见他脸白得像透明了一般。

在我接过手机的一刹那，他的指尖在轻颤，我有意忽略，低了头就开始拨号码。脑中盘旋的十一个数字，是那么清晰，一个一个按下，像空白的世界扭曲了空间。

一直按到第十个时，我停住了。

是不是按完十一个数字，按下绿色通话键，接通了线，就代表着能够触及生命的逆鳞，然后回转，重新开始？可在那之后呢？之前所有的悲苦都白费，最终的凄凉仍会来到，落幕时分，只剩孤影相伴，殇离哀悯。

我抬起眼，仰看着陆向左，伸手将手机递回，轻声说：“不用了。”

从人群中退出来，脚下仍是虚浮，还没从虚惊中回神过来，救护车的鸣声由远及近。熟悉的嘀嘀声传来，是我手机的短信提示音，因为是最普通平常的那种，基本上没人用了，所以反而可以认定就是我的手机在响。翻遍各个口袋，最终在外套的隔缝中找到，原来我的外套口袋不知何时破了个洞，出门手机揣兜里，在公交车上挤挤就挤进衣缝中了。

看着屏幕上移动公司的短信提醒，忽然生出一种恍如隔世的感觉。

陆向左拉了拉我的手，蹙着眉建议找地方坐下来。我抬头看了眼已经停下的白色救护车，并没反对，任由他牵着我往路旁的店铺走，恰好走进了附近一家饭店。

坐下之后，恍惚的心思又不由自主飘远了去。

刚才冲进人群的瞬间，当视觉被散架的车辆冲击时，我真的几乎肝胆欲裂，幸而还有理智在，看清车子不是子杰那辆，只是一辆普通的小越野，颜色也不是深墨色，而是深灰色。就这样都控制不住心底惊起的颤意，情绪紧绷到失控。

那个让我差点心跳停止的人，却在我们落座不到五分钟后，出现在了门口。

足足定了好几秒，才移转目光看向他身旁，与之一起进门的还有左韬和袁珺。

当视线向这边扫来时，我慌乱地埋头，心扑通扑通乱跳。不被看到的可能性，极其渺茫，可我仍选择做鸵鸟。陆向左因为是背对着门，所以并未看到后面的情况，这情形倒与上回在Z市时，很是相似，只是调了个位置而已。

“嘿，苏敏，真巧，你也在这吃？”随着一声巧遇的惊喜，袁珺的脚已经站到了我视线范围内，至此躲是躲不开了，只得抬头与她寒暄：“嗯，我们刚到。”

袁珺似没发觉气氛诡异微妙，挺热心地说：“前面路上出了车祸，把交通都给堵了，我们就只好下车来找地方吃饭了。既然碰上了，不如凑一桌吧。”

目光转向陆向左，征询他的意见，而他只面无表情地说：“你决定。”

换了张小圆桌，几人入座。

陆向左把菜单递到了圆台上，往那处一转，恰好停在了子杰面前：“看看想吃什么，我和敏子的菜已经点过了，你们再点吧。”俨然一副主人模样。

子杰没有动，左韬也虎着脸不动，最后还是袁珺拿过了菜单，随意点上几个菜交给了服务员。之后漫的长等菜过程，没人说话，气氛很是诡异。

终于菜一道道上来了，也打破了沉静。陆向左夹了一筷子鱼到我碗里，道：“给你点了你最喜欢吃的清蒸鲟鱼。”我耳膜一震，盯着碗里那白白嫩嫩的鱼肉。

一道清冷的声线飘过来：“她不吃鲟鱼。”

我怔怔抬头，凝目过去，撞进那双墨拓般幽深的瞳眸中，仿佛跌入了一个深不见底的黑洞，一路沉一路沉，没有尽头。耳旁陆向左在说：“哦？我怎么不知道？敏子从小到大爱吃鱼的名声可是在我们大院里传遍了，任何菜她都可能吃厌，唯独这清蒸鲟鱼，她百吃不厌。”

我移开目光，浅声道：“嗯，我最喜欢吃鲟鱼了。”说完就夹了一块鱼肉送进嘴里，肉嫩味美，如印象中一般好吃，细细嚼了半晌，没再剔出鱼刺来。原来，鲟鱼有刺是真的，但不见得次次都会被卡喉。一些事，一个人，终究是留在了过去的回忆里。

中途我抱了声歉起身去洗手间，袁珺放下筷子道："正好，我也要去。"进到里面，门刚关上，她就唤我，"苏敏，我们谈谈。"

我怔了下，知道她想谈什么，没有用的，事已成定局，再不会更改。

但袁珺没看我脸色，径自开口："昨天创杰月度总结，这个月的业绩额非常高。知道为什么吗？因为指挥官没日没夜工作，吃饭睡觉都在公司里。晚上为慰劳员工，左韬请了大伙去KTV唱歌，起初指挥官一直闷在角落里喝酒。不知谁点了一首歌，他放下了手中的杯子，拿过了话筒，这是我第一次听他唱歌，嗓音醇厚好听。但是就在那之后，他反反复复点着同一首歌，所有人都不再去抢点，都默默坐在那儿听着。你知道那是首什么歌吗？"

想假装不在意，嘴里却忍不住问："什么歌？"

她笑了笑，带着无边的凉意，目光明浅不一，眉眼若葱。

她说："歌的名字叫，我是真的爱你。"

一道惊电随着这几个字刻进脑中时，一起劈了下来。

袁珺说："苏敏，我不知道你是怎么想的，我只讲自己的感受。昨晚在座的每一个人，都沉浸在那悲伤的调子里，尤其听到最后几句'让我随你去'时，我忍不住流泪了。"她从兜里摸出了手机，点开一个画面道，"这是我悄悄在他背后拿手机拍下的视频，或许音质不如当时，但气氛和感觉都在，你看看吧。"

"曾经自己像浮萍一样无依，对爱情莫名恐惧，但是天让我遇见了你……"

"请你让我随你去，让我随你去，我愿陪在你的身边为你挡风遮雨；让我随你去，让我随你去，我愿陪在你的身旁等你回心转意。我是真的爱你……"

一声声，一句句，如重锤敲在心口，尤其是末尾处，每一个字都像在挖我的心。

"苏敏，你痛吗？"

我摇摇头，咬着牙说："不痛。"

"不痛你为什么要哭？摸摸你的脸上，那么多的泪从何而来？"

我的手指在颤动，如飘摇的蝴蝶，扇动翅膀却飞不动。袁珺伸手过来，拿纸巾边擦着我脸上的泪，边道："苏敏，我真的不懂，明明那么爱他，为什么就这么狠心呢？你知道我最初喜欢指挥官的，后来那点念想被你磨灭了，可你不能把人抢走了后，转个身又丢弃掉，那样我真的会很不甘心。

刚才我们车子开在路上，指挥官突然一个急刹车，然后直愣愣地盯着这家菜馆看，我们顺着他的视线，才看到原来你和那个人坐在窗边。在进门之前，他的目光没移开过你半分，却在进门之后，再没看你。苏敏，问问自己的心，真的放得下吗？”

袁珺出去了，留我一个人站在静谧的狭小空间里，恍若虚浮，神思飘离。她在临走之前，拿了我的手机，把刚才那段视频发到了我的手机上。等我失魂落魄走出门时，又惊愣住了，子杰嘴里叼着烟，就靠在对门的墙上，烟雾缭绕中，暗沉的双眸，星光流转，铺天盖地笼罩着我。

他取走嘴里的烟，夹在手指上，极怅然的表情，轻轻问：“还好吗？”

我点点头。如果不想他，就是好的，如果想他，就是不好。“你呢？”

“我也……很好。”

一句问好，一个回答，之后，竟似再无任何话题可讲。可怕的静默环绕，我终是抵不住这压力，率先提出：“我先回桌了。”可越过他只走了一步，就被他从后拉住手：“敏敏。”

我转回头，视线定在手上，幽声说：“放手吧，子杰，阿左看到会在意的。”那修长的手颤动了下，随后一寸一寸地抽回，直到两手再无交界点。我抬起头，深吸了口气，狠着心说，“我和阿左的签证已经在办了，再过几天就会出国。你以后……”一定要过得比我好。

隐下心中的话，没再看他，转身就往厅内走，到了座位处时，也没再坐下，低头对陆向左道：“刚接了个电话，旅行社那边还有点后续事情要处理，你看我们不如……”

他的目光转了下，转首对其余两人说：“实在抱歉，这一顿我请客，你们慢用，并代我和敏子向许先生致歉。”遂起身环住我的腰往吧台处走，有那么一瞬的别扭。

出门走了好长一段路才顿足，我涩涩地想，以后不要再见了。

再见，也只是在彼此心上添一丝伤。

第十四章

许我唯一，许我天荒

藏不住的秘密

天已昏暗，徒步而回，想着心事竟没注意到身旁的人格外沉默。直到到了家门口时，才想起去看他的脸色。只见暗影中，他面沉如水，似波澜不惊，却又似暗潮浮动。

“敏子，我没吃饱，能给我做点吃的吗？”

我愣了下，立即道：“当然。”

等菜端上桌时，陆向左眼中发亮，一扫刚才的沉郁气氛，拿起筷子就夹菜吃。品过一番后，他毫不吝啬给予赞美：“好吃。”想想又加了一句，“以后我都想吃你做的菜。”我点了点头，心道以后做的菜也只有你吃了。

自己也拿了筷子和碗，在旁陪着。不期然间，陆向左似不经意地问：“你现在是不是改为不吃鱼了？”我怔了下，矢口否认：“哪有，之前还不是吃了。”

他却是笑了笑后道：“从前我爱吃辣，总喜欢拉着你去吃，后来我改了，将辣戒掉，改为吃鱼。在国外的时候，吃遍了各种鱼，想着找到最美味的那种，一定要带你去尝尝。却没想到，当我转身回国再见你时，才发现原来很多事都会改变的。就像原本不吃辣的你，喜欢吃辣了；原本爱吃鱼的你，吃着最美味的鲟鱼，却满脸勉强。”

我张了张嘴想说点什么，却被他下一句话语塞在了喉间。

他说：“敏子，其实你不是喜欢吃辣，而是喜欢吃辣子鸡，因为他爱吃那个菜对吗？至于你为什么不喜欢吃鱼，应该也是与他有关吧？”

是要有多细心，才能注意到这些细节？连我都没发觉，今晚的桌面上，有点辣子鸡这盘菜，因为当时的我在心神恍惚。

我伸手握住陆向左放在桌面上的手：“这些事都过去了，以后我会像你那样，戒掉辣，喜欢鱼。做你喜欢的事。”以为是诚挚的坦言，但话落陆向左就眼中浮现悲伤：“敏子，你知道吗？我就是不要你如此委屈来迁就我，宁可你像原来那样，时不时地损我，不待见我，也好过你现在这种人前微笑人后哭，你擦得掉脸上的泪，却遮不住红了的眼。”

无言沉默，我定定看着他良久，道：“我只想说，会穷我一生伴你左右。这样够了吗？”

瞬间，他表情僵住，一动不动，时光似乎在他身上风化了，许久许久，开了口：“够了。”

他起身，萧瑟黯然地走出了我的屋子，很快院门声传来，去了隔壁。我凝着桌上未吃完的菜，他只动了几筷而已，又浪费掉了。

夜里翻转无数次都睡不着，最终实在忍不住，翻出了手机，点开那个视频。低吟的歌声飘荡在整个房间，我反反复复听着，到后来甚至都能跟着唱了。

请你让我随你去，让我随你去，我愿陪在你的身边为你挡风遮雨；让我随你去，让我随你去，我愿陪在你的身旁等你回心转意。我是真的爱你……

夜，是听着歌、伴着泪，缓缓入眠的。

三三两两的片段在梦中被不断重复播放，那里面有个伶仃身影在随夜风瑟瑟颤抖。走到近处，看清脸面，才发现那张脸是刻在心上永不磨灭的他。我远远望着他，祈求这一生快些了断，不要岁月永无尽头，早些归去才能化他的殇。

醒来是被某声响给惊醒的，睁眼一片昏暗，窗外只是刚刚发白，天还没怎么亮。我起身披上外衣推开门，想去查探刚才那是什么声音，可门一拉开，顿时魂胆俱裂！陆向左竟整个人伏趴在地上！刚才那声响……是他摔倒的声音！

一个箭步上前，扶他翻过来，他双目紧闭，眉宇深蹙在一起，我把他抱在怀中喊：“阿左醒醒！”手指用力去掐他人中，好一会儿他才幽幽睁开眼气息微弱，我急声问，“你怎么了？是不是伤口复发了？”只见他指了指口袋，我连忙探手一摸，是一个药瓶，“是不是要吃药？吃几颗？”

他比了个三，连忙倒出三颗白色药丸，喂进他嘴里，想要去拿水，可是他却极其艰难地吞咽了下去，我只好轻抚他胸口。好一会儿，那泛白的脸色才恢复了点，他深深凝望着我说：“敏子，昨晚是我错了，不该那么计较的。后来想通了过来找你道歉，但你已经睡下了，然后……然后陪你听了一夜的歌，那是他唱的吧？”

我震惊：“你一直都在门外？”

他怅然而笑，默认了这个事实。我细细地看着这个在我怀中的男人，不由得涩然心酸，清减憔悴的困顿病容，声息无力的颓废，这是陆向左吗？

有痛楚在心里混杂地搅着，这一次，我是在为他心疼！

“阿左，以后不要这样，如果你找我就喊我，刚才那情形，真是吓到我了。”如果不是我曾经受过特训，处于睡眠中也会有警醒意识，否则那声响动根本不会发现，而若我晚出来些，那后果不堪想象。他这病况绝不是偶然，定是有症状了，可他却一直隐忍不说。

陆向左抬手抚了抚我额旁的发，轻声说：“不要内疚，跟你没关系的。我刚只是站得太久脚僵麻了，刚一动就栽了跟斗，其实没有那么严重的。”

我难过地别开头，不严重会气息微弱到昏晕？

“扶我起来好吗？敏子。”

连忙扶着他起身坐到沙发里，我担忧地问：“要不要去医院看一看？”他摇摇头：“没什么好看的，治标不治本。”握了我的手，十指缠绕着又道，“敏子，其实那歌词最后几句，我一直就想对你如此做，陪在你身边为你遮风挡雨，等你回心转意。你能给我这个机会吗？”

在我还在踌躇着要如何回答他时，却听他在唇间低低吟唱起来：请你让我随你去，让我随你去，我愿陪在你的身边为你挡风遮雨；让我随你去，让我随你去，我愿陪在你的身旁等你回心转意。我是真的爱你……

一字一句，叹息地、轻缓地说：“敏子，我是真的真的，很爱你。”

我闭了眼，一点一点，轻轻地，把脸贴向他的脸。我说：“阿左，我们离开吧。”去只有我和你的地方，从此两相依，伴余生。再也不要让我有任何幻想与希冀了。

我到夜里无人的时候拨了个电话给小叔叔，自上次病房他怒然而离后，一直都没联络。但我知道以他对我的不放心，应是知晓我这边情况的。

将即将出国的事说了下后，那头沉默了好久，才缓缓开口：“小敏，回家一趟吧，去你老爹坟上拜祭一下，你这一走，很可能要很久才会回来。”

熟悉的隐隐抽痛在心间泛开，确实是要回去一趟的，不光是要去看看老爹，小叔叔也得回去见一下，该有个交代。而陆向左那边，也是该跟父母告别一下再走，是我思虑不周了。

电话那头顿了顿后，又嘱咐：“别坐车回来，去临近的城市坐飞机，虽然辗转麻烦了点，但不用坐太久的车。还有……算了，回来再跟你说吧。”

我们坐在前往邻市的车上，看着车窗外的景致一点点倒退，仿佛是看到这一年半不到的时光在慢慢倒退，再倒退，最后变成了永恒，深埋在记忆深处。这一次，是真的，离他很远了。

到底还是飞机快，从吴市到H市坐车要一天的路程，我和陆向左在邻市坐的是下午的班机，加上等候的时间，抵达时还只到傍晚。机场门口，小叔叔亲自来接的，推却了让我住他那儿的提议，住回了老宅，也是我唯一的家。

夜里睡得很不好，但这次没有再梦见子杰，反反复复都是苍白的影像，最后从梦中惊醒，满身都是冷汗。再也睡不着，睁眼到了天亮。

清晨，小叔叔就来接我了，上车之后我向他提出要去接下陆向左。这在昨晚睡前通电话时就说好了，他要陪我一起上坟拜祭老爹。小叔叔沉了脸，但没说什么，车子也开到了陆宅门前，陆向左已经站在那儿等候。

今天的他，穿得很正式，一身黑色西服，里面也是黑底的衬衫。抵达墓地时，晨雾浓霾，我放眼而望，都是白茫茫的一片，模糊看不清远处。

无声走在石阶上，三人都似有意放轻了脚步，因为如此沉肃静默之地，不适合鞋跟咯咯响，那是对亡者的不敬。然而，等我们缓步走近，我被凝立在墓碑前的颀长身影震住。

直觉去看小叔叔，只见他眯了眯眼，脸上闪过深思，低声道：“不是我通知他来的。”

我默然，小叔叔向来干脆果断，他如果否认，那就一定不是他。真的就想掉头而走，一次次经历沉痛，不管是我还是子杰，都是心殇。唯有不见，才是对对方最好的选择。可这是离开前最后一次来拜祭老爹，我没法转身，而且也已经到近处了，相信他已听到我们的脚步声，但是他却始终没转身看一眼，只定定地凝立在墓碑前。

到得跟前顿足，离他几步之远，可将他的侧脸看得分明。清俊暗敛，半垂着长睫，视线定在墓碑上，神色静如平淡无波的湖面，看不出半丝动荡。整体来说有些消瘦，但不算憔悴与颓废，如几天前见时差不多，又似乎有哪里不一样。

耳旁传来小叔叔的询问：“你什么时候来的？”他没有动，连视线都没移转过来，仿佛没听到一般，这一看又觉他像被风化了的石像般，那么不真实。

就在我心间迟疑不定时，淡冷低回的嗓音带着浅讥缓缓从他嘴里溢出：“爸，敏敏来看你了。”清冽的嗓音徐徐萦绕在空间，带着轻渺的沙质。

我觉得眼睛有些刺疼，用力眨了几下，那疼还如针刺般。直到……他回转了目光，我被深深震住！刚才从侧方向看他，因为是垂着眸，长长的睫毛遮盖了他的眼睛。此时才发现，幽深的双眸里满是疲惫和倦意，满满的血丝，还有沉黯不知名的情绪在内。

目光足足定了有四五秒，才再度垂眸，他往旁大退了一步，让开了老爹墓碑前的位置，却也没有任何要走的意思。气氛一时变得诡异又凝滞。最终还是小叔叔发话："给你爸爸上香烧纸钱吧。"我回过神，低头将手中的纸袋捧到身前，里面是满满一袋的纸钱。

抬步走到墓碑前，我直挺挺地跪下，双膝磕在坚硬的石板上，有点生疼。

一声咯响，陆向左跪在了我的身旁，手上一暖，他握住了我的手，对着老爹的照片开口："苏伯伯，有些话我憋在心里很久了，一直没机会对您说。那年的事，全是我的错，说再多悔恨的话，也无济于事，只希望您能给我一个机会弥补，我会对敏子好的，一辈子。"

怔怔侧首，一片清哀之色浮于言表。陆向左被那份愧疚压抑太久，到了这时才在老爹跟前倾吐了心声，他早就明白有些事不是说错了就能弥补的，除了许下对我好一辈子的承诺，其他再多的语言都是苍白的。然而，子杰站在我们身后，他听着这些要怎么想？

我闭了闭眼，道："老爹，我和阿左明天就要一起出国了，可能今年你忌日没办法来看你，不过你放心，我会在国外为你祈福的。你也别担心我，有阿左照顾我呢，放心吧，咱就是去了美帝国主义，也不会丢老苏家的脸，因为我是你苏沐天的女儿嘛。"

我给老爹磕了头起身，转身时匆匆瞥了眼站在旁边如化石般的男人。他始终埋着头，目光定在脚下，面色沉黯不知在想什么。我咬咬牙，抬步跨过他身旁，似觉脚下步伐艰难如跨越长河。

可就在我与他擦身而过的瞬间，突然半空中冒出句不高不低，音量足以让我能够听到的话，语调甚至都是平平缓缓，没有太大起伏，可我整个人却如坠冰窖，从头凉到脚，连血液都凝固住。

他说："敏敏，你是要瞒我瞒到死吗？"

刹那间，我的耳朵嗡嗡，一片轰鸣，不敢置信地转头看他。终于，沉埋的头缓缓抬起，“你胡说什么？”我听到自己在否认，可是对着那双眼，没来由的心虚。

他盯了我半晌，唇角勾起，笑容却比哭还难看：“在来这之前，我一遍遍想着那不是真的，就在刚才我也在想，不要问了吧，那一定是假的。可你现在的表情是，藏都藏不住的惊慌失措，告诉我，那个说你会因易感体制而衰竭致死的消息是假的，告诉我！”

脑中的弦蓦然绷断，苦苦瞒下的真相，终究还是被他知晓了！可是他从哪得来的消息？是小叔叔说的？不可能，小叔叔如果要讲，一定会告诉我。那还能是谁？宁一？会是她吗？

我垂了眼，语无伦次地说：“你在说什么？我一点都听不懂。阿左、小叔叔，我们回去吧。”急急拽了陆向左的手就想走，可是我的另一只手被子杰紧紧拽住，下一瞬炙烫的液体滚在我的手背，我呆住了。

“敏敏，我可以接受你因为爱他而陪他一起出国，也可以接受你狠心放开我的手是爱我没有爱他深，更可以接受你现在已经不再爱我，但你要我如何接受将来的某一天，你会在我不知道的角落，不知道的时间，悄然离世？”

滚烫的液体随着他的声音，一直扑簌簌滴落在我手背，几乎要把那处灼一个洞。我死命抽手，可怎么抽都抽不出来，视线已模糊，最怕的事，终究还是发生了！

“子杰，放手！小敏的手被你抓红了。”小叔叔在旁呵斥，可是他旁若无人，根本听不进去，反而抓得更紧，嘴里更是蛮横地说：“不放，死也不放！一放开，你就要跑到我再也找不到的地方去，从此连你一点信息都找不到，我甚至都不知道你何时会有事。这次我再也不放了，不管你拿什么理由来搪塞我，我都再也不会放开你！”

“呵！”一声冷笑从陆向左嘴里溢出，“许子杰，你一定要在苏伯伯的坟前这么闹吗？你要让他在九泉之下，还为敏子担忧？”

子杰终于抬起眼，脸上是未干的泪痕，眼中还泛着泪花，他狠狠地盯着陆向左道：“你就是这么爱她的？带她远离熟悉的故土，去到一个没有朋友、没有熟悉的人的陌生国度，然后让她陪着你一起死？陆向左，你的爱还真是伟大！”

“那也总比你要好，每一次在敏子最需要你的时候，你人呢？远在天边！有你这么做人丈夫的吗？就像现在，你完全不顾她的疼痛，哦，是了，现在你们离婚了，你和敏子已经完全没有关系，又哪里还顾得了那些呢。”

子杰眼神缩了缩，手上倒是松了些，但仍没放手的打算。

一声沉喝从旁传来，是小叔叔：“够了，你们要吵给我滚外面吵，别在这扰了大哥的清净！”这回两个如斗牛般红眼的男人不吭声了，在小叔叔面前，他们都不敢再造次。

确实老爹如在天有灵，看到这一幕估计得发怒。最终还是陆向左松开了我的手，率先大步往墓地门外走。小叔叔横了子杰一眼后，冷冷扔下一句：“出去再说。”原位就只剩了我和他两人，而他的手改为圈箍在我的手掌上，力度刚好不被我挣脱，之前被他握得极紧的手腕已经一片通红，火辣辣地生疼。

两人相对无言地往墓园大门处走，心神恍惚间突听他问：“敏敏，如果我坚决不让你走，你会怎么做？”我怔愣了两秒，酸涩地回：“子杰，你不要这样。”

他惨然而笑，没再说话，一路沉默走到了外面。停车的地方，两道身影站着在等，小叔叔面容消沉肃穆，眉头紧蹙。而陆向左的目光就比较难懂了，他的视线紧凝在我身上，悠远而漫长。莫名的心虚在泛起，手上再次想挣动，可我只微动了下，圈箍的手就紧了一分。

这样的势态，要身旁的男人放手，是绝不可能了。

小叔叔待我们走近，对着子杰开门见山就问：“不管你是用了什么手段查到这件事的，现在给我句话，你究竟想要怎样？”

沉吟了两秒，他坚定地说：“我想陪着敏敏，不管她发生什么事，我都不再离开她半步。”

小叔叔面上露出了讽意：“你问过小敏了吗？征求过小敏同意了吗？”两句话把子杰堵得面色发白，而且小叔叔不给他反驳的机会，又道，“你别忘了，你们已经离婚了，你根本无权再对小敏做任何决定。许子杰，你有想过为什么小敏打死也不肯说这个秘密吗？你有想过她费尽心机瞒下这一切，最后仍被你揭穿是有多痛苦吗？你从没想过，当知道真相时，你的第一反应就是跑来质问，你根本就没从小敏的角度出发好好想想整件事。”

“不是这样的！”子杰低吼出声，脸上神情犹如厮斗中竖毛的兽。

他转眸看向我，眼中的痛楚丝丝扣扣锁住我的视觉：“在得知这件事时，我就恍然大悟很多事。而我的第一反应也不是冲过来质问，就算是质问，那是因为我不愿相信这样的事会发生，甚至宁可希望就是原来的那些理由，我们才会分开的。”

“子杰……”我在唇边轻滚他的名字，几乎能想象他当时的震惊与不敢置信。

第十四章
藏不住的秘密

小叔叔没有再咄咄逼人，蹙紧了双眉盯着子杰，忽然问：“是你姐姐告诉你的？”

没想到子杰讥笑出声：“哈！”面上更是满满讽意，“你们瞒得那么好，一个字都没透露，我姐哪里能发现得了。她除了在你们回来H市后通知我，其余的，她什么都没有做。所以，不要把这账算她头上，我也实话跟你们说，是匿名短信，就在昨天中午，我收到一条无号码的匿名短信，内容就是细数敏敏身体的情况，并且如果不相信的话，就让我去查敏敏的住院就诊记录，去查那个主治医生。”

他笑了笑，无限苍凉：“查的结果不用说，根本查不到，那个医生也一口咬定没这回事。所以我才连夜赶回H市，从姐姐那得知你们要来墓地，又直接从机场坐车来了这。不求别的，只求一个否定的答案，却是求不得。”

听完他讲述的一切，我很是震惊，那条匿名短信是谁发的？难道真的是宁一吗？

对峙争执到最后也没个结果，而子杰又死死扣住我的手腕不肯松手。陆向左始终在旁沉默，他甚至都没再尝试与子杰抢夺我。最终三人都坐上了小叔叔的车子回程，陆向左坐在了前座，我和子杰坐后座，车内气氛不光是用凝固来形容，而是压抑到喘不过气。

车子开进市区，陆向左就忽然提出要下车，我心上一颤，提出也要下车，陪他。可子杰却蛮横不顾我意愿，抓紧我的手不松。最后小叔叔忍无可忍，吼着让我们都下车，说看着我们糟心。于是最后的下场，就是我们三人统统被赶下来，而小叔叔开着车子扬长而去。

陆向左瞟了我一眼，转身就沿着人行横道缓缓而走，竟是不再管我们。我知道今天子杰这事对他刺激很大，眼见他越行越远，心中异常懊恼，扭头就对着子杰吼：“放开我！”可他哪里会听，眼神收缩了下，默不作声拉了我跟上前面陆向左的步伐。

只听他喊：“等等，你先别走。”

陆向左顿住脚步，并没有回头。

“陆向左，我没有办法再把敏敏交托给你，以后敏敏还是由我来照顾守候。但我可以为你寻找最好的医生，无论是国内还是国外，希望你能成全我们。”

我怒声质问：“你在胡说什么？我不同意。”可是没人要听我的意见。陆向左缓缓转过身来，视线也不再落在我身上，他迎视着子杰的目光道：“你凭什么？”

“凭我爱她！凭她也爱我！”

“许子杰，你真是自大，敏敏现在爱的是我！你们已经离婚了。”

子杰眯了眯眼，短暂沉默后反击：“自大不自大，你我心知肚明。我就算与敏敏离婚了，也不妨碍我爱她这件事，更不妨碍我保护她、守候她。至于你说她现在爱的是你，其中具体细节，想必你要比我还清楚。”

“你是想说小敏子是因为同情可怜我，才决定陪我出国的？”

“我没这么说，是你自己说的。”

我听着他们一来一往针锋相对，心中焦急又无处插嘴，而此刻子杰嘴上说着没那么说，但脸上却明摆了是那意思。我心里微沉，刚想张口分辩，却见陆向左转移了目光看向我，幽声问：“敏子，是这样吗？告诉他，你与我去国外，并不是因为同情与可怜，而是爱我才想与我在一起，你告诉他！”

“我……”才只说了一个字，就被子杰厉声打断：“陆向左！你不要再逼敏敏了，你可知道，她是个极度捍卫本国思想的人，她从来都认为自己脚下踩着的这片土地是最最安全的。现在你要她去到陌生的国度，甚至连语言都不通的地方，你要她从此依赖你为生吗？你那不是在爱她，而是在慢慢将她枯萎凋零。”

陆向左浑身一震，身体颤了两下，脚后跟甚至都退了些距离，睁大了眼直勾勾盯着我问：“敏子，是这样吗？真的是这样吗？”

我极力摇头否认：“不是的，阿左，你别听他胡说。”

子杰冷声驳斥：“在国内，你有自身领域的天赋可以去驾驭，去独自生活，而去到国外，你会迷失在那陌生的人流里。敏敏，你爱你的父亲超过一切，也将他钟爱的岗位当成信仰，你骨子里遗传了你父亲的硬脾气，以身为中国人为骄傲。曾多次听你提及国外的种种，你脸上的表情都是不屑的，甚至是带着负面情绪的，你要如何去融入一个你根本就厌恶的环境？”

“那是以前，现在的我改变了思想。”

“你没变，只要你叫苏敏一天，你就永远都不会变！”

“我会！”

“够了！”一声震吼，来自陆向左，打断了我与子杰的争吵。回首见他的目光里已是一片黯淡与消沉，他甚至垂了眸，不让我再继续窥探。

从他唇间吐出的声音似遥远又似极近：“敏子，有件事我必须向你坦白，萧雨骗了你，我也骗了你，我根本就没得什么肺癌，那些都是萧雨撒的谎。而我的错在于，知道这件事原委后放任了它的发展，因为……我爱了你太久，听到你说要和我在一起时，全身所有的细胞都活了起来。这是我等了漫长岁月，等到心灰意冷，等到再无希望时的唯一机会。如果错失，我将永远没有机会再拥有你，更没有机会用守护来弥补我当年对你犯下的错。所以我毫不犹豫就默认了肺癌这件事。”

我呆怔着，不知道该有什么反应，这事冲击太大了，他居然说那病是假的！那我以为的余生相伴守候之情，其实都是我一个人在异想天开？根本就是我若选择跟随陆向左离开，那么就是换他来守我到死，那与我不想子杰如此做又有何区别?

之所以义无反顾地要将誓言坚持到底，就是因为我以为至少这个世界上，还有一个人要比我更凄惨。我能在有限的生命里，给他余生快乐，并送他离开，也不枉我们曾经年少的相伴，以及未来得及变成深爱的爱恋。却没想到，这一切都不存在，我才是那个最凄惨的人，到底还是我要先任何一个人而去，把沉痛留给活着的人。

我喃喃而问："萧雨为什么要那么做？”问完就觉自己问了个白痴的问题，还能为什么？为了陆向左，为了她深爱的陆向左，她爱他已经爱到宁愿卑微，也要成全的地步。

但陆向左却说："因为她是个傻丫头。”他再度背转身，轻声道，"敏子，我把所有的事都与你坦诚了，明天十点零八分的飞机，如果你不来，我会一个人走。但我会等到飞机起飞那刻才死心。”话完他就大步而去。

我怔怔地看着他的背影渐渐变小，最终变成了一点，仿佛我生命中的一粒沙尘，在逐渐消失一般，心不由得恐慌，抬步想追。但只迈了一步，就被身旁的人拽住，回首只见子杰朝我摇头："敏敏，别走！”

定睛一看，如此近的距离，可以闻到他身上独有的气息，周旁行走的人，美丽的街景，都似成了我与他的黑白背景。良久，我说："子杰，我想一个人静静，可以吗？”

最终，子杰做出的妥协是将我送至家门口。

我也没去对他顾盼，径自进了大宅的门，顺手将门关上，把他隔在了空间之外。是真的要安静地把思绪理一理，整个上午，信息太多，多到我无法负荷。

当认定了一件事，蓦然间又被全盘推翻，这滋味，大多数人都会觉得不好过。但陆向左这件事，萧雨真的需要做到如此地步吗?

回来前几天那个晚上，他在我房门外枯守一夜，早上他就倒地不醒了。当时我是确确实实感受到他气息微弱，还把药喂给他吃了。这事能作假？

他在撒谎！那个大骗子！

这是要做什么？看到子杰发现了事情真相，看到子杰对我不离不弃，看到我对子杰还有留恋，就故意谎称他生病一事是假的，然后退离？

脑中一热，翻出手机拨通号码，大声如宣誓般道："陆向左，你听着，明天机场见，不见不散！"我不仅是要说给他听，还要说给自己听，告诫自己不要再动摇了。

电话那头长久沉默，就在我想出声询问时，忽然熟悉的声线徐徐缓缓，带着无尽的悲意，将我吓了一跳："敏敏，你是有意还是无意？如果是有意，那么是想将你的最终决定告知我吗？如果是无意，你是对他念念不忘到连拨错号码都不知道？"

手上一颤，手机咕咚一声掉在了地上，我居然拨了子杰的号码？捡起手机，竟还没有挂断，依旧显示通话中，顿觉手机烫手，想要丢开，却听他沉黯的声音又响："敏敏，你真的决定了吗？"我咬咬牙，把心一狠："是的，决定了。"说完毫不犹豫地掐断通话。

一鼓作气，再而衰，陆向左那儿就没勇气重新拨通一遍号码去宣誓，最终确认又确认了手机号码没有错，才发了短信过去：明天机场见。

十分懊恼，刚才怎么就脑筋不动地拨到他手机上了？是将那十一个数字记得太深刻，还是心思有多恍惚呢？就在这胡思乱想中，竟没发现手机过了好一会儿都没回信，等到短信提示音起时，才醒过神来，打开一看，只简单回了一个字：好。

夜里睡下后，特别昏沉，几度迷迷糊糊睁眼，觉得依旧困顿，又闭了眼去。等终于从沉梦中醒来时，发觉脑袋胀得有些发疼，眼皮还颇为沉重，像是睡了很久。

正当我脚尖着地时，猛然间发觉不对了，这地方好像不是我的房间啊。原本我卧房里的色泽是一致的米色中夹着浅蓝，而这个房间的布置却是偏复古，色调幽深。窗明几净的位置，如今连窗户都不见有，只有个老式的衣柜摆放着。

怎么回事？难道我还在梦中？

房门突然被推开，颀长的身影在门口出现，我呆住了，不光是因为进来的这个人，还因为我看到了外面的景象。这根本就不是在大宅！

直愣愣地看着来人不急不缓，走到离我一米之远的地方停下，然后微俯了目光看我。他的眸内没有特别强烈的情绪，连这阵子跟随他最久的痛楚都不曾看见。好一会儿，听他语气轻柔地问道："没什么想要问我的吗？"

我愣了愣，回过神就点点头："现在几点了？"

他作势抬了抬手腕，然后一脸歉意地说："抱歉，很久没戴手表了，据估计，现在的时间为北京时间十六点整左右。"我傻眼加瞪眼，下午四点？怎么可能？这一睡也不至于睡过头到下午啊。而且据我了解，这人从未有戴表的习惯，哪门子的抬手腕看时间的习惯，分明就是故意的。

他似没看到我惊异的表情，浅声问："肚子饿了没？给你熬了粥，出来梳洗下吃东西吧。"说完就转身欲走。

"子杰！"我扬声喊住他，"不要跟我开玩笑了，阿左在机场等我，等不到我他会着急的。"说好了不见不散的，不知道陆向左现在是走了还是在到处找我。

他回眸嘴角噙着抹嘲讽与浅讥："你以为我是在开玩笑？你们要搭乘的那架飞机是昨天上午十点零八分起飞的，现在是第二天的下午四点。敏敏，你是怎么都赶不上这班飞机了。"

我愣在当场，不敢相信自己的耳朵，他说现在是第二天的下午四点？意思是我从前天晚上一直睡到现在？仅余的思维能力，只剩口中喃喃着否定："你胡说，你在骗我。"

哪知他闻言却轻忽而笑，似无限宠溺地说："敏敏，我那么爱你，骗谁也都不会骗你呀。乖，出来喝粥，你将近两天没吃东西了，光补充了点营养剂。想要知道什么，我一会儿统统告诉你。"这次没再给我机会反驳，直接就拉开门走了出去。

瞪着那洞开的门，久久不知该作何反应。该死的，他一点都不像是在开玩笑，这所有的一切是如此真实。待我懵懂地梳洗完走出卧室时，不由得环视屋内布置，这地方很质朴。家具简单，摆设不多，基本电器都俱全，从窗户透过看外面，似乎是个乡间小屋。

桌上一大锅的粥已经摆在那，热气腾腾，飘散着诱人的香味。他双腿交叠着坐在桌前，姿态有模有样地拿了个碗在仔细地盛，盛满一小碗后就推到对面："还不过来坐，傻站着干什么？"从态度到语气，他都像是个什么事都没发生的人，仿佛之前那番伤痛，都是幻觉。

到了这时候，我要是还不知所以，那就真是白痴了。显然，他把我带到了这个陌生地方，在我不知情的情况下。

所谓一夕间，天翻地覆，完全变了样。说的是否就是我这情形？只是要把那个一夕间，改为两夜，如果他说现在是第二天下午四点是真的话。

坐下刚准备开口询问，就被他截住了话："先吃，吃饱了再问也不迟。"表情很是寡淡，但就是有那种威势在。到嘴边的话又缩了回去，只能低头舀了一口粥送进嘴里，确实是饿狠了，也不顾他是否在注视着，就埋头狼吞虎咽，很快一碗粥就见了底。

我伸手去拿勺子准备自给自足，再盛一碗，哪知手到空中就被拦截了，他直接把锅给移到了另外一边，然后慢条斯理地说："不宜吃得太饱，会撑着胃。晚点再吃。"

索性连我面前的碗也收了起来，随后才道："好了，有什么想问的就问吧，现在是答疑时间。不过至多回答你三个问题，你斟酌好了再问。"

我的额头冒出三条黑线，不知道是什么原因，我从醒来的震撼到惊疑不定，再到了悟整件事的可能发展，竟是生不出任何滔天翻滚的怒意。反而是看着这样面目肃黯的子杰，有些惧意，有些莫名。

心里磨叽了半晌，首先提出了个最想知道的问题："陆向左呢？"

问题一出来，对面的男人面色就微沉了些，眼中泛着冷意，蓦忽间他又浅笑着说："敏敏，你还真知道怎么伤我。哪壶不开提哪壶，明知我对他最在意，你就偏偏把针戳在伤口处，你是笃定了我拿你没办法是吧。也确实是这样，我对你再无任何办法了。好吧，我告诉你，陆向左昨天在机场等你等到飞机起飞前的最后一刻，最终独自离开，这个答案可还满意？"

我一时间无法适应这个调调的子杰，字字句句似带着讽刺，又似含着隐忍的痛，而语气又是这般乖张，从未有过的跋扈更在他脸上显现。

就在我还处于错愕时，他又加了一句："这个飞机起飞的时间，是今天上午十点零八分，也就是说陆向左在机场等你等了一天又一夜。感动吗？呵，你这震惊的表情真是可爱，也让我痛心。"

我讷讷不成言，呆呆地看着他："你为什么要这么做？"

话问出时，我看到他的眼中闪过肃冷，一反常态地笑道："敏敏，你该先问我是怎么办到的。也得怪你，是你逼得我不得不如此做。你居然能拨错电话拨到我手机上，还又说了那番话，你说我能坐视不管吗？之前在墓地的时候，我就已经强烈表达了我的意愿，显然你没有听进耳朵里去，所以才会在事后罔顾我的意见，想要继续跟他出国。”

我怒瞪着他，又不知该找什么话来反驳，最后只能遂了他的意问：“那你是怎么做到这些的？我明明住在家里的，楼下有慧嫂在，你不可能在不惊动她的情况下翻墙进屋，还把我悄悄带走。”

大宅的院墙可是挺高的，就算他真能翻得过来，楼底下也安有警报器，会有声响的，他是如何瞒过慧嫂神不知鬼不觉地将我转移的呢？基本上已经可以肯定，这连着两天，应该是用了无副作用的安定药之类将我昏睡着带离的。

子杰的回应是先讪笑出声，随后扬了扬语调反问：“翻墙进屋？亏你想得出来，敏敏，你要是能常这样逗我就好了。问题很简单，光明正大地敲响大门，慧嫂开门后见是我非常惊喜。这种情形下，只需说跟你定了晚上的飞机去国外补度蜜月，又不想吵醒你，堂而皇之就抱着你出门了。哦，对了，慧嫂还一直送我们到门口，把你的行李都帮忙送上了我的车呢。别瞪我，就是这么简单。”

我不想用“惊”这个字来形容自个儿的心情了，应该叫哭笑不得。忘了慧嫂根本就不知道我跟他离婚这件事，可能还以为子杰突然来找我，是在“增进”感情，又听他编那什么补度蜜月的谎，估计想都没想就放行了。

“已经两个问题了，还有最后一个，你想好要问我什么。”他淡声提醒。

我想了好久，挑了个最浅显的问题：“这是在哪？”

当一切已成事实后，再多纠结时间也不会倒退回去，唯有先安于现状。但我的问题一出，立即得来他的嘲笑：“敏敏，你这是在浪费我给你的机会。这是哪，你只要走出门看看就能了解到，居然把最后一个问题浪费在这上面。我还以为你怎么着也得问问这两天你是怎么过来的？离开H市后，你小叔叔那边是什么情况？今后的安排又是如何？”

我被他吐槽得脸色一阵红一阵白，心里懊恼万分，怎么就脑筋短路问了个白痴问题呢。“那我改问接下来你要如何安排？”相比，这个问题更来得实际。

但他却煞有介事地说：“已经晚了，机会过了。”

“许子杰，你有完没完？”我顿时就怒了，主要是他这说话的语调委实令人窝火。他也不在意我嗓门大，继续那个调调：“别吼，小心火气大。这里是一个偏远小镇，离最近较大的城市也得开上一天的车。至于以后的安排，我们会在这儿住上一段时间，你没去外面看，漫山遍野都是小黄花，景致很美，是个度假的良地。”

憋闷在心头，他这意思是我即便是想走，也起码得赶上一天多的路，更何况他偷偷将我带来这里，应是不会放我离开。他倒是言出必行，将语言化为了行动，果真是不放手！

但问题是，方式会不会太偏激了？居然直接掳人，还跑到这偏角旮旯里来。

“答题时间结束，你收拾一下，等会儿我们出门散步。”他自动拍案决定，端起桌上的砂锅就往厨房走，很快两手空了出来，扫了我一眼后道，“还有个事我要跟你说下，以前是我太宠你了，害怕失去，事事都迁就着你，就是……也应了你。从现在开始，一切我做主，你最好收起弯弯曲曲的小脑筋，别再动什么逃跑的念头。”

他又变回了原来的专断独行。手上一紧，被他握着往门外走，我略皱了皱眉，没有推拒。因为也推拒不了，那个控在手上的力量，不重也不轻，想要挣脱，难。

出门后我皱着的眉就舒展开了，微风扑面而来，鼻间全是清新的泥土芬芳和着绿草的气息。阳光因为已近黄昏，特别幽柔，倒是晚霞开始慢慢映上半边天。沿着小路往前走了百米左右，果真放眼可见金黄色的海洋，被碧绿的田埂分成一格格的。

说是漫山遍野，其实不是山，就是较高的土墩而已，但确实是铺得满满的。我们绕到高处，从上而下往远处眺望，那场景就颇为壮观了。据我所知，婺源以小黄花景致而著称，此地会是婺源吗？

旁边的人似知道我在想什么，淡淡解释着说：“这里不是婺源，只是一个没有被开发过的小乡落，叫沁镇，比起商业味浓的婺源，这里更淳朴。这些黄花也并非是种了供人欣赏的，而是农家种植的大片田地，等待丰收的季节，将菜子打下，拿去工厂加工成油。这可是属于纯绿色的油类品种，只比橄榄油稍逊一筹而已。”

我很是讶异，他如何会知道这些？没等我问，他就自己解释了：“这些都是我在一年多前从你父亲那儿得知你是易感体质后，开始慢慢留意的养生之道。敏敏，你这身体并非到病入膏肓的地步，怎么就能想躲开我一个人偷偷等死呢？你甚至连尝试一下都没有，就认定了自己会短命是吧。”

我转开视线，看向别处，幽声说：“并非没做尝试的，否则我不会应承与你在一起，也不会许你生一个孩子。可痛下决心做尝试的结果是医生论证我已开始生命衰竭，原本可能还有十几年的寿命，恐怕现在没有了吧。所以子杰，你要好好想清楚……”

第十四章

藏不住的秘密

悲意再度席卷而来，将我紧紧包裹住，坦言公开自己寿命短暂，不是一件舒心的事。

“想清楚什么？”子杰怒声质问我，两手扣住我的双肩，将我转过来面向他，翻飞的怒意在他眼中狂舞，声声质问在耳，“想清楚弃你不顾吗？你就是这么看我的？苏敏，你是觉得我许子杰有多浑蛋，会眼睁睁看着你死？还是觉得这一刻我放手了，将来听闻你的消息后会无动于衷？我要不要把心挖出来给你看一下，啊？”

“不是的，我就是预料到你知道后会这样，所以才想永远咽下这个秘密。子杰，我不会立刻就死，只会一点点生命衰竭，人体的衰竭会带来各项身体机能的衰退。可能有一天，我会变老、变丑，甚至耳聋眼瞎，到那时，你看到我的情形会难过到不行，而我最不想看到的就是你难过。”

悲怆而带着讥讽的笑从他喉中飞出：“不想我太难过？你可知我在初听到这消息时，是什么反应吗？一个跟头重重栽在了地上，摔得我满嘴都是血！你真当我是看了那短信才知道的？我那是骗你们的，早在你铁了心求我签字时，我就开始着力查你和你叔叔中间有什么秘密。因为你所有的眼泪都在指证着你依然爱我这个事实，可你却偏偏要将我推开，即便是有陆向左患病这个理由在，我仍然觉得不够充分！”

我大惊，直呼：“不可能。”以小叔叔的手段，瞒得那么好，他不可能会查到。

但他却说：“这世上就没有不可能的事，只看有心无心。是人就都能被收买，你叔叔瞒天过海也不过是用了手段收买人心，只是他做得太完善，几乎没有任何痕迹。等到我查出来时，已经与你正式离婚，可知那时我是有多懊悔，怎么那么糊涂真就跟你离了呢？再坚持一下，就能解开谜团，可偏偏是在与你离婚之后才得到这痛心疾首的消息。

起初我怎么都不信这会是真的，可是等我将你离开H市去到吴市半年后的那次病历翻查出来时，由不得我不信。我甚至为了求证，将那医生逼到绝境，他才终于肯吐出事实真相，道出你因易感体质而引起的后遗症是有多严重。五雷轰顶，也不外乎我当时的感受。

终于，所有你的行为有了最好的解释。你嘴上说着爱陆向左，看着我的眼中却是满溢痛楚；你狠着心把离婚协议拿给我，却在我签下字后哭了整整一夜；领离婚证书那天，你满眼都是遮不住的沉痛，却还强颜欢笑，笑得比哭还难看，趴在我背上时，心跳比我都快。这所有的行为都在告诉我，你仍然爱我，可你却想背着我一个人偷偷去死！”

怔立在原地，酸涩由心，可是泪腺早已干涸，是之前哭得太多，不会再有泪意，只剩刺痛的双眼，鼻腔火辣辣地疼。

我畏惧水的深度，却又迷恋水的味道，即使让我窒息仍止不住想靠近。就比如这刻，子杰狠狠地吻住我的唇，明明想要推拒，可伸出的手变成了无力，只能轻抵在他胸前，感受着他有力的心跳。唇舌勾缠，像舞动着的魂，搅乱着人的思维，甚至连呼吸都忘了。

到后来，我就像濒临窒息的鱼，拼命从他口中吸取人赖以生存的氧气，缠吻更加激烈。待我因供氧不足而胸口闷痛，呼吸也极困难时，他才勉强退开，改而啄吻在我眼皮上。本一直睁着的眼睛被迫闭上，并且张大了嘴大口大口地呼吸。

子杰将我的头压在胸前，下巴抵在我头顶上，咬着牙恶狠狠地说："敏敏，你怎么敢如此瞒我！是我错了，错在当时发现你在吴市时，就该立马冲过来，直接将你捆了走才是，那样你也就不至于有心思在那七想八想，想到最后，居然把我们俩人都逼上了绝路！"

"那你为什么不来？为什么还要等过了好几个月才出现？"如果他真就在那时候赶来，以雷霆之钧的气势将我拿下，可能我真没法想到后头去。也不存在隐瞒不隐瞒一说了。

他身体震颤了下，万分沉痛地说："所以我恨，恨我自己怎么就那么糊涂，以为填补你的心必须计划周全，必须小心翼翼，这样才能再不给你委屈受。殊不知你爱我一如既往，无论我是什么样的，你都爱。而一时迟疑，反而将你推远，然后一步错，步步错，走到今天这地步！"

我将双手穿过他的腰，环住在他身后，轻声道："子杰，不要怪自己，这不是你的错。是我命该如此。"有人说性格决定命运，可在我这是命运决定性格。如果不是这强大的命运操纵了我的人生，那么当子杰回头来找我，满眼藏不住爱意时，我就会欣喜若狂，而不是惶惶不可终日，想尽一切方法将他推离。

好吧，鼓起勇气想与命运抗争一次，想给自己和他一个机会，想奢求奇迹在自己身上出现，可最后的结果却是跌得粉身碎骨。现实残忍到让我不堪回首，回首都是殇。

"什么是命？"子杰将我从怀中拉起，用手抬了我的下巴问。他的目光异常凌厉，还带着冷硬和强势，“敏敏，我倒要看看老天爷敢不敢收你！从今天开始，你每天都给我按照日程计划锻炼，看看你自从孤岛特训过后，接二连三生病，就是因为把那些我教你的给荒废的结果。此地是我精挑细选过的，无论是环境还是空气质量，都十分适合你修养。”

“啊？日程计划？”

他点头：“嗯，日程表就夹在我笔记本电脑里，回去拿给你。今后我会严格督促的，你最好有个心理准备。”

这什么情况？他的意思是来这儿并非是将我从大宅光明正大掳劫出来后，开着车随意找的地，而是早有计划的安排？等等，他不是说……“你刚不是说将我带走是因为前天晚上不小心拨错你的号码，然后你才痛下这决心的吗？”

他用力捏了捏我的下巴，但不至于疼，从鼻子里哼着气：“我说什么你倒是都信，早这么单纯也就不会闹弯子出来了。”

好，是我单纯，他说什么就都信了。

第十五章

许我唯一，许我天荒

还没说我爱你

当看到那张日程计划表时，我不由得傻眼了。整整一沓纸，会不会太多了啊？

待看过后才发现除了第一张是一天的日程安排外，其余都是我这易感体质该注意的各种事项，条条框框罗列得十分详细，看得我不由得惊舌，这花费的可不是一时半刻的工夫啊。甚至上面连该避忌什么，该选择什么样的环境，该如何作息，都有说明。

我一个没忍住，还是问了：“子杰，你这些资料准备很久了吧？”

他垂了眸没看我：“自你离开H市后，就开始收集了，等后来机遇成熟后，计划就初订下来。原本准备把你找到后，就每隔一段时间到这地方来休养一阵子，如果条件允许，尽量待在这里久一些。”

我重新将屋子环视：“这座房子是你请人盖的吗？不是从当地农家那租或者买的吧？”

果然他点了点头，难怪我在睁眼的一刹那，并没有觉得任何突兀。因为空间里满满都是他的气息，虽然显得质朴，但还是隐隐透着他的风格。

如果我猜得没错，他有来这里住过，然后他不在的时候，还专门请人打理。否则院子里不会又是花花草草，又是小菜园什么的，他就是有那个心，也没那个时间。

想到这里，我倒是想起一事，问道：“你现在人在这，创杰和场馆那边怎么办？”

“创杰有左韬，场馆有袁珺，用不着担心。”

好吧，不得不承认，他把事情办得面面俱到，抓不出任何一点瑕疵。

“丁零零”一声巨响，愣是把我吓了一跳，瞪着他手中拿着的闹钟：“这是做什么？”只见他煞有介事地指了指我手上的日程表：“睡觉时间到了，快去梳洗了上床，我说过我会严格按照表上执行。”

我忍了忍，没忍住，还是提醒：“现在才晚上八点半。”

第十五章
还没说我爱你

哪知他瞟了我一眼后道：“你磨磨蹭蹭就到九点了，提前半小时开始提醒，早睡晚起是最健康的正常作息，赶紧，别在这拖延时间。”

这意思是……我开始正式步入老年人的生活规划？低头瞟了眼晨起安排，早上六点！边往洗手间走，边安慰自己，这相对要比那时集训随时随地半夜突袭要好多了。

等我梳洗出来，看了眼墙上的钟，还真就到九点了。

环视屋内不见子杰他人，心里咯噔了下，视线转向那扇通往卧室的门。这是个不得不面对的问题，虽然说起来有点矫情，两人做过夫妻，什么事都发生过了，可毕竟我和他目前处于离婚状态，要做到坦然同榻而眠，对我而言，难度挺高的。

只听卧房内传来他清冷的唤声：“还在外面磨蹭什么？”我迟疑了下，硬着头皮走进去，目光一扫，稍稍松了口气，至少他不是等在床上，而是坐在一旁的桌前，在电脑上啪嗒啪嗒敲击着什么。咦？难道这里还有网络的？

走过去一看，屏幕上显示着他正在回复E-mail，一目十行，大都是工作上的决策，原来他并没有像他所说的完全把公司的事撂担子了。这相当于是遥控操作了。

“还不睡？明天早上我可是不会让你偷懒的。”

我在旁拖延，迟迟开不出那个口。他终于停下手上的工作，转首看我问：“还有什么事？”如此我更是不敢提出要求了，连连摇头说：“没事。”心里嘀咕着转身往床边走，躺下后也背朝着他，将被子拉到身前。

灼灼目光始终都定在我背上，前面睡了那么久，我一时间怎么睡得着，而且心里头还在烦着这事，可以说是全无睡意。但竖起耳朵听，发觉他没有再敲字回复邮件，似乎改为看网页了，因为那鼠标点击的声音在静谧的空间，时而一下，也格外清晰。

长时间保持侧躺的姿势，然后一动不动，结果就是压在底下的半边身子麻了，可人还在背后，我又不敢翻动，只能咬着牙忍那针扎般的酸麻之痛。终于关机声音传来，连忙闭上眼，屏住呼吸，脚步声近了，突然又顿住，他清冽的嗓音飘来：“还不睡？是想明早起不来吗？”

呃，他知道我没睡着？继续不动。却听他又道：“身体僵得跟石头一样，以为我看不出吗？懒得说你，明天早上六点，给我准时起床。”接着踢踏声走出了卧室，门还被轻轻带上。

我一时蒙住，他出去了？僵硬着扭转身子，往房内各处看了看，连角落都没放过，他确实不在了，连桌上的那台笔记本电脑也带走了。合着我纠结了老半天的问题，他根本就没考虑，坐在这儿上网纯粹是为监督我睡觉来着？

好吧，是我多想了。房间里只剩我一个人了，就又到胡思乱想的时刻了。想想他怎样堂而皇之当着慧嫂的面将我带出大宅，想想小叔叔知道这事后的反应，想想陆向左在机场孤苦伶仃等候一天一夜的凄惨，想着想着就睡着了。

可事实证明，胡思乱想要不得，不仅扰乱人的思维，还耽误了起床时间。困意正浓时，一下一下地推动把我从梦中拉了出来，眯开眼就见一张沉黑的脸近在咫尺。嗯，眉是俊朗，重瞳绝艳，锋芒内敛，唇线弧度优美，但冷硬地薄抿着。我条件反射地道了句："早！"

于是那张脸冷笑了声道："不早了，从六点开始，我已经喊你起床足足半小时。敏敏，看来你把我的话当成耳边风了。"

啊？我倏然清醒过来，意识回笼也看清了黑脸主人是谁。一个翻身就下地，边往洗手间跑边道："马上就好。"三分钟后，人已出来站在他跟前听令。只见他蹙了蹙眉道："去换身衣服。"

我低头一看，窘了，还穿着睡衣，赶紧跑房间去换。昨晚梳洗时就发现了，柜子里准备了好多身我的衣服，有的是新的，有的是我一年多前落在新家里的。没想到他都收拾了，还带到了这边，不得不说他将一切都考虑全了。

换了一身运动装出来，就听他冷硬了声音开始命令："苏敏，听令。"我立即站定军姿，仰首看他。只见他手中不知何时拿了个怀表，低眸瞟了眼后道："现在是早上六点三十五分，明天我会五点二十五分喊你起床。好了，出发吧。"

啊？这意思是把今天耽搁的时间从明天补回来？

"还不走？"已经走出门的人驻足，回望。我连忙跟上，想了想还是问："你也要一起？"他挑了挑眉，"你觉得呢？"这架势看着像。

"敏敏，以后无论什么时候，我都会陪在你身旁。"

本来严肃的氛围，他突然感性地说上这么一句话，顿让我惊愕在原地，暖意悄悄注入了心头。觉得有些东西正在脱离自己的控制，但我无能为力，像是拿着一根早就烧起来的枯枝去扑打心里的火种，这些心思反而呼啦啦越烧越旺，慢慢连成一片了。

心底有个声音在说：承认吧，苏敏，你其实是想和他在一起的。这个声音细细地钻进了脑子里，不由得轻叹，我又怎会不想和他在一起呢？割舍的痛，是那么让我无法承受，又咬着牙去做。

第十五章
还没说我爱你

凝目前方的颀长身影，这个人值得我开心，也值得我难过，得到他的爱我会手舞足蹈地笑，他转身了我会哭；他值得我用一生去等待，也值得我拼死割舍，只求给他一个重生的机会。而这一切都被他打破，似乎我和他走入了一个可知又未知的境地。

晨跑在沉默中结束，没有立即回家，子杰领着我走出了村落，到了镇上。八点没到，进了一家早餐店，里头只坐了三三两两的人。这是一家很传统的早餐店，只有包子、馒头、豆浆、油条等，也没等我开口点，他直接要了两份豆浆、油条。

可能是刚运动过，消耗卡路里也较多，这顿早饭吃得特别香。

从早饭店走出时，胃里暖融融的，心情顿时美了些。悄悄瞥了眼身旁的人，正好与他的目光撞上，顿有一种被抓包的窘迫感。手上一紧，他握住了我的手，迈步往前。

当站定时，抬头看那标牌，不由得怅然……中医馆！子杰要拉我进门，急急从后揪住他的手臂尽手"等等"。朝里面指了指，"人挺多的，可能排队要很久吧。"从外向内看，几排椅子上都坐满了人。

但他却道："我事先与医师约好时间了，用不着等。"说完又要拉我进门，可我僵着身子顿在原地，脑中翻找着借口，却讷讷不成言。子杰蹙了蹙眉，沉声问："为什么不肯进去？"

"身体好好的，去医馆干什么呀？"

他不说话了，深幽的眸子凝着我。就在我快顶不住时，他突然道："敏敏，你在怕什么？"心尖一颤，别扭地转开头，但立刻就被他扳正了回来，"敏敏，这家医馆的医师很有名，我打听了很久才决定带你来的。我们进去让他看看，好吗？"

移转目光，我咧了嘴笑得很勉强，哀哀地看着他道："子杰，你知道吗？老爹和小叔叔从我五岁那年就发现了这体质，但凡有一丝机会，他们都不会错过。但至今都无果。本来这次打算去美国，除了陪陆向左一起就医外，还准备接受小叔叔联络已久的医学博士的查诊。可我从未抱有希望，不是我讳疾忌医，而是生命力这种东西，真的不是人力可以控制的。

之前我迟迟不愿向小叔叔妥协，除去我不想离开国内外，最主要的是我不想自己就像个白老鼠一样，被那些医学博士当成实验品。因为至今都没有与我病症类似的案例，易感体质的人不乏存在，可会死的却很少。我这是先天加后天造成的内在衰竭。求医的过程我并不惧怕，我惧怕的是从希望到失望的落差，那感觉就像鼓起勇气站起来，不到一分钟又被狠狠地打倒在了地上，令人难以接受。”

子杰，你明白吗？我更怕的是你会不断希望，再不断失望，然后最终变为绝望。

他松开握着我的手，改为双手捧住我的脸，低矮了面孔凑到两寸之远处，双眸直直看进我眼底：“敏敏，不尝试，永远都不会有第一次。你又怎知道你不是那个成功的首例呢？不要怕，我说过，我会永远都陪着你，你也不要怕我会失望，我的情绪一点都不重要，只要有一分机会，我们就不该放弃。”

“可是……”迟迟疑惑间，刚说了俩字，就被他用手指点住了唇，只见他摇摇头：“没有可是，你只要跟着我就好。”

于是，我懵懂地随着他踏入了那家中医馆，直到被引进后堂诊室，还有些浑浑噩噩。

这是我第一次接触中医馆，鼻间闻到的都是中药的药香味。

静坐大约五分钟，子杰约的那位医师过来了，是一位老者。

在简单陈述我的病情后，医师又询问了几个问题，大致就是何时发觉易感体质，又何时变得严重，中间分别受过什么伤。在提到最后雪地那次，我有些难言，子杰在旁帮我解了围，但听他喑哑的声音提到我曾流产的事，心头还是忍不住抽痛。

那件事，是我和他共有的殇，永难抹去。

医师一边记载在案，一边道：“把手伸出来，我给你搭搭脉。”我把手搁在了桌面上，微凉的指尖就搭在了脉搏上，医师又问，“最近饮食状况、睡眠质量如何？”

我踌躇了下，如实回答：“吃东西什么挺好的，睡觉还行，偶尔会失眠。有过一段时间生物钟颠倒，白天睡觉，晚上醒着，后来慢慢又调整回来了。”

“那段生物钟颠倒具体是什么时候？”

我沉吟了下，答：“前年十一月份到十二月份之间，去年十一月份。”话声落，立即感觉到在旁静坐的男人看向了我，目光中含着沉痛。那个时间段一说出来，我就知道他会如此。

老医师点点头，手从我脉搏上挪开，又让我伸出舌头看看舌苔情况。最后就埋头在本子上写着什么，那字我也不认识。好一会儿他才抬头说：“姑娘，你这身子就一个字：虚。你看似双颊红润，气色不错，但眼睑下有阴影，是你常常失眠引起的。舌苔较厚，显白，是体内有湿的症状，即为脾寒。脉象中也显出你体质属极寒，应是多年前你掉落江中受寒气入侵，损伤身体造成的。你又在过年时再次受冻并且流产，寒意不仅侵入你骨髓，更是漫进你血液里了。”

听这一番话，讲得句句在理，不由得心中有些激动，这老医师如此博学，会不会真有办法治？子杰也在旁急声问：“那您看看，可有什么医治的方法，去她这个寒？”

但老医师却踌躇着摇头，一脸歉意地说：“很抱歉，我无能为力。如果这姑娘在初发现是易感体质时来找我，我能开方子为她根除；如果是在多年前掉落江中，寒意入体时来找我，我能想办法调理她的身子；可是到如今，却是晚了，她的身体在之后两次得感后，已显衰退之相，后又受那冰天雪地之冻，最严重的是流产。唉，人的身体都是需要细致呵护的，这接二连三遭遇重创，就是没这易感体质，也都亏空了。”

刚刚升起的希望，又一点点下沉，直至坠入谷底。我就知道会是这样，艰难地转头去看子杰，他一脸讳莫如深，但即使绷得再紧，也难遮掩眸中的痛意，听他喑哑着嗓子问：“难道一点办法都没？”

老医师将我看了又看，最后道：“我能做的，就是先开方子调理子宫，驱除那里的寒意，否则你们以后都不能要孩子。至于体虚这个问题，也不是一朝一夕间能有成效的，我会给你们开服药方，配合调理子宫的药一起喝，每天早晚两次，先坚持喝上半年看看疗效。这期间，每隔一月就过来让我诊次脉。”

再一次面临孩子的问题，心口处的伤无可避免地被再度撕裂开来。

在漫长沉默之后，子杰敛去了所有情绪，有条不紊地跟老医师详细咨询药方，并且将该注意的事项用笔一一写了下来。走出医馆时，他的手上拎了两大包的药材。

无声沉默，一直延续到进家门。子杰把药包放在桌上后，就一头钻进了房间没再出来。

直到我从厨房端了饭菜上桌，那扇门才终于打开，我怔怔看他红了的眼眶，压住鼻间的酸涩，轻声说：“吃饭吧，我都做好了。”他无声跟在后面走到桌边，坐下时似下了决心般说：“敏敏，晚点我们再找别的名中医去看，总能有法子的，刚才我在网上查了很久，也打电话托人去寻了。”

我停下筷子，把嘴里那口饭咽下，抬头说：“子杰，其实找再多医生，答案都是一样的。”

“不试又哪里知道，上海、深圳那边都有名中医馆，我们可以一家家试过来。”

我想要开口反驳，但看那双红了的眼，缩回了到嘴边的话。

之后每天早晚两顿喝药，是我一天里最痛苦的时候。良药苦口由来已久，那苦味通过味蕾，传至体内各处，连叹出来的气都带着苦涩。

再难喝，也得硬着头皮喝，因为子杰跟督工一般，虎视眈眈盯着，直到我喝得一滴不剩，才肯罢休。现如今，那个督工正站在高处，远远看着我吭哧吭哧地奔跑呢。

一天里，早上的晨跑、午后与晚饭后的散步，他都会陪着我。唯独傍晚的一小时长跑，他放任我一个人独自进行。拿他的话说是张弛有度，不想把我管得太严了。然后我在心里对他比了中指，这样还叫不太严？基本上我就没离开过他眼皮底下。

生活就这么平平实实地过着，一些沉淀灰暗的情绪被有意压在心底，不去触碰，也忽略了外界的繁杂琐事和纷扰。后来有时回想起这段岁月，也算是宁静独好，风过无痕。

一个月转眼即逝。这日，子杰领着我又去了中医馆，还是那位老医师，在望、闻、问、切之后，老医师指称要比上回来好一些了，但也只指子宫寒凉的调养，其他的没多言表。

拿了老医师新开的方子走去堂外抓药，子杰让我坐在一旁等他，由他排队就好。这中医馆不仅看诊的人多，来抓药的人也多，所以药台边排了一长条的队伍。

忽地心念一动，子杰前面起码还有十来个人，轮到他时估计还要十几分钟，我朝后堂处看了看。咬了咬牙，有了决定。掩着身子，不让他看到，慢慢移步再度走进了后堂的诊室，老中医见我回来微微有些讶异。

时间紧迫，我也不多解释，开门见山就问："医师，您给我句实话，我这身子还能活几年？"这个问题，积存在心底很久，曾经问过小叔叔，他当场勃然大怒，后来我就不敢再问。在心中衡量了把尺，没有发生大年初二那场意外之前，我把自己的寿命定为十年到二十年，这年数听着还挺漫长的。但意外之后，我知道，这个时间要大大缩减了。

老医师怔了下，有些动容："姑娘，你怎会有此一问呢？"

我轻笑了下，尽量不让苦涩泛出："我只是想清楚了解自身的情况，不想懵懵懂懂活着，这样将来也好有个心理准备。老医师，还请如实相告。"

老医师踌躇了好一会儿才道："这个问题，我没法给你明确答复。你的病情比较特殊，属于体质问题，而人的体质又是多变的，这一刻是这样，不代表将来就不会改变。就像现在许多癌症患者，被医生下论断说只有多久寿命，但还是有人活了十几年都安好的。”

这个答复模棱两可，我没法满意，身为当事人，只希望能够对自己的身体有个大致了解。我近乎偏执与任性地直接问：“十五年有吗？十年？八年？五年？”每说出一个数字年份，心就沉落一分，老医师即使闭紧了嘴一个字都不肯吐露，但他的眼神出卖了他，那里头有着对我的怜悯与同情。

最后我惨笑着抬手随意在空中比画了下，也不知道自己要表达什么意思，口中干涩地憋出了句：“谢谢！”再难吐出一个字来，五年！呵呵！

闭了闭眼，我心里有个声音在轻轻地说：真的好短啊。

机械地起身抬步，往门边走，我得赶紧出去了，再不出去子杰抓完药找不到我可要急了。身后老医师唤我：“姑娘，等等。”莫名回头，见老医师神色间有些迟疑，几度欲言又止，以为他是想安慰我，随意笑了笑道：“没事的，我有心理准备。”

手刚握上门把，老医师又蓦然道：“姑娘，或者也不是完全没有办法，你这种状况可能要尝试针灸，从底骨里头根治。”我愣了两秒后，不由得睁大眼，刚想询问，门忽然被打开，一道身影钻入且越过我，直冲到老医师桌前急问：“医生，你说的是真的吗？”

子杰？他怎么会在这里？我看了看门外，再看看身前方位，刚才我与他就一门之隔？那我跟老医师的对话，不是全被他听见了？脸色顿时变得刷白。

那边老医师也很是惊异，还好很快就恢复了镇静：“我只说可以尝试，不能保证，因为针灸在中医里，相对而言疗效要迅猛一些，有人会因体质问题承受不住，有反效果。所以起初我并没有建议你们尝试。另外一层原因是针灸我并不太擅长，只略懂皮毛，治疗一般急症还能有用，像你这种，必须有专门的针灸师傅以及特殊的针法才能起到作用。”

“那老医师有没有可以介绍的专业针灸师傅？”

老医师并没有立即回复，而是埋头沉吟了好一会儿，才抬头道：“我认为你们还是先回去好好考虑下，对针灸进行大致了解之后，再决定要不要用此法治疗。”

子杰沉默思考。

我返身走到桌前，扬声道：“不用考虑了。”两人的注意力都转向了我，子杰的目光更是惊疑，我断然开口，“我接受针灸治疗，反正……反正也不会比现在的情况更糟了。”

如果真的五年是极限，那么还有什么可怕的呢？至少，偿了子杰坚持到底的心愿。

在他从门外听到全过程后，我不做任何念想能再瞒他。按说此刻的心情，他要比我更加难过吧，所以才会在听到老医师说还有可行之法时，激动到从门外闯进来。

老医师再次确定：“你考虑好了？”

我慎重点头，手上一暖，被子杰紧紧握住，他的视线一瞬不瞬地凝在我脸上。

“既然如此，我给你们介绍一位姓洪的针灸师傅吧，他就在邻镇。他的针灸手法是最纯正的，拿捏穴位十分精准，你们先去拜访他一下。但治疗的时候，最好还是要把人请过来的，需要两相配合诊治才行。”

从医馆里出来，手上多了张老医师誊写的那个针灸师傅的地址。子杰带着我回了趟家，稍稍吃了点东西收拾了下就开车去往邻镇。抵达时我和他面面相觑，老医师推荐的洪师傅竟然死了……就在一个月前。这是否就叫作天意？

老天爷还真是会愚弄人，刚刚燃起点希望，生怕我会偷着乐，立即又给掐灭了。却在我们转身之际，又抛下巨雷炸弹，震得我和子杰停顿了思维。

英国伦敦。

远远看到那处木屋，里面还透着光亮，长舒了口气。

敲响木屋的门，萧雨的脸出现在门后，她面露震惊：“你们怎么会来？”

我还没出声，就闻屋内传来清沉的嗓音：“谁来了？”心头微动，循声而往里探。但因萧雨只掩开半扇门，她又挡在门前，视角有限，所以看不到人。只见她掩饰着惊慌回头道：“没什么，是送快递的。”说完人从门内走出来，并把门给掩上了，冷着脸指了指远一点的位置，示意我们过去说话。

朝紧掩的木门看了看，转身跟着萧雨走到了一旁。刚站定，她就压低声音质问：“你还找来干什么？我就知道你不是什么失踪，而是临时反悔了。既然如此，当初为什么要骗阿左？他在机场等了你整整一天一夜，连个音信都没！”

“跟敏敏无关。”子杰往前一步，拦在了我身前，“是我将她在非自愿情况下带走的。”

萧雨眼神缩了缩，转而就冷哼了气道：“你们是一丘之貉！苏敏，我再也不会把阿左交给你了，现在带着你的男人给我立刻滚，这里不欢迎你们！”

子杰面色一变，目光泛冷，我从后拉住他的手臂，朝他摇摇头。此行不是来和萧雨吵架的，她的态度早有预料，陆向左的事我本身就理亏。但就此打退堂鼓，也不可能，所以我清了清嗓子从子杰身后走出来，认真地看着萧雨："你实话对我说，阿左到底有没有得肺癌？"

没有放过萧雨脸上任何一个细微的表情，在我话问出的一刹那，她的面色唰地变白，即使之后再强作镇定，也难掩藏眼底的惊惧。她勃然大怒："苏敏，你还有没有良心？你居然怀疑阿左骗你！"

我定定地看着她，轻声说："我怀疑的不是阿左，而是你。萧雨，在一个多月前，阿左亲口对我说是你骗了我，他根本没有得肺癌。"

这回萧雨脸上的愤怒消失了，怔怔而问："阿左亲口对你说的？"转而她又摇头似不信地喃语，"不可能，他那么爱你，那是他唯一可以与你在一起的机会，他怎么会如此说呢？"

心波流转，我转头与子杰对视一眼，她这意思是……

一声轻叹从身后响起，徐徐缓缓的嗓音像来自极远的地方："敏子，你终于来了。"我身体僵了下，缓缓转身。那处门前，颀长孤凉的身影，背后屋内的灯光打在了他身上，使得他的脸隐在昏暗中，看不太清他的神色，却能感受到熟悉又陌生的独属于陆向左的气息。

"阿左。"我轻唤。心里说不出的内疚以及难言的情绪，其中还有极深的疑惑。从洪师傅儿子那含糊得知了另外一些信息，从而我们赶来了这里，迫切想得到求证和解惑。

可真正见了之后，张开了嘴不知道该从何问起。

陆向左浅声道："都先进来吧。"说完他率先转身，走进了木屋内。萧雨在他出现后，就如收了利爪的小猫般，第一时间走到了他身旁，此时也没再看我们，扭头进了门。

子杰握住我的手，轻捏了下我的掌心，拉着我跟进。

木屋里的格局很简单，陆向左已经坐在了一张长桌前，萧雨在备放杯子和茶叶，他提了茶壶给杯子里注水，两人之间配合得极其默契，这感觉就像……夫妻。

待三杯茶斟满后，陆向左抬手指了下座位："坐吧。"萧雨则退开进了房间。她开门的一刹那，我视线随着往内瞟了一眼，是纯女性风格的房间。

"说吧，你们找我什么事？"陆向左开门见山地问。

自进门后始终沉默不语的子杰，忽然道："不就是你引我们过来的吗？这个问题，应该换我们来问你。"

啊？我惊疑转头，莫名其妙地看着子杰，此话何解？我怎么都听不懂呢？

陆向左也如是道："我不明白你在说什么。"

子杰轻笑了下，垂眸凝视手中的茶，问："这是什么茶？"

我又怔住了，这思维跳跃也太大了吧，怎么忽然就转到这茶上面了？而陆向左居然也没追问，顺着他的视线看那茶杯中的茶水，似也染了兴趣："具体什么茶，我也说不清。是一个朋友送给我的，想听听我对这茶的研究和感悟吗？"

他清幽的眼眸抬起凝向了我，里头有说不出道不明的情绪，非我所能理解的。

在我颔首之后，陆向左先自斟自饮了几次后，才向我提问："刚有注意我喝了几道茶吗？"

想了想，抬手比了个三，他笑着点头："确实是三道。此种茶叶喝三道是最佳，再往后喝就是多余了。刚你也抿了一口，一定觉得口中全是苦涩吧；等你这道茶喝完，我再给你添注茶水，就会觉得微微甜了；到第三道时，那苦和甜就淡去了，却又回味在唇间。"

在我喝过三道茶后，他又道："我给这茶起了个名，叫三道茶。第一道，苦若生命；第二道，甜似爱情；第三道，淡若轻风。"

心律波动，一听他这话就是意有所指。

"人生其实就好比这三道茶，先苦后甜再淡定。但我却相反，甜美的爱情悄然逝去，尝尽想爱又爱不得之苦，到现在唯一剩下的只有淡若轻风。"

我还没细细咀嚼他话中的含义，就听到身旁子杰开口："所以你觉得不甘心是吗？然后布了个局引我们全都跳进来，而这个局从开始到现在，你已布置多年。我说得对吗？陆向左。"

子杰在说什么？什么局？什么已经布置多年？我在桌下悄悄拉了拉他的衣摆，但他像是没察觉一般，直直盯着陆向左的眼睛继续道："我有件事想不通，你布下天罗地网的动机是什么？如果是为了敏敏，那为什么要到今天才推动整盘计划？"

我越加听不懂了，在来时子杰根本就没跟我讲这些，可陆向左的神色从原本的风轻云淡变得迷离起来，他眯着眼像是听到了极有趣的事。他放在桌上的手，时不时地摩挲着杯纹，好一会儿他才开口："许子杰，你确实比我想象中聪明。"

心中一惊，他这是肯定了子杰的猜测？我忍不住插嘴进去：“能告诉我你们在说什么吗？我听不懂。”陆向左慨然失笑，摇了摇头道：“小敏子，还是你单纯。”

子杰却是轻哼出声：“是单纯，否则也不会受你迷惑，被你骗了。”

“他骗了我什么？”

“我骗了她什么？”

陆向左与我同时出声，问的都是同一个问题，却是两种意味。

子杰眸色一沉，冷声答：“你骗了她的信任。”陆向左闻言看向了我，居然点点头道：“这点我承认，我是骗了她的信任，但也仅此而已，其余的并没有对她做出伤害之事。”

“仅此而已？你骗她说自己得了肺癌，难道就不是伤害？你知道她有多内疚和懊悔吗？为了你，不惜与我离婚，现在你居然还敢说仅此而已、没有伤害！”

陆向左眯起了眼睛，声音也沉冷了下来：“你们离婚，是因为你们之间的裂痕太深，并不是因为我！为什么不自省下敏子为何不愿告诉你她的身体状况？想想每次敏子出事时，你可曾尽到一个丈夫的责任？”

子杰猛地一拍桌面，怒喝：“那也比你故意中枪受伤，害得敏敏身体遭受重创要好！”

脑中轰的一下，什么被炸开了。我茫然转首，怔怔地问：“你说什么？故意中枪受伤？”子杰脸上浮现沉痛与担忧：“敏敏，这些事本不想告诉你的，可是……”

“我要知道！你告诉我怎么回事！”

他的目光移转向那边，沉声道：“陆向左……如果我没猜错的话，你应该是受过特训的。以你的能力，在当时的情况，一定可以第一时间敏锐察觉到危机，可连敏敏都感应到了歹徒的煞气，你却反应迟钝？这乃第一个疑点。据游客笔供所述，当时敏敏离歹徒很远，在歹徒与游客争吵起来时，你绝对是要比她近，并且完全有机会在瞬间将歹徒撂倒，但你却没有这么做。这是第二个疑点。

第三个疑点则是在敏敏与歹徒交涉过程中，你悄悄绕歹徒身后去这个行为是极其严重的错误，因为游客们的目光随时都会将你出卖，以你的睿智与机警，不可能犯这类低级错误。最后一点，也是真正暴露你的一点。但凡受过特训的人，要比常人更敏锐，以你的身手，绝对可以避过身后射来的一枪，就算当时你没防备，也能凭枪响的一刹那判断出往旁边避闪，如果连这点警觉性都没有的话，也枉费了你受训的那些了。”

听完子杰的分析，我惊愕到无法思考：“阿左，子杰说的这些，是真的吗？”

陆向左的神色瞬间变得悠远莫名，然后唇角上扬，勾起嘲讽的弧度：“敏子，你开口问，就已经心中有判定了，还问我什么呢？恐怕我说什么，你都不会信了吧。”

“不，”我摇头，“你如果说不是真的，我信。”

陆向左凝望我数秒，脸上浮现笑容：“敏子，你真的很单纯，单纯到让我对你愧疚。不过，你信任的不是现在的我，而是曾经在你心中的陆向左。所以，你其实已经在心里怀疑了，只是想从我口中得到肯定，来驳斥你的疑虑，是吗？”

“不是的，阿左。”我急急否认。

但下一刻，他却已说：“是真的，许子杰说的那些都是真的，我是故意受那歹徒一枪的。”

我再次惊愣住，讷讷而问：“为什么？”

“因为我要给自己搏一个机会，如果我不受伤重一点伤及性命的话，你又岂会因为内疚而同意与我在一起呢？”陆向左收了脸上的笑，漫不经心地抛出了一个炸弹。

我不敢置信，陆向左会因为这个理由而……“你疯了，那一枪差点要了你的命啊！”

“那又如何？如果一枪能换回你的心，那么只要不死，什么都是值得的。”

“值得？”子杰冷扬了语调怒声起，“你的值得，是拿敏敏的健康换来的，她为了救你，连命都几乎搭上了，还失去了孩子，这就叫值得？”心中一痛，提及那件事，我永远都做不到坦然。包括子杰，相信他的心中也淡不去那个痛，所以此时才如此愤怒。

陆向左的目光在我身上划过，含着深刻莫名的情绪，我看不透那意思，只是心里浮起层层悲哀，为什么会这样？

忽听耳旁子杰疑虑道：“不对，你如果真的爱敏敏，又怎会陷她于这样的绝境？她的身体状况，你应该比我知道得还早。”没错，在我离开H市后半年的那次重感，他就从小叔叔那得知了我的身体情况，他又怎会因为那个理由而如此做？

陆向左目光闪烁了下就垂落在桌面上，也不接话。

子杰只好继续猜测：“难道说当时的情形还有隐情？你中枪的目的另有原因，而你也绝没想到会与歹徒滚下山崖而跌断肋骨，更不可能神机妙算猜到敏敏也会摔下去。所以，这其中也含着意外在内？”

陆向左依旧沉目不语，我不由得急了，一把拽住他放在桌上的手：“阿左，你说啊，到底是怎么回事？都到这时候了，为什么还要瞒我？”

“够了，苏敏！”一声娇喝传来，来自卧房门边，正是进去多时的萧雨。只见她满脸怒容地走来，横立在桌前，双手撑着桌面，怒目瞪向我，“不要再逼他了，你要是真想知道，我告诉你全部经过。”

“萧雨……”陆向左抬头轻喝，紧蹙起眉，欲言又止。而萧雨却是看向他凄然而笑：“到了这时候，还有什么好隐瞒的？引她来，不正是为了揭开真相吗？”

真相，这两个字令我很不是滋味，似乎每一次解开谜团背后的事，都是不好的。看着陆向左与萧雨的脸色，我没法将事情往好的方向去想。

陆向左没有再制止萧雨，把视线定在了某处，神色愣怔。

事情还是得从那年江边事发后说起。我差点送命，陆向左也与我相差无几，他因高烧不退而烧到失去意识，诊断出肺叶极度受损。正逢小叔叔与老爹不知内情施压，逼迫陆家将他送离，于是就直接送到美国就医，没想到了美国医生也束手无策，他时不时就会昏迷不醒。

陆家不得不动用人力四方求医，最后打听到沁镇有个名中医，医术十分厉害。悄悄把陆向左从国外转移了回来，并且送到沁镇那家中医馆，医治他的人正是那位老中医。在那边调理两个多月后，终于有所好转，清醒的时候变多了。老中医建议他去找洪师傅针灸，那样才能更好驱除他肺叶的寒气。

于是就有了他跟在洪师傅身旁边治疗边学习针灸的半年。原本，他这情形，是需要长期调理的，可他却在半年后离开了沁镇。偷偷地回了H市，那时我已经过得没心没肺，将那些烦恼事都一并忘记了，同样忘记了对他的喜欢。

他悄悄躲在我周边关注着我，又不敢被任何人发现，就连陆家人也不知道他回来了。可天下没有不透风的墙，他的行踪终究还是被小叔叔察觉了。因为刚经历过我的生死大劫没多久，小叔叔和老爹都特别震怒，怕陆向左的出现，会引发我再度被尘封的记忆，所以他们毫不犹豫地“请”陆家再次将陆向左送离国内，且下了一道禁令，短期之内不准他再回国。

本是嚣张跋扈的人，一下子被现实打磨得快速成长，也是那时萧雨追随到了他身边。陆向左在国外从未放弃过对我的关注，辗转从陆昊口中得知我将会考军校，他放弃就读商学院，努力考上了那边的军校，并且以各项都优异的成绩提前一年毕业。

原本隔着太平洋的遥望思念，终止于他从陆昊那儿探得我将结婚的消息。

本想回国阻止，只是天意弄人，连他也没想到会在打算回国前突然病发。陆向左没说假话，他确实没有得肺癌，肺部也没肿瘤，所以他根本就没咳嗽这些症状，他是因肺叶受损而导致心肺衰竭。

心肺衰竭，也叫呼吸衰竭，症状有很多，比如呼吸困难、发绀、狂躁、抽搐、昏迷等。唯一有效的办法是做移植手术，可必须找到肺功能各方面都达到指标的心肺才行。

陆向左让专家医生配置能够压制病情的药物，之后就义无反顾回国了，他再一次选择了中医，又去到了沁镇。效果不敢说显著，但至少陆向左要比去的时候气色好很多。之后他就隔上一阵子往那边跑一趟，让洪师傅为其施展针灸。后来那段时间，应该就是到了他回国与我碰面那会儿了，原来他那时候就一直在靠中医治疗着。而我的身体状况一事爆发，对他是极大的打击，在心情极度压抑的情况下，不用说他又病发了。

这一次来势汹汹，昏昏沉沉好一阵子。之后他将所有精力都钻研进了中医里面。

他一直试图想要与我谈谈这事，可在没有把握之前又不想空将希望给我，所以之后过来，几番欲言又止都没提及。并且他从我看似平静的神色中，早窥探到我对子杰刻骨的思念，又发现子杰也有在寻访名医，就暗中指引了方向给子杰，将他引向沁镇。

这些事，他都是默默在背后做下，从未言表。

大年初二那天，其实是想与我告别的，他准备离开，想还我一片清宁。沁镇那边，老中医和洪师傅都已交代清楚，子杰只要查清真相，就一定会带我前去求医，这在之前他就暗中对子杰有了暗示。

所以上山的途中，陆向左并没有上前与我搭讪，只默默在旁，想安静地陪我最后一次。

却没想真的应了他那句天意，天知道会遇上这么个鬼天气，又天知道会在山顶遇到通缉的罪犯。刚才子杰其实分析错了，陆向左可能真的会因为爱我想要与我在一起，但有一件事他绝对不会做，那就是伤害我。

在当时的情况下，他确实是有那敏捷的身手避让开，可与此同时他看到我朝那边扑去，位置恰好与他成一直线，如果他避让，那么很有可能中枪的就是我！

在极瞬的时间内，他能做的唯一反应就是避开要害，但还是将后背露给了歹徒。那一枪将他打倒在地，牵动了他的病症。所以之后在与那歹徒搏斗时，他是忍着背后的伤以及气息孱弱在打。之后的事，他根本无力阻止，也无法改变，只能眼睁睁地看着我和他走向通往死亡的道路。

死，自然是都没有的，要不如今我和他也不会坐在这里了，只是两人各自在寿命上减了期限。到这时，他想为我最后做一件事，给子杰一个永生难忘的教训！

他前后见证了两次我最无助的时候，子杰都没有在我身边。所以这一次，他要子杰深刻地感受那割舍之痛。却又暗中点拨子杰去追查真相，有意释放出半年多前我的那次重感有内情的消息，凭子杰的敏锐，他只要查到一丁点信息就会追查到底。

萧雨赶到这个木屋找到他时，他变得不太愿意说话，每天就安静地坐在木屋里，不知道在想什么。眼看着他的脸色一天天苍白，气色也一天天变弱，萧雨无可奈何。

直到今天我们来，他说着口是心非的话。

我心情压抑至极，久久无法平静，定眸在陆向左低垂的脸上，问："所以沁镇的老中医，以及那个洪师傅儿子的一番话，都是受了你的安排，故意引我们来找你的，对吗？"

事实证明，世间巧合，大多数是人为的。

陈述过程中始终保持缄默的陆向左缓缓抬头凝向我："敏子，还相信我吗？"

我脑中转了圈，立即明白他的意思，用力点点头："信。"想想又加了一句，"不管是以前的阿左，还是现在的你，我都信。"始终坚信一点，他永远都不会伤害我！

他的脸上露出了真正宽慰的笑容，轻声道："好，那我一定竭尽所能。"停顿了下，又缓缓讲解，"别看针灸很简单，对刺入的穴位力度要求非常严格，洪氏针灸有别于他家，针法奇特，并不是说随随便便一个针灸师傅就能出效果。最主要的是他要与老中医配合，一个施针一个用药调理，且随时观察，才能真正对症下药。"

这个问题其实我也想到了，否则陆向左不会费尽心思转这么大的圈，其中应有他自己的念头在，还有不得不如此的理由。若是随随便便一个中医，加上针灸师傅，就能将我治愈的话，那么我这病也不会拖到今时今日了。

"你既然想救敏敏，为什么不直接告知？反而要引我们来这儿？"沉默已久的子杰涩涩地提问，紧蹙的浓眉透着层层忧虑。

陆向左还没答，萧雨已经冷哼声又起，她说：“因为阿左不适合再长途跋涉，他的心肺衰竭到再也承受不住那高空的气压。”

“萧雨！”陆向左轻喝，固执地说，“我没事。”

“你哪里没事？要是再不动肺移植手术，你会有事，肺的衰竭已经开始影响你的心脏了。昨天你还因气虚差点……阿左，就当我求你，动手术吧！”萧雨说着说着，泪已滑下脸颊，满目凄然。

原来如此！不是陆向左不想赶回去为我医治，而是他没法回去。不！我绝不要陆向左拼着性命来救我，咬咬牙，坚决开口：“阿左，动手术吧，你的情形已经不适合保守中医治疗了，你不要逞强，如果你不动手术，我不会接受你的施救。”

“可是我如果动手术，很可能……就算侥幸成功，也将会有很长一段时间无力施针。而且……算了，那事不提，总之先救你，我能撑得住的。”

萧雨忽然一把抓住我的手，眼泪啪嗒啪嗒全掉在桌上，声色哀戚：“苏敏，我求求你，劝劝阿左，让他动手术吧。如果为你治疗，至少也要几个月，可他真的不能再拖了，否则他会死，昨天晚上他就休克了。”

休克！我惊慌地看向陆向左，他的脸上闪现怒意，用力扯开萧雨拉住我的手，怒声道：“你不要这样！在敏子身体复原前，我是不会动手术的。而且就算我同意动手术，也没有找到合适的肺。”

“不，有合适的，我已经检查过了，我的肺功能都是达标的，可以移植给你一半。”

“你想都不要想！”陆向左顿时勃然大怒。

我惊得睁大了眼，萧雨说用她的肺？是……活体移植？当真是不知道该怎么来形容自己的震惊。第一次真正意义上觉得，爱是付出，是牺牲，是不求回报，就如萧雨对陆向左的爱。

看到陆向左的眼神变得很沉痛：“萧雨，这个事我们已经讨论过，我不会接受的。”

萧雨泣声说：“阿左，你不要再倔了，我身体很好，少一个肺没什么的。”

“可是一个肺根本没用，我需要的是双肺移植！你能少两个吗？还是你打算牺牲自己来换我的命？萧雨，收回你的念头，别说我不同意，就是医院也不可能接受你这种行为，这会构成谋杀！”

第十五章

还没说我爱你

萧雨不说话了，泪流不止。我在旁看得心很沉，她这副样子难道真动了那念头？想要牺牲自己来救陆向左？心念一动，脱口而问：“要怎样才算肺功能达标合适？”

“敏敏，不可以！”

“敏子，你休想！”

两道怒声同时而起，子杰和陆向左全都脸色大变，几乎立即就明白了我问话的含义。

我没被两人难看的脸色吓到，倒是被震怒的大嗓门给吓到了，两边耳朵都嗡嗡响。子杰将我的身子扳向他，急道：“敏敏，你自己身体都这情况了，怎还能动那念头！”

心中一黯，确实老中医说我身体极虚，我的肺叶恐怕很难达标吧。“我就是这么一问而已，你们太紧张了。”在两道严肃认真的目光下，我只好否定了本来的想法。

萧雨在旁幽声插话：“就是你想，也是没用的。肺移植手术，匹配的标准除了供体要有适当的肺功能及没有感染外，血型要匹配，还有供肺大小也很重要。如果太大，会影响静脉回流，也会使移植肺膨胀不全，还会减弱手术后的恢复力，太小也不行，会有胸膜残腔的危险。”

她用了一些医学专业名词，我听得不太懂，可是却大致明白要找到合适的肺很难。

“好了，这个问题到此为止，不要再讨论了。”陆向左突然粗声打断，神色间很是烦躁，他视线转向子杰，“后面的事你来安排吧。”

就在这时，午夜十二点的钟声响起，萧雨对我们下了逐客令，说陆向左要吃药休息了。陆向左只深看了我一眼，也没有再挽留，我与子杰退出了门。

无声走离木屋门前，到一处树下，我停下来拉起子杰的手道：“子杰，阿左的手术已经迫在眉睫，暂且先将我的病放一放好吗？先想办法找找有没有可供移植的合适的肺。”

“敏敏，你也听到的，如果手术，可能会不成功。即使成功，短期之内他都将不可能与老中医合力医治你，你的身体拖下去，很可能会恶化。尤其是流感这种病菌，对你的侵害实在太大，它又防不胜防。”

子杰的考虑并没有错，但是多拖一日，就等于是在耗尽陆向左的生命。

我微仰起头，紧凝着黑暗中灼亮的双眸：“子杰，对于我来说，一切都还能用

‘可能’俩字来说，可能会恶化，但也可能不会，只要我随时注意身体，加上老中医的调理，以及你安排的锻炼，流感不见得会染上我。可阿左却等不了，你听到萧雨说的了，昨晚上他休克了，呼吸对他而言已变得困难，他不可能等到将我医好的。你明白吗？”

子杰深暗的眸内浮现沉痛，这些事他又如何会不明白呢。

忽然身后传来一声异响，两人猛然回头，是萧雨！

显然她没有看到我们，因为我们站在一棵大树下，完全都笼罩在阴影底下。这么晚了，萧雨还出来做什么？

只见她环视四周，我和子杰直觉往树后躲。等了一会儿，萧雨就转身进了屋，但门没有关，我和子杰对视了一眼，昏暗中都从对方眼中看到了疑窦。很快就有答案了，大约五分钟后，萧雨再度出现在了门前，这一次她不是一个人，而是用轮椅推着陆向左从内出来。

陆向左的样子，委实让我震惊，他的脸上似被什么给覆盖住，头歪倒在一旁，隔得远，看不清他是否清醒着。心中一动，难道又发病了？想也没想就从树后冲了出去，身后脚步声紧随，是子杰跟了上来。

冲到木屋门前时，萧雨也看清了我们，面色大变。我顾不上研究她的反应，一个箭步冲到陆向左轮椅前，离得近了发现覆在他脸上的是呼吸器，他双目紧闭着。我蹲下来边查看边问：“他是不是又病发了？呼吸又休克了？要赶紧叫救护车啊！”

手指探往他的鼻息，不算气弱，但样子像是昏迷过去了。

萧雨没出声，我抬头疑惑地看她，只见她睁大眼怒瞪着我，浑身都在轻颤，不知是愤怒还是惊怕。她这态度，让我有些茫然，正待开口再询问时，只听随后跟来的子杰道：“不是发病，他是睡着了，如果我猜得没错，你给他吃了安定药吧，然后又怕他出事，给接上了呼吸器。”

我的指尖颤动，以为是听错了，可萧雨却勃然色变，眼中浮现惊惧。她愣愣地看了看眼前沉睡的那张脸，再抬眼看萧雨，随即顿悟。

“你想悄悄带阿左走？”我涩然而问，虽然答案已经极其明显。

萧雨垂下眼，手轻轻搭在陆向左的肩膀上：“我不是要带他走，而是替他做决定。”

我一时茫然，不明白她的意思。子杰惊疑出声：“你想瞒着他动手术？可是不是才只找到你的肺合适吗？另外一个还没找到。而且没有家属签同意书，医院是不可能动手术的！你想的以命换命也不可能，没有任何一家医院会受理。”

“这个不用你们操心，你们自私到只想到自己，根本就没为他想过。公立医院不受理，我就找私立医院，如果私立医院也不受理，就找黑诊所，总能找到办法的。即使不行，一个肺移植给他，也总好过现在，只要动了手术，他就是想再为你苏敏治疗，也不可能了。”

“荒谬！”我怒斥出声，“萧雨，你还有没有脑子？这么重要的手术，黑诊所能行吗？你当牺牲自己就能救他？你那是把他往火坑里推！还有，你想过你父母吗？你要就这么没了，你父母怎么办？你能不能对自己、对家人，以及对阿左都负责些，不要老是想一出是一出！”

“那我能怎么办？他费尽心机全为了你，你的病一治起码得半年以上。可他哪里还等得了半年？医生说他若再不动手术，心肺衰竭严重，到时候就是有合适的肺也没用了。”

早知陆向左的情况糟到不能再糟了，可在听到萧雨说这些时，心还是忍不住痛。我回头看了看子杰，一咬牙有了决定：“立刻打电话给陆昊，让他赶过来。”

萧雨愣了愣，似乎没想到我会如此决断，随后迟疑道：“可是阿左没让家里知道……”

我心中一震，他情况这么严重，连陆昊他们都不知道？

子杰当机立断上前：“陆昊的号码给我，我来打电话。”

最终还是把陆向左推回了房间安定下来，打算天亮了再送医院，这中间还得有个说服过程。事实上，陆向左醒来就与萧雨在房内吵起来了，我走进去时，他们顿然消了声。

我几度张口犹豫了好几次，都不知道要说些什么，最后选择走到他身前，坚定地说：“阿左，你听着，在你康复之前，我不会有事，我还要等你与老中医双剑合璧，将我的易感体质根除掉呢，我们都会没事，会长命百岁！”

垂落的眸倏而抬起，他的面上很是动容，轻喃出声：“敏子，我……”

“你不是要我相信你吗？我信你一定能够快快好起来。”

“可是……”他仍在犹疑。

“没有可是，”我打断他，一字一句地说，“阿左，你没有说可是的权利。因为你身上不仅背负着自己的命，还有我的，所以你要坚定一件事——手术一定要成功！答应我，好吗？”

陆向左眸色从浅到深，星光明明灭灭，最后他伸指，温柔地、颤抖地，轻轻摩挲我头顶的发。四周，一片安静，沉默，空白，舒缓的走向，末途的茫然，不见止却的呼吸。

终于，陆向左的唇角牵起一抹笑，含着极致的温柔，从他口中，轻溢出了一个字：“好！”

我长舒一口气，悬着的心落了地。能够说服陆向左，可以算是攻克了不小的难题。

陆昊赶到医院时，满面惊色，在我这儿确认了陆向左是真的病入膏肓后，眼底沉痛满溢，立即去医生那做肺功能检查了。

检查报告是下午出来的，但陆昊因为吸烟太多，肺功能不算达标，即使血型配对，也并不是理想的肺移植对象。医生不建议他做手术的供体，希望能够尽快找到完全合适的肺。这无疑是在大家心头添上一层阴霾。

傍晚时分，我与子杰走在医院楼下，很是忧虑地问：“现在要怎么办？”

他沉吟了下道：“先再等两天，如果实在找不到，就只好先做单肺移植手术了。”我心情沉黯地点头，总觉得有种不祥的感觉，就像大年初二还没出事前突然在脑子里闪过的一般。

事实证明，我的预感灵验了，命运的黑手又一次伸向了我，而我根本没有防备。事件源起于我在医院遇见一个女孩，与她有短暂接触，事后就开始起征兆了，接着就一发不可收拾。原来那个女孩得的是“RNA”流感病毒，其中甲型尤为严重，有着很强的变异性与传染力。

早在当初我就想到，哪怕再小心，也无法规避开身边所有人。人生是不可能没有意外的，对别人来说意外只是个插曲，对我来说却是致命的。

老天爷从未放弃过拨弄我人生的机会，这一次又如何能幸免。病毒在我体内驻扎，开始如火如荼地蔓延，当夜我就发起了高烧，神志变得迷糊。

感觉得到有人在翻动我，可是却睁不开眼，头像是被铁锤敲过一般，又痛又晕。接着开始感觉喉咙口如火烧般灼痛，一直延伸到鼻腔，到最后全身所有的知觉都只反应一个字：痛！似乎无处不在痛，像绵绵麻麻的针刺进身体各处。

第十五章
还没说我爱你

我开始了天昏地暗的生活，偶尔睁眼，眼前也是一片模糊，只看得到似有人影在动。耳边会有声音穿透进来，但辨不清是谁，脑中极其迟钝地想起一个名字——子杰。于是心里头就开始一遍遍地念这个名字，念着念着，竟觉满心都是悲切。

问自己：悲从何来？

悲从己来！我睁不开眼，看不到他，听着那些声音辨不出哪个是他的，就是想要用力嗅一下他的气息，鼻子也被层层塞住，如麻木了般。最后，我只能靠感觉去感应他的存在。

我现在这样，子杰得有多痛心？当我终于从沉沉的昏睡中睁开眼时，辨认了好一会儿，才看出眼前满脸憔悴，下巴全是胡子的人，是我的子杰。心尖抽痛，想要唤他，可是嘴张了张，连一丝声音都没发出来。

“敏敏，你终于醒了。”他的嗓音像被车轮碾过般嘶哑难听。

很快门外拥入一群穿着白大褂的医生，将他挡在了外面，我目不转睛地看着他，生怕一眨眼就不见了。等到病房里终于安静下来时，才发现竟然连小叔叔也赶来了，他的旁边站着小婶婶，他们的面色都极差，甚至是，带着沉痛。

心颤了下，看来我昏睡了很长时间。

只听小叔叔道：“小敏你别怕，病毒染体很快就能清除。我已经安排人去美国那边接那位医学博士，他是研究这类病毒的专家。”

我没法说话，只能牵了下嘴角，当作回应。可就是这细微的一个面部表情，竟也十分吃力，可以说我现在是全身乏力，连一根手指都动不了。

本以为醒来就是好事，至少我又战胜了一回病魔，从黑暗中醒过来了。可却没想醒了一小时不到，就又开始昏沉了，意识逐渐在抽离，子杰和小叔叔在我面前说着什么，能看到他们嘴动，就是听不到，视线慢慢也变得模糊。

心道，这回真是惨了，我要跌在这个可恶的病毒上了。

身体是自己的，就算是意识模糊，其实也能感觉得到，它在以某种速度逐渐恶化。醒来的时间里，只觉周身都酸麻疼痛，而沉睡的时候，又感觉自己在黑暗中踏空行走，魂魄都要抽离出来。

幸而常常能听到子杰在耳旁说话，听似很远，又似极近。就算听不清他在说什么，但能听到他的声音，我就挺满足的。有时醒来，第一眼总能看到子杰的脸，就是看着他眼中的血丝，憔悴的神色，很是心疼。

终还是到了这种情形，以为最起码还得过上五六年，就是老中医也默认我可以再活五年，却哪想我会遇上甲型流感病毒患者。病毒不可怕，以现在的医学完全可以治愈，可怕的是这场病毒流感衍生出的危害。

对别人而言，只是一场大病；对我而言，是劫难，过不去的坎。

醒着的时间不多，醒了后也因为头昏脑涨，嗓子疼痛，说不了什么话，想不了什么事。常常迷蒙中看到小叔叔在与一个穿着白大褂的医生争吵，子杰无动于衷地坐在我身旁，仿佛那些争吵都与他无关。后来我慢慢组织他们口中的英文单词，一点点拼凑，大抵明白那个医生就是小叔叔找来的医学博士。吵架的内容，不用说，肯定是针对我的病情。

这日，感觉意识有些清晰，因为耳旁的声音能够辨识出来是谁，听了会儿就知道是小叔叔和子杰在说话。大致意思就是那医学博士果然是研究流感病毒的专家，我体内的病毒差不多已经驱除干净。只是，病毒遗留下来对我易感体质的伤害，却毫无办法。

“子杰，你是要这样看着小敏慢慢离开吗？”听到小叔叔如是问，握着我的手掌颤了颤，连带着我的心也跟着颤了颤。

“她不会离开的。”子杰喑哑的嗓音传来，带着坚定。

“为什么不……”

“敏敏不会愿意的，你从小看着她长大，知道她的性子，她是不会同意的。”

小叔叔突然扬高了声音：“许子杰，你根本就不爱小敏。”

“我爱她，因为爱她，所以更懂她。”

听到这里，意识冲击波钻进脑子，刺激眼膜与眼球，眼睫轻颤间就睁开了眼，未转首先轻吟出声。原本的争吵倏然止住，两个身影凑到了眼前同时道：“敏敏，你醒了？”“小敏，你醒了？”两道询问，除了称呼不一致，语速和急切都是相同的。

我轻笑，笑完发现今天的状态似乎不错，连身体各处蔓延的针扎般的疼也缓和不少。看来真是那病毒被赶跑了，整个人也变得轻松了许多，心情不由得转好。尝试发音，低哑难听的声音出来时，我有些脸红，但还好，站在眼前的两个男人，都不会嫌我嗓音像鸭子般难听。

“子杰，小叔叔……”声音虽缓慢，但还是喊出这么多天以来的第一声。

从两人脸上激动的情绪看，也知道我这声唤是有多珍贵了。冲着子杰指了指旁边的水杯，他立即领悟拿过杯子，放入吸管，稍稍扶起我的头放到嘴边，咕嘟咕嘟连喝了几口，干裂的嗓子得到舒缓，有点如遇甘泉的感觉。

小叔叔去找医生查问我的病情，病房内只剩下子杰和我，看向他的目光里有了依恋。也不说话，就傻傻地看着他，这次没再见他那副憔悴不堪的样子，眼球里的血丝仍有，但胡子刮得很干净，他又恢复了英俊帅气的模样。

所以说子杰是真的懂我，每当睁开眼看到他颓废憔悴的一面，我都会觉得特别压抑与难过，甚至有时候明明醒了，也不敢睁眼。一定是我眼中流露的沉痛被他发觉了，所以他抛开了那些不好的，又做回了他自己。

我吃力地想要抬手摸摸他的脸，抬到半空中，就被他握住，牵引着抚在他脸上。很是感慨，现在我每一个动作细节，他都能领会我想要什么吗?

“子杰，以后你都一直这么帅好吗？”

清晰地看到那双幽深的黑眸中浮现惊痛，转而是深切的悲伤，最终又隐去，换成了他的点头。我在心中长叹，他是真的走进了我心里，一个眼神、一个细微的动作、一句话，他都能参透我想表达的含义。

是的，我希望他一直这么英俊好看，哪怕……哪怕我离开，也不要沉浸在悲恸中太久。

醒的时间总比睡的要短了又短，没过一会儿，就又困顿睡去。再醒时，发现头顶昏黄的灯亮着，已是晚上。身旁的躺椅上睡着子杰，这阵子他都如此睡在我旁边。

因为是平躺着，旁边是床头柜，所以他的躺椅要缩后放一点。于是我的角度只能看到他侧后的脸，以及乌黑浓密的头发。很想伸手去摸一下那柔软的发，却怕吵醒了他，相信此时只要我有一丁点的声音，都能惊醒本就没睡沉的他。

静谧的空间里，我痴痴地、贪婪地，凝视着他，手无意识地划动，描绘着他的眉毛、眼睛、鼻子、嘴，看不到的侧面也没关系，因为都记着呢，他的容貌早就记在了脑海里，刻在了心里。如果我是个画家，一定拿画笔将他画下来，

忽见他眼睫轻颤，我心中一紧，他要醒了？直觉闭上了眼，耳朵竖起了听，片刻之后，果真听到他起身的声音，脚步极轻，不知在做什么。想要眯了眼去偷看，却发觉这一闭上，眼皮又沉重了。

过了会儿，我知道他在干什么了，湿湿的毛巾擦在了我手上，温度刚刚好，不烫也不凉，继而是脸上，用力很轻，生怕吵醒了我。

擦在脸上的毛巾突然顿住了，清浅的呼吸近在跟前，迟疑的语音在问：“敏敏，你要醒了吗？”是我的睫毛颤动被看出来了吗？

转而又听他轻叹了说：“怎么就这么能睡呢？一睡就睡了三天，你是要当睡美人吗？那如果我吻你，你可要醒啊。”心中一惊，我睡了三天没醒？可我以为就是白天困顿睡下啊。

气息逼近，沁凉的吻落在了我的唇上，熟悉的清冽味道穿透而来。蓦然间我眼睛睁开了，对上黑亮的眼眸，惊喜一寸一寸浮现在他眼底：“敏敏。”他轻唤。

我漾开眉眼，笑意漫进眼底。吻醒睡美人的，应该是王子，于是我问：“子杰，你是我的王子吗？”他点头，表情是理所当然的坦然。我笑得更加欢快了，抓了他的手掌轻轻地说，“子杰，其实我看到你第一眼的时候，就觉得，你像个王子，英俊得不像话。”

“是吗？你从没对我说过。”

没说过吗？那正好乘着这机会说说，我 边笑边回忆：“是呢，我最喜欢看你穿着军装的模样了，特别帅气，军靴敲在地面上，咯噔咯噔的，好神气。”

“我也最喜欢你当指挥官的时候，那领导腔可浓了。你不知道，当时队里大多数组员都崇拜加爱慕你，那，就是袁珺也不例外，只不过谁也没有我的企图心大，最后还把你给骗到手了。

“后来咱结婚了，你老是装酷，又爱训我，其实我有时候是故意犯点错，就喜欢你板着脸训人的样子。喜欢看你被惹毛了，咬牙切齿状，那个样子的你，我可以想象成你是在宠着我。”

讲到这，我忍不住扑哧而笑，确实那时候挺无厘头的。子杰伸手宠溺地揉了揉我的头，看着我的眼神是鼓舞。

于是，我轻声细数那些曾有的甜蜜，跳过了不快乐，一直讲到沁镇那一个月的宁和时光。仰起目光，仿佛又看到了小镇上，蔚蓝的天空澄净清亮，醉人的绿洋溢着生机盎然，漫山遍野的小黄花，在透明的阳光下，格外艳丽。

花海中央，我就像个调皮的孩子，不知疲倦地奔跑。子杰在我的身后追逐，往后仰倒而下，金色将我淹没，脸上的快乐藏不住。

当满目的金色，一点一点被黑暗替代时，我轻喃：子杰，我好像，从未说过我爱你。

×××××

第十六章

许我唯一，许我天荒

许我天荒地老

×××××

我至今仍觉珍贵的感觉，是一个人赌气走了长长的路，累得走不动时回过头，发觉你一直跟在我身后。那是我被世界捧在手心的时刻。

像做了一场长久不醒的噩梦，梦里我们争吵、伤害、抛弃、割舍，梦醒后，我闻到了阳光里清蒸鲟鱼的味道。即使我曾被鲟鱼刺卡喉，回忆深刻又恐怖，可仍然无法否定，清蒸鲟鱼是一道极美味的菜，也是我珍藏的回忆。

因为有个人为我洗手做羹汤，那个人的名字叫作——许子杰。

雏鸟认牍情结，醒来第一眼就看到子杰，在大脑还处于当机状态，口不能言时，我的目光就紧随了他，不离开半刻。后来意识逐渐回笼，一些过往慢慢入住脑子时，我的目光更是离不开他了，怎么都看不够似的。

又怎会看得够呢？我都整整八个月没看过他了。居然，我就那么一睡，睡了八个月。不敢去深想这八个月，子杰是如何过来的。但见他眉眼温润，眸色清和，不见有太多伤离，目光流转间询问：“怎么了？”

我冲他傻傻一乐，摇头。

木门吱呀一声被推开，我循声而看，立即心中哀号，老头子手中端着的那药，真是苦得要命，哪怕立刻吃子杰给我的蜜饯，都中和不了那苦味。

又没法不吃，子杰在旁虎视眈眈监督着呢。我偷偷横了一眼老头子，真想揪了他的胡子来泄恨，每天早、中、晚三顿，一顿都不落，还准时准点。有他这么刻板的老中医吗！

捏着鼻子一口气把药灌下肚后，从嘴到喉，再到胃，苦味蔓延，哈一口气，全是中药味道，熏得我差点呕了出来，硬生生给憋了回去。为啥？如果不憋回去，那就得重喝一碗，再次经历这苦滋味，活生生就是对我的折磨啊。

子杰一边递了蜜饯到我嘴角，一边道：“别老苦着张脸，等身体好了，就不用喝了。”我一口咬住那蜜饯，哀怨地瞪他，这话我从醒来开始就听他说了，至今三顿药没少过。

但苦归苦，所谓良药苦口，我的声音回来了，语言能力也恢复了。于是我就像被控了很久不能唱歌的黄鹂鸟，拉着子杰不停地问。因为不知是否睡太久了，对之前的事都模模糊糊的，记不太清楚。比如为何医病要到英国来，干吗不就在沁镇的中医馆里呢?

子杰说是为了中西医结合为我治病，在中医理疗的同时，还由小叔叔请的医学博士专门为我检查身体状况，可通过精密的仪器，第一时间发现问题所在。

又问那个偶尔为我针灸的洪师傅，看起来好年轻，长得也憨厚，还以为会是个跟老头子一般年纪的人呢。子杰说那是洪师傅的儿子，得了他父亲的真传，与老中医配合得也挺默契的。

夏风和暖，岁月无声，我从能说话开始，慢慢可以坐起来，再到一日日康复后站起，可以走出屋舍，畅步在英国乡间的林中。药的分量自然也一天天少下去，直到那位洪小师傅和老头子背着行囊回国，药总算是终止了，结束了我与药为伍的日子。

但老头子临走前塞了一个包给子杰，打开一看，竟是一颗颗黑色的药丸子，不用说又是留给我吃的。拿他的话说，身体疗养需长久，药不能停，但那已经变成了补药，于我身体极有帮助。我偷偷掩脸，暗地里吐槽，这老头，真是爱操心。

送走老头子和洪小师傅后，我揪着子杰的袖子问：“为啥咱不一起回国呢？”他把我的手扣在掌心轻捏摩挲，在我的注意力被那痒意吸引过去时，听他在耳旁柔声道：“这地方空气质量好，比较适合你疗养，过段时候再回吧。”

我边点头，边研究子杰手中的掌纹，且与我相对比，得出一个结论：有薄茧的手，很有质感。喜爱一个人，是不是就如此，喜爱到他身上所有一切都觉得是好的。

少了老头子的唠叨，小叔叔又回国后，我顿时如鱼得水般自在。尽管子杰管我管得很严，但他眼底里的宠溺遮都遮不住，于是我常常跟他耍赖皮，不吃药丸，他也拿我无可奈何，只在过后抽着了空，再盯我吃下去。后来一细数，竟是没有哪天漏缺过。

这日，我乘着子杰在屋内通过互联网开视频会议，掩着身偷溜出门。

路过一间木屋，我没来由地多看了几眼。那木屋并不华丽，简简单单的，可突然间有股酸意从心底冒出来。暗想我这情绪来得有些莫名其妙啊，居然看个房子也能多愁善感，一定是子杰将我管太严了，把我不娇气的好性格给磨成这般了。

越过木屋，往前走了五六十米，就到了目的地——杂物店。我是来采购日常食物的，一般都是子杰在筹备，但我反正歇着无事，这次换我吧。

回程时，又一次经过那间木屋，没忍住好奇心，就凑近了去看，发现屋里有个长发女人，背转过来时还是东方面孔，那脸怎么看着有些熟悉呢?

老头子说，我睡的时间太久，脑中的记忆链条断层了，影像会变得模糊，但这只是短期的，随着时间会慢慢恢复过来。这不，与子杰相关的许多事，我就记起了好多，再加上子杰的复述，拼拼凑凑就全了。

比如老爹突然发病离世，我跟他闹了离婚，目前我们属于离婚人士，又未婚同居……

嗯，这关系，还挺暧昧的。

离婚这事，我觉得自个儿脑子短路了。好不容易把子杰骗到手了，居然就这么稀里糊涂地把人给推开了，定是被猪油蒙了心。幸而子杰没被猪油蒙心，又把我给抢回去了。

等等，思绪飘远了，回到当下觉得自己这在窗口偷窥的行径实在要不得，万一人家出来了还不把我当小偷看了啊。拎起地上的袋子就准备回家，刚走出几步，就听身后门吱呀一声，独属于木门特有的开门声，条件反射回头看了一眼，正是刚才那姑娘。她的手上拎了个很大的包，看着挺沉的，这是又要出门呀。

正面看清姑娘相貌时，我在心中喝了声好，是个五官极标致的女人，眉眼间带着轻愁，似皱而未皱，犹如轻烟缭绕。但赞叹的同时，又有熟悉的感觉涌来，她抬眼间也看到了我，什么从她眼中一闪而过，随后驻足静静地看着我。

我没忍住好奇，转身走近了问："姑娘，咱们认识?"问出口了才想到，人家长的是黄皮肤黑眼睛，可未必就是中国人啊，我这一口普通话出去，人能听懂?

却见那姑娘若有所思后勾起唇角，笑意不达眼底，摇头道："不认识。"随后就提了包越过我身旁，缓缓离去。待我后知后觉反应过来她也是说的普通话时，人已走远。回想刚才那个笑，怎么有种讽刺的意味，还有悲凉。

对，这姑娘给我的感觉，伤情满溢。

是错觉吧，就我这眼力，哪看得出人家隐藏的情绪呢。抬头看了看，心里一个咯噔，不好！忘记时间了，一眨眼居然已经是黄昏，到了散步时刻，子杰工作完在屋子里找不到我，定要出来找。

第十六章
许我天荒地老

我急匆匆转身欲回，结果刚转过身就僵住了，说曹操曹操就到了，要不要这么准的？站在身后两米开外处，不是英俊潇洒又丰神俊朗的子杰又是谁？

我咧着嘴干笑：“你来了啊。”而某人的视线，却是穿过我，直直看向我身后，若有所思状。我顺着他的目光朝后看了看，目之所及处，长发姑娘的身影还依稀能看见，假设某人来了有一小会儿，那么也就是说，他看到了人家貌美如花，然后垂涎三尺、目光流连不已？

好好好，我瞬时就怒了，叉了腰怒指着他：“非礼勿视你懂不懂？”

目光转回我脸上，定了足有两秒后，他悠悠道：“我有准你一个人独自出门了吗？”顿时我如泄了气的皮球，一下就瘪了。

被子杰拎回家后，没好果子吃，被罚写检讨书三千字。据说我曾经有过两次血泪史，到这次就属第三次了，提起都是一把泪，不提也罢。

匆匆一个月而过，子杰提出了回国的决定，原因是快到春节了，我立即举双手赞成。

等正式出行时，我心生不舍，一步三回头地看了又看，毕竟在这里我度过了一年多的时间。虽然有八个月是在昏睡不醒中，但余下的那半年时光，都是极美好的。

待真的脚踏实地在H市的土地上时，我突然间有些眼眶湿润了，不回来不觉得，回来了才发现，我竟是这么思念。

机场外，小叔叔和小婶婶相偕站在车旁，唇角扬笑看着我们。到近处我还没唤人，小婶婶就上前拉了我的手，柔声道：“你们可算是回来了。”低头看了看她纤长白皙的手，有些腼腆，印象中小婶婶从未对我如此和风细雨过。

咦？印象中？可记得在我醒后，她曾与小叔叔一同过来看望过我呀，那时她的态度就很和蔼，为嘛我还留存一些不好的印象呢？

“小敏。”低沉的唤声拉回我的心神，抬眼看向近俩月没见的男人，露出娇憨的笑：“小叔叔。”男人眸中划过温柔，话语中带着千帆过尽的释然，“一切都好了。”

我心湖微动，似有一块小石子掉落其中，起了些许波澜。用力想了想，明白了小叔叔情绪的流转从何而来，是承诺背负太久，肩膀险些被压垮。我昏睡八个月的那些时光，除去子杰陷入沉痛外，关心我的每一个人都是压抑难过的，这行列里自然少不了他。

抵达的是小叔叔的家，是他提议的，今年就在他那边过年，晚些到除夕的时候，把慧嫂也一起接过来。那再等C市的二老也过来，这个年就热闹了。

原本以为小叔叔认可了子杰，我和他就光明正大了，哪知到了晚间，竟给我们一人安排了一间房，还一个楼上一个楼下，问题是子杰连抗议一下都没就应下了。害我眼巴巴地瞅着，目送着他走进了楼下的客房，我能不能不住小叔叔家啊?

天天都与子杰交颈而眠，都习惯了窝在他温暖的怀中入眠，一时间哪儿睡得着啊。尤其这被窝，就没热起来过，脚都不敢挪动，动一下都是冰凉的。

我都有些想起来找找空调的遥控器，或者喝杯热茶暖暖身子，要不真睡不着啊。

咯！突然房门处传来异动，一个惊坐而起，瞪大了眼看着某人堂而皇之迈步进来。他嘴角噙着抹肆意的笑俯首到我跟前道：“这个房间是姐特意为你准备的，比我住的那间，温暖多了。”

我吞咽了下口水，小声埋怨：“哪里温暖了，整个屋子都冷冰冰的，我的脚都没热起来呢。”他轻忽而笑，凑得更近了，唇几乎抵在了我唇边：“所以我悄悄跑来为你暖被窝来了。”话落唇衔住了我的唇，轻轻柔柔，各种挑拨。

等他松开后，我有些担忧地问：“要是明天被小叔叔发现了，会不会不好啊？”

“发现就发现吧，你小叔叔还能阻止咱夫妻恩爱啊。”

我想了想，好心地提醒：“咱们是前夫妻。”

“敏敏，你在暗示我什么吗？”

我懵懂不明他何意，眨了眨眼，倒是没选择接话，原因乃一靠进他怀里，眼皮子就开始打架了，困意席卷而来，没过一会儿就睡着了。而第二天醒来后所要担心的问题，根本就不是问题，因为子杰早已不知何时离开了。

第二日情形，亦是如此，他在夜半登堂入室与我共枕而眠，在天未亮又悄无声息地离开。反正因为有他的体贴，我是一次都没失眠过。

C市的二老是在小年夜过来的，子杰和小婶婶两人要去车站接人，我本想也跟着一块去，但被小叔叔留在了家里。我巴望着去看准备动身的子杰，他给了我个爱莫能助的眼神。

等到就我和小叔叔两人时，他开口第一句话就把我给吓住了，也同时了悟子杰离去前那爱莫能助的眼神的真正含义。小叔叔语出惊人道：“小敏，可别忘了目前你跟子杰离婚了，这样晚上住在一起算什么事？”

“啊？”我惊呼了下，声音立马恹恹的，“小叔叔，你都知道啊。”

“哼，就在我眼皮子底下，能不知道吗？今早上起得早，将从你房间出来的人给逮了个正着，要不是怕你面皮嫩难为情，看我不当场把他骂到狗血淋头。臭小子敢跟我阳奉阴违，就是吃准了你这傻丫头。”

我被数落得头越埋越低，只听小叔叔语重心长地告诫：“你要是真想和那臭小子在一起，晚些他父母过来了，就主动点招呼表现下。相信自己，没有人比你做得更好，他爸妈会认可你的，但这几日你们不允许再住一个房间，传出去有损你名声，知道吗？”

“哦——”长长的音拖过。

半小时后，子杰和小婶婶领着二老进门，他们的目光先在小叔叔身上扫过，定睛，转而才看向我，神色颇为复杂。我傻站着干笑了一会儿，脸皮一厚，脆声喊：“爸！妈！”

几道目光全投射到我身上，一下子我成了全场的焦点。

办的是家宴，并没有去外面饭店吃，由小婶婶掌厨，我在旁打下手。许妈妈要进来帮忙，被小婶婶推了出去，说第一回上女儿家过年，哪还能让自个儿妈动手的。许妈妈一听嘴角就弯起了，嘱咐了几句，这才离开厨房回到许爸爸身旁。

餐桌上，小婶婶指了几道菜笑着说：“这是小敏做的，你们尝尝。”

一时间我又羞赧了，因为那啥，看向我的目光都带了意外，除了身旁的子杰。但很快垂放在膝盖上的手被他悄悄握住了，余光中见他那唇角上扬了弧度。

小年夜这晚就是在和睦的氛围里度过的，而晚上已被小叔叔抓个正着的子杰，自然是没能再偷跑过来。我倒也没因此而失眠，早早把空调开了，房间暖融，就是孤单了点。

第二天就是除夕了，白天自然少不得打扫屋子意思下，然后三个女人围坐在厨房包饺子，慧嫂被接过来后，也加入了我们的行列。在这方面，许阡柔就不如我了，她对擀面皮这些活手足无措，我却是熟练又迅速，经验累积不是没有道理的。

总之等到数百个饺子完工时，跟许妈妈的关系近了一步，轻捏着我的手掌，颇为感慨地说：“小敏啊，以后你跟子杰要好好过日子啊。”

我乖巧地点头，心里暗暗道：您就甭操心了，子杰与我好着呢。

倒是念起子杰时想起，今儿从起床到现在都没见着他人呢，中午吃饭时说是去买年货了，他这是赶哪买了？一买就是一天呢。

一直到傍晚时分，厨房里热火朝天地开始下饺子，才见子杰在厨房门口露了露脸，与我目光碰撞了下，还没传达啥意思，就被许妈妈嫌弃地赶了出去。

一碗碗饺子上桌，大伙围坐在一起，热气腾腾中小婶婶宣布说包饺子时特意包进了一个金橘馅的，谁要能吃到，明年就是有大福气之人。这主意正是她提议的，包饺子时不知她从哪儿摸来一个金橘，说做个如意吉祥饺。

这游戏我喜欢，觉得要在数百个的饺子中被我吃到的话，那是件特光荣的事。于是我吃得特别卖力，十几个下肚，见无人吃到，又不服输地要了十个。

待我火眼金睛扫描碗中水饺时，发觉其中有一个比较异样，要比其他的更圆润些。心中一喜，难道真让我给遇着了？夹起来用力一咬，酸酸甜甜的味道就在口中满溢了，顿时我大乐，刚想高吼我吃到了，结果在我身旁的子杰突然探身过来，当着众人的面唇压向了我……

目瞪口呆，秒瞬变化石，他疯了！

温热软腻的触感在我唇上厮磨而过，清凉气息席卷我唇舌，在我脑子变成糨糊后，他才松开我，并且退后了些，脸上带着戏谑的笑，嘴里咀嚼着什么。等等，咀嚼？“啊！”我惊叫出声，瞪大了眼，扬手指着他，“你……你……”抢我的金橘！

欲哭无泪，我吃到肚子撑，好不容易才吃到的吉祥如意饺，就这么被坏蛋抢走了。

就在我懊恼万分时，子杰原本咀嚼着惬意的嘴不动了，目不转睛地盯着我，星眸流转带着深意，温柔？不止，要比温柔更甚的情感沉浓。突然，他的唇间露出细碎的耀眼的闪亮，我睁圆了眼，直愣愣地看着。

待他把那抹晶亮执在手上时，我终于看清，那是一枚精致玲珑且闪耀的钻戒！

“求婚这种事，还是我来做就好，所以这颗饺子不能给你吃。”磁性的嗓音，略带了低沉，徐徐缓缓，音量足以让在场任何一个人都能听到。

脑中闪过一道奇异的白光，震得我大脑当机，直接被惊傻了，懵懂地仰头看着他，他说……求婚？还没待我脑袋清醒过来，就见他缓缓低下了身子，我从仰视的角度，变成平视，又变成俯视，他单膝跪在了我跟前，手上执着璀璨夺目的戒指，微仰视角，目光穿透我眼，驻扎心底。

“子杰你……”

砰的一声脆响从窗外传来，我条件反射循声而望，却见那窗外亮如白昼，五彩缤纷，渲染夺目的烟花，照亮了除夕的夜晚。而就在这烟花鸣放声中，我的耳边响起某道无法忽视的好听声线：“敏敏，嫁给我好吗？”

第十六章

许我天荒地老

被绚烂烟花迷了眼的我，似乎除了惊和傻，再不会表达别的情绪了。目光一寸寸转移，落回到子杰的脸上，时有荧光耀过他的脸，衬得他眉眼如画。我不敢置信，眼下的这个人竟会在除夕夜，烟花漫天时向我求婚，之前一点预兆都没有。

我的沉默，他以为是在迟疑，竟用一种近似虔诚的目光看着我："敏敏，过去的我很浑，害你伤心难过，请给我一次机会，让我爱你爱到天荒地老，好吗？"

激动不足以形容我此刻的心情，狂喜也不足以表达我的意愿，是一种难以言表的情绪，将我整个人从四肢百骸到血液，都占得满满的。

干咳声从旁传来，我愣愣转眸，发现众人全都看着我，视线移到小叔叔那儿时，他的眼中有释怀和欣慰，嘴上却道："小敏，还是原来那句话，你想好了吗？"

我摇摇头，觉得不对，又点点头。小婶婶在旁急了，跺了跺脚道："这到底是同意还是不同意呀，哎哟，子杰的膝盖要跪青了，小敏，你倒是给句话呀。"

面上一红，垂眸凝着他的眼，轻如细语道了个字："好。"

人生若只如初见，我对你从未改变，永远都只说一个"好"字。

垂在身侧握紧的拳被子杰轻轻执起，摊开掌心，掌间是汗湿的黏腻，他轻魅而笑。目光凝在我细长的手指上，凉意从指尖滑入指骨，套进了中间的一根手指。但他的指腹却摩挲在我无名指上，指纹薄削，久久流连。

有人说无名指是通往心间的直达车，所以当指环套上，它就被冠名为幸福。此刻子杰的心中是否有着与我一样的心思？起着同样的念？

气息骤然逼近，眼前重影而至，下一瞬，我的呼吸被吞没。温热软腻覆住了我的唇，混沌的脑子钻入一句话：我们活在彼此的眼中，爱是浩荡的唯一产物。

屋门外，所有人都移步到了这里，仰看着漫天绚烂的夜空，一道道闪亮的轨迹从眼前划过飞向天际，完成它的使命——绽放。都说烟花易冷，不过是璀璨的瞬间，可就是那瞬间，打破了黑暗的沉静，美得耀人眼。我终于知道子杰一整天不在是去哪儿了，原来他为我准备了这场盛宴，只为去年的今天，我曾仰望窗外的灿烂许愿，今年要和他一起看烟花。

手上被塞了一根烟火棒，带着笑意的戏声抵在耳边："来，一起放烟火。"

儿时的记忆被勾起，似乎年年月月都可看到自己举着烟花棒在大院里手舞足蹈的快乐，身后似有谁在追逐。砰！心思流敛而回，一道闪亮轨迹划破长空，接着又是一道，我笑颜如花，眼角处见子杰也举了烟花棒，调皮心起，冲他娇笑着喊："来追我啊。”

话落我就开始先跑起来，手不忘高举在头，呼呼风声被我扔远在身后。只闻脚步声中夹带着低沉的笑，跑出好几十米远时，身后长臂一展，一把把我捞进怀中。肆意的笑声从我口中溢出，他手指往上轻捏，已经熄灭了的烟花棒被丢在了地上。

转而两手将我按压在他身前，一下一下啄吻我的眼角、鼻尖、唇角。我扭着身子去躲，却总躲不过他如影随形的吻，最终唇瓣还是沦陷。没了围观的家人，星空夜芒下，他肆意而为，一脉又一脉，舌尖像不知疲倦的鸟扇动的翅膀，舞动在我唇间。

等到松开时，我只剩重重的喘息声和如雷的心跳。

他抵着我的额，平息着急促的呼吸，低低呢喃轻唤：“敏敏。”顿了顿，一字一字地又道，“我，爱，你。”刚刚平复的心跳，又疾速跳动了，人因为有语言而成为世界之王，正因为那声声之言带着无穷魅力。而爱隐在心底但不说出口不算是至爱，从于言表，心随念动，我学他，一字一句说：“子杰，我爱你。”至深，至生。

他目光流转，蛊惑的声线在耳旁：“跟我来。”大掌已经牢牢牵住我的手，带着我往前大步走，等走了几步我发觉不对，这不是往回走的路，反而是离小叔叔那别墅远了。不由得疑问：“我们去哪？”他却只是抿唇而笑，细细涓涓温柔尽显于眼底，“回家。”

没有坐车，就这么一路手牵着手前行，谁也没说话，仿佛无声胜有声。等到停住脚步时，我抬头看眼前的大楼，眼中弥漫了笑，已是明白子杰带我来哪儿了。

他没说错，是回家，我和他曾经共有的家。

出了电梯到门前，就见子杰伸手从兜里摸出钥匙，我不由得凝目。自己的那把，不知被遗忘在了哪个角落，混沌的记忆已是没了印象，只记得那年我在楼下孤坐了一晚，天明后竟想不起来了。

屋门被打开的瞬间，目光被闪烁，里面竟影影绰绰点燃了几十盏蜡烛，而安宁的音乐犹如滴在河川，静静地流淌。

迂回曼妙的嗓音在我耳旁流淌：“敏敏，城市的路记不清没有关系，只要记得家旁边标志性的建筑就行；通讯录里电话号码背不出没有关系，只要手机丢了能记得我的那个就行；夜太黑迷路了也没有关系，只要有我在，我会点燃了灯引你回家。”

原来，子杰是这个世上最会制造浪漫的人，他用璀璨烟花铺锦，向我求婚，许我天荒，又引我回家，打造满屋的幸福，这一切，只是为了我。

第十六章
许我天荒地老

我笑着哭了，手握成拳轻捶在他胸口，不带这样的，感动一个接连一个，他是要在这除夕夜将我的心都柔化了吗？若曾学过跳舞，我定让自己化成翩翩起舞的蝶，只围绕他一人而跳。可我没学过，我会的东西微不足道，但我却看到自己在他重瞳如辉的眸中，占据满满的。

好夜，无梦。再不用担心和惧怕，自己的生命会流逝如河涧水，指间砂。我与紧拥着我入眠的这个男人，有着生世相伴的长久岁月要过。

后来我反思后总结，除夕这个计划应是所有人都知道，包括小叔叔夫妻，包括许家二老，甚至包括慧嫂，唯独我这个小傻瓜不知。确实挺傻的，也挺好糊弄的。唉，悔之晚矣。

除夕一过，除去小叔叔免不了要应酬外，其余的人也顾不得什么过年不过年了，都忙着操办婚礼。从选日子到选酒店，再到各种安排，我这个当事人，竟然都插不进手，全都被包办了，而包办人，是我的小婶婶，许阡柔是也。

原本婚期想定在六月份，许阡柔说“六月新娘”是每一个女人的梦，但子杰坚决不同意，他最多只肯等一个月，即三月份完婚。我其实随意，都是二婚的人了，哪儿那么讲究呢。

就在众人繁忙，唯独我穷极无聊时，一些被遗忘被深埋的事，在无意中启开。

我坐在电脑前，盯着屏幕上的画面，耳里飘来的是陈小春那首《独家记忆》的曲调，但并不是MTV，而是一个男人静坐在那儿轻声哼唱。

“我希望你，是我独家的记忆。摆在心底，不管别人说得多么难听。现在我拥有的事情，是你，给我一半的爱情。”

“我喜欢你，是我独家的记忆。谁也不行，从我这个身体中拉走你。在我感情的封锁区，有关于你，绝口不提，没问题……”

随着歌声渐止时，莫名地，心头被什么重重压住了，有种难言的情绪占据而来。是因为实在太无聊，就上网瞎转，遇上一个自称是同学的人，让我进校园论坛看这视频的。现在我是满腔疑惑，这个人是谁？为什么我会就这么看着视频中的他，悲伤就涌来？

突然，画面如定格了一般，男人幽深的眸子里流露眷浓的留恋，浅浅低回的声音很小很小，却足能听到。他说：敏子，你永远都是我的独家记忆。

惊电划入脑中，震断了某根弦，记忆如河般涌进我的身体内，无论我怎样擦拭都抹不去的片段，一个一个地在脑中，在眼前轮划而过。似一场梦，却又有清晰的心跳；如一阵风，来去让人无措，但无数个刺痛的点都会聚成一个名字——陆向左。

头很痛，我紧紧抱住，也挡不住记忆河流逐层流淌，灌入我四肢百骸，所有纷纷扰扰被遗忘了的角落，一片片翻飞出来。啊！我抑不住疼，叫出了声。

门应声推开，子杰神色惊慌地迈入，一个箭步冲到我跟前，急问："敏敏，你怎么了？"

我捧着头仰起视角看他："子杰，我头好疼，是陆向左，那是陆向左，是阿左！"他面色巨变，一把将我揽进怀里："敏敏，你别吓我，你哪里听来那个名字的？"

我揪住他胸前的衣襟，痛意将我的神志变得麻木，张大嘴像极了脱离了水的鱼儿。仰头的瞬间，泪从眼角滑落，只模糊中看到子杰惊慌大喊："来人，快来人啊。"黑暗一点点吞没我的意识，强行压抑，残留了一点微末的思维空间，耳旁听到小叔叔惊声赶来，子杰嘶吼着，"快，快找那催眠师，敏敏的记忆出问题了，她想起了陆向左！"

催眠师，记忆，陆向左……我彻底跌入黑暗。

我做了一个长梦，拼凑的记忆，遗忘了的人，都在梦中全被记起。睁开眼，仿若回到当初，我夜半醒来，与子杰唠叨着细细碎碎的琐事，然后似乎回到沁镇金色的海洋里仰躺，被黑暗吞没，对他轻念爱语。

之前所有的记忆都没有错，唯独缺席了一个人，陆向左。我竟将有关他的所有一切，都忘记了，包括儿时的青梅竹马，包括他对我的情深义重，包括与他有关的人和事。

残缺的记忆，斩去了所有的不快乐。是子杰和小叔叔一起找了那催眠师，他们又一次将我的记忆尘封了。我深深恐惧，前一次是为瞒妈妈的秘密，这一次是为瞒什么？子杰焦急忧心的脸出现在眼前，我一把拽住他："他呢？陆向左呢？"

语未出，痛意先浮于子杰眼底，我心往下沉，怔怔而问："是不是你们乘着我昏睡时期，让陆向左与老中医联合救我了？那他呢？有没有动手术？"

子杰不语，只沉沉地看着我，眸色明明暗暗，浮沉着悲意。

犹如心口炸开一个恐惧的洞，一点点腐烂，一点点钻疼，听到自己极遥远的声音在喃问："他……死了？"所有隐忍不能说的讳言，除了这个答案，还能是什么？那悲伤的《独家记忆》，是他留下的唯一凭证吗？

丝丝尖钻的疼涌入脑中，我只觉眼前昏暗，苍白得看不到任何颜色，世界成了灰色地带。惊痛的唤声传来："敏敏，敏敏，他没死！"

什么？我用力揪住他的衣襟，急声问："那他呢？他在哪？"

"他……找不到了。"

找不到？这是怎么回事？太过急切的情绪，让我的声音卡在喉咙口。子杰轻抚着我喘息不断的胸口，蹙眉沉声道："别激动，你想知道什么，我都告诉你。"

我连忙深呼吸几次，将失控的心压住，巴望地看着他。

子杰未语先叹息，垂眸握了我的手，轻声道："以为会将这个秘密永远咽下，却没想到，你竟冲破催眠师的记忆尘封，又将他记了起来。事情还是从头说起吧……"

不急不缓的语气，细诉了我昏睡八个月期间所发生的事，听到最后，唯一仅剩的感觉是震撼。果然没有猜错，在我陷入无边黑暗之后，不仅是子杰，就连陆向左也不可能再同意之前的协定，他们达成了一致，只为救我的命。

用了将近半年的时间，陆向左与老中医合力为我驱除身上根深蒂固的寒气与虚气，而与此同时，陆向左却在耗尽自己的生命。那一天，他为我针灸完出来，就昏沉着倒下了。子杰见此情形，与老中医彻夜长谈，天明时下了决定。

他动用了最早萧雨的方案，将陆向左用安定药放倒，直接将他送上了手术台。肺移植手术可算成功，也可算不成功，因为术后陆向左就再没醒来过。医生判断是他手术动得太晚，生命力已经耗到极致，最坏的可能是长睡不醒，直到脑死那天终结。

失去的声音终于找回，我幽幽而问："那是不是我醒来的时候，他还没醒？"子杰点头，"嗯，那段留在英国的时间，除了是为陪你休养外，就是在寻找救醒陆向左的方案，直到……那天你看到萧雨拎着包离开木屋后，他们俩就消失了。我耗费了许多人力去寻找，都找不到他们的踪迹，就像是人间蒸发了一般。"

是萧雨带走了陆向左？她为什么要这么做？留在医院治疗，不是才有一线生机吗？

我沉痛地闭眼，回想当初在木屋门前看到萧雨的那一幕。难怪经过那个木屋我会有异样的伤；难怪看到萧雨时会觉得熟悉的炙痛；原来，都是因为与陆向左有关。

她的唇角噙着讽笑，眼中藏着悲凉，对我却说：不认识。

萧雨竟爱陆向左爱到这般地步，即便是他沉睡不醒，也不愿违背他的意愿。那苍白的脸，除去隐忍着悲恸外，还有少掉一个肺的原因吧。

等等，肺移植手术？当时的情形，如果陆向左已是病入膏肓，只做单肺移植还能有效吗？那如果双肺移植的话，另外半边的肺源从何而来？心中隐隐有丝慌乱的错觉，却又不知那错觉来自哪里，于是向子杰确认："是不是后来有找到另外合适的肺了？阿左做的应该是双肺移植手术吧。"

他沉吟了下，点头："嗯，是双肺。"

"除了萧雨，另外那位提供肺叶的人是谁？"我揪着这个问题追问。

子杰沉敛了目光，淡声道："是身体很健康的人。"

蓦然间，什么划过我脑际，一些碎念的被忽略的细节浮于心中，我大惊失色，眼睛瞪得极大，视线从他脸上缓缓下移，移至某处，停住。

绷紧的心弦一寸寸被瓦解，屏了呼吸，带着蛮横去扯他胸口的纽扣。因为我的出其不意，子杰没来得及反应，纽扣应声落地，而他的衬衫被我往两旁扯开。

刺目的红，灼痛了我的眼。

"子杰……"我声如泣雨，泪扑簌簌而下。

叹息从他唇内溢出，将我的手给拉下，略带苦涩地调侃我："敏敏，你太粗暴了。"

我笑不出来，只知道心口很痛，陆向左不知生死的消失，子杰的胸口处鲜红未褪的刀疤，无不在牵引着我，心如刀割。我凄然而问："你将左边的肺捐给阿左了，是吗？"

却见他摇头，浅声道："并不是全部。人体有左右两个肺，这两个肺又分为五叶，分别是右肺三叶和左肺上下两叶。萧雨捐了整个右肺，我本想左肺全部切除，但陆昊坚持要为他弟弟尽一分力。为你医治的半年，他戒酒戒烟，饮食注意，医生检查后确认他的左肺下半叶功能达标。我考虑要给你幸福，故而没有坚持整肺切除。所以，敏敏，不要担心，我现在只是少了左肺的上半叶而已。"

清清寥寥间，他神色平静地讲出了那些隐在背后极深的秘密，只是而已……多漫不经心的几个字，我却听得心头震颤。手指忍不住又去扯开他的衬衫，抚上那处嫣红，横亘不平的凹凸感，磨砺的不是我的手指，而是心。

原来，我康复的代价是如此之大。以我对子杰的了解，他动这个念头绝非一时之间，故而我轻问："是不是你很早就想这么做了？"早到当初还没找到合适的肺源时。

果然见他目光闪烁，又不置一词。在我的逼视下，他最终叹了气搂紧我说：“敏敏，你没猜错，在最早陆昊检查肺功能时，我瞒着你也偷偷做了检查，各项功能都是达标且合适的。本想至多再等半个月，若找不到合适的肺源，就用我的去移植。

只是没想到半个月都没等到，你就出事了。后来陆向左拒绝动手术时，我就想好了，竭尽所能救你，但在必要的时候，哪怕你没治好，我也绝不会让陆向左死。萧雨那边，正是我与她详细沟通过，她才没有做出极端的事来。对她而言，这是场互利的交易；但对我而言，是还陆向左的债。”

“可这债，是我欠他的啊。”话一出来，我就知道说错了，子杰的眼中划过悲意，好看的眉也深蹙起来，语调转冷：“敏敏，你我是夫妻，你欠的难道不就是我欠的？还是你到这时，还将我推拒在心门之外？”

“不！”我顿时急了，忙揪住他的胳膊解释，“我不是这意思，就是……就是……”嘴太过笨拙，卡在那儿急得满脸通红。冷飕飕的眼风终是收敛，他抬手轻捏我的下巴，迫使我微仰了头，目光直直看进他的重瞳内：“敏敏，你记住，我们是夫妻，不分你我。以后不要再让我听到这种话，嗯？”

我想点头，但下巴被他控住，只能出声应：“嗯，再不说了。”他的神色这才缓和下来，眉眼间的沉意却没消散。事后回想，猛然想到我和他目前还不是婚姻状态呀。不过这话也就敢在心里想想，哪敢当他的面说出来挑衅呢。

事发突然，导致一连串的后果，让如火如荼在准备的婚礼延后了。定在了五月，往后延迟了近两个月。子杰一直没放弃寻找陆向左和萧雨，现在又有了网上视频这条线索，他说找起来有方向了，相信很快能找到人，但我却愁眉不展。

每每看着遥远的天际，就禁不住忧虑浮心。

婚礼这天，我的情绪变得多元化，激动、兴奋、焦躁、不安。

英式建筑物前，尖尖的屋顶，象征纯洁幸福的白色瓦墙，红色的地毯，小叔叔已经等在门边。今天将由他送我一路进内，把我的手交给子杰，完成神圣的仪式。

音乐声中，我们肩并肩迈入教堂大厅，视线瞬间就被站在路中央的身影吸引住了。子杰笔挺的军装、军帽，脚踏军靴，即使肩膀上没有任何肩章，可与当初一样，于众人之中吸引着我，眼神近似崇拜与痴迷。

当我与他的距离越来越近时，他英逸的模样也深刻在我眼底，小叔叔在说着什么也听不清，只愣愣地盯着他看。直到他从小叔叔臂弯中接过我的手，圈进了他的臂弯，然后带着我一步一步前行。

原本这个时候，浪漫环绕，我的心也化成了水。可子杰突然压低声音邪勾着唇说：“口水擦擦。”条件反射抬手去擦，一摸是干的，顿然反应过来他在作弄我，恼羞成怒，又在众目睽睽之下不能拿他怎样，而他还更加戏谑地笑我，“把敏敏的眼睛都看直了，怎么，你老公我是不是很帅？”

我憋了又憋，最终还是笑意漫天。往他身旁靠了靠，站定在神父跟前，乘着神父在念祝词，学他压低了声音也问：“那我呢？今天是不是很漂亮？”自问而今的我，长发盘起，多了女人的娇柔，不像那时的我剪着短发，像个男孩子。

他侧目斜瞅了我两眼，微不可察地点头：“嗯，不错，”我心头大喜，却听他又加了句，“挺像头小猪的。”于是我大喜转大恼。

前方神父连唤了子杰名字两声，才总算把我们的心神给拉过去，看那神父一脸无奈，恐怕我们是他遇见的，最特殊的一对夫妻吧。都到举行仪式时，还在那开小差。

誓言宣读完毕，高声回答“我愿意”，无名指的幸福指环被套上，沁凉的吻浅浅落在我唇上，带着熟悉的清新味道，犹如甘甜的山泉，而他的深眸就像那泉水般清澈，满满都是我的倒影。同样地，即使我看不到自己的眼睛，也知道，他在我眼里，满满的。

回转身，轻迈出步子，一步、两步，顿住，我吃惊地看着最后一排观众席上的人，众里寻他千百度，那人却在灯火阑珊处！我孜孜叹息的遗憾，在那里！宁一、陆向左、萧雨。

宁一率先起身，穿过人群大步走向我，到跟前就给我一个大大的拥抱，咬着细碎的声音在我耳畔：“敏子，我回来了。”顷刻间，我的鼻子一酸，眼眶有了湿意。如若不是这种时刻，定哭着笑着吼她，为什么要断了音信，为什么到这时才来？那时医院一别，她就开始流浪天涯，而我堕入病魔轮回，等想起她时，已经找不到任何关于她的联络方式。

将怀抱箍得极紧，紧到……宁一没好气地嚷：“你是要用蛮力惩罚我吗？疼死啦，松手！”我不禁笑了，这样的宁一才是我认识的那个。

等松开怀抱时，宁一的目光转向我身旁的子杰，扬着眉说：“许子杰，你真好本事，把我们家敏子骗了一次又一次，这次你要是再对不起敏子，我简宁一发誓，一定将她带到你永远都找不到的地方去。”

我去拉宁一，小声说：“子杰没对不起我啦。”

这丫根本理都不理我，连个眼神都吝啬瞟我，直直盯着我男人，目光威慑。我侧转脸去看子杰，正好与他的目光撞上，见他嘴角轻掀了弧，眼神再认真不过地说：“你放心，我会护敏敏一生一世，不让她受任何人欺负，包括我自己。”

宁一这才满意，转首拍拍我肩膀：“敏子，你老公的诚意我看到了，具体实践还得靠你监督。不过他真挺厉害的，居然两次都能把我在不知名的地方给挖出来，有侦探的潜质。”

不由得动容，原来是子杰把人找到的，隐忍不说，是当成结婚给我的惊喜？那他们呢？目光转向陆向左和萧雨那边。

陆向左的脸色微白，不见红润，但看起来气色尚算不错。幽深的眸子凝着我，唇角微微上扬，浅浅的笑意。仿佛与他隔得很远，其实却很近，没有千帆过尽的辛酸，只有终于见到他安然后的欣慰。

还好，他没有在我不知道的角落蓦然消逝；还好，他的身旁一直有她陪伴。

“敏子……”陆向左与萧雨已到近前，眸色明浅不一。

我的目光定在陆向左脸上，问：“阿左，你好吗？”再简单不过的问候，却如深梗在喉的灼痛。轻若的笑纹浮于他眼角：“我很好。”视线转了一圈后，他又道，“祝你们永结同心，白首不分离。”

“多谢。”子杰在旁扬声道谢，两个男人的目光在空中交会。等陆向左的目光再度掠转向我时，他浅笑着执起身旁萧雨的手，道：“忘了说了，我和萧雨已在一个月前结婚。”

我惊诧莫名地瞪圆了眼，到这时萧雨才抬眸凝向我：“阿左喜欢安静，所以很抱歉没有通知你们。”她的语气轻缓，没有太大的起伏，但眼中的柔意却不减半分。

惊诧过后是激动与欣喜，如果说他们结婚，就代表着陆向左终是放下对我的感情。而这个世上也再找不到比萧雨更爱他的女人，他们生活相伴很多年，能在一起再好不过了。

婚礼进行中，没太多时间给我来叙旧，很快我就被簇拥着赶往下一个婚宴地点，之后也是忙得团团转，连口茶也没喝上。等到能缓口气时，环视一圈，发现那几道熟悉的身影都已不在，憾然低叹，至少，大家都还活着。

新婚夜，午夜两点钟，我在厨房下面。原因是中午婚宴就没吃，空着肚子到两三点，累到脱力，回家还伺候某位指挥官大人。然后被吃光抹净好多次，唯独肚子一直没填上，到了半夜里，实在饿得慌了，不光是我，强壮如某人，也是饿了。

等我两碗面下好端着走出厨房，子杰已经坐在了桌前等吃，碗刚放下，他就不满地嚷："为什么是面，不是饺子？"我咬了咬牙，耐着性子说："太晚了，要吃赶明给你做。"

他拿筷子翻了两下面，又不满意地问："为什么只有一个荷包蛋？我要吃两个。"

"冰箱里的鸡蛋只剩了两个，所以就一人……"话还没说完，眼前一闪，对面的筷子飞速从我碗中夹走了荷包蛋，然后大口咬着，吃得津津有味，很快两个荷包蛋都被他消灭了。

我气也不是，恼也不是，只能埋头吸自己碗里的白水荒面了。默默想，明天一定得去搬箱鸡蛋回来。待我吃到中途时，对面已经吃了个精光，并且把汤都喝了，然后意犹未尽地说："这才是原来那碗面的味道。"

记忆闸门被打开：某年某月某日晚，我以为某人因为"小白事件"而生气，夜半当厅长，饿得不行去下面，当时煮的好像就是荒面加两个荷包蛋，手法一致，味道应也差不了多少。

埋头吃面的嘴角，抑不住地上扬，心里乐开了花。

天明时睁眼，子杰撑着头问我做了什么梦，笑得那么开心。

我轻抚嘴角，那处确实弯着弧度，仰首啄他的唇后道："我做了和一年多前同样的梦，梦见你我是世人声声相传的一席流言，你如神祇一般走来，将我婚娶，落下门帘，待星河饮尽我一生至今每个冬天的雪，你我的故事，还没有说到一半。"

他轻笑着搂我在怀，下巴抵在我头顶上，柔声道："自然是没有说到一半，我们有着无数个春夏秋冬要漫长度过，我还要许你天荒地老呢。"

我笑将脸埋他胸口，听着那处有力的心跳声，那是世间最动人的心弦。

山长水远，天蓝海阔，我终是等来了子杰许我天荒地老。

〔完〕

图书在版编目（CIP）数据

许我唯一，许我天荒 / 浅浅烟花渐迷离著. — 北京：测绘出版社，2015.11
ISBN 978-7-5030-3806-8

Ⅰ. ①许… Ⅱ. ①浅… Ⅲ. ①长篇小说—中国—当代 Ⅳ. ①I247.5

中国版本图书馆CIP数据核字（2015）第228226号

责任编辑 赵 强
装帧设计 仙 境

出版发行	测绘出版社	电　　话	010-83060872（发行部）
地　　址	北京市西城区三里河路50号		010-68531609（门市部）
邮政编码	100045		010-68531538（编辑部）
电子邮箱	smp@sinomaps.com	网　　址	www.chinasmp.com
印　　刷	北京温林源印刷有限公司	经　　销	各地新华书店
成品规格	166mm×235mm	印　　张	40
字　　数	663千字	版　　次	2015年12月第1版
印　　次	2015年12月第1次印刷	定　　价	52.80元

书　　号 ISBN 978-7-5030-3806-8
本书如有印装质量问题，可联系调换。质量投诉电话：010-82069336

许我唯一 许我天荒（上）

浅浅烟花渐迷离 著

测绘出版社
SURVEYING AND MAPPING PRESS

目录

C O N T E N T S

第一章

许我唯一，许我天荒

情不知所起

那天是我最好的朋友谢雅的大喜之日，作为她的姐妹兼死党，我自然是受邀做了伴娘。

站在酒店大堂前，我赔笑赔到嘴抽筋，可见谢雅脸上洋溢着幸福的笑，觉得这也值了吧。瞟了眼外头一辆辆豪车开来，深为好友嫁了个好人家而欣慰。

谢雅的老公陈新，西服笔挺，显得人十分英气，两人站在一起很般配。目光飘转而过，定在谢雅手中的那簇新娘捧花上。洁白的百合，象征着高贵、纯洁与美丽，而我看着那花却生出一股莫名的伤感，与今天的喜庆气氛极不相符。

因为，刚才电光石火间的一瞥，看到一对男女从那处走来，男人搂着女人的细腰，款步从容，俊逸与美丽总是相辅相成的，故而帅哥与美女也总是相携而行。

那个男人叫许子扬，他搂着的女人叫丁岚。半年前，我是许子扬的女人，现在是过去式，在我之后，听说他换了人，现在与丁岚在一起。

许子扬是富家子弟，背景深厚。而丁岚除去美丽的外表，据说家底比许子扬更深厚。这样的两个人走在一起，应属门当户对。但我知道，丁岚应该不是我和许子扬分手的原因。他虽然年轻，但是个很自负、高傲的人，靠女人上位的事，他不屑做。

但我还是不明白他为何要与我分手，之前一点迹象都没有，我们甚至还生活在一起，前一刻两人还温情暖暖，后一刻他忽然说：“浅浅，我们分手吧。”

我愣在当场，张了张嘴想问为什么，声音却堵在喉间。男人说分手，还需要理由吗?

两人从认识到共同生活，他从未对我有过承诺，所以提出分手时，我无从反驳，说了声“抱歉”就回了卧室。等走进后，才想起这里是他的居所，既然分手了，我是不是应该卷铺盖趁早滚蛋?

他仿佛知道我的心思一般，跟在我身后进了门说：“这个房子就留给你吧，我会将房产证过户到你名下，明天以后，我不会再过来了。”

我倏然回身，看他站在门边，脸埋在阴暗中，看不清他此时脸上是何种表情，其中有没有厌恶的情绪在。但我还是摇了摇头道：“不用了，既然分手就表示断了，我也不想继续留在这里。”

这个地方，回忆太多，会触景伤情的。

许子扬或许没想到我会拒绝，走近了几步，盯着我看了半晌，唇角轻扬而起：“既然这样，那就折现吧。明天我会让人把钱打到你的账户。”

我没有吭声，最终没忍住问出了心中的疑问：“为什么？”

我们不曾有过争吵，我们相处融洽，我们有一同生活的两年，为什么要在这种时刻，拿金钱来侮辱我？即便分手，为什么就不能是好聚好散？

看到他的眸光明明灭灭，最终回了我两个字：“腻了。”

简单两个字，概括了所有我们曾经可能存在的爱恋，也为最后的分手做了完美的定义。

腻了，就代表不爱了，不想再过下去了。

自那天后，我再没见过许子扬。电视上那种大街上偶遇的情节都是虚假的，一座城市看似不大，却可以让两个已经分手的人再无交集，除去呼吸着同一片天空下的空气。

余光中，许子扬微带邪气的桃花眼，向我们这边飘来。我保持着微笑，目光凝住某个点，礼仪绝对到位。顿了半刻，感觉谢雅在用手肘推我，视线疑惑略转，发现她直朝我眨眼，一低头，只见一只白皙纤手递来一个很大的红包，我微抬了抬眼，见玉手的主人正是丁岚，她的唇角噙着一抹笑。

我尴尬地迅速接过，有道清冷的目光射向我，不用去看也知是谁。那道目光从我脸上扫到身上，今天为了应景，也为了衬托谢雅，我穿了一件米色的小礼服，裙子很短，只稍稍能遮住大腿，上身是抹胸式样，左肩有朵牡丹花遮了半边裸肩，这是有史以来我穿得最暴露的一次。

抬眸的瞬间，与黑灼的幽眸对上，其中含着的情绪，我一向看不懂，像是有股火焰在烧，又像是什么都没有。

丁岚的一声冷笑，打断了我们的对视。我连忙转开视线，将红包送到点收台，统计这一类的事自有专门的人在做。等再回来时，许子扬与丁岚已经走进了大堂，谢雅朝我飘了个关切的眼神，我耸了耸肩表示还好。

婚礼的仪式花样繁多，我作为伴娘只需在旁静候，等仪式结束后，就陪着谢雅去二楼的化妆间换装。再出来时，谢雅已将一身白纱换成了雍容的红色礼服，象征着喜庆。可等走到楼梯处时，谢雅忽然压低声音说："浅浅，我的项链不见了。"我转眸一看，她的脖子果然光裸，珍珠项链不见了，于是连忙拍了拍她的手道："别担心，我回去找！"

谢雅给了个感激的眼神，就独自下楼去与新郎会合了。

我回身寻找了一路都不见那项链的踪影，就又走进化妆间，将里面搜了个遍也没找着，不由得焦急，会掉在哪儿呢？时间已过去好一会儿，我是伴娘，不可缺席太久。我咬了咬牙，决定先应付眼下再说。可门打开刚走出一步，我就僵住了，因为许子扬靠在那处墙上，正抽着烟漫不经心地看过来。

烟雾缭绕里，我看不清他眼中的情绪，只觉那张脸很沉。不想与他有牵扯，我低了头打算从他身旁掠过，可他却迈出一条长腿，横挡在了路中间，我只好顿住脚步。

他在抽完一支烟后，将烟蒂随手扔进长廊的垃圾桶内，然后迈开步子向我走来，在离我一尺处停下。我心生恼意，为何我一米六多一点的身高，在他足足一米八的身高前显得如此娇小，而眼下他正居高临下俯瞰着我。

他逼人的目光紧紧凝视着我，即使我垂落了视线也受其干扰。我尽量屏住呼吸，不让他发现我紧张到手心出汗。突然，眼前出现一抹莹白，我僵愣着抬头，他递过来的东西居然就是我在给谢雅找的珍珠项链，怎么会在他这里？

"拿去，你不是回楼上找这东西吗？"

目光微定，我伸手从他掌中拿过项链，指尖不可避免地刮过他的掌心，心中微颤。抓过项链后，我道了声谢就从他身旁绕过，身后传来他似呢喃似轻唤的语调："余浅。"我顿了顿，头也没回地加快步伐走过，任灼热的目光紧凝于背。

回到楼下时，敬酒已过了一个来回，我悄悄地潜进敬酒队伍里，趁着敬完一桌酒后，立即把项链给谢雅戴上，然后一同走往下一桌。

接连几桌后，到了某一桌，我脚步略顿，那一桌有许子扬与丁岚坐着，其余的人也都算认识，都是平时与许子扬交往的一群人。我尽量垂眸不乱看，隐在谢雅身后端酒。

到了桌前，就见有个人跳了出来，拉陈新到身边说："兄弟，什么都不说，到了这桌，你得把这酒给喝一轮过来，至于弟媳嘛，起码要半圈儿吧。”

这个人我也见过，是许子扬的堂弟，叫许子杰，平时就觉得此人的性情跋扈又嚣张。

陈新苦笑道：“杰少，你这不是整我吗？我这一圈儿喝下来，还不得趴在这儿？”

“那我们这桌的规矩是，你若喝不完就让弟媳代喝，你少喝多少杯，你媳妇就喝多少杯呀。你们说是不是？”一声呼喝，底下哄笑连连，都在起哄。

谢雅忍不住来抓我的手，她手上已一片汗湿。我知道她的心事，她与陈新急急地结婚，正因为珠胎暗结，如今已有了两个月的身孕，喝酒可是万万不能的。之前她喝的酒水都是以茶代酒，可这一桌都是些不好惹的主，看这架势是要赶鸭子上架。

陈新也有些着急，却还得赔笑脸：“杰少啊，你就饶了我媳妇吧，她没法喝酒的。”暗示已是很明显了，在座的都是人精，全都“哦——”地笑了，目光有意无意地去看谢雅的肚子，看得她羞涩不已，脸都给涨红了。

许子杰眸光一转，笑得很是不怀好意道：“既然新娘不能喝，那就让伴娘代喝了，你们说是不是？”周围一片响应，甚至还有人吹起了口哨。

许子杰还特意问一直沉默不语的徐子扬：“哥，你说呢？”

许子扬抬起眼，目光从我身上掠过，唇角含笑道：“既然是新子结婚，理应热闹一番才是，新子，开喝了！”

心中发凉，没想到这股火烧到了我身上。

谢雅拉了拉我，眼中尽是担忧。是赶鸭子上架也好还是别的原因，总之不能让谢雅喝酒，我作为伴娘只能硬着头皮上，浅笑着走到桌边：“行，我代小雅喝！”男人们各怀心事，尤其是许氏兄弟俩。许子杰手一扬，在半空中画了一个圈儿：“就从我哥那里开始吧。”

司马昭之心，路人皆知！

空气里的微妙，令场面很是诡异，我端着酒杯绕过半圈人走到许子扬身旁，低了眉眼道：“许少，请！”他们这对堂兄弟，因为都姓许，为了区分开来，许子扬被圈内人称呼为“许少”，许子杰则称为“杰少”。

只见许子扬细长的眼眯了眯，端起酒杯，也不站起来，直接抬首向我看来，清凉的目光令我心神一颤，强自镇定，手中的杯子被轻碰，就见他将杯中酒一饮而尽。我不再发愣，仰头一饮而尽，酒入喉如一道火线往下蹿，一直灼烧到胃里。

幸而许子扬也没为难我，一杯酒还不至于难倒我，我有些酒量他是知道的。许子扬后面是丁岚，我走到她面前，依样画葫芦地将已经斟满的酒杯一递："丁小姐，请！"

不高不低的冷哼声，足以让在场的所有人都听到，只见丁岚瞟了眼我手持的酒杯，讽刺道："诚意太少了吧？怎么也得用大杯呀，以前就见你很能喝，拿什么小杯装腔。"

"丁岚，你……"谢雅在旁焦急出声，却被陈新给拉住，我也看了她一眼，这种时候丁岚有意刁难，是仗着许子扬在旁，而且单就她的自身价值，谢雅的老公陈新也得罪不起。

不知是谁拿了一个大红酒杯放到了桌上，然后许子杰兴冲冲地将白酒注满，我蹙眉看着，沉默不语。初步估计，那一大杯酒得有三到四两，是现在杯子的两倍还多。尤其白酒不比啤酒，喝起来特烈，这一杯猛喝下去，我知道，肯定是够呛。

丁岚讥笑地看着我："余浅，怎么着，不会想耍赖不喝吧？"

很早就明白，丁岚与我即使从未有过交集，但都晓得彼此的存在。她对许子扬的心思，早已不是什么秘密，哪怕是在我们还好的时候。现在，她终于得偿所愿，而我则成了"下堂妇"，不揪着这种场合将我恶整一番出口气，又怎解她心头之恨。

于是，眼前这杯酒，我就是不喝也得喝了，箭已在弦，不得不发。我浅笑着开口："礼尚往来，我代小雅谢丁小姐的大驾光临，那大杯碰大杯，要不显得怠慢了。有没有人给丁小姐换个杯子呢，我给亲自满上如何？"

丁岚没料到我会反击，脸含怒色从座位上站了起来，扬手指到我鼻梁处："余浅，你……"话没说完就顿住，因为一声轻哼从旁传来，在座的听得都很清楚，声音正是来自于许子扬。

我头脑一热，端起桌上那个已经满上的酒杯，仰头大口灌下，只觉心肺都在灼烧，喝到见杯底，我将杯子放在了桌上，微笑依旧："刚才只是跟丁小姐开个玩笑而已，不要介意！"

众人面面相觑，就连丁岚也被我的举动给惊住了。

经过刚才这一茬儿，后面的人倒也没多为难我，也就意思意思一杯喝尽放过我了，但他们喝的是一杯，我却是连番喝过去，许子杰所谓的半圈儿，就是说连喝六人。

脚下步子已有些虚浮，而下一个，是许子杰。我咬咬牙，正要走上前，突听一道清幽的声线："子杰，新子这个主角还没喝呢，后头不是还有节目吗？别灌趴下了，节目没法演了。"

这一出声，场上顿时静默，许子杰眸色闪了闪，最后凝了抹笑点点头道："也是，喝酒没意思。"转了身去拉过陈新贼笑着，"新子，接下来该你表演了，这回弟媳可不能跑。"

我不知道许子扬为何在这种时候帮我，但到底还是松了口气。

又磨了近半小时，这帮太子爷们才肯放行，我已忍到极限，拉了拉谢雅说去洗手间，然后步履匆匆跑过。进门来不及跑到里间，直接就对着洗手池狂吐起来，撕心裂肺地将胃翻搅了一个遍，最后捧了些水拍拍脸。

抬头看镜中的自己，脸色苍白得不行，这样出去，怕丢了谢雅的脸。有意多等了会儿，觉得不太难受了，脸色缓和了些才掀门，还没来得及跨出一步，就被一股外力推搡，人往后倒退几步，等反应过来抬眼看时，发现许子扬阴鸷地盯着我，女洗手间的门被他压在了身后。

"酒量很好？拼了命地喝？"

我心中惊颤，随即镇定下来，低下头不理他。

"怎么？哑巴了？少惹子杰……"

"你哪只眼睛看到我惹他了？从头到尾都是他在找碴儿，你是瞎了还是傻了？嗯？许大少爷？"我扬声截断他的话，眼睛死死盯着他，从他脸上我看到了震惊。

他定是震惊的，因为我与他在一起的两年多，从未对他有过违逆，更别提是如此怒声质问了，我付诸他的，更多的是温柔与乖顺。

现在他的表情，显然是被我骨子里存着的桀骜不驯给惊到了。不想与他多费口舌，用了些力气将他推离门口，再度拉开门，毫不犹豫地迈了出去。

"啪！"嘹亮的响声，在半空扬起，瞬间半边脸麻木，痛得我倒抽冷气。

我今天真的是倒了八辈子的霉，豺狼过后遇猛虎，那丁岚就等在洗手间门外，结结实实给了我一巴掌，她的手再度扬起，打算给我另一边脸也做个印记。我不由得冷笑一声，拼着再受一掌的痛，扬手重力挥去。

"啪"的一声再度传开，但丁岚那掌却没落在我脸上，而我的手掌却是实打实地给了她还击。视线微抬，只见丁岚的手被我背后伸出来的掌给捏住，是许子扬闻声从内走出，及时制止了丁岚的再度行凶。可他一定没有想到我会还击，所以此刻盯着我挥出去的手怔愣住了。

我想，今天定是破了许多与许子扬在一起时的先例，不但让他看到我违拗的一面，还看到了我的泼辣。这下，是将我在他心里原来铸就的形象全都颠覆了吧，但许是我酒意上涌的原因，使得我那股没有熄灭的热血冲动再燃起，所以在下一秒内，我又做了件离谱的事。

我用力将丁岚往许子扬那边一推，促成她的投怀送抱，然后拔腿往酒店大门口跑去，眼下这种情形加上我半边脸的麻木，已不再适合回到谢雅身边去。

一路畅通无阻，我飞奔出门，拦下绿色出租车就拉开后车门，下意识地回头看去，见许子扬从玻璃门后奔出，看到我压下身体坐进车内时，脸色变了变，眸光危险至极。

我无力去分辨许子扬最后看我眼神的含义，车子启动后，就将头靠在车窗上，喝了太多酒，又跟人互扇了巴掌，这些事耗尽了我所有的体力，只觉得太阳穴处隐隐作痛。

回到住所已是晚上十点多了，我脚步虚浮地进了浴室，热水往身上一冲，酒精越加上头，似乎是加速了挥发，整个身体不知是被热水烫得，还是那酒精蔓延，变得通红。关了水，一摸架子，才发现忘记拿浴衣进来了，只好裹了半长的大浴巾往外走。

也没开灯，摸着黑进了卧室去翻找睡衣穿，可等我翻了几下后，反应慢了半拍的脑神经终于发现不对劲了。在我刚才进门时，床铺那边有微弱的火星，鼻端也闻到了一股烟味。

这个卧室有人！

我拔腿就要往外冲，明知可能已来不及，可本能地还是想要逃离。当我即将跑出卧房门时，身后一条有力的手臂将我牢牢圈住，并且勾回了坚硬的怀中。熟悉而又陌生的气息折磨着我的神经，我正想大声呼叫，却在下一秒，嘴巴被紧紧捂住。

“啪嗒”一声，灯的开关按下，屋内通亮，我的眼前除去指骨分明的手外，还有就是深色西服的袖管，我立即领悟到身后的男人是谁了。

我忘了当初与许子扬在一起时，多是住在他那边，极少留宿在我这里。然而两个人都有彼此房屋的钥匙，分手时我没要他的房子，却也忘了要他把备用钥匙还给我，更粗心到时隔半年居然也没有换锁，竟给了这男人直入的机会！

可怜我现在全身只有一件不长不短的白毛巾裹着身体，双手必须得紧紧缠住，才能防止它随时滑落，所以对于许子扬的攻击，只能“呜呜”着表示抗议。幸而他也不准备就此闷死我，见我知道是他后，就松开了手。

可是他圈在我腰际的手却没松开，环得很紧，所以两人的身体也就贴得很紧。我的后背可以感受到他贴近的肌肉的张力，以及心跳的起伏，气氛太过暧昧，尤其是在我衣冠不整的情况下。

“许子扬，你到底想要怎样？”我一出声就开始后悔，酒精加热水澡的关系，让我的声音变得沙哑，听起来居然带了种特别的魅惑，明显感觉身后男人的身体一顿，随即另一只手攀了上来。他埋进我的脖子里，重重吸了一口后道：“浅浅，今天你给我的惊喜还真是不少，但相比之前，我比较喜欢现在这种，尤其是你身上的香，令我想念至极。”

男人不要脸起来，脸皮当真是比城墙还要厚，当初是他口口声声要与我分手，理由是一句“腻了”，眼下这般又是为了哪一遭？如果说是因为丁岚吃亏找上门来寻事，我还能接受一点儿，却绝对接受不了他一副想与我旧情复燃的模样。

或者说，是我理解错误，只是今晚他看我与以前言行不一，屡次三番超出他对我认定的界限，然后就想再回过头来试试我的滋味，才说这些诱惑人心的话？

鬼才相信他会想我！

我一手紧紧拽住浴巾不让其掉下，另一只手去掰他圈住我腰的手，好声好气道：“许大少爷，之前打到丁岚是我不对，我在这里跟你道歉，你大人有大量也别跟我计较。现在还请松开我，怎么也让我穿件衣服再说话，这画面实在不好看。”

看不到身后许子扬的脸色，但觉他在听我说完后，手确实松了些。我正想要挣脱开，他却将我翻转过来面对他，然后用额头抵住我的额头道：“行了，浅浅，欲擒故纵也得适可而止，我的耐心有限，你不就是想要我来找你嘛。”

我立即觉得一口恶气堵在心口，抑郁难发，气到浑身颤抖，真没见过如此厚颜无耻之人。去他妈的欲擒故纵，我毫不犹豫一抬腿，正中他的重点部位。趁着他松开手痛到弯下腰之际，我立即转身就逃，飞奔出了卧室，冲向大门，全然忘记了我现在的着装不宜跑上大马路。

可我也就跑了几步的距离，就听到身后一声低咒，沉重的脚步声传来，我浑身寒毛都竖起来，拉开门的手都在颤抖，男人震怒的声音已经从后面追来：“跑啊，看看你这副样子跑到大街上会有什么下场！余浅，你还真知道怎么惹怒我！”

脚步一顿，就被他从后用力一拽，然后门“砰”的一声重重甩上，下一秒身体腾空，已被他抱了起来。他迈开大步重新往卧室走，我急声大叫：“许子扬，你个流氓，放开我！”

“哼，流氓是吧，那我让你看看流氓本色。”

之后的事情一发不可收拾，我无法避免地陷入了沉沦，当一切终止时，我后悔不已。是自己在谢雅婚礼上的冲动，导致了这一切的发生。因为后悔，所以知道哪些事可为，哪些事不可为，若想以后生活平静，心底存的那些气、不甘，以及恼怒统统都得咽下。

尤其是刚才这件事，我不得不承认到后来变成了半推半就，若我真心抵抗，这个男人也不是强要的主。

耳旁传来许子扬轻慢的语调：“你最近是不是在相亲？”

我怔了下，没有料到他会突然有此一问，侧转头见他眸光深沉不定。

最近一段时日我确实在相亲，半个月前，谢雅给我介绍了个医生，为人耿直，长得也算俊朗，当然与许子扬不能比，气度上也不一样。我们一共约会了两次，彼此对对方印象都还挺好的，若不是发生了今天这回事，我本打算好好与这医生谈朋友。

往长远想，如果这人真不错，那就以结婚为目的交往，毕竟对方有三十，而我也快步入剩女的行列，女人二十五岁一过，说出年龄就会有异样的目光看你。

许子扬等了好一会儿不见我回答，眉峰又蹙了起来，口气不太好道：“以后别再相亲了！”

我忽然就存了气，他这是要发号施令吗？于是堵了上去：“嗯，不会相亲了。遇见了个医生，人挺不错的，打算长久交往。”

气氛瞬间凝住，然后一声浅叹幽幽而出：“是吗？”随即他一个翻身压在我身上，一手箍住我挣扎的双臂举高到头顶，一手掐住我的下巴，发狠道：“余浅，你是真听不懂，还是假听不懂？我的意思是，从现在开始，做我的女人，那些不正常的关系，都给我断掉。”

我怒极反笑，昂着头问：“什么叫不正常的关系？我跟人家正常交往，哪里碍你许大少爷的眼了？做你的女人？容我提醒您一句，半年前你就对我说分手了，我和你早没有关系了，说起来，现在我们这样才叫不正常的关系吧？”

我的下巴一疼，男人眸中怒意变深，喜怒不形于色的他，居然也将情绪流露了出来，可我说的都是实话，又是哪一句惹他大少爷不开心了？

“余浅，你敢！”许子扬颇有些咬牙切齿，我却死死瞪着他，没有半分退缩。今天我算是豁出去了，实在是被他这种自以为是的态度给气急了。其实我更想问一句：你凭什么？

凭什么半年前莫名提出分手，只给我一句“腻了”的理由？凭什么半年后又一副理所当然的态度登堂入室？更凭什么一副施舍的口吻来要我去断了与别的男人的联系？

我们两个人就像互相撕咬的兽，怒目瞪视着对方。

最终，许子扬阴沉着脸起身，穿好衣物一身齐整地走了出去，很快就听卧房外“砰”的一声巨响，大门被甩上了，震得整个屋子都颤了一下。到底是不欢而散。

第二天头痛欲裂醒来时，接到那个相亲医生的约会电话，本想推了，转念一想经过昨晚之后，该和他有个结束了，于是就应下了。

约的是一家小餐馆，我准时抵达，见那医生已经到了。印象中之前两次约会他都是先到的那个，可能是即将要与这人各奔东西，故而从他身上发现了许多优点，由此推断我将放弃的是一个好男人。走到跟前，我浅笑着轻唤：“林医生，抱歉，让你久等了！”

男人在我走近时已经站了起来，为我拉好了位置，谦谦而笑道：“余小姐，别客气，我也是刚到。”等我坐下后，他又微笑着说，“我们能不能别这么见外，以后都称呼名字吧。”我抬眼细看他的笑容，唇角扬起，眉眼松弛，他似乎心情不错。

菜单递到我眼前，风度礼仪都到位，谦让地推说由他点，他也不磨叽，点了几个家常小菜就叫来服务员去下单。我不想扫兴，决定等到用餐结束时再提出。其间，林翔时有幽默段子出来，我都抿唇而笑，不会给予太多回应，也不至于失了礼数。

这样的画面，在外人看来，我们相处和睦，甚至有些亲昵。

正当林翔殷勤地为我布菜时，提包里的手机忽然响了起来，我道了声歉，拿出手机一看上面的名字，不由得蹙眉，“许子扬”三个字赫然在跳跃。当初分手后，为了断自己的念想，把一切有关他的痕迹都抹去，包括手机中他的号码。现下又再回到我手机里，始作俑者不用想也知是谁了。迟疑了下，还是按了接听键。

“喂？”没有造作地说哪位，只一声轻问。

对面的呼吸声近在耳侧，沉默了两秒后才问：“在哪儿？”口吻理所当然，我的眉头蹙得更紧了，让自己声音尽量平淡：“在外面吃饭。”

一声低笑从那边传来，转而又问：“一个人？”

电光石火间我似有感应，目光在餐馆里搜寻，等环视了一圈后不见那人的身影，我长舒了口气，是我太敏感了吗？怎么会有一种被窥视的感觉？

林医生的目光已经飘了过来，我尴尬地冲他笑了笑，随即耳边的声音骤冷：“浅浅，你似乎将我的话当成了耳边风。”这回我算是肯定了，许子扬一定就在近处，他正看着我。

不在餐厅内，那么……我倏然转头，透过玻璃窗凝目看去，果然看到对面马路边停着一辆深黑色的轿车，前驾驶座的玻璃窗被摇下，那手持手机的男人不是许子扬又是谁？隔了一条街，我都能感觉到他看过来的目光含着危险的锋芒。

心神微颤，定了几秒后，我转开视线，直接将手机挂断。转回视线，对上林医生疑虑的目光，知道是我刚才的异状引起了他的注意，可这时我也不好解释什么，只抱歉地笑笑。想快点结束这次午餐，早些与他说清楚，再不能拖下去了，抬头间却见一抹深色正朝我们这边走来。

握筷子的手紧了紧，片刻间人已到跟前，视线顿在我头顶，听到林医生在问：“这位先生……”

“浅浅，不为我们介绍吗？”许子扬醇厚的嗓音扬开，我不得不抬起眼正视他，真的没有想到他会走进来。林医生见对方能喊出我名字，眼带疑惑地看向我，这种情况下我只得开口替他们介绍。

一声浅笑传来，许子扬伸出了手：“幸会！”在林医生客气地与他两手交握时，他又道，“你就是浅浅提过的林医生吧，我是许子扬，是浅浅的男朋友！”

我惊讶地扭头，这人居然堂而皇之以我男朋友自居！却见他松开林医生的手改为搂住我的腰，将我往里推进了些，一屁股坐在了我旁边，然后手就没离开过我腰际。

这回我都不敢去看对面林医生那尴尬的神色了，只听对面干咳了两声，迟疑地问：“余浅，这……是真的吗？”我想要逃避，可腰间的手突然一紧，似乎在提醒我作回应，事已至此我只得抬起头，坚定了目光点头，眼里含着歉意。

最终，林医生别开视线道：“抱歉，我忘了还有些事要处理，你们慢吃，这单我……”

“单我在进来时就已经买了，林医生不用多费心，有事忙请便。”许子扬淡淡打断对方的话，即使面上含着浅笑，可是话却很强势，一点都没给对方面子。

林医生面色顿时变得灰白，欲言又止，最终只说了句“失陪”就匆匆离去。我目送他走出餐馆门，视线回转时正对上许子扬危险的目光，他的眼中有着浅浅讥讽：“怎么，舍不得？”

一直压着的怒意终于沸腾，我用力拂开他环在腰间的手，质问道：“你为什么要这么做？”

“哼，你既然舍不得，我就来帮你下这一刀。”

“可你用得着如此傲慢无礼吗？一点面子也不给人家留！”

许子扬眼神一厉：“面子？我与他非亲非故，为何要给他留面子？在今天之前，与今天之后，都与这个姓林的再没瓜葛，我何苦要花心思安抚一个陌生人？”

我被他抢白得气到浑身发抖，还有没有比这男人更嚣张跋扈的了？我站起身用力去推他，想从他身前跃过，实在不想与这个不可理喻的人待在一起，可是我一站起就被他用力一拉，摔跌在了他腿上，两手控住我的挣扎，老神在在地说：“我还没吃饭，陪我一起吃！”

接下来，他神色自然地唤来服务员，将桌上的餐具和菜全都撤下，然后换上新的。当我面前的小碗儿堆积如山时，我算是明白了这个男人的占有欲，就是介意之前林医生为我布菜这件事。他一边夹，还一边指着菜说：“尝尝吧，这个味道可以。”

我真想翻了白眼问他怎么就知道可以了，明明他一口未尝！

我按住继续夹菜的筷子，微蹙了眉：“许子扬。”他侧首看进我眼里，笑问：“怎么不吃了？”

我垂了目光，定在他胸前的衬衫扣子上，今天他西装里头穿了件深紫色的衬衫，纽扣也配了一色，我知道他的衣服一向都是手工特制的，有专门的店为他定制。无论是线条，还是剪裁上，都能贴合他流露于人前的优雅气质。

我暗暗叹了口气，低声问：“能不能先离开这里？”

如果他真要给我个“教训”，可不可以别在大庭广众之下？这算是我的请求吧。我想我眼中要表达的意思，他是看得明白的。可能是我乖怜的态度正中了他的下怀，低沉的笑声响起，他最终放下了手中的筷子。

他挥手结账，揽着我的肩走出了餐馆。当车子停下时，我怔了怔，居然是我公寓的楼下。

“你是要……”微凉的手指已抵住我的唇，他眼中危光浮动，“浅浅，两个选择，上楼还是去我公寓？”这种情况下，我别无选择。

到门前时，我杵着没动，有点垂死挣扎的意味，却听耳边一声讥笑，随即是钥匙抖开的声音，我再次领悟到自己又干了件傻事，不对，是两件。

第一件是在昨天已经想起这个人有我屋子的备用钥匙时，居然没换锁。第二件就是眼前这桩，都到门口了，再梗着，从他眼里的那丝嘲弄来看，他认为我是在拿乔。

进门后就听他浅淡吩咐道：“去弄点吃的给我，肚子很饿。”

原来他那句没吃说的是真的，我瞟了眼墙上的摆钟，已经一点多了，他倒还真能挺。

十分钟后，一碗香喷喷的荷包蛋拌面出炉，端到了桌上。但看许子扬一脸的嫌弃，就知不合他大少爷的心意，我只能转身再回厨房，看看还有什么食材。以许大少的心性，今天不把他的胃伺候好了，后头指不定还要怎么为难我。

等进了厨房后，我顿住脚步，我们这个样子相处，是默认了他之前的提议？心中直觉不妥，不行，我现在该做的是怎么让他离开，而不是去迎合他。我思索了一番措辞，踏出门却见他正斯文优雅地坐在那里吃面。

警觉的他立即发现我在驻足观望，立即把筷子一甩，丢在了桌上。尴尬这种表情当然不会来自许子扬，故而我将他转移目光的表情权且当成是无视我。

清了清嗓子后，我走到桌边，瞟了眼那碗面，心想：他确实是饿了。居然就这么一会儿，已经快见碗底了。我摆正了心思，打算与他开诚布公地好好谈一次。

也可称之为谈判。

可我还没来得及开口，许子扬已经语带闲凉而道：“浅浅，今天你的表现我不太满意，但不管结果怎样，也算是与那什么医生断了。你看看什么时候搬到我那边？”

他这口吻真令人有一掌拍死的冲动，我随即冷笑道：“许子扬，我想你搞错了一件事。就算我与林医生分了，也没义务要跟你好。”搬到他那边去？再被赶一次吗？那我还真是犯贱了。

许子扬闻言，眸色犹如打翻了的墨砚，变得混黑。目光将我上下都刮了个遍后，他才从椅子里站起来，走到我跟前，抬手捏住我的下巴，声音听似轻柔：“余浅，是我表达不够清楚，还是你没领会我的意思？那我再说一遍：回我身边来，做我的女人。”

眼前的男人看似气度优雅，眼中强烈的占有欲却是那般明显。

我昂起头，盯着他瞳眸里的暗沉一字一字道：“我……不……要！”预料中的，下巴上的两指用力陡然加重，可以预料那处铁定是青紫了。

下一秒，他竟将唇压下，以单手扣住我的双手在背后，然后将我压在门板上，下巴处的手指松开，改为控住我的后脑，不让我有丝毫挣脱。

我在他嘴里发出支吾的声音，他却不肯放开，依旧堵得死死的。一狠心，我用力地咬，他却在我牙齿嗑下时及时退开，而我的舌被重重咬破，顿时嘴里一股血腥味弥漫，与此同时是一声冷笑，他阴鸷的黑眸中糅进一抹戾气。

我偏过头一口将血沫吐在旁边，然后转头正对他道：“许子扬，你是听不懂我的话吗？我不要，我不要再做你的女人，我不要你像对……一样对我发泄！”

那两个不堪的字眼我说不出口，不想将自己沦落到如此卑贱的地位。

可是许子扬的下一句话却等于生生扇了我一个耳光：“呵，余浅，你与我扮清高吗？别忘了当初你是怎么和我在一起的，我许子扬要得到一个女人，还真不需要用强迫的手段。”

他那冷傲的表情，对我可谓是侮辱至极。

屋门再度当着我的面重重关上，从那脚步沉重离去的声音，也可判断他气得不轻，而我却是脸色惨白，浑身像没了力气一般。

我静坐在地，回忆如潮。

父母感情不好，早年离异。我是跟着母亲的，后来母亲改嫁，对方也有家庭，考大学时我特意填了较远城市的学校，借口住校，就很少再回家乡，除了过年回去一趟。

我与许子扬相识是在大四那年的暑假，因为学校还没开学，宿舍没有一个人，连宿管大妈都不在。我去校外买储备干粮，在一个拐角口，恰逢一辆车开过，即便我反应快及时让开，也还是被车身带到，摔倒在地，脚上一阵疼痛，被撕开了一道血口子。

汽车停在路边，一双黑亮的皮鞋走到了我面前。

仰视的目光中看到的是挺拔伟岸的身影，这是我第一次见到许子扬，他微蹙着眉俯视着，从没见过男人的桃花眼会如此魅人，而双眉的狭长却添了几分谦雅。不敢说后来爱上这个男人是因为一见倾心，但当时确实心有触动。

还在我发愣之际，就听他问：“你怎么样？”刚欲张口，就听周边有围观的群众在说：“现在的女孩啊，当真是……我看是她自己碰上去的。”转头去找人群里说话的人，发现好些人都面露鄙夷，我赫然了悟，他们在指我有意制造“碰瓷”事件。

人云亦云无处不在，男人眼中的嘲讽一闪而过，我顿时没了解释的欲望。

我只手撑着地面，尝试站起来，旁边突然伸出一只手扶住了我，直到我站稳后才放开。侧转头就见身旁站着一位十分娇柔美丽的女孩，她的嘴角挂着笑，眼中带着善意的温柔，关切地问我：“你没事吧？”

我摇了摇头，道了声谢。女孩回首看向那个男人，微笑着说：“子扬，她的腿受伤了，我们送她去医院看一下吧。”顿时好多道目光集中在我的小腿上。因为时值酷夏，我穿的是裙裤，所以刚才摔倒时小腿被利物划破了道长口子，血流了好多，旁边的议论声明显小了。

在女孩的坚持下，我最终还是坐上了车，去了附近的医院包扎。途中，女孩自我介绍叫顾卿微，男人叫许子扬，没有介绍他们的关系，后来许子扬身旁也再没见过那女孩。

等到开学后，我竟然多次在学校里远远见到他，觉得有些奇怪，悄悄问了人，才得知他与学校合作了一个项目，经常会过来实地考察。难免偶尔遇上，他至多瞟我一眼，招呼都不会打。

我们正式有交集是某个晚上，我因为出宿舍买些东西，遇上经常纠缠我的一个追求者与他同班的几个男生，我被堵在了校门口，几次想回避离开，都被拦住。

刚好许子扬经过，也不知他在旁边看了多久，上来就将几名男生撂倒在地。转而拉了我走出学校，一直走到他车前，将我往车身上一推：“都晚上了，还出来干吗？”透过路灯的灯光，看见他眸光微暗，问我的语气像是质问，我一时间怔忡在那里。

许子扬朝我扬了扬眉，眼中神色越加晦暗，我回过神后低头说：“去买些女性用品。”

如此迂回地回答，他一下就明白了，没有再追问。可我意料不及的是，他突然长手一伸将我揽进怀中，清冽的气息扑面而下，温软地堵住了我的唇，并没有深入，蜻蜓点水，然后放开。我的脸顿时红到发烫，这个男人夺了我的初吻！只闻耳畔一声嬉笑。

后来，看着他开车离开，懵懵懂懂地回到宿舍，那晚，我失眠了。

一连几天，我都心神恍惚，总会想那个拥抱，以及那个吻。不得不承认，我一向静如止水的心，动了。没有曲折离奇的情节，在忐忑不安的心情里，他打来了电话，然后犹如做梦般就与他走到了一起。初尝恋爱滋味的我，只觉得被一个人喜欢，是一件无比快乐的事。

就在这种迷离的情况下，突然发生了一件事，令我始料不及。

继父打电话到我手机上，告诉我说母亲在买菜时被车给碰了，伤不重，倒是把腰给扭到了。驾车司机主动提出带妈妈去医院做全身检查，这一检查就检查出事来了，母亲竟然是尿毒症……

母亲想要瞒着我，实在没法了，继父才偷偷打来电话。因为这种病，不光需要很大一笔费用，还需要找配型，我作为直系亲属，自然成为第一考虑对象。

电话最后，继父艰难地开口问我能不能筹到钱，我立即明白了他的意思，是在暗示我找亲生父亲问问。我回答说会尽量想办法。久未打过的电话，还是拨了，父亲在电话那头的声音很冷漠，听完我的要求后，沉默了半晌，最后只道：“我跟你妈妈早已分开多年，手头也不宽裕，最多能给你两万，打到你的卡上吧。”

我想哭又想笑，他与妈妈二十多年夫妻，最后的情谊只值两万。人们常认为钱是世间俗物，可当这个俗物能够救命的时候，却成了圣物。

这个时候，我唯一能想到的只有许子扬。可我开不了那个口，一旦开口就将我与他的关系界定在了金钱上。我的情绪不对劲，在许子扬打电话来时，就被他发觉了，十分钟后他就出现在了我面前。

那一刻，我几近崩溃，无须他逼问就老老实实将困境讲了出来。他听完后，什么也没说，只让我去请假，说事情让他来安排。等我请假出来时，他已订好了两张去我家乡的机票，两小时后，我已经踏上了那块土地。接下来的事，恍恍惚惚地按着他的节奏进行，支付医药费，进检查室配对肾，等待检查报告……一项又一项做过来。

万幸的是，我与妈妈的肾配对成功，也就是说我可以捐出一个肾来医治母亲的病。手术很快就排上了号，整个过程中，许子扬始终都在我身旁陪着，他沉稳从容，调度有序。而我心触动的是他愿意为我如此。

在进手术室前，我一遍遍看他的眉眼，他冲我笑了笑，轻声道：“乖，进去吧，有我在，不会有事的。”原来他看懂我心中的彷徨与担忧，即使我与母亲的肾配对成功，即使现在的医学做这类手术成功率很高，可我还是会害怕，怕有意外，怕母亲不能康复。

而他的那句话，犹如暖流倾注我心房。

与妈妈并排躺在手术台上，麻醉师给我们打上麻醉，很快我便昏睡了过去，依稀听到熟悉的声音，辨不清话语，心中暗想我是有多想那个男人，居然连麻醉了还在惦念着他。这是手术室，他怎么可能进来呢？后来，我一点意识也没了。

醒来时，没见许子扬，是一名看护在我旁边，笑着说手术很成功，我松了口气。等了好一会儿不见人来，终是忍不住问护士，却得知许子扬接了个电话，就安排看护在我身边，然后离开了。

微微失落，我不是不明事理的人，心知许子扬这时离开，定有要紧事。到了晚上他的电话就打过来了，说了好些体己的关切话，顿时令我一扫郁闷。

在医院住了将近一个月，这期间许子扬来看过我三四次，毕竟两地相隔太远，他没法时时过来，但是每天晚上必打电话给我。我想，我和他的关系算是定下了吧，有谁能像他这样对我好呢？那一刻，我觉得世间安能再有一个许子扬令我如此欢颜。

后来的事，就发展得极其自然了。出院的时候他来接我，再回学校时，即使少了一个肾，身上多了一条疤，我却觉得满心甜蜜。

大四毕业时，我如愿考上了研究生，也与许子扬一起生活了，关系长达两年，最终无疾而终。

一直以为，就算分手，那两年我与他在一起的日子，也是情浓的，只是后来情淡而已。却没想他刚才会亲口道出心底真正的想法，原来在他的眼里，我是一个金钱的交易品，而我的价值就在那几十万。

难怪他可以毫无顾忌地想分手就分手，而此时想要我就要我。

我扬起头，不想让眼眶里的眼泪滑落，很久没有哭了，最近的一次哭也是半年前。我从他的公寓搬离，然后回到这里，每天晚上躺在床上睁眼到半夜才疲倦地睡去。在没有了温度的租屋，我听着电脑里的音乐，一遍遍地重放，然后眼泪就掉了下来。

常常听的那首叫A.I.N.Y（爱你），里面的每一句歌词都戳中我心。

分开以后，每个夜晚格外地寂静，只剩“滴答滴答”的大钟在陪着我回忆，电话里头曾经是你最温柔的声音，现在只有空气冷漠地回应……

许子扬，你一定不知道，分手后我是花了多大的力气才将这痛苦一点点咽下，藏进心底深处；你也不知道在谢雅婚礼上与你再见时，我的心有多颤抖。那“腻了”两字是我这辈子最大的痛，可既然腻了我，为何还要来招惹我？

湿润滑进两鬓的发中，我苦涩地笑，原来不是抬起头眼泪就不会掉下来，也不是不想爱了，现实就能放过我。

真的是烂掉牙的戏码，在当初他带着我去家乡时，曾经也觉得这太像剧中故事，可最后看他无微不至地对我，更在后来我们相处甜蜜，从未提过那件事半句，所以就做了那王子与灰姑娘最老套的梦，如今梦已醒。

我欠许子扬的不是情，而是最世俗的东西，他既然提起，那么我就务必要还这个债。

当爱情抹去，剩下的只有价值时，不得不承认，我之于许子扬是卑贱的。他确实有要风得风，要雨得雨的资本，因为他对我有着笃定。不管出于什么理由或原因，他既然把话放下，那么我就不得不低下头。

可那天之后，许子扬竟无声无息，又消失在我视线里。

这日，房东突然找上门来，我有些讶异。房租都是半年一付的，还得过两个月才到缴付房租的时间，不知是为了何事。我给房东倒了茶，她推辞说不用，就直接讲出了来意。

听完后我的心沉到了谷底，怎么也没想到房东是来跟我谈退租的事，原因是这房子找到了买主，过两天就要出手，所以今后不能再租给我了。

这真的就叫屋漏偏逢连阴雨，在我决定偿还许子扬那笔债时，连住的地方都成了问题。尤其是如此突然，这叫我一时之间上哪儿去找合适的地方搬过去？房东很觉抱歉，承诺会支付我违约金，赔偿三个月的房租。

话说成这样，我也不能再强留，只好应下尽快搬走。

第二章

许　我　唯　一，　许　我　天　荒

山雨欲来风满楼

我坐在电脑前看了一天的租房信息，记录了联系电话和地址，准备明天去探问。感觉肚子饿得难受，才察觉自己一整天没吃东西，翻找出泡面，煮熟，热腾腾地吃下，这才舒服了些。

正要将碗拿到厨房去刷，却听门边有钥匙孔转动声传来，我一个激灵，放轻脚步往门边去，小心地从猫眼看外面，立体轮廓把我吓了一跳。

门板那边传来清冷的声音："余浅，开门！"独有的许子扬式的语调，隔了近半月，他又突然出现了。我僵在门前，想假装不在家，可门外他很神地开口："我听到你的喘气声了。"

我深吸了口气，尽量让声音听起来淡漠："我已经睡了，你走吧。"

一声轻哼后，就听他淡淡地问："什么时候你的床搬到门边了？"

我一时无语，却仍是不愿开门。

"开门，你知道我若想进去有的是办法。一扇门就能挡得住我？"男人无赖起来，脸皮可以很厚。见我仍不应声，他又道，"再不开门我就大声拍了，吵醒了楼层的其他户主别怪我。"

我还在迟疑，门上已是一声重拍，无奈只好开门，抛了一句"请随手关门"闪身进卧室。很快手里拿了一打钱出来递给他："这里是两万块，先还给你，剩余的那些我会想办法再还。"

这些钱是我卡里仅余的存款，之前取了回来一直放在抽屉中。

许子扬看着我，表情高深莫测，在看到我递过去的钱时眸光略闪："余浅，你这是要跟我算钱的事？"我挑挑眉，提到钱的可是他。

只见他冷笑了声道："那两年，我在你身上砸下的钱可不止你妈妈那些哦，后来你继父开的小店，继父家的孩子上大学，这些钱算下来，你还得清吗？所以，别跟我提钱，可别告诉我，为了这些钱你打算再卖一次！”

我怒极，扬手一耳光，他竟是没躲，让我扇了个正着。手指的麻痛足以证明我那一巴掌有多重，而他就阴沉地盯着我，那半边的脸颊已变成暗红，我看到他怒形于色。

心有惊恐，实在是刚才那句话令我太过愤怒，才失了理智去打他。

只听他咬牙切齿道：“余浅，为什么我有掐死你的冲动？”而下一秒，残虐的目光移到我的唇线，他就想压下身来吻住，我连忙侧开头硬着声音道：“许子扬，我不要再和你维持那种关系了。”

许子扬猛地顿住，将我推靠在墙上，双手撑在我身体两侧，然后口吻轻柔，目光却危险至极地问：“说说看，那种关系是什么关系？”

温热的呼吸就喷在我脸上，避也避不开，我将嘴角微微牵动着说：“你买我卖，可买卖也有个限度，我不想再卖了，可以吗？”不想把自己说得如此不堪，可他再度欺门而入，字字句句在深挖我心。

许子扬单指挑高我的下巴，细长的眸子带着窗外星子般的寒光映进我眼里：“呵，余浅，你要将自己的地位摆到这等地步，那么我也没必要拦着，至于买卖，从来都是买家说了算，哪里有卖家做主的？尤其是，你觉得在这地位上，事情由得了你吗？”

话里满满都是警告和深意，当我挑明了立场后，他对我没了耐心。而无情的话还在继续：“从现在开始，哪天你还清了所有的钱，哪天就算交易结束吧。明天我会让人打张清单给你，细算下这两年你欠了我多少债呢。嗯，余浅？”

我眸光黯淡下来，除去妈妈的医药费这件事外，继父与他儿子的那些事我并不知，但他既然说出来，就不会有假。本以为那几十万，与他心平气和地谈一下，约定之后分期付款，然后努力多打几份工，几年后也应该是能还掉。眼下又多出来好多笔债，算都算不清了。

这是一场毫无悬念的战斗，最终我都是那失败的一方，且看他愿不愿意手下留情放我一马，而男女之间走的就是个过程。

我是被无遮挡的太阳光给晃醒的，被许子扬搂在怀里，他的气息就在耳畔，一时间竟像是回到从前，我与这个男人，曾经相拥而眠，如今也拥在一起。

手机铃声突然打破沉寂，也打破了我的幻想，我自嘲地一笑，没有动，任他搂着。很快就听到耳旁传来他讲电话的声音，声线中还透着清晨未睡醒时的慵懒。

蹙起眉，耐着性子等他讲完电话后放开，那通电话基本上都是对方在说，他在听，直到结束的时候他才以“我等下过来”结尾。虽然听不清对方说什么，但可辨出是男音，而这般严谨态度，应该是公事。

我不禁心有雀跃，早走早好，我可以好好想想这事。

可挂完电话后，他却把手机往旁一扔，从背后搂住我，长腿半压，头搁在我颈窝处又继续睡起来。老大一会儿都不见有动静，这不是跟人说等下就过去吗?

我忍不住挣了挣，身后立即咕哝着警告：“别动。”

“你不是要走吗？”

话一说完，我就被他使了力翻过来正对他，没有看到他睡眼惺忪的样子，他的眼底清明一片，嘴角习惯性微弯着：“偷听我讲电话？”

忍住翻白眼的冲动，试图跟他讲道理：“你就在我耳边跟人说电话，应该不算是偷听吧。”

许子扬不置可否，控在我腰上的手松了，我乘机掀被下床，梳洗完从洗手间出来，见他又在打电话，微蹙着眉，事情似乎有些棘手。最后不耐烦地说：“知道了，我马上到。”我挑了挑眉，没作声。

“浅浅，过来，给我打领带。”他在衣镜前吩咐。

我走上前，将同系列款式的领带圈在他脖子上，手指熟练翻飞着，曾经做熟了的事，即使时隔半年，也没有生疏。

“一大早的，一直板着个脸做什么？还在为昨晚的事恼火？”

我笑了笑，手上一抽，已经将他的领带打好。刚打算撤回手，却被他抬手一抓，甚是用力，抬眼已见他眉眼有愠色，不知又哪里惹他许大少爷不高兴了，因为我的不吭声？于是我道：“没有恼，昨晚你说得很明了，在那债务还清前，我没别的选择。”

一声巨响，是他一脚踢翻了脚边的椅子，然后从齿缝中咬出话：“很好，余浅，你能认清就最好。”用力甩开我的手往门外走，却在我来不及反应时，又顿住脚步转过身来。

“忘了告诉你件事，你的这个屋子被我买下了，以后我就是你的房东，所以别再有其他小心思。最好也别去另外租房，你该知道我自然有办法让中介不受理你。”

等到关门声传来，我都还僵在原地，他竟然就是房东说的那个买主！这分明就是有意而为，难怪这阵子不见他人，原来是在被我两次气走后，找上了房东，筹谋将我租的房给买下。

许子扬又是多日不见踪影，我绝不会自作多情地想成他是在生我气，他贵人事忙而已。事实上也是如此，研究所在丁岚的搭桥下，接到了一个建筑项目，在城市繁华区的主干道上建造天桥，以供分道而行，可有效避免因为行人而导致交通堵塞的弊端。

这个项目的负责人是许子扬，而丁岚自然成为了助理，只是名义上，她是我们研究所导师的助手，因为她与我一样，同投在导师门下读研。

不可避免地，我与她在研究所里狭路相逢。只见她斜勾着唇，似笑非笑地向我走近，到了近处时，眼神严厉，扬手欲挥，我往后退了一步，却还是让她的长指甲刮过脸颊，顿时觉得生疼。

早有防备她可能会报复，却没想到就在研究所里，办公区那边有那么多同学以及导师在时，她就无所顾忌想要打我。我脸颊上火辣辣地疼，不用说肯定是被她的指甲刮破了，而她还不解恨，手指着我的鼻梁道："余浅，上回那一巴掌，我给你记着呢。警告你不要纠缠子扬，否则我让你在这研究所待不下去！"

说完她就踩着高跟鞋，昂头擦过我肩膀，甚至用力撞了下，我及时稳住身形，在她背后用极冷的声音回击："你应该警告的是他！"纠缠与否，在于事情如何发展，我想抽身离去，许子扬却不惜威胁，而丁岚又咄咄逼人，是可忍孰不可忍，我就算是只被他们任意踩的蚂蚁，也是会有脾气的。

丁岚转头带着盛怒盯着我，却没有再失去风度扑过来打人，因为有位师兄站在了办公区门边。在人前，她一向都是温柔优雅八面玲珑的女人。她终于转回身，待师兄走出时，轻笑着点了下头走进了导师办公室。

长廊上，只剩我站在原地，门前的师兄看了看这边，犹豫了下，走向我："余浅，你没事吧？"我冲他摇了摇头，师兄叫秦宸，在所里一向都很照顾我，只是刚才那事我无心解释，只对他要求道："师兄，能不能帮我跟老板请个假，说我有事离开。"

秦宸却劝道："这不太好，老板很看重这个项目，你若中途离去，恐怕会惹老板不快。"

我愣了愣，倒是没考虑这么多，他说得确实有道理，可我现在脸上有伤，走进去，势必被人追问怎么回事，我要怎么答？突然我心有灵动，压低声音说：“师兄，帮我个忙！”

一分钟后，我一瘸一拐地在秦宸的搀扶下往办公区走，自然有同学见我这样关心地询问发生了什么事，我苦笑着解释说刚从洗手间出来时，没注意地上有水渍滑了一跤，脚给扭到了。露出脚踝那里，确实红肿了起来，真实原因是我刚才有意往台阶上重重磕了下。

丁岚看了眼我的脚，眼底充满嘲讽，却没说什么。之后的讨论，她一反常态屡屡提出意见，否决议案，时间越拖越久，到后面我肿起的那只右脚已经麻木得没了知觉。

最后是她突然接了个电话，走到导师身旁低语了两句，导师这才宣布散会。我在师兄的搀扶下，最后走出研究所，远远就看见熟悉的身影，正是多日不见的许子扬。

看这架势，刚才丁岚接的电话应该就是他的。视线在空中交汇，浅眯的眸光从师兄扶着我臂弯的那处拂过，貌似不经意地嘴角微弯。我蹙了蹙眉，隐隐有不好的感觉。

隔天一早，发觉脚肿得不成样，我踮着脚下床，单脚跳着想去屋外的洗手间，却被沙发上坐着的男人给吓了一大跳，惊愕地问：“你怎么来了？”

男人挑着眉反问：“我不能来？”完了瞟了眼我身后，又语气危险地说，“或者，余浅你别告诉我，你房里藏了男人！”

我脸色突变，想发作却收住，不是隐忍，而是男人充盈在眸内一片腥暗的红，他紧紧盯着我，犹如兽般，随时都有可能将我扑倒，然后撕裂。这种情况下，识时务者为俊杰，挑衅后的下场会惨不忍睹。

许子扬以命令的口吻对我开口：“过来！”

我只略一迟疑，就踮着脚跳到他跟前，手扶在沙发后背支撑重量。被他伸手一拉，跌进他怀里，腰被箍住，整个人坐在了他腿上。纯男性的气息将我包围，耳边传来语声：“丁岚说昨天跟你又起争执，后来你故意踢伤了腿来博同情，有这事吗？”

我意外丁岚会主动跟他提起这件事：“她是这么和你说的？”

许子扬的左手顺着我的小腿肚往下，抚在受伤的脚踝处，神色浅淡，看不分明他的情绪：“要不然呢？”我沉默，心中权衡着该如何答。他见我不吭声，低笑了下，“浅浅，你在我面前装得跟贞洁圣女般清高，却一转身就朝丁岚示威，还与你那师兄如此亲密，是把我当吃素的呢，嗯？”

我气到浑身发颤，颠倒黑白不外乎如此！

“为什么不争辩？”许子扬煞有介事地问。一口气堵上来，我脱口而出：“辩了有用？你不就是来兴师问罪的吗？”许子扬似笑非笑道：“如果说，我想听你的辩词呢？”

我垂了眸不去看他，这个话题还有何意义？信与不信早在他一念之间，选择来问我，就代表已经信了丁岚的说辞。呵，示威！那女人还真能掰，没见过哪个示威的人最终落得受伤，而被示威的却安然无事。最终心寒地回他：“她怎么说，就是怎样吧。”

话声刚落，脚踝处钻心的疼传来，他竟用手指重力按压那肿痛的位置，我倒吸几口凉气才忍住没痛呼出声，恨恨地瞪他。却见他莞尔一笑：“这是对你撒谎的惩罚，我又不是暴君，用得着跟个小媳妇似的受委屈？给你机会诉说，就老老实实跟我坦白好了。至于丁岚，以后若见到避开些吧，别再与她起正面冲突，免得麻烦。至于你师兄，以后我不想再看到你与他交往。”

嘴上说着不是暴君，却是一副生杀大权尽在掌握的神情，我在心中嗤之以鼻。他转而皱了眉看我红肿的脚踝，表情甚是嫌恶，拿手指戳了下，恶劣地嘲讽道：“演戏需要演那么逼真吗？”我连理会他的心情都没了。

等开门迎进房东时，我才知道原来许子扬磨蹭着不走的原因，是要当着我的面签下买屋协议。半小时后，房东喜滋滋地揣着协议书离开了。桌上放着退还给我的两个月房租，以及承诺违约支付的另外三个月的违约金，合在一起倒也有五六千了。之前我要还给他的那两万块，因为后头谈崩，也没还成，如今还在我那抽屉里。

我把桌上的钱朝许子扬递了过去，他挑着眉没接，眼中已有不快。

“五个月的房租先给你，还有一个月的等下我去房间拿，以前跟房东也是半年一付的。”即使我和他之间的关系一而再地改变，可从今天开始，他又多了一重身份，就是我的房东，欠的债可以记账上，眼前的却得交付。

沉默持续，男人的眼神透着深意，好半晌才淡淡嘲弄道：“留着吧，既然这么想银货两讫，房租就当我留你的家用，晚些去帮我买点日常用品回来。屋虽不是金屋，但怎么也藏了你这个娇啊，这点花费还是要的。”

我想许子扬一定熟读名家兵书，深谙兵不血刃的道理，伤人的言辞无须任何污垢词汇。

既然不收，也没必要强给，我反身就走，不对，是单脚跳走，没跳几步，就被大手从身后一揽，压在了他怀里，他在我耳后嘲笑："你这样子还真像只袋鼠。"

我无意与他多言，只蹙了眉问："你不用去上班吗？"

他却将脸埋在我脖颈内，气息轻吐："浅浅，你这是在欲擒故纵吗？周末我上什么班呢？"被他这么一提，我才想起原来今天是周六。

腰间一紧，被他施了重力捏了把，然后将我往上一提，就走进卧室。我立即明了接下来会有什么事发生，在唇即将被覆上时，我连忙推了推他的胸，制止道："等一下，能不能戴那个？"我抽出手，从抽屉里拿出之前在药店买回来的盒子。许子扬手上的动作倏然而止，危险的目光掠过那长方形的小绿盒，然后目光沉沉地绞着我。

忽然，他一声轻笑，从我身上下来，慢条斯理地开始整理衣服，目光寒凉地刮着我："余浅，你泼凉水的功力倒是见长。"

这时门铃声传来，是之前叫的外卖送到了。许子扬拎着外卖走回时，怒色已不见。

下午他强势征用了我的手提电脑，在那边"噼噼啪啪"敲打着，表情嫌恶地评价手提太旧，运转速度太慢。我假装听不到，因为电脑被抢，只好捧着遥控，无聊地翻看电视节目。

事实证明，许大少爷是忙碌的，一个下午电话不断，我很不理解，他既然这么忙，干吗一定要杵在我屋里做事？

天色逐渐暗沉下来，我趴在沙发椅背上，尝试探问："你今天事儿很多啊？"

一句话下去，石沉大海，男人头都没抬一下，从我的角度看，他应该是在回复邮件。我又稍稍直接点道："这里没你的换洗衣服，你是打算明天过来时一起带来吗？"这个暗示应该表达得够清晰明朗了吧，男人敲下一个键后，终于回过头来："浅浅，你是在对我下逐客令吗？"

气堵在胸口，拐弯抹角半天，他一句话直接点题，反令我无言以对。

他放下手中的电脑，起身向我走来，到得跟前，俯首盯着我。即便我是双膝跪在沙发上的，也与他有着差距，从来到了近前我要看他都得仰视。

就好比，我与他目前的关系。

既然被拆穿了，我索性坦言："今天不方便，例假来了，你能不能过几天再过来？”

一声冷笑从他嘴里溢出：“白天还有人周到地买好了套子，晚上就说例假来了。余浅，你还真是够可以的啊。”我被他抢白得脸上一阵红一阵白，暗恼自己怎么忘了白天那事了。转眼见许子扬沉郁的黑眸，隐现怒意，在我不及反应时，他突然掉头就走。

门“砰”地关上时，我不由得苦笑，喜怒无常不外乎如此。

所以说，不好空口撒谎的，夜里我的月事竟然真的提前来了，伴随而来的还有腹痛。这是一般女人都有的小毛病，而我算是比较严重的那种，痛到蜷曲在被窝里浑身冒冷汗。想要起床去拿止疼药吃，但脚一点地，就栽在了地上，忘了那只脚还没法走路，幸好是在床边，我抓紧床沿爬回了床上，继续挺尸。

我知道这不算什么大病，熬过一段时间，那疼自然就会缓下来，是体寒的原因。

蒙眬中，感觉有人探我的额头，可我不知是痛到没了知觉，还是意识混沌了，竟睁不开眼来，心想可能是幻觉吧，屋里就我一人。果然，那额头上的触觉很快又消失了，我再次迷糊了过去。

过了会儿，幻觉又来了，我上身被提了起来靠在了某处热源，然后耳边低沉好听的嗓音在命令：“张嘴。”我脑里无意识，自然是按着那指令做，一张嘴就有什么贴到我唇边，然后甜意涌进，红糖水的味道，温度适中，我本能地开始“咕嘟咕嘟”喝起来。

很快，暖意从嘴滑过咽喉，再到胃里，然后整个身体变得暖暖的。一只大手探进被子里，贴在了我的小腹，开始轻轻按揉起来，动作算是温柔。

我微微睁开眼，迷蒙地去看，一张清俊的脸近在眼前。

我微觉诧异，他怎么又回来了？那寡淡的眼，像黑白的电影里，疑似温柔的情绪在内。我眨了眨眼，那份情绪又消失不见，我心底失笑，是病痛后人脆弱，所以才将渴望变成了幻觉吗？许子扬又怎可能对我还存有温柔呢？

“好点了吗？”磁性的嗓音在问。

我点点头，确实，一碗红糖水下肚，暖了胃腹，加上他的按揉，已经好了很多。

犹记得当初我和他刚在一起时，有一次胃炎发作，他回来看到后就一声不响进了厨房，没过几分钟就端着一碗红糖水过来要喂我喝，我不由得又好气又好笑地取笑他，疼的是胃，并非大姨妈来，喝红糖水是要治哪儿？

当场他就甩了脸，将那碗红糖水往旁边一搁，然后走进了书房不再理我。可能公事处理得差不多了，他才出来，见我还哼哼唧唧躺在沙发上抚着胃，皱了皱眉到跟前将我抱起送去医院。到得医院，被那年轻的医生数落，说男朋友怎么当的，也太不当心了，女朋友感觉到疼就该立刻来医院，炎症已经有些严重，需要住院挂点滴。

当时他那脸上一阵红一阵青的，最后拿了单子走时还狠狠盯了眼那年轻的医生。我想可能他这辈子也没被人这么数落过吧，在旁闷闷偷笑，被他瞧见了，怒瞪着我……

这些都是细小末微的事，我却经常会想起，因为我一直认为那是他宠我的一种表现。而他也终是在那次事件后，明白了胃炎该吃药，大姨妈来了才是喝红糖水这个道理，于是有了今遭的这一幕举动。

感动吗？若是以前，我一定会，可是现在，只觉心里闷闷的。

原来同样的一个行为，在时间、地点以及环境不同后，意义也改变了。

许子扬暂时抽离了手脱去自个外套，然后整个人挤进床内，将我搂抱在他身上，大手包覆住我的腹部，轻声在耳边说："浅浅，以后我们不吵好吗？这样就好，再陪我一年，一年后那些你所谓的债就两清如何？"

我转回头细看他的眉眼，那里边有淡淡的疏离，尽管他的语声是如此轻柔，一年？他是计算好了砝码来找我谈判？

"好，一年。许子扬，你记住今天说的话。"

一年不长，三百六十五天而已；一年也不短，日夜变换三百六十五次。

如果这是你许子扬开出的砝码，那么我余浅一定接受，等到那天真正来临时，我和你就各归各位，各奔东西吧，从此桥归桥，路归路。

起码，还有退路，只等期限一到，我可变回自由身。

我试图轻扬嘴角来庆祝这个超前的进展，却觉连那细微的动作都做不起来。原来，当悲伤过了头，眼泪就不再泛滥；而当微笑过了头，嘴角也就不再上扬了！

那个晚上，许子扬一直从身后搂着我睡觉，掌心贴在我的腹部，我在朦胧中睡了过去。只觉两人之间贴紧到无一丝缝隙，也驱走了疼痛带来的寒凉，一觉醒来，身旁已经没了那人踪影。

眯着眼看了看时钟，原来已过九点钟了。我一颠一颠地去了洗手间，等出来时正好许子扬进门。

第二章

山雨欲来风满楼

只见他两边手上都提了东西，一边是外卖盒，另外一边却是个旅行包。不由得纳闷，他要出差吗？等到他当着我的面打开包时，总算是知道他一大早去哪儿了。竟然是回去将衣物和一些梳洗用品都带了过来，之前还让我去买什么日常生活用品呢，却是等不及了。

可他这个架势，怎么像是要长住的样子？

许子扬接了个电话后就出门了，带来的东西全堆在客厅的茶几上，我叹了口气，只好上前去整理归类。衣物归衣物，常用品归常用品，他这人穿着用度都按习惯来的，喜欢一种品牌就只认准了那种。

突然看见箱子底下的一件格子衬衫，收拾中的手顿了顿，我不由得摸上了那件纯棉料子的衬衫。那是去年他生日的时候，我花了一个月的工资给他买的。当时虽觉得肉痛，却是满心欢喜，每次见他穿时，都会有甜意闯入心扉。我挥开脑中的思绪，将收整好的衣物抱进卧室的衣橱内。

中午许子扬就回来了，进进出出不知道在忙什么，过得片刻，他走出来问：“我的手提电脑呢？”我茫然地反问：“什么手提电脑？”他有带来？还是指我的那台？

“你没整理到？那我带过来的旅行袋呢？”

我们俩的视线同时瞥向墙角，之前我在整理东西时，将他的衣物和洗漱用品分类放好后，以为没什么东西在内了，就随意踢了一脚，一下踹到墙角，难道那手提电脑还在……里头？

看着许子扬走过去弯腰的身影，我有些不敢直视了，祈祷那电脑没被我给踢坏，好像当时还挺用力的，从茶几这边一直踢到墙角。

许子扬反身时，手上已经拿了一个黑色封皮，是比我的那台小了许多的笔记本电脑。而当他蹙着眉按开机键后，等了好长一段时间，也不见那屏幕亮起来，我就又想钻地洞躲起来了。

不用说，某人的脸黑了，想也知道那电脑里边有很多重要的资料。

我琢磨了良久，觉得该有所表示：“我试试能不能修？”许子扬挑了挑眉，凉着声说：“就你那烂水平？还是算了吧，我可不想电脑直接报废了。”说完拎了电脑就往门边走，打开门后又回转身道，“今天要回老爷子那边，晚上就不过来了。”

等门关上后，我还在怔怔中，他这是在跟我交代行踪吗？那天晚上，许子扬确实没有过来，之后连着几天也没见人影。

这日，接到谢雅的电话，约我出去吃饭，我没考虑就一口应了。这大小姐婚后就与老公去度蜜月了，这才想起我来，恐怕是玩得乐不思蜀了吧。

可当我见到谢雅时，发觉自己想错了，她眼中再次出现的空寂令我为她心忧。

“怎么了，小雅？”我急走两步，坐到她的旁边。

谢雅嘴角泛起苦涩的笑，却没回答我。我只能暗自猜测发生了什么事，难道是蜜月旅行里跟她老公起矛盾了？等饭菜上齐后，她终于打破了沉默：“浅浅，他来找我了。”

我怔了下，反问道：“谁找你？”她侧过头向我看来，盈盈水眸里全是哀戚，我随即反应过来她说的那个他是谁，瞪大了眼问，“他出来了？”

只见她点点头，眉宇间一片凄凉，完全没了结婚那天的喜气以及眉飞色舞。谢雅很漂亮，皮肤白皙，面容精致，她的美是男人一见就会倾心的那种。可正因为她的美丽，让她经历过一段很长时间的凄然爱恋。我以为她认识陈新，与他相恋到结婚，已经摆脱了过去的阴影，可眼下她的状况说明了一切，她从未走出来过！

我跟谢雅不是同学，也不是同事，我们的相识方式很奇妙，是通过网络。

在好多年前，有一款网游非常火爆，它的名字叫——传奇。

那是我玩传奇的第三个年头，从原来的老区进军到新区。不知我算不算是有经济头脑，在玩过两年传奇后，从原来的菜鸟变身为小商人。因为家里的原因，我常到网吧上网，正好看到有几台机器挂在那里，页面显示的是自己玩的那个区域，瞟了眼上面人物的名字，让人印象深刻：窈窕淑女，君子好逑。

分设两个人物，角色性别为一女一男。谢雅就是窈窕淑女。这是初见，真正有交集是谢雅找我购买游戏中人物的装备，因为是同城，所以约定了当面交易，于是我见到了屏幕背后窈窕淑女的庐山真面目。娇媚、靓丽、时髦，这是谢雅给我的第一印象。

而第二印象却是她身旁的男人，因为谢雅是个娇小的女人，所以当身旁站个一米八左右身形挺拔的汉子时，会显得极不相称，尤其是那男人就算我不谙世事，也一眼看出已经三十多岁近四十了，给人一种成熟稳重的感觉，粗犷中带着野性。

经介绍，才知原来他就是那另外一个角色人物，君子好逑。

在网游里，女人很大一部分会扮演聊天的角色，尤其是我从事了商人这个行业，语言成了我的本行。所以与谢雅的结缘从聊天开始，然后彼此走心，变成死党。

从而也了解了她与君子好逑之间的情感。确实不是我的臆想，君子要比谢雅大十几岁，而且是个有家室的人，还有一个十岁左右的女儿，也就是说谢雅是他在外面的情人。

有时候，男人不一定要有出色的相貌，气场也是一种魅力。君子的言谈举止很有男人味，给人安全感，即使谢雅讲得隐晦，我也隐隐了解到君子身份不凡，与黑道有些瓜葛，因为每次出来聚会，他身旁都会有小弟吹捧，他们都喊他哥。

很早的时候，我就预料他们不可能有未来，除去君子有家庭外，他的背景也是一颗毒瘤。果然不出我所料，两年后，谢雅突然打来电话说君子进去了，当时她的声音里是孤绝的无望。当我匆匆赶到时，谢雅哭倒在我怀里，歇斯底里的，回头一个不注意，她就拿刀片割了手腕，幸而送医及时。

当时我问她，这是何苦？她说，没有了他，还剩什么？她已经一无所有了。最终我只能紧紧抱住她，一遍遍在她耳边说：你还有我，我会一直陪在你身边。

这是我对她的誓言，一辈子。

后来，她就来了我读书的这座城市，在一年多前结识了陈新，开始了一段新的恋情。我以为她走出了那个黑暗的世界，已经拥抱了幸福，可单单只是君子的出现，似乎就将她的幸福瞬间化为泡影。我知道她之所以颓废，是因为很迷茫，到底是该放弃现在拥有的重新回深爱的人的怀抱，还是斩断前缘，珍惜眼前人？

谢雅迷蒙着眼趴在桌上，幽幽地问：“猪猪，如果你曾经深爱的那个人回来找你，你会怎么做？”猪猪是我在传奇里的昵称。我眸光微黯，深思了下后答：“什么都不会做，我跟他只在游戏里，没有游戏外的任何事发生。小雅，从我身上求不到答案，我们的境遇不同。君子哥再回来找你，是想你重新跟回他吗？”

秘密是互换的，谢雅当年将她的初恋偷偷告诉我，我也将一段无法忘怀的网恋告诉过她，所以她才会拿来作比拟，问我该如何选。可这个比拟不成立，君子与她走到现实，生活两年，如胶似漆，就算我作为她的死党，也无权去评判对与错，更无法帮她选择。

所以我只能语重心长道：“小雅，不管怎样，你要考虑清楚。毕竟你们现在都有各自的家庭，难道你要舍弃婚姻？你舍得吗？”

陈新对她的宠溺众所周知，哪怕大伙都笑他妻管严，他也只是温润地笑。我是亲眼见证了两人的甜蜜和快乐，实在不想这些都毁于一旦，一步错步步错。

“我也不知道，我现在脑子全都乱了。”谢雅双手抓着头发，精致美丽的脸上满是纠结，眼中残留着痛苦。看她如此，我反而松了口气，至少她没在第一时间就选择放弃。正因为心里对陈新有了不舍，才会有纠结，也不枉陈新爱她一场了。

我轻轻拍了拍她的背，安抚说：“别想太多，好好考虑，在做一个决定前，你先想想能够得到什么，然后又会失去什么，得到与失去的价值，是否值得你去那么选。”

谢雅眼中浮起深思，起身去了洗手间，回来就见她神色慌张，借口有事先走，说单已经买了，让我安心吃完。看着她急匆匆离去的背影，我心上微堵，添了一丝阴霾。

当我走出饭店时，终于明白谢雅惊慌而走的原因。路灯下，许子杰燃着烟靠在墙边，似笑非笑地看着这边。刚才谢雅定是碰上了他，心虚不敢多留，怕君子那事被挑破在这圈子里，所以匆匆离去避开。看此人的架势，一副守株待兔的样子，想起上次婚宴上被他恶意捉弄，就知此人很难缠。

只见许子杰将烟蒂踩在脚底，向我缓缓走来，弯唇而笑：“余浅，有时间聊两句吗？”

看着那笃定的眼神，我不敢不应，视线扫过四周，指了指隔壁的咖啡店。他笑得志得意满：“请吧！”很快两人落座，我默声等他先挑起话题。

许子杰倒也不藏不掖，开门见山道：“刚才还真是不巧，与朋友约了在这里吃饭，订的位置刚好在你们隔壁。”我面色顿变，他这意思是听到了我与谢雅的对话。我假装镇定面不露怯，难保对方只是捕风捉影听到一点，然后想来诳我的话。

但许子杰下一句话，直接灭了我的侥幸心理：“不知道新子若知道自己老婆背着他，在外面有个什么君子哥，会是何种表情呢。”

我的心沉至谷底，他全听到了！隔了半晌，我才艰难地发出声问：“你想怎样？”

对方顿时笑得像只狐狸一般，狡诈的光在眸中闪烁，他眼睛微眯了道：“余浅，我想怎样暂且先不论，倒是有些好奇为什么谢雅会喊你猪猪？啧啧，长得也不像猪啊。”他甚至还上上下下打量了我一番，煞有介事的。

我为之无语，也对他的无厘头感到无奈，他在圈中出了名的性情跋扈又乖张，所以我还真不知道他这是出的哪张牌。只好微微解嘲地回：“女人之间有个昵称怎么了？杰少还真是趣味与众不同。”

许子杰也不恼，抿了口咖啡，表情颇为享受，身体微微前倾靠近我。我不知他何意，只能防备地盯着他，就在他准备要说什么时，突然窗外亮光闪过，我们同时转头，看到有个陌生男人举着手机在眼前，迟钝了一秒才反应过来对方是在拍我们。许子杰身形疾闪冲出门，那偷拍的男人立即拔腿跑了。

等我结完账走出咖啡馆，许子杰已经跑回来了，嘴里恨恨地嚷着："敢偷拍爷？别给我找到人，否则要他好看！"我朝那个方向远眺，早已不见那人的身影，不知这个偷拍的举动意味着什么，但是心里头总感觉毛毛的，有事要发生。

如此打断之后，许子杰似没了心情与我玩猫捉老鼠的游戏，一脸烦躁地说："今天算了，就到这里吧，要不要送你回去？"

敬谢不敏！我在心中嘀咕，对他肯轻易放行，觉得有些忐忑，脸上却不动声色地说："谢谢，我打车就行，这里离我公寓不远。"他一反常态地点了头，居然还很绅士地站路边帮我拦的士，让人不由得慨叹这男人还真是性情多变。很快就拦到一辆车，在我跨进车门时，他突然拉住我胳膊，凑近了问："余浅，你是不是玩过传奇？"

我眼中的惊异一闪而过，我反问了句："什么传奇？"

他盯了我两秒，随即笑笑说："没什么，你进去吧。"然后看着我坐进车内，笑着目送我离开，而我坐在车内只觉得后背发凉。

我与谢雅的言谈从头至尾都没提过一句传奇，许子杰是从何得知的？假若这事真被他给翻出来，恐怕谢雅的婚姻真要告急了。回到家里后，我左思右想，还是给谢雅挂了个电话，将许子杰听到我们谈话这件事讲给了她听，想她不管怎样都有个心理准备，如果君子这件事真被捅出来，那么也能先想好说辞，不会太被动。

真的印证了一波未平一波又起，没有想到，那天我与许子杰在咖啡馆里谈话被偷拍的照片展露在了我面前，由……许子扬。

自周日那天他说要回趟家，让我不要等他后，连着几天也没见他人影，直到三天后的晚上，他突然驾临，脸色混黑，一看就知情绪不对。进门就用寒凉的目光勾刮了我上下，似乎在心里评定着什么，然后朝我招招手道："来，你过来。"

只见他走到桌边，打开了我的老式笔记本电脑，直接输入网址进了邮箱，鼠标轻击其中一个文件，桌面上立即出现一张放大了的照片，里面的主角是我和许子杰。

恰恰就是许子杰倾身而来，深眸凝视着我，四目相对。无论从何角度来看，这张偷拍的照片清晰又自然，带着暧昧，像是两人在深情凝望。

我终于明白，在当时发现有人偷拍时，心头一阵乱跳的惊慌从何而来，原来是早有预知可能会发生今天这一幕。抬眼对上许子扬清冷的目光，嘴里涩苦：“我可以解释。”他不作声，只挑了挑眉示意我继续。

脑中盘旋了一圈，我慎重开口：“那是星期一晚上，谢雅约我吃饭，后来她有事先走了，我出门时脚上一个踉跄差点栽倒，刚好许子杰从饭店出来，他扶了一把，然后就进旁边的咖啡店坐了坐。是有人故意偷拍，那个人有意抓了这个角度的照片，我不知道是谁在做这些，但请相信我，我跟他并没有什么。”

我说出事情的大半，隐去一些细节，不能让谢雅找我的目的曝光出来。

“没什么？你确定？”许子扬突然笑得诡异，我刚蹙起眉，就见他又低下眼去打开另外一封邮件，那里面是个视频，等他点击播放后，我怔立当场，无言以对。

原来偷拍只是幌子，真正的事实是有人在另一处悄悄拍下了我与许子杰从在饭店门口相遇到走进咖啡馆，再到最后我上出租车，整个时间段内所有的视频。也就是说，我刚撒的谎，立即就被拆穿了。

整个过程中，除去照片上的那一幕，以及从咖啡馆里出来，许子杰送我去坐出租车，临走前他拉住我胳膊凑到耳边低声询问时，看起来有些暧昧，其余的都没有什么，可正因为我之前为求避开谢雅的事，跟许子扬解释时杜撰了些别的，所以就将事情变得复杂了。

从许子扬那阴鸷的神色来看，接下来我再说一个字他都不会信了。

这就叫先机，他在给我看那张照片时，其实是给我一个机会解释，可我选择了隐瞒与细小处的杜撰，就变成了我一番话全成了谎言。

“余浅，你还真是可以啊。”残虐的语调近在耳畔，男人深重的呼吸喷在我脸上，令我觉得惊颤，意识到他已怒意盛行。突然一声沉喝，将我吓得心脏差点儿跳出来：“还不说，你跟子杰在那咖啡馆里谈什么事？”

震惊莫名，电光石火间顿悟地看向他：“是你安排人监视偷拍的？”他竟然卑劣至此？心底升腾的怒意直往上蹿，可还没积聚起来，就见他冷凝了脸沉笑：“监视你？余浅，你还真看得起你自己，如果是我安排的，就不会等到今天才来找你了。”

上升的气焰顿时熄灭，许子扬虽然口吻轻蔑，但说得却在理，如果真是他安排的人偷拍监视，那在当天他就找上门来兴师问罪了，也不用等过三天才来。

可认清事实后，我更加心凉，是有人故意拍下我跟许子杰在一起的照片和视频，然后拿给许子扬看，是针对许子杰，还是……针对我？隐有所感，是后者，意在挑拨我跟他的关系。

所以，我有一半的理由怀疑是丁岚。

抬目去看许子扬寒凉的眼，我欲言又止。如果我能想到是丁岚暗派了人，他会想不出来？现在他质疑追究的是我与许子杰究竟牵扯什么事，而不是拍下这些的幕后指使者。

偏偏因为事关谢雅，我不能将实情说出来，所以最后只能看着他，有口不能言。

许子扬在等了半晌后不见我有回应，终于怒极，“哐啷”一下，把桌面上所有的东西全部掀到了地上，不用说，我的那台老式手提在连翻几个跟斗后，报销了。

他倏然将我肩膀狠狠抓住，往上提到他跟前，另一手掐住我的下巴抬起对着他，眸光如霜，眼底像敛了一场凌厉的风暴。有什么在眼中积聚，然后我的视线变得模糊，泪珠滚落时又变得清晰，看到他怔愣了的表情。

那时他说分手，我没有哭；他提议将房子过户给我，我没有哭；后来甚至是指着我的鼻子要银货两讫时，我都没有哭。可是现在，莫名地，泪淌了下来。

一阵阵的酸意侵袭入心，然后通过心脏传递到眼里。

裂痕就如一把冰刀，生生剖开了彼此的距离。如果我与他不曾分手，也不曾有那所谓的一年之约，我会选择坦白谢雅的事，因为我信赖他不会陷我于不义。

只是当一句话在前面加上如果，就没了意义。

冰冻三尺非一日之寒，无论是我，还是许子扬，都再不能信任彼此。

不知道是我眼睑下挂了泪珠的样子，引起了他心底深处的一点怜惜，还是因为别的，最终他松开了掐住我下巴的手，转身离去。

君子找上我，没觉得意外。再见已是经年，我看着眼前满面爬着沧桑的男人，有一丝心疼。三年的牢狱生活，几乎磨平了他所有的棱角，那些霸气外显的气度都已消失，看着他仿佛昨日在眼前又已遥远，我喏喏喊道：“君子哥。”

一茶一桌。

点了一壶绿茶，我们相对而坐。

当有太多话想问的时候，往往会不知从何问起，我跟君子亦然，所以彼此都沉默着。直到服务生来添茶水，两人才从愣怔中回神。

君子坦然直言：“猪猪，我这次来找你，虚话也不多提，你知道的，是为了小丫，你能帮我吗？”我心中一堵，早知他来意，却没承想他会如此直接，小丫是他对谢雅的昵称。我斟酌良久，涩然道：“君子哥，你应该知道小雅的近况，她……结婚了。”

君子眼中一暗，痛意一层层漾开，放在桌上的手握紧到青筋暴露出来，看得我眼睛刺疼。一声轻响，是他的手拍在了桌面：“为什么她就不能等我？”

我怔了下后直接反问道：“等你出来吗？君子哥，你能给她家庭，给她幸福吗？”名分这东西说起来虚妄，不过一张证书一纸婚约，可是当名分加身时，他们在一起才合法，而没了它，小雅就是第三者，人前欢笑人后哭，这就是所有小三的悲哀。

我不信君子会不懂，他却在怨怪谢雅没有等他。

君子说：“我们以前那样不是很好？就算我进去了三年，没了以前的风光，可我依然能够护她，将她当成唯一珍宝……”

“不，君子哥！”我扬声打断他，坚定地盯着那双沉郁的眼，“她不好，她与你在一起时，把快乐的一面展露给你，把伤心的一面藏在了心底。每当你的妻子过来时，她靠在我的身上默默流泪，然后彻夜难眠，你看不到她眼底的荒寂有多凄凉。”

如果这样的谢雅叫好，我真的不知道该怎么形容坏了，难道真要逼到绝境才算？

“小丫与我一起时，真的这么痛苦？”君子的眼中满是震惊，那张布满沧桑的脸变得有些扭曲，痛意弥漫。我心有不忍，可该说的话还是要说：“君子哥，你不可能为了小雅舍弃家庭，你和她没有未来，难道你要她一直没名没分地跟着你，包括舍弃现在的生活？”

有意避开了婚姻两字，我知道在君子的心上，谢雅结婚这件事定是一个心结。

君子是满目怔忡地离开的，他的背影看起来有些萧索。接到谢雅电话时，我的心沉到了谷底，话筒中，她的声音犹如沙漠里的风沙般缥缈：“猪猪，我和陈新完了。”

原来君子最后还是想通了，但在离开这座城市前想要见谢雅一面，两人约在了某处。可能是离别时的情怀，他们最后拥抱在一起，恰恰当时被陈新给撞见了。试问有哪个男人看到自己老婆与别的男人搂抱在一起能不愤怒的？他像怒牛一样冲了上去，与君子厮打在了一起。

君子身材要比陈新高大挺拔，又是混过的，陈新自然不是他的对手，没几下就被打趴在了地上。谢雅怒极，冲上去挥手打了君子一巴掌，当场两人就翻脸开始怒吵，而人在争吵时什么难听话都会说，根本毫无理智。

有关他们同居、玩游戏等事情，一股脑地都揭露在了陈新面前。最终，谢雅怒吼着让君子滚，再也不想见到他，君子冰凉地盯了她良久，扔下一句“你不要后悔”傲然离去。谢雅要去扶陈新，却被重重拍开了手，陈新只寒着声音说：“我们离婚吧。”然后萧然离去。

听着谢雅这般绝望的声音，已是再确定不过，她爱上了陈新。

重重叹息，我对她说：“小雅，如果你爱陈新，就跟他坦白一切吧，谁没有过去呢？他在当时也是说气话而已，就算真的要离婚，你也欠他一个解释，不是吗？”这叫置之死地而后生，如果不彻彻底底地将原来的事透明摊开在陈新面前，那么她的婚姻势必将受到严重威胁。

即使陈新当时说的是气话，未必会舍得真与她离婚，但君子这事会成为他们之间的刺。

通话结束后，我想了想，又拨了个号码，那边连喂了几声，我才问：“君子哥，你为什么要这样对小雅？”在听完谢雅所述后，我就猜到了整件事是君子策划的。大千世界里，你走你的路，我过我的桥，没有那么多巧合的。时间掌控得刚刚好，能够做到这些的，唯有他。

那头被我一问后，沉默良久才道：“猪猪，在里面的三年，我每一天都在想她，托外面的朋友帮我照顾她，可是她呢？却另结新欢，我怎会容许？”他说得理所当然，在他口中，谢雅成了那个忘恩负义的人。

我陈述事实：“君子哥，你太偏激了。”

“偏激？谁能在经历过我的境遇之后不偏激呢？我失去了一切，费尽心思出来，只想过回原来的生活也不行吗？既然她执意，那么我就成全她的壮烈吧。”

忙音传来，对面已经挂断，心中浮上阴影，三年牢狱生活后的君子，似乎不再是以前那个谦谦君子，一诺千金的大哥，他的心态走入了极端。而我最怕的是，他会毁了谢雅，以他刚才的口吻，绝对不会就此罢休离去。

第三章

许 我 唯 一 ， 许 我 天 荒

黄粱一梦

爱是一把“双刃剑”，一面可以成为武器来杀死对方，一面也可以变为包容与原谅。

因为陈新爱谢雅，所以就算在意那段过去，他最终还是选择了原谅。谢雅打来电话告诉我时，心里很为他们高兴。可却没想到，陈新有一天会来找我。

那天我从研究所回来，看到陈新在公寓楼下，很是意外，暗自以为他与谢雅虽和好了却心有芥蒂，来找我探听有关君子的事。由于与他交集不多，不适宜将他带到家里去，于是选了附近的一个公园散步。

傍晚时分，夕阳无限好。

只是我没想到陈新开口的第一句话竟然是：“余浅，你玩过传奇？”我在微愣之后点头，他又追问，“那你在传奇里是叫靓靓轩猪？”

再听被提起这个曾经的网名，我不由得失笑了说：“嗯，游戏里边乱取的名字而已。”他又问：“你怎么会想到起这个名字的？小雅说，你还玩过别的老区，能告诉我是玩的哪个区吗？”

我讶然看着他，发觉他似乎有着难掩的急切与兴奋，看我的目光也不同以往。

见我看过来，他顿住了脚步对我说：“我也玩过传奇，在十区，有过一个很好的朋友，她说如果去新区从头开始的话，那么就叫靓靓轩猪。轩猪，是你吗？”

我浑身一震，不敢置信地问：“你是……”

“我是战狂。”

“……”

陈旧的记忆翻飞而起，一些被刻意遗忘了的往事，是我心里最深的秘密。

曾以为，那些过往早已烟消云散，甚至灰飞烟灭，我的电脑上永远都不会再出现那个龙符号的网游标牌，我也从那个世界回到了现实。却没想到，经年之后，会再被提起，甚至挖掘。

而眼前的陈新，竟是当初一直陪在我左右的朋友，战狂。

终于明白他眼底难掩的兴奋从何而来，他从谢雅那里得知我在新区叫靓靓轩猪，就开始对我的身份有了怀疑，今天过来找我是为了证实这是巧合，还是我就是那个十区的，水云轩！

只有水上云，不见天上轩。——水云轩

当初想这个网名时，有过很多种想法。行至水云归尽处，偶见青鸟落琅轩。万里风烟碧水流，唯有一方云中轩。诗句很美，满足了时下初入网游女孩的梦幻情结。当时的我，恰在桃花烂漫的年华，懵懂又青涩，从没想过一入传奇深似海，想象中的桃花源，不过是繁华梦一场。伤情、心碎，泪离别。

我的反应，让陈新证实了心中的猜测，他脸上漾开欣喜的笑容："轩猪，我真没想到会与你再相遇，而且是现实中。小雅提起那个名字时，你不知道我有多激动。"

心中生暖，当初默默陪伴的战战，居然成了我最好的朋友的老公，真是不远千里的缘分哪。只是，我嘴角的笑却变得牵强。

陈新并没有察觉我的异状，他兴奋地细数着那些我们一同走在玛法大陆时的情景，我在旁默默听着，偶尔搭上一两句，竟不知不觉间天色已黑。等见天色已暗时，他眸光清澈地看着我说："轩猪，我先回了，等哪天我们再出来聊，叫上……"他的话声倏然而止，我的心漏跳了一拍，尽管面色不变，眼角却隐隐抽动。

陈新的脸上微有忐忑，迟疑地问我："你知道……他是谁吗？"

我不知道，也不想知道。抬起眼摇头说："战战，别告诉我，从删号那天起，就已经成为过去了。"既然放下，就不想再去纠结。

回到住处，发觉灯居然亮着，循着感觉一路往里找，果然在书房内发现了许子扬的身影。隔了好多天没见，背对的他挺拔如昔，没了那天离去时的戾气，整个人显得有几分清瘦。

听到我的脚步声，他从桌案里回过头来，眉目如画当如是，他是我见过的最英俊的男人。尤其是那蹙起的眉，令他多了股迷人的男人味。

"怎么回来这么晚？"他问。没有剑拔弩张，仿佛前事不曾发生。这是许子扬的态度。

我也缓声解释："有点事耽误了。"顿了顿又问，"吃了吗？"他轻哼了声算作应答，"家里没吃的，你打电话叫外卖吧。"

我想到那空空的冰箱，有些赧然道：“那你等等。”然后走出书房，却没有去拨电话，而是走进厨房，从冰箱中翻找出一袋水饺。这东西当初买时，就图它方便，只要烧开水，将冰冻的饺子放进去煮就行。很快，几十个饺子出锅，分了自己十个，剩下的都放一个盘子里，又倒了醋在碟子里。

然后才去唤他，走到书房门口，因为脚步放轻，他并没有察觉，依旧埋首在桌案前。凝望了那深沉的背影好一会儿，才轻敲了房门。许子扬转头时，我丢下一句：“可以吃了。”留了个飘然的背影给他。

我坐在桌前，他从书房内走出来，视线飘过桌面。我视线微垂，余光中见他一声不吭坐在了对面。在看到他连夹几只饺子往嘴里送，却不蘸醋时，忍不住多嘴提醒：“可以蘸些醋，更入味一些。”他抬眼飞快掠过我的脸，淡淡说：“我不吃醋。”

怔了下，印象中他好像确实不爱将菜蘸醋吃，我居然忘了这个小细节，只是他这句话听起来倒似有深义。之后两人无声地吃完饺子，他把碗一推就起身道：“你先睡，我还有事情要做。”转身走进了书房。

我瞪着桌上的空盘子和满满的一碟子醋，不由得气结，他倒完全是大老爷们儿的作风，吃完将碗盘一推。等梳洗完躺到床上时，我也没等他，径自抱了被子就闭眼，却怎么都睡不着。与陈新傍晚时的相认让我觉得心潮澎湃，一些往事不可避免地被翻动。

后来怎么迷糊过去的也不知道了，早上醒来时，首先映入眼帘的是没有完全遮住的窗帘处，透进来一抹柔光。侧转过头，许子扬的脸就在寸许之外。那抹悄悄而入的光恰好打在他脸上，让原本棱角分明的脸变得柔和，长长的睫毛盖住了黑眸，这么近的距离，可看清他脸上的毛孔。就男人来说，他的皮肤是细腻的，却不会显得阴柔。

在无人见到的这一刻，我将温柔的情意尽显于眼底，想伸手去轻抚他的脸，最终只是一声叹息。脑中浮现出昨天傍晚陈新临走前的话……

“如果成了过去，那你为何还在新区取名叫靓靓轩猪？你形单影只，却依然坚持用这个名字，轩猪，你根本就没忘记他。”

“其实你是想知道他是谁吧，或者你已经猜到了？可能冥冥之中自有天定，你和他即使互不相识，却还是走在了一起。余浅，他是子扬。”

陈新在说这些时，温煦的目光里含着肯定，我知道他是清楚目前我与许子扬在一起这件事的，可能这在他们之间不算什么秘密，即使他还与丁岚在一起。

而那一句“他是子扬”，将我的心湖拨动甚至让我心潮澎湃。

就算在陈新说出他是战狂的那一瞬，我的心极速跳动，可还是不敢去想那个被水云轩在游戏里深爱刻骨的人，是许子扬……

脑中出现一个娇俏的身影，那是一个游戏人物，红色鲜艳的彩衣包裹着她，身上刻着自己的名字，而在“水云轩”三个字的上面，是“唯一的妻子”。

她和他，在网游里，曾是夫妻。但最终以水云轩退下游戏，删号收场。

那是我深深沉湎的一段过去。彼时年华，还正青涩，初入网游，跟大多数菜鸟一样，不知道该如何运作，我还选择了一个最弱的职业：法师。

这是我最初加入时的概貌，现在回想，如果我知道在后来会遇见一个叫“唯一”的人，会不会在一开始就选择放弃这款游戏，不至于一入传奇深似海，从此拔身不起。

在整个十区，几乎无人不知那个叫“唯一”的人物的名号，他是沙巴克城主，是最强行会的老大，是……某人的丈夫。是的，我初见他时，他的身上背着“某某的丈夫”的身份。很长一段时间，我以一个小人物的姿态在仰望他，对他有着崇拜与敬意。

时间隔得久了，不太记得如何与他变熟的，可能是商人的身份，也可能是因为家族的关系，他作为行会老大要笼络人心，所以渐渐跟他有了频繁接触。那时，他已恢复单身。

其实游戏与现实一样，人们总喜欢崇拜强者，在我还是懵懂的年华时，会喜欢上他完全不意外。不觉时间过得飞快，每一个通宵寂静的夜，我和他的身影徘徊在玛法大陆各地。土城、苍月、沙巴克、新人村……好多风景无限处，也有好多独属于我们两人的秘密桃源。当他向我开口求婚时，我心跳加速到甚至怕被屏幕对面的人听到。

月老神殿，行会所有成员都来观摩，大家分站两行，地上用金币摆着大大的心，渲染着婚姻殿堂的喜气洋洋。我穿的就是那件鲜红的彩衣，名叫霓裳羽衣。唯一穿的是战士最威武的衣裳天魔神甲，他就像英挺的君王一般站在月老神殿的最高处，看着我一步一步走向他。

当看到屏幕下方提示：你已成为唯一的妻子，我在电脑背后漾出甜甜笑容。

彼时，我并不知此刻的欢颜，是在为之后的一次次落泪作铺垫。

两人一起练级时，我曾经戏言问他为什么起了这么一个名字。唯一，并不太霸气，反而显得柔情，当时他沉默了好一会儿才说建号时随便起的。

也是我当年天真烂漫不会去怀疑喜欢的人，他这么一说，也就信了。还喜滋滋地打了一行字过去：夫君，许我唯一可否？他的回复简短又令我印象深刻：嗯。

从那以后，我就认定了这是他对我的誓言——许我唯一。

一直到很久之后，才领悟，唯一的名字，是为别人而取……

“浅浅？”低沉的男音打断了我的思绪，一转眼就对上黑漆的幽眸，里头不见倦意，一片清明，显然是醒了一会儿，却没有唤我，或者唤了，而我却沉浸在那段久远的回忆里没听到。

不知是我眼里的情绪来不及收回，还是别的什么原因，许子扬默默盯了我半晌，也不作声，我被他看得有些沉不住气，轻轻推了他一下，问：“你不要上班吗？”他这才坐起身来，却又忽然俯下身来在我眉心印下轻轻一吻，又是一声唤：“浅浅。”眼底疑似温柔。

我不知道他是怎么了，老是唤我的名字，却又不说什么，而“浅浅”这两个字在他唇间轻吐，似乎多了丝暧昧迷离。最后他丢了句“晚上等我回来一起吃饭”，飘然走进洗浴室，很快出来，就出门上班去了。我怔怔凝视着消失在门外的身影，说不出的惆怅。

如梦似幻，仿佛我们就是一对再平凡不过的小夫妻，丈夫离家去上班，嘱咐妻子晚上等他，温情眷恋，尽在不言中。

室内只剩了自己，我放任思绪，再度陷进那个久远的世界。

时间没有停止，美好的梦也终于到了破碎的那一天。真真是印证了一句话：天下无不散之筵席，朋友相继告别网游，就连唯一也对我说了要离开游戏。

当他告诉我时，那感觉就像是晴天霹雳。原来不是我一人静守原地，就可以守住这份幸福的。他在屏幕那头打着字解释离开的原因，我在这边极度茫然地想，如果游戏没有了唯一，那么还剩什么？

他在现实里拥有一个丰厚的背景，这事他曾跟我提过，他也正是为此离开。家里让他去从军，意在实践和锻炼，为将来打基础。也正是如此，他不得不放下游戏，也放下我。

陡生一种悲壮感，难抑眼眶里紧裹的泪。我的无声沉默被他察觉，底下一排排的字打在屏幕上，全是他焦急又担忧的话：“轩猪，你是不是在哭？轩猪，不要难过，如果有时间我会回来看你的。轩猪……”

无数个“轩猪”在我眼前晃过，而我只打下两个字：“唯一。”

曾许我的唯一，不过几个月，也要随现实的洪流而离去，我怎能不难过？对面的他似有所悟，突然就顿住了翩飞而来的劝言。我定定地看着那个身穿黑金天魔神甲的战士，他是我的唯一，似乎也能感觉到他心间的沉痛与犹豫不决。

忽然，他围着我跑了两圈，抡起手中的武器对着空气挥了两下，然后打下一行字说：轩猪，跟我去沙巴克武器店。他倏地一下就消失在了眼前，等我匆匆赶到武器店时，他已经站在那个修炼武器的老头前。

他跑过来对我说：“轩猪，我为你下一个赌。如果把这武器放进里面修炼，什么首饰都不放，武器碎裂的话我陪你留在传奇，去他妈的什么当兵，老子不当这兵了。如果……不，没有如果，不可能。”

我在听他说出那个赌时，就开始浑身颤抖，因为在当下不算外挂横行的时代，修炼武器十分困难，必须要选对配方与首饰，否则武器就会碎裂。等于说唯一现在下的这个赌只有一种结局：武器必碎！他是在为自己找一个借口，留下的借口。

他舍了现实，也要陪着我，这样的唯一，如何让我不心颤？那等待的一个小时，是漫长而又难熬的，我们俩谁都没有说话，只是沉默着站在武器店的老头面前，像在等待一个审判。

时间再长，也终有个结局，唯一取出了修炼的武器，然后走到我身前，一排蓝字出现在屏幕下方：“轩猪，这是我对你的承诺，将一切都交给老天来定夺吧。”

我还在怔愣时，他的裁决已经向我挥来，和平模式。我眼睛没有眨，挥刀、落下，英伟的天魔战士，手上还握着那把武器，我的心从高空跌进谷底，武器没有碎！

天意如此……

视线模糊，蓬勃的情绪汹涌而出，我趴在桌上哭得肆意，仿佛天塌了一般。因为我知道，唯一这个人重承诺，也一言九鼎。这个赌，输了，哪怕那把武器碎裂的可能是99%，而老天爷偏偏就将赌注放在了那余下的1%上。

当后来一切成为过去，重新回想这一段时，我不会觉得那把武器若真的碎了，他就会留下，那不过是哄一个伤心女孩的善意谎言而已。但当时，我感动了，心碎了，也信了。

唯一是个很理智的人，既然做了决定就不会更改。他有条不紊地将行会事务交托给会里的兄弟，将一些有纪念意义的装备取下放到我包裹里，然后剩下的都送给了别人。最后一天的晚上，我想要陪他最后一个通宵，他却不愿意，他说："轩猪，我不说再见。"

就为他这一句话，我默然点了下线。第二天清晨刚睁开眼，我就开了电脑，然后人物刚登录进游戏，就看到唯一打了句"哈哈，再见！"身影便消失在眼前。我与他错过了……

那个空间只剩下我，还有好友战狂，他与唯一也是朋友。静默半刻，战狂走到我面前，点了交易，交易框里放了一枚金色的求婚戒指。我不明白他的意思，没有去点接受，鼠标滑过自己人物时，忽然手一抖，不敢置信，我身上的名字成了单排，那"唯一的妻子"几个字已经不复见，他……离婚了。

战狂开始不断地打字过来，他说昨晚我下线后，唯一没有下，而是通宵了最后一个传奇夜晚。他什么事都没做，只是去月老神殿解除了与我的婚姻关系，然后在同心小径守着虹魔猪卫打了整整一夜，终于在天明时打到了一枚求婚戒指。

他把那枚戒指交易给了战狂，拜托他照顾我，意有所指。在下线前，让战狂传一句话给我："告诉轩猪，她是我传奇里最爱的女人。"

到了此处，我已经情绪崩溃，谁说游戏里的爱情不能是真，这是我第一次听唯一说他爱我，我们在一起的那些美好时光，他从未言爱，却在临走时将爱说了出来。

我将求婚戒指收下，藏在了仓库最深处，他没说一句要我等待的话，可我已经发誓一定要等他回来。原以为会是一段很长时间的分离，半年、一年，也可能是永不再见。可我怎么也没想到，一个月后，我却在那个存有我和他回忆的小房间内看到了他。

那时，他正在与人切磋单挑。我点开他身上的装备，全新的一套，比一个月前还要好。

战局一场又一场，他像没看到我一般。而我就傻傻地顿在原地，沉默地看着那熟悉的身影，直到房间的气氛渐渐变得微妙，那些人也纷纷离开，只剩我们两人。

我想了想，打了一句话过去："你回来了啊？"

唯一回过来的话很简短："嗯。"

他又变回沉默，千言万语想问却问不出口，因为我直觉似乎有什么变了。确实不是我敏感，之后几天他时有上来，但却变得沉默，与我的交流很少，渐渐也得知了他能回游戏的原因。

是他在一个月内把相关事情安排好且稳定下来，他一边在部队里，一边在他父亲那里实习磨炼，所以时常能够回家。这样的转折我本该开心，因为他可以不用离开游戏了，可他那突然疏离的态度却让我彷徨。我跟他就像走了一条交叉的线，他向左，我向右，渐行渐远。那枚求婚戒指一直停留在我仓库的一角，不曾被他询问起。

迟滞在心口的那句“为什么”，一直想找他问清楚，可还没等我鼓起勇气时，却在某个偏角看到了一个熟悉的人名，刺得眼睛发疼，说是熟悉，是因为“唯一”两字，心痛的是它出现在“唯一的妻子”里面。

那个头衔背在了另外一个穿着霓裳羽衣的女法师身上！鼠标滑下，看清了女法师的名字——卿我微城。脑中下意识地搜寻这个名字，渐渐想起，她是我初入传奇时，看到唯一背在身上的那个名字，那时，他是卿我微城的丈夫，她是唯一的妻子。

这叫什么？回归原位？突然间恍然醒悟，我那问不出的“为什么”源自哪里了。

当初唯一告诉我的那段他与卿我微城的过去并非全部，他们之间也绝不止表面看来的那么简单，抑或，他和她从来都有着联系。而我就像个傻子一样，自守在那座被虚妄的谎言砌起的城堡内。

转身的刹那，屹立不动的女法师动了，向某个方向奔跑过去，几乎是下意识地，我跟在了她背后。海边，黑金魁梧的天魔神甲战士站得笔直，鲜红色融入他的世界，他轻问：“你来了啊？”她答：“嗯。”简短的白字对话飘在屏幕下方的对话栏里。

就站在他们身后不远的位置，没人发现我。或者说，唯一，没有看到我。

明明隔的距离不远，却像是两个世界，他和卿我微城相依携手站在海边，而我凝立在孤独天涯。我默然转身，悄悄离去，再也不用问为什么了，一个月的时间，他找回了他的倾城，而我却固守原地，这就是心的距离。

很奇怪，他离开的那几天，我几乎哭瞎了眼，但在他已经背弃誓言时，我却没有哭。那些他为我下的赌，对战狂等人的嘱托，还有他让战狂转告我的那句最爱的话，成了我的黄粱一梦。然后，他用最尖锐的刀，刺进我心底，也戳破了我的梦。

许我唯一，终究成了童话。他不是我的唯一。

在我下线时，迟疑着是否要删号，鼠标点在那删除键上，却怎么都点不下去，这个号除去有关唯一的回忆，还有着许许多多并肩作战坚守相陪的朋友的回忆，我最终还是长叹了一声，按了退出。当初以为，那可能就是水云轩和唯一的结局了。

无法延续爱恋，终成回忆。

时隔半年，我凝视着桌面上的龙图案良久，最终登录了上去，上线在那个永殇之城——苍月岛。不过半年时间，岛上人烟稀少到只剩三三两两，我点着人物的名字，却没有一个认识的。

突然有人蓝字M语过来，问我是否是本人。那个人我认识，是后期一个家族里的女玩家，当初也曾聊过天，算是君子之交淡如水的那种朋友。我难得上线一次，还有朋友记得自己，故而心有安慰，于是就跟她聊了起来，聊着聊着就聊到了唯一身上。

细数曾经的过往，一段难忘的情怀，有个旧友能听自己倾诉，让我很是欣慰。隔了两日上线，自然而然就去找她了，然而，等跑进那日与她一同聊天的房间时，我整个人都怔住了。

那个名字，刺目又熟悉，我绝没想过，会在时隔半年还能再遇，他就是唯一。

而此刻，他与那个家族女玩家相依……

脑中闪过那天的一幕幕，她的有意搭讪，她的友好，她的安慰，忽然想要大笑三声，还有比这更狗血的剧情吗？我犯了一个大错，对人心不设防。

从不以己度人，而人却诚欺我也。

显然，因为房间的狭小，在我走进来的刹那，他们就看见了我。天魔神甲战士往旁边站了站，隔空挥了几刀，而我的屏幕下方有了M语，不是来自唯一，是她。

她像个没事人一般与我打着招呼，我在屏幕后面冷冷一笑，她在说了好些话后见我没反应，才顿了顿打了一句：“轩轩，你生气了吗？我只是想要多了解他一点，你与他经历那么多，一定是最了解他的人，所以我才……”

我快速敲出一行字：“很抱歉，我不是最了解他的人。”

目光移到那抹身影上，刺得眼睛发疼，点着他的名字，打下三个字：“为什么？”

为什么当初情深意切依依不舍，做下那许多傻事，言之凿凿说传奇里最爱的人是我，却在一个月后变了？为什么既然已经追回了你的初恋，你的最爱，又还与别人在一起？为什么又让我置身于这样一个可悲的境地？

我始终是没有按发送键，把三个字删除了走出门外。摸了摸心口，那是任你怎么暴躁，心疼如刀割，脚永远踩不到地的感觉。环看四周空廖，我最终按了退出，删除人物水云轩，下线。

真真是黄粱一梦，恍如隔世。

这些都是发生在认识许子扬之前，因为有了那次的教训，自此我对什么都留了个心眼儿，从不将沉痛的往事道于人说，直到后来与谢雅相识且相知，才与之交换了秘密。

念及谢雅，不由得将思绪拉向与她相识后那段新区的游戏生涯，那又是一段永殇！

谢雅曾问过我，是否因为老区的殇离，造就了我在新区里一改常态的肆意横行？如果说十区的我出名是因为我是唯一的妻子，那么在新区，却是我一手打下的名望，成名于天下，下的本钱自然也大。做商人赚的钱，全都花在了号上。

一个人玩游戏，可以没有爱人，但却不能没有朋友。但当两批朋友敌对时，我站在中间就是两难，无法偏帮任何一方，却又身不由己被卷入其中。

我无可避免地加入沙巴克，与老大冷战结盟后，自当加入城战行列，而敌对方却是老友风云。我以为战场上是敌人，私下里是朋友，两者是可以共存的，但在我挥刀向风云砍下时，他震怒的质问以及漫骂翻飞而来。

之后，发展到风云整个行会围在城池周围，刷屏怒骂我忘恩负义、狼心狗肺，整整刷了一个礼拜。我站在安全区目睹这一切，只有一种撕心裂肺的感觉。我终于明白，其实我不适合玩这款游戏，因为我太重感情。无论是爱情，还是友情。

别人关上电脑可以呼呼大睡，将游戏里的事物都忘记，而我却不能，无法抹去心头丝丝痛意，也无法抹去心凉如冰的感觉。

事后谢雅知道了全过程，在电话里唏嘘慨叹说："猪猪，你知道你错在哪儿吗？情这一个字你看不破，也看不懂。你可知风云喜欢你？你又可知冷战也喜欢你？这场浩劫里只要你偏帮任何一方，就注定了后来的悲剧。而你其实却无心，因为你将心遗落在了唯一身上。"

我震惊，怎么可能？明明风云与冷战身旁都有佳丽，他们怎可能会喜欢我？可是谢雅言之凿凿如此肯定，她说全区的人都知那两人爱靓猪，唯独你不知。

我再不敢上传奇，起初会觉得难受，后来把游戏从电脑里删除，专心投入学习，渐渐倒也戒了那个瘾。直到认识许子扬，对他心动，为他心折，心想到底还是把那段沉痛过往放下了，因为我找到了愿意许我唯一的人。

只是，绕了一个圈，他依然不是我的唯一。

伸手习惯性地去摸颈间，发觉是空的才倏然回神，环视一圈四周，还是在自己的屋里，刚才那些不过都是脑中的回忆。

我走到书桌边，拉开抽屉，在最深处有一个很小的礼盒，打开盒盖，银色的金属牌子赫然入眼。那是一块佛牌，上面印的是观音，男戴观音女戴佛，这块佛牌的原主人不是我，是他。

唯一，或者说是许子扬。

那一年我们正情深意浓，适逢我生日，他问我想要什么礼物，女人千篇一律的答案总是那句“随意”，其实也正因为是喜欢的人送的，那么无论是什么都会喜爱。

生日那天，我收到了他邮寄过来的包裹。因为那时环境特殊，让他寄去了老家隔壁邻居的地址，所以收件人的名字也是邻居。很大的包裹盒子，里面就只躺了这么一个佛牌，他说那是他戴了很久的一条链子，有保平安之意，希望我以后都不要摘下来。甜蜜、欣喜，种种美好的情绪在心间泛滥，即使后来缘尽情断，也一直信守那承诺，永远戴在脖子上。

于是，抚摸佛牌的就成了我的习惯动作，直到某一天红绳突然就断了，牌子掉在地上，我凝望良久，捡起后没有再去穿线，将它放回了盒子，藏在抽屉深处。回忆如殇，只要它在我心口一天，我就难以忘记。

回首往昔后，心下已有所悟。记得有一次许子扬无意中翻出过这块佛牌，问我哪儿来的，我撒了个小谎，说是与朋友旅游时看着喜欢买的，他当时的反应是眸光沉了沉，没再多问。过后不久，他就跟我提出了分手，如今联系起来一想，如果他是唯一，一定认得它，那他提分手很可能与认出我是水云轩有关。

本想与许子扬履行协议一年，然后各归各位，在此期间就算做不到心平气和，起码可以做到忍耐。可现在我会无法控制地去想，卿我微城是谁？格格又是谁？格格正是最后向我刺探“敌情”，复又当成无事人的那个女人。

如果这是一个现实的圈子变成游戏的圈子，许子扬是唯一，陈新是战狂，那么是否还有其他人也同在那个区，许子杰、丁岚等又是扮演的什么角色？凭女人的直觉，丁岚不大可能是卿我微城。

轻叹于心头，许我唯一，不过是我的臆想而已。

他自有他的方圆，我自有我的孤小世界，终究是，不相干，无交集。

我得了失眠症，只要周身被他的气息包围着，就无法入眠。哪怕眼睛干涩到疼，闭上眼都是传奇里的与现实中的一幕幕交织在一起，变得混乱，令我分不清什么是虚拟，什么又是现实，就像我这么多年过的日子一般，在虚拟的世界里想寻找真实，又在现实的世界里寻找虚拟。

我的不对劲终于被许子扬发现，夜半醒来，他见我瞪大了眼凝在某处，推了推我的臂膀问：“为什么不睡？”我侧眼看了看他轻声道：“刚做了个噩梦，醒过来就睡不着了。”

他也没揭穿我，只问：“做了什么噩梦，说给我听听。”

哪里有什么噩梦，不过是我随意撒的谎，他却执意要问，我想了想后道：“记不得了，只是在梦里觉得很可怕。”梦醒后会消除某些记忆，这么说不算作假。

许子扬盯了我一会儿，没有说什么，伸手将我的脑袋压在他胸口：“睡觉！”强势的口吻里带了命令，我想牵唇苦笑，又听他命令：“闭眼！”闭了眼，禁不住眼睫乱颤，是真的睡不着，尤其是这种睡姿，鼻间与呼吸里，全是他的气息，霸道地占满了我整个神经。

过了会儿，许子扬突然道：“浅浅，你若睡不着，不如我们做点别的？嗯？”语声轻柔，就在耳侧，他的呼吸喷在我的耳根处，痒痒的。我微微侧开了些，咕哝了句：“不是在睡嘛。”他轻哼了声，隔了数秒，手在我背上轻拍起来。

不晓得我是真的疲惫了，还是他那轻拍有安抚作用，居然眼皮子越来越沉重，意识逐渐模糊，终是沉睡了过去。

此后若是晚上被他发觉我还没睡，就效法这般，渐渐地那失眠症竟不治而愈了。后来想，其实我这是心病，是身体乃至意识对他的抵抗，而许子扬用他的方式让我排斥着也习惯着他。

真不懂他了，既然已经知道我是水云轩，又不爱我，为什么还要将我强掠在身边？等哪一天情绪上头，我可能就真的撕破脸摊开了问吧，只是现在，理智还在，我问不出来。

可有些事我以为不问，就会隐在底下，然后沉寂。却没想到，不是我来揭开虚拟的面具，也会是别人。当假面被撕开，真相来得那般波涛汹涌。

天桥项目敲定后，工程如火如荼地进行，几个月后就初见雏形，这次工程属许子扬与导师一同合作，丁岚为助理。故而丁岚提议聚会犒劳大家，没人有异议。

我本不想过去，可导师却在事前有意关照全都得到，不能缺席，想来是要卖丁岚的面子。

到了聚会地点，我微微吃惊，没想到居然连许子杰，以及陈新和谢雅等人都在。自助餐性质，丁岚将这楼层包了下来，有钱人的手笔就是不一样，动辄包场。

我一进门，多道视线向我射来，竟成了场上的焦点。这种被目光聚集的感觉并不太舒服，尤其是各种目光饱含的深意令我如芒刺在背。

许子扬与丁岚站在一处，看到我时眉宇微蹙了下，随即舒展开，至于丁岚看过来的视线就如她给我的整体感觉——盛气凌人。她总以一种俯瞰的轻蔑之姿来对我，眼底有藏不住的厌恶。

时常想，丁岚厌恶我其实就跟我厌恶她一般强烈，彼此立场不同，站的角度也不同。我得承认，我厌恶这个女人，厌恶她那高人一等的态度，她不过就是前世修来的福，生养在富贵权势人家而已；我也厌恶她趾高气扬的样子，仿佛许子扬已是她的囊中物。

转眸看到许子杰斜勾着嘴角看我，似笑非笑的神色，带着嘲弄与恶意。

谢雅与陈新轻语了一句后，就向我走来，我亦微笑。庆幸这个聚会她在，不然还真令人坐立难安。早前通过电话，得知她与陈新已经言归于好，此刻看两人深情相依的样子，如胶似漆，恩爱甜蜜，很感欣慰。

说是聚会，到底因为是两种世界，各自为界，分作两簇人。谢雅与我说了会儿话就回去找陈新了，我没有动，就独自坐在原位上。空腹喝酒，灼得胃有些难受，我瞟一眼食物，抬手去拿那块提拉米苏蛋糕。却在要触及时，被另外一只白皙的手给抢了先，抬眼一看，是丁岚。

麻烦来了，脑中闪过这句。我缩回手，从椅子里直起了身，只见丁岚拿了蛋糕后对我妩媚地轻笑了下，遂凑近了压低声音说："余浅，今天我就让你看清你的价值。"话声一落，她突然用力推了我一下，我没防备，身体直往后退，伸手想去抓什么，却被她假意来拉的手给拍开，这下我是结结实实一屁股坐在了地上，头还碰着了桌子。

摔坐在地的瞬间，"哐啷"的餐盘落地声也随之而来，一下子四散在我周围。这可能是我最最狼狈的一次了，食物的菜汁溅到了我身上，将米色外套给染了个遍。

最主要的是那一下摔倒，一时竟站不起来，只能坐在地上，任由无数人注目而来。我正待抬头怒斥丁岚，却被她先声夺人："余浅，你为何要故意摔倒来陷害我？我明明碰都没碰你！"

不及反应，许子扬的身影已出现在视线内，但他不是走向我，而是环住丁岚的肩膀，低声问：“怎么回事？”丁岚立即一副惊慌如小鸟般地依在他怀中说：“刚才我过来取些你喜欢吃的提拉米苏蛋糕，却被余浅给抢了去，然后她说你别得意，就突然往后栽倒下去。”说到这里，又转头艰涩地对我说：“余浅，很抱歉，我什么都可以让你，但是不能把子扬让给你。”

我没有去看她，只盯着许子扬俯视的眉眼，那里没有温柔与疼惜，只有若有似无的厌恶。他信了丁岚的话，真的以为我有意做这场戏！

真真是滑天下之大稽，被害者反被诬陷为害人者，四周看过来的目光里多是轻蔑与嘲讽，在笑我画虎不成反类犬，不过是东施效颦。我没了解释的欲望，心暗成灰。

谢雅上前将我扶起时，刚好导师走过来，听到有同学向他悄声报告，附和了刚才丁岚的说辞。众人看我的眼神中全存了责怪，以为我是在假摔。

假摔！多么可笑的名词，本是用在足球场上的，如今却加在我身上。

我低头沉默，不去看那些怨责的眼。不是我要做鸵鸟逃避，而是当人的第一观感已经认定了所看所听为事实真相后，很难再去扭转他们的想法，尤其是我无心辩解。

却听一声冷哼在议论纷纷中尤为明显，转而闲凉中带了点戏谑的男音响起：“谁来跟我说说细节呢？是哪只眼睛看到余浅陷害丁岚的？”

我怔了下，是许子杰！不由得抬目去看他，而他沉郁的目光只掠过我的脸后就向四周环视，因是他在质问，刚才信誓旦旦打小报告的人没一个敢再站出来。即使导师的学生不认识他，但从他的气度，也猜到了此人不能惹。

丁岚蹙眉问道：“子杰你这是什么意思？难道还是我冤枉了她不成？”

许子杰掉转目光，看向她时变得邪肆，恢复吊儿郎当的样子，耸了耸肩道：“我可没这么说。只是我见刚才大伙都谈兴正浓，心无旁骛的，原来都是一心二用的主，一面围坐在一处，一面还能时刻关注周边。此等本事，我倒是有心学习一番。”

一番话，谁都听出了其中的嘲讽，恰如许子杰所言，刚才整个餐厅内，基本是无人留意此处，此刻那言之凿凿的旁证显得太过虚假。

丁岚眼中闪过恼意，却碍于身份不好跟许子杰争辩，于是转过眼看身旁的人，盈盈的水眸中露出哀怜：“子扬，你信我吗？”若我不与丁岚敌对，此时定然拍手叫好，女人在适当的时候示弱，是为大智慧。显然，丁岚深谙其道。

许子扬眸光难辨喜怒，抬手轻抚了下她的发，冷冷看过来，淡漠地说：

“道歉！”

我一怔，其他人也都微怔。

见我不语，他又重复道：“余浅，道歉！”这下我看清了，那黑眸沉黯且敛着风暴，而站在他旁边的丁岚却是昂起了头，嘴角处露出一抹得意。

我微微眯起眼，看了他半晌，启唇轻吐三个字，音量足以让在场所有人都听得清。

“不——可——能。”

人在被逼迫到绝境时，总会有一根神经强硬起来，就算我与许子扬有那一年协议，就算我欠了他债，就算我们是宾主关系，我也不会在这种时候低头。

有人要我看清自身的价值，我已经看清了，但决不会将尊严送到对方的脚下去践踏。我想我眼中的坚决，许子扬一定看得懂，可他就浑身散着冰冷，沉沉盯着我。

无人出声，静到一根针掉地上都能听到。而我也不再避开视线，凝在原地，等着他的宣判，是坚持要我道歉，还是就此作罢，前者意味我与他成陌路，后者将我的死刑延后。

其实，不过都是我的孤注一掷而已。

我想我切身体会到壮士断腕的心情了，无需别人注目欣赏，只为心中固执得不肯低头。

下一刻，左手被紧箍住，捏在腕间的力量几乎要将那处捏碎。我清楚地看到了许子扬眼中的沉怒，即使一闪而过。丁岚不安地轻唤：“子扬！”

我用余光瞟了眼丁岚的脸色，不由得感到好笑，她亲手导演了这场戏，为的是让我难堪，却不想全场的焦点转移，我反而成了主角，尤其是在许子扬跟前。

许子扬眸光未动一分，沉凝着我，阴鸷开口：“第三遍，道歉！”意思很明显，事不过三。

我低头看向那捏住我腕的手，骨节分明，完全可能在我再说不逊之词时下重力。忽然间，我觉得自己脑子出了故障，居然想尝尝骨头当场碎裂的痛苦，是否会比心上的疼还要彻骨难忍。

所以，我扬起头，微微一笑，无边嘲讽尽在嘴角，可我还没来得及说话，就觉一股阴风袭来，目标竟是我被控住的手腕。心中一惊，眼前人影一闪，腕上已经松了，我被一股力推后两步，离开了许子扬的禁锢范围。定睛一看，发现帮我的居然又是许子杰！

现下他正站在我左前方，气氛一时间变得十分诡异。

丁岚惊呼起来："子扬，你的手没事吧？"随着她的呼声，众人的视线都集聚到许子扬的手上，我亦然，只见他的手背通红一片，应是刚才许子杰劈掌而下造成的。丁岚怒目而视："子杰，你到底在干什么？子扬是你堂哥，你竟然为了余浅打子扬？你这是被狐狸精蒙了心吗？"

"狐狸精？"许子杰饶富兴味地回过头来将我上下打量一番，"相貌一般，身材中等，没多大潜质可成为狐狸精，倒是挺像一头猪的。"

那个猪字像在唇间呢喃般，邪气的眸光若有所指。

我的心漏跳了一拍，今日他的行为太过异常了，不知道是出于什么动机。

我向许子扬瞟了一眼，只见他眉眼里一片无色，喜怒倏然不见，但我看出风暴尽敛在深眸背后。丁岚是何种人物，大场面见多了，一看这情形，立即转身笑着应付导师与众师兄弟，说了些托词把人都送出了场。

没一会儿，场上就只剩许家两兄弟，陈新夫妇，还有几个与他们交好的人。如此一来，反倒显得我最格格不入，因为相比他们的高贵身份，我太过平凡。于是我顿生离念，脚刚移动一步，就被许子扬厉眼一横："想走？今儿的事情没了呢。"

心中一沉，身体僵住，气氛变得凝滞。

"哥，你当真一定要她给岚子道歉？"许子杰吊儿郎当地开口打破沉寂。

许子扬不理他，只将凌厉的目光停放在我脸上，丁岚终于受不住被忽视，站出来圆场："子扬，算了，她没有伤到我，就不用道歉了！"

"够了！"谢雅突然出声，走到身旁握住我冰凉的手，"丁岚，你何必如此假惺惺，可知丑陋的嫉妒早已在你脸上现形，是人都看得出你的虚伪。陷害你？浅浅根本不是那种人。"

我重重回握过去，原本在许子扬沉厉的目光下已经要坚持不下去，甚至有了屈服的念头。可谢雅站出列，我若低头就是将她也拖下了水。

沉目看向丁岚，缓缓道："刚才的事，谁是谁非只有当事人清楚，丁岚，你有何凭证说是我自己摔倒要来陷害你？会有人不顾受伤假意摔倒？"在众目睽睽下，我伸出了一直藏在背后的右手，刚才摔倒时，不知什么刺入了掌心，血将浅色的衣袖给染红，乍一看触目惊心。

谢雅倒吸一口凉气，震惊地抓住我的手急问：“浅浅，受伤了怎么不说？”我冲她安抚一笑，刚才那种情形，即便我早早道出受伤的事实，也不见得有人会信我。相反隐忍一时，却能达到出其不意的效果，尤其是目前手掌被血糊满了，从外观来看很严重。

这些都是做不得假的，事实摆在眼前。

丁岚要我看清自身价值，我是看清了，那么至少也要将她一军，没有人走入泥潭后还能干净上岸。丁岚的面色变了好几次，犀利的眼角一转，看向谢雅：“倒是有人忘了，前阵子也不知道是谁跟个野男人勾勾搭搭，还被当场捉奸了呢，现在居然还敢跳出来。”

谢雅气得浑身发抖，陈新也顿时色变，我心中震怒，没想到丁岚会拿谢雅与君子的事来说，而且还说得如此不堪。“丁岚，你闭嘴！”我扬起手指沉喝。

她却轻轻一笑，往后退半步，邪勾着唇讥讽道：“怎么，我说错了吗？这事圈内人可是都知道呢，谁知道有没有给新子戴绿……”

“丁岚！”谢雅冲上去欲撕她嘴，我身形一挡，抢先一步上前，扬手一巴掌，清脆的响声敲击着每一个人的心。“丁岚，这一巴掌告诉你，话不要乱说！”我不知道别人是如何看我的，因为我全神贯注地盯着丁岚的眼睛，从她眼里我看到了惊惧。

可能是我阴狠的神情，以及沉冷的口气令她感到威慑，也可能是我出手的气势盖过了一切，她都没有反应过来要还击。我是赌上了被还一巴掌的可能，谢雅是因我而受辱，动这个手的人不能是她，陈新要在他们圈子里混呢，得罪了丁岚势必难以罢休。

挥那一巴掌时，有意用染了血的右手，于是此时丁岚的脸上留了血印，看着很是狰狞。有掌风向我面门扫来，躲无可躲，即使落到脸颊上的只是两根手指，却也如刀刮过一般生疼，不用说定是留下了指印。

我缓缓转过脸，凝目看着那双森冷的黑眸里，风暴似要将我卷起。

“许子扬，够了！你早知她是靓猪了，竟还如此对她！”许子杰突然暴怒地吼道，一拳挥向许子扬的脸，却被稳稳避过，他阴鸷的目光依旧盯着我。

陈新在旁惊疑地问：“子杰，你怎么知道余浅是靓猪？”许子扬朝陈新盯了一眼，目含深意，而原本被我惊住的丁岚像突然醒转，上下打量我，眼神惊异。

这时许子扬转首看向许子杰，唇角勾起浅讥：“子杰，你敢在她面前承认你是谁吗？”

许子杰顿时语塞，面色变沉。我在旁看他们的脸色风云多变，心中狐疑不定，直觉有什么要被揭开。耳旁听到许子扬在对丁岚说：“岚子，今儿的事就卖我个面子，到此为止好吗？不早了，就此散了吧。”

丁岚一反常态地好似没听到，只怔忡地看着我，好一会儿才开口道：“真没想到，你居然是靓靓轩猪。”她侧过头轻问，“这就是你对她一直念念不忘的原因吗？就像当年的冷战对靓猪？”

我浑身一震，不敢置信地瞪着面前这对男女，她说什么？冷战？许子扬是冷战？气氛再度沉滞，所有人似乎都在等着许子扬的答案，而丁岚却没了刚才的盛气凌人，眉宇间多了一分悲忧。许子扬沉默不语，眉间眼下未有半分波动。

一声轻笑从丁岚口中溢出，她转过头对我说：“靓猪，我是缥缈仙子。”不止是我，就是谢雅脸上也露出了惊讶的神色，我们都没想到，张牙舞爪的丁岚，竟然是故人。

缥缈仙子，我再次玩游戏时，新区沙城老大冷战身边的红颜。只要有冷战出现的地方，势必会看到她，他们是区里公认的一对，但是他们没有结婚。因与冷战交情深厚，自然与她也常有交集，会时常凑在一起闲聊，算是朋友。

我有些了悟许子扬刚才看陈新的眼神含义，是在警告陈新别说出老区的事情与身份。为何要隐瞒我不得而知，但陈新却沉默了，不再插话。

我转首看向另外一个默不作声的男人，没有忘记刚才许子扬讽刺他不敢在我面前承认是谁这回事，心有疑惑，许子杰在新区究竟是谁？

很快丁岚就为我解了惑：“靓猪，想知道子杰是谁？呵，他就是风云。”

“怎么可能？”这声惊疑不是出自我口，而是谢雅，她代我问了出来，“他们不是兄弟嘛，怎么会在游戏里成了敌对？”问完又顿住，我想谢雅也是忆起最初冷战与风云并非敌对关系，而是在同一行会。

后来不知是出了什么矛盾，风云愤然离开行会，且带走一大批行会里的兄弟，另起炉灶，建立了新行会。当时还一直拉我加入他的行会，在被我拒绝后，与我大吵了一架。可后来又重归于好，直到那次城战，我挥刀砍向了他……

许子杰在被丁岚揭穿后，目光躲闪，不敢直视我，更证实了他就是风云。昔日至交友人，最终变为敌人，不仅如此，谩骂、围攻、杀戮，这些他都对我做过。

可以说，靓靓轩猪最终心殇不玩，都是因为面前这个人。

一场硝烟弥漫的纷争，戏剧性地落幕了。最后谢雅提议送我去医院包扎伤口，在众目睽睽下，带着我走出了众人的视线。等从医务室出来，我的右手被缠了厚厚的纱布，跟粽子似的。

趁着陈新去付药费时，谢雅陪我坐在等候区感慨："猪猪，怎么会这么巧？他们居然就在我们周围。"我懂她的感慨，既然这些人都是现实生活中的，那么她就算在新区玩得再低调，可因为君子的关系，两人的装备也不低调，故而大多数人都知道窈窕淑女与君子好逑之名。

我心有顿悟，终于知道许子杰从何得知我在新区的身份了。当初在餐馆里我与谢雅的对话被他偷听到，已经大抵知道我们玩过传奇，后来君子那件事曝光，在圈子里引起不小的争议，然后谢雅是窈窕淑女不言自明，而她在餐馆里唤我猪猪。

在新区，窈窕淑女与谁最交好，又唤谁是猪猪，已经成了最浅白不过的问题。

耳边谢雅轻声问："猪猪，还记得我当初跟你说过的话吗？"

我心中一动，脑中浮现出她曾在电话里对我的那番箴言。

"你为何认为风云与冷战都喜欢……靓猪？"我斟酌了一下，还是用了游戏的人物名，因为即使真有情谊，也是在虚拟世界里，不包括现实。

谢雅轻声而笑，拍了拍我的头："也就你看不出来，那时区里谁不知风云与冷战翻脸是为了你？就是那缥缈仙子也知情的，唯独你这个当事人却不晓得。"我默然。

回到公寓楼下，我谢绝了陈新和谢雅送我上楼的提议，等车子离开了视线，我才反身往公寓楼内走，快到电梯时，突然横向里冲出来一个人撞在我右肩膀处，连带右手也是一疼，鼻间是股酒味，回首间已经听到闷哼声。

一个清俊的身影正在揍躺在地上的醉汉，打人的正是许子杰。他会在此处出现，出乎我的意料，却又在意料之中。在揭破了风云的身份后，我早猜到他会来找我，只是没想到会这么快。

许子杰看向我时欲言又止，转身将那醉汉拎起扔到了公寓楼外，再回来时眉眼间的戾气还残存："靓猪，我们谈谈好吗？"随即又补充了句，"就在这里，不用太久。"

他堵住了我到嘴边的拒绝，我叹了口气，看来还得忍一会儿，可腰背实在疼得不行，只能借势靠在电梯旁的墙上，淡淡地道："说吧。"

许子杰见我神色淡漠，眼神缩了缩，却还是往前走了一步，离我稍近些后道：“靓猪，当初我的本意不是要赶你出区的，我当时是气愤不过，气你为了他居然连我都杀。”

我浅笑摇头：“当初就跟你解释过，我并非是为冷战杀你，而是开城战时，你我行会敌对，战场上我们就是敌人。”可在那时，他根本听不进去，认准了我挥刀而下，狠心绝情。

“不，你不懂，我和他私下里有过宣言，那一场城战输的一方就退出争斗，赌注是你。”

我心上一颤，许子杰又爆出一个我不知道的秘密，这其中有如此多的纠葛，我却全然不知。难道真的是如谢雅所言，再次走入传奇的我，变得无心，所以看不见周遭隐藏的真相?

面前的许子杰像是陷入了回忆，表情怔忡，他说：“一座城池换一人，这是我和他的赌。当初我从适者生存行会离开时，就对他宣誓，总有一天要将沙巴克拿下，然后用它交换你。后来却偏离了原本的轨迹，闹到一发不可收拾。”

我唏嘘不已，一座城池换一人，这只可能在古时战场发生的事，却真真实实地在游戏人物身上发生，我却一无所知。人们常常指责网游害人，实则不是网游的错，错的是人心无法控制。那些游走在传奇里的一个个人物，无非就是现实生活里无聊了、空虚了、寂寞了的人群走进那个世界，去实现很多现实里都不能做到的事。

许子杰一把握住我的双臂，认真地看着我：“靓猪，给我一个机会，好吗?”

这是我第一次看到许子杰这般诚挚的表情，他的眼瞳不比许子扬深幽，却更黑白分明，我还没来得及开口，忽然静寂中一声清晰的冷笑划破耳膜。我俩同时转头，只见许子扬就站在门边，斜靠在门上，唇角是讥讽的弧度，眸光暗沉，不知已经听了多久。

我轻轻动了下，许子杰松开了手，呆呆看着许子扬向我们走来。

“啊——”在我的惊呼声中，许子扬一拳挥了过来，目标……是我!

我条件反射一闭眼，却听身旁一声闷哼，睁眼去看，反是许子杰被他一拳挥到了旁边，原来刚才那一拳假意对我，实则在关键时刻却转弯对准了许子杰。

许子杰的脸上立即就青了一块，可见那一拳很重。这下他犹如被拔了胡子的老虎，毫不犹豫就扑了上来，居然跟许子扬扭打在了一起。

我僵站在原地，这两兄弟是发什么疯呢？几个来回，就可看出许子扬略占上风，且看他出拳的手法章法有度，明显是练过的，许子杰虽也不差，到底还是不如他哥出拳迅猛。很快，许子杰腹下中了一拳，痛得弯下腰去，许子扬乘机一脚将他踹翻在地，然后指着他发狠道："子杰，警告你不要对她妄动心思！"

话完回转过身，满是戾气地狠盯了我一眼，这时的他完全没了平日的优雅，像一头发怒的豹子。他伸手过来箍住我的腰，使了蛮劲将我往电梯里面拖，这一下牵动我股椎处的疼，痛得我整张脸都皱在了一起。

许子扬眸色闪了闪，继续拖着我走。

却听许子杰突然在身后怒吼："许子扬，你心里有鬼！这么怕我与她有接触，无非是你怕她是十区水云轩这件事曝光，你更怕唯一那个号的事曝光！"

我浑身一震，侧过头去怔怔地望着，还有什么是我不知道的？许子扬却只是顿了一顿后，没有停下脚步，跨步走进了电梯内，发觉我还攥着门框不肯入内，就来掰我的手。

我回过头想向许子杰求救，如果还有什么秘密隐藏，那么我要知道真相，尤其是许子杰提到的水云轩和唯一！这是怎么回事？他不是风云吗？难道他也玩过老区？那么他又是老区里的谁？心有所惧，冥冥中已能预感，将会有更加震撼的与我有关的秘密被揭开，可我还是想知道真相。

眼见我紧拽住门框的手指被许子扬一根一根掰开，许子杰冲了过来，一脚踩住合上的门，然后怒目瞪着许子扬道："你明明不爱她，为什么还要将她锁在身边？"

"哼，这是我和她的事，用不着你来管。"

"你和她？唯一的号我也有份，陪她练级陪她走遍玛法的都是我，甚至最后打了一夜同心小径里的猪卫，得到那枚求婚戒指的也是我，你凭什么想要一人独揽这一切？"

我的脑中似有什么被炸开，目光定在许子杰蠕动的唇，怔怔地问："你说什么？"

他转向我，眼底多了沉痛："轩猪，唯一不止是他，还是我。那个号是我们俩的，这个秘密没人知道，那年我们要同时入伍，不得不放下传奇放下你。可我不知道，他却在一个月后跑回去上线了，更没想到会将你伤得那么深。"

是什么模糊了视线，是风吹进了沙子吗？朦胧中见许子杰突然紧张又愧疚地说："对不起，我们不是故意要骗你的，轩猪，你别哭！"

我抬手一摸，一片潮湿……

许子扬在这时也松开了紧箍住我腰上的手，深皱着眉，面色沉黯地站在原处。他没有反驳，证明许子杰所说的都是真的，那些我深究不解的为什么，终于找到了答案。可笑又可悲，原以为的岁月静好，最珍藏的回忆，不过是我一个人的痴人说梦而已。

我听到自己在问：“也就是说，在新区的时候，你们两个人一开始就知道我是水云轩了？”

无声的沉默，代表了默认，我的心沉到谷底。

曾经有多欣喜，现在就有多悲哀，许家兄弟将我当成征服的对象，信手拈来，玩弄在股掌间。我到底还是被虚妄给玩了一回，屏幕背后的真相竟那么残酷。一场痴心不悔的网恋，原来只是一场笑话。我将目光淬炼成冰，狠狠刮过面前两个男人的脸，轻吐一个字：“滚！”

走进电梯，将门边的他们全都推了出去，用力砸关门键，直到门关上时，我才抱住自己的肩膀缓缓蹲了下来，把泪含在眼眶里死死逼住不让它掉落，脑子里空白一片。

第四章

许我唯一，许我天荒

层层弥彰

电梯抵达楼层，我机械地扶着墙慢慢走出，进屋瞟了眼墙上的钟，已快午夜十二点了，低头看了眼身上的脏污，拿了衣物进浴室，出来时已见许子扬反靠在沙发椅背上，手上夹着烟，神色莫名地盯着我看。

我转身往卧室走，一直进到里面也没听到声响，很意外地他没有阻拦。门轻轻阖上，隔断了停滞在我后背的视线。躺在床上，睁眼瞪着天花板上的白，年代久远，好多具体的事我都不记得了，也无从去分析唯一究竟是哪一个，真相如最毒的酒腐蚀人心，我这个傻子傻到眼盲不识人，甚至……分辨不出人物背后究竟是谁与我一同畅游，谁与我说的那些情话，谁又是谁的谁？

但许子杰最后也透露，那个夜晚通宵达旦打求婚戒指的是他，那么托付战狂的人也应该是他，还有那句“最爱”……然后，一个月后回来再现传奇的人，却是许子扬，难怪冷漠疏离得像变了个人。

言之凿凿深爱我的本不是他，那又怎能要求这个人言行一致呢？

忽闻门边传来细声，我立即翻转了身闭上眼，耳朵却竖起来。果然听到脚步声走来，每一步都像是踏在我心上，在胸口震动如雷。

我以为许子扬会像往常那般默默躺在旁边，哪知却听那脚步声似乎越来越近，竟是走到了我跟前，他那焦灼的视线就是我闭着眼都能强烈感受到。

当微凉的手指突然触及我脸颊时，几乎是瞬间我就向后弹跳开，眼睛睁开时看到他修长的手指顿在半空，往上寻望，是他略带深幽的眼眸。

许子扬就势坐在床沿，低首沉目凝视着我。我从床上坐起，目光垂落他处，也不吱声。一声讪笑传出，他的气息突然逼近：“浅浅，你知道你现在这样像什么吗？”

我微微抬眼，对上他的瞳眸。

“刺猬。”他唇角弯了弯，“像浑身长满了刺的刺猬。怎么，在知道唯一也是子杰后，就连我碰一下都这般排斥了？”淡淡的嘲讽里透着风暴，我受不住这压力，避开了目光，却突然被他扣住下巴转了回来。

“说话，不至于失声了吧？”他松了下巴处的钳制，改为用手指拂过我脸颊，忽然放缓了声音问，“还疼吗？”怔怔过后，我才反应过来他是在问我脸上的指印，想起刚才他的动作，原来他抚的是被他指尖扇过的地方。

我微昂了头牵起嘴角讥笑着问：“你说呢？”

却见他敛目而笑，下一秒居然探身过来在我脸颊上轻轻印下一吻。原本那处其实已经没多大痛感了，被他这么一吻后，立即灼热又起，我毫不犹豫伸手就去推他，却不防自己右手的伤，在抵到他胸前时，痛觉瞬时传至整个神经。

许子扬轻捏住我的掌翻过来一看，只见那白色纱布隐隐透着红，估计是里头碎片插入处又渗出血来了。凉风扑面，他放开我的手起身快步走了出去。

很快他就手拍医药箱走了进来，有些讶异，他倒是知道我放东西的地方。我想要接过来自己重新包扎，他却挑了眉问：“你一个人行？”话不多说，拆开几条橡皮带子，将纱布揭开来，掌心处的猩红尤为明显。

用碘酒洗伤口时，我再也忍不住，痛呼出声，那疼是钻心的。而许子扬却似没听到一般，自顾动作熟练地清洗、包扎，等他将最后的绷带粘牢时，我瞪着臃肿不堪的手掌，欲哭无泪。

“翻过身来。”

我不懂他的意思，他再度重复：“翻过身，趴着。你的屁股难道不疼？”

这回我的脸刷地一下飞红，难堪地移开目光：“许子扬，我们不该这样。”不该像什么事都没发生一般，两人之间有那么深的结，怎么还能像以往那般相处？

许子扬凉了眸子，沉郁开口：“那你说说，我们应该怎样？知道子杰也是唯一，甚至当年为你发疯的都是他后，就迫不及待地想跟他了？怎么都得有个先来后到吧，余浅，我不管你是水云轩还是靓猪，那不过是一场游戏，给我脑袋清醒一点，我许子扬才是你现在的男人！”

“我的男人？你是吗？是谁在我受辱时站在对立的一面，甚至还指责我，要我向人赔礼道歉？又是谁当众扇来一巴掌，留下我脸上这些指印？我还真不知道你许子扬是我男人呢。”就算是纸糊的性子，也有爆发的时候，聚会上所积存的怒气加上残酷真相的冲击，令我在此时出离地愤怒。

许子扬默然看我片刻，才缓缓开口："余浅，这才是你的本性吧？我以为你是温顺的猫，其实却是只带了刺的刺猬，甚至是只张牙舞爪的小兽，一旦有任何事触及你的底线，你就会浑身如炸了毛一般竖起刺。就像在聚会上丁岚侮辱到你的闺蜜，你就想也没想冲上去捍卫你的友情。可是……"

他顿住，寒霜满布的眼划过尖锐，嘴角附着讥诮："你可知你挥丁岚那一巴掌会造成什么后果？她有的是手段将你整到滚出这座城市，让你为自己的行为后悔，而你这个不知天高地厚的女人，还打过她两次！当真是令我惊叹。"

我被他说得面色泛白，却还是昂着头道："当时的情况你也在场，我不可能容忍别人这般侮辱小雅，会冲上去也是不想小雅因为冲动之下的愤怒还击而遭到丁岚的报复……"

话没说完却被他冷哼着截断："不自量力！谢雅即使真打了她，至少她还有新子在后面撑着，丁岚或多或少都会顾及，你呢？有什么？若非我当时指尖掠过你脸，你以为丁岚会不发飙？"

听这口气，好像我该千恩万谢他的高抬贵手！我怒气攻心，不想跟他费口舌了，抓起床上的枕头就朝他兜脸扔过去，他扬手挥开了枕头，凉着声音骂："你这个泼妇！"

我一口气倒抽，差点没噎着，既然骂我是泼妇，那我就不客气了，直接一脚向他胸口踹去，他不防备，往后仰了仰，险些侧倒过去，我抓住机会补上了一脚，这回踹个正着，也将他从床上给踢落地上。

地板上传来不小的声音："余浅！"怒吼声响起，我心中一惊，直觉就是逃，连忙翻身想从另一边下床，脚刚着地就被他从身后拦腰一勾带回，随之沉重的身体压住我，而屁股这一撞真是要了我的命，我哀号起来。

"余浅，今天我不收拾你就不姓许了！"沉怒的威胁在耳边，我扬起左手朝他脸上抡去。

有人说泼妇是任何一个女人潜藏的本质，一旦被挖掘出来，前途不可限量。而此时的我，既然已被人给冠了泼妇的名，也不怕身体力行一回。

许子扬眼明手快地来抓我的手，却还是被我的指甲刮过，那张俊逸的脸上顿时出现两条血痕，这下我笑了，他给我两个指印，我送他两条血痕，扯平了。

瞟了眼自己那半长的指甲，前两天还打算剪来着，幸亏没剪呢。

第四章
层层弥彰

许子扬被我恶意的笑彻底激怒，控住我的两个手腕在头顶，又用两腿死死压住我仍在踢动的脚，这下我跟个上了刑架的囚犯一般，给钉住了。

一番挣动后，我气喘至极，发现他情绪亦有异状，从那眸色立即了悟。我嘴巴一张就被他重重堵住，牙齿磕碰，疼到我的眼泪夺眶而出。

他也不管不顾，只咬着我唇，两片唇瓣开始麻痛。他不急于要启开我合得死紧的牙齿，直接转移了阵地，从脖子处向下延伸，我甚至都不用看也知那处定是红痕斑斑。

“许子扬，你浑蛋！我不要！”我尖叫出声，在挑破了唯一这件事后，我接受不了再与他做这件事。可我口中的浑蛋却根本不理会我，只抬起眼邪冷地看着我。

等一切平息时，我浑身无力，男人的沉笑尤为清晰，尽多讽刺在内。我身上一轻，他下地走往浴室。很快出来，手上拿了块毛巾，还冒着热气，在我疑虑的目光里突然伸手一掀被子，面无表情地命令道：“趴过去。”

一时被震住，我愣愣地听了他的话翻过身趴着，随即暖暖的毛巾覆在我腰背以下的骨椎处，顿时那处的酸痛得到缓解。

他居然还记得！热毛巾平摊在伤处，他的手微微用力按压，轻重有度，重时痛觉加倍，轻时又缓和。“说你傻还真没说错，人家推你一下，也不晓得顺手抓个什么，居然就实打实地往下摔，手掌撑地时扎到了还偷偷藏着，有你这么笨的女人吗？”

数落的话在头顶，我心上微微一动，他的口吻听起来像含着眷宠……我立即挥去这个念头，这种宠溺在任何人身上出现，也不会是他对我。

许是见我不吭声，许子扬将毛巾放回了浴室后再出来，就上床搂了我在怀里，轻声说：“记住，以后少去惹丁岚，尤其别让她知道你在老区玩过，现在她只当你是十区的靓猪，多少会改变一些对你的态度。”

我笑了笑问：“她是格格，对吗？”唇角的弧度扬着嘲讽。

许子扬的手指抚过我的唇：“你不是已经猜到了？”他的手指加重一按，我立即“嘶”的一声，那处破皮了。他轻笑出声，看我这般模样竟似心情转好，“你啊，性子怎么这么倔呢？咬破了唇痛的还不是你自己？”

我扭转了头，直接埋在枕头里，不去理他的恶意嘲弄。

在感觉到他手往我背部滑时，我神经一紧，他的手最后停在我腰下，轻轻按压起来。

折腾了一晚上，我身心俱疲，一闭上眼睡意立即涌来，很快意识就迷离了，恍惚间感觉按揉的手似乎一直没停，而耳边似有叹息声。

风波在狂澜中暂时平息，像暴风雨前的平静，晃眼就是半月。这日，导师召集学生到天桥项目的工地上实习观摩。我到得晚，远远就见人群中一个熟悉的身影，戴着橙色安全帽，似有所感，他的目光向我这边扫略过来。这个男人，无论身在何地，都会成为场上注目的焦点，因为他与生俱来的某种气质，会吸引众人的目光。

视线转移开，见导师与他并排站在一起，丁岚站在左首，他们手中似乎拿着一张图纸在研究。早知他对这项工程重视，所以他在此出现也不算什么新闻。仰头看那初具规模的天桥，即使只是一个雏形，已可见宏伟。

师兄秦宸眼尖发现了我，立即大步朝我走来，递过手中的安全帽。因为工地上堆满了建筑材料，所以我们一前一后只能挑着空隙往那边走，不可避免要经过脚手架下方。侧头往上看了眼，几名工人正在传递钢管。

阳光直射，有些照花了我的眼睛，等我眨了眨眼后，白光闪过，有什么东西垂直而落。在那瞬间，我身体本能地向前扑，撞在师兄宽厚的背上，他不提防我的突然动作，往前栽了两步，跪趴在地上，与此同时，我的头部被重物击中，然后是“哐当”落地的声音。

痛觉并不是马上就涌来，反而是有什么顺着我的额头往下滴，然后将我的眼给糊住了。视线里成了猩红一片，我看到师兄震惊且扭曲的脸，这时剧痛才开始侵袭入脑。

“余浅！”几声惊呼在耳边，一时分不清是谁的声音。

一手微微使力撑着地面，一手抬起往脸上抹了一把，低下眼看手中的湿漉，鲜红一片，原来是血……我被那该死的钢管砸中了头，不但安全帽被砸落，还把头给砸破了！

师兄似乎吓傻了，直愣愣坐在地上瞪着我，我想冲他笑，可笑容没牵出，意识却昏沉起来，蒙眬中感觉有人将我抱了起来，耳边是嘈杂的声音，听不清在说什么，只觉得鼻间透入的气息很好闻，也很安心，于是就放心睡了过去。

是依稀的说话声将我从昏沉中吵醒的，仔细听是熟悉的男声，迟钝的脑袋几秒过后反应过来是许子扬在讲电话。

“医生怎么说……嗯，好，我暂时不过来……这边安定下来我再……若有反复一定打电话给我，知道了吗？”

我想许子扬一定不是在说公事，因为他讲电话的口吻好温柔，清冽的嗓音配上他的语调，格外有魅力。只是，温柔不是对我……

在他挂电话的同时，我也睁开了眼，不用寻找，他就站在床侧。他转首看来，目光相碰，他微愣了下，随即俯身问道：“醒了？”我张了张嘴，发不出声，整个人都绵软无力。

许子扬抬手按了下床铃，很快门就被推开，一长串走进好些穿白大褂的，测心跳、量血压、换液，同步运作。医生做出诊断：“伤者已经稳定下来，定时换药，按时休息！”

我心里暗自嘀咕，听这话是还有不稳定的时候？等医生与护士离开后，许子扬好像知道我的想法，淡淡道：“你昏迷了两天，钢管砸下时，你的安全帽戴得不好，直接被砸开，铁片插入你后脑，若非抢救及时，恐怕很难苏醒。”

我愣了好几秒才缓过神来，竟然……如此严重，当真始料不及。

门上两声敲响，许子扬应了声后，有人推门而入，侧目看去，睫毛轻颤。

是丁岚与他那个助理。

丁岚进门时向我的方向瞟了一眼，走到许子扬身旁道：“子扬，都已经安排好了，晚些会有记者给你做个访谈，就这次的工地事故写个专访。其间你陪护在伤者病房的消息会陆续报道出来，应该不会对工程造成大的影响。那几名操作失误的工人已经停职审查。”

这时候的丁岚很像贤内助，井井有条地安排相关事宜，而我也从她的话中领悟到许子扬为何光明正大地出现在这里，原来一切都是为了做场面。不成想，我的意外受伤可能会影响到那项工程，难怪他要如此紧张了。

许是点滴里有安眠成分在，一阵疲倦袭来，我也懒得去理会他们，就阖了眼假寐。很快他们说话声变小了，脚步声离去，门被轻轻带上。

我嘴里又干又苦，闭着眼想，又自作多情了吧？睁眼醒来看到许子扬在身边时，有那么一瞬是心怀感激的，甚至以为昏迷前最后那个怀抱是他的，他不顾众目睽睽抱起了我，现在想应该不是他……

可能是哪个同学吧。

昏迷了两天，即使还觉得疲倦，却也睡不着。倒是身体的知觉渐渐回来了，头部的疼痛也如约而来，钻了心地撩着我的神经。这般折腾了好一会儿，身体才终于抵不住疲倦，我的意识逐渐模糊起来。

当再度醒来时，我的头部又沉又疼，睁开眼，入目的还是苍白，鼻间是消毒水的味道，我眼珠转了一圈，发觉不对劲了。这个房间好像不是我原来躺的病房，左手边多了一张双人沙发，右手边的窗帘由暗色变成了米色，正前方也多了台电视机。如果之前我住的那个是单人病房的话，那么这个就该属于高级的吧，房门紧闭着。

我微微纳闷，许子扬怎么给我转病房了？难道是为了要我配合“演出”，待遇提高了？

我口干舌燥，看到床头柜上有瓶水，伸手想去拿，可一侧身就牵动了头部，痛觉神经毫不客气地警告我别妄动，手一颤，将那瓶水给碰到了地上，发出不小的响声。

很快，那扇紧闭的门被推开，走进来的人令我愣住了，居然是许子杰。

“别动，你要拿什么？我来。”许子杰一个箭步就冲到了我面前，将我按回了原位，低头看了下，问道，“你想喝水？别喝凉的，我去倒。”他转身兑了温水，细心地插了吸管在内，又将我的床给摇起一些，这才将水杯递到我面前。

我也不客气，“咕嘟咕嘟”连喝几口，总算解了渴。这才开口问：“你怎么会在这里？”问完就觉得自己问了个蠢问题，事故都上新闻了，他还能不知情？

可许子杰给出的答案却出乎我意料：“我把你从原来的病房转移到这儿了，以后没人会打扰你，我也不会让子扬将你当成赚取名利的工具。”

“你将我从医院里带走了？”我瞪圆了眼。

只见他笑得张狂又得意：“没有，他一定想不到我会只把你从5楼转到顶楼，就让他去外头找吧。”见我不说话，他收了笑认真地看着我，“轩猪，你知道我听说你被钢管砸破了头有多着急吗？你怎么那么傻呢，工地上有的是男人，要你一个女人去顶？”

我苦笑了下，当时情形不容考虑，完全出自本能反应，也是师兄与我关系好。这些没什么好解释的。我沉吟了片刻，对他开口：“许子杰，你还是叫我余浅吧，那称呼听着别扭。那些往事毕竟已经过去多年，好多都不记得了。”

他的双眸黯淡下来，我知道他懂了我的拒绝。确实在此种情境下，我不想让他有任何错觉，认为我忘不了网游的唯一，也不想让他以为我和他有任何可能。我莫名地感觉很累，一个许子扬就够让我头疼了，再加上许子杰，我真心不想牵扯进他们两兄弟之间。尤其是此时我隐隐听出了许子杰对许子扬的敌意，就算不自作多情地认为是因为我的关系，但起码要避开些。

隔了半晌，听到许子杰放缓语气说：“行，你既然想划分游戏里的界限，那就回归现实，我喊你浅浅总可以了吧。”我蹙了蹙眉，没再回绝，暗暗松了口气。

之后两天里，我从电视中看到，几乎满篇新闻都是报道我在工地发生意外的这次事故，从钢管砸下后我倒在地上昏迷的照片，到后期在院的治疗情况，一系列的追踪报道，成了专题。

而两天前我在医院里的失踪更是成为了焦点，媒体声称已经准备要对伤者进行采访，却中途突然爆出我从病房离奇失踪，纷纷揣测是人为，还是我“行事低调”不欲面对媒体。

然而事情到此并没有结束，就在刚才，新闻突然声称，有人爆料那次事故不是意外，而是人为，并且有一段录音电话作为证供，大致内容是蓄谋人拨打给工地失手的那名工人的电话详细内容记录，质问对方怎么不看准了再脱手钢管。

因为录音不清晰，声音辨析度很低，可是爆料的内容却惊悚。意外与蓄谋，区别可就大了，也就是说有人在故意制造事端，引起全市轰动，那么背后的动机是什么?

无声地看完整则新闻，我的心情变得很沉重，不是因为新闻的主角是我，而是那个所谓的证供录音，虽然音质很模糊，可我还是听出了那是谁在说话。因为我跟这个人十分熟悉，听不出被处理过的声音却听得出口音，他在某些字上会有特殊的乡音。

他是师兄秦宸。

这是我怎么也没想到的，为什么会在这种时候师兄有这么一通电话被录音，而且还被爆料了出来。尤其那电话内容，假设这一切都是真的，师兄与建筑工人串通好了要制造一个意外事故，而原本那根钢管是对着他的头砸下，那么出事的就会是他。后来却因为我的“多事”，然后换成出事的人是我。

我不懂，师兄这么做的动机是什么?

事实的真相一旦无法掩盖，那么就会被挖得越来越彻底。当我看到新闻报道说已经找到主谋，且警方参与调查时，再也躺不住了。让守在门外的陪护去找许子杰，我要立刻见他。

我闻到了阴谋的气息……这是一个连环计。

从事故意外发生开始，到我失踪牵出背后的主谋，再到主谋现身，然后由知情记者在媒体大众面前影射此次工程内部有猫腻，在采购与建筑用材上都有很大出入。

不用说，目标指向的是这个工程的负责人许子扬。

许子杰很快就来了，他进门就兴冲冲地问：“浅浅，你找我？”

我没看他，目光紧凝在电视上，这是个新闻台，时事新闻播报完后，就会轮放精彩内容。余光里许子杰脸上的笑淡了下去，我叹了口气问：“这些都是你安排的吗？”

原本还算和睦的气氛瞬间凝滞，许子杰走近：“你找我来就是为了问这个？”我沉默以对，他轻笑了下又问，“浅浅，你想知道什么答案呢？要我承认这些事，还是你其实想问的是子扬现在的情况？”

我敛淡了神色抬眼，直视他的眼睛道：“你可以选择不回答的。”

许子杰摇摇头俯身与我平视：“在你心里，许子扬总是占了先，我不懂，为什么你就不能接受我？就因为他比我早一步找到你？可他在半年前把你甩了，哪怕他现在又要你回他身边，对你可有一分尊重？他跟丁岚的事，是两方家长都同意了的，为了仕途，他不可能为你舍了丁岚，难道你能容忍他一脚踏两船，做他背后的情人？”

黑眸带着逼人的气势，这才是许子杰的本色，几天来他极尽温柔情意，可人的性格早已形成，不是短时间内就能转变的，他的天性里有掠夺，自然会心有不甘。

他语意中透露的信息，以及最后轻蔑的话，确实刺进我心头，让我痛到麻木。我微微叹气，皱了眉，淡淡开口道：“许子杰，你跟他区别不大。”

见他眸中闪过茫然的困惑，我唇角牵动浅讥：“许子扬对我如何，暂且不作定夺。可是你呢？也不见得就比他有多喜欢我，表面的温柔情意其实一戳就破，整件事中，我充当的不过是你对付许子扬的棋子。”

这回他的脸色有些变了，眼底的迷茫也敛去了。

“这是个一早就计划好的阴谋吧？你想把他拉下台，暗中谋划，精心布置每一步棋，师兄早被你收买了，所以在适当的时机暴露在众人面前，看似预谋策划这起意外事故，实则是为了引出工程内部早就存在的采购与材料问题，为的是让这个工程的负责人许子扬身败名裂。”

许子杰买通了里头很多关键人物，尤其是采购那一块，我记得许子扬对待这个项目尤为认真，从图纸到采购的材料都事必躬亲，可就目前爆出来的事，问题就出在了材料上。部分材料选择了劣质的，采购价却要高出市场价。所以，媒体方就会怀疑这相差的金额去了哪里，老百姓也对这座天桥的牢固性产生了质疑——由劣质的材料建造出来，还有何安全性可言?

如果我没猜错的话，后期还会陆续有建筑工人自首，声称偷工减料，将整件事的矛盾更加激发出来，然后通过网络与电视媒体，彻底将许子扬推向风口浪尖。

男人一怒为红颜这种事，现实生活里不可能存在的，我只是许子杰对付许子扬的又一枚棋子。论阴狠、城府、谋略，他哪样都不输许子扬，只是个性却较许子扬更张扬。

在我淡漠地细数这些心中猜测后，许子杰脸上的神色转换几番，目光毫不避讳，一直盯在我脸上。突然，他弯了唇，嘴角上扬了弧度："余浅，你很聪明，原本我是不想让你知道这些内幕的，倒是没想到你居然能够猜个八九不离十。确实我很早就有心算计他了，谁让他在老爷子眼里是精英呢，这次我倒要看看他能怎么避开。"

进而话锋一转，他的语音变得轻柔："女人还是笨一些才好啊，我该拿你怎么办呢？知道你是轩猪后，本想念着一些旧情，对你好一点的，毕竟那时我是真的喜欢过你，可你偏偏要选择跟我摊牌。"

我冷笑以对，一个处处对我算计的人，还有资格说喜欢？唯一那个人物姑且不提，因是他和许子扬同玩，所以我无法分辨谁是谁，但就新区风云的性格，可窥出许子杰真实的性情。说得动听些是一座城池换我一人，实则是他与许子扬之间的宣战，然后拿我做赌注。

真要谈感情的话，可能也就在玩老区时，是有几分真的。那时我们都还年少，或许许子杰还保留了几分纯真，所以会在同心小径上通宵达旦为我打一枚求婚戒指，会说那句"最爱的女人"，其中藏着几许真心在。

可人心会变，尤其是在成长蜕变后，往往有时候事情一通透起来，一路想到底就都恍然大悟了。悲摧的我，不过是他们名利与权欲争斗的牺牲品，虽然一早就认清，真相背后的现实会很残酷，我仍会感到压抑到窒息的难过。

但即便如此，我这个傻瓜却还心有残念……

然而许子杰下一句话却令我瞬间僵硬："余浅，你以为藏在被窝里的左手捏着手机录音就能帮到他了吗？呵，没用的，因为我不可能会让你将消息传递出去。"

话声一落，许子杰扬手毫无顾忌地掀开了我的被子，眸光浮着阴沉，探身用力捏住我的左手腕，指上力度下了狠劲，因为吃疼瞬间我就松开了手指，而藏在腰际的手机也现了形。他唇线抿紧，转眼间手机就到了他手里，下一秒，他用力甩开我的手。

按下一个键，刚才我们谈话的录音立即在空旷中回放，这回我的脸色呈现灰白。

他尖锐地冷笑一声，一扬手就把手机狠狠地砸在了墙上，四分五裂，有碎片弹得极远，我条件反射地伸手挡，裸露在外的手臂一阵刺痛，立即涌现一抹红。许子杰瞟过一眼后沉沉地盯着我说："浅浅，你就是头养不熟的白眼狼，这几天我对你不好吗？你乖一点，做我的女人，我或许还会许你唯一，嗯？"最后的反问里多了轻慢的语调。

我浑身一震，惊看着他。

他戏谑地笑道："怎么，很意外？夫君，许我唯一可否，这话是你说的吧？当时我就站在他身后看着，你注意到是过了一会儿才回复过去的吗？因为他愣了两秒后，就起身走开了，然后是我坐下，答你一个'嗯'字。"

"许子杰！请你出去！"我突然就愤怒了，心底最深处的情怀，信念般的誓言，在他嘴里成了玩笑，这让我情何以堪？而刚才我心中起的残念，确实是想要帮许子扬，哪怕他不爱我，我却依然不想看着他颓败。

但许子杰当真知道如何伤我，他赤裸裸地将事实公布在我面前，让我的那句"许我唯一"成为笑话，借此来颠覆许子扬在我心中的地位，也告诫我刚才的行为有多蠢。

许子杰噙着笑，冷眼看我因为怒吼而粗喘："如你所愿。"他转过身，一脚踢开病床前的椅子，瞬间散架。是威慑，也是警告，风云的本性彰显无遗，他从未有过改变。

我被囚禁了。

许子杰自从那天离开后再没有来过，墙上的电视也被切断了外联线路，成为了摆设。至于通信设备，更加不可能再有，我连手机残骸都看不到。唯一与我有联系的，就是那个每天坐在我病房外的陪护。我就像是牢笼里的困兽，每天对着四面苍白的墙壁，没有人与我说话，除去医生换药期间和陪护送餐外，整个房间静到就是一根针掉地上都能听到。

这样的日子足足过了半月，这天午夜时分，我数着陪护进门的次数，终于是最后一次查房了，这次出去后，她会就寝在外间的单人床上。

房内灯已熄灭，我悄悄坐起身，屏息等待了好一会儿，才放轻手脚下地。然后走到窗边，就着月光再次细读纸条上的字：晚上摆脱陪护，偷偷走出病房来。

上面的字迹苍劲有力，很熟悉。这张纸条是白天医生在为我拆线后，临走前悄悄塞在我手心的。虽然在当时我不知道医生为什么会偷塞纸条给我，可女人的直觉天生就很灵，似有所感会是这样。

我深吸了一口气，脚步放轻走到间隔门边，侧耳细听门外动静，陪护均匀的呼吸声透过门板传来。我暗暗转动门把，将声音放到最低。露出一条门缝，我看到陪护对我这边侧躺着。她是一个很尽职的护士，这么多天虽与我交流不多，但对我照顾得倒是尽心尽力。

我提着气息，轻轻拉开门，刚走了两步，陪护忽然动了，我的心顿时跳到了嗓子眼，我快速蹲下，见她翻过了身，然后没了动静，才松了一口气。

走近外室房门，再一次转动门把，等我站在空旷、静寂无人的走廊上时，后背一片冰凉，全是出的冷汗。分辨了下方向，我朝安全通道处走，突然有人从斜旁用力将我拽进通道内，然后一只大手捂住了我的惊呼：“别出声，许子扬让我来接应你的。”我顿时停止了挣扎，那人也松开了手掌，回过头一看，是个陌生男人。

他领着我从安全通道向下，连下了好几层，然后推门进了长廊，午夜走廊还来来往往有人，是普通病区。走进某间病房，里面就一个病人在睡觉，其他床位还空着。那个男人不知从哪儿拿了一个包塞我手里，指了指洗手间的门，低声道：“赶紧进去换上。”

我将门掩好后，一看袋子，里头是从头到脚的衣着，想得很周到，我一身的蓝条病服，走出医院大门太显眼。换装完毕后，我发现袋底下还有一顶栗色的长假发，以及一副超大的黑框眼镜。照着镜子戴上眼镜调整好假发后，连我都快认不出自己了。

假发套是长卷发，披散在身后，发丝缭绕，多了几分妩媚，但加了那副遮住我大半张脸的黑框眼镜，又添了呆板感，完全就像是变了个人。从洗手间出来，陌生男人立即压低声音道：“跟我来。”我跟在他身后，光明正大地走入电梯，一路往下，堂而皇之地走出医院大门。

一直走过几十米远后，我们在一辆黑色尼桑轿车旁停住脚步，这时车门突然被打开，我微弯腰探视，正对上熟悉的墨拓幽眸，没有想象中的落魄，依然沉稳有度。

“还不进来？”浅浅的语调，透着丝沙哑，我迟疑了下，钻进了车内。

等离得近了，首先一股他独有的清冽气息扑面而来，随后看清他眼底潜藏的疲态，以及眉宇间如深沟的皱褶。为把我从楼顶给带下来，定是下了很大功夫吧，尤其是在他身心俱疲的时候。“在看什么？”他轻声问。

我移开目光，发觉车子已经启动，那个领我下来的男人坐进了驾驶座，安静地开着车。忽然感觉身旁的人有所动作，我条件反射地往车门边躲，他有些错愕，手伸在半空中：“让我看看你头上的伤口。”

是车内气氛太过暧昧，让我没办法拒绝他吧，我在心里自我安慰着，向他靠过去，任他将我头上的假发套给取了下来，头皮一凉，后知后觉地想起我现在的造型，顿时有些羞恼。

他微凉的手指抚过我后脑处，那里有条疤，我之前已经摸过了，因为还在结痂中，所以有时痒到想死命去抠，现在被他的手指摩挲着，痒意又侵袭而来。疼，我想我是能咬牙忍下的，可这个痒，还真是难熬，就像是有无数蚂蚁在爬一般，不挠到皮破不罢休。尤其是他的手指放在那处，加深了我的敏感，钻心难忍。

终于，许子扬发现我表情的扭曲，低了眼问：“怎么？还疼？”

我没有瞒他：“不疼了，就是很痒。”

并不觉得这话好笑，但一声低沉笑音在车厢内回转，我看他原本抿着的唇线上扬了弧度，就是眉宇间的皱褶也微微舒缓了些。

忽然他手上一用力，将我的头按进他怀里，清冽的气息更加浓郁，令我心神恍惚：“浅浅，你没事就好。”像是呢喃在耳边，听得我竟生了错觉，好似他语声有眷恋，好像我的失踪令他非常担忧似的。

我常常深思我对许子扬的感情，就像是一种认犊情绪，人与动物第一眼睁开时看到的是母亲，哪怕年岁成长，也总是与母亲有着割不断的情感。而许子扬曾以雷霆之势劈进我的生命，让我的心毫无防备地缴械，即使后来受伤，也终难放下。

再遇纠缠，得知他就是唯一，是我最初恋上且深爱过的传奇人物，哪怕心中是彻骨的伤痛，却还是不可避免地陷进他的泥潭里。我认定了他是唯一，是那个许下唯一诺言的人。即使后来许子杰揭开内幕，宣布他也是唯一之一，我也无法对他产生任何情意。

从游戏到现实，我都先一步将心遗落在了这个叫许子扬的男人身上，又怎会因为一个久远的真相而转移呢。即使往前多走一步就是悬崖深谷，我将摔到粉身碎骨，可还是做出了心的抉择。但在走出那扇门前，我就有了决定，这一次不会毫无条件地妥协。

“路有些远，困了就睡一觉吧。”许子扬磁性中略带低沉的声音环绕在我耳侧，隔了二十来天没见，他对我的态度有了180度大转弯，多了柔和。现实打磨人的性格，也许在这短时间内的大起大落后，他也转了性吧。

我也不挣脱他的怀抱，就靠在他心口处，听着有力的心跳，闭眼假寐。不知道他会将我带到何处，原来的公寓应该是不能住了吧？要不然许子杰一找就找到了。车子平稳地开着，气息被他包围，我在暖融中昏昏然睡了过去。

意识回转时，我发觉车子还在行驶中，看窗外黑沉得跟遮了块幕布一般，不知道几点了，确实是挺远的路，这么久都还没到目的地。一抬头，就见许子扬阖着眼，靠在座椅后背上，呼吸清浅，像是入了眠。

我肆无忌惮地将目光落在他沉睡的脸上，这不是我第一次看他入睡的样子，修长的睫毛遮住了他的黑瞳，眼睑底下有着阴影，下巴处的胡楂也没以往刮得干净，添的不是沧桑，而是成熟的魅力。忽然，他原本紧闭的眼睁了开来，清冷的目光射来，令我陷进那幽深不见底的黑潭中，顿时有种被抓包的羞赧。原来他没有睡着……

我慌乱地移开眼，却在下一秒被他的气息压下，直接淹没了我的唇。柔软的唇瓣相依，他不费力气就挑开了我的牙齿，唇舌强势而入，似乎要吸尽我唇内的甘泉。

片刻之后唇松开，两人额头碰着额头轻喘，浓烈的气息全扑在我面上。

寸余的距离我却看不透他，此时他给人的感觉很不同，总觉得像是压抑着什么，又隐忍了什么。

终于在天色微亮时，汽车停了下来。按车程计算，应该是离开了那座城市，需要把我藏这么远吗？车子在一栋公寓前停下，我随许子扬上楼，车子离开。

到了楼层，我发现这整个楼层居然就只有一间屋子。门后的世界，如他的风格，立体中带着暗沉，以黑白色调为主调，加入一些其他元素，不会显得单调。地面铺了长毛地毯，踩在上面软软的，很舒服。风格简约而奢华，很符合他的品味。

进门后，他搂着我走到客厅的沙发上坐下，手指轻扣着我的掌间：“累吗？要不要进房睡？”虽是一句听来关切的话，但眼神却是灼人，我不得不轻咳了声提醒：“头还有点疼。”

他蹙了蹙眉：“低下头来我看看。”

“不要了，很丑的一道疤。”

斟酌了下言辞后，我道出之前心里的打算："需要我出去为你做证吗，许子扬？如果这次我能帮你渡过难关，能否就此将我欠你的那笔债抵消了？"

这是我心中的考量，想要帮他是一回事，但不想再受制于他是另一回事。

可我的话声一落，就看到他原本温存的眸光倏然变得凌厉，捏着我手掌的手更是加重了力道，虽不至于会疼，却可感觉到他的情绪有了变化。

寒凉的目光盯着我看了半晌，他邪冷地笑道："余浅，原来你图的是这个。"松开了我的手，他向后仰靠在沙发上，眯着眼沉沉地看我，像一只蓄势待发的狼，轻慢的语声从他唇间吐出："我许子扬要翻身，还不至于要靠女人来帮忙。浅浅，收起你那些鬼念头，别想借此来与我划清界限。还是说……"他有意停顿了一下后又道，"你跟子杰处了这么多天，想改投他的怀抱了？哼，你休想！"

我怒极反笑，杆子倒打，是他们许家兄弟的强项。我扬高声音怒斥："我要跟许子杰好，至于从那医院里偷偷跑出来吗？许子扬，你能不能摸着良心说话呢？"

他眼神闪烁了下，没有再开口，而是起身往某个房间走去，冷冷抛下一句："伤还没好，进卧室里面躺着去，我还有事要处理。"

瞪了紧闭的门好久，也没能平息怒气，他这是什么态度，不要我出面做证拉倒，我还不屑站在媒体大众面前受瞩目呢，让他自生自灭去吧。

本以为他将我送到后，就原路返回处理目前的被动局面，哪知他跟个没事人似的，神情怡然自得得像在度假。就像现在，坐在沙发上，端了一杯咖啡浅浅抿着，看着电视里的财经新闻。

关于原来城市的纠纷，似乎离我们远去，就像本该如此平和地生活。

这天，许子扬关照我换件外出服，然后就领着我出了门。这是来到这座海边城市后，第一次踏出屋门，清风扑面而来，顿觉鼻间呼吸都变得清新。

二十多分钟后，车子在海滩边停下。一下车，立即有海风灌进领口，我打了个冷战，这样的天气跑来吹海风，实在与浪漫搭不上边，真不知道他是怎么想的。

海边倒也不是空寂无人，隔了不远的地方就有人聚坐在一处。我留意到正前方有一对情侣特为引人注目，他们穿了同色的情侣服，女孩似乎是走累了，由男孩背在身后，一步一个脚印，在浅滩上留下了长长的痕迹。

像相依独走的弧线，却满是浓情的滋味，成了海边的一道风景。

如果我会画画，那么一定会有这个冲动将这个画面画于纸上，夕阳西下，晚霞映照在他们身上，透着温柔的光晕，浓烈的是那份相依偎的情感，正是我所羡慕感怀的。

“想跟他们一样？”低柔的嗓音在耳边轻声问。

我转过头，一刹那，黑白的电影，那眸中，分明的温柔，都令我沉醉其中。转而是他走到我正前方，然后蹲下：“上来吧。”怔立当场，凝视着那宽厚的背，唇角一点一点上扬了弧度，说不出是啥滋味，只是觉得在这么一刻，被他背着走，让我很感动。

于是我和他，虽没有那对小情侣青春年少，却沿袭着他们的脚印走在沙滩上。许子扬背着我，每走一步，都能感觉到他矫健的步伐，前方，嬉笑欢歌的陌生面孔，慢慢在夕阳的晖光下成了灰色的布景，仿佛天地间就只剩我们俩。

我轻轻喘着气，与他的气息交融在一起，从没有像这一刻感觉到我和他是如此近，这是就连我们肌肤相亲缠绵悱恻时都不能达到的距离，因为我的心口覆在他的后背，与他的心只隔了一层。我想，不管这个男人是否爱过我，我还是会一样地爱他吧。

当时的我，不知道背着我的这个人，待我如此，不过是让我有个美好的回忆，而这回忆在某一天到来时，全都成了讽刺。就算我想大声告诉他，我是真的真的很爱你，也没有用。因为我和他从未真正走在同一条线上，我们是不相交的平行线，他走他的，我走我的。

于是后来，很久以后，想起许子扬时，是那年他对我极尽温柔的最后的印象。我在他背上，呼吸交融，山水明净，笑意漫天。

许子扬背我走了很长一段距离，等到将我放下时，是到了某块很大的岩石处，回首望去，离那三三两两的人群有很远的距离。他牵着我的手走到一块石头旁坐下来，然后环着我的腰，指着海的远处说：“浅浅，你看，像不像彩虹？”

我随着他指引的方向远眺，晚霞映红了半边天，与海的边际连在一起，可能是空气中的折射，竟让那处有了五彩斑斓，确实像雨后的彩虹。

“明天我会回去一趟，你在屋里待着别出门，我很快就来接你。”

我微微一愣，心绪还没从美景中恢复过来，侧头去细看他的神色，眉宇间似乎有着一种笃定。心有顿悟，但我不愿去深想，淡掠开了思绪。

当夜，他破了这么多天只搂着我睡觉的界限，一改之前的温柔，像个强盗般索求。从他的眼中，我看到了兴奋的火光，似带着深意。

人们往往会把爱挂在嘴边，对性隐晦不提，把情侃侃而谈，却把欲遮遮掩掩。因为高谈阔论时，爱与情连在一起就叫爱情，性和欲连在一起显得露白又难堪。

我会这么理解两者的定义：情是无私的，有了情，心多苦都能甘愿承受。欲是自我的，有了欲，心多痛都要据为己有！所以，情和欲的结合是最美好的，也是痛彻心扉的难舍难分！然而当两者纠缠至深时，却又是苦涩难言。

但此种情况下，我已经快要分不清许子扬对我是情多一些，还是欲多一点。脑中一团糨糊，我在蒙昽中睡了过去。

醒来时，他已不在旁边，枕头边上是一部新手机，底下压着纸条，上面写着：手机留给你用，有事打我电话。翻了下通讯录，不出意料里头就他一个人的号码。

第五章

许我唯一，许我天荒

句句诛心

许子扬离开后就无声无息，没打一个电话过来，像是彻底将我这个人遗忘了。我在屋内的食材彻底耗尽后，不得不踏出屋门。

走进超级大卖场，打算买一些速食品，容易做也能果腹。经过家电区时，一整排的电视机闪耀着，各种品牌都有，又各自放着某个节目。突然角落里的一台吸引了我的注意，上面正在播放一则邻城的即时新闻。

等了这么多天的信息，终于出现了。结果很……意外，新闻说天桥案件是有人蓄意而为，为的是打击报复，如今那个幕后黑手已经自首。至于民众关心的偷工减料等问题，完全是人为杜撰，里面每一项数据都是通过专业审核的，在安全问题上，老百姓尽可放心。

“姐姐，你的手机在响。”清脆的童音打断了我的思绪，低下头，一个男孩指着我的口袋。我这才后知后觉我的手机铃声大震，朝男孩微笑道谢后，我拿出手机，瞟过一眼就按通了。“喂？”不用问也知道是许子扬。

“在哪儿？”

“超级市场这边，来买点东西。”

“出来门口吧，我过来接你。”短暂通话后，对方挂断，干脆利落。

走出超市大门，远远就见那辆熟悉的尼桑停在路边，窗户摇下，许子扬手搁在车窗上，指尖夹着烟，正朝我悠远注目。

手刚触及后门车把时，他淡淡道：“我不当司机，坐前面来。”

突生一种恍然，仿佛那几天他对我的温柔情意，如一场幻梦。我脚步虚浮地绕过车头，拉开了副驾驶的门，刚坐下还没来得及去系安全带，他突然将车窗给提升，然后一把拉我进怀，唇舌铺天盖地而来，气息淹没了我。

我心中一松，还以为又要变回原来的淡漠疏离，且步步为营的生活，也以为他夺回一切后，又要高高在上如施舍般对我，还好……

第一次，我反吻了回去，迎上他的激烈，唇齿相缠、缱绻……

不愿承认的，心中点点担忧、不安、惶恐，终于得到平复。

只剩对他说不清道不明的……依恋。

两人的气息交织在一起，我双手环过他的脖子，手指拽着他颈上的发。都说发质柔软的男人，性情也必然温良，但许子扬却不是。以前的他可能还与这温良两字搭边，再遇后的他彻底换了性子，强取豪夺成了他的标志。

而我也逐渐认清，这样的他，才是本性。

手往下轻抚，按压住他宽厚的背，只想与他再拥抱紧一些，忽然，一声闷哼在唇间溢出，唇上也顿了顿，我立即惊醒过来，这是在车上，旁边就是人来人往的马路。

想要推开他，可他却紧紧攫住我的唇不肯放，继续肆意而为。一急之下，只好探手到他脑后，去抓他的头发，将他往后拉，可我的那点力道对他来说根本无足轻重，气得我抡了拳捶他后背。

没想这几下却让他冷吸着气松开了我的唇瓣，我见他眉宇深皱起，表情说不上扭曲，却有痛意隐现，我慢了半拍反应过来他的异状："你背上有伤？"

他暗浓的眸光盯着我，呼吸急促，等平息激动的情绪后，听他道："没事，先离开这里再说。"然后发动车子，滑向车行轨道。

只开了一段距离，我就发现汽车是往回城的方向开的，他出现在这里，加上刚才新闻里看到的内容，只需心里一想，就猜到他势必赢了那场战争。许子扬的能力毋庸置疑，他的确无需我做什么，那几日的风平浪静，是在等最佳的时机出手。

迟疑再三，我问道："新闻里说幕后黑手已经自首，这个人是谁？"

许子扬向我瞟了一眼，淡淡地报了个名字："李旻森。"

"你说什么？"我不敢相信自己的耳朵，眼睛瞪得极大，"怎么会是导师？"

他却面无惊色地回我："李旻森是这次天桥计划案的主要负责人，如果采购和后期操作中有纰漏，不是他做的文章又会是谁？"

"不可能！"我斩钉截铁道，"导师向来为人正直，难道是……"蓄意栽赃？我顿时惊怒交加，怎么可以这样，他就算想要翻身，也不能拉导师下水啊，"你怎么可以这么做？"

许子扬倏然刹车，我身体受惯性往前冲，被安全带的反弹力又给弹了回来，车子已经戛然停在马路中央。他转过头看我，目光森寒，完全没了之前见面时的温情："你以为我做了什么？"即使心有惊惧，我还是硬着头皮说："你将那罪名蓄意推在导师身上，这是不对的，最起码……不要是导师，他年岁大了，难道你还要将他送进牢里吗？"

"蓄意？"许子扬挑了眉，面色更加冷厉，"你以为是我栽赃你导师？余浅，你是被许子杰洗脑了？你觉得这件事里头，李旻森如果不与子杰同流合污，能够一举将我陷入困境？你那高高在上的导师，早已收了子杰的五十万，采购与后期工程若没他从中参与，我都不至于粗心大意到被人暗算了还不自知！"

我惊愕在当场，怎么会这样？这件事里居然除了师兄秦宸，导师也参与了？

许子扬眼中凝聚了风暴，俯身到我面前，直直盯进我眼里："还不信？人为财死鸟为食亡，你那尊敬的导师为了五十万就倒戈了，原因只在于他的孙女想要出国读书，而子杰就给他提供了一个方便之门，加上五十万酬劳。现在你还觉得我是蓄意栽赃吗？"

除去他逼人的气势，句句抢白让我无话反驳，印象中导师确实有个很疼爱的孙女，正在念高中。"那么你呢？"我幽幽地问。

许子扬蹙了眉："什么？"眼中有疑色。

深吸了一口气，有些无力地问："若许子杰给了导师条件让他出卖你，从中设下圈套，你又给了他什么价值，让他甘愿置身监狱？"

无论是什么人，都有价值，导师为家人谋福利在情理之中，这回许子扬出手，给导师开出的条件必然是超出了许子杰给的，否则关系到他一生名誉，又如何会就此掩埋在这场争端里。

许子扬冷笑了一声，点了支烟夹在指尖，嘲讽地说："老头子都走到绝境了，还想狮子大开口，居然想我保他一家人生活无忧，供他孙女终生费用。他的算盘打得很好，只是也不看看是对什么人开口，我如果不将一切尽掌握在手，以为我会轻易出面？他怎么都没想到，竭力巴结他的学生，早就给他备了案底，而且采购单子原件上，有他的签名在，这些资料我假意装作已经丢失，实则就是为了麻痹他们。我如果连这点保底的本事都没有，那我是白混了。"

一席话，虽然没有讲得太明，但已经清楚地表述了导师在这件事上从原来的主动变成了被动地位，而掌握了证据的许子扬，根本就不受他的威胁，更是将其反将一军。

“那……”

“你是想问许子杰怎样？哼，说到底你还是关心他的。放心，就目前来说，他不可能会有事，而且他也聪明，与李旻森以及你那师兄之间的相关交易，都没有直接出面。这一次，算是我和他平分秋色，而我拿回原本属于我的东西而已。”

许子杰的结局我早就猜到了，我其实是想问……导师会坐牢吗？还有师兄。

但许子扬已经转头按灭了烟扔出窗外，发动车子开得飞快，不再理会我。我不敢再多问，就算不用脑子想也看出他在发怒，而此时在开车途中，最好还是别刺激他。

后面一路气氛压抑，许子扬始终阴沉着脸，眼神阴鸷地盯着前方，连个余光都不给我。我也识趣地缩在车门边发呆，尽量不出声音去扰他，到后来由于长时间的沉默与车子时有起伏，我竟开始昏昏欲睡。

几乎车子一停下，我就醒来了，对上漆黑的眸子。他见我醒来了，眸光闪烁了下，淡声道：“到了，上楼吧。”车门推开，许子扬没下车，没留一句话就径自把车开走了。

我涩然笑了下，往公寓内走。回到久别的家中，熟悉的气息扑面而来，都说金屋银屋不如自己的狗屋，我这公寓虽然简陋了点，但处处都有我精心布置的小摆设，也处处都贴满了余浅的名字。这么久没回，四处是灰尘，我找出工具开始打扫。

后来接了个电话，我迟疑了片刻，还是换了衣服下楼。半小时后，我坐在公寓旁边的咖啡店内，凝望着玻璃窗外远走的身影，慨然叹息。是师兄秦宸找的我，他从那纠纷里脱身出来了，来向我道别的，离开也好，到另一个城市重新开始，没人知道曾经发生过什么。

我收拾心情，准备买单离开，刚一站起，突然斜旁一股外力按住我肩膀，我又被推回了椅内，抬眼一看，顿时吓得往后缩。许子杰上挑了眉，阴沉地问：“看到我至于这么害怕？”

我尽力缩在墙边，防备地瞪着他问：“你想怎样？”

他盯了我两秒后道：“放心，我不会对你怎样，不出十分钟，相信许子扬就会出现了。”他将椅子拉过来坐下，堵住我的座位，不让我乘机逃走。

许子扬十分钟内会来？他见我满面狐疑，浅讥入眼，沉笑着问：“怎么，你不知道？他派了人在附近盯着你，一有动静，都会上报到他那里。刚才你和你那师兄约见，想必已经知会过他了，眼下我又找上门，他还能不马上赶过来？”

闻之我立即向四周察看，没看出任何异状。

耳旁传来许子杰清亮的语调：“浅浅，真是令我意外，你居然能在被全面关守的情形下与他联系上，还神不知鬼不觉地偷偷跑掉。”顿了顿后，问了句，“知道我更意外的是什么吗？”

眼前那双墨色瞳眸里闪烁着不明的光，我看不明也看不清，只听他轻声说：“我更意外的是，当看着空无一人的病房时，我的心从未有过的慌乱，起初以为是在担心你会帮许子扬来指证我，可后来躺在你躺过的病床上，心底层层涌出的是空虚。以至于后来尽管他翻手覆云，重掌职权，我也不觉得惊讶和难以接受，最终这场争斗的下场，是各归各位，我没捞到好处，他也没多进一步，反而都留了个教训在身上。”

一番话，我不懂他要表达什么，他所谓的教训是什么？忽然脑中一闪，想起什么，脱口而问：“是不是背上受伤？”许子杰似是一愣，随即戏谑地笑了起来：“倒没想到他也会在你面前露了逊，我和他一同受老爷子罚的时候，他可是眉头都没皱一下。”

“受罚？！”我惊得张大了嘴，这许家是有多大的规矩呢！

这回许子杰是真的笑了，而且是放声大笑，引来旁边顾客的注意，顿时我们这一桌成了注目点。他边笑边说：“也没你想得那么严重，就是拿皮带抽了几下。我家老爷子当年从过军，信的是棍棒底下出人才。我跟子扬惹了这么大的事，传他耳朵里面去，自然是将我们都给收拾了一顿，没什么事，不过就是皮开肉绽而已。”

他话说得轻描淡写，像是被羽毛轻挠了几下，但想之前我不过用手按在许子扬背上，就听到他倒抽凉气的声音，这一顿估计给抽得挺狠的。

颊上一凉，我顿时惊醒过来，发现许子杰的指尖不知何时触到了我的脸，连忙往后退，可我已经抵在墙边，而他再度凑近，形成了逼迫的包围圈。幽深的眸色，在我看来就是虎视眈眈，像是野兽看中了猎物一般，随时都有可能扑上来。

绞尽脑汁，急中生智向他后面扬声喊：“许子扬快救我！”他果然上当，条件反射地回头去看，我乘机用力推了他一把，打算从桌前挤出去，眼见即将迈出桌子，却被他拦腰一拉，跌回了原位：“诳我？浅浅，就算他真的来了，我也不会怕他。”

“许子扬！”我再度扬声。

这回许子杰瞄也不瞄，只俯下身来凑近我，却从他身后传来沉冷的男音：“子杰，你最好离她远一点。”许子杰面上一僵，盯着我的眼眨了两下，才直起身来回转。许子扬赫然就站在他身后一米开外处，表情或许莫测，但眼中的锋芒却如冰刀一般，异常凌厉。

许子杰也不是没见过场面的主，很快就镇定下来笑着说：“刚好路过，就过来打个招呼，哥你何必这么紧张呢。既然你过来了，我也就不多扰了，你们慢聊。”说完，整了整衣领，抬步跨出，却并未立即离去，而是转身对我道：“浅浅，只要你要，只要我有，这个约定永久生效，我等你回复的一天。”

我瞪圆了眼，他何时讲起这个约定了？下意识去看许子扬的面色，他眉峰倏紧，眸光赤冷，即使是盯着许子杰嚣张跋扈远去的背影，也令我一阵寒战。

“只要你要，只要我有？子杰还真对你用了心，浅浅，你是否心动了？”当许子扬阴沉地问我时，我即刻知道许子杰最后那话的用意了，他只表达了一个暧昧的态度，就恰如其分地在许子扬心里种了一颗怀疑的种子。

我诚然以对：“如果心动，我不会坐在这里。”

许子扬定睛注视了几秒，眸色翻飞，思绪流转，沉沉浮浮不辨喜怒，最后上前拉我起身往门口走。圈在腰间的手臂，沉稳却施加了重力，显露着他并没有完全消了怒意。

走出店门，就见两名黑衣男人站在车边，其中一人走上前：“许先生，很抱歉这次……”许子扬抬手制止了他，冷着脸道：“别废话，我会和你们老板再谈。”

说完就拉我坐进了后座，我向前一探，见是上回去医院救我的那个男人坐在驾驶位上，后来从许子扬对他的称呼得知他叫程磊。这个人给我的感觉是很萧冷，面无表情是他的标志。

我正在思量着，下巴被扭过，正对上一双薄怒的眼，这才意识到当着许子扬的面，研究别的男人，是一件极不明智的事。许子扬盯我看了半晌，没开口，我被看得很不舒服，拂开扣在下巴处的手指，蹙眉问道：“你为何要派人监视我？”

许子扬嘴里气哼哼的：“我不派人守着，你以为我能那么快赶来救你？还是你想被子杰再度囚禁？”囚禁两字让我瑟缩了下，虽然医院顶楼的待遇很高，可整日面对苍白的四壁，以及不说话的陪护，那种日子是难熬的。

我蓦然想起与他之前争论的不快，明知此时提及不合适，在看到落魄而走的师兄后，我还是想提一下，我将视线垂在许子扬鼻梁处，轻声说：“如果，在你能力范围之内，请对导师宽容一点，好吗？”

“你这是求人的态度吗？”我下巴被他抬起，视线不得不对上，没有臆想中的寒凉，那近在咫尺的唇却是越来越近，我的心不可控制地加速跳动。

突然，一个急刹车，两人都受到惯性往侧旁栽去，他眼明手快撑住座椅，稳住身形，又环住我的腰，免我摔倒在座椅底下。“该死！”一声低咒从他嘴里溢出。

前面程磊开口解释：“有人冲车头上了。”

探头往车窗外一看，果然车旁滚了一辆电瓶车，一个身影倒在地上，是个女孩。我们下得车来，程磊上前交涉，扶了女孩站起来。由于刹车及时，那女孩只是自己摔了一跤，旁边好多人做证，女孩的同伴扶着她去了附近的诊所。尽管如此，许子扬还是吩咐程磊去照料一下，把医药费给出了。

忽然觉得情景相似当年，我也是不小心擦过他的车子，从而有了最初的认识，从此泥谭深陷。忍不住去看身旁的男人，只见他微眯着眼，察觉我的注视时，侧眼看过来，勾唇而问：“怎么，想起我们第一次见面的情形了？”

我心有波澜，这算是心有灵犀吗？居然想到一处去了，若没有那一次的偶遇，我和他只会是永不相交的平行线，也没那许多牵扯了。

等程磊回来后，车子再次启动，沿路许子扬若有所思的目光沉定在某处不动，我也靠在车窗上看着外面的景致在倒退，脑中却是空乏的思维。直到汽车停下，看清眼前的建筑物时，才回过神来。

居然是回到了那个我曾与他一起生活过两年的地方！

“先住我这边吧。”耳旁男人淡淡地解释，车门已被推开，我只能走下来。

一步步往前，踏着的是光滑如镜的地砖，却似乎踏在心尖，若不是许子扬强而有力的臂弯紧紧环住我肩膀，恐怕真会扭头落荒而逃。当初义无反顾地，什么都不带走出他的公寓，就没想过会有一天再回来。当真是应了那句，世事无常……

门打开，敞亮的空间，熟悉的装饰，历历在目。手里被塞进一把钥匙，他说：“拿着，出门的时候别忘了带。”

垂下眼，叹息在唇边，还是当初他给我的那把备用钥匙，上面还圈着一只红色绒布小猪的钥匙串，当初买的时候一共买了一对，一个挂在我的钥匙上，一个挂在他的钥匙上。

他揽我在怀里，手抚了抚我的头，在疤痕处轻抚：“在家里待着，没事就别出门，累了就去卧房休息，书房里有手提，联了网络的，你可以上网玩。这里反正你熟悉的。”

说完俯下身在我唇上轻啄后，低声说：“我还有事要办，晚上等我回来。”

门轻带上的瞬间，我的视线追随而去，正好看到他消失在门背后的沉稳身影，不由得怔忡。呆立良久，我才缓过神来，脚步不受控制地往卧室的方向走去，不知道是想寻找什么。推开房门，黑漆红木大床依旧，就连那黑白格的罩子，米黄色的窗帘，都犹如昨日重现。

最主要的，纯男性的气息里，没有任何一丝女人的痕迹。不得不承认，其实我在意的是这个。女人的心很小，里面容不得一粒沙，当许子扬有意无意表示了对我的在意后，我的心早已浮动，加上这回的事，也正式让自己坦诚了心。

所以，这个算是曾经的巢屋，但凡发现有过别人的痕迹，那对我来说都是一种讽刺。

“丁零零——”嘹亮的铃声把我给吓了一跳，转身走回客厅，果然在茶几那边安放着电话机。我踌躇了两秒，打算不接，毕竟这屋子是许子扬的，打来电话自然也是找他的。

可那铃声却不屈不挠地断了再响，然后再断，接连响了有好几分钟，总算是停歇下来。在我正打算走进书房时，门边的门房电话又响了。这个高级住宅区优越的一点就是保安措施全面，基本上不是业主或者业主携同客人，是很难进来的。

思虑再三，我决定还是置之不理，来人找的定是许子扬，我若随便开门，都不知道要如何解释自己在这里。可两分钟后，敲门声传来，门外传来陌生的男声：“余小姐在吗？我是楼下的保安，许先生打电话过来让我上来转告，请你接电话。”

我呆愣住，跑到门洞边探看，果然看见门外站着的是个穿制服的保安，确实就是刚刚在楼下跟许子扬打招呼的那位大叔。

这回搞乌龙了！

“余小姐？您在吗？”保安的拍门声又重了些，我连忙应道：“在，在的，谢谢您转告，我知道了。”与此同时，屋内电话铃声再度响起来，我只好快步往那处跑，接起电话就问：“什么事找我这么急？”

哪知电话那端沉默无声，正待我打算再问时，阴沉的女声质问道：“你是谁？”

我心中“咯噔”一下，从外到内发毛的感觉，我就算阅历不深，也是听得出这个低沉的声音里含藏着强势与压迫，如若没些历练，难以达到这气度。我刚欲开口，对方又沉声问：“子扬呢？”几乎已经能够确定这人的身份，我默了默后轻声回：“他没在。”

“你是余浅？”

这一问，我就笑了起来，根本不是事出突然，而是知道我在这里，有意而为。仍旧谦恭地回话：“嗯，我是。”

“余小姐，请你尽快离开，我不想我儿子的屋里有闲杂人等。”进而挂断的声音传来，果断又尖锐刺耳，充分表达了高贵女士对我的不喜。

闲杂人等……我摇头苦笑。电话再响，我麻木地接起放在耳边，许子扬的话声立即传来：“该死的，手机为什么是关机的，之前打家里电话你为什么不接？还要我让保安找上门！后来怎么电话又成忙音了，你在跟谁讲电话？”

一连串的问题跟连环炮一样，见我默不作声，他终于顿了顿又问：“怎么不说话？”

“刚才接了个推销电话，正好与你的线路冲突了。”我不是那种喜欢哭诉的人，许母质问一事，我选择了隐瞒。可许子扬却道：“刚才究竟是谁的电话？我这个房子自住进去那天开始，就从未有过一个骚扰电话上门，浅浅，你在撒谎。”

这回我连苦笑都笑不出来了，怎么就忘了他这地方的特殊性呢，编个谎话不到几秒就被拆穿，我脑中飞速转着，想还有什么借口来推托。而许子扬的警告声又起：“你尽管编，信不信我立即派人查数据？不到五分钟，我就立刻能知道刚才那通电话你是与谁在说话。”

“是你妈打过来的。”我讲出了实情，总算他那边没了语声，过了会儿他才道：“有没有说什么？”我自嘲地笑道：“许子扬，你觉得她会说什么呢？”

他这不是明知故问吗？许子杰早说过，丁岚是许家内定的媳妇人选，许母有意打电话找上门来，还能对我有好态度？

“等我回来再说。”电话“啪嗒”一声，又被挂断，把我给气得甩了话筒，这是招谁惹谁了？总算了解许子扬骨子里的强势遗传自谁了，儿子像母亲这一点，看来确实有道理。

我顿觉索然，刚才还算欣慰的心情跌到谷底。一整天在屋子里都穷极无聊，又不能出去，直到随意找了东西当晚餐吃过后，我才走进书房，坐在桌前打开电脑。却被屏幕上那个游戏标志刺疼了眼睛，没有想到许子扬的电脑上还留着这款游戏，他是现在还在玩？还是忘了删除，一直留了下来？

有意忽略掉的心底的那些涩疼，又泛滥而起，“许我唯一”这件事，是我抹不平的痛。世事当真可笑，过去经年，那个已经被删的人物的传奇账号依然清晰在我脑中。

但我选择忽略，翻看好一会儿网页觉得实在无聊，就登录了很久没上的企鹅，对谢雅是设置了登录提醒的，故而一上线，她的头像就抖动过来。

“是猪猪吗？”

“嗯。”

“猪猪……”

“？”

本是随意打着字与她聊天，可却被下一句话给惊住了。

“猪猪，我可能要跟新子离婚了。”

怎么回事，他们又起了矛盾？难道君子又找上谢雅了？我打过去一串问号，她沉默了几分钟后，才打了一长串的话过来，大致意思就是觉得陈新对她存了芥蒂，态度上冷淡不少，甚至偶尔那么几次他应酬回来，都能闻到他身上女人的香水味。

这个事令我有些震惊，陈新在那圈子里有应酬属正常，就算身上染有女人的香水味也不见得就出格，但谢雅是他老婆，既然如此说，定是真察觉哪里不对劲。

斟酌良久，我只能回复道：“小雅，试着与他沟通下，或许他有什么难言之隐，如果还是为君子那件事解不开心结，那就想办法解开它，你爱他不是吗？”

谢雅默默打了个“嗯”字应答，我稍稍松一口气，两个人之间只要有一方愿意妥协与迁就，就代表还有回转的余地，而且我不觉得陈新会是如此容易变心的人。

回神间发现谢雅在对面又打了一行字：“猪猪，我觉得……新子心里有人。”

我心中一沉，正要打字询问，却发现她的头像已经灰了，竟是下线了。我蹙了蹙眉，给她留了言，敲完最后一句，就听外面传来声响，关了电脑走出去一看，是许子扬回来了。

他将挽在手里的外套朝我扔来，我条件反射般伸手接住，就听他道：“做晚饭了没？肚子饿死了。”我不由得气结，他这口吻问得真是天经地义，合该我给他做饭似的，我没好气地回了句：“没做。”走到沙发边，顺手将他外套给扔上面。

他走过来揽我进怀：“怎么了？”我懒得理他，去掰他缠在腰上的手指，却是在做无用功，最终我只好抬头要求：“放开我。”他却将下巴抵在我头顶，温声道：“我妈那边你别操心，有我在呢。下午有没有睡一觉？你的伤虽然结疤了，但还是得养着，知道吗？”

温言软语煽动人心，就像我是他宠爱着的宝贝。可我却无法欣然，很多事只是隐在底下，总有一天都会浮出来的。

矛盾的激化总是令人措手不及，当我踏上邻市的土地时，还有些恍然。

我居然离家出走，与谢雅一起。

事情的缘由还是来自谢雅，她约我出门见面，可我被许子扬困在公寓，出门不得自由，有人守在楼下。在我的坚持下，那人跟着我到与谢雅约定的地点守候，谢雅一个冲动，带了我飙车离去，然后一不做二不休，直接开出了城，然后就到了现在这座城市了。

这其中多少也有点我自己的意思在，我不满许子扬对我这般限制，与许子杰囚禁都没多大区别了，只是地方不同而已。途中从谢雅口中得知她与陈新非常不好，冷战不断，夫妻关系已是临近冰点。我听后有为谢雅的心酸，也有对陈新的愤慨，可当听到谢雅说出丁岚已经在外宣布与许子扬准备订婚的消息时，我的心里像五味瓶翻倒，酸甜苦辣咸兼有。

道理永远是用在别人身上，用到自己身上均是无效，心凉如冰就是我此刻的感受。

我与谢雅安排好住处后，就一同走进旅行社参加了即刻成行的团，玩到傍晚才回宾馆楼下，两人都脚酸之极。突然听到一声轻唤：“小雅。”我们同时扭头，只见陈新站在堂内会客的沙发边，面色沉肃。

他会找来在我意料之中，相信也在谢雅的意料之中，虽然她嘴上说着要放肆一回，可心里却希冀他来找她的，否则也不会在登记客房时拿出自己的身份证了。他们是什么人，实名制的现在，只要随意一查，立即查出所在地址了。

陈新走到跟前，淡淡道：“小雅，跟我回去吧。”

谢雅冷笑出声：“如果我说不回去呢？”他蹙了蹙眉：“别闹，有什么事回家再说。”我在旁清楚地看到谢雅面露怔忡，许是陈新那个“家”字戳中了她心底的柔软，最终她无声点点头，然后抱歉地看向我。

我轻声笑了笑，附耳过去："把握机会，好好谈谈！"

我始终认为，夫妻间出问题，跟很多男女一样，不会是单方面的。怀孕的女人比较情绪化，会变得极其敏感，谢雅未尝不是这方面的原因，所以，还是希望他们俩能好好沟通。

陈新伸手圈住谢雅的肩膀，临走前对我道："子扬在楼上等你，就你们订的那个房间。"进而是欲言又止，最终轻叹了口气与谢雅一同离开。我懂他的意思，想必许子扬这回气得不轻，楼上等着我的是场风暴。

硬着头皮来到房前，迟疑再三也下不了决心敲门。倒不是怕他的盛怒，而是不知道要怎么面对这个即将是别人未婚夫的男人。

没想门突然从里面打开，许子扬就站在门后，目光阴鸷，面色铁黑，山雨欲来风满楼。他突然抬起手腕，瞟了眼手表，缓缓道："二十三分钟又二十秒。"

我不懂他何意，但随即他给出了解释："当你踏进酒店大门时，底下留守的人就打电话上来汇报。从楼下到这三楼，你一共花了二十三分钟，还真是龟速啊。"恶意的嘲讽，令我赧然沉默。

"还不进来？需要我抱你吗？"

伸头是一刀，缩头也是一刀，我挺了挺胸，跨步走进门内。刚听到门在背后关上，就被一股外力推了把，靠在了门背，然后男性气息围拢而来。他凌厉的视线扫过我脸上每一处，才口吻危险地问："怎么，学谢雅玩离家出走？"

我仰头与他对视，反唇相讥："家？我有吗？"无论是我的住处，还是他的那所房子，名字都写的是他，哪里会是我的家？

许子扬沉郁的面色里蕴藏了风暴，我却依旧梗直了脖子，眼里是不屈。

他问："你想说什么？让你不要肆意乱走，你还跑出了城，到这会儿都还不觉得有错？可知道我跟新子差一点将C市给翻了个底朝天吗？"

"呵，找我做什么？这时候你不是该在丁岚身旁吗？"

他眸色一转，沉声问："谢雅跟你说了什么？"

"若要人不知，除非己莫为！"我一字一句地说，清楚地看到他倏然色变。我与他的融洽，从来都只是表面，近段时日看似和风细雨，其实暴风雨早已遮天而来，只是我被囚禁在牢笼里，一无所知。

"丁岚只是单方面宣布婚事！"

“没有你的首肯，她敢发那种声明？”

许子扬眯起眼，这并非是我第一次与他针锋相对，故而黑眸里的暗沉看得很清晰，他已经动怒。果然，他换了冰冷语气警告：“余浅，我的事你最好别管！”

一语收官，我连和他争吵的心思都没了，走了一下午脚酸麻至极，不想再继续这无意义的话题：“是现在走？还是在这里住一晚？”

他见我转移话题，也缓了神色，搂我在怀，唇不管不顾地堵了上来。我下了狠劲，牙齿磕碰到底，立即唇内血气弥漫，他痛得退开，沉着脸盯着我，染了血的唇鲜红夺目。下一秒，他再度俯首，却不是侵占我唇，而是改为攻击脖子，一路噬咬而下，耳畔传来衣服撕裂的声音，我怒吼出声：“许子扬，你每次都要用强吗？”

侵占倏然停止，他的唇抽离被啃痛的脖子：“我对你每次都用强？”语声轻幽，说不出的诡异与危险。我讽刺地瞟了眼被他扯破的肩膀处的衣衫，肌肤外露了一片，唇上麻痛难忍，不用照镜子也知道自己现在有多狼狈。

许子扬转身往内走，扬脚踢翻了一张椅子，然后沉立在窗前，这是我第一次看到他暴戾的一面。凝目看那倒在一旁的椅子，暗想这酒店的桌椅就是牢固，不至于一踢就散架。

我瞥了眼左手边的门，顺手推开，果然是洗手间。

入内一揽镜，比想象中的还要凄惨，脸色苍白，头上的帽子掉在了门外，嘴唇破了皮，脖颈上长长一条红痕蜿蜒进领子，半露的肩膀，怎么看都不好看。

我打开水龙头，用凉水拍打脸，又挤了牙膏涂在唇上破皮处。然后取了毛巾搭在肩上，正好遮住了某处，磨蹭良久，这才走出洗手间。却发现原本站在窗边的男人，此时和衣躺倒在床，背对着这边。

这个房间是标准间，看他这架势是要在这儿住一晚才走了。我轻踏地毯，尽量不发出声音，可是刚走到另一边，肚子却不合时宜地叫了起来。我瞟了眼那黑沉的身影，最终选择躺上床闭眼，才七点多，哪里会睡得着，空乏的胃在研磨，到后来已经开始微疼。我用手捂住，蜷曲起身体，借由这样的方式来延缓疼痛。

蒙胧中，感觉有人抚上额头，想睁开眼睛，却觉眼皮沉重，暗想自己竟如此困。

没过多久，鼻间闻到一股香味，身体也被人半抱了起来，有人在轻拍我脸颊，遥远的声音在唤：“浅浅，醒一醒，起来吃了东西再睡。”

语声如此温柔，是我在做梦吧。许是食物的香味太过诱人，赶跑了瞌睡虫，我终于半睁开了眼，许子扬精致的五官近在咫尺，眸子墨色流转。唇上一痛，低眼发觉是他握了调羹伸到嘴边，正好碰到了那处破皮。而调羹内，正是那诱发我醒过来的香味来源——鸡粥。

吞咽了口唾沫，到底没抵挡得住那诱惑，还是张口含进了嘴里，鲜味铺满舌尖，然后滚喉而下，暖了心肺。忽然想起那次例假来腹痛，他喂我喝红糖水，又用手安抚我的小腹一整夜。情景何等相似，他的温柔我从来都免疫不了。

当调羹再次递到唇边时，我抽回了思绪，坐起身轻声道："我自己来吧。"他没有说什么，收回了扶撑着我后背的手，把调羹搁在了床头柜的碗里，却是仍旧坐在那儿没走开。

沉默的氛围里，只有我喝粥的声音，显得单调至极，加上他视线一直停驻在我脸上，就算肚子再饿也没什么胃口了。好不容易小碗见底，正准备放回床头柜，他伸手接过了碗，在我怔愣的目光中走向茶几。这才注意到那里有个很大的汤盆，用东西盖着，揭开来里面是一大盆的鸡粥。

又是一碗粥递到了我面前，我嘴唇动了动，拒绝的话就在嘴边，却没说出来。我认命接过，埋头苦吃，等到第三碗再递来时，我欲哭无泪，终于开口："吃不下了。"原本饿过头后胃炎发作，不宜吃太多，一碗热乎乎的鸡粥是暖胃，两碗是勉强撑下，再来一碗……

许子扬显然不懂其道理，蹙着好看的眉低斥："你看看你，肚子饿到胃痛也不说，现在还挑三拣四，再吃一碗下去。"

我扭过头，想不予理会，他索性坐下再度将盛满粥的调羹送到我唇边。

"真的吃不下了。"

"乖，别跟我闹脾气，再吃些，看你这阵子瘦得全成骨头了。"

鸡同鸭讲！我扭开脸，他跟进一步，往后退，他再进。忍无可忍，伸手去推挡，却一个不慎直接将他手中的碗给推翻在床，温热的粥淋了他一手，然后被子上也是一大摊。

一时惊慌，从床上跪坐而起，拿了纸巾去擦他的手，过了会儿发觉他无声息，不由得抬眼去看，只见他神色错愕，直直盯着我看。我心虚地指了指他的衣服："要不要脱下来？脏了……"

然而等到许子扬反应过来，开始解开衬衫纽扣时，我就后悔了，是脑袋生锈了忘记他衬衫底下什么都没穿，居然建议他脱衣服！

微赧地移开视线，一抹绯红浮上脸颊，耳边传来他戏谑的笑："脸红了？"我翻了个白眼，弯下腰去捡他扔在地毯上的衬衫，却觉腰间一紧，被他从身后搂住，轻压在我背上，低叹在耳："浅浅，别跟我闹脾气了，丁岚的事我跟你解释，那不是我的主意，是我母亲与她私下里的约定，晚些我会处理好。"

他母亲？想起那个电话中凌厉强势的声音，或许吧……这算是许子扬第一次低声下气跟我解释一件事，即使心里仍在意，还是选择信了他。他的家庭，我从来都是站在局外看待，电视屏幕上威严的许父，不曾谋面只闻其声的许母，遥远到不可触摸的边际。

现在，我与他之间，终究是要插入他的家庭了吗？似乎看到自己的感情即将走到终点，如果有一天许子扬真的与丁岚结婚，我该置身何处？

轻轻挣了挣，他放松了些桎梏，手却仍停留在腰上，我捡起衣服淡声道："我帮你把衬衫洗了，晾上一夜就干了。"腰间一反转，迫使我正面对他，强势的男性气息扑面而来，他俯首深看着我，不让我的目光逃离。我懂他眼中燃烧的怒焰从何而起，刚才那算是求和的一番话到了我这儿没有给予应有的回应。

最终，他面色微沉，语声冷了下来："如果你胃不痛，就尽管去洗吧。"

若不提及还没觉得，这一提起时，胃神经就开始隐隐抽痛。我选择忽略，只扭动了下，圈固的手就松开了，他退开两步，神色阴鸷。

走进洗手间，隔断了他的视线，我长舒了一口气。一边机械地拆着洗手池上的一次性肥皂，一边注水在池内，在看着水将深紫色的衬衫渐渐淹没时，思绪却不知飞向了哪里。

什么时候开始，我和他的相处变得越来越扑朔迷离，前一刻剑拔弩张到翻脸，后一刻又温情四溢，然后一句话又让彼此相敬如宾。就这样周而复始地，闹翻、和好、冷战、再和好……

"水漫出来了。"清冽的声音在旁提醒，我心中一惊，低头去看，果然池子里的水已经溢出到洗手台上，连忙关掉水龙头，再探手进池底开了封盖放掉一部分水后重新盖上。侧头注目，许子扬斜靠在墙上，右脚撑地，左脚微微弯曲垫在前，嘴里叼着烟，眼睛微眯看着我。

撤回目光，埋头洗他衬衫那处的污渍，气氛很微妙，两个人都不说话，他在门框外静默注视，我在门框内轻轻搓洗衣服。实在受不住气氛的压抑，我打破静谧：“你先睡吧，我把衣服洗好晾起来就睡。”

却见他挑了挑眉，随后闷声道：“粥沾了一身，不洗澡怎么睡得着？”

窘在当场，原来他不是在等我，而是我占了洗手间，他没法冲凉……我连忙转头快速搓洗再过滤了几遍后，走出门，把地方给让了出来：“你进去洗吧。”

他也不客气，跨步走进，回过头见我还呆站在原地，邪勾了唇角问：“怎么？想跟我一起洗？那进来。”说完伸手欲来拉我，吓得我转身就逃，身后传来愉悦的嘲笑声。

等门关上，里头传来冲水声，我才轻抚胸口跳得狂乱的心，刚才有那么一瞬，凝神在他宽厚的肩背，是觉得……他很好看。晃去脑中的胡思乱想，去衣柜取了衣架，把他的衬衣挂在窗口，然后抚平皱褶。

许子扬从浴室出来时，细软的黑发还在滴着水，沿着他的背脊往下，我吞咽了口唾沫。突然，什么东西扑面而来，我气恼地拉下来一看，是块白毛巾，某人已经斜靠在了床上，那块毛巾正是刚才他擦头发用的。

“口水掉下来了。”

我直觉探手去擦，可等动作起后立即发觉不对劲，气得我将手里的毛巾甩扔过去，他拿枕头轻轻一挡，毛巾飘了下，随后可怜地躺在了地上。我火气上扬，也不知哪跟筋犯轴了，居然抓起另一边的枕头朝他再度扔去，这回那枕头直接弹了回来，于是一场枕头大战开始展开。

等我气喘吁吁地被他压趴在床，“武器”不知所终时，理智总算回笼。这真是我此生做过最二的事，大半夜的不睡觉，跟他玩什么枕头打架。而某人玩得正兴起，拿腿压住我腰背，将我的手反绞在背后：“服不服？”

将脸埋进被子里，无声抗议。

许子扬沉笑了一声，松开了压制的腿，我乘机一个用力顶起，将他推倒在旁，还没移动半步，就被他拦腰一拉，跌进他怀中，接着就紧搂住不再放手了。

我在挣动不开时只能作罢，一番纠缠加上白天逛了半天，疲累上涌，我很快就入睡。第二天天还没亮就被他推醒，疑似温柔的诱哄声在耳边：“乖，到了车上你再睡。”

我半眯着眼靠在他身上，一进车内，就往后座一躺继续呼呼大睡。后来被说话声给吵醒了，迷迷糊糊间睁开眼，入目是低矮的车顶，脑子停滞半拍才反应过来这仍是在车上。而说话声来自前面开着车的许子扬，他在讲电话，似乎在与人争论什么，音量不由得提高了起来。

听了一会儿，我就蹙起了眉头，原来是母子俩在吵架，虽然听不到对面许母在说什么，但大致内容就是责怪他不该在这时候放了手边的事跑到外城去。

在许子扬挂断了电话后，我有意多躺了一会儿，才装作刚睡醒的样子起身，问道："几点了？"他的目光从后视镜里瞟过来，浅笑着问："懒猪睡醒了？"

我一怔，似曾相识的话，曾经很多次出现在那个年代的传奇里，低应了句："嗯。"

车速渐缓，靠停在了路边，他回首过来："坐前面来。"我嘴角抽了抽，这人在某些问题上还真是爱计较。无奈下车，换坐到副驾驶位，车子重新驶上轨道，我看了会儿窗外的景致，惊疑地问："我们不是回C市吗？"

虽然偶尔我有些路盲，可沿路的路牌还是看得懂的，这并不是回C市的那条路。

"先不回，我有事要去省城Z市走一趟。"

看我惊愕在当场，他笑着伸手挠我后脑，在那疤痕处摸了摸："瞧你这傻样儿，本来我昨天就要过去的，可为了逮出逃的懒猪，只好延后一天了。"

我假意嫌恶地推开他的手，低声告诫："专心开车。"他耸了耸肩，也不多言。

心下了然，许母那通电话应是为这事，也难怪她不喜欢我了，许子扬为了寻我竟连公事都搁置延后，这是从未有过的事。之前就差一点因为我在工地出事故而让他倒台，眼下又如此，看来在许母眼中，我是真成了那个祸水的红颜。

我暗自烦闷，我的父亲再婚后就居住在Z市。自他与妈妈离婚后搬离家乡起，我就从未再踏足过省城半步。

中午时分，抵达Z市。

沿路许子扬的电话不断，似乎都是打来催促的，见他眉宇间的皱褶越来越深，想他如此沉稳自若的人，也有不耐烦的时候。

车子开到了某个饭店门前停下，刚下车，就有人迎了上来，正是许子扬的那个助理。助理与我认识，微瞥了我一眼后压低声音对许子扬道："许少，许老已在包厢会客，就等你了。"

许子扬转首过来，揽着我边走边说："你一会儿在旁边包厢里先吃着饭，我应酬完了过来接你。”到了二楼包厢区时，他又嘱咐了助理几句，才松开我朝最里面的那个豪华包厢而走。

“余小姐，请跟我来。”助理客气地为我引路，进了另一个包厢。圆桌上已经上了好几个菜，都是我平时爱吃的，转过视线，助理摸了摸鼻子，解释说，“是许少先前吩咐的，我只是照做。”

等门被轻轻掩上后，我也不客气，举了筷子开始吃起来，明明都是色香味俱全的菜，吃在嘴里却失了味道，没那么鲜美，反而那隐隐作痛的胃又有发作的迹象。

没过多久门外传来语声，随后门被从外面推开，一前一后走进两个女人，我停住筷子，心中微沉。后面那位我认识，是丁岚，至于前面的那个中年女人，从她精细的五官和与许子扬极其相似的眼睛来看，也猜出了来者何人。

此时她正自上而下俯视坐在椅间的我，端庄高傲的下巴不曾垂下毫厘，仅是眼尾恩赐地稍微垂下些许，却有一股迫人的气势。她果真如那冰冷的声线一般凌厉强势。

门口处，助理抱歉地看着我，他脚步刚移动，许母就冷冷警告：“韩洛，子扬会客的是谁，你不是不知道，你要现在就去打断那重要的会晤吗？”

韩洛正是助理的名字，在听得这句话后，他微垂了视线，低声道：“许夫人，我知道了。”然后退开了两步，丁岚唇角划过浅讥，轻轻将门掩上。

我从座位里起身，恭敬称唤：“许夫人，你好！”

她鼻端哼出一声冷笑：“余浅是吗？”我点点头，明知来者不善，但还是得受着。凛然目光如冰刀扔掷过来，许母踱进两步到桌前，目光扫了一圈桌面，嫌恶的神色立即出现在她眸底，“昨晚子扬是不是去找你了？”

不等我答，她又质问：“你可知这次的公务对子扬有多重要？他丢了一大帮人跑去找你，还与你厮磨一夜才匆匆赶来。余浅，你真好本事啊。”

我微低了头，轻声道：“我很抱歉！”

“抱歉？余浅，子扬的事情上，你不配说这两个字。”姿态睥睨，眼神蔑视，似与我说话都觉得降低了身份。转而她又语声一转，口吻缓和地对丁岚道：“小岚，我们回吧。”鞋跟敲击地面发出清脆的声响，往门边而去。

我微抬眼，见丁岚挽着许母的手拉开了门，两人姿态亲昵，完全没了之前的肃杀之气。但到门边时，丁岚忽然顿住，温和开口：“阿姨，我想跟她说两句话，好吗？”

许母的视线从我身上瞟过：“那我先过去，你别太耽误时间。”

丁岚微笑点头，极尽温顺乖巧，从许母赞赏的目光可看出，对这个准儿媳是十分满意。家世、背景、相貌、仪态，每一项都是满分。丁岚就站在门边，目送许母离开后才再度走到我跟前，似笑非笑地看了我一会儿，拉了椅子坐下，姿态像是主人般指了指我的座位："坐吧。"

我沉默着坐下，静候她的下文。曾多次领教过她的厉害，此时自然不会认为她是想与我和谈，但许母离开后，迫人气势散去，我亦松了口气，对着丁岚，反而没了惧意。

"余浅，当知道你是靓靓轩猪后，我一直在想一个问题，该拿你怎么办？"

眼皮跳了下，没想丁岚开口第一句竟是这句话。

她接而又道："靓靓轩猪，缥缈仙子，窈窕淑女，曾经我们三个人是那么和谐友爱，而且因为淑女有君子，相对来说我和你要更好些，那时你是冷战身边的得力战将，我对冷战的感情从没瞒过你，而你总是最好的听众，不多言。靓猪，回想起那时，真的很怀念啊。"

这样忆昨日感慨的丁岚，我是第一次见到，仿佛她收了如许锋芒。可是，那上扬的嘴角告诉我，还没有完。

果然开场白一过，她锐利的目光直射而来，脸上的笑也尽收："可是，为什么你偏偏是余浅？靓猪是任何一个人，我都会与她握手交好，唯独你余浅不行！一直不懂子扬为何对你有如此深的执念，原来一切根源在这里，你是靓猪！知道今天这个饭局对他来说有多重要吗？他却为了你在这种关键时刻还拖延迟到。"

这般落寞的丁岚，不过也是为爱而苦的女人。

她在顿了顿后，又语锋一转："可是，余浅，这样又能代表什么？"

心间倏然划过一道冰凉……

我走出餐馆透气，脑中回荡着丁岚最后说的话，她说这次许父与许子扬在省城的事谈成后，会停驻几天商谈两家的婚事，那边包厢里她的父亲亦在列。

她又说："余浅，没有人会是男人心中的独一无二，在利益面前，事业面前，男人永远都知道该如何选择。"说完后，扬眉问我，"你觉得你能拿什么来和我争？"

句句诛心，句句又在理，我无言以对。

回神间发现韩洛跟在身后，刚想转身让他留步，忽然肚子处的剧痛传来，如刀绞般，痛到我忍不住弯下了腰，耳边传来韩洛焦急的询问声："余小姐，你怎么了？"想回说没事，可是痛到说不出话，脚上一软，人往前栽了下去，倒地的时候失去了意识。

第六章

许我唯一，许我天荒

晦涩嫣藏

睁开眼，看到韩洛忧愁又紧张的脸，他的嘴唇在嚅动着，等辨别出意思后，顿时有种被天雷砸中的感觉，那隐隐抽痛到最后的肚痛昏迷，我一直以为是胃炎发作，结果居然是盲肠炎……

之前有很多征兆，可却被我忽略了。

眼睛转了一圈，没有见到熟悉的身影，看情形我应该昏过去没多久。医生诊断出来是盲肠炎，势必是得割掉做手术了，同意书签下，我就被推进了手术室。打了麻醉药，根本没有什么知觉，只是觉得心荒寥寥的。可能真的是人在病中，会比较脆弱，总想多得到些温情。

而我需要的温情，直到我手术结束推进病房，都没有到来。

韩洛一脸抱歉地站在床前解释："打电话给许少，可能因为是会谈期间，他把手机给关了。我也回去探看过，似乎大家喝高了，兴致很高昂，拉着许少不肯放，找不到机会跟他汇报你这件事。"

我笑了笑，男人喝酒是这样，常常喝浑了没天没地地一直喝下去，见韩洛欲言又止，我心领神会，淡淡道："你若有事尽管去吧，这里有护士在，我有什么需要会按铃。"

韩洛如释重负般点头："好的，那我先回饭店那边，等许少那边一忙完就立即让他来看你。"然而这一等，却是越等越心凉，时间一分一秒过去，身上的麻醉药效也没了，刀口处开始撕心裂肺疼起来，整个人却动都动不了。

几度觉得口渴，想要喝水，伸手够不到头顶的按铃。韩洛给我安排的是单人病房，我连指望邻床帮忙喊下都没法，眼见点滴瓶到底了，只好撑起身按铃，伤口处立即感觉到剧痛，然后有什么溢出，不用说，定是裂开流血了。

从来不愿将自己陷入到凄惨的境地，也总以乐观面对人生，可在此时，我的眼角终究是湿润了。实在想不通，自己怎么会沦落至此？等待护士到来期间，我用尽全力将泪逼回了眼眶，任那撕裂的痛一点点蔓延。没有自虐的倾向，等护士换好了点滴，就告诉她伤口裂开了。

护士很尽职，立即喊来了医生重新换药包扎，从头至尾我都没吭一声，而医生在临走时却说了句："姑娘，还是打个电话让家人过来陪着吧。"

心有凄然，家人？他们在哪儿？即使父亲就在这座城市，我能打电话给他？就算打了，家有妻儿的他，会过来吗？倒是后来那名护士时常过来探看，询问我有何需要。

许子扬是到傍晚时分才匆匆赶来的，那时我正假寐着，可能是即使睡着也没有放松神经，也可能是我本来就浅眠，所以感觉到有人触及我的头时，立即惊醒过来。定睛一看，发现是他，嘴里一片苦涩，怔怔不语。

"怎么我就离开一会儿，你又住院了呢？"他坐在床沿，轻抚着我的脸，眼底满是怜惜。我垂下眼，喉咙干涩得不想说话。他又拉了我的手，"这么凉？韩洛真是的，也不给安排个好病房，这里连空调都没有。"作势要起身，我拉住他摇摇头："没事，你知道我体质的，天生体寒，一年四季都是凉手。"

许子扬微微俯身，气息轻吐在我脸上，低声问："怪我来得太晚了？"他很敏锐，捕捉到了我藏在面无表情下的不快，可是他不知道我难过的不止是手术时他不在身边，还有很多掩藏在表象下的东西。

他轻啄了下我的唇，浓烈的酒气扑鼻而来，仔细看才发现他的脸色微白，应是喝了不少。

"浅浅，中午会见的客人很重要，我是真的走不开。韩洛悄悄跟我说你昏倒进医院，还做了盲肠炎手术，我立刻就心急如焚，可不把那些事情安排好，我根本没法过来。知道你受委屈了，晚上的应酬我以身体不适推掉了，我会在这里陪着你。"

清冽的嗓音带了点沙哑，抵在我唇边像是呢喃，像是解释，也像是细语。

如果他声称是刚刚才得知我住院这件事，那么我会大笑三声，指着门口让他滚。什么应酬吃饭会从中午吃到傍晚？韩洛不可能一整个下午都找不到机会告诉他。但他选择对我坦白，让我看到他身在其位的身不由己，也让我看到他面面俱到中却没有忘了我，更让我看到他有在对我付出感情。这样的他，我没有办法去怒斥。

因为既然承认爱他，那必是爱他的全部，优点也好，缺点也好，只要是他许子扬。

原本还算温情安宁的时刻，在接连好几个电话打来后，许子扬一声沉怒：“能不能让我安静会儿？”吼完，直接就挂断电话，并且按了关机键，这下世界一片清静。

此时的我，还没被医生批准可以吃东西，只能用棉签蘸了水湿润嘴唇。倒是小护士跑得越加勤快了，隔个半小时就来问候我的情况，几次下来，见小护士目光有意无意瞟向他，脸颊微红的样子，终于明白原来是醉翁之意不在酒。

我悄悄瞥了眼，某人好看的皮相，在哪里都是被注目的。倒是他似乎并无所觉，不知从哪儿弄来张躺椅，半靠在里面，眼睛微阖，似睡非睡的样子，慵懒中不乏俊逸。看他的架势应是酒精上头了，有些微醺，等护士走开后，我轻声提议：“要不换个双人病房，你也躺一下？”

他睁开眼，想了想道：“也好。”于是起身走出了门，很快就回转了过来，随后跟进的还有穿着白大褂的护工等人，他们欲上前来搬我，被他喝止，走过来揽我在怀中，抱上推床，这才退开。在他怀中的刹那，我的脸刚好贴着他的胸口，听到有力的心跳声。

重换病房，环境相对比原来那间要好很多，空调、电视等设备一应俱全，最主要的是有两张床。他轻靠在邻旁的床上，嘱咐我道：“我就眯一会儿，晚点叫醒我。”没一会儿，呼吸轻浅均匀，已是睡了过去。

我侧头凝视他的睡脸，眼睑底下有淡淡的阴影，他是真的累了。要想做到运筹帷幄尽在掌握中，其实也需要付出很大心力。

先这样吧，那些理不清的事等这次回去后慢慢再说，快过年了，是时候回趟老家，看看妈妈了。可能是点滴中本来含有安眠成分，我竟也迷迷糊糊睡着了。恍惚中，好像有人在推我，然后耳侧湿热的气息在唤：“浅浅，醒一下，你得吃些东西。”半睁开眼，就看到昏黄灯光下熟悉的脸，意识回笼，之前医生嘱咐晚上过十点后能吃东西，而且必须进食，否则体力会吃不消。

“几点了？”我一张口，发觉声音嘶哑，且有气无力。

许子扬眼中划过的光芒疑似心疼，轻声道：“已经过十二点了，之前叫过你，可你睡得沉，没唤醒。来，米汤已经热过了，多少吃一点。”

递到眼前的是一个杯子，里面盛着浓稠的米汤，他还细心地插了吸管在上面，床也被半摇起来。唇凑上，轻轻吸了一口，暖暖的感觉从嘴里一直流淌过咽喉，再到心里。

当男人俯首帖耳，温柔低语时，基本没有女人能够抗拒得了。其实这样的事，许子扬完全可以请护士来做，但他却关机守候在我身边，之前孤零零躺在医院的那些委屈与怨怼，在他细致认真的眉眼里，烟消云散了。

很快，一杯米汤见了底，我的胃总算有了知觉，暖暖的，饥饿感也随之而来，视线飘转寻找，正好撞上他看我的眼神，听他轻问：“还想喝？”我点点头，确实饿狠了，清淡的米汤也成了美味，舌尖都有甜意。

可他却摇摇头：“医生嘱咐了，不能多喝，要少吃多餐，你这次炎症就是胃炎引发的盲肠炎，让你平时饮食不正常，这次吃到苦头了吧？”

他何时对医生唯命是从了？我懊恼地瞪他：“那现在是要干吗？”半夜里把我喊醒喝了一杯米汤，一时间哪能再睡着。哪知某人笑着道：“浅浅，我是想跟你干些啥来排解无聊时间，但……”他比了比病床后道，“暂时你还是消了那念头吧，等你行动方便了，我一次满足你如何？”

“许子扬！”我想要怒吼，可沙哑的嗓音加上有气无力如猫叫的音量，顿时弱了气势，倒像是在朝他撒娇，引他大笑出声。恨恨别转头不理他，手上一暖，放在被子外的手被他包住，余光中他已经坐在了床沿，忽然门上传来轻轻的敲门声。我转回视线，都已经午夜时分，这时候会是谁来？难道是护士来量体温？

许子扬抽开手，直起身走向门边，手上失了温度，怅然若失的感觉涌上心头。门拉开了一道，透过他挺拔的身形，我看到门外站的不是护士，而是他的助理韩洛，心顿时沉了下去。两人说话声很小，听不真切，依稀可辨韩洛在劝说着什么。

我闭了眼，将被子拉高到头顶，盖住侵扰的声息。片刻的温存于我来说都是奢侈吗？他的手机关掉了，韩洛赶了来，势必是要把他给唤走吧。这个夜晚，终究还是得一个人过，原本带着甜意米汤味的舌尖，泛起了丝丝苦涩。

感觉外力在拉扯我罩在头顶的被子，手指拽紧了些，就蒙在里头咕哝着说：“你要走就走吧，我睡了。”当鸵鸟也罢，总之就是不想看他离开的背影，那会显得自己越发凄凉。

“深更半夜的，我要去哪儿？”

我手上一僵，不由得松了手，被子立刻给拉扯了下去，许子扬一脸没好气地看我：“你这是要将自己给闷死？脸都憋红了。”

我将目光转了一圈，发觉门已经关上，不见韩洛的身影，迟疑地问：“你不走吗？”

一声轻笑从他嘴里溢出，弯了眼角：“韩洛是来提醒我明天行程的，傻丫头，你现在怎么这么敏感呢？”说完，大手挠了挠我的头，脸上却洋溢着宠溺。

我感觉自己的心就是在坐那云霄飞车，时而跌落谷底，时而又攀升高峰，起起落落，患得患失。不管他说的韩洛来意是真是假，至少他还是没有走，留了下来。

“子扬……”我轻唤他名字，与他重遇然后再在一起，基本上每次都是连名带姓地喊他，像这般依恋在唇间的呢喃名字还是第一次。

许子扬的眸色变暗，他喉结动了动后，俯身狠狠啄了口我的唇立即退开，懊恼地低吼：“余浅，你就撩我吧，等你好了，我定让你加倍补偿。”他的样子像得不到糖的孩童，又像不得纾解的困兽，引得我忍不住笑起来。

这个晚上，他躺在另一张床上，却一直紧紧握着我的手，低低的嗓音一直盘旋在我耳畔。他跟我讲这次来省城要做哪些工作，明天又会有什么安排，一件件一桩桩，悉数娓娓道来，嘱咐我明天在这里好好待着，有事就打他电话。

在他轻浅好听的声线中，我蒙蒙眬眬轻弯着嘴角再度入眠。

次日醒来，旁边床上已是无人，因为有他的温情包围着，不会再怅然若失，窗外的阳光打在身上，暖暖的。没过一会儿，就有护士推门进来，亲切和蔼地介绍自己，说是许先生为我请的陪护，让我有任何需要都可唤她。

中午时分，许子扬打了电话过来，听着那边的喧闹嘈杂，想必又是在应酬，他低声嘱咐几句收了线。润物细无声，在他的温柔之下，我的心境变得平和。每天晚上，无论多晚，他都会赶过来，然后与我离了一臂之隔，在彼此的呼吸声中入眠。

一周过去，我已经能够起身走动，这日许子扬也有余暇时间陪我。他扶着我在附近散步，低声跟我讲可能这两天就得回程了，这边事情差不多已经完结，后面就等年后宣布。看他眉峰舒展，想必大事已成。

其实这条路与商场有着异曲同工之处，一旦路通了，铺平了，后面自然就顺利。这中间……丁家出了不少力吧，我在心里猜测着。

迎面而来一对父子，视线瞟过，我顿住身形。

总是想，即使身在同一座城市，碰面相遇的概率也是小之又小，可偏偏在这座城市，这家医院的走廊上，我遇见了我的父亲。他身旁半高的男孩，是他的儿子，我同父异母的弟弟。几乎同时，他也看到了我，目光微惊。

许子扬察觉到我的异状，低声问："怎么了？"这时前方的父亲已经拉着男孩走到了跟前："小浅，你怎么会在这家医院？"宽厚的嗓音曾是我童年最爱听的男中音，它代表着我对父亲的依恋，此时那声线中带了几分迟疑和不确定。

许子扬的目光在我与父亲间流转，他们不曾谋面，就是我也好久没见过父亲了，只逢年过节打个电话。我抬起头轻描淡写地答："爸爸，来这边有点事，不巧突发盲肠炎，就住进来了。"疏离又客气，既介绍了他的身份，也回答了他的问题，算是面面俱到。

身旁的男人伸出了右手，谦和开口："伯父，你好，我是许子扬！"沉稳有度，从容自若，只需看气度，就知他的不凡。两手交握后松开，父亲深看了他一眼，转向我时，眼中有些尴尬："做手术住院怎么不打我的电话？"

不晓得为什么，我突然想笑，眼前这个男人，曾是我最最崇敬的父亲，如今他站在我两尺开外的地方，询问我这个女儿这么一个不尴不尬的问题。我垂眸转移开话题，看向他身旁沉默的男孩："他的手怎么了？"

父亲拉过男孩介绍："他叫乐乐，调皮捣蛋把手给摔断了，上医院来矫正的。乐乐，叫姐姐。"最后那句是对男孩说的，但显然男孩腼腆，头埋得很低，看都不看我一眼。

气氛顿时僵了下来，许子扬适时站出来道："伯父，浅浅还不能太过走动，我先送她回病房了，你这边忙完有时间就过来。"

父亲脸上如释重负，连连应声。

我与许子扬转身往回走，忍不住回头去看，只见父亲已偕同男孩往电梯方向走去，不由得自嘲地笑了笑。腰间环绕的手紧了紧，清冽的声音在耳边："走吧，我陪着你。"简单的话，甚至没有过多修饰的蜜语，却戳中了我的心。

微微靠在他肩膀上，将身体的重量交付于他，心念一动，起了撒娇的心："我走不动了。"下一秒，一个斜倾，身体腾空了起来，爽朗的笑声在上方："想要我抱就早说嘛。"

我伸手环住他的脖子，目不转睛盯着他弯起的眉眼看，这个男人，我是爱惨了他。心中暗暗发誓，只要他不放手，那么我就紧紧地，环住他，永不轻言放弃。

这算是下了一个极大的赌注吧，明知前程一片茫然，甚至可能是万丈深渊，但为他此时能在我身边相守这份情意，我愿奋不顾身一回。

回到C市，许子扬把我那边公寓的一些生活用品和衣服都搬进他的房子，又请了个阿姨过来专门照料我的身体。没有矫情地去拒绝他的好意，事实上手术过后一个多礼拜，行动上还不是太方便。年底了，许子扬特别忙，每天都到很晚才回来。

眼见还有一个礼拜就要过年了，回老家的提议还没跟他说，碰巧这日他准时下班。等阿姨离开后，我琢磨了下，就把那事跟他提了出来。

听完后，他就面色不善道："怎么想起要回去过年了？往年你不都是在这边过的吗？"

靠着他坐下，将他的大手拉住，轻声解释："就是有两年没回去了，我妈在电话里问过好几回，催我回去。除夕和年后那几天你也脱不开身，我一个人在屋里怪冷清的，我妈的身体你是知道的，也该回去看看了。"

去年年前几个月我就跟他分了手，大年夜是一个人在出租屋内过的，再前一年与他同居时，是一个人在这个房子过的，连着两年除夕夜，外面鞭炮轰鸣，电视里喧闹异常，而我的世界清清冷冷，没有一丝人气。

如此一算，分手半年后再遇，竟又快大半年了，纠纠缠缠，吵吵闹闹，分分合合，最终还是输给了自己的心，甘愿俯身在他身旁。心念起间，忽然想起当初那一年之约，彼时心力交瘁以为他对我态度轻慢，最终沦为了宾主卖身关系，只期望着一年之期赶快结束，可放我自由。而眼下，我却茫然，一年之约到后，他会真的结束与我的这段关系吗？

我不敢承认，心底涌起的阵阵酸意，是不舍……

"浅浅？"扬高了的声音，加上肩膀上的推搡，让我醒过神来，见许子扬满脸恼怒地看着我，我暗恼怎么开小差了，赔着笑询问："你说什么，我刚没听到。"

他盯了我好一会儿，才从齿缝中憋出话来："我问你打算什么时候走？又什么时候回来？"

"就这两天走啊，过了初七后回吧。"

"不行！"他顿时拉长了脸，"这几天我都回来的，等小年夜那天你再走，过初三就回来，那时我基本上也都应酬完了。"简明扼要地给我定下了往返时间，完全是按照他的行程表来安排，小年夜那天他得回老宅去住，这是每年的规矩，而一般长辈家拜年也都在初三之前结束。之后他就是几天休假，时间随意了。

摇头苦笑，暴君已经决断了，我还能说什么。

于是，小年夜这天，我收拾好东西，打算出门打车去车站，没想许子扬却特意赶回来了，他拎过我的包，蹙了蹙眉问：“又不回去长住，你带那么多东西干吗？”

我哭笑不得地说：“许大少爷，我两年没回家了，总得给家人买些什么吧，包里都是些特产，还有一件是给妈妈买的羽绒服。”整个行李包看起来鼓鼓囊囊的。

这回，他总算闭了嘴，但面色仍是不善。其实自从我跟他提了要回家过年这件事后，他就一直没给我好脸色看，时常阴阳怪气地挑刺，就如现在，那张俊脸拉长着。

车票是在网上预订好的，到了车站立即就取来了，也不用排队。上车时，许子扬就站在车边，轻靠着车门，目光专注地看着我，我脑中一发热，真想拎了包跑过去抱住他说不走了。可念起心里惦记的那事，终究还是理智回笼，朝他挥了挥手，钻进了车厢。

傍晚的时候汽车抵达终点，我走下车来，熟悉又陌生的景致，有着依稀的改变，却不失原来面貌。这块土地，时隔两年，还有着乡土的芬芳。我轻弯唇角，回来了才体味到：回乡故里，游子心归。

口袋里手机在叫，一接通那边母亲的声音就传来：“小浅，你什么时候到呢？”

“妈，我一会儿就到。”

没打算坐车，就两手拎着东西慢慢走，大约走了二十分钟，远远可见昏黑里有个熟悉的身影在翘首以盼，不由得加紧了脚步走上前唤：“妈。”那身影顿了顿，立即向我走近，眼角额头满布的皱纹即使在天色昏暗时也能看清。

“小浅，你可算回来了。”母亲的神色有些激动，低头看我手上的东西，嘴里又埋怨道，“回家来还买什么东西啊？”虽是埋怨，嘴角却咧开了笑。

我看得出，她是真的高兴，不由得也跟着乐呵呵笑。手上一轻，一只手拎的礼盒袋子被她接了过去，然后用暖暖的手拉住我的手，就往屋那边走。到门口，见继父迎了出来，笑呵呵地招呼：“小浅，回来了啊。”

我轻点头，唤了声“叔叔”，中年男人立即露出憨厚的笑容，连声招呼我进门。屋内一室敞亮，来了好些人，都是继父的兄弟姐妹等亲戚，甚是热闹，我浅笑着与长辈们打招呼寒暄。

继父唤着大家入座，一张大圆桌，围得满满的。暗暗观察母亲的近况，今天她掌厨，时而端上一盘菜过来，笑颜和蔼，无半点郁色，长者面前很得喜爱，继父的儿子对她也和气，我心里暗暗松了口气。

乘着大伙聊得热闹，我瞅了空隙进了厨房，那里母亲正在热火朝天地翻炒着菜，见我进来，连忙笑问：“怎么不去外面吃？这里油烟味重，会把你的衣服熏得全是味。”

我瞥了眼身上的外套，混不在意地答：“没事，妈，你最近身体可还好？”

“好着呢，你就放心吧。”母亲乐呵着应道。我心里琢磨了下，知道她是报喜不报忧的人，否则当初那尿毒症也不会到那么严重时才查出来。于是我又提议：“妈，过了年我带你去做个全身检查吧。”

母亲一怔，随即拒绝道：“做什么检查啊？妈现在都能下地干农活了，别花那冤枉钱。”

“妈——”我长唤了一声，微蹙了眉头，“哪里是什么冤枉钱，我也打算去做个全身检查的，就当你陪我一起？”

这回母亲不反驳了，而是仔细看了我，眼底浮起心疼地问：“怎么变这么瘦了？是……那个原因吗？”头部受伤以及得盲肠炎这事，电话里我没跟她提，若是知道了她定又要难过了，故而以为我的清瘦是少了一个肾的原因。

我宽慰地摇头：“妈，你想多了，现在流行减肥，瘦了穿衣服才有样子，你看我这型，潮不潮？”说完，我还转了一圈，母亲终于笑了起来。

后来母亲把我推了出去，让我多吃菜，既然检查这事已经定下，心也安定了。晚饭结束，母亲进进出出张罗着，我走到别处去掏手机，居然有五个未接电话，全是许子扬的。连忙回拨过去，首先喧哗声从对面传来，似乎那边还没散场。

“喂？喂？你等下。”清冽的嗓音几乎被喧哗声淹没，过了会儿他走到了僻静处才开口，“喂？浅浅，说话。”

“嗯，我在。”

“怎么打你那么多通电话都不接？你到了那边也不知道报个平安？”连着两声质问，将我问得哑口无言，报平安这一说我还真没想到，却因他话中的急切与担忧，心中添了喜意。

“喂？怎么不说话？信号不好？”

我连忙应声：“能听到，手机开了震动，刚吃饭时没有听到电话响。”

一时静默，隔着电话，听他呼吸略重，他又喝酒了吧。温软的语声似远又似近：

“浅浅……”我心漏跳了一拍，轻应：“嗯。”

“我想你了……”

弦被拨动，爱意源源涌出，想说些什么，却又觉喉咙干涸，只能听着他轻柔地细语：“你一走我就后悔了，真不该放你回家的。”

“初三我就回来了。”

“初三你要不回来，我就过去抓你，然后先打你一顿屁股解恨再说。”

温柔的情话，缠绵的气息，让我的心变得柔软，唇角溢出的笑是今晚最真的。余光里看到母亲进门来，连忙压低声音道：“不说了，我妈来了，你少喝点酒，先挂了啊。”放下电话时，脑中浮现某人懊恼地瞪着手机的滑稽表情，不由得笑了起来。

母亲走过来，问道：“跟谁讲电话这么乐呢？是子扬吗？这次怎么没带了一起回来呢？”

当初许子扬是以我男朋友的身份出现在她面前的，后来分手也没告诉她，所以她一直以为我们在一起，提及他也是熟稔的口吻。

“他家里客人多，走不开。”

母亲领会地点点头，一屁股坐在我身旁，试探地问：“小浅，你也老大不小了，和子扬准备什么时候结婚呢？”

一盆凉水兜头而下，将本还带着甜意的心灌了个冰凉。结婚？我和许子扬吗？从没想过，或者说不敢去想。当初那两年同居时会想，会做梦；后来分手后领悟了自身价值，明白了他对于我遥不可及；这回再在一起，即使现在温存惬意，也不敢去想那事。

心底其实是有答案的，只是不想去翻出来，像许子扬这样的身份与家庭，门当户对是首要，故而站在他身边的人即使不是丁岚，也不会是我。

我轻声叹息，一直都在做鸵鸟，母亲却戳破了我幻想中的气泡。

隔日除夕夜，轰隆的鞭炮声此起彼伏。酒桌台上欢声笑语，台下乐呵看春晚，这就叫年味。我站在门前，看着继父的儿子小斌带着一群邻居的孩子放烟火，弥漫在夜空中，点点如繁星花朵绽放。我的手一直揣在兜里，不是怕冷，而是捂着手机，怕错过他的电话。可是今天一整天到现在，一个电话都没有来，心里空落落的。

实在觉得难受，就反反复复按那熟悉的十一个数字，指尖摩挲着绿色的通话键，一不小心触动了，屏幕显示连线中，心跳骤然加速。有个声音在脑中说话：承认吧，你就是想他了。

“嘟”的一声，接通了，屏息等待他清冽的嗓音，却听到带着讥讽的女声在问：“余浅？找子扬吗？他在浴室，要我帮你去叫吗？”

手机一滑，滚落在旁，我的心沉到谷底，透着丝丝凉意。丁岚与他在一起……

过了片刻，铃声突起，我被吓了一跳，瞪着手上震动着的手机，指尖微微颤抖，屏幕上是他的名字在跳跃着，张扬夺目得肆无忌惮。电话一接通，许子扬的声音透过来：“浅浅，你找我了？刚刚喝多了去洗手间，手机放在桌上没接到你电话。”他的语气微急，音质中带了点沙哑，我蹙了蹙眉，没忍住关心问：“怎么喝那么多？”

如果爱一个人，要选择信任，这是爱情的首要条件。他与丁岚，我选择相信他。

“有没有想我？嗯？”暧昧的语声在耳边，我脸微红了下，呢喃承认：“想，你呢？”

惬意的笑声传来，许子扬满意道：“特意不给你电话，就是想看看你能忍到什么时候，嗯，还没过十二点呢，你要是再晚一点，看我不打电话过来骂你。”

我瞟了眼墙上的时钟，凌晨十二点还差一分钟，心中一动，或许我与他无法在一起过新年，那在电话里一起倒数也算是另一种意义上的过除夕吧。“子扬，我们一起倒数吧。”清浅舒坦的笑意再次传来，我唇角也忍不住上扬。

没听到他的应答，却听他那边齐刷刷的声音在喊：“十、九、八、七……”我不再顾忌，大声跟着喊起来：“三、二、一！许子扬，我爱你！”准点时耳畔爆竹轰鸣，震耳欲聋，将我最后三个字给淹没了，他那边亦是同样，似乎他在喊着什么，可是我听不清。

等到一阵高潮鸣响，中间间隙时，没挂断的手机里听到有人来催促他进去，其中一道声线尤为明显：“哥，别躲在这里你侬我侬了，兄弟们喊你喝酒呢。”随后手机被挂断了，“嘟嘟”的忙音传来。

我没听错的话，那是许子杰的声音，不意外这种场合他们会聚首在一起。两兄弟斗了一场，胜负各半，再见面时依旧能够做到谈笑风生，和和气气，也就他们这种涵养能办到了。

我不是善于表达爱的人，今晚头脑发热，趁着一股热血对他喊出了那句“我爱你”，不管他有没有听到，也是我对他深深爱意的一种宣泄。我心跳如雷，整个情绪都有种说不出的兴奋，脑中浮现他俊逸的面容，不由得期盼初三快快到来，我有些迫不及待想见他了。

年初二下午，我同母亲一起走进医院。医院里冷冷清清的，除去没法回家过年的病患，就是三两个留守的护士和医生。挂号过后，无需排队，直接安排进检查室做各项检查。一系列报告单子相继出来，在准备拿给医生查看前，我找了个借口让母亲去帮忙买东西，等她走远了，我才走进医生办公室。

母亲回来时，我已经等在门边笑着告诉她，医生看过报告说我们两人的身体都很好，没有任何异常。母亲不疑有它，欣慰地说："身体健康就好，小浅，这两年苦了你了。"

我沉默着将两手挽进她的臂弯中，她似有所察转头问我："怎么？你冷？"我微微一怔，这才发觉自己的身体有些轻颤，浅笑着点头："有些，你不是不知道我体寒，所以挨着你一些呢。"母亲一听，往我身边又近了点，试图为我挡住风。

可是她不知道，我凉的不是身体，而是心。

应该说是有种莫可名状的惊惧，让我抑制不住地颤抖。

可我不能被母亲发觉，强装着笑脸一同坐车，路上我跟她提及明天回程的事，她自然是不愿意，可我去意坚决，她也无可奈何。回去后，照常笑脸迎人，一直挨到晚上躺在床上，压抑了一下午的情绪汹涌而出。回想医生肯定的论断，我实在想不透这是怎么回事。

曾以为体内少了某个器官，如今却被证实依然完好存在，这是一种什么感觉？

一个多月前那场盲肠炎让我住进医院动手术，我无意中提起自己少了半边肾脏这件事，当时医生惊讶至极地告诉我两个肾脏健全安好地在我体内。那一刻，我比医生更加惊讶，脑中只有一个疑问：怎么可能？如果我的肾脏健全，那么移植给母亲的器官又是谁的？而且我的髂窝处明明还有刀疤在，证明确实动过手术。

就这样带着疑问，我义无反顾地回家，带母亲一起去医院做全身检查，检查报告显示我体内肾脏齐全，没有缺失。更让我吃惊的是，母亲的检查报告上，居然说她从未有过尿毒症病史，除了有点高血压之外，非常健康。

我简直怀疑自己的耳朵是不是出了问题，要求医生再看一次报告以及拍出的胶片，答案与之前一样。我又要求调出母亲原来的病例报告，那名医生不同意，声称需要本人来才能调看。只好改而询问当初为母亲执刀的那名医生何时来上班，却得知那名医生在一年多前已经辞职离院了。

顿时心间升起一股凉意，就算我脑子再混，也嗅到了阴谋的气息。

第一直觉，不能让母亲知道。可随后又想，母亲会不会知道其中的内情？于是后来等在门外，我将医生的诊断告诉她时，目光紧紧盯住她的神色，没有发觉任何异状，全是正常的反应，这才松了口气。

不能怪我连自己母亲都怀疑，而是这件事实在太过诡异。若是母亲知道内情而选择隐瞒，定是有什么苦衷，那我势必要从她口中问出究竟来；反之，她若不知道，那么我将隐瞒到底，不能让她跟着担心害怕。

而我真正关注的是，整件事的幕后操作者的动机。

如果母亲没有得尿毒症，当初那个主刀医生为什么会如此诊断？误诊的可能性基本排除，因为当时我还做过肾脏配对检查，而妈妈的全身检查也一定不止一次。最关键的是，我和妈妈确实进了手术室，也确实做了手术。

医生蓄意诈财？这不大可能，且不说医德问题，这种事若被揭发，可是要坐牢的，相信没有一个医生会通过这种手段来敛财。除非，有什么不得已而为之的原因。

可是我不懂，造一个我和母亲都曾动过手术的假象，能够起到什么作用？或者说，我们的身上有什么价值存在？那年，母亲是改嫁的妇人，我是个穷学生，不能说一无所有，但也没什么值钱的可供人遐想。

若非检查报告上，各项身体机能都是好的，我真怀疑会不会有那种不法分子看上了我的器官，然后黑心医生肆意隐瞒病情，盗取人体器官去贩卖。因为除去这具身体外，我还真想不出自己会有什么价值可供利用，而且还是制造了这么一个弥天阴谋来算计。

事情过去两年多，母亲和我的身上都没有发生过特殊的事情，但是我知道这事肯定没完，没有人会莫名其妙地造这么个假象出来瞒天过海。

真正令人感觉到害怕的事，往往不是已经发生的，而是即将发生，以及不知何时要发生的。我现在的感觉，就像是活了二十多年，生活不算平坦，但也无太大风浪，突然有一天发现自己的人生可能被谁操控，而我却连那个幕后操纵者是谁都不知道，莫名的寒战打在了心上。

隔天醒来，鼻子堵了，头脑昏昏的发疼，昨晚一直到很晚才睡着，身上盖了两条被子都还觉得凉。我将东西收了收，翻找出手机，发现已经没电自动关机了，本想插上电源开机看看，但念头转了番，还是作罢，塞进了拎包里面。

出房门就见母亲走来问：“小浅，你的手机怎么关机了？子扬电话打到你叔叔手机上了，赶紧给他回一个吧。”我看向那递过来的手机，略微迟疑了下，还是接过来翻开通话记录，“许先生”三个字正在首列，很快那边接通了，许子扬劈头就问：“手机怎么回事？”

“昨天忘了充电，没电自动关机了。”

“你个糊涂鬼，”他笑骂了句，语声缓和下来，随后又问，“什么时候的车？我到车站来接你。”不难听出，他兴致高涨。我沉默了下，难言地开口：“子扬，我暂时先不回去，碰上个老同学，她约我去昆明玩几天，不好推，我答应了。”

母亲讶异的眼神停驻在我脸上，我屏息等着对面的男人发难，哪知沉默了两秒，“嘟”的一声，电话直接挂断了。我讪讪地把手机递给母亲，不用想也知他气得不轻，之前答应好的初三回去，临到走时却改了主意。

“小浅，你不回C市要去昆明？”

“嗯，难得有假期，想乘着年后还有几天假期，去那边玩玩，昆明比较暖和嘛。”我收敛心神，先将眼前应付过去再说，母亲听后仍有担忧：“那可以先回了C市与子扬一起去啊。”

“他哪有那个时间啊，你又不是不知道他在哪里上班的。”我假装语调轻松地宽慰母亲。许子扬的工作性质不是什么秘密，继父和母亲都知晓，我也不用隐瞒。见母亲没再多说，乘机提出要起程去车站了，原本母亲想送，我拒绝了。

因为去昆明不过是随意找的借口，我要去的地方是另外一座城市。

“喂？哪位？”

听着对面疏离淡漠的声音，我不由得怔忡，许子扬把我的号码都给删了？

“不说话就挂了。”闷闷清冷的声音再度传来，这回我听出来他是故意的，他知道是我。连忙开口阻止：“别挂，是我。”冷钉子甩过来：“你是谁？”

我顿生无力感，这个样子的他有点像闹情绪的孩子，只好软了声音回：“子扬，我是余浅，晚些我就坐车回来了，你……”

“还在昆明？”他扬高声音打断我，不难听出他的怒意。在我轻声应答时，心漏跳了一拍，接而一声冷笑传来，“那你打电话给我干吗？”随后“啪嗒”一声，电话中断。

叹了口气，将手机装回兜里，此时我坐在车站候车室，正准备搭乘火车回C市。

此趟出行，可以说是一无所获。本是来找当年给母亲动手术的医生的，人也确实找到了，可从对方口中得到的答案都是模糊的。

抵达C市已经是晚上十点，坐了七个多小时的火车，屁股都坐麻了。拦了出租车到公寓楼下，抬头看时心生怯意。本是约定初三回来，却突生意外，变成初六回了。许子扬的气还没消，我这上去就是顶着风暴迎头直上，可之前已经打了电话说要回来，我怕若不上门负荆请罪，那就是火上浇油了。

到了门前时，我徘徊良久，手指扣住金属钥匙，几经辗转，最终还是插进钥匙孔内打开了门。没想门后竟是一片深黑清冷，难道他还没回来？

说不上来是松一口气，还是些微失落，总之悬着的心算是落地了。我摸索门边的开关，可还没来得及按下，突然一室敞亮了起来，我大吃一惊，只见许子扬正站在卧房门前，阴骛地盯着我，顿觉后背发凉。

心里转过无数开场白，发觉都不适合用，一路上想的说辞，到了跟前都是白费，只能呆傻地站在门边看着他。他的眼神如刀般凌厉，几分钟对峙下来，我有些透不过气了，正打算说些什么打破沉默，可还没开口，他抿紧的唇先动了："你在公寓楼下站了十分钟，在门前拖延了八分钟，余浅，你是有多不想回这个家？嗯？"

冷汗从额头冒了出来，他转而又冷声道："余浅，如果你回来就是在我面前发呆的话，那立刻从我眼前消失。"说完凛然转身，推开卧房旁边的书房门，然后"砰"的一声巨响，当着我的面将门给甩上，响声震得耳膜发疼。

这人像是吃了炮筒般火暴，脾气是史无前例地暴烈。换好拖鞋放下包后，我推开了书房门，见他伫立在窗前，柔软的黑发伏贴在他脑后，因为沉怒，整个背影线条都变得冷硬。

我走上前，从他身后圈住他的腰，感觉他全身都僵硬着挣动了下，然后从齿缝中冷冷呵斥："放开！"

"不放！"手又圈紧了些，轻声开口，"对不起，子扬！"

一声冷哼传来，但没拉开我的手，我不由得笑了起来，若他真有意排斥，完全可将我甩开。心上软了几分，脸贴在他宽厚的背上，深吸了口气，全是他浓烈的气息："我想你了。"这是实话，小年夜离开，到晚上接到他电话时就开始想了，后来每天都在数着日子等初三到来，只是没想到人生总有意外发生。

因为背对着他，看不清他的神色，但在那句话后，明显感觉他的身体松弛下来。

沉默了下，我选择将心事公开："子扬，对不起，我骗了你。我并没有和同学去昆明玩，而是去了沁市。"

手上一紧，已经被他拉开，他转过身来沉沉盯着我："然后呢？"没有一丝意外，黝黑的眸内只浮现出沉暗色。果然没有猜错，他早知我没有去昆明。

许子扬是什么人，他怎么可能是那么容易糊弄的，尤其是我说与同学去昆明玩，没头没脑的，是根本就没想好随意找的借口，若真有心想去玩，也势必会在之前跟他商量，而不是等到他找上门来时才讲出来。

所以他那句"还在昆明"的问话，嘲讽味十足，而我没有否认，彻底惹毛了他。这时候我若还不坦白从宽，那就真是自寻死路了。这些都是在坐车回来时想通的，人说撒一个谎需要用一百个谎来圆，而我这第一个谎就被揭穿了，在他面前，注定是无所遁形。

接下来，就在他清冷的目光中，我将那件事从头至尾复述了一遍，讲到最后，声音越来越小，因为我发觉他的眸色越来越深，那代表着他的火气在上涨。

"余浅，你真行啊。"他眼睛里像要喷火一般，"什么时候兼当福尔摩斯了？来，跟我说说，都查出什么了？是哪个没脑子的在算计你？"

我被他堵得哑口无言，涨红了脸，事实我就是白走了一趟，什么都没查到。

一见我这般脸色，他又冷笑出声："你有没有想过，如果这件事是陈学民在幕后操纵，你贸然跑过去质问会是什么后果？"陈学民就是那个主刀医生。

我直觉反驳："不可能是他，他没有动机。"

"你确定？"

"我……"不能确定，我没有那么缜密的思维，所有论断全凭猜测，全都是从事件的可能潜藏动机来判断。一想到我冲动行事下的诸多可能，我后背发凉，额头冒出了冷汗。

他微凉的手指挑起我的下巴，看着那双幽暗的冷眸，他问："在你心里，我就那么不被信任？"声音很轻，几乎是抵着我的唇，而那目光，就如飘在空中断了线的风筝，失望、沉痛、受伤，多种情绪在翻飞。

见我一声不吭，许子扬彻底失望了，指尖一松，手撤离，转身欲走。我来不及思考，飞速拉住他衣服的后摆，他顿住脚步，却没有回头，如刚才那般沉喝："放开！"

不能放，我有种感觉，只要一放，我和他就走进绝路。我只能凝着他的后脑，喏喏开口：“不要走！”此时我才发现，原来我可以承受他的怒气，可以迎接他的风暴，却无法接受他对我放手。

眼睛酸涩发疼，这几天其实我都睡得不好，那件事对我来说，压力太大，也太过惊惧，总觉得有双眼睛在盯着我，牢牢掌控着我。我闭了闭眼，手上更拽紧了几分，存着某种偏执，就像只要抓住他的衣摆不放，他就不会离开。

可是当他回过身，凛然的目光刮过我的脸庞，然后垂目看了看我握紧到泛白的手指，突然就伸手过来一根一根掰开我的手指，他的表情是说不出的决绝。眼看着我扣住的衣片越来越少，就像握在手中的沙，不可避免地在遗漏，我的心也越来越绝望。

终于，我忍不住嘶吼出声：“许子扬，你要理由我给你，因为那场假手术花的是你的钱，因为你说我们是卖身关系，因为你定下一年之期，你要我如何向你开这个口？”隐忍许久的泪，终究还是滚落了，视线变得模糊，我看不清他的脸。

明显感觉那掰我手指的力道松了，我用另一手胡乱擦了擦眼泪，看清他此时的神色，他浓眉深皱，目光幽然，无法辨读喜怒。我把心一横，既然说了出来，不如一次问清楚，昂着头看他：“一年之期已经过了大半，是不是期满就对我提出分手？”

豁出去了，什么不敢问的也都问出来了，而等待答案却又是揪心的煎熬。

他一言不发地沉默着，看向我的深眸中，凝着一丝阴鸷，眸色深暗，若有所思，好像在考虑着这个问题，又似隐隐约约有着偏离的怒气。突然，高大壮硕的身子连着他霸道的气息迫近，我已经被他的双臂紧箍锁进了怀里，头顶是他咬牙切齿的声音：“余浅，你想得美，没有一年之期，我不会放了你的。”

断线的风筝找到了归依，悬在高空的飞机平安降落，我绷紧的心弦松了，他说，没有什么一年之期，他不会放开我。这世间还有比这更动听的情话吗？我贪婪地深吸他身上醉人的气息，即使他的手箍得我有些发疼，也依然希望他再紧一些，再紧一些……

温热软腻的触感在我额上重重厮磨而过，随后他揽着我道：“你母亲那件事给我停止侦查下去，一切交由我来查，其中内情我会详详细细地给你查出来，但你必须得跟我保证，不能再擅作主张，也不能再隐瞒我什么，知道了吗？”

我轻声应：“嗯，都听你的。”

相比许子扬，我走不通的路，他却能走通，他也有人脉，调查起来要比我容易许多。

但这事既然隐瞒了两年多，一下子要挖出来着实不易。许子扬年后一上班就是各种忙，除去手边的工作，他父亲可能要调任省内，可谓忙得天昏地暗，有时我连他的面都见不到，也不好意思去催促他。

一个月下来，无风无浪，迎来了一个喜讯，谢雅怀的宝宝足月了，诞下一女。接到电话时，是晚上十点了，谢雅刚刚从产房出来，就给我来了电话报喜，顿时我笑开了怀，恨不得立刻冲到病房去看宝宝。

等挂完电话，发觉身旁的男人扫来的目光，凉飕飕的，我瑟缩了下，心道我又哪里惹到他了？一声轻哼之后，他开口了："人家生女儿，你乐个什么？"

心里"咯噔"了下，赔了笑脸道："我是为小雅开心嘛。"

他酷酷地给了我个冷沉的背影，到了夜半，我被他推醒了，随后听他道："浅浅，我们也要个孩子吧。"我身体微僵，孩子……陌生又温暖的名词，良久我轻声问："子扬，你能许我唯一吗？"同样的话，再次重复，相信他懂我的意思，我屏息等待他的答案。

他微抬了头，两眸相对，在彼此眼中看到对方的倒影，可看出他眸光墨流，眼梢眉弯均是浅扬，凝目片刻，才听他呢喃在唇间："我不就是你的唯一吗？"

一语双关，我笑颜如花，心里住了黄莺在歌唱。等到呼吸均匀，他已沉沉睡去，我还觉得精神异常兴奋，流光岁月，那年桃花烂漫我心涩然，今日他终愿许我唯一。

信他承诺，那么就会真的放下心结，相信那些现实的问题他会为我处理好，既然他想要，那么就给吧，要个孩子，或许是个不错的主意。

第七章

许我唯一，许我天荒

以爱为名

周日，许子扬说要去外头吃饭，抵达目的地，是个比较幽静的郊外农家乐饭馆，客人并不多，但屋内却很精致，红木桌子与靠椅，带着点古风。很清新怡人的感觉，第一印象就比较好，比起都市中的繁花似锦，我更爱这种宁静。

菜色都是家常小炒，桌面一片绿油油，倒显出原生态。尤其那鱼汤，鲜美滋润，很是对了我的胃口。难得多添了碗饭，抬眼间，见许子扬似笑非笑地看着我，脸上添了抹微红："看什么？"他突然凑近了语声暧昧道："网上说，养得丰满一些好生养，多吃点好。"

我一个拐子撞他腰边，闷哼溢出，咬着牙恨恨道："许子扬，你能不能正常一点？"

他却鼻子里哼气假装没听到，兀自夹菜吃饭，真令我哭笑不得。饭后我们也没闲着，问店家租了渔竿，去农家自养的鱼塘边钓鱼。

只过得一个多小时，我就开始觉得煎熬了，不晓得为何好多人都喜欢这项静止的娱乐活动，但在我看来就跟个傻子似的，对着风平浪静的小河，等着不知何时会上钩的鱼。转首看他，却是一副老僧入定样，眼睛微眯，专心致志得很。

"看什么？"之前我丢给他的那句话，他又丢了回来，随之嘴角牵起弧度，循循善诱说，"垂钓，切忌心浮气躁，享受的就是这个等待的过程，以及鱼上钩时的趣味。"

效仿姜太公，愿者上钩？好吧，我认命地转回头，再度凝神在渔竿顶端，盯着那浮标是否有沉浮，可不知是头顶的太阳太过暖融，还是午后的瞌睡虫找上门来，我的眼皮子开始上下打架，觉得越来越困。

一个合眼，人往前栽倒，倏然想起是在河边，睁眼间就见河面近在咫尺，眼看就要一头栽在河里了，腰上一紧，下一秒已经被勾回某人怀里，头顶恼怒之音传来：

第七章
以爱为名

“你是猪啊，钓鱼还能打瞌睡的？”

我顺手环住他的腰，稳住身体后，才咕哝着道：“是猪又怎么了？”有谁规定钓鱼不能打瞌睡的？箍在腰上的手很紧，我挣了挣没挣动，就顺势躺在他怀里闭了眼睛，堂而皇之午睡起来。他特有的味道与周围的青草泥土气息交混在一起，加上暖阳扑面，情醉也迷离。

我想我是笑着醒来的，因为眯了那么一会儿，竟然做了个美梦。

梦到我挺了个很大的肚子在街上走，他皱着眉一脸无奈地跟在身后，突然我停了下来，开始觉得腹痛，他的脸上出现从未有过的惊慌与害怕，急急忙忙把我送到医院，直接送进了产房，再出来时，护士的手中抱着个大胖娃儿，是个女孩，他高兴得手舞足蹈，喜不自禁。

睡眼惺忪中看到上方那张脸，唇角有着浅浅的弧度，虽然没有梦中那般笑得开怀，却是同样的俊逸非凡：“醒了？”星眸婉转而下，感觉环着我的手臂在动，转头一看，才知原来是有鱼上钩，还是条大鱼。我坐起身来，看他气定神闲地收线，将鱼解下放在旁边的桶内，探头一看，里头居然已经有了好几条鱼。

懵懂地问：“我睡了很久？”

他边收渔竿，边煞有介事地说：“也不是很久，就那么几个小时吧，睡到口水掉下来，弄得我一身湿，还跟猪一样打呼噜呢。”

“我哪有？”我恼怒地瞪他，又有些心虚地去看他胸前衣襟，得来肆无忌惮的大声嘲笑。看着在明媚阳光下，他那爽朗的笑容，我怔愣在原地，仿佛与梦境里的他融合。

他的大手罩上我脑门，使劲揉了揉我的短发：“发什么呆？走了。”许子扬率先一步，拎着桶往回走，我紧步跟上，莫名地回过头看了眼那河滩，忽然觉得，其实钓鱼也是个不错的乐趣。

修养几个月下来，伤自然是全好了，身体有见圆润的趋势，我知道不能再当米虫了，网上投了好几份简历，也收到了面试通知。我比较倾向于文职类，许子扬也没提出反对意见。

我从一个面试地点走出门，心里还在盘算着成功的概率，突然一辆黑色别克商务车停在我身旁，从内走出绝不可能会出现的人——我的父亲。

我与他省城一别后，只在过年时，大年初一打了个电话，形式般地拜了下年，平日里从无联络。

“爸！”我轻唤了声，眼带疑惑。

父亲朝我点点头，只道：“这里不好停车，先上车吧。”我往里面看了看，坐了父亲现在的妻子，她和善地跟我打招呼：“小浅，快上来坐！”我微蹙了蹙眉，还是坐了上去。

我挑了左边靠窗的座位落座，那个女人坐在右边，一上去她就与我搭讪：“小浅，上回你爸爸跟我提到你得了盲肠炎住院，我还埋怨他怎么不早说的。现在身体怎么样？好些了吗？”

我淡笑着应道：“好多了，这都过去三个月了，自然是无碍了。”另一层意思则是，过了三个来月，你才来嘘寒问暖，是否太迟了？

女人有些尴尬地转移话题：“这次你爸正好过来办点事，我就一道跟来了，后面买了些补品给你，来，我拿给你看看。”她从后座提过几个礼盒，我只能耐着性子听她一一介绍着。

跟她不熟，还真没什么能聊的，但似乎她聊兴很浓，家长里短的都道于我听，出于礼貌，偶尔应个一两句。等了一会儿，感觉有些不对劲了，车子一直都在行驶中。

车窗外的景致，已经离开了市区，我不再理会身旁的女人，皱着眉头问前面开车的父亲：“爸，这是要去哪儿？”可他却闷声不吭，我面色变了变，拍前座的椅子，沉声道，“停车，我要下车！”

无动于衷，再回看旁边的女人，她脸上的笑也没了，垂着视线不再看我。

拉了拉车门，已经被上锁了，直觉去摸兜里的手机，刚掏出就被旁边夺了过去，女人阴郁地瞪着我。不安的感觉充斥而来，如此情形也不用再多想，这两人将我带离必有目的。

隔了半刻，女人眼带歉意道：“小浅，我们也是没有办法才来找你的。”我不看她，只沉沉盯着正前方开车的男人。不是我没有戒心，而是从没想过父亲有一天会算计我，万般苦涩在心头，人心险恶，是不是说的就是这种？可是，他是我父亲啊。

现在我有两条路：一是认命跟他们走这一趟，等待一个未知的命运；二是立刻发难，扑到前面去阻碍我父亲开车，强逼他停车，但很可能三人都会出车祸。

最终我还是选择了前者，毕竟没到玉石俱焚的地步，毕竟前头的那位与我有着血缘关系，而且我也想知道，他们两人要诱骗我去哪儿，又存了什么目的。

第七章
以爱为名

车子速度很快，道路逐渐变得泥泞，越来越偏僻，足足开了两个小时，在一家无人厂房前停下。四周杂草丛生，像是荒地一般。

既来之则安之，等中控锁一解，我就推开车门走了下去。清冷的风扑面而来，在空旷的萧条之地令人觉得微凉。跟着他们夫妻走进那厂房，发现里头倒不算荒寥，居然还在运作，看见工人穿着工作装在搬运钢板之类。

看到我们出现，工人们自行工作，也不来理会。一路往内走，到了仓库区域，远远可见围坐了一群人在那里，等走近时，我顿时呆如木鸡。

想过很多种可能，甚至都暗自猜测是许子杰又起幺蛾子，可直觉又推翻了这可能，因为许子杰若真要找我，无需借用父亲的关系，他有的是办法。

百思不得其解之后，却没想到，等在这里的会是他！一个我几乎遗忘了的人……

君子好逑！

“君子哥！”我轻唤。

闲聊的人群散开，站在了君子身后，只见他从椅子内起身，脸上是温厚的笑容，走到跟前，揉了揉我的短发：“猪猪，怎么把头发给剪短了？”

我眨了眨眼，笑容依旧在他唇角，仿佛我们是叙旧的老友，仿佛昨日对妹妹般的宠溺仍在，又仿佛什么事都没发生一样。只是这叙旧请人的方式……呵呵，而我纳闷的是，他与父亲是怎么认识的。轻声解释：“长头发太久了，就想剪短了换个造型看看。”

君子环过我肩膀，边走边道：“走，里面坐。”他的身形于我而言，太过高大，我只到他脖颈处，被他这么轻轻环住，倒像是扣在怀中一般。

只走了几步，就听身后父亲惊疑不安的声音：“吴先生，我儿子那事……”

心中一紧，我恍然大悟。

君子顿住身形，回首过去，似笑非笑道：“余兴德，猪猪与那小子都是你亲生的，你可真厚此薄彼啊。”我身体颤了颤，垂了视线，定在脚边的水泥地上。只听身旁男人霸气外显道：“不过，既然你是猪猪的父亲，看在猪猪的分儿上，这次的事情就算过了，以后再也不要让我看到你那儿子来纠缠我女儿，否则——”他顿了顿，语气更加具有威慑力，“我会打断他的腿。”

我猛然醒神，我怎么忘了君子老家本就在省城，他进了那里面，他的老婆与女儿自当仍在省城。而寥寥几句话里，可听出是我那同父异母的弟弟与他女儿有什么，掐指一算，确实两个孩子的年龄差不多。

“猪猪，你没猜错，你那个名义上的弟弟居然想追我女儿，呵，这不是辈分乱套了嘛！”君子噙着笑，看似调侃，目光却极冷。早前那时我们一同玩传奇时，就知道君子对这个女儿十分宠爱，可能对妻子没了感情，但是为了女儿他就绝对不会离婚。

君子叫吴建楠，他身边的小弟都喊他楠哥，我原本也跟着如此喊，后来他说我跟小雅亲近，省了楠字，就叫哥吧，以后若有难处尽管找他。那时的他豪气万丈，谦谦温厚真如大哥一般，可是现在却用了这种手段，逼我父亲将我带来。

那些围在他周围的壮硕男人，一看就知是身手矫健之辈，混江湖的人，总脱不了那种气息。看来，这半年的时间，君子又翻身了。

父亲心虚的目光看向我这边，立即又躲开，我笑了笑，没有作声。君子让人打发他们离开，背过了身往内走了几步，就听父亲在身后瑟缩地问：“吴先生，什么时候能放我女儿？”

君子再度转身，我没有回头，却能感觉到身旁男人散发出来的威慑力，随即就听到父亲的妻子语带哭音地说：“阿德，我们快走吧，还要去接儿子。小浅是吴先生的朋友，不会有事的。”“可是……”“别可是了，我们走吧……”

接着，脚步声远去，我心上添了寒凉。君子在旁讪笑道：“猪猪，你这父亲，真不算地道。”评论算中肯，我浅笑了下，算作回应。其实，如果父亲将这件事告诉我，相信我也会选择来见君子，因为不管事情的起因是什么，君子的目的只有一个。

除了这种方式，他还会有别的法子找上我。可父亲选择的是欺瞒、诱骗，有句话叫无语问苍天，就是我此时的心情吧。

连进两扇门，一直走到最里面的房间，我倒吸了口凉气，愣眼瞪着那靠在墙角被绑起来的人——陈新。虽然早有预感，还是没有此刻的视觉冲击来得震撼，陈新的脸上处处是伤，嘴角破裂，血丝溢出，半闭着眼睛，不知是否昏了过去。

“君子哥，你这又何必？”

难道真的要谢雅的家庭毁灭，他才甘心吗？如果这是他对谢雅的爱，那就真的太过沉重了。

“猪猪，你是看着我和小丫走过来的，也是最了解我们的人，我与她那么多年，难道就比不过这个人与她的这一两年？”

侧过头，我看到从未有过的戾气在他脸上，眼中是暗沉的风暴。如果我理智一些，该选择明哲保身，附和他的话，可看着陈新如此凄惨，我不得不开口：“感情是不能用时间来论断的，你们在一起的时候，小雅是付出了所有来爱你，可你不能要求她永远都没有希望地等在原地，她有权利追求属于她自己的幸福。”

凌厉的拳风扑面而来，我闭紧了眼，等待那痛楚，却听耳后一声巨响，睁眼见君子暴戾的脸，而他的右手打在了我身后的门板上。

“幸福？你觉得她与这小子在一起就幸福了？”

“他们彼此相爱，又有了女儿，这难道不是幸福？君子哥，你能给小雅婚姻吗？你能给她孩子吗？她跟着你永远都是见不得人的小三，这就是你所谓的爱？”到最后，拼着被他揍的可能，我豁出去低吼出了声。

此时的君子，暴戾又愤怒，脖子那边的青筋暴露在外，完全不怀疑接下来那一拳会砸在我脸上。可我依然希望能够唤醒他的良知，最起码唤醒他心底里头对谢雅的那点疼惜。陈新被他抓来打成这样，生死未卜，我有强烈的直觉，事情还没完。他将我找来，不是为了看陈新的惨状的，要达到震慑威胁效果的话，带谢雅过来更好。

但，我失望了，君子没有向我挥拳，暴怒的神色一点点收敛起来，到最后他又噙着笑看我：“猪猪，你用不着激我，总之我对小丫是绝不会放手的。”

我靠在门板上，喉咙有些发涩，轻声问：“那你打算做什么？”

他阴沉一笑，收回了撑在门板上的拳，扭头看向角落里的陈新：“晚点你就知道了。”顿觉后背发凉，他噙着笑的样子犹如凶猛的野兽，即将张开满嘴獠牙向我扑来。

一声轻微的响声吸引了我们的注意，同时转头，见陈新从昏沉中醒来，等他从眯缝的眼中看清我时，眼睛突地瞪大：“余浅，你怎么会在这里？”转而他怒瞪君子，“吴建楠，你抓她来干什么？快放了她！”

君子举步走到他跟前，俯首轻拍他的脸，恶意嘲弄道：“自身难保，还想着别人，真是有情有义啊。”陈新脸色倏变，朝我这边飞快地掠了一眼。

不知为什么，我心头跳了下，有种强烈的不安感。

“放了她。”陈新再开口时已经冷静了下来，“这是我和你之间的事，不要牵扯不相干的人。”君子冷哼了声，直起身道：“相干不相干，要验证了才知道。”随即转身向我走来，如往常般轻抚了抚我的发，“猪猪，哥今天有个事要找你帮忙，等下你配合就好。放心，哥不会伤害你的。”说完，拍了拍掌，门外几个壮汉立即簇拥着一个穿了白大褂的人走进来。

那人手提了一个银白色的金属箱子，打开箱子，里头的物件一目了然，纱布、酒精棉花、一次性针管等，这是个医用药箱。那人按下一处，箱子隔层弹跳而起，原来是分上下两层的，底层中似有一物。

我站得远，看不太清楚。

等那人将一个透明的小袋拿出来时，我知道是什么了。

氯胺酮，又名凯他敏，静脉或肌肉注射，很快会让人意识模糊，如入梦境，肌张力增加呈木僵状，对周围环境的改变不再敏感，痛觉也完全消失，意识和感觉分离。

那人戴上了白色手套，拿出一次性针管，接上针头，将已经稀释好的液体注入其内，然后朝陈新的方向走去。

我大惊失色，喊道："君子哥，不要！"

可君子如何会听我的，脸上带着阴森的浅笑在旁观，我一急想冲上去，立即就被站在旁边的大汉给揪住，强行拽到一旁，双手被绞在背后，按坐在椅子里。

"君子哥，你……"

君子一个瞪眼，控住我的男人直接将我的嘴堵住，只能眼睁睁看着白大褂走到陈新面前，露出森冷的白牙："很快就不痛了。"两名壮汉上前，一边一个按住陈新，将他的手臂压在地上，针头刺入，液体推进了他的静脉。

效果来得很明显，原本还在挣动的陈新，逐渐变得迟缓，眼神迷离。与此同时，又有人进来，居然架着摄像机等物件，在屋内开始摆弄，很快机位都摆放好，人又退了出去。

从那闪烁的光可见，机器已经启动运转。我不懂君子这是要做什么，他想要拍什么？拍陈新此刻的惨况给谢雅看？那边白大褂在注射之后，并没有离开，不知从哪里取了什么东西，在陈新鼻子跟前晃了晃，然后开始喃喃而语。很快我就看出名堂来了，是催眠。常听人说，意志坚定的人很难被催眠，而此刻，陈新早被那药物摧毁了意志，根本就无任何抵抗能力。

仔细听时，我越加震惊，那人似乎在制造一个网游里的幻境，他让陈新以为自己置身在游戏中，然后换了身份，他不再是现实中的陈新，而是十区的战狂。

我惊疑君子怎会知道陈新玩游戏的事，他们并不属同一个区。眼前容不得我多想，因为君子已经朝我走来，他居高临下看着我，手上拿了个盘子，中间放着粉末，划成一条一条很小的白线。有人递来一根吸管，他伸手接过后，对我露出温善的笑容：“猪猪，你知道哥不会害你的，乖乖吸上两条，让你有点感觉。你从没吸过，两条不至于过量，只会让你的头有些发胀。”

我惊恐地看着那刺眼的白色粉末，心底徒生恐惧，隐约明白他要做什么了。

箭在弦上，容不得我拒绝，即使我摇头，有力的手也紧控住我的后脑，让我动弹不得，无可避免粉末穿透鼻腔，进入大脑，一种说不出得难受，很快我开始目眩，脑袋发胀，身体的知觉在逐渐消失。

看到君子俯下身来抱起了我，然后走过几步，又将我放下。耳边听到陌生男人的声音在说：“战狂，你看看这是谁？她不是水云轩吗？红色的羽衣在她身上穿着，是不是很美？”

我艰难地转头，看到呆愣的陈新直愣愣地看着我，那眼中是我不熟悉的光。

“战狂，她是你的轩猪，她是你的轩猪……”一遍遍地重复在耳边，我迟钝的脑袋了悟，这是要给陈新洗脑，让他觉得游戏里的战狂是喜欢水云轩，然后那些架设着的机器，拍下这段来给谢雅看。

君子这心思，动得可真叫绝！若谢雅看到这一幕，不止是伤心欲绝，还会痛到彻骨，呵，有什么比被丈夫和最信任的朋友背叛，还要来得痛呢？

可我明知事情会如何发展，却无能为力，只能眼睁睁地看着这场戏从开场到结束。药效起了作用，身体感觉浮浮沉沉，脑袋一晃，眼前的景致就分裂开来，碎成无数个小片。我强聚精神，碎片又凝聚在一起，看到白大褂与壮汉等人往门口走，最后走出去的是君子，他深看了我们一眼，笑意莫名。

随后，那扇门被关了，机器却在闪烁着红光运转。

忽觉手上被覆盖，扭回头一看，是陈新拉住了我的手，原来他身上的绳索不知何时已被解开。他痴迷的目光紧紧盯着我：“轩猪，你可知道，你走了以后，整个区里变得荒凉孤寂，可到处又都是你的身影，我走遍各处，都是曾经我们一同并肩作战的痕迹。”

我听得入神，心里感叹原来战战是那么深地惦念过去，他忽然一把抱住了我，脸贴在我耳边喃喃低诉：“轩猪，这次你回来了，我不会再放你走了。没有唯一，只有我和你，好吗？”

不行，不能这样，心中无数个声音在嘶喊，可是我却绵软无力，推不开他的手。

张口欲言，发觉自己连声音都发不出来了，这时我才知晓，君子给我吸的东西定掺了别的成分在。

我感到了绝望，陈新被催眠彻底洗了脑，没有了神智，全部按照君子的计划走下去。我们拥抱在一起耳鬓厮磨的镜头，全被拍摄在那机器里面。

不仅如此，怀抱越紧，越能感受到对方带着兴奋的身体在蠢蠢欲动。不能再这样下去，必须得自救，否则接下来发生的事，将使我们万劫不复。

我抬眼看向那黑沉的机器，它就像张开了巨口的兽，欲将我们吞没。眼角划过某物，我心里定了定，拼了全力就势往地上而滚，抓住之前绑陈新的绳索，朝机器的脚架扫去，绳子没能打倒机器，只圈住了最下边的支架脚，我使劲一拉，“哗啦啦”一声，机器倒了。

同时，脚步声传来，很快门就被推开了，君子走近我们，眼中满聚风暴。

不知是我眼中的哀怜，让他动了恻隐之心，还是他起了别的心思，只见他挥挥手，有人上前将迷幻中的陈新从我身旁给挪走，然后那个白大褂走到我跟前，他的手中是针筒。冰凉的指尖压在我手臂上，只能看着那液体被注射入我的身体。

是要我与陈新一样没了神智吗？君子，这就是你说的不会伤害我？我说不出话，只能仰躺着凝看那俯首的男人，无声质问着。

可很快我就感觉到身体的知觉在复苏，头晕目眩感也在消失，喉咙一痒，轻咳出声，发现可以说话了，明白刚才那一针剂应是解了之前的药。

“君子，我没想到你会这么卑鄙！”如此情景，我再喊不出那个“哥”字，若不是我用绳子弄翻了机器，他绝对可以在外头冷眼看着陈新色令智昏。那才是他的终极目的，若想破坏谢雅与陈新的婚姻，没有比这样一段好友与老公纠缠在一起的录像来得更有效了。

君子定定地看着我良久，目光冰冷，声音寒凉：“猪猪，如果我真的卑鄙，那么就会进来将机器重新架好，让这场戏演完。可我终究还是念着曾经与你的情义，停了下来。因为我很感激你在我进去的那段岁月，能够陪在她身旁。”

转身离去的背影，沧桑又沉重。

我与陈新被隔离了开来，那架摄影机器有没有砸坏我不知道，但是之前的录影定是留存了下来。君子之所以肯就此喊停，也是因为拍摄到那里，足够将一池清水搅浑。接下来，可能就是等待谢雅出场了吧，他做这么多，为的是她。

可我绝没有想到，来的人不是谢雅，而是许子扬。

当听到外面传来嘈杂声时，心头有异样划过。我翻身而起，跑到门边一拉，居然没有上锁。

不知是君子笃定我不敢逃跑，门外居然没人看守。等我循声跑出屋子，就看到许子扬独自一人站在仓库前的空地上，手里抓了根铁条，几个大汉围着他，拿了刀具与钢管类的武器，而他的脚边躺了两人，抱着破了的头在哀号。

这才明白，原来不是没人看守，而是君子的那些小弟都过来这边了，显然刚才动过手。搜寻许子扬上下，见他没有明显外伤，我稍稍松了口气，随即心又揪紧，他怎么会来？

君子站在门前，静观其变，听到我的脚步声，他回头伸手将我扣在了身前。许子扬目光往这边一扫而过，然后定在我脸上，问道："有没有事？"

我挣不开君子的束缚，只能摇头表示无碍。并没撒谎，除去差点儿被拍摄下不堪画面外，君子没有太过为难我，他到底还念着一点旧情。有个壮汉走到君子身旁低声汇报："楠哥，这人棘手。"

只见过一次许子扬与许子杰动手的场面，若不是那次，我一直都当他是个文人。突然前方动了，许子扬手中的钢管已朝其中一人挥了过去，立时一场群架在眼前展开。

但没过两分钟，就听君子一声沉喝："住手！"

我余光划过，之前那个壮汉手上居然拿了一杆长猎枪，不知是真是假，赶紧呼喊还在打斗中的他："子扬！"他闻声转头看来，面色变了变，人往后退开两步，钢管用力一抵将那几人逼退开。

君子拉着我跨前一步对他说："许少是吧，我请猪猪过来喝茶，没想惊动你的大驾。既然来了，就一起进来喝杯茶吧。"他睨了眼许子扬手中的钢管，又道，"最好别轻举妄动，那猎枪可不长眼，不知道你是什么身份，不小心擦枪走火了可不好办。而且，里头你兄弟陈新在呢，我留了人特别关照他。"

许子扬的脸色变得很难看，把钢管扔在地上，立即有人上前捡走，用猎枪顶住了他的后脑。

君子松开了我，笑着说："来吧，许少，我们进去坐下来心平气和地谈谈。"他嘴上说得客气，等到进了原来关我的那间屋后，却让人将许子扬给反绑在椅子上。

许子扬冷笑出声："这叫心平气和地谈？"

君子也不介意，拉了张椅子坐在他对面，和颜悦色道："我是真有诚意和你详谈，也是为了保证我们的谈话过程不会因意外而中断。"

许子扬笑了笑，没再开口。君子转头看向站在门边的我，招了招手："猪猪，过来，你也坐下吧。"我只能听话地走过去，仍旧坐在了那张沙发上。

君子慢条斯理地点了根烟，吞吐了两口后，才眯眼看着许子扬道："你是从余兴德口中知道这个地方的吧。"这是一个肯定句，见许子扬眉色没动，他又转头看向我，"猪猪，你那父亲还算有良心。"

我沉了沉思绪，涩然开口："君子，这件事与他无关，我留在这里，你放他走吧。"虽然知道不太可能，但还是想尝试下。

立时，某道目光灼烈地射来，带着沉怒。

"猪猪，事情本来很简单的，原本只要让小丫过来，看过那场戏，然后我就会带她离开这里。可现在却不一样了，许少掺和了进来，他是什么人我早就查过，所以现在情况变得有些复杂。"

"那你想怎样？"许子扬淡漠地问。

君子又狠抽了一口烟，才说："问题不是我想怎样，而是许少你打算如何做。幸亏我对余兴德防了一手，他那边电话一打到你那里，就有人汇报给我了。我才能及时跟你联系上，让你单独过来，否则，现在还不是警车包围我这里？"

我越听越觉不对劲，这分明是君子有意将许子扬引过来啊，要不然父亲怎么可能打出那个电话，而他掐准时机跟许子扬通电话，他到底要干什么？我能想到的，许子扬自然也能想到，只听他冷沉了声音问："吴建楠，打开天窗说亮话，你究竟有何目的？"

君子的眸光闪了闪，将烟蒂扔在脚边踩灭后才缓缓开口："明人面前不说暗话，据说许少的门路通透，所以就想通过猪猪的关系，跟你疏通疏通。你也知道，我们这些打擦边球的生意，还得你们睁只眼闭只眼行个方便，才能生意亨通，到时候定少不了许少你那边的红利。"

听到此处，我有些懂了，君子是想与许子扬合作，借用他的关系重走老路。当初他除去领了一群兄弟在娱乐场子里坐镇外，就是之前我看到的那些药物交易。进去三年，他原来的路子可能还在，但必受阻碍，所以务必另找渠道，而且还要打通关系，才能东山再起。

所以，这个计划用上我，除去要让我与陈新做一场戏外，目标还是许子扬。

心冷成殇，若一切以爱为名，我或许还能觉得这个男人只是爱得疯狂。可并非如此，他在挽回谢雅的同时，更做了其他周密的布置，而这一切，都是为了利益。

阵阵寒意侵袭进我的骨子里，这个计划是否在当初君子出现时就已成形？他找上我的同时，为的不止是想我帮他挽回谢雅，其实更多的是打探我当时的状况，然后在与谢雅撕破脸撂下狠话后，他隐藏在背后，悄悄观察着一切动态。

就像是暗藏了獠牙的凶兽，将温厚和善的一面流露在外，又披上为爱不顾一切的外衣，然后抓准时机，掐住别人的命脉。

所以今天这一劫，我避不开，因为君子伺机已久。

许子扬垂了眸，像是斟酌他话的可行性，君子也不催促，气定神闲地等着。

许子扬抬眸时像是已有定夺，他星目流转，暗光浮动："如果我同意，你能保证她和陈新安然无恙地离开吗？"

什么意思？他要君子将我和陈新先放了，他自己单独留下来？

君子目光向我这边扫了一眼，笑道："陈新可以，猪猪不行。许少手段玲珑，我总得有个保障才行。不过你也别担心，以我跟猪猪的交情，我不会对她怎样，而且小丫跟我回了省城后，身边也没个朋友，我想猪猪能够陪陪她。"

如此，谈判虽失利，却也等于是有了结果，许子扬再度沉默。

君子笑着起身，说了些客气的话，然后在临出门前，让人给许子扬松了绑，却用手铐将他的手给拷在了窗棂上。对我并没做任何处理，许是也知道以我的能力是逃不了的。

我从门缝中朝外探了探，见几人正围坐在一起叼着烟打牌，不见君子的影踪。回到许子扬身边，我低声叹道："你何苦要过来呢。"他眉毛掀了掀，淡声道："吴建楠有心找我，避不开的。"

心中压抑，知道他是在有意宽慰我，若不是我在这里，以他的城府，有的是法子对付君子。我俯身到他跟前，压低声音问："你真的就一个人来的吗？"他怎么看都不像是单枪匹马逞匹夫之勇之辈，若不事先安排妥当，怎么会单独过来呢？

哪知他却道："你的君子哥在路上安排了人，沿路看到我一起过来的车子，电话打来说如果我不是一个人的话，你身上少了什么可不要怪他，你说我还能再带人吗？”

他说此番话时，眉色不动，平平淡淡波澜不惊，听得我却额头冒冷汗。听似轻描淡写，实则却是冒了一番风险前来，归根结底，是为了我。

我朝窗外看了眼，天色有些昏暗，院子里的人却还都守在原处不见松动。焦躁人心，我压低声音问：“那现在你有什么主意？”难道他还真同意了君子那提议，要与他做违法勾当？那今后他如何还能坦荡走这条政路，尤其人心是贪婪的，君子的胃口有多大，谁也无法预料，难保后面他会狮子大开口要更大的利益。

突闻窗外院内传来异动，转眸去看，只见君子走在前，身后跟着几个人，抬了什么东西进来。许子扬凑到我耳边，用只有我们俩能听到的声音道：“在我右脚鞋垫下面有根细钢丝，你拿出来。”我闻言立即低下身去脱他鞋，果然从鞋垫下面找出一寸长短的细钢丝，递给他后，只见他修长的手指翻动着将细丝插进孔内，没过一会儿，就见那手铐被打开了。

整个过程看得我目瞪口呆，他居然还有这本事？

“嘘，别出声！”许子扬做了个静音的手势，他将手铐解开后，并没有完全挣脱，而是依旧保持了原状，假意还被铐在那处。

我有所领悟，静立在旁，身体挡住他悬在窗棂上的手，等外面的脚步声逐渐接近。没有意外地，君子推开了门，看到我们挨在一处，展颜而笑：“给你们叙话了这么久，也算一解相思了吧。走吧，我送许少一程。”

他朝身旁的人使了个眼色，就见那人从怀中拿了手铐钥匙向我们走来，我顿时心中一紧，若被他们发现许子扬已经解开了锁，如何是好？可我又不能一直挡着不让开，在那个男人走到跟前时，只得慢慢移开身子，站到了旁边，心跳剧烈。

男人走上前一步，只听一声“咦”，同时外头传来一声巨响，许子扬猛然挣开手铐，一拳朝那人挥去。男人并无防备，直接就被打倒在地上，君子面色惊异，由于事出太过突然，他也没意料到，迅速退出门外，立刻有壮汉拎着棍子朝我们冲来。

许子扬将我往后一拉，掩在身后，抬脚踢翻最前面的一个人，又斜踢过一脚，正中另一人的手腕，趁他手指松动时，夺走了棍子，武器在手他打起来就不那么费力了。奇怪的是，进来的就两三个人，君子退出门外后，也不见带人过来。

等我们冲到外头时，才明白是怎么回事。空地上，原本君子这边人拿着的那把猎枪，如今却指在了君子的脑袋上，其他人都只敢围在四周，不敢妄动。刚才那声巨响，应该就是放枪的声音，而持枪者戴了顶鸭舌帽，将脸面都遮住了，看不清是谁。

君子眸内冷光闪烁，向来泰然自若的神色已经动容，瞪着拿枪指着他头的人问："你是谁？"那人抬起头时，我看清了他的脸面，松了口气。

程磊。

我就说许子扬怎么会完全没有安排就单身赴会，原来一切后招都在这里。显然之前君子出去应该办什么事了，回来时，程磊悄悄混了进来，刚才许子扬朝窗外一瞥间应是看到了他，然后才让我拿细丝给他去开手铐的锁。

这一招里应外合，配合得刚刚好。

程磊咧开嘴笑了笑："我是谁不重要，如果你不想你老婆女儿都被请到局子里去的话，尽管继续横下去。"君子的脸顿时沉了下来，朝我们这边看过来，目光定在许子扬身上："你让人将她们给扣留了？"许子扬并没给正面回答，面不改色地淡问："新子呢？"仿佛胸有成竹般自若，可我感觉到他拉着我的手心内有微凉的汗湿，掌力扣得很紧。其实他也在紧张吧。

很快，陈新被带了出来，浑身是伤不说，仍是昏沉状地瘫软在那里。衡量眼前形势，确实对我们来说不算太好，这边只有许子扬与程磊两人，而君子那边却有一大帮人，一把枪除了能控制住君子外，根本无法兼顾别人。

我最担心的是，那把枪在君子手上是伤人的武器，在程磊手上却受束缚，他一不是警察，二不是亡命之徒，所以不大可能真对君子开枪。

这个道理，我能想到，相信君子也能想到。

所以，扣住陈新的男人没有放人，而其余人也持械围住了我们，形成了两方对峙的局面。

"如果不想那小子死的话，你就开枪吧！"君子出声打破了沉寂。

可他话声一落，程磊就毫不犹豫地将枪向下移转，对准他的肩膀处扣动了扳机，"砰"的一声，君子闷哼出声，身体被弹出去两步，一个血洞出现在他的肩膀处，他捂住伤口不敢置信。

我在旁看着也惊呆了，刚才那一刹那，程磊的脸上闪过狠戾。身旁男人一声轻笑后道："你以为他不敢开枪？他有持枪证，有权枪击罪犯，就是今天他开枪打死了你，我也能保他无罪。吴建楠，你不是知道我的能力嘛！"

君子的面色变了几变，犹自嘴硬道："大不了一拍两散，今天我让你们走了，你也不会放过我，还不如拉上那小子当垫背。”

许子扬朝那边的陈新瞟了一眼，然后不紧不慢道：“也行，你要这么做的话由你。现在我兄弟那样子，也不知道能不能救活，与其带回去不行了，还不如就在这里一起了断了。阿磊，不用客气了，动手吧。”

程磊立即听令抬枪指正了君子的头，手指扣在扳机上，像真要开枪般。君子只得大声喊停，他没法赌这一把，赌的是命。

许子扬邪勾唇角：“劳驾送我们一程，另外还要拜托你手下扶我这兄弟一下。”

程磊顶着君子率先往外走，我跟许子扬跟在后，陈新被人搀着。穿过厂房，外面没有灯照明，四周一片昏暗，夜风吹动高过人的草丛，就像舞动着的恶灵般狰狞。

就着微弱的月光，发觉那处停了两辆车，程磊在前头吩咐将陈新扶到其中一辆车内，朝我们看过来，许子扬眉毛动了动，拉我走向车边，推我坐进后座并关上了车门。

我透过车窗向外看，因为昏暗，只看得到他们漆黑的身影，看不清许子扬等人的脸色。心生莫名的恐慌，很害怕他们会出事。外面的情形如箭在弦上，一触即发，两人并排站到一起，猎枪紧紧顶着君子的脑袋，而那群人站在几尺开外，谁也没有动，都沉目紧盯着对方。

一声轻响，敲击在心头，让我的心跳加速。前面驾驶座的车门打开了，许子扬探身进来，视线向后面瞟了一眼，然后就听到汽车启动的声音，但他并未坐进来，而是转身忽然向君子逼近，银光闪过，我仔细看，才发现他手上不知何时已经拿了把细小的匕首抵在君子的喉咙处，这一下对方有人怒骂出声，却也不敢逼上前来。

程磊阴冷地一笑，移开猎枪扫了眼四周，突然对准了旁边那辆车的轮胎射击，爆破声在夜空划过众人的耳膜，尤为惊心。身形移转间，猎枪到了许子扬手上，改换成他指着君子的头，他沉声道：“阿磊，你先上车！”程磊没有任何迟疑，钻进了车内，手控在方向盘上，做好随时开车的准备。

而许子扬用枪架着君子慢慢往副驾驶座移动，那群壮汉也步步紧逼，车门开启的时候，我听到君子在说：“猪猪，我没想到结局会是这样。”

微微一愣，没想他会忽然对我开口说话，而我坐在车内，甚至看不清他的脸面。只听一声痛呼，许子扬身影闪进了车内，没等车门关上，车子像箭一般飞了出去。

拦在车前的人，有被撞开的，也有急跳到旁躲避的，回过头从车后玻璃往外看，发现君子捂着肩口的伤处倒在地上。刚才那一下，应该是许子扬用枪杆重重打在了他的伤处。

那群人象征性地追了些距离，但到底脚赶不过汽车，只得作罢。漫无边际的黑沉，压得人惶惶不安，有些透不过气来。前头许子扬在问：“我们的人都还在原地待命？”

程磊点点头：“吴建楠安排了人守着，一看有风吹草动，立马就会打电话通知进去，怕你有危险，没敢轻举妄动。我是乘人不注意，偷偷混在工人里头进来的，知道我发现了什么吗？满满一箱的大麻，还是最原始没加工过的，那姓吴的真是疯了。”

我在后面听得暗暗心惊，后来君子出去就是去拿那些东西了吧。

“消息已经传过去了，这边我们一脱身，就有人会赶过来，最多一个小时，就能接上头。子扬，看那姓吴的嘴脸，我还真想给他一个枪子吃吃呢。”

许子扬轻哼了声，没再开口。

地面坑坑洼洼的，连带着车子时有起伏，开过二十来分钟后，忽听前头传来一声：“不好！”就觉车子一个打滑，然后大的颠簸，差点儿翻车。我受车身倾斜的惯力，倾倒到一边。

怎么回事？是因为天太黑看不清路况，卡在什么地方了吗？前面的许子扬与程磊互看了一眼，脸色黑沉。我也跟着心头骤紧，想也知道此时发生了这突发情况，于我们极其不利。

可更加不利的还在后头，程磊忽然叫了起来：“子扬，你快看！”顺着他的手指透过前头的挡风玻璃往外看，五十米开外的地方有车灯亮起来，然后向这边疾速开来。

车子才开了半小时不到，许子扬的人不可能来得这么快。不祥的感觉涌来，脑中浮现出君子最后那句话，顿时面色变白。

是君子安排的人！他对我们动了杀机！他说：“猪猪，我没有想到最后结局会变成这样。”那时候，他已经起了杀心，是在与我作告别。君子游走黑道，骨子里有股沉冷的狠劲在，当初就曾有蓄意伤人的案底，又为了那些软性毒品铤而走险，他势必做好了一切的准备，也考虑到了所有可能的因素。

不成功便成仁，在他的世界里，这是至理名言。而如果我们出事，那么他必将争取到最有利的时间跑路，中国这么大，躲在某个角落三五年完全不成问题。

此时的情形，容不得我们多考虑，许子扬当机立断下命令：“快，都下车！”他已经踢开了车门率先下地，绕过车身到我这边，拉住我的手，将我从车内拽了出来，陈新由程磊扶着。

许子扬拉着我扭头对身后吼道：“阿磊，把猎枪带上！”随即埋头往回跑，我紧跟着他的步伐，可因为路况实在太差，加上没有路灯，夜就像裹了黑布一般漆黑，所以跑了一段距离，脚步就开始踉跄起来。

紧随在我们身后的程磊与陈新两人，也是呼吸沉重，车声越来越近了。许子扬突然开口：“阿磊，等下看准时机逃，你带着新子，我们兵分两路，可分散些人。”

“明白！”

有种人明明处于劣势，依然能够沉稳自若地调度安排，这就是许子扬。

很快，汽车追到了我们身后，直接朝我们撞来，许子扬带着我往旁边一滚避开了危险。等起身时，车内已经“哗啦啦”下来十来个人，每个人手中都拎着把明晃晃的砍刀。二话不说就冲上来朝我们砍，程磊没有犹豫朝最前面那人开了一枪，却听有人喊：“他们就一把猎枪，兄弟们上啊。”

确实，就一把猎枪，不说子弹有限，就算有足够多的子弹，程磊也不可能当真就肆意射杀对方。而且猎枪又不能像冲锋枪一般连发，这一缓的时间里，对方已经用刀砍了过来。

许子扬眼明手快踢中那人的手腕，程磊用枪格挡住横劈而下的刀：“跑！别硬拼！”扔下这句话，许子扬就紧拽着我狂奔，风吹乱了我的头发，除了自己的呼吸声，只听得到他的。如果没有身后踢踏着的凌乱脚步声在追逐，世间仿佛就只有我们两个人了。

一个趔趄，我毫无预兆地往前栽倒，膝盖蹭地，痛意立即传来。许子扬连忙回身，环住我腰才将我拔起，被身后的人追上。我只看到银光闪过，接着就是刀刃入肉的声音，格外地清晰。有那么两秒钟，我的思维停顿，等到反应过来时，才尖叫出声。

追来的有五六个人，敌众我寡，局势极为不利。许子扬松开了我，反身夺过了其中一人的刀，劈开了紧随而上的那人，却无法顾及另外一边。我颤抖着从地上爬起来，手上紧抓着刚才摸来的一块石头，深吸了口气，一个飞扑撞倒了其中一人，毫不犹豫地用石头去砸对方的头。

惨呼声起，却同时听到身后有刀风过来，还没等我回头，又是一道挠破我心的撕裂声，背上沉重地压来。呼吸刹那间顿住，许子扬抱紧了我向旁滚去，可却不知我们摸黑乱跑间，跑到了山道上，这一滚就从山坡上直接摔了下去。

不断下滑的势头，停也停不下来，坡体上的尖石划破皮肤，乱草树枝擦过脸颊，将皮肤撕开了口子。黑暗中，许子扬将我紧压在胸前，奋力想用脚蹬住什么来减缓我们下滑的速度，我也学他试图拽住树枝，在两人的合力下，总算是止住了下滑的身体。

因为山体上有树木，将头顶遮盖了，更加伸手不见五指，无法辨析离底下还有多深，只能就近摸到一棵稍微粗壮的树，将身体的重量靠在上面。仔细听了听，寂静的夜，只听到彼此沉重的呼吸声，头顶没有人声传来，想来那群流氓也不至于冒险在这漆黑的深夜里滑下山来追。

忽然想起什么，我探手去摸他背后，一手黏腻，心往下沉："子扬，你怎么样？"

"我没事。"简短的回答，但从他沉重的喘息声可判断，他有事！我手上摸到的黏腻不可能是汗，是他的血。那几下刀刃入肉的声音，是那么清晰地划过我的耳膜，我的眼角控制不住湿润起来，如果不是我，他不会落到这般境地。

就算是最后逃跑，没有我和陈新两人，凭着他和程磊的本事，加上还有一把猎枪，他们也定能安全脱逃。可是……我拖累了他。

"别怕，我身上有追踪器，他们会找到我们的，只要熬过这段时间。"

醇厚的嗓音中带了点喑哑，他是想宽慰我，可是这种时候我哪里能够松下心神来，情绪在崩溃边缘，但还得紧紧揪着。我语音颤抖着说："你流了好多血，先想办法帮你背上止血吧。"我怕等到救援的人来，他的血都要流尽了。

但他伸手摸了摸我的脸，语声渐轻："浅浅，你要竖起耳朵仔细听，除非听到程磊在喊，千万别应，知道吗？"他是怕君子的人不死心再找来吗？忽又觉得不对，他怎么像是在交代着什么，我心中惊颤，急问："你是不是还有哪里受伤了？快告诉我！"

可是他却没再说话，我惊慌地去摸他的脸，发觉他已经闭上了眼睛。"子扬！子扬！"连喊两声，都不见他有回应，他已是昏了过去。他身上绝对不止后背那一处刀伤，要不然不会这么快就昏迷的。

眼睛不能视物，只能靠手去摸，先检查他的头部，果然后脑上有湿润，定是在滑下山坡时磕到了凸起的石头。鼻间全是血腥味，当我的手触摸到他的腹部时，连心都颤抖了。这里才是致命伤吧，几乎整片衣料都被血浸透，而且还在源源不断地涌出血来。

我连忙脱了外衣去堵那伤口，可很快衣服也湿了。这样下去不行，他等不到救援的人，就要先血尽而亡了。我拼命告诉自己别慌，可颤抖的心怎么都镇定不下来，这种情景，我怎么可能不慌呢？背靠在随时都有可能滑落的山体上，他生命垂危，连一点急救的法子都没有，声音大了还怕引来恶狼。我咬了咬牙，赌一把！

我将他覆在身上，脱去他的外衣罩住他的头，然后紧紧抱住他，脚往旁边一蹬，两人又开始下滑。后背摩擦着，衣服很快就破了，撕裂的疼散开，但不过两分钟，我们就滑到了底。

在许子扬陷入险境的情况下，我不能再等着人来救，首先得自救。我吃力地将他先移到一旁，忍住后背钻心的疼爬起来，使出吃奶的力气将他覆在背上。直起身时，身体晃了晃，勉强稳住身形。

凭着直觉往某个方向走，沉重的不止是步伐，还有心。他的脸就搭在我的肩膀上，喷在我脖颈间的呼吸越来微弱。还记得那一次在海边，他背着我一步一个脚印地走在沙滩上，如今情景倒转，换我来背他。

只是，此一时彼一时，那时满心感动，此时却满心绝望。

前路茫茫，背上的人生死未卜，漆黑的夜如一张弥天大网将我们笼罩。我除了不停地走，别无他法，渐渐像是有了幻听，耳边传来焦急的呼唤。有喊许子扬名字的，也有喊许少的，我慌张地看了看四周，背着他躲进了草丛中。

人声渐近，眯起眼想穿透黑暗看清前方逐渐逼近的人影，连呼吸都屏住了。如果来的是敌，那么我和他必将要身死在这里了。

直到呼唤声中，有熟悉的嗓音喊“余浅”时，我的呼吸才恢复过来，那是陈新的声音。他和程磊逃脱了吗？那么，这些人是……刚想探出身去，忽想起许子扬最后交代的话，我又缩了回来，静静屏息等待那群人靠近。

“从追踪器来看，应该就在这附近，大家分开找找。”

终于，我听到了程磊的声音。“我们在这里！”出声时，才发现自己的嗓子已经干哑，但只要能引起那边的注意就好。脚步声向这边走过来，我想要背着许子扬直起身，可是刚刚还能强撑的毅力，在这一刻都松了下来，一个跌冲，伏在了地上。

“他们在这里！快来！”头顶有人在喊，头晕目眩间，意识有些昏沉了。感觉到有人在拉我背上的他，条件反射地反手紧紧扣住不放，只有一个念头：不能放开他！

“余浅，放手。我是程磊。”

是程磊！许子扬说只能信程磊，我心头一松，手也松开了，身上的重力被移开，很快有人来扶我。我迷蒙地扯住身旁人的衣袖道：“快，他的头部、背部和腹部都有伤，必须先急救！”

耳边立即是混乱一片的惊呼声，有人在嘶吼：“快把车开来，车上有急救器械。”

我是强撑到看着许子扬被抬上车，然后接上氧气罩才逐渐昏沉过去的，身体各处的痛早已将我的痛觉神经麻木，能够坚持到这会儿，已是身体的极限了。

投进未知的黑暗前，有种说不出的恐慌与害怕，仿佛这一闭眼就可能再也见不到他。可我依然无法控制自己的意识渐渐模糊，犹如混沌中的蝴蝶断了翅膀，飘然而落，坠沉到底……

第八章

许我唯一，许我天荒

步步到头终成悔

我又一次在刺目的白围拢下醒来了……

脑中飞闪过片段，我惊坐而起，立即感到后背上的痛意在撕扯着神经，原来意识模糊时感觉到的疼都在那儿。但我顾不上这些，踉跄着走出病房，不见任何熟悉的身影，我辨识了方向走往护士台。

“余小姐，你怎么起来了？”一个护士看到我惊呼出声，连忙从台后走出来，想来拉我回病房，我拖住她的手问：“跟我一起来医院的另外一个伤者呢？”

她却一脸茫然道：“哪个人啊？你被送来时就只有你一个人啊。”

我怔住了，想了想又问：“那送我来医院的人呢？”是我思虑不周，许子扬若送医就诊，定是与我分开的。

“你说程先生啊，他把你送到这里后，付过医药费就离开了，只嘱咐我们按时给你换药挂点滴。余小姐，你刚醒来，还不能下床的，你的背部多处划伤，比较严重，这样走动会将伤口撕裂。”护士一脸严肃地告诫着，可我却一个字都听不进去。

昏迷前许子扬的样子历历在目，如果不让我知道他此时的情况，我是怎么都无法安心躺下来养伤的。目光触及护士台后的电话机，我立即扑过去道：“让我打个电话。”

护士没有为难我，将电话机拿到了吧台上，我颤着手指一个数字一个数字地按，可是电话那端漫长的铃声在吟唱，始终没有人接听，直到时间过长中断，我不死心再拨，依旧如此。

终于连身旁等候的护士都看得有些不忍了，小声问：“余小姐，是程先生不接电话吗？你别急，晚些我帮你打电话给程先生，总能打通的，费用单子出来了，还得向他报备。”

我微微一愣，抓住她的胳膊急问：“你知道程磊的电话号码？”

“知道啊，程先生离开前留了号码，说你如果有任何反复都要打他电话的。”

“给我，把他的号码给我。”在我的坚持下，护士转身去查找登记的号码。输入数字，很快就接通了，略微陌生的嗓音在那端：“喂？哪位？”我紧握住电话，深吸了口气：“程磊，是我，余浅，他怎么样了？”

那头陷入沉默，我的心也开始往下沉，难道……就在我快受不住这煎熬，绝望至极时，程磊的声音像极远又像极近地简单干脆：“他还没醒，失血过多，陷入重度昏迷中。”

“……”

在等待程磊到来的半小时内，分分钟对我都是煎熬。我不敢去想许子扬了无声息地躺在病床上，然后浑身插满管子的样子，更不敢去想程磊口中的重度昏迷会有多严重，只能任由脑子停滞着，一片空白。

程磊进门时，我迫不及待地催他带我去见许子扬。在去的路上得知，原来许子扬被送往了全市最大的医院，那里有最先进的医疗设备，更有最专业的医生。在程磊的带领下，我跨进了医院的大门，却被拦在了重症病房门外。

一向威仪高傲的许母，满目都是悲恸，看清是我后，没了以往的高贵姿态，直接上来挥了一巴掌，我被打得头往旁偏，她紧抿的唇内只吐出一个冰冷的字：“滚！”

脸颊上是火辣辣的刺痛，如果在别的任何时候，在这么被对待后，我会转身头也不回地离开，可是现在，我只能放软了态度哀求：“许夫人，请让我见见他！”

可许母却是怒目瞪着我，凄厉地骂道：“如果不是因为你，子扬会躺在里头？余浅，你给我有多远滚多远，从我眼前消失，立刻，马上！”

她的愤怒、她的责备、她的悲恸，我都能理解，换作是我可能也会如此做，可许子扬在里面，我迈不开离开的脚，只能倔强地站在原地，双眼定定地看着那扇门，它将我和他隔绝，近在咫尺，却远若天涯。耳旁许母在怒吼：“你们愣着干什么？将她拉出去。”

有人上来拉我，要将我带离，不知从哪儿生出了力气，我用力推开束缚，冲到许母跟前，弯腰鞠躬到底，声音哀沉：“求你让我见他，就见一面也好。”只要能够见到他，再卑微的姿态，我也愿意去做。

突然，沉怒的声音在门边响起：“吵什么呢？”

我抬起身看过去，威严、肃穆、冷凝，是我对他的形容。他的身上，有许子扬的轮廓在，那双同样黑漆的双眸内，是足以让人觉得畏寒的肃冷，额头与眼角的纹路叙述了他的沧桑沉稳。他说：“余小姐，请你离开！”

他用了个请字，语声却让我觉得震慑，我压制住心底的恐惧，走向他，再次弯腰到底，恳求出声：“伯……许先生，求你让我见他一面。”那声伯父我喊不出来，因为他必然不会接受。

头顶是凌厉的视线，无声沉默，反而给人窒息般的压抑，半晌过后，才听肃穆的声音在说：“子扬被送来时，几乎没了呼吸，就是现在也没有脱离危险期，能不能醒来还不知道。余小姐，请你体谅下为人父母的心情，好吗？”

我整个身体都僵在当场，弯下的腰一点一点直起，却不敢去看那双眼眸。

高高在上的许父，到底与许母不一样，他三言两语间，即使是请求，也戳中了我的软肋，让我无地自容到不敢看他。我缓缓转过身，一步一步向电梯的方向走，身后有目光紧随，我没有力气再去分辨是谁。

电梯门开了，我迈了进去。脑袋有些发疼，但还好，能够忍受，疼的是心，一抽一抽的。

到了楼底下，我茫然四顾，辨认了下方位，才往大门处走，这个地方一迈出去，下次再进来恐怕就难了吧。可是我又能怎样呢，难道偷偷躲起来，藏在哪个角落，等着他的消息？心里衡量这个想法的可行性，忽听身后有人唤：“余浅。”

我愣了愣，回过身去看，是丁岚。

她缓步向我走来，停在一米开外处，冷冷看着我，眼中的锐利锋芒要比往常少一些，多了丝悲哀，她说：“余浅，我真是看低了你，没有想到他为了你竟然可以连命都不顾。”声音哀戚婉转，有着说不出的悲意。

我抬头看了看天，灰蒙蒙的，像是笼罩了一层浓浓的，雾霾。

再看向丁岚时，我的唇角掀起了嘲讽的弧度，目光凛然，轻声问：“值得吗？”

她愣了下，蹙眉反问：“什么值得？”

我冷笑一声道：“你与吴建楠串通，设下圈套引我入局，做这么多事，不就是为了得到他吗？可你何必要置他于死地？啊？”

“我没有！我根本就没想到他会……”丁岚倏然住口，惊恐地瞪着我。

果真是她！君子怎么会知道陈新玩过传奇，又怎么知道我在老区玩游戏的事，答案都在这里，这一切全是丁岚告诉他的。如果我没猜错的话，我与陈新的那盘录像带，不止会给谢雅看到，还会给许子扬看。

“你想说你根本没想到他也会过去吗？因为你本来设计的是我吧，呵，丁岚，真是好计谋呢，你早就知道我是十区的水云轩。”最后那句是肯定句，上一回省城交锋时，她只字不提老区的事，只谈新区我们的恩怨情仇，其实那时候她就已经知道我是水云轩了。

丁岚眼中明明灭灭，最终阴鸷地看着我说：“不错，我早就猜到了。在那次身份揭开的宴会上，我就开始怀疑，为何陈新会对你掩藏了关心，就算谢雅与你关系再好，他这个作为闺蜜老公身份的人，那些情绪也都不正常。尤其是在子杰爆出你是靓猪这件事时，陈新反问他怎么知道你是靓猪。当时我没注意，事后回想就觉得不对劲，因为大家同时转战新区时，陈新去了国外，他根本就没玩过那个区，可他的口吻却对你一副熟稔之态。有些事只要有心去查，就总能查到，比如陈新有一个尘封不用的企鹅号，空间里面全是战狂与水云轩相携站在海边的照片。你说我看到这些，还能不明白吗？”

我怔立在原地……

丁岚突然诡异地一笑，向我凑近：“我还查到一个很有趣的事，就是陈新那个企鹅几年没用，却在前段时间频繁登录，还基本上都是深夜，你说这个时候他不睡觉，上线做什么？怀念从前？”

脑中闪过那时谢雅悲凉的神情，心里也有了别样的抽痛。

丁岚的讥讽声仍在耳旁：“你那好姐妹也真叫一个痴情，都看过你和陈新那段抱在一起的录像了，居然还能在这时候守在病床前。”

什么在轰然炸开，我的思维停止，只剩一个念头：谢雅知道了……

眼前那张嘴一开一合没有停，大致意思就是我和陈新在那间屋子里的录像是即时拍摄且立刻传输出去的，那个时候，丁岚特意请了谢雅过去观看，而且她还用手机传输给了许子扬一份，也就是说同一时间，不堪的画面让我最在意的两个人都看到了。

心中那点微弱的希望化为泡影，而我不敢相信，许子扬出现在那里的时候，他也看到了那一幕。即便如此，他依然不顾一切地来救我，甚至为我挡刀，为我拼命。

心弦绷断，我忽然就出离地愤怒，嘶吼出声：“丁岚，你闭嘴！他要被你害死了，你满意了？吴建楠根本就是在利用你，他的目的是许子扬，他要许子扬包庇他做不正当的生意！”

“害死他的是你！是你余浅！”丁岚也突然发疯了一般吼出来，眼睛血红地瞪着我，“如果不是你，我会答应吴建楠的提议吗？如果不是你，他怎么会一个人孤身前去？我哪里会想到他为了你，竟是发疯了，余浅，该死的是你，你为什么不去死？”

“够了！”一声沉吼从旁传来，一道身影挡在了我跟前，“丁岚，不要把莫须有的罪名都加在她身上，若非你动机不良，又怎么会落到现在无法挽回的地步？你说如果我将这段话告诉伯父与伯母听，他们还能容你吗？”

“许子杰，你！”丁岚气得浑身发抖，却也再不敢多骂一句。

我站在许子杰背后，忽然觉得这样争吵又有什么意义？追究谁的责任又有什么用？能换来许子扬的苏醒吗？我缓缓转身，谁也不再看，往大门走去，可茫茫然不知该前往何处。

却听丁岚在身后扬声道：“你不是爱他入骨吗？据说五峰山上古佛寺里面的菩萨很灵验，求什么都能心想事成，不过得三跪九叩了上山，方能让佛祖感受到你的诚意。余浅，你为什么不去试试？没准儿子扬就醒了呢？”

古佛寺？我心中微动。

脚步声渐远，许子杰走过来，看了我好一会儿才道：“走吧，我送你回医院，你后背有血渗出来了。”经他这么一说，才察觉原来无处不钻心着绞痛的是后背伤口裂了，可是我却仰头看他：“能不能开车送我去五峰山？我身上没带钱。”跟着程磊从医院出来，我衣兜里身无分文，那五峰山又在郊外，起码得有一小时的车程。不管许子杰因为什么帮我，此刻只能求他。

他皱起眉问：“你真的要去？那是丁岚的激将法，你难道看不懂？信神佛？余浅，你脑袋是发昏了吗？”

我不信的，从小到大从不迷信，不信神佛。可是此时许子扬生命垂危，难以苏醒，我连那门槛都迈不进去，除了去上山拜佛祈求外，还能做什么？我垂下眼，轻声道：“你如果不愿意，能不能借我一百块钱，我晚点再还你。”

视线紧凝在我头顶，几秒钟后，听到他说：“走吧。”

五峰山脚，我抬头仰望，台阶像是绵延万里般无尽头，两旁是葱郁的树林，幽幽暗暗屹立着。我当然不会真听了丁岚的话，三跪九叩而上，诚意这事在心就好，可就是一步一步地向上走，对我来说亦是煎熬。原本就打着战的脚，在走过上百阶后，开始越来越沉重。

许子杰就跟在我身后，沉默不语，没有劝阻，也没有提出要帮忙。是心中有执念，才能让我在体力透支又伤痛加身的情况下攀到了山顶吧。

凝望着幽幽古刹，耳旁梵音隐隐，鼻间檀香四溢，心也平静了下来。

走进寺庙，一个神佛一个神佛地磕头拜过去，跪倒、起身、再跪倒……做着重复的动作。常听人说，鬼神之说不可全信，也不能不信，此刻我只想为一个人拜尽这里所有的神佛，只祈求保佑他能平安无事。

忽然想，会不会是他把永保平安的佛牌给了我，所以才有这一劫难？如果是这样，那么我说什么也要把心口的这块牌子还给他，只求能让他平安无事地醒来。

下山的时候，我的脚麻木到没有知觉，一个踉跄，差点儿从台阶上栽了下去，身后的徐子杰眼明手快拉住了我，并且将我拨转了身回望他，盯着我良久，眸光暗沉，他问："真这么爱他？"

我怔神两秒后，轻轻一笑，点头。

"爱！"

许子杰后来想要背我下山，我倔强地蹲在地上不愿意，因为曾经有个人背着我的画面，是我最最美好的甜蜜，我想要永久珍藏。哪怕他是好意，我也不想将那个画面破坏。许子杰无奈，只好请来挑夫，让我坐在了那椅子上，他走在旁边，一路陪着下山。

到后来，我却渐渐失去了知觉。再醒时，感觉浑身像散了架一般，无处不在刺痛，而且人是趴着的。一只微凉的手探到额上，头顶传来许子杰的声音："退烧了。"我艰难地翻转侧身，见他站在病床前解释："你在下山的途中昏迷了，我真不该陪你发疯去那五峰山，你可知你背上的伤有多严重？伤口感染发炎，高烧烧到四十多度，再晚点送医院的话，恐怕连脑子都要烧坏了。"

我沉默着没有接腔。哀莫无助是我之后的写照，那场高烧加后背的伤，如火如荼地反反复复，让我无力再折腾。我就如困兽般，连想挣扎下都徒劳，只能从许子杰口中得知一些有关他的消息，可每一条消息都不乐观，他始终没有醒来。

一周下来，我就像走了个轮回，在水深火热中游了一趟，但总算是恢复了些。我再也躺不下去，跟医生要求出院，却与许子杰发生了争吵。他面色不善地说："你现在要求出院是想去看他？你能进得了那病房的门吗？看看你这脸色，还没走到那医院门口就昏倒了吧？"

我扭开头，视线定在某处，吐声虽轻却很坚定地说：“我要出院。”

“余浅，你就作吧，你去了又能怎样？别说你进不了门，就是进了门他就会醒来吗？医生说他可能会长期昏迷，长期！知道长期是多久吗？一年，两年，五年，甚至十年，也可能是一辈子！”

“你住嘴！”我嘶吼出声，血红的眼怒瞪着他，“许子杰，你是不是很得意？他醒不来你最开心是吧？那样他所有的一切就都归你了，你就是个卑劣的小偷，只敢躲在背后肆意窃取别人的东西！”我不想听他说许子扬不会醒这种话，一个字都不要听。

许子杰的暴怒浮上脸，漫进眼底，目光睥睨着我，几乎想把我灼一个洞出来。最终他扬起手指，指尖离我的鼻端只一寸之距：“余浅，你行！”转身，毫无留恋地走出了病房。

那天，我义无反顾地出了院，来到许子扬所在的医院时，如预料般被拦在了重症病房门外，并被驱逐着离去。无奈，我只有下楼来到医院门前的马路对面，找了地方守着，知道这么做很傻，可至少能够离他近一些。

主要是，我可以从进进出出的人里头分辨、判断事情的进展。

既然与许子杰翻脸了，我唯一能找的也就是程磊，从他那边探听些消息。

答案始终如一，许子扬并未苏醒。

这日，我又一次仰望高楼，已经有将近二十天没见到他了，似与他隔着万水千山的距离，无法走近一步。只能回忆着我们再遇以来的点点滴滴，那些曾经不怎么美好的画面都成了我此刻思念的慰藉，饮鸩止渴。

一辆绿色出租车在门边停下，我本没注意，但见到那后车座里出来的身影委实愣了下。多日未见的丁岚，第一次出现在了视野中，她的眉宇间多了愁绪和惶惑，脸色也不太好。她那么爱楼上的那个人，这些反应都属正常吧。

突见她从兜里摸出手机来接，我与她隔了十几米的距离，依稀可听到她讲电话的声音。

“只是调查，不会有事的……我刚到这边你就要我回去，就算有事我回去能顶什么用？好了，好了，妈，我知道了，等我看过他，晚点就回来。”

声音渐远，她已经走了进去，脚步匆匆。

我没往心里去，她的事本与我无关，也没那心力去管这些。但不知为何，心头阴沉得很，像头顶的天空，被乌云遮挡，没有一丝光亮。

许子杰的车驶进医院，他下车就靠在车门上，点了支烟，远远注目着我。

埋了头，不去看他。却从余光里瞟到他穿过马路，走到我跟前，目光紧凝在我脸上，那里面的深意我不懂。好一会儿，他问："你真想见他？"

心跳漏了半拍，顿时剧跳起来，希冀的目光盯着他，可以吗？他能带我上去看许子扬？

"余浅，你不要后悔！"说完转过身迈步，走了几步后顿住，"还不跟上？"

我立即反应过来，期期艾艾地走上前，然后与他一前一后地向医院大门走。电梯内，只有我们两人，被压抑了许久的情绪找到了出口，我的呼吸显得特别沉重。激越的心在猛烈跳动着，像有个声音在呼喊着："子扬，我来了。"

抵达楼层时，电梯门开了，许子杰率先走了出去，回看了我一眼，那眼中似有很多信息，又似只是那么清淡地看了看我，随即朝病房门口而走。

门口依然守了几人，丁岚站在那里，似乎在与他们争论着什么，走近了才听清话意。令我吃了一惊，大抵的意思居然是那几人将她堵在了门外，这是怎么回事？听到我们的脚步声，丁岚回过头来，看清许子杰背后的我，她的瞳孔收缩了下，僵直地站在那里。

许子杰上前嘲讽地笑着："怎么？丁大小姐被拒之门外的感觉如何？"

丁岚一下子就恼了，瞪着他怒道："是不是你特意下令的？我要打电话给许阿姨。"说完就开始拨号，可是手机贴放在耳边，久久不见她说话。

就连我也看明白了，电话没有打通。

事情透着诡异，很明显丁岚在许家人面前的身价一落千丈。她怔忡地放下手机，嘴里呢喃着："怎么会这样？为什么许阿姨不接我电话？我只是回去几天而已，不该是这样啊。"

我忍不住去看身旁男人的表情，只见他嘴角噙着冷笑，眸色暗光浮动，沉冷了道："想知道原因？跟我进来吧。"

扭转门把，推门而进，许子杰已经迈了进去，我瞥了眼丁岚，没有任何犹豫跟着走入内，听到身后高跟鞋的声音，知道她也是跟了进来。

这是我第一次真正意义上走进子扬的病房，里外两层，外面就像个会客室一般，有沙发有茶几，还有一些家电设备。我怀着期待又忐忑的心情，走进里面那扇门，然后，凝住了身形。

首先入眼的是那张我想念了很多遍的脸，双目紧闭，墨发垂落在他额前，遮住了他的眉，安安静静地躺在那里，集结了我所有的痴缠爱恋。

我迟钝了那么几秒，才将目光慢慢转移，落在那个背对着我们，长发披肩的女人身上。白色的纱裙拢在她身上，纤长的头发如黑色瀑布般柔顺，只是一个背影，就那么……无法忽视。那道身影似有所觉，缓缓转身，山明水静，容颜明婉郁秀，让人忍不住感叹，合该这张脸配那背影，是一种最最极致的美丽。

她说："余浅，你好，我们又见面了！"

又？我心间一抽，更加仔细去看，细细搜索着何时见过这个似曾相识的女人？

很快她就自我介绍道："我是顾卿微。"

顾卿微？！电光闪过，我终于想起来了，第一次与许子扬相遇，从车内走下来两人，其中一个就是她——顾卿微。那个我以为是许子扬过去式的女人，她坐在这里，坐在他的病床前。在我们进来前，她静静凝望着那张沉睡的脸。

似乎有什么喷薄而出，又似乎被什么堵塞住，找不到出口。

她涩涩一笑后，侧过身，又将视线落在他的脸上，悠远漫长，隐藏着的疼，明亮地划过每个人的眼睛。丁岚比我要沉不住气，她幽幽地问："你是他的谁？又为什么会在这里？"

顾卿微收敛了眼中的哀意，转眸看向丁岚时，仿佛换了个人，唇边扬起的弧度似笑又似嘲讽："丁岚，我是他的谁，轮不到你来问。这个时候你居然还敢来这里？"

"什么意思？"

"你父亲丁年鹏正在接受上级调查，随时都可能被请进去，你这个女儿居然还敢滞留在此，当真是不孝。"轻柔的斥责，比尖刀更锐利。

丁岚的脸色瞬间变得惨白，声音颤抖着说："你胡说，我爸爸不会被请进去！"

顾卿微莞尔而笑，我在旁看着，觉得那笑孤冷中带着狠意，只听她说："那可不是你说了算的。如果我说，你父亲某些罪证已经确凿，现在走的不过是形式，你信还是不信呢？"

这回丁岚颤抖得更加剧烈了，满目都是震惊，嘴唇哆嗦着说不出话来。

"呵，如果你不姓丁，如果你不是丁年鹏的女儿，你以为子扬会看你一眼？回去问问你父亲，对陆海这个名字可还有印象？"

我心中一抽，直觉去看丁岚，从她的脸色可以分辨，陆海这个名字她知道。难道她们之间有什么恩怨？之前丁岚接的那个电话与眼前的信息，基本可以断定丁岚的家里出事了。

“陆海是谁？”

“他是我父亲。”

“不可能，他姓陆，你姓……”丁岚倏然住口，眼睛瞪得很大，却已若有所悟。

的确，不是一个姓不代表就不是父女。果然，顾卿微轻笑着说：“我是他的私生女，自然不跟他姓了。因果循环，当初丁年鹏把我父亲送进去时，他就该想到会有这么一天的。同样的罪名，但是他的数目要比我父亲当年大上不知多少倍，你说，他还能等到出来的那一天吗？”

以其人之道还治其人之身，很绝！

丁岚的情绪在崩溃边缘，她连连摇头道：“我不信，我不信子扬会这么对我。我们认识了那么多年，从老区陪着他到新区，后来不玩了，我也一直都陪在他身边，看着他身旁的女人变换无数，看着他最终走向我。”

顾卿微一声冷笑打断了她，脸上是说不出的讽刺：“讲传奇？论年数？你有我认识他的时间长？老区开区只有几天，我们就在传奇认识了，从相识到相恋，再到相爱，度过了无数个玛法夜。若不是因为我后来出事不玩，你以为轮得到你？嗯？”

丁岚惊慌地看着她：“你是……”

“她是卿我微城。”我淡淡接过了她的话，听到这里，再联系名字，所有想不明白的也都想明白了。眼前的顾卿微，就是当年那个背在唯一身上的妻子，也是我传奇爱情的终结者。

顾卿微转向我时，冲我笑了笑，只那一笑我就看出她是知道我是水云轩的。

觉得有些讽刺，曾经传奇中站在唯一身旁的三个女人，居然在这种情况下，聚首在了一起。谁长谁短，谁最重要，显目又清晰！

只见那顾卿微转过目光，纤细的手轻抚着沉睡男人的脸，悠悠开口：“若非当年我父亲出事，母亲患上忧郁症，我和他又怎么会分开呢，我是那么爱他啊。一晃眼就是一年，他来找我时，我将真相告诉了他，他抱着我发誓，一切有他。从那天开始，我只做一件事，就是信任他。”

一年……那一年就是我与唯一在传奇共度的时光吧，原来是从别人指缝中偷来的。他从一开始就不属于我，转个身，即使曾有许多难以忘怀的回忆，也抵不过他对卿我微城的爱。更何况，那些回忆中有多少是属于他的，又有多少是属于许子杰的?

“不对，你在撒谎。”沉默不语良久的丁岚忽然开口，她的眼睛已经血红，“我父亲是在这几日才开始接受调查的，子扬已经躺在床上二十多天，他不可能昏迷了还能暗箱操作，顾卿微，你是在故意离间我们！”

经她这么一说，我也觉得纳闷了。虽然信了顾卿微的话大半，许子扬可能真的为了她才去接近丁岚，目的是扳倒丁父，所以之前多次让我对丁岚忍让，公众场合也对丁岚极尽维护。可就如丁岚所说，时间上不对，难道在出事前他已经安排好了一切?

顺着顾卿微的目光，我偏过头，有什么闪过脑海，我明白了一切。

这中间，我忽略了的，一个关键人物——许子杰。

当年，他与许子扬共用一个号，先不谈两兄弟的感情如何，就卿我微城这件事，许子扬不可能瞒得住他。所以，许子杰定是知道内情的，前后因果，他是看得最清晰的那个人。

犹记得那次，许子杰戏谑般提及“许我唯一”那个誓言，当时我因为愤怒难堪而忽略了一些信息，他说他就站在许子扬背后看着，许子扬走开后，他坐下来给了我答复，那情形足显得出两人关系的亲密。

还有一件事，就是两人同玩一个账号，这件事连陈新都不知道，所有人都以为唯一是许子扬。一个甘愿隐在背后默默无闻也不介意的人，又怎可能会兄弟相残？新区那场分裂战役，也是他们隐藏了什么目的下的策划吧，就算是真的，以他们分分钟都在算计的为人，又怎么会将游戏里的事影响到现实中去。

许子扬与许子杰两兄弟，从来就没有不和，也从未有过矛盾。所以，那些在我面前上演的斗殴，为爱争夺，全都是幌子。就连那天桥事件里的争端，也不过是做的一场秀。迷惑的是众人的眼，让丁岚不惜一切代价去帮助许子扬，从而走进了他们一早设好的局。

果然，听到许子杰淡漠地说：“子扬躺在病房昏迷了，还有我呢。证据直接上传，绕过了丁年鹏上头的人，这一回，没有人能救他，罪证确凿。”他抬起手表看了看，轻描淡写地说，“这时候，丁年鹏应该已经在喝茶了。”

丁岚震颤着连连倒退，口中喃喃道：“不会的……不会的。”转过身就去拉门，步履踉跄间，差点儿摔倒，她扶住了门框，又站起来，跌跌撞撞跑了出去。

回归宁静，由不得我来为丁岚唏嘘，因为心底的恐慌逐层蔓延，似有所感有更大的事在等着我。就像等待判刑的囚徒，判决了一个，剩下那个才是重刑犯。

我没有忘记，许子杰在带我来之前说过：余浅，你不要后悔。

早有机会窥探真相，一次次评定这两个人，谋略、城府各有千秋，可他们太会伪装，也太善于抓住人心。总能找到突破口来瓦解对方可能会起的怀疑，原来这阵子许子杰的沉寂，不过是关键的一步棋，为的是一举扳倒丁年鹏，以及他上头的人。

当真是好计谋！这叫什么，兄弟齐心，其利断金？

若说纯粹为顾卿微报仇，以我对这两个男人的接触和了解来看，应该也不尽然，多少有着自身的心计在内。权衡利弊得失，打倒其中一方的势力后，势必会对另一方有所助益，很显然，那个另一方就是许家所在的势力方。

可单就这些，都让我觉得胆战心惊，身体止不住轻颤。

我一遍遍告诉自己，不管怎样，哪怕许子扬心尖上的人一直都是顾卿微，至少他孤身犯险到君子的狼窝来救我，为我挡刀，为我拼命，而此时躺在那里不省人事，就这些也足以证明他对我是不一样的，他心里有我。

此时，我只想抓住这微弱的一点星光，来聊以安慰不停颤抖的心，否则我没法支撑着站在这里。但，当所有事有了转折时，注定我沦为悲剧的牺牲品。

我看着顾卿微缓缓俯身，在他唇上轻触，突然她用手遮住了眼睛，细长的水痕从她指缝间滑落，沿着些微苍白的脸颊蜿蜒而下。她哽咽着轻喃："子扬，你为什么这么傻？你为我做了这么多已经够了，我不要你为我连命都不顾啊。"

我有些懵懂，不明白她在说什么，什么叫许子扬为她连命都不顾？

她的哀戚与悲恸，是实实在在的，泪滑落在他脸上，似乎看到他的睫毛轻颤了下，再细看又像是我的幻觉。耳旁传来许子杰的声音："余浅，走吧。"我僵硬地转头，从他眼中看到了不忍，他是在体念顾卿微，还是对我存了不忍之心？

"子杰，都到这地步了，你还要瞒着她吗？"凄凉幽远声徐徐回响在我耳畔……

她说："余浅，很抱歉，我们骗了你。"

蹙紧的眉头舒展不开，我睁着空洞的眼，疑虑地看着她，她说"我们"，是指房间里除我之外的三个人吗？突然肩膀上一紧，"卿微，不要再说了！"许子杰伸手环住我要离开，可只是随他迈了一步，就听身后的顾卿微在喊："子杰，她有权利知道真相！"

许子杰却不理她，气息倏然萧冷，手上用了些力，几乎是在强行带我走。我以为自己一直是个执拗的人，可此时却并没有执拗下去，脚下反而跟了他的步伐在动，因为莫名地生出了万般恐惧，似有所感顾卿微接下来要说的“真相”，我会无法承受。

所以，逃避也好，动物本能地规避危险也好，我没有去甩脱许子杰。

但顾卿微近乎低吼的声音仍缭绕在耳：“余浅，子扬是为了我才躺在这里的！”

我顿住了脚步，许子杰环住肩膀的手握得再紧，也无法让我再迈开脚步。转过身，怔忡地问：“你说什么？”她为什么说许子扬是为她才躺在这里？明明就是为了我啊，他是为救我才会如此的呀。

“还记得我们第一次相遇吗？子扬的车刮到了你，你的小腿受伤，然后我们送你去医院。所有的一切，就是从那里开始的。”

我越加困惑了，不就是一次小意外吗？有什么问题？

顾卿微见我疑惑的样子，赫然道：“可能连你都没发现吧，你的小腿被细丝划了很长一条，按理说会流很多血出来，可是你的血只在流出来的瞬间就凝固了。”

经她这么一说，好像确实如此，而且从小到大偶尔磕碰受伤了，起初会有血涌出，但都止得很快。这些都是细小的事，如果不被提起，我根本不会去注意。可我不明白的是，这与顾卿微又有什么关系？

出乎我意料地，她不知从哪里摸出了一把裁纸刀，身旁的许子杰低呼：“卿微！”但那刀已经划下去了，在她的指尖。很快就见血涌出，滴到了地上，就在我惊疑不定时，发现那手指上的血不再滴了，而是凝结在一起，将她的手指包拢住。

鲜艳的红，微微刺目。我明白了她的举动，她在告诉我一个信息，意为我们的情况相似。可这又代表了什么？我发现自己陷入了未知的迷局，迫切地想要找到出口，也知道顾卿微的真相就是迷局的门，可又深深恐惧着。

只见顾卿微凄凉地笑着，眼中是荒漠：“你一定不知道，当时发现你也如此时，我和子扬有多激动，送你到医院，特意让医生采了你的血样来检查，当天就有结果出来了。”

“什么结果？”我直接问道。

但顾卿微却没急着回答，而是将被子的边角给许子扬掖好，目光紧凝着他的脸，轻声道：“顾家有一种遗传病，叫血症。这个病会在年过二十的时候，像一颗毒瘤一般在身体里滋长，长命的可活过三十岁，短命的最多只能活二十五岁。它在医学上被论定为血癌，但其实并非癌症，而是血在慢慢败死，有人说这是我们顾家受到诅咒的原因。

“但很奇怪，我母亲却没遗传到，只遗传给了舅舅一家。在我母亲没得忧郁症前，她还庆幸地跟我提起此事，却不知，那个病遗传到了我这里。第一次昏倒时，子扬抱住了我，醒来就被医生告知说我得了血癌，那一刻我知道是顾家的诅咒来了。”

这世上真有诅咒一说？我不太信，就如我不信神佛一般。而且这个血症，我听都没听说过，可看顾卿微的神情，不像在作假，等等，她之前说我和她一样血在涌出时会凝固，后面又讲什么血症与诅咒的，难道说……我也有那血症？可为什么我没有任何感觉？

“放心，你不是顾家人，没有那病症的。”许是看出我脸上的疑窦，顾卿微淡淡地为我解惑，她又道，“在那次事件过后，子扬与我一同找到了我表姐，本想从她那边了解一些相关情况，没想到却得知了一个方法，或许能够压制血症。”

听到这里，我大抵有些明白了，定是那个方法与我有关，否则她不会讲这么多与我听，重点应该还是在我们的血液容易凝固这个相似点上。

“世间事千奇百怪，无所不有，只有我们想不到，却没有不存在的。从不知道，这个世上真有蛊这种东西，表姐被她的男人下了一种叫‘子母蛊’的东西，然后那个蛊虫以某种蚕食的力量在吃掉她血症中的毒素，很长一段时间，表姐都没有病发过。

“那一刻，我看到了希望，可表姐的男人却很快告诉我们，并非人人都可种那‘子母蛊’，尤其是我与表姐的情形有些不同，不知道是隔代遗传的关系还是别的什么原因，血容易凝固的症状表姐并没有。必须寻找到一个与我有相同血融的人，才能通过‘子母蛊’的植入，从另一人身上得到能量来抵除我体内的毒素。”

顾卿微说到此处，流转目光定在我脸上，意思很明显，我就是那个她要寻找的人。我脑子钝钝的，她的意思是从第一次见面时，发觉我小腿伤口处有异样，然后采血样检查，然后……就把我定为了目标。

不知哪里在疼，一抽一抽的。顾卿微还在说，大抵是说那东西植入人体后，可以靠着某种牵系将两人的命运联系在一起，而我的血液里有某种特殊的功效能够帮助她活下来。但因为互相牵制的关系，我身上若受到痛，她那里也会受到。

脑中浮想起当初我被钢管砸破头迷蒙中醒来时，听到许子扬温柔讲电话的一些内容，那模糊了的记忆在慢慢清晰。我有种压抑的难受，像听了最滑稽的笑话般，却又笑不出来。

她见我这般神情，以为我不信，又伸出了右手，拉开纱织水袖，指着手腕处道：“你看，这个黑点你也有，它不是黑痣，是那东西进入血液后的效应。”我身体僵凝在原地，指尖微颤，硬是没敢去拉衣袖，就在我右手腕的中间，确确实实也有着一个黑点。

若她不提起，我甚至都没太过注意。

“你一定想知道是什么时候将母蛊植进你体内的吧，是在……”

“说够了吗？”

语声静止，除去我自己的呼吸声外，整个病房陷入沉滞。看着她瞪圆了微微有些惊慌的眼，想要勾唇讽笑，却发现连这么细小的动作都做不出来。

“是我母亲被查出尿毒症的那次吧？”

余光中身旁许子杰的身体震了震，而前方女人的眼里也全是震惊，足可证明我猜对了。我终于明白，大年初二那天下午，我带着母亲去医院做检查后得知没有做过任何肾脏移植手术时，第一直觉突升起的莫名赤寒来自哪里了。

因为人类对危险最敏感的本能感应，在预示着这件事存在的可能性。许子扬那么精明厉害的一个人，有人要瞒天过海给我和母亲动一场假手术，怎么能把他也给瞒得彻底？这个疑惑在有星点要蹿出时，就被我生生掐灭了，我选择了忽略。

说是一场假手术，其实又是一场真手术。就是在那一天，母蛊植入了我的身体，我的髋弯处留下刀疤，从此我沦为药人，为他人做嫁衣，而我活在编织得极其美丽的梦里。

但是……我抬起眼，目光凛然：“我母亲的那场车祸，是不是也是你们蓄意制造的？”

顾卿微眼神瑟缩，有些不敢看我，却听身旁的许子杰道：“是我安排的。”我艰难地转头去看他，很想看清那张脸后，究竟是被什么给荼毒了心，居然能够做出这种令人发指的事！

“你别怪子杰，都是为了我，他们才会这么做的。在终于找到合适的你后，我们需要一个契机来完成这件事，所以只好把脑筋动到你家人身上。事实上一开始，也试图从你母亲那边来查证下，是否她与你一样也是此种血状，可惜她是普通人。事成后，子扬觉得不能太过被动，就把我送去了国外，请最好的医生团队，专门研究我这病症。

“而他害怕蛊虫会对我的身体有所损伤，更怕你那边出个什么意外会影响到我，所以他选择亲自到你身边去守护。谁又知道，冥冥中自有天意，突然有一天，子扬打电话告诉我，说你是老区的水云轩，我知道那时候的他对你觉得内疚了。当初在传奇里，他不知情况与我争吵后，就与你走在了一起，在我没参与的那一年，是你陪在了他身边，所以他在知道你是水云轩后，会觉得不忍。

“那时我就想劝他放弃，可他坚决不同意，因为医生研讨团已经有了一定的成果，短则半年，长则一两年，就会有新药问世。到那时，至少对我来说是个机会，不用长期受蛊的控制。尤其是，从表姐那边的信息来看，她的病症似乎在恶化，也就是说蛊这个东西不能永久压制血症，终有一天，那些毒素还是会侵袭到我全身。”

所以就有了那个一年之期是吗？原来，一年不是对我的限定，而是她还需要等那一年的时间来医治。呵，那么，那些他曾说的没有一年之期，不会放开我之类的话，不过是糊弄我这个傻子的甜言蜜语罢了。

刚才我还在分析着他们对丁岚使用的手段，可谓心机、谋略、城府样样极致，却没想用在我身上的更为精妙。从一场相遇开始，之后走的所有的路，都是在一步一步陷进这个局里面。到此时，我终于明白了顾卿微那句他是为了她而躺在那里的话。

他拼了命地救我，是怕我一旦出事，他的卿我微城就会受到波及，如果我死，那么她将会跟着死，所以他有所顾忌，所以他孤身犯险也要进君子的势力范围。他所有的出发点，都在这里，他是为了她！

愧疚吗？呵，这样的人还会对我愧疚？如果愧疚，就不会在半年后再度强行走进我的生命，几乎不用去想，那半年我的行踪定没脱离过他的视线。选择再度接近我，大多数的原因可能还在于丁岚，他在一面设计扳倒丁家的同时，一面又要让丁岚陷入与我的争斗之中，无法察觉出任何异端。

一场场戏在我眼前上演，我却跟个傻子一般，做着他们的棋子。

很可怕！真的很可怕！怎么会有人心思缜密到这种地步？又怎么会有人自私到这种地步？眯起眸去看那张熟悉又陌生的脸，用力去看，想要将他看得更清楚些，这个我将满腔爱意都付诸了的男人。前前后后，同居两年，分开半年，后来又是一年，差不多三年半的时间，点点滴滴，温存、破碎、强势、温柔，全是走的过场，以为牵手了就幸福，却发现原来一切都是假的。

脚上一软，人往后跌去，许子杰欲伸手来拉，被我怒声喝止："不要碰我！"他顿住了手，看着我向后倒在了地上，股椎间的疼意立即传来，抬眼间见那顾卿微眉宇微蹙，讽刺地了悟：是了，我疼一分，她就疼一分。

她走近我俯瞰而来，眼中是歉疚："余浅，我很抱歉！"却目光一转，惊颤着问，"他将那佛牌送给了你？"顺着她的目光，我低下头，原来是刚才那一摔，脖子里的红线跑了出来，佛牌暴露在了外面。只是，她惊诧的目光和语声中的颤意是为何？

很快就得到了解释，她的表情变得怔忡，喃喃道："当初他想把那佛牌送给我的，只是那时我迷陷在父亲的悲剧中，觉得配不上他，拒绝了他，更把他给赶走了。没想到，他居然转送给了你，不会的，他心里只有我，不可能对你……"

我咬了咬牙，手掌撑地站起身，然后口齿清晰地一字一句道："顾卿微，不要再强调他有多爱你了，我听够了。"转首看向沉默的男人，"借用下打火机好吗？"

许子杰迟疑了下，从兜里摸出递过来，我取过打火机，没有任何犹豫地拽住红绳，一下就烧断了，然后用力扯下来朝眼前的女人扔过去："还给你！"

银色的佛牌在她身上轻撞了下，缓缓滑落，发出一声轻细的响。即使再轻，也震碎了我的心弦。但还不够，我挺直腰板，冷冷地看着她："卑鄙无耻用在你们身上真不为过！就为了成全你一个人，拉上我母亲，让她饱受恐惧，让我无所依归。""还毁了我的爱情……"这句话我没有说出来，如果从来就是一场欺骗，又哪里来的爱情呢？

可为什么不选择一开始就对我坦白？即使我不见得会同意他们的做法，但以他们的手段，完全可以让我服从，那样也不至于让我陷入万劫不复的爱恋里，然后身心俱伤！

我从齿缝里咬牙切齿道："顾卿微，你为什么不死？你早该死了！"说完，扬起手欲挥下一巴掌，这是她该得的，如果我是什么穷凶极恶之徒，此时应该给她的是一刀。

"余浅，你敢！"

我浑身一颤，手在落下的瞬间顿住，不敢置信地转眸去看那个方向，不仅是我，就连顾卿微也震惊得回转了身，许子杰倒吸了口凉气惊道："子扬，你醒了？"

那个沉睡多日不醒，那个被我们口口称道，那个机关算尽的男人，他睁开了眼。

第八章

步步到头终成悔

有人说，人与人的关系，从起初到后来，最终会变成疼痛。即便开始的时候甘甜美丽，流年经转，最后也会芳华凋落，抵达某处疼痛的位置。

墨拓般的重瞳，幽远深暗，沉沉盯住我高举的手，似乎只要我的手挥下，那眼中的怒焰就将焚化了它。而那眼角微末的余光是留给我的，波澜不惊，像在看待一个陌生人。

年后细碎的片段，在我眼前浮闪而过，有他抱住我在河边钓鱼的，有看到谢雅的女儿生闷气的，有他咬着我的耳朵说要一个孩子的，然后那些片段如砸碎了的玻璃般，四分五裂，散开、跌落……

顾卿微的目光在我们之间反复流转，看过了他，又再看我，眼中升起惶恐与哀戚。

我闭了闭眼，咬牙挥手，“啪！”清脆又响亮的声音，响彻整个房间，在顾卿微脸上出现鲜红指印的同时，那床上的男人咬牙切齿着怒吼：“余浅！”

声音嘶哑又难听，是睡了这么多天后突然醒来无法避免的干涩，却更真实地表达了他此刻的愤怒。刚才那一巴掌，我是下足了力的，顾卿微甚至被我打得身体往旁边偏倒，许子杰上前一步扶住了她。

那护卫的姿势，代表了什么，我再没心力去想。

缓缓转过眼，凝望着那双冷绝了的黑眸，当初丁岚说让我看看自身的价值，然后设计了个“假摔”向我来证明，现在无需任何设计，我已经彻底明白。

在心撕裂前，我轻声说：“许子扬，这辈子我都不会再出现在你面前。”

转身、迈步、离开……

命运也好，宿命也罢，从一个人回归一个人，心口留下无法消除的伤，仿佛那见血封喉的毒，灌进嘴里，吐不出，咽下，致命！

走出门的瞬间，感觉眼前模糊，伸手一摸，居然满手湿润，原来隐忍的泪到这时终于滑落，然后布满整张脸。很好笑，我听着这整个恶毒的阴谋没有哭，看到许子扬终于醒来没有哭，更在他怒吼我时也没哭，却在转过身后，泪如断线的珍珠，止都止不住。

所以说，我这种人，天生就是孬种，只敢躲在背后哭，连被人这么阴害，也只是甩了对方一巴掌，然后在男人绝冷的视线里，狼狈地落荒而逃。

因为我害怕从那张吞吐过无数温柔话语的嘴里，会吐出绝情到让我想死的话。那顾卿微的哀戚婉转又带着孤傲自信的样子，更让我无地自容。

我不明白，都说人非木石皆有情，怎么这个男人就可以将我陷到如此境地，彻头彻尾地欺骗我，然后眼也不眨地将我从人间推入地狱？从传奇到现实，就没有一刻是真的，这假得也太令人绝望了。

我拿袖子狠狠蹭了蹭眼睛，用力到那处发疼，也都擦不尽悲怆的液体。电梯门关上时，似听到脚步声传来，我狠敲着关门键，终于没让我看到分毫，门就给关上了。走出医院大门，突觉自己就像是舞台上唱大戏的，颠倒浮生，不过是为博人眼球。如今，戏落幕，我亦可归去。

顾卿微从国外赶回来，除去为了唤醒许子扬，应该是血症也得到了控制。否则，许子杰不会带我去见她，也不会就此袒露揭开这隐忍多年的秘密。

唯有无所顾忌，才会揭晓真相。

否则我还真想试试，是否真如她说的那般，我痛一分，她也承受一分？

走走停停，茫然间抬头，居然徒步走回了公寓楼下，站在马路边仰望那高楼，那曾经被称为“家”的地方，涩疼在眼底弥漫开来。原来不是待得久，就会变成家的，难怪这些日每晚躺在屋内，有着说不出的冷意。

以为是对某人的担忧，其实是对未知的预示。

手伸进口袋，左边是手机，轻轻一滑，落在了地上；右边是钥匙，往空中一抛，飞向了马路中央。这两样东西，我每天都拽得极紧，怕错过任何一个电话，怕进不去我和他的“家门”……

“余浅！”

一声轻唤，从身后传来。我迟钝地转身，怔愣而立，原来不是我听错，那声音即使嘶哑，我也能分辨——谢雅站在那处。

从认识到现在，她从没连名带姓地唤过我，以前喊我猪猪，后来改为浅浅。这个我认定了一辈子都是朋友的人，此时看我的眼神是那般冷漠又疏离。我知道缘从何起，从丁岚那边已经得知，君子拍摄的那盘录像，早已被谢雅看过。

过了这么多天，该来的还是来了。

一桩桩，一件件，没有幸免，只是时机未到。我抬头看看天，阴蒙蒙的，难道是个好日子？还是老天觉得我受到的打击还不够，再加上一笔最好的闺蜜变成仇敌？

谢雅走近两步，锐利的眼睛将我狠狠盯着，从她的脸色来看，这段时间她应该过得也很不好。她说："余浅，我和陈新离婚了，刚刚签的协议书。"

我眉梢颤了下，心中有尖刺，疼得呼吸都不能。

她又说："陈新伤得很重，我尽了一个做妻子的义务，每天守在他病床前，服侍到他情况稳定才提出了离婚，他没有说一句话。然后我就来你这里了，等了你很久，只想问一句：余浅，你怎么能这么对我？"

"小雅，我……"

"啪！"一声脆响，掌掴于脸，我尝到了血腥的味道，火辣辣的脸颊，疼到麻木。因果报应当真来得太快，在这之前，我打了顾卿微一巴掌，报应立即就来了，被最好的朋友打的滋味，真他妈难受。

咽了口唾沫，只觉谢雅投注在我脸上的目光如冰刀般，一寸寸在把我凌迟。

"为什么你跟他明明早就认识却要瞒着我？他知道你是靓猪来找你时，为什么不说？我跟你吐露心事说他有外遇时，为什么不说？知道我看到他抱着你的画面时的感受吗？是用一把尖刀就这么狠狠刺进心里，痛到我咬紧手背都无法抑住凄声尖叫。"

眼前倏然变白，有片刻的视盲，只感觉心痛得像被刀刃一点点划开，钝重又无声，但能感觉到它在滴血。耳边传来谢雅凄绝的声音："呵，那时君子进去，你抱着我说，我们是一辈子的朋友，原来这就是你所谓的一辈子！我从没想过，最狠的一刀，来自你余浅！"

短暂视盲过后，依稀间恢复，看到谢雅蹒跚离去的身影，想也没想就追上去，拉住她的衣摆："小雅，你听我说，不是你想的那样。"都说眼见为实，但往往眼睛会被一些弥彰遮瞒，就像我，看到的一切都是虚假的。

面对许子扬时，我根本没了立场再去争取，从来都不属于我的东西，我要拿什么去争？可谢雅不同，我们相识这么多年，友谊是真真切切存在的，我不想在放手了爱情后，还连唯一的朋友也失去了。

所以，我紧紧拽住她的衣片，喘着气解释："当时的情形是陈新被君子打了多种迷幻药，而且还被催眠师下了催眠，我也被迫吸食加了别的成分的药。所以，你看到的景象是在他迷幻后的举动，这不是他真实的心声！"

谢雅缓缓转身，悲凉的眼中不是顿悟，而是……憎恨，我的心在下沉。

"那又如何？"她伸手扣住我的手，一根手指一根手指地掰开，"他在迷幻中所表现的才是他最真实的心声，你知道丁岚给我看了什么吗？满屏幕都是你们老区的照片，而每一张里必然有你的身影，在与你相遇后的许多夜里，他偷偷地一张张翻看着。这代表了什么？啊？余浅！”

最后两个字，她是怒吼出来的，而我的手指也被她悉数掰开，狠狠甩开。我喉咙既干涩又疼，发不出声音来，只能看着她孤绝地转身。

到了这步田地，我不知道还能解释什么，君子在准备这些事的时候，就没有给我留后路，而丁岚也做得彻底。陈新抱住我的录像，加上那许多传奇里的照片，对谢雅来说，就是罪证确凿，根本无从辩驳！

我只能看着那萧条的背影离我一步、两步……就像我与她的距离，越来越远。忽然，余光中有什么过来，转头的刹那，顿时脸色发白，张口欲喊，却是没有声音，而精神恍惚的谢雅根本就没有注意到。

想也没想，我大步冲上前，用力将她往后拽了推向路边，然后……

“砰！”

从高空到坠落，我的眼前上演了一场黑白的电影。我和一个人，从唯一开始，到唯一结束；从相遇开始，到腻了结束；再从一年开始，又到一年结束。

是谁曾那么唱过，不说天长地久，不想岁月无光。于是我似乎一直尽己所能地，在狭小的唯一拥有的空间里，对他，倾尽所有。只是，我的空间，不够成全他的爱情。

人都是从无到有，再回归从有到无的过程，所以，我在这一天里，失去了爱情，失去了友情，然后，失去了爱人的能力。

抬眼间，可见那血色猩红，打散在车前、地上，仿佛眼前有人影闪动，耳边有凄厉的尖叫，可是那些都离我好远。我喘息着，心莫大悲时，原来丝毫不觉得痛意，无论是身还是心。闭眼的时候，我想，若我会催眠，那就对自己下一道指令：忘记吧，忘了水云轩，忘了唯一，忘了余浅，忘了许子扬，也忘了那句……许我唯一。

第九章

许我唯一，许我天荒

忘情断天涯

如果一杯忘情水可换一生不伤悲，我还是会舍不得，舍不得忘了关于你的所有。

——题记

新学期终于如火如荼来临，因为有新生进校，开学典礼很盛大。全校师生都齐聚在操场，搬了椅子坐看校领导讲话，后头还会有高年级的学生代表出来演讲。

我不是班主任，只需静坐聆听校训就好。过了一刻钟，看了眼台上讲得唾沫横飞兴致正浓的校长，低声跟张老师说了下，就起身悄悄绕过后排的学生，往校门口走。抬头看了看，可能是要变天了，关节处有些疼，长时间坐着会觉得锥骨痛，走动下会好些。

可没走多远，就见前方疑似副校长的身影与一群人在往这边走来，我心上一惊，立即低下头往旁边让开了几步。真是够窘迫的，刚开小差从会场跑路，就可能要被抓个正着。

脚步声近了，我头低到不能再低，心道来校不过半年多，全校老师几十人，我不算出彩的，或许副校长未必就认识我。

果然，好多双脚从我垂落的眼底走过，往我身后过去。我大呼了口气，悬着的心松了下来，正待抬头迈步快速走开时，却听身后一道男声划过我的耳膜。

“等一下！”

我边走边想，这个人有当歌星的潜质，声音磁性醇厚，很不错。

“许老师？”

身体一僵，脚步顿住，这声音不会听错，正是我刚才极力避开的副校长，而他唤的许老师无疑是在叫我。心中哀号了几秒，我无可奈何地转过身，视线匆匆瞥了一眼，就定在某个点，嘴角牵强地笑着唤道：“吴校长！”

感觉像逃课的学生被老师当场抓包，心虚又尴尬。

有人急走两步靠近：“余浅？”又一次听到刚才那个好听的声音，只是这次他的语声里有着怪异的……震惊！我的视线焦点因为避开了人脸，所以只看得见那人身穿剪裁精致的银灰色西装，就连那袖扣都似乎是银质的。

此人身份不凡，光从他的衣着来判定。

我的目光缓缓上移，终于正视那人，对上一双瞪大的满目难以置信的眼。

有种仿佛置身黑幽深潭不见底的错觉，我有些目眩。还在困惑中，那人突然上前一把扣住我的手，指骨捏得很紧，有些微疼，我刚蹙了下眉，就听他像在呢喃般说：“浅浅……”

我微慌地看向副校长求救，这人是认错人了吗？

副校长惊异过后总算接收到我的求救信息，走上前来赔笑道：“许先生，这位是我们学校的许老师，呵呵，说起来你们还是本家呢。”只用看副校长这态度，也知道抓住我手的男人来头不小。他像没有听到副校长的话一般，紧紧盯着我。

我有些不舒服，因为那目光像冰刀般一点一点刮过我的脸。余光里，副校长的额头直冒冷汗，而周旁的人，也都沉默地看着我们。

一时，气氛压抑又凝滞。

无奈，我只有自救。清了清嗓子后，我微垂视线，态度谦恭道：“许先生，您好！我叫许若，是三（1）班的语文老师，还请多指教！”

“许若？”对方重复了一遍我的名字，表情疑惑中带着怔忡，紧扣的手终于松开了。

副校长乘机插话进来，却是对我说：“许老师，典礼那边还没结束吧，怎么出来了？快过去，结束了许先生要给我们开会。”

我连忙应声，像得了特赦令般，也顾不得腿关节疼了，赶紧往回走。

果如副校长所言，典礼结束后，学生散去，老师们则全都被叫去会议室开会，我坐在后排的添加位置上。听完校长的介绍，才知此位许先生是过来考察的领导，有个教育项目要在学校开展。后期还会从学校挑选优秀老师去某地做支教工作，以提高教师的素养。

许先生就讲了几句场面话，声调低沉有力，派头十足。会议结束时，大家起立却都静立当处，等干部领导缓缓走出门外，大家才陆续离去。

听到老师们在私下悄声议论着那领导，我笑了笑，不甚感兴趣，没有插话。

却没想到，这个被大家品头论足的男人，两天后出现在我家楼下。他靠在一辆深黑色的尼桑车门上，手上点了烟夹着，随意地靠在车身上，有着说不出的深沉与慵懒感。

我自然不会想他是刚巧路过此处，又刚巧停在楼下，还刚巧等在车边。迟疑了几秒，硬着头皮上前，嘴角上弯标准弧度，有礼貌地打招呼："许先生，您好！"

他没说话，深眸中敛聚了薄光。我强自镇定，勉强笑问："许先生是找我有什么事吗？"

看我好一会儿，突然道："许子扬！"

我愣了下，眨眨眼，不明其意。

"我叫许子扬，私下里无需太过见外地唤我许先生，直接喊名字吧。"

这下我觉得比较艰涩了，他的名字在这两天早传开了，他让我私下里喊他的名字，甚觉不妥。且不说我与他不过才见第二面，根本没什么私交，何来"私下里"直呼其名的机会？这人气势太过迫人，第一次会面时的情景有些让我心有余悸，我对他最好是敬而远之。

所以当下只尴尬地轻笑了下，没有表态。

他也没在意，将燃完的烟蒂丢在地上，皮鞋踩过，火星顿时就灭了。我不敢把蹙眉的神态和反感之色表露，却是在心里轻哼了声，领导干部不是应该做表率吗？垃圾箱就在左前方十米处，他居然当街乱扔垃圾。

还在胡思乱想间，突听他问："许老师，一起走走？"我挑了下眉，听着像是征询我的意见，但见他态度强势，是习惯了发号施令的那种。我还在心里盘算着要怎么回绝，就听他轻扬了语调道："或者也可以去许老师楼上喝杯茶，不知道会不会太冒昧？"

我眼角抽了抽，他这神情可是一点都没有觉得冒昧的意思，连忙出声应道："前面有个奶茶屋，许先生若是不介意的话，去喝杯奶茶？"话一出口我就后悔了，奶茶这个大众化的饮品，是属于比较底层的，像他这种领导级的精英人士，应该是喝咖啡吧。

虽然我一脸懊悔，身旁的男人却若无其事道："那就请许老师带路吧。"我无奈之下只好与他并肩而行，两人之间隔了些距离，仍能感觉到他强烈的气息。

第九章
忘情断天涯

很快就到了奶茶屋，绿色的标牌——心语心间，名字很独特。奶茶姑娘远远看到我们就招呼了起来："许老师，来买奶茶啊。"我扬起笑，点头示意。

奶茶屋里是比较简陋的桌椅，我在门口看了看，自己都觉得有些不好意思了，侧头询问："要不……换个地方？"

他却一脚迈进里面，抛来一句："就这儿吧！"

如此我只好跟着走进来，先在吧台点了两杯奶茶，朝里看了看，见他已经择了最里头的位置坐下来，面朝内，留了个背影给我，深沉难懂。

走过去在他对面的位置坐下，但等坐下后，就觉不妥，这个位置是在角落，他朝外一坐，顿如将我完全包围在内，隐隐的压迫感立即逼来。

我心中暗生戒备，显然这个男人是有意的，他深谙如何掌控全局。

一直静默到小丽将奶茶送上来后，才听他缓缓开口："许若，来找你是有些事想跟你了解下。"如此开门见山倒是出乎我意料，且他自动将"许老师"的称呼改为了"许若"，让我有些不安。

他似乎也无需我回答，顿了顿后又道："你……与我认识的一个人很像，那天冒昧了。若不是从学校调出你的资料查看，我可能不会相信这世上真有如此相像的人。"

面前这男人，语气轻描淡写，却似扔了个石子在湖心，漾起几多波纹。

我强忍住要蹙眉，抿紧了唇线不说话，倒想听听他还有何下文。

"许若，二十六岁，毕业于Y大中文系，半年前就任本市中心小学当语文老师，父母早年因病双双去世，只剩一兄长许建国，当下在部队当兵，已是第五年。"

发现对面男人在说这些时，目光直直盯在我脸上，令我觉得有点发憷。他在顿了顿后又道："在查看你的资料时，我发现你毕业后将近一年的时间，你的档案是空白，没有任何就职的记录，不知这期间你在做什么？"

这期间我在……就医。

一年半前我出了一场很严重的车祸，差一点就与这个世界说拜拜了。当时昏迷了很长一段时间，大脑长期停滞，引发了一些后遗症。最严重的后遗症，就是会瞬间遗忘，醒来那刻我还记得些什么，但隔了一会儿就忘记，这种现象持续了有半年之久，之后再没发作，却是将以前的事彻底忘记了。

另外，我的右腿在醒来时无法动弹，花了将近一年的时间来复健，才最终站起来与正常人一样行走。但每逢下雨天，关节处还是会疼，医生说这需要很长一段时间来恢复。

抽回思绪，想刚才他问的事，按理应该会有就医记录啊，怎么会档案空白呢？只不过这些都是我的私事，没道理说与对方听，于是浅笑道：“刚毕业的大学生就业困难，一时间找不到工作，只能靠打工维持生计了。临时工不签合约，哪里会有什么档案呀。”

他的目光带着审读，似在判断我所说真假。最终他低低反问了句：“是吗？”

太过深沉，是我对这个男人的评价。光从他的语言、姿态、神色，根本无法判断他的心思。通常这种人喜怒不形于色，很难懂，也会很可怕。

只见他突然从怀中摸出手机来，我以为是要打电话，哪知他指尖翻飞着，随即将手机反过来递到我面前，轻声问：“你看，她与你长得像吗？”

手机屏幕上是一张照片，一个短发女孩躺在某人怀中，双眸垂闭，似乎睡着了，意态温宁。周围的环境像是在野外，角落处有青草的痕迹。忍不住去点划屏幕，发现翻过几张，都是女孩的睡相，她的唇角微弯着，像是做了甜梦。

光从照片来看，她是幸福的。确实除去看不到她的眼睛外，只从五官来看，与我长得真的很像，但我的脸可能要比她瘦削一点，而头发也比她长。

抬眼间见男人温柔的目光紧凝在照片上，墨色流转，似乎在回忆着什么。有种莫名异样的感觉进入心田，我扭开了头，中肯地说：“她与我其实并不太像。”

他抿紧的唇线松了下来：“是啊，你们并不像。”他把手机拿了回去，低垂了眼，淡声道，“她叫余浅，是我的……女朋友。”

心有微动，如此说来，照片里的她应该是躺在他怀里，能够如此安睡，当时定是全身心地依赖着他。忍不住多问了句：“那她去哪儿了？”是找不到了吗？要不然不会把我错当成她。

他神色恍然又缥缈，隔了良久才轻语：“她去了很远的地方，我再也找不到了。”

莫名地，给人一种悲伤凄凉的感觉。我没谈过恋爱，理解不了他那种心情，就是觉得他此刻的眼眸像荒芜的沙漠，满片风沙，只剩沧桑。

那天傍晚，他终究没有喝那杯奶茶。看着远去的车辆，我摇头兴叹，各人有各人的世界，他与我不在一条平行线上，就像这越来越远的车距，我们不会有交集。

水过无痕，风过无烟，平静如往昔。那件事没了后文，后来听说他回去了，相关事宜留给其他人来核实。我悬着的心也算回落，就想那人如此忙，哪有那么多时间来这边糊弄。

无风无浪过了一个月，周五这天，早早给学生放了学，老师们留下来开总结大会。散会时，校长宣布今晚聚餐，底下掌声雷动，纷纷叫好。反正明天是周末双休，大家能够聚在一起，挺惬意的。

可等到了聚餐地点时，我才发现原来这不是纯粹的聚餐。当首位置坐着诸多领导，顿时让气氛变得严肃了。那许先生也赫然在列，我迈进时正撞上他恰好瞟来的目光，脚下一顿，就见他朝我微微点头，又转开脸与身旁的某领导在交谈着什么。我择了另一桌的位置，背对着那边，却仍可从身旁同事们的窃窃私语中感觉到气氛的压抑。

宴到中期，那群领导有些喝高了，端着酒杯互碰，频频劝酒。这还不算，不知是谁打了个头，端着酒杯去领导桌敬酒，结果变成人人都要过去走动一番。男老师们轮番上阵，女老师中也不乏女中豪杰，也过去领导桌寒暄敬酒。张老师私底下拉了拉我，轻声道："许老师，我们也过去敬一杯吧！"这一桌上，就我俩不会喝酒，喝的是饮料，可眼下的情形就算是不能喝也起码得过去打声招呼。

我略微迟疑了下，还是点了头。两人端了酒杯到那桌，开场白刚说完，就有人跳了出来道："来敬酒怎么能喝饮料呢？来来来，给换上白酒。"一声令下，立即有人拿了两个新杯子过来，给满上了白酒。我和张老师面面相觑，脸色微白。

最终张老师无奈地端了酒杯，勉强笑称不会喝，就意思下。可形势面前，她的意思下还是把满杯的白酒一口干了，校长等人赞许的目光看来，酒桌上有人拍手叫好。转而大家又看向了我，张老师在底下轻轻推了我下，暗使眼色。

我深吸了口气，标准的微笑浮上脸："抱歉，我是真的不能喝，还是以饮料代酒，敬大家一杯。"说完也不看众人的脸色，仰首将手中饮料一口喝尽。

桌中某领导顿时沉了脸，似开玩笑般开口："许老师这么不给面子啊。"他话声一落，立即旁边站起个人拿过注满白酒的杯子朝我递过来，嘴里嚷着怎么都得喝一杯。

校长见我面露难色，站起来打圆场道："要不我代许老师喝吧，她腿曾受过伤，是不能喝酒的。"在我刚进校时，是复健的最后时期，还有些微跛，所以学校里的老师们都知道。可校长的圆场并没有人理会，也不知道是谁硬将酒杯塞给了我。

“我代她喝如何？”

一道清冽的声音，不高不低，却沉沉缓缓，让在场每一位都听清了。所有人顿住了，原本的剑拔弩张突然就变成了一场默剧，大家都转头去看。

我也将视线摆正，从进门到现在第一次正视他——许子扬。

他微眯起双眸环视了众人一眼，眸光像微敛的潭水般深沉。诚如我之前对他的评价，喜怒不形于色，气势却又铺天盖地，压住了全场。

铁灰色西装的袖角，修长、指骨分明的手伸出，探向那白酒瓶，他将自己的杯子注满，然后直起身来，朝身旁的某领导颔首：“钱部长，咱们干一杯吧？”那人早已坐不住，诚惶诚恐地站起身，端着杯子的手有些微颤。碰杯的声音清脆，许子扬仰首，杯子见底。他又倒满一杯，然后朝餐桌上的其他人举杯：“敬大家！”

这下没人再敢多言，所有人纷纷举杯，附和着说祝酒词。两杯酒下肚后，他才朝我看来，微笑着说：“许老师，慢吃！”

回笑得有些牵强，与张老师转身之际，可感觉背后的目光很多，全都带着疑惑与探究，这下我成了焦点人物。回到座位后，我们这一桌也变得很沉默，刚才那情形大家有目共睹，可碍于旁桌靠得近，又不敢多问。

一场聚会就是在这种怪异的气氛下结束的，等到领导们终于熏醉着离开后，大家脸上都有松了口气的神色。我怕被追问之前那事，就躲在洗手间里等同事们先走，等过了十五分钟出来时，果然外面都散了。十月的晚风吹来，闷热中带着舒爽，还算怡人。

看看时间，居然已过十点了，门前的士也不多，我站了好一会儿都不见有车来。突然左边有喇叭声传来，我闻声望去，隔了二三十米远的地方，一辆黑色尼桑车有些眼熟，昏黄的路灯下，车内很暗淡，看不清里面的人。

车缓缓开过来，停在了我身前，后车窗被摇下，露出清俊的面庞。

我微微吃惊，他怎么还没走？

“打不到车？送你吧。”他轻轻开口。

我沉默了下，微笑摇头：“不耽误您休息了，等下就能打到车的。”安全常识，深夜不上陌生人的车，不和陌生人说话。虽然此人在刚才还为我挡酒，但就交情与见面次数来看，我们还只是陌生人。交浅言深的行为，我一向不会做。

“咔”的一声，车门应声打开，许子扬从车内走了出来，眉宇微蹙着，我细看他脸色，虽然喝了这么多酒，可并不上脸，反而有些微白。通常这种人的酒量很好，但也容易喝出事，果然听他道："今天喝得有点多，胃不太舒服，能否陪我去趟医院？"

要求提出来，碍于之前他代我喝酒，不好意思再推辞。而且他的语气比较诚恳，并不强势，像在征询我的意见。颔首过后，就见他绅士地让开身，将我让进了后座，但并没有跟着坐进来，而是随手关了车门，拉开副驾驶的车门坐在了前面。

他这举动，让我又对其加了几分好印象。得到了充分的尊重，又不会因为他坐在身旁气息太过强烈而感觉压抑。车子开动，前排开车的应该是他带过来的助手，并没有搭讪和攀谈，一路沉默着，很快就到了医院。

检查期间，他像似突然起意地问："你的腿受过伤？"

"嗯，不小心摔骨折了。"

他没再追问，话题就此揭过。等候检查报告期间，他跟助理低语了几句，那助理就走出去了。十分钟后，助理手上拎了袋子，里头是一杯奶茶，一杯咖啡。奶茶虽然不是我常喝的那个牌子，但品种一样，没想到他还记得。

从他手中接过时，我轻声道谢。确实有些口干舌燥的，聚餐到后头大家都没了兴致，只等聚会结束。我插上吸管喝了一口，奶香味很浓，味道挺不错。余光中看他揭开自己那杯的盖子，咖啡香飘来，浓郁中有着微妙的苦和甜的气息。

无声沉默再度流转，谁也没说话。可能是时间太晚，过了我正常休息的时间，也可能是今晚的聚餐搞得有些累，我居然开始打起瞌睡来，眼皮子上下打着架，没过一会儿更是哈欠连连。

"困了吗？我让助理去催催。"低柔的嗓音在耳畔，浅浅环绕，我呆板地点了点头，眼睛眯了过去，感觉头好像有了着力点，就迷糊了。

睁眼时一片漆黑，怔忡中不知身在何处。慢了半拍才感觉似乎在运行中，微抬身就发现自己在车上。前头许子扬侧过脸来看我，轻问："醒了？"我愣愣地点头，微妙地感觉到他说话的语气有些与之前不同，而他的脸色因为昏暗看不清，只能看到黑暗中那双黑眸中星光点点。

昏暗？！我坐起身来向车窗外看，惊疑出声："这是去哪儿？"先不管之前明明是在医院，如何到车里这事，光从黑雾般深浓的景致来看，有强烈的不安从我心中涌出。从医院到我家都是城区，沿路虽不是路灯敞亮如白昼，但也不至于这般昏黑。

漆黑的深夜里，只看得清道路两旁的树影在往后退，就像手执长矛的卫士。

许子扬转过头正视前方，淡声道："带你去个地方，差不多天亮就能到了。"

心往下沉，从刚才微弱的辨识中，发现这是在高速公路上，车速很快，照这速度，再开个把小时，会离我的城市很远。我冷下声音质问："许先生，你这是什么意思？"不管此人能不能得罪，此时再无心情对他以礼相待。

"许子扬，喊我的名字。"前头男人直接忽略我的问题。我强压住郁愤，沉了脸道："请送我回家。"

哪知他却道："车子已经开了四个多小时，还有两小时左右就到目的地。现在是凌晨四点，如果你坚持，我会把你放在这里，你确定你要坚持吗？"

"你！"我怒得浑身发抖，却骂不出半个字来。转而心生恐惧，他说车子已经开了四个多小时，现在是凌晨四点，也就是说从十二点左右起程。我竟然睡了这么久？

本不是深眠的人，怎么可能睡得如此沉？事情不对劲啊，忽然脑中电光闪过，那杯奶茶！我惊问出声："你让人在奶茶中放了安定药？"

一声低笑传来，他道："若若，你很聪明呢。放心，分量不多，就是让你睡一觉。"

"若若"两字在他唇间吐出，令我立觉恶寒，颤了下身子。他的态度已经表明，不达目的不罢休，我想就是真要求让他把我放下，应该也会被忽视。也没打算尝试，这乌漆麻黑的，高速公路上来往车辆的速度飞快，被谁不长眼给撞了那真叫命衰了。

在见我不吭声后，他也回转了头不再理会我。后面的车程对我来说就是煎熬，心里满满的不安。渐渐东方吐白，开始亮起来，车子也下了高速，从沿路景物可辨是开往郊外。

越看越心惊，脑中闪过种种不好的念头，身上的手机早在之前就发现不见了，连报警求救都无法。当汽车停下时，我终于知道目的地是哪儿了。

墓园。

远眺望去，排列的墓碑占了大半片山，一层一层往上，颇有些壮观的视觉。

我与许子扬一前一后，墓园门口的门卫向我们探头看了一眼又缩回身子坐进门庭内。走了好长一段路，我们绕进了其中一排，当站定在某块墓碑前时，我惊愣住了。

终于明白那次许子扬说"她去了很远的地方，我再也找不到了"这句话的含义，原来她在这里……

第九章
忘情断天涯

墓碑上，赫然写着：余浅之墓。

我看清了那个女孩的眼睛，清灵沉静。黑白照片里的她不是短发，柔软的发丝贴在两颊，露出宽厚的额头，不像我此刻是齐刘海儿，下巴要比她稍尖一些。除去这些，我与她真的很像，但最大的不同还是眼睛。

她目光中有着眷柔与温情，不像我懵懂呆傻。

视线下滑，右下方写着：许子杰立。

有些奇怪，为何不是许子扬？他才是余浅的男朋友啊？这个立碑人光从字面来看，应该是他的兄弟之类吧。看到在墓碑最下方的位置，还刻了一些小字，眯起眼细看才发现是墓志铭。

是这么写的：

我愿许你一生唯一，可你却没留在原地等待，我的承诺该何去何从？

微微唏嘘，为那“唯一”两字，多少人渴求唯一，却终是梦难圆。

转头去看身旁的男人，他的目光紧凝在墓碑上，面色清冷又孤寂，说不出的悲伤在肆意蔓延。我终于看到这人有情绪在波动，原本被强行挟制而来的恼怒渐渐平息下来，也许他只是想带我过来看看，确实有那么一个神似的人存在。

没法感同身受，毕竟躺在里头的女人只是与我长得相像，又不是我的亲人。会生出一些同情，英年早逝，想必是段悲惨的过往。

许子扬从兜里摸出烟来，拿了一根放在唇间，可点了几下都没点着，我仔细看才发觉他的手在微微轻颤。他转首过来，轻声道：“可以帮我一下吗？”打火机在摊开的手掌中，我只迟疑了下就取过来为他点着了烟。

他深吸了好几口才轻声说：“一年半前，一场意外夺去了她的生命，那时我因为某些原因受伤，还在病床上。等我能够起身下地时，她已入土，空留了这个墓碑给我。”

“知道我当时的感受吗？是整个人都麻木，没有任何痛觉，从身到心。这种情形维持了很长一段时间，惶惶然不知为何事情最终会变成这样，等到痛意侵袭泛滥，如蚂蚁般噬咬我的心时才懂得，原来我失去了生命中最重要的人。

“如果能够从头来过，我一定一定不会那样对她，可是老天爷不给我从头来过的机会，它残忍地剥夺了我和她所有的可能，徒留我在这世间痛苦，追悔莫及。这是一场生命的浩劫，对她是，对我也是。”

“你为什么会哭？”

我凝神的思绪慢慢回转，反应慢了半拍才发觉最后那句不是他在自述，而是在问我。抬手一摸，眼角湿润，脸上有泪痕，我居然哭了……可我为什么会哭？刚才那些话，是一个男人在忏悔，是悼念那逝去的情怀，与我何干？

“我能抱一下你吗？就当是……扮演一分钟的她。”

没等我回应，强烈的气息扑面而来，我已经身在他怀中，被他紧紧抱住，细碎的喃语在耳边：“浅浅……”里头夹含了沉痛和眷恋。我微微有些窒息，实在是怀抱太紧了，尤其是他的气息吐在我耳边，说不出的暧昧。

想要开口让他松开我，却喉间涩然。他身上的悲痛似乎借着这个怀抱传递到我身上，感觉鼻子又酸涩起来，我十分不安地想：这个男人真可怕，居然能够带动别人的情绪。

什么东西冰凉地滑入我衣领，一滴、两滴……他在哭？

男儿有泪不轻弹，只是未到伤心处吗？既然对她如此情深，为何不早一点珍惜呢？现在一抔黄土，人埋地下，再追悔莫及又有何用？

怀抱松开时，有片刻温度流失的错觉，他轻声道：“抱歉，我失态了！”除去眸光里头有着水漾痕迹外，看不出刚才他有失仪。

终于找回了声音：“我们可以走了吗？”墓地本就凄凉，总能勾起人的伤情，还是早早离开为好。他倒没拒绝，点点头：“嗯，走吧，以后不会再来了。”

心上一顿，他这意思是……以后不会再带我来，还是他不会再过来？存疑在心，没有发问，这回换我走在前面，他慢步跟在身后，脚步声在空旷的地面上特别清晰，一下一下敲击着人心。我实在觉得有些堵得慌，可只能压抑住，尽量走快些。

终于回到车前，那个助理看见我们走来，就立即坐进了驾驶座启动车子。等车缓缓离开墓园时，我才问：“什么时候送我回去？或者到市区后将我放下，我自己坐车回城就好。”

虽如此询问，最好还是后者，经过刚才的事，我越发不想与他走得太近。

却听他道：“现在赶回去太急了，等我将这边事务安排下，再送你回去，最迟明天。”可能是习惯了发号施令，所以他对任何事情都是自下决定，也不征求别人同意。

开进城区后，车子七绕八弯的，最后在一家酒店门前停下了。许子扬一路将我送进房间，从兜里摸出了什么，细看发觉是我的手机，果然是在他那里。他递过来后道："我的号码已经输进去了，有事你打我电话，你也累了，先休息下吧！"

之后，没再多作停留我就转身离去，看他的态度倒也不像是要有意禁锢我。翻看手机，发觉是被关机了，等开机后我翻找了下，果然在通讯录里找到了他的名字。又在通话记录里查看，居然发现我里头存储的大多数号码都被拨通过。

忽然手机震动，有来电，是老哥。

"若若，半夜找我有事？手机没在身边，没接到。"

我默了下，回道："手机放枕头底下，不小心按到了。"对面传来沉沉低笑，与我闲聊了两句，最后嘱咐我多注意休息，别睡太晚。

放下手机时，心中已经下了决定。一直等到大巴车起程，我才拨了号码过去："喂？是我。那个……我自己坐车回去了，房卡我放在了吧台。"

沉滞，过了半刻对面才语声清冷道："知道了。"然后"嘟"声传来，竟是无礼地挂断了。气得我十分后悔打这个电话，本就是他过分在前，未经我同意就将我带来这边，我没跟他计较，他居然还给我摆脸色。

周日在战战兢兢中平静地过去，许子扬并没有任何来电，可我却有预感，事情并没有完。所以当周一进学校时，我就去了趟校长办公室，申请下乡支教。实在是担心哪天莫名其妙地睡前还在家里，醒来就在别的地方了……

或者说，更多的是我本能地心生恐惧，想要逃离可能会发生的事。

支教之行并不能立刻成行，需得等正式委派后才可。

这期间，许子扬并没有像原来那一个月无声无息不见，偶尔会以领导的身份过来，不铺张，不宣扬，也不刻意，但每天准时准点晚上拨来电话，时间不会太长，问一些琐事就挂机。

避不开碰面时，他风度翩翩、彬彬有礼，除去那次墓园之行有些失仪外，之后从未有过半点逾矩的行为，甚至连我的手都不曾碰过，却让我有草木皆兵的感觉。

像无形的网将我聚拢，一点一点缩小范围，然后如乌云般遮住我头顶的明媚。

就在我觉得压抑窒息时，支教委派命令终于下达，我毫不犹豫地收拾了包袱，与一干同事登上了飞机，开始了我的支教之旅。

从机场出来乘了大巴车，然后一坐就是一天，从高楼到矮房，再到村落，到后头就是绵延百里都不见房子了。天黑之际，终于抵达目的地，不说环山遍野，但远处影影绰绰的山可窥见概貌，从车程计算，此处乡镇离最近的城区起码得有半天路程。

与我一同来的是一对夫妻档老师，他们俩自然是安排了一间宿舍，我则被安排在了另外一间。晚饭是匆匆解决的，当地镇领导带着我们参观了学校，第一个晚上，躺在坚硬的木板床上，感觉浑身骨头都硌得难受，翻来覆去睡不着。

人的思维常常难受控制，在无法入眠之际，那人的身影就会钻进脑子。这段时间他就不紧不慢地一点点蚕食我生活的空间，让我无法忽略有这么一个人存在。

说起来他的态度很莫名，看着像在朝我靠近，却又深沉若鹜，猜不透心思。倒是解了我一个心忧，晚上不会再接到他的电话了。到此地后，我就发现此处信号不好，白天可能还时有时无，到了晚上则一格信号都没有了。

这样一来，等于我们是半封闭式地留守在此地，心想那个人是没法再来干扰我的生活了吧。夜深后，在胡思乱想中迷迷糊糊地睡了过去，醒来就见窗外已经吐白。

乡办学校的校长找了过来，一番自我介绍后，就领着我们往校区走。才早晨七点多，就看到学生陆陆续续赶来，一个个小身影背着大书包风风火火的，从他们脚上的泥泞可看出，应是走了好长一段路。

不难看出，此处的教育环境确实恶劣，导致师资力量的贫乏。在与在职老师作交流时，发生了个小插曲，教导主任一看到我就失声喊道：“余浅？”我定了定目光，端详了他上下后解释道：“你认错人了，我叫许若。”

在得知有那么一个人与我长得相像后，再遇此类事情也有些见怪不怪了，只是没想到到了这山区的乡镇居然也能被误认。男人愣了好一会儿，才神色犹疑地介绍自己叫秦宸。之后时不时感觉他的目光向我这边投注，连站在我身旁的同行苏老师都注意到了，朝我眨了眨眼睛。

我不由得失笑，又觉无语。交流结束后教导主任向我提议：“许老师，一起走走好吗？”

我没有理由拒绝，我们错开一肩的距离，向操场的方向而走。一路只听主任侃侃而言，大抵的意思是我与那余浅长得十分像，他们本是师兄妹，后来他因为一些事离开原来的城市，到这里来支教。见我淡笑不语，他也就岔开了话去，讲一些教学中的事。

不知不觉间，竟是过去了一个月，生活很平静，原本浮躁不安的心也渐渐平复。城市的喧嚣，世俗的困扰仿佛离我远去。可当许子扬突然站在眼前时，我又无法平静了。

我抬手擦了又擦眼睛，他怎么可能在这里？等他一身清冷走到跟前，低吟般唤我“若若”时，我……只能暴走。转过身就大步离去，但走再快身后的脚步声都如影随形，不用回头看，也知他就在身后。终于我忍无可忍，顿住脚步转身叱喝道：“许子扬，够了！”

他挑了挑眉，没说话，我越加恼怒，扬声道：“我都躲你躲到这穷乡僻壤来了，拒绝的意思再明显不过，我不是你的余浅，与你也不是同一个世界的人，对你们玩的追逐游戏没有兴趣奉陪，还要我怎么表达得再清楚些？”

“你以为我是来找你的？”他看了我半晌后，突然冒出了这句话。

还没等我反应过来是啥意思时，就见此处镇领导快步向我们走来，满脸堆笑地伸出手，但不是对我，而是对他。“许工，可把你给盼来了，来来来，快跟我走！”

我愣在原地，这是怎么回事？他的目光朝我这瞟了一眼，那镇领导立即领会地来招呼我，将我与他一同领进了单位。从他们的交谈中，我慢慢了解了大概情况，却深为震撼。许子扬居然是上级派到此地来负责当地的改建工作。

想起刚才对他发的那一顿火，不由得面色微赧，脸皮再厚也不会认为许子扬为了追我而不惜千里赶来。从乡镇单位里出来时，我有些不敢看他，低笑从旁传来，而他的眉眼却没笑意，他说：“从我在吴市第一回见你时，就已经是开端了。明升暗降的做法，常常会上演，就没有人能够屹立不倒的，只在你站的根基稳不稳，底气足不足。”

他这一番解释极其隐晦，我在脑中盘旋了一会儿，似懂非懂地问：“你的意思是说你被下放到这里？”怎么会这样？之前并没有动向啊，看他处事沉稳有度，波澜不惊的，哪里像是出了问题的样子？就是现在，除去他嘴角带着浅讥外，依旧一派从容不迫的样子。

“也可说是相应调度，主要是我父亲要退休了，等于少了主心骨。树倒猢狲散的道理，用在哪里都合适。”听着他自嘲的讲话，我微微有些不忍，涩然抱歉道：“刚才我一时冲动，脑子发热了。”

他眉目流转，似笑非笑地问：“刚才什么事？以为我特意为你而来这事？”

“轰”地一下，我整张脸都涨红了，恨不得挖个地洞钻进去。却听他又道：“说起来，也可算是寻你而来。”啊？我呆愣地看着他，估计我此时的表情应该挺傻的，从他低低笑着的样子就可看出来了。

他转开目光，眺望远方，悠远又带有深意地道：“支教名单很早就到我手上了，看到你的名字在内，我是有些惊讶的。虽然说我被下派，但在权力范围内还是能够选择地方的，所以我确实是随你而来的。”

我又一次被雷到了！刚转移的心神，认可了之前那个答案，他却又绕了回来，而且是这种类似表白的话……怎能叫我不凌乱？

“你也不用觉得困扰，可以将我当成朋友般。就目前来说，我与你不算是不同世界的人了吧，我也不再高高在上，还有我要告诉你的是，我并没有把你当成她，你就是你，许若！”

他轻撩的话如徐徐清风扑闪过耳，然后慢慢灌注进脑，再从脑沉落到心。我不得不找了个借口落荒而逃，快速疾走时心想，此人不但面皮漂亮，就是话也说得漂亮，极度煽动人心。

他说我不用困扰，可是当他以强烈的存在感进占你周围空间时，要我怎么能不困扰？首先，他以领导的身份实地考察我们学校，似有若无的目光总会飘向我这边。后来，他留了教导主任秦宸详谈相关事宜，从两人初见面时的神色微变可判断，谈话内容一定不止学校这些事。

许子扬考察几天后，就下达了两条指令：一是修建公路，二是扩充学校面积。等过两天，指令就开始落实到具体工作了，先不说修建公路，能看到学校在大力整改。不由得叹服他办起事来还真是雷厉风行。

宁静的夜晚，月亮当空照，星星繁复闪烁，这样的夜景在城市中很少能见了。许子扬拉了把椅子，静坐在我旁边，此般情形我已经见惯不怪。

起初还觉得别扭，后来见他，更多的时候是沉默，想起他那些事，就会对他产生某种难言的情绪。优越感这种东西，对他可能是与生俱来的，但如今他却如困兽般被困在这个狭小天地里，从顶层落到了底层，所以他的神色里才会有落寞。

人的心情真的很难形容，对方高高在上的时候，会觉得他做任何事都带有目的性，当他走到低谷时，反而能感觉出那隐藏在背后的真实情绪。

他在失意中想要努力求存，对目前的境遇不甘心，更想用实际行动来证明自己。所以那些改建工作，他做得格外认真，甚至到了严苛的地步，我常常见他亲临现场来指挥，吃着与工人们相同的盒饭，有时甚至会没时间吃，就搁置在一旁。

第九章

忘情断天涯

因为受地区限制的影响，修建公路暂时只能用石子铺，引一条条小道通往山区里面，这样学生们每天上学就不用走在泥泞中。可谁也没想到，眼见快要修好的马路，被一场大雨毁于一旦。

那场雨，下了三天三夜都没停，且有愈下愈大的趋势。顿时，镇上的防汛工作拉响了警报，无论大小干部都参与，可人手不够，需要抗洪指导，各处需要检查，河堤处更要随时检测。许子扬责无旁贷地冲在了第一线，现场指挥。

然而雨下到第五天时，一场灾难悄无声息地降临，泥石流暴发了。山上泥石如张开了血盆大口的猛兽，蚕食着山脚下的村庄，幸亏在那之前，许子扬有先见之明，转移了村民，并无人员伤亡，可家园尽毁。

而且，如果雨势不停，泥石流之后定是山洪暴发，到那时别说村庄，整个小镇也难幸免。形势越发危急，河堤那边已经拉了警戒线，除去工作人员，所有人都不得擅自过去。

但，许子扬在那里。

我枯坐在校舍内，心中有说不出的焦虑，没法不承认，我在担忧。据说上级部门已经在调派抗洪救灾部队下来，可迟迟不见踪影，只能靠着仅余的力量在强撑。

每年都能从电视里看到某地发生洪灾，发生泥石流，可那是在电视中，是别人的故事。没有此刻亲临现场，亲眼目睹来得震撼，未知的恐惧重重围绕着我们。

噩耗再度传来，前线被残余泥石流侵袭，水道更是堵住了救援之路。也就是说河堤那个高台测防汛站成了孤岛，何时会被洪水淹没不可知。我再也坐不下去了，往校办借了把黑色大伞就往河堤的方向走。

扑面而来的大雨，伞根本就挡不住，很快全身都被雨水打湿，成了落汤鸡。步履越加艰难，到得岸线边时，遥遥可见原本的平地成了泥黄色的汪洋，更远处的高台上，似站了些人，隔得太远，我没法看清许子扬的身影。

环视两旁，我找了个方向开始走，水刚漫来，不可能绵延万里成江，总有尽头处。只要绕到远一些的地方，就能进到里面。我不知道为什么会心生这种执念，就算什么都帮不了，也想站在他的身旁。

走过半个多小时，看到某处地势高的地方，拦住了水流，聚集了些不知从哪儿逃过来的村民，他们躲在山背下，但无可幸免地被雨淋湿。中间有个熟悉的身影，是教导主任秦宸。

只看一会儿，我就明白他是在安抚村民们，且控制现场，应该是上头安排给他的任务。我走近了些，就被他发现了，快步朝我走来，惊问：“你怎么到这里来了？”

雨声太大，他几乎是用吼的。我也尽量提高声音喊：“有什么我能帮忙的吗？”

他听后眉皱得极紧：“快回去，别添乱！”我扭头就走，但只走了两步，就被秦宸从身后拉住，“你去哪儿？方向错了！”

挣脱他后道：“没错，我就是往这方向走的。”

“你要去找他？你疯了！”

是吧，我想我是疯了。在大雨来临头一天，我的腿关节就开始抽痛，这么多天下来，已经有些痛到麻木了，若非原本因为地势原因一脚深一脚浅的，恐怕早被看出我现在走路是跛的。一阵狂风吹过，把伞吹出了老远，回身想去拣，忽听身后传来惊恐的声音：“不好，山水又来了。”

愣了两秒，才反应过来村民口中的山水是泥石流，立时秦宸没时间顾我，回头就向那处跑。原本还安定的人群一下就乱了，是之前那场泥石流太恐怖，在人们心中造成了无法磨灭的阴影。人们作鸟兽散，各跑各的，有人跌倒了，有人摔跤了，一片混乱。

我加紧步伐往那儿奔，嘴里喊着：“别跑！”你们乱跑能跑过泥石流吗？慌乱四散下，只会将生存的可能变为零。秦宸似有所悟般，拉开嗓子就吼：“都别乱跑，集中往山上走。”

泥水是从山上流下来的，但它不是条引好的河，流动会有阻碍，而且山体上总有漫不到的地方。到底男人的嗓门大，秦宸一吼，加上之前他本就做疏导工作，村民们倒也听他的，都纷纷开始往山上跑，秦宸向我伸手：“来，拉住我！”

我没推辞，此刻没有时间忸怩，确实在借了他力后爬山要轻松许多，可腿弯处钻心的疼却在撕扯着我的神经。终于翻越了那座山，到了另一边，可情况并不见好，虽然没有泥石流，但因为地势低的原因，水在逐层蔓延。

有人不小心滑倒，秦宸放开我的手去营救，让我留在原地别动。经过翻爬后，有些村民都散落开来，不时有人滑倒，就在我左前方位置有个男童摔在斜坡上爬不起来。我试着一点点靠近，终于够到他，想要将他拉起来，可却没想山体太滑，反被他给拉着一同跌了下去。

身体不受控制地往下滑了几十米，男孩护在了身前，等到止住身形时，我们已经脱离了队伍。水位就在下方，随时可能漫上来，扯开嗓子喊了几声，听不到回应。

更严重的是，我和男孩的身体不受控制地在一点点下滑，身下的泥因为多日下雨变松了。这种情况必须自救，否则等不到救援，我们就会淹没在洪流中。

我搜寻着一切可能的生机，在我右方两米不到处，有一棵不太粗的树，如果只承受孩子的重量应该不成问题。只要我能将他转移过去，背靠顶住，就能争取到时间等来营救。而我只能指望那底下凸出来的石块了，希望它能够坚实。

我小心翼翼地将他往那边送，然后一个使力推去，恰好把他卡在树桩上。我不可避免地往下滑，看准了石块伸手抱住，总算止住了下滑的身形。只是脚浸在了水里，狂风暴雨后，天气变得十分寒凉，脚立即感到凉意钻骨。

水势蔓延，漫过了我的腿弯，抱住石块的手开始无力，我咬住牙不松手，知道一松手就会被彻底淹没。后悔吗？我不知道。为了一份不确定的感情，义无反顾地跑出来，将命运交给了老天。如果我安坐在校舍内，那么此刻的冰凉寒意都与我无关。

在此时，我不得不承认，那些理由都是假的，其实就是我受他的蛊惑，被他感染，不知不觉就将他刻进了心里。所以没有办法静等他的消息，所以想要到他身边去。

可终究不能如愿，只祈祷他能平安度过这场劫难。

忽然就眼角湿润了，有着说不出的悲意，我可能是要永远留在这里了吧。

恍恍惚惚中，似听到有人在喊“许若”，我睁大眼透过雨雾去搜寻，可茫茫然一片，不见人影，是我幻听了。我眼皮有些沉重，告诉自己不能睡，一睡过去就是对自己的放弃。再次听到了人声，这回我不再觉得是幻听了，艰涩地想开口呼救，可声音只在喉间，嘶哑干裂。

寻找的人声在逐渐远离，生机就在咫尺，却没办法抓住，我终于绝望。

突然一道声音划空而来：“在那里！”

竟是从我身后？我艰难地转头看向漫无边际的水面，居然有一条小船缓缓地在向这边靠近。我眯起眼，隔着雨雾，看清船首身穿橘红色救生衣的身影，他来了！

第十章

许我唯一，许我天荒

忏悔无门

“若若，松手！”

许子扬一点一点掰开我的手指，将我紧紧扣在怀里，鼻息间全是他的气息，头顶传来他的声音：“还好……”后面几字淹没在雨声中，可我听到了，他说：“还好你没事，浅浅……”

我昏昏沉沉地在他怀里，意识很清醒，但全身绵软无力，半闭着眼睛，依稀看到他紧抿的唇线，阴鸷着脸，是在动怒。可我却不觉得害怕，反而很安心，他的怀抱好暖。

船一靠岸，就听到踢踏的脚步声朝这边过来，中间有好多人在喊“许工”，也有喊“许少”的。我在他臂弯里吃力地看了一眼，那么多绿装军人，原来是救援部队赶来了，难怪他能从河堤高台脱险，还能跑来救我。

那之前我听到的声音，应该是从山上下来的搜救队伍，不知许子扬怎样独自与人划了小船寻来的。有人围上来要用担架抬我，但许子扬却让开了，坚持要抱着我前行。

“许若！”“若若！”连着两声呼喊钝钝地划过我的耳膜。我艰涩地朝声音的来源看去，目光从狼狈不堪的秦宸脸上划过，落在那个身姿英挺，军装齐整，却脸色阴沉的男人身上。我无声叹息，这回我死定了，老哥来了！

我发现气氛有些不对劲，老哥黑沉着脸并没看我，而是定定地看着抱我的男人，几乎在同时，我也能感受到许子扬强烈的震怒气息铺天盖地。就在我想打破僵局开口时，许子扬突然把我往担架上一放，低声对抬担架的人说：“先治疗。”

医务人员立即就将我抬往临时医站点，我勉力去探看那方，只见许子扬与老哥站在原地冷冷对峙着，像两头猛狮，随时都可能扑上去撕咬对方。

意识终于撑不住，我昏了过去。等到醒来时，发觉已经回到了校舍，昏暗中看清了床边坐着的是老哥。我的目光在他脸上溜了一圈："你被谁打了？"声音出来才发现干哑之极，且咽喉肿痛。眼前的老哥虽不至于鼻青脸肿，但嘴角有伤，一看就是低气压状态。

果然，他低目沉沉地看着我，寒着声问："你是什么时候认识许子扬的？"

见他这副样子，心里有点发憷，回忆了下，老实回答。

"为什么不早点告诉我？"

我沉默。最初认识那人时，不过是点头之交，后来发生了一系列的事，那人将我扰得心神不宁，只想着如何躲避，哪里会去想其他，再说有哪个妹妹会把扰心的事讲给哥哥听呢？但看他那难看的脸色，也只敢在心里想想，没敢反驳。心思却溜转他处，现在外头是什么情况？他……还在抢险吗？

头顶的数落在继续："你可真是能耐了啊许若，一声不吭跑这儿来支教，碰上这天灾，还不好好在屋里待着，哪里危险往哪里跑。你要干什么？做抗洪英雄？嗯，舍身救男童，挺伟大的，你知不知道自己那条腿差点儿废了？"

我心上一抽，深思被拉回，条件反射地伸腿，却发现两腿僵硬，动弹不得，急得我冒出冷汗，揪住他的衣袖，急问："我的腿？"

老哥冷哼一声，果断两个字："瘸了！"

我的心沉到谷底，什么念头都没了，这下我成瘸子了。等等，刚才他说差点儿？那就是还没废？我带着希冀仔细去看他的眉眼，大呼了口气："你别吓我了。"

要真瘸了，老哥就不会这么镇定了，而且我也不会在这里，肯定是被立即送往医院。

"你以为我是在骗你？可知道你的腿因为长时间在水里浸泡，脉络都被冻住，起初医生用针扎你都没知觉，后来不停地按摩疏导，才渐渐疏散开来。以后还有你的苦头吃呢。"

老哥语调虽冷，却不难发现其中的关切。

门忽然被从外面推开，黑沉的身影迈进，我的心漏跳了一拍，晦暗中的那张脸，俊逸依旧，但似乎有些不同。细看后，才发现他的右边脸颊有块浅青，联系老哥嘴角的伤和昏睡前看到的狮斗对峙场景，立即了然。

这两人打架了！

许子扬进屋后气氛变了，老哥的脸色越发沉冷。许子扬眯了眯眼，低声道："换你出去指挥。”口吻独断，像对士兵发号施令。

“哼，凭什么？”

“凭你是这支救援部队的领导，你就该站在最前线去指挥抢险！”

“那你呢？你为什么不去？”

许子扬轻笑了下，淡睨着眼道：“我只是这个小地方的小干部，有领导过来坐镇，自当可退守回来了。”老哥倏然站起，却是往门边走，临出门时扔下一句：“子扬，希望你知道自己在做什么。”

我大为讶异，不光是老哥会把我丢下离开，还有他与许子扬说话的口吻，都很是怪异，好像他们……认识？我蹙起眉问眼前的男人：“你们怎么打起来了？”

许子扬走到床边坐下后才淡然道：“男人的事自当以男人的方式解决。”他揭开我脚上的被子，没有半分迟疑地用手指按了上来，指尖力度适中。我有些呆愣地看着他，不知所措。

腿在他轻柔的按捏中，渐渐恢复了知觉，但关节处的隐隐作痛却很厉害。

“疼？”轻喃的询问声飘来。

迟疑了下点点头，他居然连我脸上细微的表情都抓获了。

“等这边事情完了后，我们就回程，必须要去大医院治疗。”他直接下了决定。这样的他并不是我第一次见，沉稳若定，果断强势。

“那我支教的事……”话没说完就被他截断，“你这样还能支教？坐着轮椅？”一句话把我给堵得哑口无言。隔了会儿我低声咕哝道：“只是问问而已，那么凶干吗？”

没想到这男人不但眼睛锐利，耳朵也尖，突然就俯首凑近低问：“我凶？”气息全扑在我脸上，我呼吸骤紧，身体也发僵。他一动不动，就那般看着我，眸光如墨，像琉璃般美丽，时间仿佛在他身上风化了，表情极怅然，许久许久，终于开了口，却是唤：“若若……”

我突然就释然了，心中存堵着的那口气，从他来救我念着“浅浅”时就压着，一直到此刻他喊若若，终于消散。因为漆黑的双眸内分明的温柔是那么清晰，我可看到自己的倒影。

他眼中看着的是我，嘴里念着的是我，我又何必再庸人自扰呢？

雨停了，救援工作如火如荼地展开。到第十天，抢险才告一段落，失去家园的村民都安置在了临时板房内。全国各地的志愿者纷纷涌来相助，更有物资被运进，大伙的生活暂时有了保障，后期就是重建工程。

目睹了才相信，老哥在军中的地位居然那般高，他站在队列前，对士兵们下着一道道命令，沉着冷静。不由得想起那天许子扬说他是这支队伍的领导，忍不住为他自豪。

我将随第一趟回程的车辆离开，结束这次的支教，许子扬同行，而老哥则因职责必须继续留守，直到救灾工作稳定下来。

在天黑前，车子抵达了临近的城市，许子扬马不停蹄地带着我先去了医院，一番检查下来，医生指着拍下的胶片说关节受损，需保守治疗。所谓保守治疗就是指要静养，一时间并不是药物所能治愈的。这样的话，在当初我就听惯了，甚至一度有医生断定我再难站起来，终生要靠轮椅，后来还不是站了起来。许子扬听了却是深蹙着眉，面色极其难看。

从医院出来时，他沉声下决断："我们明天直接回省城。"

抬首看他，面色沉冷，眸光坚定，可中间又似乎夹带着怒气，若有所觉那怒气是针对他自己。我笑了笑，想告诉他其实没什么的，去省城查也是这结果，主要还是靠自己的意念，那疼……熬一熬，就过去了。

可心思流转了一番，最终也只在心里想想，没有说出来。因为，真正的疼，是别人感觉不到的，除非他也这么痛过，才能体会吧。

直接去了酒店，听他只开了一间套房，我一口气提在胸口，给闷着了。许子扬回转头瞟了我一眼道："套房是连着的两个房间，放心，我们一人一间。"

果如他所言，套房是紧挨着的两个房间，只是在房内有扇门可互通。为了迁就我的腿脚不方便，晚餐送到了房间。可我却没太大胃口，他见我神色恹恹，也没多问。吃完后就让服务生把东西撤了，等他突然问我可要洗澡时，我一张脸憋得通红，说话都口吃了："不……不要了，我……我想睡了。"

他却转身进了浴室，里头有水声传来，过了一会儿他回到床边抱起我，大步走进浴室，那浴缸里已经放了一池的水，将我放在水池台上，浅声道："洗一下吧，温水泡泡，对腿脚静脉的舒活有帮助。毛巾和睡衣放在这里，你好了就叫我。"

我不敢看他，低垂着头，浴池里热气直冒，对我来说诱惑不小。在校舍时，本就环境简陋，至多是冲个凉，后来出了那事，腿不方便，就用热水随意擦洗下的，但总有肩背那些地方擦不到，这细微的困难也不好意思跟谁提。

他们男人在抢险做正事，哪里会注意到细节。却没想，心中的渴求还是被他发觉了，尤其是他的言和行都透着温柔，不得不承认，许子扬是个令人难以抗拒的男人。

面颊飞烫之际，突听他戏谑地问："需要我帮忙吗？"我愣了两秒才反应过来他所指为何，连忙摇头，这般窘态引来他的大笑，懊恼地瞪着那向外走的背影，浴室的门被关上后，整个人才松懈下来。

温热的水漫过身体时，感觉每一个毛孔都在舒展开来，热气环绕像蒸桑拿一般。但我也就稍稍泡了下，放干了浴池里的水，然后拿着放在手边的毛巾擦干了身子，并且穿好睡衣，确认没有哪处外露后，才轻咳了声准备喊他，可还没来得及出声，就听到门口传来他的声音："好了？我能进来了吗？"

一下子我又羞窘了，他难道一直就站在门外候着？

轻应了声，门从外面推开了，他眉色清敛，不见有异样，低下身将我再度抱起，稳步走到床前轻轻放下，然后把手机放在我枕边，低声道："如果夜里有什么事就打我电话。"

我点点头，过了会儿才反应过来他说夜里的事是指何，连忙将脸缩进被子底下，只露了眼睛在外，咕哝道："我困了，你也早点去休息吧。"

他伸手轻揉了揉我的头，就起身走向了隔壁，房门掩上，我才转首向那边看。很难想象，像他这样的高位者，会对我如此眷好。他在以一种刻意的温柔，蚕食着我的世界，让我无法忽略，无法逃避，只能面对，或者接受。

午夜醒来，确实是被尿意憋醒的。可要我因为这种事情去打电话向他求助，实在羞煞。我小心地从床上起来，脚尖点地时心想忍一忍就好，其实这几天我的腿没那么严重了，只是走路会疼而已。一步、两步、三步……踉跄着走进洗手间，然后解决了需要，整个人轻松了许多。哪知起身时，腿弯用力过猛，只来得及拉整好衣物，身体已经不受控制地向旁倾斜。

我重重磕碰在地，痛就不提了，主要是再想起身已经站不起来。莫名的挫折和无力感涌来，有种巨大的悲意在心里泛滥开来，这时我只要高喊一声，隔壁的他就能闻声前来，可我却不想这副狼狈样子被他看到。

我抱着膝盖，将头埋下，等积聚些力气再尝试吧。地砖的凉意透过身底，蔓延进皮肤，凉飕飕的，连自己都觉得怪凄凉的。

第十章
忏悔无门

“若若？”

耳边传来熟悉的声音，随即脚步声往这边移动，很快许子扬的身影就出现在门边，我仰首抬望着他，从他那沉痛又心疼的眼，就能知道我现在这副模样有多楚楚可怜。

气息逼近，我被他拉了起来，头按在他胸前，语声带来震动：“为什么不叫我？”询问间，已经抱着我回到床边，这次他没将我放下，而是紧紧揽我在怀中，手上加了重力。

他用额抵住我，目光紧凝，近在咫尺，只有寸余的距离，他说：“若若，不要排斥我，你不知道看到刚才那幕，我有多难过，这里很疼。”他把我的手捂在了他的心口，强有力的震动传递过来，很是触动。

“我……”开了口，又不知道要如何解释，只能怔怔地看着他。

终于，呼吸窒住。因为他的唇划过眉心，缓缓下移，眼睛、鼻尖、脸颊、唇角，最后气息被淹没，唇被覆盖。我的脑子罢工了，只能感知着唇上的细软，反反复复地，只是轻吻，没有更深的渴求，仿佛我是他的珍宝般，不舍得多苛求一分。

“傻瓜，呼吸！”他的声音抵着我的唇，这才发现我居然屏住气到脸都涨红了，连忙深吸一口，心口的窒闷得到疏解。他没有再继续，只是抵着我的额头要求：“若若，让我留下陪你好吗？我什么都不做，只是抱着你。”

是本就心软，也是情之所至，最后我没拒绝。他躺在我身后，背紧靠在他怀中，没有一点缝隙，他的呼吸近在耳畔，仿佛我们本该这样亲昵。以为多了他在旁会睡不着，可在暖融气息的包裹下，我很快就睡着了。

睁开眼就对上一双清明的眸子，里头的情绪似万般眷爱。他见我醒来，在唇上轻啄了一下，将我拉起来：“懒猪，快点起床，我们还得赶车。”

我生出一种错觉，竟像是每天早上我们都这么起床，而那声“懒猪”让我体味到一种宠溺，忍不住唇角飞扬。

到了机场登机时，才领悟原来他说的回省城不是我在的那个省，而是回他的根据地。

飞机已经起飞，我只能鼓着腮帮子闷声埋怨：“怎么不事先告诉我呢？其实不用这么麻烦的，只要回吴市就医，那边医生也了解我的情况。”

但他却道：“我已经联络了最好的骨科医生，不彻底检查下我不放心。而且这次去下面探访耽误了不少工作，没法两边赶，乖，就当陪我，等忙过这段时间，我再陪你回去。”

“你的意思是因为我而耽误你工作了？”女人在感觉被宠着时，总会偶尔借题发挥下，我在当下就有这个趋势。但许子扬的一句话立即让我没了反驳之词，他说：“工作与你，我会毫不犹豫地选择你，所以没什么耽误不耽误的。”

他在说话时表情认真，没有一点戏谑。这不是情话，却是世间最动人的。

刚下飞机，就有人等在出口处接机。看到我们出来时，接机的男人靠近低唤了声：“许少。”目光低扫过我就转开，没有任何异色。

一路畅通，直到坐进车时，我才大致了解那人是许子扬的助理，叫韩洛。两人一碰面，就交流着公务，只在上车后，许子扬低低吩咐了句先去医院。抵达医院时，医生居然已经等候多时，我立即就被推进了检查室，同样的检查又做了一遍，然后列出好几套方案，详尽又具体。

我被安置入住在病房内，针对性地开始治疗腿疾。许子扬回来后确实很忙，辗转从电视新闻里看到他的身影，得知这次他不顾己危站在第一线又沉稳若定地控制好了形势，将伤亡降到最低，赢得了广大民众好的反响。

在人前，他的形象是崇高的。回到这里的他，却少了那些深沉，眉眼中尽透温柔之色。他严格遵守医生的嘱咐，定时为我按摩，又在规定的时间内陪我复健。

所以，当老哥走进病房时，我基本已经行走无碍，只是惊讶地问：“老哥，你怎么会来？”

他直接忽略了我的问题，走过来看了眼我的腿问：“怎样了？”我在他面前走了两步，然后回首：“如你所见。”他那紧抿的唇线总算松开，面色也不再沉肃。

他问我：“若若，你是什么打算？”

早知会来的问题，真被问起时，心中划过不确定。他见我不吭声，想再说什么时，许子扬从门外快步走进，神色有些微慌张，甚至额头都有着薄汗，他似乎很急地赶过来。

走到我身边时，他一手揽住我的腰，目光凝在老哥脸上：“你回来了？”

老哥的视线在他手上定了定后，脸上浮起嘲讽：“想我一直不要过来？她是我妹妹，怎么着你都管不着吧。”几乎是瞬间，我感应到环着我的男人积存起怒意，两人之间的对峙气氛越加浓烈，我有些不安地打圆场：“那个……子扬，老哥也是关心我才来的，你们俩就别吵了。”

“哥？”许子扬突然扬高了声线，语声尖锐，“真是好笑，我怎么不知道你有个妹妹呢？来告诉她你的真名叫什么？怎么，不敢说？心虚？愧疚？”

“那也比某人好！起码我还有机会补偿，有的人只能可笑地活在回忆里忏悔，哪怕再见明知是她，都不敢去揭开事实。”

许子扬骤然松开我，走上前一把揪住老哥的衣领往门外拖，我急着想追上去，两人同时回头低吼：“不要过来！”我一时被震住，顿在原地。

等反应过来跑出时，门外已经不见其身影，我甚是忧心，上回这两人碰面就打了一架，刚才那架势分明是有再打一架的趋势，可他们去了哪儿呢？心中一动往洗手间的方向走，果然走到近处听到里头有动静。我轻轻推开一条缝隙，正好看到许子扬指着老哥的鼻子恨声道：“许子杰，你比谁都清楚，那是因为你告诉我她死了！如果我早知道……”

“早知道什么？早知道她没死，你会如何？忏悔吗？祈求原谅吗？许子扬，你不要忘了，是你亲手将她推向万劫不复的，你可知道我当时抱着她冰凉的身体，满地都是血时，是有多懊悔，懊悔不该做你的帮凶，懊悔不该带她来你的病房，悔得我撕心裂肺地疼。”

“你有我疼吗？啊？”许子扬嘶吼出声，面容扭曲，“你给我看的是什么？是她的坟墓！当我抱着那冰冷的墓碑时，才知道这世上有种痛叫：忏悔无门。子杰，我把你当兄弟，你就这么阴我的？！”

“兄弟？”许杰靠在墙上，满脸的讽刺，眼中有莫名的悲凉，“为了这两个字，我隐忍付出的太多了，知道我为什么给她取名叫许若吗？又为什么只敢以她大哥的身份靠近她吗？因为那车祸后的半年，她只要醒来就一动不动，神情呆滞，眼底如死灰般，而只要我一靠近，她就簌簌发抖，嘴里低声哀求：‘许子扬，许子杰，你们放过我吧。’

“她把我和你划分在了同一个国度，让她深深恐惧。可能是因为那蛊的影响，让她产生间歇性的失忆，但每次醒来都是重新回到车祸前，她紧紧抱住自己在床上翻滚，仿佛那疼再次折磨着她，医生说那是一种记忆重组，伤害太过刻骨产生的假象。

“直到半年后，她又一次失忆，然后将前事全部忘记，包括自己的名字。那时我不知道她还会不会记起从前，却没了勇气告诉她我的名字，为她取名许若，给她新的身份，退守到兄长的位置。许若的若字，是诺言的诺字的一半，当初我许她唯一没能做到，仅以后半生的名义向她承诺，这辈子护她周全，保她安若。”

原来许若的名字是这么来的，我钝钝地想。悄悄看向许子扬的位置，只见他面色惨白，眼底聚敛的不是风暴，而是莫名的沉痛。

良久之后，才听老哥，不对，是许子杰道：“子扬，我能为她做到如此隐忍，你能吗？为什么不还她一个平静，让她找个平凡的人结婚生子，祝她幸福？如果你对她还有一点不忍的话，放她自由吧。”

却听许子扬哑声道：“我做不到！当我站在坟前，感觉心被撕裂时，我就对她无法淡忘；当我在学校与她偶遇时，我就再也收不回迈向她的脚步。如果不是我给的幸福，这辈子我都不会放手，也不会对她祝福。子杰，这就是我和你的区别，不要再阻挠我，否则我真的会翻脸不认人。”

门在我惊然的目光中被打开，我连躲闪的机会都没有，就这么大咧咧地暴露在他们的视野中。然后我看到一前一后那两双黑眸都浮现出震惊。许子扬上前一步拽住我的胳膊，急问：“你什么时候过来的？”指尖的力度有些重，微微发疼。

我很想撒谎说自己只是刚到，可我那愚钝的表情怎么瞒得过那两双利眼，只能勉强笑了笑，不着调地回道：“呵，原来我就是余浅啊。”

一句话出来，两人的神情又一致地浮起恐慌。我侧头看向许子扬，低声要求：“我与……老哥谈谈好吗？”一时间还转换不过来称呼。

等许子扬走开后，我朝里头的男人比了一比：“换个地方吧，这里谈话实在不雅。”走到走廊尽头的窗边，回头时对上老哥的视线。故意如往常般没心没肺道：“许若这个名字不错，我挺喜欢的。”唇角的笑在看到他眼中的痛楚时变得僵硬，我想了想道，“老哥，别这样，这没什么，我不会怪你啊。”

“那是你忘记了过去，如果你记起来……”

“那就不要告诉我！如果那段过去真那么痛苦的话，忘记就忘记好了，我现在做许若，不是也一样好好的嘛。”

他怔住了，许是没有预料到我在听到真相后的态度是这般。我伸手拉住他的衣角，这个动作以前常做：“你说要护我后半生周全与安若，这个承诺还有没有效啊？”

“有效！”他的神情变得激动，紧抓住我的手，“永远有效！还有一个承诺，只要你要，只要我有。若若，我对你的承诺，一生都有效。”

我笑了起来，微仰着脖子：“你说的哦，一生都有效！哪怕以后你找了嫂子都不能赖账哦。”那双原本激动的眼，一点一点淡去了光芒，我心中微沉，一句话，将他划定在了某个界限之外，这是我找他谈话的目的。

从刚才偷听的那番话里，可体会出他对我，不止是兄妹情。不管是歉疚还是懊悔，都情意至深，而我在划定了心中界限后，知道对他无以回报，尤其是感情这事，没法勉强。那么就早些灭掉吧，对他，或许残忍，总好过让他为我蹉跎一生。

承诺太重，无论是前一个，还是后一个。

沉落的背影远走，孤寂，萧然……我突然发现，他很清瘦，尤其是这回，他风里来水里去，在那远方坐镇忙到今天才赶来找我，却又默然离开。我鼻间浮起酸涩，眼角干涩。

许子扬缓步走过来，站在一米开外处凝望着我，良久才问：“轮到我了吗，浅浅？”

我朝他瞪眼：“你在说什么啊？什么轮到你了？”他惊愕，回问：“你刚才不是在对子杰审判吗？”这回我都想朝天翻白眼了：“你哪只眼睛看到我对他审判了啊？只是问问他这阵子的情况而已，你在瞎猜疑个什么？”

他似乎跟不上我的节奏，第一次从这男人脸上看到呆滞的神情，慢半拍地追问：“可是你不是听到我们说话了？你是……余浅。”

“那又如何？”我好笑地反问。

某人再次呆怔住，惶惶然不明我的态度。我笑着给出了解释：“是余浅才好啊，那样我就不用再纠结你来洪水里救我时唤的是别的女人的名字，也不用忐忑不安地以为你是因为我们长得像而对我与众不同，至于那些可能是沉痛的过往，我都忘记了。你说有种痛叫忏悔无门，现在可以给你忏悔的机会啦。许子扬，你收买我吧，讨好我吧，向我忏悔吧！”

话声一落，我就被他一把拽进怀里，鼻子撞在他的胸骨上，生疼！暗恼这人真是野蛮，一点都不知道掌控力度的。他把下巴抵在我头顶，哑着嗓子低吟般唤：“浅浅……”我心中微动，想要从他怀中抬头，可他紧紧压住我的脑袋，不让我动。

那声音里的哽咽，代表着什么？当头皮感觉到湿润时，我明白了那哽咽的含义。就如那天我与他站在墓前，心戚戚地难受……

我与许子扬正式在一起了。这是一个肯定句，可是，在一起只需两人的观念达成一致就好，但后续问题却很是麻烦。

比如我的去留问题。在医院住了这么长时间，腿伤也复健得差不多了，自当无需再住院。我想回吴市去，那里有我的家，也有我的工作，可是许子扬却不同意。之前他以医治腿疾为由，后来又以忙为由抽不开身送我回去，将我的意愿一压再压。

终于我忍无可忍，朝他低吼："你要没时间送，我就自个儿坐车回去，又不是缺手缺腿的非要送，上回我不还是一个人坐车走的嘛。"

他蹙着眉，眸光深暗，看了我好一会儿，忽然凑到跟前低语："若若，你是真不懂还是假不懂？我就是不想你离我太远，我的工作在这里，吴市离这儿又远，我不能隔三岔五就往你那边跑。你要我刚刚抱紧你后，就饱受那异地相思之苦？"说到最后，带了点乞怜的口吻，虽然这词用在他身上极不恰当，那眉眼里的强势比他语气要来得外显。

称呼这事，是我要求的，他眉皱得很紧，最终同意了，唤我若若。

向他讲出我的理由："可我总要回去工作的啊。"

许子扬眸光一闪："你是在担心这个？"我不疑有他地点头，他突然在我唇上轻啄了一口，然后笑道，"这个问题早替你解决了，我已经替你办了转职手续，你的档案都由吴市小学转到这边的中心小学了，你看看你打算是教一年级的学生呢，还是同样教三年级的语文？"

他波澜不惊地丢出一个炸弹，我呆愣在原地。片刻后才反应过来，深吸了好几口气才勉强问："你说你把我的工作给转到这儿来了？"

"对，就是你想的那个意思。知道你喜欢老师这份职业，我特意为你挑了这边最好的小学，晚点再安排好说话一点的班主任与你搭档就好。"

阴谋！赤裸裸的阴谋！这男人就是有预谋的，他把我带来省城就没想放我回吴市！之前那些借口和理由，都是在敷衍我。我已经气得说不出话来了。

当气闷地被他领着走出医院大门时，余光中那人的笑特别碍眼，腰上环箍的手很紧。医院大门口，停着他那辆熟悉的尼桑车，驾驶座上是他的助理韩洛。车门拉开时，我脑子总算回神过来，拉住他问："要去哪儿？"

"先送你回公寓，我下午还有个会议要开，尽量早点回来。"

我点点头，突然一想不对，公寓？傻傻地问："谁的公寓？"男人失笑道："当然是我的公寓啊，还能把你寄放在别人家啊？”

这回我紧紧拽住车门不肯上车了，坚决摇头：“我不要去你公寓。”

许子扬原本还噙着笑的脸，在领悟到我是真的拒绝时，笑意渐渐淡去，他问：“为什么不肯去？”这个问题我也在问自己，可我就是没来由地排斥这个安排，比刚才他把我工作转移到这边来还要排斥。

这种纠结的心情无法解释，所以我只能垂着眼闷不作声，但抠住车门的手，指骨已泛白。头顶的目光一直紧随着我，良久之后，他的手盖住我的手，叹息着说：“若若，松手，你太用力了。不去我公寓就不去吧，我给你另找住处？”

我抬起头，仔细辨认他的神色，不确定地问：“真的？”

“还能是假？你都不愿意去了，我还能拿绳子绑住你啊。”他上前一步，将我的头按在了怀里，低声喟叹，“若若，只要你留在我身边不离开就好。”

那天下午，他推了那个会议，带着我去找房子。几经辗转，一户户房子都被他否决了，每一处他都能挑出刺来。到了现在这一户，我是各处都觉满意，两室一厅的小居室，阳台很大，又是向阳的。只是担心房租问题，一问之后，这么好的房子居然才租一千块一个月，半年一付。哪知从进门时就一直沉默的许子扬忽然道：“阳台在前背朝后，风水不行。看下一家。”

我顿时就怒了，拉了他走过一旁，压低声音道：“你许大少爷何时学会看风水了？前前后后我们一共看了四家，这是第五家了，我再也走不动了，别想我再看下一家。”

“那正好，不如去我……”

“就这户！我决定了。”扬声截断他的话，我就知道此人阳奉阴违，面上同意了，实际还动着我去他公寓的念头，所以不管房子好坏都否决。

我丢下他，大步走到介绍人那边，跟他细谈租房合约的内容，看过合同没问题后，就爽快地签约了，付房租时我却犯难了。从支教的乡村回到省城，直接就进了医院，这段时间，费用问题没在考虑的范围。直到此时，我才意识到了这个尴尬的问题，我……身无分文。

一沓红票子递了过来，不是递给我，而是推在了桌上，许子扬淡声道：“没带太多现金，这里是五千块，先付五个月吧，晚点把剩余的让人送过去。”

介绍人揣着钱兴冲冲地离开了，剩下我涨红着脸与某人坐在屋内沙发上。半年房租一付是六千块，加上押金四千就一共得付一万，这个钱我不是没有，但存在吴市的工资卡里。看了眼他喜怒难辨的神色，我嗫嚅道："晚点我把钱再还你啊。"暗自打算事后拿身份证去银行把卡报失了补办，那样就能取钱了。

许子扬靠在沙发上，神色略沉地看着我说："若若，能不能与我不要这么见外？"我看他这样，有点发憷，试图解释："不是与你见外，而是……我不想只做依靠你生存的菟丝花。"我坚持独居，也是想彼此有独立的自由空间。

这是我第一次见许子扬对我动气，他沉沉地看了我几秒，空气变得凝滞，然后突然起身往外走，留了冷漠的背影在我的视野内。

我的心情很微妙，酸和涩，还带了点苦。忍不住走到窗边，没过一会儿，就见他的身影从楼内走出，路边停着他的车，不知是心有灵犀还是许子扬本身敏锐，他突然抬头看来，目光避无可避地与他交汇，仿佛时间停止，而周旁的景致风化，他一动不动地仰看着我，我也一动不动低目与他对望。

不算近的距离，其实我看不清他眸底的情绪，诚如他也看不到我眼中的忧伤。在那漫天大雨的灾难面前，我可毫不犹豫地向他靠近，因为那里没有世俗的纷争，也没到我该做抉择的时候，只需跟着心走。可回归了大城市，就像回到了现实世界，我与他的差距有目共睹，唯一能做的就是在自己的能力范围内寻求空间。

许子扬，你是懂，还是不懂呢？

我在心里轻问着。

他不懂吧，因为他转过了身，从中道低蔼了容颜，钻进了车内。黑色的车子缓缓驰离，即使再慢，也在我的视野里变小，逐渐消失。

租房的第一晚，我枯坐在沙发上，开着电视，却是从头到尾都没看明白那剧情。因为眼睛盯在屏幕上，心却飞到了遥远的地方。音乐铃声徐徐缓缓吟唱，屏幕上是张扬的名字在闪动，绿色按键按下。几个小时未听见的声音从那边传来："在做什么？"

我迟疑了下，回道："看电视。"

"嗯，在看什么节目？说给我听听。"

瞟了眼电视屏幕，回忆了下，但之前播放的内容怎么都想不起来。对面的男人显然没有感觉到我的难言，反而还煞有介事地问："嗯？怎么不说话了？"

我顿时就恼了起来："许子扬，你到底有什么事？"打电话过来就为跟我探讨电视节目？低笑声从手机里透过来："若若，你没心思看电视吧，你在想我，对不对？"

"鬼才想你。"我咬牙反驳，实在听不惯他语声中笃定的口吻，虽然在刚才思绪放空时，我确实是在想他。许子扬笑了笑没再继续这话题，换了认真的口吻道，"请问许老师，我能有这个荣幸到你家来做客吗？"

我呼吸骤紧，电光石火间反应过来，起身跑到窗口朝下搜寻，夜太黑，昏黄的路灯即使敞亮，也难看清街道。"你在下面？"问出后才发觉呼吸有点急促。

就在此时，门铃响起，我立即呆愣，思维停止，耳边传来他的声音："若若，来开门。"不太确定地拉开门，俊逸的脸赫然就在眼前，已经没了之前的冷意。

他说："怎么办？我一踏出这扇门，就开始后悔了。然后什么事都做不了，脑子里全是你的身影，耳朵里都是你的声音，你说不要做我的菟丝花，那么换我怎样？以后你管我吃住，我做你的房客如何？"

脑子迟钝得反应不过来，上上下下把他看了个遍，除去换了套衣服，还是这张人皮啊，没有被调包，怎么就跟换了个人似的呢？目光移到他脚边的行李箱，疑惑地看他。

他莞尔一笑道："在楼底下时，就接收到你那不舍的目光了，总要给我收拾衣物的时间吧，我回去整理了下，就赶紧过来了。"

什么叫我不舍的目光？我刚想开口反驳，许子扬已经大步迈进，按住我的头在他怀中道："好了，什么都不用说，我了解。"强势环我入内，行李箱往门口一扔，随手就将门给甩上，一副理所当然的主人之态。

等到我将他的衣物都收置在客房里后，已经完全冷静下来。明白他是以这种方式在向我妥协，于他来说已经难得，而我也不是真的要与他置气，顺着台阶就下来了。

等于说兜兜转转，闹了一圈，我和他仍然同居了。只是换了个方式而已，后来连我都觉得是自己在矫情，这跟住他公寓有什么区别？

但男女间不就是从矫情开始的嘛，我没法做奔放的人，只能在自成一方的小世界里矫情着。原本还坚持同屋不同房，谨守着界限，可生活总是由一个个意外铸成的。而这次的小意外就是许子扬应酬晚了回来，满身的酒气扑鼻。

我嫌弃他的酒臭味，给他放好洗澡水，就扶着他进了里面。等过了半小时都没见他出来，敲门也不见有回应，又等了半小时，忍不住推门而入。见他就坐在地上，人趴在浴池边，衣服都没脱，竟是在呼呼大睡。

气得我拿了莲蓬头打开水朝他的脸冲，这人平时不是有轻微洁癖嘛，怎么就不顾形象地睡在浴室里了？冷水的刺激，立时让他从睡梦中醒过来，迷蒙着眼抬头向我看来。我见他苏醒过来，就放下了莲蓬头，哪知还没开口，他就如蓄势待发已久的狮子，纵身朝我扑来。

“砰”！我的后背被重重撞在浴室的门上，随即唇被强烈的气息吞没，更是迅速被挑开牙齿，舌卷入。酒味透过他的舌尖传递，不放过任何一寸地席卷，口腔内全部沾染了他的气息，并且吞没着我的呼吸。

在我即将窒息时，他骤然松开我的唇，移转往脸颊。我的脑袋总算供氧，也清醒过来，尖声吼：“许子扬，你发什么酒疯？”他听到我的声音，顿住了，微微松开桎梏，抵着我的额头凝看，突然打了个酒嗝，酒气扑面，熏得我皱眉，却听他说：“我没喝醉。”

然后再次衔住了我的唇，开始下一轮的噬咬。

当我身体一轻，被他给抱起来时，感觉到晃了一晃，行走中更是趔趄了下，实在是担心他抱着我直接摔地下。总算安全着陆，齐齐倒在了床上，我低吼：“许子扬，你装醉要装到何时？”

他撑起身体，黑幽的深眸要比往常更亮，里头藏着火苗，尽管还是晦暗不明得像蒙了一层雾。但我知道，这个男人清醒着呢。

他笑了，像偷腥的狐狸般，凑到我脸前，低声说：“若若，你真厉害，这都被你看出来了。那点酒我又怎么会醉呢？要醉也是被你迷醉。”说完就把头埋在我脖颈间猛嗅着，我被呵得好痒，笑骂：“别闹！”他抵着我脖子低低地笑，愉悦的笑声足以证明他心情极好，叹息在耳：“浅浅，我终于又能真正抱你在怀了，你不知道我想这天有多久了。”

我一听，柳眉倒竖：“你的意思是一直预谋着这天？好哇，许子扬……唔……”唇被堵住，但没深吻，只是点下后就松开，他道：“不是你想的那样，浅浅你不知道我有多彷徨，你在无形中对我抗拒着，哪怕与我在一起时，有时你也会心不在焉。我摸不准你真正的心思，不知道你脑子里在想什么，也不知道要如何才能完全占据你的心。”

“你怎么又喊我浅浅了？”半晌过后，我只干巴巴地找到这么句话来问。

第十章

忏悔无门

却见他眸中痛意浮现，脸上表情扭曲着道：“浅浅，你本来就是余浅，许若才是虚造的。你要我唤你若若，是你在听到我和子杰谈话后，潜意识里在排斥，其实你想知道那些过去，但又惧怕曾经的伤痛太过猛烈会承受不住，对吗？”

是这样吗？这才是我内心深处的想法？我无法确定了。

“如果你想知道，我会原原本本都告诉你，一字不漏，不隐瞒。但不管如何，我都不会再放开你，浅浅，你要知道吗？”

我无声凝看那双黑眸，眼底的痛楚那般清晰，甚至脸上的神情都镌刻了痛，那些过往不止是我曾经的痛，也成了他的吧。我轻声问：“许子扬，你爱上我了吗？”

他眸光顿了顿，随即毫不犹疑地答道：“爱，彻彻底底地爱上了你，余浅。”

我莞尔一笑，勾住他的脖子，抬起身呢喃道：“那么，就让我们相濡以沫吧。”我吻住了他，细细勾画着他的唇线，舌尖挑开他的牙齿，卷入、勾缠……

他在愣神了两秒后，才反应过来，立即反被动为主动，铺天盖地弥漫，等到彼此呼吸都不稳时，他才松开，不确定地问：“浅浅，你说的是真的吗？”

我的回答是埋入他怀中。

从那天之后，我与许子扬的关系又走近了一步，他自然也理所当然把卧室搬到了我这边。

这日傍晚，因为学校与公寓离得近，我通常都是走回来的。远远就见一辆黑色轿车停在楼下，与许子扬的车辆相似，不由得多看了一眼，看清车牌号码不是他的后就转开了视线，正要往公寓楼内走。

突闻身后有人唤：“许老师，请留步！”

我转过身，就见一端庄高贵的妇人站在车前，她的身旁依着一个年轻女子。我多注意了眼那女子，脸色些微苍白，长发垂肩，婉约秀丽，身条婀娜，有些古典风味。

我没有将她们请上楼，而是约在附近的茶座里，倒不是我没有礼貌，贸然出现两个人自称是谁谁谁，我就一定得信了？高贵妇人自我介绍说是许子扬的母亲。

门口到茶座就二三十米距离，我走在前面领路，进去后选了比较僻静的位置。转身入座时，微觉讶异，刚才没留意，此时才发现跟在许母身后的女子的脚竟有些微跛。这……无疑是一幅美丽的风景画里的败笔。

坐下之后，对峙局面立显。许母的目光很复杂，总是端详我的脸，似乎想查探些什么。一壶清茶上来，我浅笑着给对方倒茶，至少也算谨守了待客之道。

待茶杯斟满后，许母开门见山道："许老师与一位故人长得很像。"

故人？我心中发笑，她是在刺探我是否就是余浅？"物有相同，人有相似，很正常。"调侃的语风，是与不是没必要和她们解释。但见许母眼中闪过薄怒，凌厉的目光冷射在我脸上，好一会儿才道："你不适合子扬，希望你能离开！"

意料之中，所以我微笑着抬眼，浅声道："许夫人，你来之前其实应该先和子扬谈谈。"

"你！"许母顿时怒了，手掌轻拍在桌上。

手机铃声恰如其分地响了，我取出看了眼，时间刚刚好，正是许子扬下班到家的时刻，想是见我不在家，打电话过来追问了。

我也不避讳对座的两人，直接按了通话键。

"在哪儿？"

"在楼下新开的茶座里，有客在。"视线中一直低着头的年轻女子终于抬起了头，眼中闪过惊慌与不安。放下电话时，我微笑不改地道："许夫人，容我提醒您，子扬大概还有五分钟就到，您是要与他一同喝个茶吗？"

许母怒极起身："你别得意，不过是长了张与别人相似的脸！子扬有卿微，他对你不过是逢场作戏！"说完，用力一拉那年轻女子，喝道，"我们走！"女子跌跌撞撞被拽着走，出门之际，她回头看我，目光哀戚。

我透过玻璃门看去，许子扬正好抵达门前，与她们俩碰了个正着，惊慌在他脸上一闪而逝，随后他抿了抿唇与她们说着什么。后来她们离去，许子扬推门而入，大步朝我迈来。

几步走到我跟前，并没在对面入座，直接拉住我的手，将我扶起身询问道："你没事吧？"我朝他眨了眨眼，有些好笑地反问："我能有什么事？"他的眸光在我脸上掠了一圈，环住我的腰边走边道："回去再说。"

回到楼上，许子扬捏着我的掌，将我拉到沙发边坐下，似思虑周全后才慎重开口道："今天这事是我疏忽了，以后不会再发生。"

我看他一脸紧张的样子，轻笑着挣开他的手道："嗯，知道了。那我去看看冰箱里有什么材料。"刚要起身，却被他按住，目光沉定在我脸上："浅浅，你在生气。"他的手指抚在我嘴角，又道，"别这么笑，不适合你。"

这回我倒是觉得有趣了，一本正经地看着他问："那我该怎么笑？你妈妈带着个姑娘来找我，你又不解释那姑娘是谁，那我只好大度点，不提这事了。可你不能连我笑这点事都管着啊。”说到最后，又忍不住笑了起来。

许子扬一把将我扣在怀里，急切地说：“我跟你解释，你要听什么，我都跟你讲，别说这些话膈应我好吗？我听着瘆得慌。”

接下来，他在我耳边讲那婉柔的姑娘叫顾卿微，之前因为发生了一些事，也与我有些关系，生了一场重病，差点儿死了，后来总算捡回了一条命，但脚却落下了病根。

我听他解释了这么多，都没讲到正题，浅笑着问：“那她与你呢？是什么关系？你母亲可是这么说的：我不过是长了张与别人相似的脸，你有卿微，对我不过是逢场作戏。前面那句可理解为你母亲不知道我是余浅，后面那句呢，你给我解释解释，嗯？”

许子扬的目光有些微怔，是觉得我这样的态度咄咄逼人吗？我失笑着摇头：“没法解释就别解释吧，我不希望答案是用谎言铸就的。”这回再起身时，他竟没拦我，任由我进了厨房。

随意做了两个简单的小菜，餐桌上也一片沉默，时而感觉他的目光落在我脸上，带着深思。凝滞的气氛一直延续到餐后，我将碗筷放在池子里浸泡，他突然从身后搂住我，唇抵在我耳边轻声道：“浅浅，我对你从来都不是逢场作戏。给我时间处理好吗？”

我没吭声，任由他紧紧抱着。

晚上睡意蒙胧间，似乎听到耳边传来轻叹声，我微眯了眼去看，就见他正靠在床头抽烟，视线飘离在某一点，没有焦距，思绪不知飞向了哪里。烟雾不算缭绕，他有意避开了不朝我这边吞吐，只见他眉宇深皱着，似有解不开的结。

我只稍稍一动，他就醒过神来，立即按灭了烟问：“怎么醒了？”我睡眼蒙眬地咕哝了句，想翻个身背对他继续睡，他却一把将我揽进了怀里，紧紧地，似叹息似感慨：“浅浅，不要离开我。”

因为实在太困，闭了眼就意识昏沉了，后来也不记得有没有应答他。从那天以后，他基本把应酬都推了，常来学校门口接我一起下班。因为他都坐在车内等，平时行事也低调，所以倒也没引起学校老师们的注目。

第十一章

许我唯一，许我天荒

相忘于江湖

人们常说世事难料，当有心人要找你时，总能见缝插针，就是他许子扬也阻挡不了。顾卿微是中午时分到学校来找我的，我刚好与同事吃完饭回来。

这次我连请人去茶座的心思都没有，觉得一再应付此类情况有些烦躁，直接就把她领去了操场那边。有意忽视她微跛的脚，以及脸色的苍白，等着她道明来意。

可不知她是否在酝酿什么情绪，迟迟不开口，就一直与我肩并肩走着，哪怕走路吃力也执拗地要跟上，仿佛这么做就能证明什么。忽然她顿住脚步抓住我的胳膊，语声哀戚道："余浅，拜托你让子扬不要送我离开，我要的不多，只要偶尔能够看到他就可以了，真的。"

我低头看了看那指节泛白的手指，又看了看眼前那张泫然欲泣的脸，心道如果我是男人也会为这样一副表情而心生怜惜吧。可还是淡淡开口道："抱歉，我叫许若，不是余浅。"

她神色一怔，惨然笑道："不，你是余浅，这个世上除了余浅，他不会舍下我的。"

我冷笑道："你的意思是许子扬对你情深义重？那你何必还来找我？顾卿微，你知道你脸上的哀求有多假吗？每一分都在向我炫耀着你与他的关系有多深，试图来挑拨我和他的关系。不如我现在打电话叫他过来，当面问问，选你还是选我？"

这回顾卿微是真的怔立在当场，她脸上是震惊，是难以置信，最后颤唇指着我说："你……你……"我抿唇而笑，凑到她面前："姑娘，人生反反复复，就像天秤，不会一边倒的。"随即转身就走，留下她一人呆若木鸡。

当天晚上许子扬就回来问我："她去学校找你了？"我似笑非笑反问："怎么？她到你面前告状了？"他反而滞涩住，神色莫名，最终只叹息着跟我解释："我不是来质问你，只是不想你因为她的一些话而受影响。浅浅，你现在……变得有些敏感了。"

“敏感？”我垂下眼，清幽开口，“许子扬，当你母亲找我让我离开时，当你只让我给你时间，却不给任何交代时，你要我怎么做到不敏感？难道你想我在面对这些时都还无动于衷？你母亲让我看到我和你的差距，你给我看到你的犹疑，但凡你有一点把我放在重要的位置，今天顾卿微就没机会找上我。而你反而还指责我敏感！呵，许子扬，如果是这样的话，我们还不如罢了吧。”

我转身欲走，被他重重拉进怀里，然后紧箍住，他语带惊慌道：“不，浅浅，不要说这话。是我顾虑不周，没有想清楚，听了卿微的一面之词，她说你可能恢复记忆了，是在骗我，我心里慌乱到不行，又惶惶不安至极，才会有刚才的糊涂话出来。”

我抬首看着那双慌乱的眼，轻问：“她说的你就信了？”

“我不信，我当时是脑子犯浑了才会对她的话半信半疑，你要是恢复记忆了，又怎会原谅我呢。浅浅，不要说罢了的话，我和你永远都不会罢了。过去种种你不愿知道，我也不想让过去来影响我们的感情，以后我的世界里只有你，再没有别人。”

依靠在他的胸口，深吸着他独有的气息，叹息在心间。一场纷争，就此湮灭。

周日清晨，不见许子扬的身影，里里外外找了一圈，也没找着他人。奇怪，昨晚没听他说今天有事要出门啊，这是去哪儿了？许子扬回来时，我刚好梳洗完走出洗手间，只见他手上提了一大袋东西，不由得纳闷地问：“你这是出去大采购啊，都买什么了？”

“买了些食材回来，中午我们在家做饭，晚上我定了位置出去吃。”

我挑了挑眉：“你做？”本是带了点调侃味，却见他果真认真地点头，这下我是讶异了，又傻傻追问了句，“你会做？”他蹙起眉，酷酷地回我一句：“做菜有什么难的？”

随后我见证了他所谓的不难……当我屡屡听到厨房里传来“乒乓”声时，起初还会去探望，后来就能做到面不改色继续看电视。十二点整，三菜一汤总算放在了桌上，要说卖相倒也不是面目全非，就是我比较怀疑惨淡色泽下的口味。

许子扬见我神色犹疑，迟迟不肯下筷，眼中闪过懊恼，直接霸道地将菜夹在我碗里，命令道：“不准嫌弃！”然后自个埋头吃起来。

我忍住笑，尝了一口，没想象中的难吃。对面在问：“如何？”不难发现语声中藏了希冀。我中肯地给予评价：“色香味三样，少了前两样，还留了一样，不错。”

他没作声，低下头时却忍不住唇角上扬。可等我将碗筷收拾好到厨房时，顿时被雷到了，垃圾桶里那许多的碎片，是代表他做了四个菜，摔破了N只盘子吗？我唯有抚额兴叹。

下午两人一起出门，经过电影院门口时，他停下车问我：“想不想看电影？”我愣了两秒，笑着点头。今天这男人是要做什么，清晨独自去买菜，回家做饭给我吃，现在又带我去看电影，这是在与我约会吗？可是步骤会不会反了啊？

他独霸又强势地袭入我的生活，走完了所有情人的过程，再回走约会这一步，不知道他咋想的。但既然他提议，我也欣然接受。跟他走进电影院，看的是爱情电影，讲的是一对情侣吵吵闹闹，又分分合合，最后当女主打算彻底放下远走天涯时，男主紧紧抱住她说她是一生的挚爱，女主哭倒在男主的怀中。

我向左侧目，见身旁的男人一副沉稳若定的样子，情绪不受半点干扰，察觉到我的视线时，微带疑惑看向我。等从电影院走出时，我问他有没有被感动，他笑着说那是虚构的，现实中若有这样的事，他不会让自己的爱人有离开的心。

我耸耸肩，表示无语。这就是许子扬，他总是笃定着所有，仿佛一切尽在掌控中。而诚如他所言，电影是虚构的，如果真心要远走，就不会有那机会挽留了。尤其是，挽留也不见得就能如愿，一切都是命中注定。

散场后，许子扬开着车在市区缓缓环绕，足足开了半个多小时才停在一家餐厅楼下。上到二楼，环境优雅别致，客人并不多，只三三两两分坐在周边。我们的位置是在靠窗处的，城市的夜景一览无遗。

可当红酒注杯，小提琴在桌旁演奏，第一道餐点送上，揭开盖子，露出里面晶莹闪亮的璀璨钻戒时，我没法镇定了。懵懂地看着对面笑得温柔的男人，悄声问：“你搞什么名堂呢？”此时，琴声一转，变得婉转又动听。

在我呆怔的目光中，许子扬从椅内直起身，取过餐盘中的钻戒，绕到我跟前，单膝跪地。这么一来，他的视线要比我略矮一些，他微仰着头，满脸虔诚又温柔地问：“浅浅，嫁给我好吗？”

当下，我的脑中闪过一道奇异的白光，仿佛腾空而来的长箭，震得我大脑死机。

他这是在……求婚？

眼前距离两尺外，那个墨发垂额，眸色倾城的男子，跪在我跟前，轻声道：“浅浅，我为此刻准备了足足一个礼拜，从选戒指到安排这个晚餐，还有今天一天的行程，都是精心布置的，我要让今天成为我们最美好的纪念日。”

我心有震动，垂在两旁的手指尖无法抑制地轻颤。怔怔地问：“你爱我吗？”

“爱！”回答得斩钉截铁，他凝目沉望，再次要求，“浅浅，嫁给我，让我护你半生年华，许你一世安若，好吗？”

当一个男人这般仰视着诚挚请求时，又有几个女人能拒绝？我伸出左手，无名指上冰凉滑入，细细小小的晶亮戒指套住。强烈的气息卷席而来，唇上微痛，他吻得很重。呼吸交错间，可感觉到他剧烈跳动的心，错开时，那眼底是化不开的深浓情意。

回到家，刚一进门，许子扬就迫不及待抱住我往卧室急走，两人齐齐倒在床上时，他覆在我身上，没有急着怎样，而是从脖颈间抽出红绳，一块银色的佛牌露了出来。他把那佛牌摘了下来，套在了我的脖子上，然后抵着我额头道：“永远不要再拿下来了，浅浅，我们明天去民政局领证。”

我眸光在那银色上转了一圈，笑着抬身攫住他的唇，将他的气息吞没在喉。

这晚，我们彼此抵死拥抱，让对方感知自己的存在，火焰生生不息，仿佛不知疲累般，两人都无法压抑那澎湃和激越的情绪。我一遍遍地问他爱我吗，他也一遍遍回应他爱我，他的眼、他的眉、他的唇、他急切又激动的神情都告诉我，他很爱我。

抵达最高点时，我在他肩膀上重重咬下一口，齿印深种，几可见血。

当他终于疲倦地沉睡时，我凝眸盯着那个牙印良久，才伸出手，轻抚他的脸，指尖勾画他的轮廓，拂过他的眉梢、鼻翼、唇，我想我此时的目光是贪婪的，恨不得将他的样子刻下来，事实早已刻在心底深处。我轻声叹息，喃喃自语道：“许子扬，我是真的真的很爱你。”

可是，不是以爱之名就能圆满的。

……

远行的列车缓缓启动，这是一辆通往西藏的旅游车。看着窗外景致的倒退，不由得感想人生何其无常。几个小时前，我与许子扬疯狂着，像抵死纠缠的兽，借着彼此的呼吸生存。现在，我却独坐在远行的列车里，开始我一个人的旅程。

等他入睡后，我就忍着满身的酸累悄悄起身了，从置物柜里找出很早就整理好的行李箱，本想就这么悄无声息地离开，最终想了想还是走到了客厅一角的电脑前，打开文本文档，在那屏幕上给他打下了一封信。

许子扬：

我将戒指和这个佛牌放在这里了，诚如你所见，我走了。

我不是恢复记忆，而是，从未失忆。想必你也早怀疑了吧，只是不敢去印证，因为你胆怯，那些你曾对我做的事连你自己都觉得不可原谅吧。是啊，那么刻骨的痛，要怎么原谅呢？你不该来找我的，各自安守一角，你做你高高在上的许子扬，我做我平凡的许若，那样不是很好吗？

如果是那样，我终会在某一天，淡忘那些曾经，事实上我已经试着去遗忘。可你偏偏要出现，还不惜一切地靠近我，那么我唯有鼓起勇气接受命运的安排。

第一次，是我错爱了你，回归现实，其实能够想通，那许许多多阴谋背后不过印证了一句：你不爱我，而爱她。但不是以爱之名就可以无所顾忌，就可以肆无忌惮地挥霍别人的人生，乃至感情。

所以这一次，我一定要你真的爱上我，并且是要你舍弃顾卿微而选择我之后，让你彻彻底底地感悟一次，那刻骨铭心的痛。被欺骗的滋味不好受吧？有没有心如刀割的感觉？可是这都不及我所受的万万分之一。你不知道当心碎成一片片后，要如何重新修补；当想忘记一切时，记忆却一遍遍重新洗牌回到当初，那是一种怎样的痛，你永远都无法感同身受。

许子扬，我们之间在那时，就已是绝路，根本无法绝处逢生。你说今天是我们的纪念日，我笑着点头，确实是纪念日，纪念我们曾有的过去，纪念我们拥有一天短暂的虚妄幸福，纪念我和你的……分手。对，许子扬，我的“前夫”，我们分手吧。

记得我曾对你说的一句话吗？让我们相濡以沫吧，其实后面还少了一句没说。

不要来找我，因为我已拥抱平凡的幸福，还记得在医院碰到的林医生吗？我与他后来一直有联系，他是一个很好的男人，我想我会嫁给他。

最后，祝你官运亨通，一切……安好！

余浅留笔

相濡以沫之后，是相忘于江湖。

第十一章
相忘于江湖

这是我在当初抱着许子扬说“让我们相濡以沫吧”时的念头。当我再度无可避免地让他走入生命时，其实是无奈的。如果一切只停留在那乡村，那洪野灾难时，那么我和他或许能走得更长久些，但最终的结局不会改变。

都说人生若只如初见，可我与他的初见，却奠定了阴谋的开始，也注定了结局的悲哀。不管经久年月，都无法改变。没有草长莺飞的传说，人永远活在现实里面，快速的鼓点，匆忙的身影，麻木的眼神，虚假的笑容，而我也被一点点同化。

沉痛的教训没有教会我任何东西，却教会了我不要轻易地去相信童话。所以，许子扬的改变，许子扬的爱，都不过是他最自我的表现。有人说世间最珍贵的是得不到和已失去，他对我的情感，正是这两种概括，其中还多了点愧疚。

许子扬，你痛了吗？我终究没有你心狠的，选择一切到这里止步，于你来说，至少还有退路吧，不是还有顾卿微吗？

我轻笑着，目光再次凝聚于窗外，转念于这次旅程。

我对西藏虔诚向往！心中有一种希冀，如果过去的伤痛，让我的灵魂变得腐朽，甚至一改性格执刀向伤害我的人报复，那么我希望神圣的地界，可以洗涤我的灵魂。

抵达拉萨时，我深呼吸了一口，不知为何，心胸瞬间就开阔了。那些缠绕的纷乱，淡去了不少，我走进当地的旅行社报名，没有立即成行，而是在附近的旅馆先落脚下来。

因为高原的空气氧含量低，需要有个适应的过程，我第二天才正式踏上了前往布达拉宫的行程，石板路的台阶，一步步向上，宏伟的建筑，开阔的不是眼界，而是心灵。那么美，那么宁静的瞬间，如果有人清晨在布达拉见过虔诚的藏民，就会知道信仰的力量究竟有多大。

当我的心真正平静下来时，忽然觉得：

不乱于心，不困于情，不畏将来，不念过往。如此，安好！

来拉萨好多天，每天都会走出旅馆，走在藏民的行列。这日，我来到一处峡谷地带，路旁是清澈见底的河沟，沟边有零零落落的藏居，是用石块堆砌而成的。

继续向前，很快就看到山腰上有石台，应该是到了我的目的地——天葬台。世界上有许多地区实行天葬，在佛法中，这种葬法称之为布施。其实人死后不过一抔黄土，古时土葬是终究腐化，现时火葬是化为灰烬，又何苦去纠结人死后的归宿呢。

一切还是珍惜眼前，珍惜活着的时候吧。

仰头看了看，浓浓的“桑烟”在盘旋，与一群在上空的秃鹫旋绕在一起。可能是天葬仪式正在举行，不远处也有些人在仰头看，突然，我看到人群中有道熟悉的身影背对着这边，心忽地一抽，转身欲走。那人却恰好转过身来，对上我的视线，面色变了变，立即朝我跑来。

“若若！”

我顿住了脚步，叹了口气：“许子杰，你不该来找我的。”

来人正是许子杰，他沉敛的目光凝在我脸上：“你一个人孤身出来旅行，此处是藏区，人生地不熟的，单身女孩子很危险。”

我沉默了下，朝旁指了指，示意他先离开此处，别影响了别人。走回峡谷，缓缓而行，对许子杰，我是另一种心情。原本他与许子扬一样，是那场最深阴谋的策划人，是帮凶，可他却给了我新生。

车祸后，是他抱着我冲进医院急救，沉重的睡眠，无边的黑暗，是他在我耳边一声声地唤，将我从那噩梦中唤醒。可醒来后记忆错乱颠倒，就像轮盘一样，运转之后再重组，回到悲剧发生的那一天，等于说我在噩梦中无法苏醒，一直沉沦。

人心，多么可怕，可以自私到罔顾别人的生命与感情。在那时，许子杰与许子扬一样，在我心中是恶魔，所以我祈求他放过我。直到有一天深夜，蒙眬中听到低低的呜咽声在耳畔，意识清醒时可分辨是许子杰的声音。他在哭？！良久之后，他的情绪才逐渐平复，随后叹息着轻语：“浅浅，我该拿你怎么办？究竟要怎么样才能让你走出来？”

听着这么悲凉的声音，我心里发堵，鼻子阵阵酸意，后来我就不大愿意睁眼了，睡不着也闭着眼，不想去看，不想去听。但还是听到他的低语声，说我体内的蛊莫名其妙消失了，或许我的记忆可以不用再混乱了。

突然就猛生了念头，不如借着这个机会完完全全失忆一次吧，就当之前的是噩梦一场，我如果想得到新生，唯有摒弃原来的一切。那时候我并不知道许子杰为了杜绝一切可能，为我立碑造坟，对外我已经是个死人。

“失忆”后，许子杰为我取名许若，陪我复健，帮我站起来，后又安排我去了吴市，不管出于什么原因，让我离那座城市越来越远了。

溯本归源，思绪回转，看着眼前清俊的男子，我对他再无怨怪，反而在那些时日的相处里，是真把他当成了亲人般。可是他眼中隐隐的情意，一直没有消除，就如此刻，他看着我那黑白分明的眼，含着某种深意，带着点沉痛。

不等我开口，他忽然道："我是和他一同过来找你的，在刚才看到你的时候，就给他传了信息，他应该很快就会赶到了。"

我面色大变："许子杰你！"抬眼间就见不远处颀长的身影在往这边奔跑，再顾不得其他，扭头就想往人群处逃，可被许子杰一把拽住手腕，紧紧拉住不放。

我大怒，口不择言地骂道："当真兄弟情深！为了他你泯灭良心，为了他不惜将心爱的女人拱手相让，你别说你不喜欢我，你的眼睛你的神情都在说你爱我！可你却为了成全你所谓的兄弟情，将我推给他！许子杰，你是我见过最垃圾的浑蛋！"

他全身僵住，脸上的表情像被人生生砍了一刀，从最中间撕裂开来，沁出的不是血，而是沉浓的悲哀，他在低语："你知道，原来你都知道……"

"我怎么会不知道？你一直把自己当成是我的唯一，可是许了唯一的承诺后，你给了吗？你跟他没有区别，因为你们都没有心！"

痛楚爬满他的脸，整张脸都扭曲在一起。那件事不光是我一个人心中的痛，是所有人的毒瘤，相处这么久，我完全知道要如何击溃他！当感觉到手腕上的力道松弛时，用尽全力甩开，我等的就是这一刻，余光里许子扬已经穿越一个个藏居向这边冲来。

可我没想许子杰指上的力道只松了那一刹那，察觉到我的意图时反而扣得更紧，我顿时绝望了。只听他沉痛地说："若若，我不能让你就这么离开，不是我兄弟情深，我没那么高尚的情操，而是你的幸福唯有他能给，你可知道但凡有他出现时，你的眼睛都是发亮的，在洪灾时哪怕你有恨，你也无法控制地靠近他。问问自己的心，你真的想离开他吗？"

想！这个问题我问了自己千百遍，事实在离开那天之前，我有无数次机会放下，然后告诉自己就这么与他在一起吧，不管曾经的伤害，他对我至少现在是真的爱了。可是没有办法，人心是肉长的，伤害过不是说弥补就能补得全的。

尤其是，我不想时时刻刻惶惶不安地去猜测枕边人哪句话是真，哪句话是假，这样的生活实在太累，我与他已经少了最基本的信任。

"浅浅……"

身旁两米开外处，传来许子扬的声音，我不用扭头，也可从余光里看到他的身影。心中叹息，真是天命，亦是造孽啊，我与他始终摆脱不了纠缠。

许子杰松开了我的手，轻声道："若若，你们好好谈谈，我先回旅馆等你们。"

许子扬急欲走上来，我怒声呵斥道："别过来！为什么就不能放我自由？我表达得还不够清楚吗？好，许子扬，我再告诉你一件事，让你彻彻底底地看清楚当初你伤我有多深！那场车祸'砰'的一声，不止差点儿把我撞死，还撞走了一条生命，它在我肚子里，它是你许子扬心心念念想要的孩子！从此以后，我都不能再生育了！你满意了？啊？"

讲到最后，我是嘶吼出声，歇斯底里的。

许子杰本没走远，听到我的怒吼猛然转身，惊恐地看着我！我怒眼朝他瞪去，他嘴唇动了动没有出声，悲凉的目光从我脸上转到许子扬身上，绝望中多了怜悯。他惨笑着摇头，转身快步离去，留下萧索的背影。

我知道他没说出口的话是什么，他是我车祸的见证人，之后所发生的事他知道得最清楚，我有没有怀孕怎么可能瞒过他。事实上我确实是在撒一个弥天大谎，当看到许子扬不惜一切追来时，体内那股被我生生熄灭的火焰迅速点燃，这股火焰叫恨！

之前正因为察觉到自己越来越偏离了轨道，恨意主宰了我的思绪，所以才痛下决心离开，以我最后的力量，在狭小的空间里倾尽所有成全他的自由，也成全我内心的自由。

可是他不肯放手，他又追了来！

许子扬就像是我内心的毒，蔓延至我的血液，将我的灵魂都腐化。

看吧，我的心刚刚因为神圣的布达拉宫、虔诚的藏民而得到一点洗涤，又一次因为他的到来，沦为覆灭，终究是功亏一篑。

既然这是他的选择，那么就大家一起痛吧，我无法得到平息，他也别想安好。

我看到两尺外的男人，血色一分一分地褪尽，英俊的脸全部扭曲在一起，他颤着声问："浅浅，你说的是真的吗？真的……有个孩子？"

假的，但是我不会告诉你。

我原想就这么着吧，留个念想，多少年后去回忆，可能释然了，那时我会想，曾经年少时，青春年华里，我是多么深地爱过一个人。这些都是我坐在来西藏的火车上时想的。如果人真的那么容易失忆，又何苦走一回爱的沉沦？

诚如那句话：如果一杯忘情水可换一生不伤悲，我还是会舍不得，舍不得忘了有关他的所有。所以在噩梦之后，会一遍遍地反复深刻记起那些过往，只因我舍不得忘记。

最后的信，我留给他的是屏幕上的字，隐下的是滴在键盘上的泪，以及最后凉凉地落在他眉心告别的吻。

许子杰没说错，我爱这个男人，很爱，爱得全身都在痛。我本只想用远走天涯来化解这段刻骨的爱与恨，然后把那些伤害遗忘，脑中只余下他曾对我的好，然后某天靠在躺椅上笑着回忆这段只剩美好的情怀。

可偏偏天不从人愿。连那点微末的念想，老天爷都要剥夺，它就是要看我们如何厮杀，如何在这尘世苟延残喘。那好吧，谁能强大得过命运呢？如果我势必要沦入地狱了，那么不妨让姓许名子扬的男人陪我一起堕入吧。

于是，我冰冷且肯定地点头："那个孩子是被你许子扬杀死的，它才那么点大。"我随手比画了下，眼中带着恨意。

一贯沉稳自若，泰山崩于前而色不变的那人，浑身剧烈颤抖着，眼泪像无法控制的长河在流淌。这是我第一次真正看他哭，手紧紧盖在眼睛上，水渍从指缝里流走，到后来他蜷曲下腰，坐在了地上，把脸埋在膝盖里。

"浅浅，我都对你做了什么啊？"他的声音哽咽到不行。

抖动的肩膀，沉痛的呜咽，一下一下勾刮着我的心，只感觉心里的那个洞在无限扩大。抬头看了看天，一片清朗，看得清晰，我居然无泪，只是眼睛干涩得发疼。

为什么？我不是该笑吗？终于把身上的毒染了一半到他身上，让他感觉到撕心裂肺、哀莫大于心死是什么滋味了，为什么我就是笑不出来呢？

我茫然转身，刚迈开一步，手上一紧，被他拉住，他手上是湿的，等我反应过来那是他的泪时，立即觉得灼烫了我的手，用力想要抽回，可他却紧紧扣住。抬起的脸上泪痕犹在，眼睛被泪冲刷过特别清亮，他说："浅浅，对不起！"

哈，真想仰天长笑，高高在上的许大公子，匍匐在我脚边，卑微地向我道歉说对不起，我是不是该鼓掌？可是，对不起三个字太轻了，不是人人在犯错后都有机会说对不起的。如果那时我真的怀孕，如果我的生命结束，他的这句对不起去对谁说？

坚硬地，一字一字从齿缝里蹦出："许子扬，我永远都不会原谅你！"

哀伤、绝望，在他眼里浮现，然后变成灰暗。

我学着当初的他，一根手指一根手指地去掰，他曾给予我的一切，我将如数奉还。当最后一根手指被甩开时，转身就走，却被他从身后紧紧抱住。

时间无声地流转，他没有说话，只有沉重的喘气声。我麻木地任他抱着，心想这个怀抱曾经是我最依恋的甜蜜港湾，哪怕心伤后也忍不住要去轻靠，可是现在，他满身的绝望透过肩背传到我身上，弥漫着走投无路的哀戚。

我轻声问：“你是想逼死我吗？”

话落后，可感觉身后的肌肉一寸一寸变得僵硬，而紧紧的桎梏也一点点松开，最终他的手滑落下去。我迈步走开，却发现走错了方向，往天葬台那边走了，回转身时见他跟在我身后几米处，见我突然转身，神情中一闪而过的错愕，随后垂下眼不敢看我。我从他身旁擦肩而过，没有给多余的目光，早知他不会轻易放手，而我在刚才一番后心力交瘁，再说不出一句话。

就这么一前一后回到了旅馆。许子杰等在大厅，一见我们入内，他就走上前道：“若若，去收拾行李吧。”我站着不动：“我不会走的。”就算走，也与他们不同路。

“若若！别拗！”他肃整了声音轻叱，颇有兄长的架势。我在心中嗤之以鼻。

身后却传来沙哑的声音：“子杰，你先回去吧。”他走到身旁看了看我，又道，“我留下陪她。”心尖一颤，他要留下？

“子扬，你怎能长时间滞留？Z市那边……”

话未说完，就被许子扬抬手制止。我终于抬起眼看向身旁的男人，尖锐了声质问：“你留下来干吗？是一遍遍提醒我，曾有一个生命被你活生生杀死吗？”极痛再度划过他的眼，但只是一闪而过就灰灭，他低声道：“浅浅，你不必用激将法，你不走我也不会离开的。”

掉头走开，腾腾腾地迈着楼梯，气怒交加，去他的激将法，鬼才用激将法呢。开门进房，“砰”的一声重重关上，紧绷的身体骤然松下，我靠在门板上缓缓下滑，坐在了地上。

不知过了多久，头顶传来敲门声，我并未理会。许子扬的声音在门板外传来：“浅浅，你一天没吃东西了，出来吃点吧。”我冷冷一笑，继续坐在地上发呆。

等了一会儿，他又道：“子杰先走了，那边还有事情。你若不想走，我就留在这里陪你，等你想走的时候咱们再走。”

我蹙了蹙眉，继续不吭声，听到脚步声离去，说不出是失望还是什么，心里空落落的。又独自困顿了会儿，才用手撑在地上准备起身，确实是肚子饿了，今天从出门到现在，滴水未进。拉开门时，微微一愣，没想他竟然就背坐在我门口。

听到开门声，扭头回看我，眼中闪过惊喜，在看到我冰冷的脸色后又回归黯然。我越过他向楼下走，旅馆旁边有家饭店，民族特色，很不错。刚坐下来，许子扬居然就坐在了对面，我冷冷地盯着他，他咬了咬唇离开桌子，改而坐在了邻桌。

快速填腹后我走出饭店，走在昏黄的路边，步履踏在心尖上。无法控制地竖着耳朵去听身后的脚步声，判断着他离我的距离，我想我是疯魔了。

当回到旅馆时，一进门就见旅馆老板苦着张脸与一名穿着制服的警员说着什么。这老板虽也是藏民，但是他会说汉语的，从他的描述中得知，刚才出去一会儿的时间，竟有小偷入室行窃了。

看到我们回来，他满脸歉意地说对不起，让我们先上楼，去看看有没有什么财物遗失。房内一片凌乱，明显是被翻过，幸而我也没什么财物，只丢了些零散的钱，证件与衣物都被扔在了地上，倒也没什么遗失的。见许子扬从对门过来，这才知道他订的房间就在我正对面，他手上只拎了个轻便的包："走吧，这里没法住了。"

为什么没法住？收拾收拾不就行了？可是过了一会儿，老板就上来敲门了，连声抱歉后说警方要彻查线索，店内要整顿，暂且不能对外营业。

还真被许子扬给说中了！我只好拎着行李下楼，老板赔着笑脸将我们送出了门，结果连走几家旅馆，都是客满。回神一想，竟是到了旅游高峰，各地旅客都朝这里蜂拥而来。

此时天都漆黑得不行了，天公还不作美，居然开始下起蒙蒙细雨来。许子扬突然拉了我的手说跟他走，我无力与他争执，却没想他把我带到了峡谷藏居处，敲开一户藏民的家门，朴实好客的藏民将我们让进了屋。之后的几天，我们就一直住在藏民家中。那场雨在连下了几天后变成了滂沱大雨，然后我的腿疾犯了。起初并没在意，到后来越来越酸痛，走路都不利索了，也终于被许子扬发现了。

他冷着脸问："为什么不早点说？"我侧转了视线，没吭声。这几日都是这模式，我对他不理不睬。他见我无语，直接下了决定，"立刻回去！"我心上一惊，直觉想开口反驳，话到嘴边还是咽了下去。

许子扬当天下午就去买车票了，回来却是一脸沉色，居然没买着回程的车票，某处地方因为大雨侵袭而塌方导致公路受堵，目前过不去车。不知他上哪儿联系了一辆返程的黑车，当夜就与藏民告别，匆匆离去赶车。

夜，黑茫茫的，他一手拎着我的行李箱，一手拉紧了我走在夜幕中。不知走了多久，黑暗中终于可见远处有车影，到得近处才发现竟已有好些人等在这里了。

从行装上看，应该都是各地过来的旅客，许是大雨浇熄了大伙的游心，都纷纷想赶回去吧。雨还在下着，雨势倒是小了许多。那辆黑车是中巴车，大致能坐二十多人，可等在这里的初步估计有四五十人。人数上翻了两倍，我蹙了蹙眉，转头去看许子扬的神色，月光下他暗沉着脸，眉色不动。

很快就有人来点人数，安排上车，我们排在队伍里，上车后发现只剩最后一排有座位了。狭小的靠窗边的位置，他让我坐在了里面，然后紧挨着我坐下。身体紧密接触，这是连着几天来靠得最近的一次，我没有作声，只尽量往里凑一些。

眼看着车厢越来越挤，居然站在底下等候的人全都挤上了车，严重超载，却也没人反对。终于车子启动了，缓缓在夜色中驰骋，走的是一条小路，大马路已经因塌方而堵住，不能行车。

由于路面的不平整，车速很慢，可即使这样也时有颠簸。几次都不可预防地朝他身上跌去，他的手稳稳扶住了我，掌心的温度透过衣料传到我的胳膊上。只轻轻一挣，他就松开了，微侧了目光瞧他，沉着脸，不知道在想什么。

因为严重超载，车子挤得满满的，所以当“吱——”的刺耳刹车声划破众人耳膜，后排的人根本来不及反应，车身以扭曲的姿态在惊天呼喊中天翻地覆。

许子扬只来得及将我从座椅里拽出来，巨响就已传来，所有人都被车带翻了过去，一声声的惨呼此起彼伏，我不可避免地压在了别人身上，然后周围全是人压人，唯独我没有被压。因为许子扬用身体撑起一个空间，正好覆在我身上，强大的惯性挫伤力全被他拦了去。

清晰听到他一声闷哼，但随即就被其他人的尖叫声给盖过，车子在翻转后并没有停止，向前打滑了好几米，等到停下时又是一声巨响从前方传来，应该是车头被撞毁了。

此种情况，就是想让大家镇定，也没有人再听，能动的纷纷只想爬窗逃生，这是人类求生的本能。有人喊救命，有人哭号，有人践踏着别人的肩膀爬窗。

许子扬见情形不对，附耳过来道：“浅浅，来，你攀着我的肩膀翻过去，踩在我背上从上面的窗户爬出去。”我移开视线看上方的窗户，它正对着我们，玻璃已经被震碎，好多“勇猛”的人在敲开玻璃，慢慢往外爬，而不乏有人是踩在他身上的。

第十一章

相忘于江湖

很想怒吼那些人，我身上的这个男人何曾被人如此践踏过？可我咬了咬牙，听了他的话，双手环住他的脖子，一点点从他身下翻过，等我完全趴在他身上时，他强撑的身体伏下，按住原本被我压在身下的人妄动，这时候不能再让人借机也爬上来。

又有人挤过来，欲挤开我的位置向上逃生，我忽然如竖了毛的动物，凶狠地挥拳怒吼："滚开！"不怪别人为生而冷血，但也不许他人再来侵占我的土地。慢慢直起身，勾住了窗棂，碎玻璃屑扎进手掌，竟不觉得疼。感觉到脚下的身体弓起，将我往上顶，深吸口气用尽全力爬，终于钻出了窗户。

等在车身上稳住身形时，我回过头朝内伸出手："来，我拉你上来！"这是我这几天对他开的第一次口。但许子扬却没有起身，只是翻过仰看着我，有人欲从他身上翻过，被他一把推开，然后定定看着我。忽然觉得有些不对劲，身体又往下探了点，低吼："上来啊！"他仍然不动，只上扬了唇角，低声道："浅浅，你走吧！"

心中一刺，我目光扫掠他全身，一定是哪里出了问题。当扫到他的左腿时，倒吸一口冷气，我居然到现在才发现，他的左腿被生生卡在了椅子里，刚才他掩护、翻身、顶我上来，都是强忍着腿骨撕裂在完成！

什么东西划破了我的神经，我脑中一片空白，本能地就想钻回去，却被他怒喝："别再进来！"我同样吼了回去："那你出来啊！"你不能貌似伟大地把我送出去，然后自己留在那里面！

他苦笑着咧了咧嘴："浅浅，别哭，我现在没力气，你帮我去找找有没有什么棍子类的工具，椅子必须得撬开。"

听他这么说，我用手抹了把脸，不知何时眼泪已经满面。顾不得其他，连忙从车身上翻下去，不用寻找，翻车后一边车厢里的工具被震了出来，找来一根铁棍，再次爬上车身，却发现居然有人就踩着他的胸往外爬，怒得我抡起铁棍就想砸上去。

最后时刻，理智仍在，铁棍挥到那人头顶时，改而上前用力把人拽出来。但是刚出来一人，发现又有人欲钻出来，这回我再也忍不住，拿铁棍抵在那人的头嘶吼："退回去，听到没有？"那人见我面色狰狞，铁棍又粗又长，瞳孔收缩，最终还是缩回了身体。

我趴在窗口，喊了一声："许子扬！"就将铁棍递下去，不过离开一会儿，他的脸色比之刚才还要白，接棍子时居然还笑着调侃："你刚才的样子凶得像母老虎。"

明知道他是想缓解我紧张的神经，可我就是笑不出来，只能瞪圆了双眼看他用铁棍借力撬那椅子。可不知是力竭的原因还是其他，他试了几次，都没能撬起来。我在上面急得不知如何是好，眼光飘到之前被我呵斥下去的那个男人，他满脸都是血，缩在角落里呆看着。

不由得怒从中来："帮忙啊！难道大家都要在这里等死吗？"

那个呆看的男人终于凑过来开始帮许子扬撬座椅，旁边还能动的人也开始帮忙。当座椅被搬开时，我看到那只腿的裤管已被鲜血浸湿，几乎可以想象那底下是血肉模糊。

在旁人的齐力帮忙下，终于将他缓缓从窗口推了出来，等他上半身在外时，我就奋力抱紧他的身体往外拽，直拽到整个人都出来，才大口大口地喘着气，满身寒凉，是后背的冷汗浸湿了我的衣服。

"听着，浅浅，现在由你来指挥，安排调度没受伤或者受轻伤的人到窗口来，将里面的人一个一个救出来，从伤者先救起。"他有气无力地躺在车身上吩咐着。

"我指挥？不行的。"

"你行的，拿出你当初在新区时指挥城战的魄力来，相信我，你一定可以的！"

这哪里能与城战比啊，一个是游戏，一个可是现实中活生生的人命！但我俯瞰而下，他双眸坚定地看着我，咬了咬牙点头，拉开嗓子，把他刚才的安排喊了一遍。

群众，往往是一人带头，就有人跟随。在一个满脸狼狈甚至还带着血迹的壮汉高喊一声响应我时，立即就有五六个人站了出来，他们重新爬上车身，开始对车内剩余的人施以援手。我就如一个将军般，站在车身上，一边指挥着他们小心救人，尽量避免二次碰伤伤者，一面又安排懂药理的人为已救出的伤者做简单的包扎。

许子扬已经被人搬下了车，仰躺在泥路上，微笑着看着我，偶尔视线碰撞时，我迅速移开。此刻的我，定是形象全无，凌乱的发，狼狈的脸，如悍妇一般站在高处。

当所有人被救出来时，没有人欢呼，也没有人庆贺，因为有八人已经没有了呼吸。

这是一场生死劫难，尽管大家都已经从车内脱逃，谁又还能笑得出来呢。瑟缩的寒风刮在脸上，冰冷生疼，但凉不过心。耳旁有"嘤嘤"的哭声，是死者的家属。还有一部分人受了重伤，比如许子扬，他的腿严重骨折，可能已经断裂。

揭开他的裤管时，我几乎不敢相信自己的眼睛，血都已经凝固住。他却笑着宽声安慰："别看，只是血流得多，看起来恐怖，严不严重我有数。"

第十一章

相忘于江湖

我盯了他好一会儿，突然问：“你脑袋后面是不是也受伤了？”他神色一怔，勉强笑回：“哪有，就一条腿伤到了。”我目光移转，盯着那处刺眼的嫣红，轻问，“那为什么你头下有血迹？”鲜红的颜色浸入土里，散发着浓郁的血腥味。

这回他再也笑不出来，知道瞒不下去了，我忽然徒生悲哀和疲累，就是到了这时候他都还想骗我吗？说句实话能死人？“许子扬，你知道你这副强装伟大的样子，有多……我真是厌烦透了你！”心里一抽一抽地疼，只有我自己知道，那是在无法控制地心疼他。

他不语，看着我的眸光如星火熄灭般黯淡。

我朝四周看了看，扯开干裂的嗓子喊：“能带人走的赶紧走吧，别等死。”十几个小时的车程，我们已经完全没了方向，不知道这个地方离最近的城市有多远。在藏区，两个城镇隔上百公里是常有的事，等人发现我们再来营救，受伤的人都可能血已流尽，所以只能自救。

有人陆陆续续起身了，我低头看了眼躺着的男人，心想上辈子定没烧好香要遇上他。蹲下身扶着他坐起，然后背转过去，将他的手搭在肩膀上命令道：“扶好！”

“浅浅……”

“闭嘴！你再说一个字，我即刻就走，再也不管你！”

身后果真闭了嘴，手上使了力攀住了我的肩膀，随后他的身体压了上来。起身时很吃力，格外沉重，尤其是脚弯处剧痛难忍，哪知突然身上一轻人站了起来，低头一看不由得大怒：“许子扬，你腿不要了是吧，那不如你自己走如何？”

难怪感觉轻了，原来是他两腿垫在了地上，而受伤的左腿则颤巍巍地抖着。被我一骂，他只好将身体的重量再度朝我压来，咬住牙两手抬起他的腿，弯下腰开始艰难地往前走。我虽然腿疾犯了，但总比他这条残腿要来得好吧。

这可能就叫情景重现吧。上一次黑暗中，我亦是背着他，一步一步地前行，他生死未卜。这一次亦然，同样背着这个男人，他是清醒的，但我倒宁愿他昏迷过去，也好过那炙热的目光一直盯在我脸上。

并非我口是心非，而是当危难临头时一种本能的害怕。那是一种心底最深处无法扼制的恐惧感，那是一种失去之后再无可挽回的惊痛感。心中的毒瘤让我想要他陪我下地狱，尝遍我所有的痛，可是最恶毒的念头，也从没想过要他死！

“浅浅！”低沉的男声抵在耳旁，我的步伐顿了顿没理他，继续走。他又道，

“你说我无法体会你曾经的痛，现在我一样一样来体会，先从腿开始，如果瘸了的话，你更加不会要我了吧？”

我深吸了口气，压住上蹿的怒火。可讨厌的“苍蝇”依旧在叫：“可能这许多痛里，唯独不能体会孩子流掉的痛苦吧，因为我是男人没法怀孕。”

“许子扬！”我忍无可忍怒吼起来。

“浅浅，你其实没有怀过孕对吗？”他突然问，我身体瞬间变凉。“当时我是被你震住了，真信了你的话。后来脑子清醒过来，就记起那次用药迷昏你时，曾检查过你的身体，医生并没有告知我你有过流产史。说实话，当你说出来时，我是真的痛，痛到每一块骨头都似裂开了一般，可当我知道你在骗我时，我发现我更痛了，你是得有多恨我，才会编这么一个谎言来挖我的心。”

原来是这样，那次被他强行带去墓园前，居然对我做了全身检查。我想了想后道：“这就挖你心了？那时你每天情意绵绵地要与我生一个孩子，你想如果这个孩子真的存在，它能逃过那场劫难吗？”

“我要个孩子是因为……”

“够了，许子扬，不要再说了。你说这些想表达什么？觉得当初错得离谱，直到失去了后才发觉你其实是爱我的？想要个孩子其实是害怕我离开？你认为我会信吗？”

从初见第一面他就把我定为他阴谋的棋子、救爱人的工具，为此费尽心机不择手段，那手段可谓残酷。即使后来真的爱了，毒已种进心底，腐烂了灵魂，我与他已没退路。

良久之后，他沉郁的声音一字一字撞击着我的耳膜：“浅浅，不管你信不信，直到子杰领我去你的假墓碑前时才想明白，我无法失去你。那时我追悔莫及，以为已经失去，所以在后来找到你后，你不知道我是有多珍惜与你相处的每一分钟，不敢靠你太近，怕惊扰了你，又无法离你太远，因为我做不到。我筹谋策划，处心积虑要到你身边去，那天向你求婚时，我激动地觉得自己终于可以圆满了。却不想……”他一声重叹，没有再说下去。

却不想我并没失忆，为他编织了一个美丽的梦，然后在他最不设防的一天将梦击碎，破灭。说起来，这都还是跟他学的呢，这就叫近朱者赤近墨者黑，如果他的心是黑的，那么早在潜移默化里将我一起染黑了。

第十一章
相忘于江湖

后来他在我耳边还说了些话，大抵就是绝对不会对我放手之类的。我也不理他，因为已快力竭，连用脑子考虑都觉得累，渐渐他也没了语声。那条路不知道走了多久，救护车呼啸着赶来时，我已与他一起跌坐在地，而他半闭着眼，意识迷离。

等许子杰赶到病房时，已经是第五天，他风尘仆仆地进门，先是把我上下打量了一遍，我朝床的方向指了指道："我没什么事，他比较严重。"

其实他倒也并不真的很严重，许子扬当时并未骗我，他的腿看着鲜血淋漓的，来医院检查后发现只是骨折，并没有断裂。至于他的后脑，应该是翻车时被碎玻璃片刮破了皮，血流了好多。这次的伤相比上回要轻许多，没有伤到要害，所以在输过血后，人就恢复意识了。

留了空间给他们两兄弟，我走出了病房，抬头看绵延万里的云层，藏区的景致依旧美丽，却已没了最初欣赏的心情。刚看许子杰面色，与他是有话要说，所以我故意在外多逗留了一会儿，才回到病房，但几乎立即就察觉到气氛不对。

两人的脸色都暗沉着，冷凝严峻，但不像是在争吵。我不动声色地走进了洗手间，待了几分钟后再出来，许子杰已经起身等在门边："若若，你收拾下东西，我去办出院手续。"转而看了眼身后，其意明显，许子扬有话要与我说。

等他离开后，我循目看去，见许子扬凝眉看着我，眸内星火明明灭灭，良久才道："浅浅，你是不是真的恨我恨到无法再原谅了？"我挑了挑眉，不明他何意。

却见他惨然笑道："这几天你眉色中时有隐忍与厌恶，我和你居然走到这境地了？"

蹙起眉，是我烦躁的情绪太过明显都被他窥知了吗？其实有时候我不太明白厌恶的是他还是自己，我就像头困兽般陷在困顿之地，无法自拔，没有出路。与他相处的每一分钟都漫长得好像是鞭骨笞血一般的煎熬。

他见我不语，笑得越发惨淡，眸中是深浓的悲凉："我早该领悟的，从你留下那封信起，就已经彻彻底底不要我了，后来你撒个弥天大谎，用孩子的事来剜我的心让我疼时，更该领悟到你是有多决绝地要推开我。可我不信，不信这世间有一个叫余浅的女人，是我许子扬不能给予幸福的，哪怕强取豪夺也要将你扣在身边。可这坚定的信念在见到你厌恶的眼神时，一层层瓦解，更主要的是，你每天静坐在旁，周身散发出来的是绝望。你就如绽放的花慢慢在枯萎，子杰在你走出门后对我说的第一句话就是：你是在糟践她。"

他的声音越来越轻，带着悲意，和无能为力的苍凉。

原本斜躺在床上的男人，突然坐起身，拉住我的手，摩挲了下掌纹后缓缓低头，冰凉的唇落在我的无名指处，感觉那冰凉好像在一点点地渗入皮肤，没入血管，再经由血液将刺骨的寒传递到心口，不可控制地瑟缩，似乎在预感着什么……

他抬起头仰看我时，我的心停止了跳动，从他的眸中读懂了某些信息。

“浅浅，我们分手吧！”

时光的困顿，空间的流转，刹那成飞烟。脑中轰然炸开，只剩苍白的颜色，强烈的极光，所有思绪都裂成碎片。

盯着那仍在蠕动的唇，一个字一个字地辨认，他说：“从此，我对你放手，放你自由。”

我点点头转过身，心道这样很好，可是为什么心脏抽搐着疼，而视线又变得模糊呢？走出病房门，混沌地想，看来是心态问题，天下人人都是只许我负他人，不许他人负我的。

对，就是这个道理，我只是心有不甘而已，如果这话是我说出来，他惨淡接受，那么就不会觉得难过了吧。人之所以强大，是能在逆境中对自己有心理建设和自我安慰，可我就在这个过程中徒然止步。

脑中破光般刷亮的清明，急转回身，重新迈进病房。许子扬显然没有预料到我会再复返，神色中来不及掩饰狼狈，怔怔地看着我大步走到他跟前，我俯视着他，盯着那双深幽的黑眸，不放过任何一个情绪。

我说：“许子扬，如果这是你给我的答案，那么请告诉我实话！”

他的瞳孔急剧收缩，黑白的电影终于沉寂黯淡，眼角眉梢出现了熟悉的残意：“余浅，你要知道答案是吗？那我告诉你，卿微病重，我不能抛下她。这就是答案。”

我站的位置，窗外的阳光恰好打在我半边身体上，于是我一半浸于阳光，一半浸于阴影，有着一种地狱人间交叠的错觉。在时空变化扭曲的定格里，我顿悟了。

原来，如此！

再无浅浅，再无温柔，再无情话，真相果然是赤裸裸又伤人的。是了，唯有这般带着残酷表情的许子扬，才是真实的，他从未变过，应该说，他对顾卿微之爱，惊天地泣鬼神，从未变过！

这次不会再流眼泪了，因为已经不会再痛了。转过身时擦了擦刚才的泪痕，唇角咧开讽刺的弧度。早就看明白，我与顾卿微的战争，永远都是一面倒。她顾卿微只一个病重将死，就能将我余浅击溃得兵败如山倒。早知最终结局会是如此，一个被爱护珍藏如此多年，且为其筹谋规划一切的女人，他怎可能说舍就舍？

他对顾卿微的爱，是沉进骨子里的，和着血沫腐烂了的，所以在她病重的消息带来时，他要放我自由。不过是应了那句，他爱她多过爱我，而我也永不可能是他的唯一。

接下来就比较简单了，我如旁观者站在一处，看着许子杰指挥若定地将人抬上了车，在行车时他的目光总飘向我，里面含着担忧，而躺在后座的男人从头至尾都如影子般悄无声息，我则半阖着眼假寐。车厢内的气氛，怪异又诡谲，压得人透不过气，我将此当成是高原反应。

过了一个多小时，许子杰才发现我的不对劲。那时我已是抑制不住的呼吸急促，阵阵恶心袭来，胸口窒闷。当药丸塞进我嘴里时，脑补着高反后会有哪些症状，这在决定来西藏前都有做过功课，垂眸看指尖，果然已经发紫，想必我的嘴唇也发紫了吧。

沉痛的声音在背后传来："浅浅，你为什么不早点说？"

此时我连抬一下眼皮的力气都没有，就着许子杰的手"咕嘟咕嘟"喝了好几口水，然后迷蒙中感觉有人将氧气罩戴在了我脸上，终于疲倦地阖上了眼。心想，缺氧的感觉就是这样啊，氧气之于人就像水之于鱼一般重要，片刻的稀薄和顿失，就会危及生命。

正式昏睡前，有个念头蹿入脑中，鱼其实要比人好，因为鱼只有七秒钟的记忆，片刻之后就能遗忘前事，只需游转个弯，就能重新开始。不像人那般记忆冗长，有些人，有些事，想忘都忘不了。

车子抵达机场，我已无大碍。许子杰问我要证件去办理登机手续时，我仰头，寂色的眸子看向他："就到这里吧。"

"什么？"他一时没明白我的意思。

我淡笑了下，轻声道："我们就在这里分道扬镳吧。"他突然睁大双眼，吸气声传来，"若若……"却声如堵塞住，难吐一个字出来，炙痛的表情浮于他脸。

想抬手轻拍他的肩膀说我没事，知道他又在懊悔是他带来顾卿微的消息，让我与那人终成陌路。可又能怪他什么呢？我本就不欲与他再在一起，总归是要回到一个人的宿命。

“谢谢你那一年多的照顾和陪伴，以后咱们也少见吧，有句话你其实说错了，能给我幸福的不是他，而是平凡。”耳旁有清脆的骨骼声在响，是拳握到不能再紧之后发出的声音，我连余光都没有给坐在轮椅里的那人，但能感受到他情绪的变化。

其实经历了这么多，他的心思多少能琢磨点，说他对我完全没有感情那是假的，要不然他不会为我跑到乡村，又跑到这藏区来，可这些情意都抵不过一句顾卿微病重。

“那你打算去哪儿？”

我蹙起眉，抬头看了看上方显示屏上的航班：“我去服务台问一问再说。”说完就走向那边的服务台，本是没有想好去处，突然脑中徒生了个念头。一问之下，居然真有那座城市的航班，每天只有一个班次，恰好就在两小时后。

等到捏着机票转身时，看到那处许子杰低头正与那人说着什么，我想了想走了过去，他们同时抬眼向我看来，停止了交谈。目光定在许子杰脸上，把机票递过去：“你看，已经买好了，是回Y城的。”

Y城是我家乡那个小镇的上级城市，飘荡这么久，该回家一趟了。车祸后那半年，记忆是混乱的，惶惶然不知每天是如何过的，后来清醒了，因腿伤而步入漫长的复健阶段。那样的我，又如何会想让母亲看到呢，加上我又假装失忆，所以就没与母亲联络。

直到在墓园看到自己的墓碑时，回神间就想到了母亲，如果子杰做得这般彻底，那么势必她那里也瞒下了。不敢去想，母亲听到我的“噩耗”会是多难过，即使成年后我因为学业、工作等种种理由而远离了她，可她对我的爱从未变过。

在经历了藏区生死劫难后，忽然觉得这世间最牢固的其实还是亲情，血缘关系是不管你走到哪儿都割舍不了的。我想家，我想她，那个被冠以我母亲之名的女人。

许子杰把机票仔细看了看后还给了我，连带递过来两把钥匙，我扬起眉疑惑地看他。

“这是吴市和……Z市这边房子的钥匙，虽然你在离开前发了辞职邮件，但校长那边并未批示，只做了你在休长假的安排处理。”我刚张口欲言，就被他堵住，“若若，不要急着拒绝，不管你接受不接受，我希望你都能好好考虑。当初老师这个行业是你的选择，也是你喜欢的，我和子扬以后都不会再来打扰你，收下好吗？”

我无言以对，带着凉意的钥匙塞进了我手里，齿轮磕在掌心，钝钝的，一握紧，又微微刺疼。我往安检处走，身后的脚步紧随，还有轮盘转动声。

入关口，我回转过头：“就这样吧，再见！”

许子杰走近到跟前，目光紧凝，他说：“若若，能让我再抱你一下吗？”我轻点了点头，他将我拉在怀中，清新的气息环绕我，怀抱温暖、安宁，放开时他说：“保重！”

鼻子微酸，一直都明白一件事，我和他们本是不相交的平行线，层次间的差异，意味着所处环境的不同，如果不是他们横跨入我的生命，那么我可能一生都难与他们有交集。所以，如果说再见，那就是真的不见了。

跨进关口，安检用仪器扫描全身，让我背转身时，目光终于与坐在轮椅里的人碰触，来不及躲闪，这是自从医院出来，我第一次真正地正视他。

流转的深邃里，仿佛是苍凉寂寞，眷恋沉痛，又仿佛是我的错觉，因为再看时那里已经只剩哀漠。我轻叹在唇边，这个撞进我生命的男人，可以说是我的一场浩劫。我没有度量说祝他幸福的话，只恶毒地想，失去了我的他，一定不会幸福，或者不要幸福。

可我知道，他与顾卿微终会有情人终成眷属的。

转过身，任泪滚出眼眶，许子扬，我终于彻底走出你的生命了。

平静地等待，平静地登机，最后飞机起飞，飞上三万英尺的高空。耳旁的音乐很忧伤，我却已经不会感伤，当人经历爱情、伤痛、反复，以及放手后，就能彻悟了。

第十二章

许我唯一，许我天荒

永不原谅

归家已有半载，心还会痛，怨还存在，但心绪已平静。还记得那天我活生生出现在母亲眼前时，她哭得肝肠寸断。对母亲，我很内疚，于是在家陪伴了她半年之久。

这段日子想通了很多事，许子杰说得没错，老师是我喜爱的职业，不管进Z市那所学校的初衷，既然还存有机会，就没必要放弃。就是不知道隔了这么久，那个机会还在不在。

而人一旦妥协了一件事，那么别的事妥协起来也不觉得困难了。我打算回去工作后，入住回原先的房子，一来那里离学校近，二来在Z市找租屋价格不菲，这在之前就已领教过，三来我的存款在挥霍中快见底了，人还是要生活的。

可能人真的会改变，多年前他要把房子留给我，我清高地挥挥手说不要；不久前我看到房产证上是我的名字，讽刺地冷笑；年前机场最后那一面，许子杰递给我钥匙，直觉想要拒绝。反而是回乡后，思绪沉淀，却能接受了。

对自己好一点，因为一辈子不长；对身边的人好一点，因为下辈子不一定遇见。既然没人爱我，那么唯有自己爱惜自己。

重踏那块土地，先去了学校办手续。校长见到我时表情很惊讶，但态度很诚挚，十分欢迎我回归，不管因为什么，入校复职不是问题。等安排妥当后，才离开学校往公寓的方向走，脚步有些迟缓，当插入钥匙推开门的瞬间，我的视线环过整间屋。

心绪从高处走至低端，最终平静。整个屋子重新布局重新装修过，全然没了以前的风貌与痕迹，推开里面的两扇房门，主卧仍是那间，换了一个格调，连一丝细微相似处都没有。客房改成了书房，一台新电脑摆放在书桌上。

似看到桌上放了什么，走近低头看去，原来是房产证和一把钥匙，是留在他那里的备用钥匙。我眯了眯眼，我还是决定换锁，要断就断得彻底点吧。

将锁换了之后，原想将两把旧钥匙扔掉，后来想了想还是拉开抽屉放起来，却发现抽屉中有个红色盒子。打开后见银光闪耀，那块佛牌安静地躺在里面。兜兜转转，这个牌子还是留了下来，不想去猜测什么，把钥匙放在里面，盖上盒子，也关上了抽屉，就此尘封。

没过几天就开学了，我又正式投入了教育事业。重回学校，浓浓的书卷味扑面而来，老师们和蔼的笑，孩子们天真烂漫求知的眼，一切都安好。

某日清晨的校门口，遇见了一个故人。是曾经在C市与我相亲后又交往了一个多月的林医生，他送一个男孩来上学，在校门口遇上时均愣了一愣，他先开了口："余浅？"

我微笑点头，人生何处不相逢，缘分是那么微妙。

至那天后，常能见到林翔来接送男孩，林翔是林医生的名字。偶尔顿步闲聊几句中，得知男孩是他的外甥。某天他却一脸挫败地问我："余浅，是不是我做得太隐晦，你都不知道我在重新追求你？"我怔愣住了，有吗？

他见我的表情，越加无奈了，夸张地抚了抚额后摆正了脸色："那么，现在正式宣问，我可以追求你吗？余老师！"莫名地，我被他最后的"余老师"三个字给逗笑了。

只见林翔苦笑着懊恼地说："我很认真的。"

我歪着脑袋，把他上上下下看了个遍，然后道："容我考虑考虑。"惊喜立即浮现在那张温润的脸上："行，考虑多久都没问题。"想了想又觉不对，又加了一句，"但也别考虑太久啊。"我顿时笑弯了腰，这个男人真是可爱，只是……垂落的眼角有湿润溅出，我抬手轻轻抹去。

虽是模棱两可的答复，其实是已经同意了对方的追求。这一应下，是杜绝了心再漂流，也终归接受了平凡的幸福。不敢说林翔会是我后半生的幸福，但与他也算有缘。

在交往一段时间后，彼此就明确了以结婚为前提的交往意愿。

一直都知道，同在一座城市，即使相遇的概率渺茫，但也有可能会碰上。所以那天在医院大厅等林翔下班时，看到正门走进的一男一女时，没有任何意外。

不能算狭路相逢，只能说再见已是惘然。

许子扬是沉步踏入的，我刚巧抬头撞上那目光，他身形倏然而止，然后定定地看着我。墨拓般的重瞳里印着我的身影，却是，波澜不惊，像在看待一个陌生人。我移转开目光，在顾卿微身上划过，看向正从里面走出来的林翔，笑着朝他走去。

伸手圈住他的胳膊，轻问："我们去哪儿吃饭？"态度亲昵自然，实则我紧握的掌心已经冒汗。以为早已建设好的心态，在遇见时都成了废弃，还是无法做到漠视。

眼角的余光中，那人已经大步走离，还有道目光落在我身上，来自另外一个人，但我无暇去理会。之后我很少再去医院，基本上都是等他下班后过来再碰面，也没有再遇到一些不相干的人。

直到某天，手机上忽然发来一条奇怪的短信：星城二楼，208号包厢。我看到后随手删了，以为是谁发错或者是什么诈骗短信，可很快又发来一条：余浅，去星城二楼208号包厢，你会看到意想不到的事。

这一次，可以肯定不是发错了，陌生号码是针对我发来的。但我仍然决定忽略这个信息，对方是何意不明不白，没有道理我要走这一趟。

过了大约十五分钟，第三条短信又来了：余浅，你难道不想知道许子扬的近况吗？

我直接拨号过去，可那手机在响了三下后，直接关机了。之后再无信息传来，看看时间差不多十一点半，正是午时，我将手机揣在兜里，就走去学校食堂吃饭。但食不知味，心里像被猫爪子抓过一般，脑中反反复复都是那三条信息。

等到人站在星城饭店楼下时，我都觉得还恍惚，身旁的陈老师推了推我道："既然来了，就上去看看啊。"陈老师是与我在校交好的同事，她见我神色不对就关切询问，我想了想把那三条短信的事讲给她听，解释许子扬是一个认识的人。

她给我一分析，可能我这个"朋友"有什么事，不妨去看一看，还热心地提议陪我一起过来。如此两人就站在了星城楼下了，这是一个私家饭馆，档次可说高级，但一想，许子扬去吃饭的地方，还没哪个是低级的。

进门时迎宾小姐询问我们可有预约，我报出了208包厢号，那姑娘将我们看了看后，神色犹疑地引我们上楼。到了二楼我才有些了悟那姑娘的神色，原来这208包厢是在楼层最里头，越往内走包厢就越精致。

可能是见我们神态自然，迎宾的姑娘也是信了，待到门前要敲门时，门从里头开了，是服务员端着空盘出来，姑娘做了个邀请的手势，我和陈老师对望了一眼，硬着头皮假意走进里面。这才发现包厢是里外隔层的，进门是小的会客室，安放了两张长沙发，中间用一个红木窗格的屏风隔开，并不完全遮挡，依稀可看到里面的觥筹交错，杯盏相碰声也时而传来。

我顿生悔意，是脑子发昏了走这一趟，跑来做什么？看许子扬应酬？被他瞧见了，我这脸往哪儿搁？正要转身拉门离开，陈老师却拉住我轻声问：“快看看，你朋友在不在？”

视线匆匆朝里面瞟了眼，已是瞥见了那人的身影。不是我敏锐能一下就找到他，而是他在任何场合都扎眼，想忽略都难。但一看之后觉得有些不对劲，定了定视线，几分钟后我知道哪里不对劲了。

整个桌台上人不多，就五六个人，这些人即使眼角都有纹路，也能看出藏不住的精明与暗沉。我站了这么几分钟，前前后后就看到许子扬一个人在喝酒，其余几人都在笑谈着，神色漫不经心，偶尔象征性举了举杯子，都只浅抿一口，而许子扬就整杯灌下。

这种场景，要么就是他嗜酒如命，要么就是他在被灌酒。

他的脸色是不正常的白，上回在医院看到他时，我有意忽略了件事：他十分清瘦。这时透过红木的小格子看着里面的他，不知是否是角度问题，觉得比上回越发瘦削了。

喑哑的声音，是因为酒烧了嗓子吧：“何老，您看那件事……”话没说完，就被人打断：“子扬啊，今天不谈公事，纯喝酒，来，让人再上一瓶五粮液。”

他顿了顿，随即浅笑着点头附和：“行，我去催催服务员，怎么不见人来？”说完就撑起身来，我心中一惊，刚退了一步，就见他一个踉跄，身形晃了晃，好不容易才站稳。

之前那个被唤何老的男人调侃而笑：“子扬不会是喝多了吧，那可真是没尽兴啊。”

“何老说没尽兴，这就是子扬的不是了，来来来，我这杯先给你满上，敬何老一个！”旁边的人堆着满脸的笑，将自己杯中的酒倒在了他杯子里。我蹙了蹙眉，以为他不会喝，这人有轻微洁癖，又岂会喝别人喝过的酒？

可他眉都没皱一下，端起酒杯朝何老一伸手：“敬你，何老！你随意，我干了！”

清脆的碰杯声，他仰头喝干了酒，一滴都不剩，那何老倒真是随意，几乎唇都没沾一下酒液，那微笑的眼，幽深漠然，嘴角的纹路噙着恶意。

我拉着陈老师走出了包厢，正好看到服务员迎面而来，手中的托盘上是一瓶未开封的五粮液。钻进了洗手间，陈老师问我可曾看到朋友，我用凉水洗了把脸抬头，沉目盯着她看。

她有些无措地看着我，问道：“怎么了？”

我转开目光，视线定在水池里残余的水滴上，轻声问：“是谁让你带我过来这里的？许子扬？”清晰的抽气声，她的声音变得不稳：“余老师，你在说什么？”

人只有在两种状态下会有此反应，被说中和心虚，无论是前者还是后者，代表的含义让我蓦然而笑，抬起眼时笑意收敛，只剩淡漠。“陈老师，你是他安排在我身边的对吗？”

只要细心去留意，就可发觉这个与我交好的老师是慢慢主动接近我的。我在学校虽性情看似温和，但与人相处都带着距离，这是一朝被蛇咬十年怕井绳的后遗症，对人心的防备成了我的本能。

后来相处中感觉出她的善意，心道学校是最淳朴的地方，哪来那许多钩心斗角，也就放下了戒心。却没想我终究还是棋差一招。

陈老师的脸色变得很难看，好一会儿才艰难开口道：“我是在你回学校的半年前入职的，许先生找我时只说如果有一天，有个叫余浅的老师来学校，帮忙多照应下。后来一学期结束也没见你出现，以为可能这事也就算了，没想开学前几天他突然打我电话给我说你已办好入职手续，拜托我正式开学后对你多照应。”

她讲到这儿时抬起眼正视着我道：“这就是我和许先生所有的交集。从那天后，他再没联络过我，甚至都不曾打探你的情况，直到今天，我看你神色不对，你把信息给我看。不管你信不信，这短信不是我发的，而我也好奇许先生究竟怎么了，所以才怂恿你过来。”讲完后，她的脸上已是一片坦然，人往往揣着秘密时心有不安，吐露出来了反而轻松了。

这时有人推门而入，我们对视的目光同时移转开，她看了看时间道：“下午还有课，我先回学校了，需要我替你请假吗？”

我摇摇头：“你先走，我等下就回。”她拍了拍我的肩膀，率先走了出去，并未多做劝言。这样的态度，我对她的话信了八分，看来她确实与许子扬的交集并不多。那如果这三条短信不是她发的，又会是谁？许子扬？我直接否定。

刚才那一幕，几乎可以说他看起来很狼狈，以他的骄傲与清高，不可能想让我看到这些。他似乎对那何老有所求，所以放低了姿态，任由他们灌酒。尽管从未见过应酬时的他，但从他以往孤傲的姿态也可辨出，他不曾这样过。

我在疑惑间抬头，看到镜中的自己，猛然惊醒，我为什么要在这里分析他？与他已经没有任何关系，他是好是坏又与我何干？一看时间，还有二十分钟就要上课了，再不能拖延，连忙整了整衣冠，拉开门往外走。

可只走了一步就戛然而止，因为对门传来的声音是那么熟悉，随即脚步声移动，我就如被钉在原地般，无法避免地看着许子扬从男洗手间里走出来，目光碰触的刹那间，他愣在门边，我则僵硬地站在那里，看着他因为刚刚呕吐过变得白中泛青的面色，心里钝钝地疼。

“浅浅？你怎么会在这里？”他晃过神来后问。

我顿时有了怒意，昂了昂头：“过来吃饭，不行吗？”

他的瞳孔缩了下，随即点点头，抬步往外走，走了两步又顿住回过头问：“最近可好？”

我听着那干裂了般的嗓音，心里发堵，回了两字：“很好！”他唇角上扬着笑了笑，但在那惨白的面色下显得孤凉，没再逗留，也没后话，他就直接往包厢的方向走了。这是半年来我与他第一次对话，苍白而无力。凝着那抹身影，一直觉得穿深色西装的他气度从容，潇洒英俊，今天却觉得这个颜色很沉重。

回到学校时，还是迟到了十分钟，半日都在心神恍惚中度过。此种状态一直维持到放学后走到公寓楼下，发现林翔等在那里，连忙抛去杂念走向他问：“回来怎么没打我电话呢？”他这两天去外省参加医学会议，与同行做交流，眉眼间可看出有些疲累，定是赶着回来。

他温和地笑道：“想给你个惊喜。”俯身过来，凉意划过，在我脸上印下轻吻，随后道，“口很渴，可以请我上去喝个茶吗？”

我心中一顿，抬起头看他，黑眸中有着隐隐的希冀，我迟疑了下还是点了头。进门后，就引他坐进沙发，然后去厨房里烧开水，有些心神不宁。知道妥协的这一步代表了什么，不见得会发生什么事，而是正式接受这个男人走进我的生命。

林翔是个很会安排的人，可能下一步他就会带我回家见家长了吧，然后水到渠成，慢慢步入正轨，往婚姻的方向发展。果然一盏茶后，林翔起身似开玩笑地提议我与他一同回去吃饭，见我推脱也不勉强，只嘱咐我记得吃饭。送到门口时，他突然回转身来抱住我，唇压了下来，清冽的气息笼罩过来。

我无法描述当时的心情，在唇被吞没的刹那，身体是倏然僵硬的，而他的吻很温柔，并没有强求探入，只在唇瓣上轻吮，浅尝辄止后就松开了，然后他叹息着说：“这两天我好想你。”我麻木地直觉回道：“我也是。”眼镜背后的黑眸顿时染了笑意，转身离去的步伐轻盈，足见他是喜悦的。

唯有自己知道，我没那般想他。

关上门后，在门板上靠了会儿，手指抚过唇，那里没有残余任何气息，到底是不同的。不管是感觉，还是方式，如果是……我强令自己停止思绪，不能再深想下去了。

刚要走进厨房，忽听客厅传来音乐铃声，这铃声好像不是我手机的，找了一圈在沙发的中缝里发现了林翔的黑款手机。上头闪烁的名字是“家”，应该是他爸妈打电话来催了，考虑着要不要接，没想铃声止息了。

恰好我的手机在响，接起来一听是林翔打来的：“浅浅，是不是我手机落在你那边了？”我瞟了眼手中的机器：“嗯，你落在沙发缝里了。”“那我现在回来拿一下。”

想必是会有很多工作电话，所以比较急吧，我暗自猜测着。林翔回来得很快，开门把手机递给他时，见他额头微有薄汗，不由得笑道：“那么急干什么？手机落在我这里又不会跑。”

他接过机子后，可能也觉得有些不好意思，解释道：“是晚上要做会议记录，一些问题还要跟别的医生探讨。”他顿了顿，又问，“有没有人打我电话的？”

“好像就你家里来了个电话，你赶紧回个。”

“那好，我先走啦，回头再打电话给你。”

目送他走进电梯，我才关上门，闭了闭眼深吸了口气，控制住轻颤的身体，缓缓走回沙发处坐下。掌心扣紧的手机上，已经满是汗渍，我再度划亮屏幕，上面显示一个已拨电话。

回想刚才的情景，我起身时手上一滑，林翔的手机滚落在地，吓得我怕把他的手机给摔坏了，连忙捡起来检查，这一查看就点进了最近联络人里面，而其中有一个冠名为“许”，不能怪我敏感，是“许”这个字太令我胡思乱想了。

翻开那个号码，直觉就想按通号码去确认，随即意识到这是林翔的手机，思绪一转，改用自己的手机按那十一个数字。等待接通时，我的呼吸是屏住的，极不愿去相信这件事是真的。

可当那熟悉暗哑的嗓音悠悠远远传来时，我瞬间没了思维，只能钝钝地按了红色按钮，挂断了电话。面对林翔时，几度想脱口而出询问，都忍了下来，从他那着急回来找手机的神色，不是已经表明了一切吗？

当有了前车之鉴后，再发生什么就比较能连贯想通了。

重新按下那个通话键，等待接通时间，我酝酿着情绪，思考是该沉怒嘶吼，还是冷漠质问，怎么会有这样的一个人，一面说着对我放手，一面却又完全操纵着我的人生！难道我这一生都脱离不了他的魔咒了？

“喂？”再度听到他的声音时，酝酿起来的所有愤怒忽然烟消云散，只剩浓浓的疲累，我如哀鸣的兽般低声问：“许子扬，你究竟想要怎样？”

那头沉默，呼吸浅到让我怀疑他是否还在听，我也不挂电话，靠在沙发上，心想这何时才是个头？以为慢慢遗忘，走入平凡生活的轨道，转个身却发现他就如控制着风筝线那头的人，始终松弛有度地牢牢牵紧着线，更试图来安排我该飞向哪里。

“我不明白你在说什么。”

“是吗？真不明白？安排陈老师在学校就近照料我，安排林翔追求我，你还安排了什么？或者说你还在准备安排什么？那天的短信也是你发的吧，你要我去看你狼狈的样子是何居心？还是说你在见我与林翔和睦幸福时，又觉得不甘心了，打算用苦肉计来博同情？许子扬，这个世上再没有比你更烂的男人了。”

而这个男人，我曾经爱他爱到入骨，甚至现在都不曾遗忘，却是身心俱疲到连斥责的力气都没有了。对面又陷入长长的沉默，许久之后，他才开口，声音有些嘶哑：“浅浅，不管你信不信，我做的一切都是为你好。我想倾尽一切尽我所能来成全你的自由，可能方式不对，但……”

我听着就笑了，连他自己都难自圆其说了，这单纯就只是方式不对吗？谁会愿意人生被安排与主宰？“许子扬，放过我吧。”带着点祈求的，卑微的口吻。

他沉沉地深吸了两口气，才艰难地回：“好。”

挂断了电话，我蜷曲着身体靠躺在沙发里，周身都觉得发冷，唯有紧紧环住才能不颤抖。到午夜醒来是因为寒意与肚子痛，我居然躺在沙发上睡了大半夜，浑浑噩噩地走进厨房，胡乱煮了碗面，半生不熟地就囫囵吃了。

吃过之后才不觉得那么肚子痛了，但如此一来，也没了睡意。我走进书房打开那个抽屉，将红盒子取了出来，两把钥匙，一块佛牌，安静地躺在里面。

指纹一遍遍摩挲过上面的纹路，我就这么呆坐着，一坐又是半夜，天明时，我带着盒子一起下楼，然后把它扔进了垃圾箱内，脱手时心在颤抖。最终握紧了拳，抬步往学校的方向坚定地走去，扔掉的不是佛牌，而是我对过去的留恋，它只要留存一日，就是我心口永不消退的伤。

要走出被冠名为许子扬的魔咒，唯有抛开一切有关他的事物。这是我想了半夜后的决定，事实上这个决定如割肉般疼，我的心窝在一点点抽紧，疼得如钝刀在磨。

走到学校时，我扬开了笑脸，如没事人一般开始一天的生活。上课、下课、吃饭、午休，中午打了个电话给林翔，约好晚上一起吃饭。放学时，他已经等在校门口。

去了一家常去的饭店，坐在角落的靠窗位置。很快菜就上齐了，一如往常般，林翔主掌调度气氛，我浅笑着边听他讲边吃，到得晚餐结束时，他拉住我的手轻问："浅浅，什么时候见见我父母？"

目光在他的手上顿了顿，指骨不算修长，但掌心里的掌纹给人宽厚的感觉，就如他整个人给我的印象。抬起眼正视他，不算特别英俊，但轮廓分明，戴了眼镜后显得很斯文，目光总是温和的。这样的男人，无论从相貌还是职业，或者是性格，都是理想中的对象，也符合我求平淡的标准。

可是，我坚定地对他说："林翔，我很抱歉！"

他怔住，眼中浮起疑惑，不明我何意。我浅笑了下，抽回了手，放到了桌下，才认真地说："我想我不能和你再交往下去了。"

"为什么？"他难以置信地问。

"因为我没有办法和你继续走下去，在知道你是许子扬安排到我身边来的这件事后，我没法若无其事地与你牵手或者步入婚姻。我求的是一份简简单单的感情，没有算计，没有阴谋，只希望我未来的另一半是因为我这个人而与我在一起，而不是因为其他的外在因素。"

林翔被震在了当场，他睁大了眼睛看着我。我没有回避，早已洞悉了里面的经过，在看到他如此表情时，还是觉得有些难过。这段日子，我是有心要与他走在一起的，也试着一点点接受他，甚至连他的亲吻都没有拒绝。心已跨过了很大的一步，但最终还是回到起点。

第十二章

永不原谅

良久之后，他艰涩地问："你知道了？"

我点点头，他的神色变得越发灰白，随后惨然地笑："也是我最初动机不纯，怪不得其他。许子扬找上我时，说给我解决这边的住房问题，能够让我把父母从C市接过来。当时我就问他有什么条件，他摇摇头，只说等需要的时候会找我。这么一拖就是半年多，一直到九月份开学，他打来了电话。后面的事你也知道了，我有意制造与你重逢，后来慢慢开始与你交往，直到关系稳定下来。与他联络不多，平时也不会见面，大抵就这样了。"

仿佛是在交代别人的故事，可这个故事里我却是参与者，何其讽刺？

对林翔的印象，一直都很好，总是慨叹这是个好男人。这就叫世事无绝对吗？

倒不至于有多痛苦，只是觉得自己挺悲哀的，竟已到了连渴求一份平淡的幸福，都成了奢望的地步。绝世好男人，有，但我没遇到。

好聚好散，是我能想到最好的词汇了。尽管生硬，我还是对林翔道了祝辞，他在片刻间也收去黯然，坚持送我回家。我没有拒绝，一路沉默到楼下，他没有下车，按下了车窗朝我挥手："再见！"我颔首，车子缓缓滑向车行道，沉稳向前开进，淡离了我的视线。

从今天起，我与这个人，正式地脱轨。

我转身向楼内走，经过垃圾箱时不由得停住了脚步，覆水难收，丢掉的不会再复返，决定时就已知道。就如我要结束与林翔的这段感情，正是要将过去丢掉，将一切与许子扬有关的都丢掉。

可当我走出电梯时，刺目的红出现在门边，我心血翻涌，走过去一脚踢开红盒，盒盖被掀开，两把钥匙和佛牌滚在了地面，我尖声喊："许子扬，你出来！"空旷的回声，只有我自己，我颤着手指拨通他的号码，对着手机就吼："你过来，立刻，马上！"随后狠狠把电话砸在地上，就是如此我也无法控制自己狂躁的情绪。

我想我是要被逼疯了！

十分钟后，电梯"叮"的一声，门打开，颀长的身影从内走出。我扬起手将拽在手中的东西朝他身上扔去，怒吼道："拿走！统统拿走！"

清脆的声响落在地面，银色的牌子在他脚边，钥匙滚向了角落，他低头瞳孔缩了缩："我只是……不想你把它丢掉。"我几步冲到他面前，然后朝他深深鞠躬，用再卑微不过的态度道："许大少爷，我求求你，放过我吧，我玩不起你们的游戏。"

保持着弯曲的姿态，任由头顶的目光顿在身上，终于，他轻声道：“好！”视线中出现灰色的袖子，银色的袖扣，修长的手，伸向了那块佛牌。我缓缓抬起身，悲哀地看着他又去捡另外两把钥匙，然后抬起身比画了下问：“那个红盒子能给我吗？”

我没说话，他越过我往门边走，再走回时手中已经拿了红盒，然后从我视线中消失。

进门后我就浑身发软，颓然倒在地上，靠着门板。说不出的难过，比上回在机场离别时还要难过，为什么我和林翔分手能好聚好散，和他却如仇人般？为什么他既然说了放手，却不真的放开我呢，还要做这么多来干扰我的生活？

我决定搬家，甚至动了离开的念头，事实证明，起初的决定就是错误的。什么对自己好一点，接受该得的东西，不过是为自己找个借口想留在这座城市。再如此下去，不是我疯，就是他疯，我越来越无法控制狂躁的情绪了。

早就说许子扬是我心上的一颗毒瘤，如今已经化脓腐烂，且在继续恶化着。

第二天醒来，发现自己感冒了，身体极不舒服，幸亏是周末不用去上班。本想就这么躺躺会好，到中午时却发现自己已经浑身发寒，额头滚烫。我勉强收整了下，就出门打车去医院，有意避开了林翔在的那家，去了较远一些的。

挂完号坐在位置上等待，头脑发胀得疼，有人在我身旁位置坐下，我连抬抬眼皮的力气都没有。过了好一会儿，才发觉旁边的人似乎一直在注视我，这才移转目光去打量，先是看到了纤细的长腿，接而往上是柔婉的身形，直到看清那脸面，我不由得笑了。

人生就是一场狗血剧啊，跑到这偏远医院来看个病，居然都能遇上老冤家。

顾卿微。

她的脸色还是一如既往地苍白无血色，神情憔悴，甚至发觉她的头发都有些枯黄，满脸的病态。我恶毒地想：许子扬的爱情滋润看来也不过如此嘛。

实在无意对着这人，决定起身离开，但她突然开口的话断了我的念头。

“你想走？是不敢面对我吗？”

天可怜见的，她从哪儿来的自信，觉得我不敢面对她？冷扬了弧度，嘲讽着问：“你是谁？我们认识吗？”一句话如直拳击中她脸，她的面色顿时难看至极。

我冷哼了声，斗心机我与她不是一个级别的，但比斗狠，她与我不是一个级别的。当年我可以狠甩她一个巴掌，今天我就能完全漠视她。我头晕脑涨，又极不舒服，实在不想与她多费口舌。可刚起身走了一步，她就在身后幽幽地说：“你不想知道子扬的近况吗？”

我继续走，权当耳旁风，她却不依不饶地上来拉住我的手腕：“余浅，那天你有去星城，看到他那个样子，难道就一点都不心疼？”

我倏然回头，冷眼射向她：“是你发的短信？”

是我眼神太凌厉，还是她心中有鬼，她向后瑟缩了下，却仍咬了咬牙，拽住我胳膊不放：“是我发的，他千方百计隐瞒一切，只为成全你的幸福，为什么你就可以天真地享受这一切，而对他的处境一无所知？”

“你究竟想说什么？”我蹙着眉问。

“如果想知道真相，就跟我来吧。”顾卿微松开我的手，率先走开，走了两步见我不动，又回转头来，怒瞪着我，“余浅，你真这么没良心？”

我笑着耸耸肩，阴谋策划者指着被陷害的人说没良心，不知道是该鼓掌为其喝彩呢，还是诅咒她恶人会有恶报。

但看她腿已跛，一副病态的样子，想那恶报早已在她身上应验，也就罢了。

一直走到僻静处，她才将整件事娓娓道来，也就是所谓的真相。等讲完后，她说：“余浅，你还觉得可以心安理得地享有你的自由吗？”

我的回答是：“为什么不？”

她倒吸口凉气，瞪圆了眼睛看我：“你……”恰时手机铃声在响，打断了她的话，她接起手机低应了几声就挂断，再抬眼时，只哀怨道，“我真是不明白，子扬怎么会为了你这样的女人而舍下我，你根本就不值得。”

值得与不值得，在于心里的衡量，不是由外人来评断的。

我眯起眼，看她渐渐远走后，心中升起嘲意：许子扬啊许子扬，你已到了穷途末路吗？

因为实在是不舒服，我还是走回了门诊，正好排到我的号码，看完诊拿了单子去取药挂点滴，等两瓶点滴挂完到家时已是傍晚。我随便弄了点吃的，倒头便睡。

连着两天都去挂水，平静得像不曾有什么事发生一般。到了周一，我如常去学校上课，身体虽然还有些发虚，脚步也轻飘，但已经不再头晕脑涨了。大致一周后，感冒痊愈，生活也风平浪静的，没有扰人的事，也没有讨厌的人再出现。

又到周末，我见冰箱里头的干粮快没了，就打算去附近的超市采购一番。

途经某家酒店时，我抬头仰看了下，很高的楼层，虽然没有评星级，但就从外面的装潢来看，住上一晚应该也是价格不菲吧。

我失笑地摇摇头，这与我何干呢？老百姓永远不懂某些人心思的。

去超市逛了一圈，回去时再度经过那巍峨的酒店时，我顿住脚步，远远看着某个身影撑在墙角，弯曲着腰，似乎很难受的样子。直起身时，他随意地向这边投来一瞥，定住。隔得太远，我无法分辨他脸上的神色可有狼狈，却能看他一动不动地站着，仿佛被风化了一般。

我抽离目光，朝家的方向走，任由身后的视线紧随。

我一如往常地生活，每天按部就班，井井有条，从未有过的平静，却是忘记了当初打算搬家和离开这座城市的念头。直到那天周末，我与陈老师约了一同去逛街，忽然陈老师拉了拉我的衣袖，引我看向马路对面。

很巧，居然又是星城，一群人从内出来，那天看到的何老赫然在列，而某人跟在后面，等一干人坐车离开后，他手撑在车头，弯下腰掏心挖肺般地呕吐着，微露的侧脸，白得像纸。几乎每一次遇到他，都能发现他在以肉眼看得见的速度消瘦下去，现在的他，可说形消见骨。

“不过去看一下吗？”陈老师在旁提议，我转回目光，拉了她的手：“走，我们去商场。”逛了整整一天，满载而归，各自的手上拎了好些袋子，可算是逛得尽兴。

陈老师要赶着回去做晚饭，在坐进的士前，突然叹息着说：“余浅，你如果照一下镜子，就知道自己笑得有多牵强了。”

我脸上的笑容瞬间凝固，回过神时，车子已经绝尘而去。回到家后，放下手里的袋子，我不由自主走进洗手间，镜中的那张脸，熟悉又陌生。熟悉是因为每天都能看到，陌生则是那沉凝的表情越来越不像我，眼中有再也化不去的忧伤，即使笑着却比哭还难看。

我无意识地穿好衣服，拿着钥匙和手机，开门走了出去，直到站在酒店楼下还依旧觉得茫茫然，心中在问：我为什么要来？

暗沉的夜色，头顶没有星月，但酒店内敞亮的灯光射到外面，让人能够看得清晰。当我看到一道暗浓的身影从车内下来时，我立刻有了答案。是了，我来是看某人如何狼狈，嘲笑他的落魄、虚伪与清高。

那道身影微晃着往这边走来，我站在花坛边的一个暗影处，恰好是灯光的死角，不注意发现不了我。犹如打着飘的步子，可以想象他是喝了多少酒，是情势所逼，也是意志消沉吧。忽见他一顿，随后大步朝我身旁的花坛走来，接而狼狈的呕吐声就传了过来。

微微迈出一步，半个身体露在外面，凝看着那张被光影打暗了的脸，好看吗？好看。除去酒气熏天让人难以忍受外，他依旧英俊得眉目如画。当他抬起脸时，嘴角甚至还有着残渍，几乎是立即地，他侧头看来，目光定了定后瞳孔收缩，脸色大变，扭头就往酒店大门走。

我在身后不高不低地说："许子扬，你尽管走，走出了我的视线，从此以后咱们老死不相往来，我再出现在你面前就不姓余。"

他停住了，缓缓转身，脸上的表情可解读为痛苦。我盯着他看了半晌，朝旁指了指："去那边。"径自走到另一个花坛边，坐了下来，定定地看着他。

最终他走了过来，在离我一臂的距离处坐下，浑浊的酒气扑鼻而来，我蹙了蹙眉，故意扬高了语调尖刻地问："怎么？许少现在是嗜酒如命，还是借酒消愁呢？"

他没有说话，垂眸将视线定在某处，过了好一会儿才艰涩开口道："浅浅，你怎么会来？"我冷笑出声，反问："我怎么会来？那要问问你的顾卿微啊，我一次次地要离开你们的世界，却总有人不让我如愿。"

"她来找过你？"

"要不然呢？你当我是神仙，会知道你许子扬'伟大'到如此地步？既然处心积虑为我筹谋今后的人生，那你就应该做得再彻底一些，做到滴水不漏，做到我余浅就是用尽所有智慧也无法猜度出来，你不是没这本事的。所以，我想问一句：许子扬，你居心何在？"

他脸上的表情像是被撕裂开了般，张口急于想要解释，可话在唇边又哽住，最终低沉的嗓音里像嵌入了沙砾般喑哑："浅浅，我只是……只是想你能安好地生活在我眼皮子底下，然后偶尔远远看你一眼，她那边我不会再让她过来找你。"

我轻击掌心，笑得欢快："情圣，当真是情圣。容我好奇一次，既然对我做了如许安排，不知对她是怎么安排的呢？"他露出很难过的样子，轻声道："不要再说她了。"

我脸上的笑渐渐收去，瞪着眼前这个算是委曲求全的男人，我以为自己是来嘲笑他的落魄和狼狈的，可看到这样的他，心里一点都不快意，疼得揪心。

忽然就浑身没了力气，我仰着头哀哀地说："告诉我吧，从那天你提出分手时开始，然后都发生了什么事，原原本本地告诉我，我不要听别人说，只听你说。许子扬，机会只有一次，如果你不愿说，下一次我也不会再听。"

机会只有一次，对他是，对我也是。

是啊，我又退回原地，想要给他机会了。因为陈老师说，我脸上的笑太牵强；因为自顾卿微找过我后，即使每天正常地生活，也不能避免灵魂与身体的脱离。

一次次地路过酒店与星城，这世上哪里来这么多巧合啊，只是心往哪儿走，脚就往哪儿走。当顾卿微说他出事了，目前住在酒店时，我就开始管不住自己的脚了。

尤其是这个酒店还离我的公寓如此近，难怪那天我在电话里吼着让他立刻出现时，不过十分钟他就跑了过来，他根本就是在附近。

沉默了长久，我侧头看了看他，见他一动不动垂着眸，苦笑着摇头，也罢，我起身就走。却被他从身后拉住了手："别走！"我顿住身形，回转头俯视而下，他坐在花坛边，要比我矮了一截，天很黑，只看得见闪烁的眸光，幽暗又灼亮。

"我讲给你听。"他终于妥协。

我重新坐了回来，静静等待。知道开这个口对他来说很难，曾经多张扬强势的一个人，骨子里的优越感与清高再打磨都磨不掉，又怎么愿意把最难堪的事袒露出来。

又等了几分钟，他沙裂的嗓音轻声开言："其实，上回去乡村找你时并没全骗你，我父亲确实在准备退休，哪知申请打了上去，一直在等批中，似乎有人把这退休单子给压住了，局势变得严谨。子杰那边也起了火苗，隐隐被打压，就在那时，你……忽然离开了，我顿时乱了心神，在得知你独身去西藏后，就忍不住追你去了。

"但后来子杰带来了个消息，说我父亲因醉酒驾车，将人撞成重伤，被请去喝茶了。事情发生得太过突然，前后一联系就知其中有异样。有人在整我们许家，与子杰一分析，利弊得失都已了然，对方如果没必胜的把握是不会轻易出手的，我们也错过了扳回一成的时机。在这种情况下，我能想到对你最好的安排，就是放手。

"后面会发生什么，我没法估量，还不能把你托付给子杰，因为我们都姓许，许家有事，谁都逃不过，存在我身上的问题，对他同样亦是。所以，我们同时对你放手，看着你独自走进机场，离开我们的视线。在我还有能力顾及的前提下，事先为你安排一些事，怕到后来就是有心也力不足。果然没估量错，事情在向一个不可控制的方向走，我父亲因醉酒驾驶被判刑六个月，这期间我只见过他一面，他只沉痛地对我说：许家要完了。”

他说到此处时，语声中已是无限悲凉。我仿佛看到了一幢巍峨大楼，在缓缓倾塌，只余琉璃瓦在残墙间闪烁，这幢大楼的名字就是许家。

顿了顿后，他又继续：“父亲的那句话像是预示般，一点点灵验。叔叔那边也已退下来，我这里虽没撤职，但也形同虚设，最主要的是，眼见父亲六月之期将满，至今仍不得其门去探视，只说在审查中。而这个审查时间有多长，就看别人脸色了。”

“是那天对你灌酒的何老吗？”

他愣了一下，随后勉强点头。

“那现在呢？每天你都围着那老头转？他让你往东就往东，让你怎么就怎么？”不是我说话难听，事实如此。而就那天看到的那个何老的神色来判断，眼底满是不屑和轻蔑，根本就没把他放在眼里。也是，落井下石在哪里都有，谁也没那个义务帮忙。

“我没有办法，父亲还在里头，至少得先把他弄出来。”他说完就俯下身抱住了头，这个样子的他，犹如无助的困兽，找不到牢门的方向。

我又在找形容词了，这叫十年河东十年河西，谁能永远立于不败之地？

现在的许子扬，就是这写照。以前站得有多高，掉下来就有多惨，雪上加霜不见得都会，但雪中送炭却一定少。曾经仰望他的人多到数不胜数，一朝他不得志，自当被人俯视低看了去，有人甚至恨不得踩上两脚。

我想了想，找出其中一个问题：“这个何老，是与以前那些事有关吗？”

他倏然抬起头，微有惊异，随后才勉强苦笑：“浅浅，你现在好敏锐。”意思就是我猜对了，当真是冤冤相报何时了，我轻叹一声：“是丁家吧？”

他的神色，又一次表示我猜中了。唉，算是因果报应吗？可是真正的因该牵到哪里去？顾卿微？若不是她，是否就没丁岚的事，也可能许子扬就能安然在C市一角，过意气风发的日子。

这是假设，没有答案。谁也不知道回到当初，又是怎样一副光景，也难保证许子扬是否会做同样的选择。说起来，这其实就是命运。

“那你没找找相熟的人帮忙吗？”丁家有交好的，许家难道就没有？他却又再度沉默了，我又问了一遍，他别开头道：“别问了，浅浅。”

我挑了挑眉，细看他的神色，白皙的倦容上似乎有些暗红，脑中一转就有了领悟，嘲讽地问："又是哪家千金看中了你这面相，想要与你联姻了？"他目光闪烁着避开我凌厉的眼，显然是被我说中了，唯有心中冷笑。

许大少爷当真是吃香，就是如此落寞之时仍有佳人中意，大有只需君愿点头，一切事皆马到功成之势，如此心意，何不慨然接受？哪还需要每日过得如此辛苦？

"其实你不妨考虑，那样或许就……"

"余浅！"他猛然站起，怒声打断我，一改之前低微的姿态，浑身散发着震怒的寒意，余光里可见他的手在微微颤抖，忽然向我迈了一步。我直觉害怕地向后退，下一刻他顿住身形，喘着粗气狠盯着我，夜光中的脸泛着清白，而眸中的寒焰带着怒火，胸膛剧烈起伏着。

他从齿缝中一字一字地蹦出："我许子扬无需靠女人来成事！"

"哈！"尖锐到陌生的讥笑出自我口，"你确实不靠女人成事，你只会利用别人的感情！丁岚是，我也是！"一直都知道，我与他的再度聚首，是又一场伤害的开始，以前是他对我，现在是彼此折磨。

他仿佛被人当胸插入一刀，本还带着沉怒的脸色缓缓凋零成一片空茫的惨淡。

过了许久，他绝望地看着我，眸中是无法掩饰的寂寥："我知道，这件事在你心里，够判我终身监禁不得缓刑，永不原谅！"

是这样吗？是这样，永不原谅。因为原谅了也就遗忘了，也就……不再爱了。

这是一场我和这个男人的殊死厮杀，他利用我、伤害我，我报复他，然后都说放手，实则谁也没放。因为大家都明白一个道理，世界太大，谁一放手，风筝就会飘到再也无法够到的上空，然后找不回来。

所以，他一手安排我的"幸福"，而我明知这里有他还找尽借口回来，不过是彼此都不肯先退这一步。诚如我之前所想，以他许子扬的本事，要将秘密隐忍，凭我的智慧根本看不出。顾卿微会来找我，未必是受他指使，但定有他推波助澜，原因在于我将佛牌扔掉这事，让他害怕了。

他怕我这次再也不会回头，所以哪怕是将伤口裂开给我看，也要赌我的不忍。事实就是，他将我看得透彻，所有情绪都在他的掌握之中，性情决定命运就是说的我这种人，明知是他诱我前来，我仍如飞蛾般扑火。

这个人，无数次说着要放弃，但终究还是舍不得；这个人，心甘情愿地被伤害，即使知道会遍体鳞伤；这个人，是许子扬。走得再远，心再沉淀，我都无法对他真正放弃。

报复不过是意难平，折磨只是爱太深，回头则是情难却。

扔掉佛牌的那刻，我的心在滴血，缓走的每一步都艰难得如同赴死，整整一天我都在晃神，直到在屋门口再见那红盒子，再也忍不下去了，只想即刻见到这个该死的男人，狠狠地唾弃诅咒他。可那一晚躺在床上时，心却落了地，我不敢承认，在看到佛牌失而复得时是有那么一瞬惊喜的，而扔还给他也是知道这东西不会再被遗弃。

心思纠结到如此，能不疯魔吗？我觉得自己快要去看心理医生了。

“先这样吧，容我回去想想，明天是周末，不用再去‘应酬’了吧，就算有麻烦你也推掉，然后我会给你电话。”我交代完就迈步走，身后的他焦急轻唤道：“浅浅！”

又是这种哀哀的语调，勾刮着人心，我没有回头，随意摆了摆手：“明天再说！”

夜里不至于失眠，但也是到了很晚才睡着。第二天醒来，我坐在床上沉淀了下思绪。打了个电话给许子扬，让他十五分钟后在楼下等，当我走下楼时，他人已经站在那处。

今天倒没穿西装，而是一袭休闲风衣，里头是深色的衬衫，就是因为人瘦了后显得空落落的。我走过去，淡淡道：“跟我走！”他沉默着点头，没有发问。

站在路边打了辆车，抵达目的地——超级市场。他疑惑地问：“你要买东西？”我没理会他，径自走了进去，让他推了辆车，看到有用的就往里放，等到结账时，基本都是必需的生活用品。付钱时，余光飘到身旁男人飞扬的唇角，眼露欣喜。

一路沉默着回到住处，东西都让他提着，等开门入内后，许子扬再也忍不住问：“浅浅，你是同意我住进来了吗？”我微蹙了眉，淡声说：“无需我同意，房子本来就是你的，当我借住一段时间，现在还给你，我会重新找地方租房。”

原本欣然的脸色僵了下来：“房子早已是你的，你搬什么？”他掉头就走，我怒瞪着那黑漆的脑袋，火冒三丈：“许子扬，没了面子你就会死吗？”

他顿在原地，不回头地说：“不会死，但我不会接受你将房子让出来给我。”

“你当我想让？住得舒舒服服的，又要再去适应新环境。”我真是气得不行，没见过有这么死要面子的人。却见他转身飘来的目光，饱含深意，等反应过来那眼神的含义时，我怒吼：“你想都别想！”做你的春秋大梦去，居然想与我同房！

“你误会了，”他似有委屈地撇撇嘴，“我可以睡客厅沙发的。”

气得我想转身暴走，但最终深吸了几口气道：“我会找合适的房子再租，在这之前，你先睡沙发。这事就这么定了，你什么也别说，要不同意就立刻滚蛋。”

对他，我做得最多的一件事就是，妥协。

我们再次同住在一个屋檐底下，许子扬每日谨守本分地睡在客厅沙发上，无可避免地，他还是要投入一场又一场的应酬，回来的时间总是在天黑。这日我下班回到家，见屋子里冷冷清清的，也没心情做饭，从冰箱里拿了点水饺出来煮，还在烧开水，就接到许子扬的电话说今天能早回，已经在路上了。

知道他的意思，提醒我多做一份晚餐留给他，想了想，把整袋水饺都放进锅里煮。起锅时刚好装了两盘，倒了一小碟醋一起端到了桌上。可是左等右等不见人回来，眼看着饺子都冷了，手机又响了起来，还是许子扬打来的。

一接通就听他说：“浅浅，抱歉啊，刚接到电话，是关于我父亲那边的事情落实情况的，我必须得走一趟。”原本心头的暖意，像桌上已经凉了的饺子，我冷冷回了句：“知道了。”就挂断了电话，只隔了两秒，手机铃声又响，还是他，我失了耐心，直接挂断关了机。

沉了沉心，拿起筷子，开始吃饺子。吃完自己碗里的，就吃另外一盘，既然煮了，总不能浪费吧。但最后的下场是我胀到肚痛，连呵出来的气都带着饺子馅味。

我艰难地把碗筷扔在水池里，随后就靠在沙发里手抚着胃帮助消化。隐隐作痛的胃，是越来越金贵了，饿不得，又撑不得，早晚有一天要自行苟延残喘。

许子扬推门进来时，我是知道的，却没力气睁眼，直到微凉的手贴在额头，我才睁开了眼，迷迷糊糊看着眼前的身影。他坐了下来，将我从沙发里拉起来靠在他臂弯：“怎么睡在这里？”

这是自我接受他搬进来以后，首次靠得如此近，他的气息扑在我脸上，带着酒气。从他清明的眼，可看出他没喝醉，只是那眼里有淡淡的血丝。

现在我们的相处，有点相敬如宾的感觉。

“在看什么？”他问。

我移开目光，头靠在他的肩膀上，他也不再问，用手将我环紧。

“许子扬，你觉得累吗？”感觉他的身体僵了下，耳旁传来他的声音：“什么意思？”我勾起唇角，笑容极浅：“我们兜兜转转多少年了，你对我是否已经觉得疲累？”

身体一紧，人被他从怀中拉了出来：“浅浅，你想说什么？你又要赶我走，还是离开我？”他的脸上有着急迫，眸光锐利。我转开视线，幽声道：“我们之间回不到从前了。”

“你在胡思乱想什么？我怎么会对你觉得累？明明就是你一副拒人以千里之外的样子，我靠近你一步，都满身带着寒气。我睡沙发睡了半个月，夜里着凉咳嗽，都没见你出来问一下。”说到后面，他似乎很委屈。

“我不是给你买了咳嗽药水？”

“在哪儿？”

“在……”我的视线转向门边，昨天下班时去药店买的一袋药，回来时随手塞在门前鞋柜上，忘了拿给他，那袋药至今还躺在那里。

他顺着我的视线去看，眼睛徒然发亮，快步走过去把袋子提了过来，扬着唇角翻看着，最后拿出了咳嗽药水，连调羹都没拿，就着瓶口喝了。他这样子，就像是分到了糖的孩子，喜色飞扬。

我别转头，撑着沙发起身：“早点休息吧！”灼热的目光在身后，等关上门了还觉得背上发烫。怎么会这样？明明在他回来前，我是带着一肚子怨恼入睡的，为何只看到他的笑容，那股怨怒之气就消失了？不得不承认，我的情绪无法控制地受他的影响。

不想心思只围绕他转，为转移注意，第二天下班，我去宠物所转了一圈，买了一只纯白的小狗回家。通体纯白的绒毛，摸上去软软的，十分舒服，而小狗的眼睛尤为惹人怜，它总是可怜巴巴地看着我。等我弄了吃的给它，又摇头晃脑地摆着尾巴。

莫名地，我又联想到许子扬身上去了……

许子扬开门回家时，被小白的呼喝声给吓住了，瞪着地上那一团白惊问：“这是什么？”我起身走过去抱起怒得毛都竖起的小狗，介绍道：“它叫小白，可爱吗？”实在取名无能，想了半天还是按毛色来取。

“家里怎么会有小狗？”惊愣了半天，他才回过神来问。

我反问了句：“家里怎么就不能有狗？你有意见？”他顿时闭嘴，但随之而来的是一声“阿嚏”，接着又是一声，他指着我怀中的小白满脸嫌恶的神色：“这东西满身都是细菌。”我骤然想起他有轻微的洁癖，但不想再次迁就他，于是我坚持，他无话可说。

可是到了半夜，许子扬竟冲进了我房内，我浅眠立即发现了，他则怒意横生地说小白爬上了他的沙发！我顿时被气笑了，小白就那么点大，能爬得上沙发吗？他却面不红气不喘地说没爬，但是把爪子搭在上头了，还对着他喷气，总之就是再怎么说都不肯去做厅长了。

我怒瞪着他，他倒是会见缝插针，得寸进尺。正要怒斥他，却被他一把抱住，凑在耳旁说尽好话，又再三保证绝不对我不规矩，早知他巧舌如簧，可仍然不能控制冷硬的心，又在逐渐柔软。他在耳旁絮絮叨叨地讲着这些日子的窘迫与困境，就如当初我动盲肠炎手术后他睡在旁边那般，没了硝烟纷飞，只剩细细的安宁。

这一夜，睡得不太舒服，因为手臂始终横搁在我的腰间，身后的胸膛贴得极紧。他的呼吸微微沉重，许是累极了的缘故。清晨醒来扭头就是一张微带胡楂的脸，少了强势。手不由摸上他的下巴，微微扎手，又去戳他的脸，突然我的手指被咬住，还闭着眼睛的他，唇角却已上扬。我想缩回手指，但被他的牙齿磕着，不松也不紧，我懊恼地问："你早醒了？"

他惺忪的眼眯了开来，眼角弯起，松开了撩人的牙才道："有人乘我睡着了上下其手，能不醒吗？"我一记肘子拐在他腰间，怒瞪："我哪有？"虽然摸了摸脸，但也不至于上下其手吧。他突然靠近，飞快地在唇上一啄，然后侧躺着眼睛微眯，表情很享受。

这人从哪儿学来的痞子气？但……真的好久没看到他笑了。

"浅浅，你要是再这么盯着我看的话，恐怕我会忍不住。"似笑非笑的口吻，眼睛底子里的星火却很明亮，那代表了什么，我自然懂。可刚要坐起身下床，一股蛮力就把我拉了回去，随后他翻身在上，气息铺天盖地袭来，染满我整个思维。

自那天后，他很自觉地搬进了卧室，接连几晚，除了将我揽在怀里外，果真做到了他的保证。就在我心防松懈时，他却又进一步，而这一步直接攻破城池，我除了恨恨地在他肩膀上重咬外，别无他法，只能任由情迷染满整间房。

一切平息后，不由得感慨，自己对这个男人，总是一步步地退让，原则都变成了空话。

之后我与许子扬算是雨过天晴，唯有自己清楚，心里还是遮着一层浓浓的阴霾。从他脸上偶尔的喜色可窥得，他父亲的事在渐渐向好的方向发展。终于这晚，他搂着我久久不说话，心跳剧烈，在我疑惑地想开口询问时，他低叹着在我耳边说他父亲要出来了。

我这才了然他为何如此心情澎湃，努力了这么久，终于可算守得云开见月明，即使前景依旧不乐观，至少能把他父亲保出来已经是跨越了很大的一步。

等到平复下来后，他才开口道："浅浅，等我父亲出来后，我会离开几天，把他送回C市，母亲还在那边等他。经此一役，我想他也无心再滞留在此，C市那边繁荣，老爷子虽坚韧，身体却是大不如前，你是跟我一同回去，还是留在这里？"

我心中一窒，他做这样的安排符合常理，但是，C市……那块埋葬了我所有伤痛与悲哀的土地，我还有勇气踏上吗？心上的阴霾所为何来？是因为那里的毒瘤始终未除。

许子扬，这个躺在我身边的男人，自始至终都没向我解释顾卿微这件事，我消失的那一年半，他或许愧疚、迷茫、痛苦，也或许忏悔，可始终都没有舍弃顾卿微。

该说他是情深义重呢，还是他本就拔不掉心中顾卿微这根刺？

有些事，不提并不代表就一无所知，半年多前他意识到许家出事时，在能力范围内为我谋划，对顾卿微自然也做了安排。他对她不管有没有情，还有着责任。事情可以想得很通透，但却无法控制心中的介意，尤其是，他从未对我坦白这些事，总是避而不谈。

心的距离，往往就是一念之间，那个晚上，我没有答应陪他一起回C市，而是选择留下。从他的轻叹中，可以听出他有些失落，却又拿我无可奈何。

那天早上，许子扬起得很早，一直到中午才打我电话，说一切顺利，他已经在回C市的路上。我松了口气，心也放了下来。

第十三章

许我唯一，许我天荒

山不过来我过去

我如常上班，却在每天回到家时，心有索然，即便小白常在脚边欢快玩耍，似乎也少了乐趣。这日，我途经某处，随意间地驻足而望，对面的某道身影似曾相识，等我仔细看时已经坐进了车内。有人从会所走出来，然后也坐进车内，车子扬长而去。

我若有所思，回到家后就掏出手机，迟疑了下，按了许子扬的号码。他回去了好几日，就在当天到家时给我来过一个电话，之后就再没打来，我也别扭着，不愿主动打过去。

可刚才看到的一幕，觉得很有必要与他说。铃声响了很久都没有人接，一直到中断语音传来，我捏着手机，心里有些微慌。夜里就开始浑浑噩噩地做梦，感觉到震动时，好一会儿才反应过来是枕头底下的手机在响。摸出来时手一滑，电话已经接通，我拿起时眯眼看了看，贴在耳边："喂？"

可对面却不说话，无声使得气氛凝滞，当我听到似有抽噎声时，惊声问："许子扬，你怎么了？"随后传来沉痛到极致的声音："浅浅，老爷子没有了。"

"……"

老爷子这个名词，一直只存在于他们的口中，我从未见过。不敢说去窥探这是个怎样的人物，但也从未想过第一次见，是在黑白的照片中。

是程磊到车站来接的我，一见面从他沉郁的神色可看出，事情是真的发生了。在去许家老宅的路上，他大致跟我讲了这几天发生的事。

原来许父能回来，除去许子扬这边周旋外，其中老爷子起了不小的作用。他一生从未求人，为了自己的儿子，向曾经的老友低头求助。可此一时彼一时，许家再不是当初的许家，曾经有多风光，落魄时就有多遭人践踏。

哪怕是曾同生共死过的老友，交情再深，在许父这件事上也都规避开来。老爷子在半年多里几乎踏遍了所有老友的门，也受尽了奚落，他一直支撑着，没人知道他其实早已病入膏肓。在许父回家当晚，他就病重了。再好的医生，再好的医疗设备，也救不回油尽灯枯的老人，所有人都只能悲哀地等待他慢慢闭眼。

听着程磊讲这些，我心中有个声音在问：他为什么不告诉我？

许家老宅，没有想象中的那般巍峨与壮观，只是个普普通通的大房子。白色的绫子，黑色的绢花，哀戚的音乐在流转，我在灵堂前看到了许子扬的身影。落寞、萧然、悲恸，这些都不足以形容他，是如遗世独立般的孤绝。

我的心顿然抽痛，如果他早些告诉我的话，哪怕这块土地再难让我忍受，都会立即来到他身边的。很压抑，也很难受，他最悲恸的时候，我不在他的身边。

目光略转间，顿住，熟悉的痛又开始泛滥了。那处的角落，人群中站着的身影不是顾卿微又是谁？她在这里！她的目光哀戚而又忧伤，却只凝在他身上。这么大的事，他到最后才告知我，而在那之前，顾卿微早已赶赴过来陪在他身旁吗？

那么，我究竟为什么要站在这里？这不是天大的讽刺吗？

我想要凄然地笑，发觉连嘴角牵动这个微小的动作都不能再勉强，恍然摇头，转身朝大门的方向走去。身后似有程磊的轻唤，我已无心再驻留。

“若若，别走！”嗓音刚落，手臂就被抓住，清冽的气息环绕而来。

我缓缓回头，凝目在许子杰脸上，那眼中的剧痛几乎要溢出来，下一秒，我被他拉拽进怀里，紧紧抱住。只听他在耳畔哽咽着说：“若若，是我们太没用，才会让老爷子……”

其中的自责与愧疚，让我难抑鼻酸。

我们坐在老宅院子的角落里肩靠肩，许子杰说顾卿微是自己跑来的，不知是谁通知她老爷子去世的事，比我只早到了一会儿。

我侧脸凝看他，久久不说话，他问：“看什么？”

“为什么你每次都帮他解释？如果让我就此误会离开，那样……”

“那样我就有机会了吗？”他勉强笑了笑后又道，“若若，真不是我崇高，事实上在那段以为你失忆的日子，我也不想做你老哥，可是没有办法，你那么痛苦，那么悲伤，我心里揪得很，也跟着你疼。就如刚才，我看到你看她的眼神，就知你想岔了去，你那悲绝哀漠的眼睛，钻得我心很痛。我能就这样任你离开吗？我不能。”

徐徐缓缓的声音，带着沉痛的音质，缭绕在耳畔。不止一次想，为什么我不爱他呢？他是真正许我唯一的人，即使曾有伤害，他也不是直接谋划人，充其量只是帮凶，并不是不可原谅，事实是在后来点滴的相处里，我已原谅他。

可是，我偏偏不爱他。爱情的世界，没有为什么，只有爱或者不爱。他看出我眼中的情绪，伸手将我拉入怀中，低叹着说："若若，不要对我说抱歉，你不爱我这件事无法改变，是我一开始就错过了你，所以我只能尽我所能来成全你的幸福了。"

那么，你的幸福呢？我在心里轻轻问。

"子杰，去给老爷子磕个头，要入殓了。"

我身体一僵，从子杰怀中退开，缓缓转身。许子扬站在门堂口，身体斜在门框上，不知已站了多久，他的腰背挺得笔直，眼底的倦色与悲恸像浓墨一般沉重，整个人的气质却如冰凌一般的坚毅冷硬。似乎……有什么变了。

对，眼神，他看我的眼神！波澜不惊不至于，少了之前在Z市时候的温情。

许子杰越过我走到他身旁，想要解释："子扬，我和若若……"

"先去磕头吧，别让老爷子等着。"说完转身就走了进去，灰沉的身影凌烈清冷，那逐渐走远的空间，是否就是我和他心的距离？

子杰轻拍我的肩膀，劝道："别难过，他只是……对老爷子的去世自责，而且伯父也病重了，现在的他过得很辛苦。说起来也是我们这些子孙不孝，让老爷子老来还要向人低头求事，他骄傲了一辈子啊。"语气有说不出的沧桑和无奈，其实他的心里也不好受吧。

等他走进去后，我倚在门边，看着许子扬和许子杰分别跪倒，重磕了好几个头，然后起身转入后屋，应是去入殓了。凝目在那张黑白照片上，年华的逝去在那张脸上只添了皱纹，却没有消去傲骨，眼神明亮，锐利无比。

但一朝过后，他躺在那里，咽下一生的辛酸。

死者已，生者痛。生离死别是世间形态，身在其中的人，体味的是刻骨的殇。

许父病重倒下后，许子扬作为嫡孙，与他叔父同列站在一旁，接待来祭拜的人。他的腰背很坚挺，只在来人到访时才微弯了行礼。

我站在访客人群里，默默静望着他，余有欣慰的是，他偶尔会抬起眼向我看来，仿佛怕我离开似的。突觉腰上有异，回过头，顾卿微赫然站在我身后。她指了指外面，我漠然盯了她两秒，转过头不予理会。

过了一会儿，她突然凑近说了句话，我倏然回头，只见她清幽而笑，随后转身走了出去。我迟疑了下，还是跟了上去，一直到僻静无人处。

第十三章
山不过来我过去

“你说的是不是真的？”我再忍不住，急问出声。

却见她诡异地笑道：“你猜啊。”顿时让我暴走，恨不得上前挥她一巴掌。我怒喝出声：“顾卿微，现在不是开玩笑的时候，你说子扬的爷爷不是病逝的，究竟是怎么回事？”

刚才她在我耳旁轻语的一句话是：“老爷子不是病逝的，想知道就跟我来。”

可她却顾左右而言他：“余浅，你真的配不上他，当他身陷囹圄时，你安然享受所谓的自由；当他为家族命运争斗时，你是他护翼下不知疾苦的雏鸟；而当他筋疲力尽时，你却不愿陪在他身边。这样的你，哪里值得他舍我而取你？”

我深蹙起眉，不耐烦地问：“你到底说不说？”

诡异的笑容又一次在她脸上漾开，她忽然凑到我跟前：“有没有觉得子扬变了？”

我微微一怔，只听她说：“你当我上次找你，是真要成全你和他？怎么可能呢？我爱这个男人爱了那么多年，从我最美好的年华开始，然后浮浮沉沉多载，几乎耗尽了我的生命。当年在传奇，我静默地躲在远处看着你和他相依，可知我隐忍下多大的痛才能任由这一切发生？时机要掌握得分秒不差，才能对他造成巨大冲击，让他对我心怜和挚爱。

“游戏里，我赢了。回归现实，命运将我和他牢牢牵系在一起，可偏偏出现了你。在不知道你是水云轩之前，我对你还存着愧疚，也对他放心，可当发觉时，我就知道又陷入了一个轮回的战争。事实上，这一场战争我又赢了。却哪里想到，你用死亡将他对我的爱覆灭，他活在对你的愧疚中，再也走不出来。

“我不得不置之死地而后生，让他看清你们之间的差距、隔阂，以及无法消融的伤痕。唯有将你们推到一起，才能让那裂痕越变越大，有些事埋进骨血里，根深蒂固，根本就无法消除。你们两人在一起越久，问题就会无限放大，你一定不知道他每天过得有多辛苦，要看尽多少人的脸色，更不知道他每天笑着面对你已经快压抑得窒息。

“这些事就是你们的脓疮，他越不敢给你看，而你就越发对他质疑，所以这次他回C市，我早就猜到你不会跟他回来。而老爷子的逝世，则在他心里成疮，他最脆弱、最难过的时候，你在哪里？呵，余浅，我终于等到了这天，你们终将成为陌路。这一次，是他对你放手，然后，他就会知道，这个世上，唯有我最爱他，也唯有我最了解他。”

听完她这一席话，我不知是该唏嘘，还是该敬佩。早知这个女人城府深到不逊于许子扬，那年病房里的一幕在后来间歇性地被重复记起时，我就分析过整件事的前后。阴谋的背后，动机谁也不单纯，只是在当时我也没了多余的念想，只觉得万念俱灰。

现在来看，她不光是算计我，还算计了许子扬，当年她是有计划地让许子扬看到她最悲惨的一幕，引他动恻隐之心。后来又步步为营，紧紧抓住许子扬对权欲的渴望而替她报仇，无论是丁岚，还是我，都不过是她的垫脚石，她也最终在那最后一役里清扫完所有障碍。

不得不承认，顾卿微对许子扬了解至深。她将他的习性、心态和情感，都看得很透。诚如她所言，我与许子扬之间存在着问题，那是伤害过后他对我的战战兢兢，我对他的无法信任，所以我们俩即使仍爱着对方，也仍在往两条偏差的路好彼此走远。

顾卿微这一计当真是毒，不挑拨、不争取，却原来不过又是一场心机的开始。

我不甘心，就算她说得都对，我和许子扬有着很大的问题，但问题是用来解决的，而不是逃避的。刚才许子扬看我的眼神中明明还有依恋，不像她说的我们已到末路的情形。

去深吸口气，不让心底的慌乱浮现于脸：“顾卿微，你说这么多，不过是在虚张声势吧。你以为我会信吗？我和他的事，无论是好还是坏，哪怕我没法真正原谅他，这些也都轮不到你来评断。而且，就算我无法站在他身旁，你就可以吗？私生女，父亲在监，母亲患忧郁症，自己身患绝症，无论是哪一条，你觉得你配得上他？哈，滑天下之大稽！”

刹那间，原本得意的脸，变得面无人色，阴狠与狰狞从她眼中一闪而过，随即又莫名转换成哀戚的口吻：“余浅，你为什么要这么说我？我只是想在死前化解你心中的仇恨，也不可以吗？”

我微怔，不明她何故换了面貌，却见她移转开眸光定在我身后，惨然笑道：“子扬，我没有办法了，不知道要如何才能让她原谅你，都是我的错。”眼泪扑簌簌直落，神情幽怨哀怜。

即使我再糊涂，也知道发生了什么事。我僵硬着扭转身，几米开外，许子扬站在那里，神色清冷，眼梢眉弯波澜不惊，黑灼的色泽覆盖了他眸中所有的情绪，陌生的肃杀气息，比之刚才见到时还要浓烈。

他开口道："卿微，你先回去！"顾卿微抹了泪，乖巧地点点头，脚步没有任何迟疑就走了。

我终于明白，这又是顾卿微为我设的一个局。

目光凝在许子扬脸上，将她遣走后，剩下的，只有我和他了。

他问："浅浅，你为什么来？"

我低头想了想，找了最直接的原因："因为昨晚接到你的电话，我……"担心你三个字还没吐出，就被他一声笑给打断："如果我不打电话给你，你就不会过来是吗？"

这个问题很好答，可是我点不下这个头。确实，如果接不到他的电话，我会惶惑，会担忧，但不会来C市。问题的本身其实真的不是顾卿微在那儿耍弄什么心机，而是来自我们自己，他将所有苦楚隐忍在心不与我说，我将堕入心底的沉痛不与他道，我们彼此都没有放开心结，信任对方。

但凡能够坦言，就不会出现现在的局面，而顾卿微所有的心机也都会白费。

"子扬，我们从头开始，好吗？"想透彻之后，是领悟，所以我想争取。

他苦涩地笑了，上前一步将我抱在怀里，头埋在我的脖间良久，我感觉到了绝望。只听他轻声说："浅浅，我好累，真的好累，从不知道爱一个人也会累到筋疲力尽。"

脑中的弦绷断，我无法再思维，视线开始模糊，好一会儿才发觉眼泪已经决堤。他松开我，轻抹着我的泪，语声温柔到不行："别哭，浅浅，我会心疼。我是真的很想很想给你幸福，可是我发现，在我身边的你，是那么不快乐，哪怕我把全世界捧到你掌心，你都无法忘记那年我带给你的伤痛。在你的心里，早已对我刻下了'永不原谅'四个字。

"我们明明相爱着，却在走着相互背离的路，就像是一把尖利的锯刀，割开我们身体里的血脉，时间越长伤害就越深，然后你我就越来越疲惫。到这时，我才知道，原来你的幸福不是我能给的，因为我将你伤得太深太深，我的爱不足以让你遗忘过去。"

不是这样的！我在心里呐喊，想要去反驳他，可是嘴唇哆嗦说不出话，泪水汹涌，眼前像隔着迷蒙的大雾，我再也看不清他的面容。

"晚点等老爷子的事情完了，我就让程磊送你回去。"他的声音陌生沙哑，含着浓浓的疲惫，听在耳畔，可依稀分辨遥远、荒凉和空旷。

温暖消失，他翩然转身，我只能怔怔地看着他快步走远的背影，眼泪止也止不住。所有的怨和恨，都抵不过他两次对我的转身，前一次他怕时局颠覆牵连我，分手时即使决绝，仍心有不甘，而这一次，他并不决绝，神态平静，甚至连那句话都没说，却是真要放开我。

天空的阳光异样刺眼，我周围的世界再无生机。

堵塞在喉间的那句话，始终都没说出来，到此时，已经无法开口。

其实，我对你已经试着在原谅，只需要一点点时间，就可以毫无芥蒂地守着你，可是你却不再要我了……

眼泪总有停止的时候，心也有停止摇摆的时候，我将泪痕擦干，把心沉淀，往老宅的方向走。正好屋内陆续有人出来，老爷子的棺木已经送上了灵车，只看到他暗沉的身影消失在车门边。我悄悄钻进了后面一辆跟车的大巴内，一路到了火葬场，湮没在人群中。后来又转而去了郊外的墓地，这个地方我来过，是被他强行带来的，在某个位置上还竖着我的墓碑。

抬头眯眼看了看前面壮观的队伍，我转身就朝那处走，凭着依稀的记忆，找到地方时，发觉那块墓碑已经不在，成了座空坟。可能是后来被他推掉了吧。我席地而坐，远远看着那边黑压压的人群，逐渐消散，终于只剩许家至亲。

目光微转间，顿住，那处远远走来的靓丽身影异常熟悉，顿时与脑中前两天看到的影像重合，是她！我没看错，丁岚。

她的姿态一如从前般高雅，那缓步而走的神情，带着某种睥睨。我直起身，快步向那边奔去，有一种直觉，她来意不善。几乎不用想，她对许子扬定是恨之入骨。

当我赶到那处时，对峙已经展开。只闻丁岚语带嘲讽地问：“许子扬，落于人下，亲人逝去的滋味，好吗？”

没有人应她，只沉默着，许子扬甚至连个眼神都没落在她身上，只是眸光垂在墓碑。

我微觉奇怪，似乎他对丁岚的出现并不震惊，那么只有一种可能，就是之前他们有过会面。那会是一个什么样的场合？很显然，丁岚并没有因为她父亲的事而倒下，甚至有可能已经翻盘，否则她不会如此高姿态地出现在众人的视线中。

“许子扬，为什么不敢看我？觉得心虚？因为你知道这所有的一切都是你造成的，包括你父亲出事，以及你家老爷子的死！”

“你住口！”许父沉声怒喝，他还是从病榻上站起身，要来送老父最后一程。但他面色灰白，比起那天见到时萎靡憔悴了不少，许母在旁紧紧扶着，眼中尽是担忧。

“丁小姐，没有谁对谁错，只有成王败寇，你父亲下来，怪不得子扬。就像我们许家今天落败，也不会怨天尤人，你无需在这当口来添柴加薪，往伤口里抹盐。此处不欢迎你，还请离开！”许父是个气势能镇得住场子的人，哪怕是在此等情形下，他满脸病容，说出来的话也依然铿锵有力，不卑不亢。

丁岚眯了眯眼，忽然唇角露出诡异的笑：“许叔叔，不知在里面的日子可还安好？”一句话顿时让众人色变，许父当场气得浑身发颤，眼睛一翻，向后倒去。

许母尖叫出声，许子扬及时上前扶住他父亲，堪堪抱住许父垂倒的身形，他蹲坐在地，抬起头厉眸扫来，齿缝中咬牙切齿地吼道：“丁岚！”

如此巨变，我在旁看得目瞪口呆，那方因许父兵荒马乱，而许子扬满身震怒，我心里揪痛到不行。从丁岚的神态和言语可判断，许父身上定是发生了什么，所以才会突然如此激动。

丁岚并不畏惧他的目光，冷冷笑道：“这样就难以忍受了？呵，许子扬，你当初加诸在我身上的，我要你加倍奉还！”她忽而转首盯向在旁沉默不语畏缩着的顾卿微，目光如尖刀般凌厉，“姓顾的，你不过是长了一张狐狸精的面皮，我等着看你一无所有的时候。”

说完转过身来，与我的目光正对上，她神色一怔，将我仔细看了看后才叹了口气，语气缓和了些：“余浅，他不值得你爱。”越过我身旁时，刺鼻的香水味飘散在四周，这种香水的名字叫“毒药”。曾经她对许子扬的爱，成了心中的毒药，是这意思吗？

高跟鞋轻敲地砖的声音逐渐远离，我定眸在那人身上，他只在丁岚与我错身而过时与我对视了一眼，就俯下身与身旁的人一起扶起许父，然后背在身上，一步一步往下走。很快墓碑前人尽消散，只剩许子杰一人留在原地，担忧地问：“若若，你和他怎么了？”

我茫然抬头，轻声答：“他说他与我在一起很累。他要……结束。”

“他是脑子糊涂了吗？你别急，等伯父的病情稳定了，我去找他理论去。现在他只是……”

我惨然笑道，哀莫大于心死："子杰，他是对我真的放手了，这一次再无转圜的余地，我和他走到了末路。"

丧事已完，我再无留下的必要，是子杰送我离开的。离开前我要求去医院那边绕一圈，他轻叹一声就驱车前往，到了医院门前，我们并没有上楼，恰好看到许子扬从里面出来，他没有注意到马路对面的车子，我就远远地看着，再无勇气走到他跟前去。

回城的车上，我浑浑噩噩，子杰在旁说着什么也听不见，直到听到某个名字时，思绪才渐渐转入脑中，仔细听他所言。

"你是说丁岚是整件事的推手？"

"说是推手也不尽然，她主要还是靠她父亲原来的关系，丁年鹏虽败下来，但他原有的关系网还在，我们能动到的只是他明面上的关系，而暗在的内层关系则无从处理，就像那何重远，他就与丁年鹏关系密切。也就是说，丁年鹏其实还留了一手。"

难怪那天我看到丁岚与何老走在一起，确实不是我看错。

"那你们现在的情形是……"

"没有最糟，只有更糟。"他微带调侃着说，却不难察觉嘴角的涩意。车厢内一时沉默，气氛微微凝滞，我忽然听他爆出一个炸弹："老爷子其实是被逼死的。"我睁大眼睛，难以置信地看着他，怎么会这样？

他将车子停靠在了路边，眸中带着刻骨的痛："伯父因醉酒驾驶被扣，我父亲被迫退下，我和子扬都各自出事，老爷子一生都未向人低过头，还是走到老友跟前，从请求到哀求，受过多少冷眼，多少侮辱，我们身在外，无人知晓。其中他找过一个有力的人，全叔说老爷子进去了一个小时，出来时就跌在他身上了，全身无力。回来生了一场重病，严禁家中佣人对我们说，等到伯父回来时，本算是和睦的场景，可偏偏有人寄来一些照片，是关于……伯父的，当场老爷子就断气了，伯父也昏倒过去。"

听到此处，只觉五内俱焚，万般心痛。我不敢去想象当时的惨况，更不敢想象许子扬当时的心情，那是何种的痛苦啊。可是，我不在他身边。

"若若，我说这么多，不是要让你觉得内疚，而是想你能体会下他此时的心情，不要怪他好吗？那年，我给你取名许若，就是想许你一生安若，或许，找个平凡的人，从未认识过的，那样你才能安若幸福。"

山不过来我过去

后来，他把我一路送到公寓楼下，然后写了个地址给我，让我有事打他电话，最后抱了抱我说："若若，保重！"如上回在机场分离时一般，但这次换我看他离开。

我想我是有些明白子杰的意思的，他说了那么多，是想告诉我不要再去怨恨，这一次许子扬是确确实实放我自由了，他再不会偷偷躲在某处干涉我。

我如常开始生活，摒弃一切。渐渐地，习惯一个人在学校里行走，习惯一个人理清自己的一切，习惯一个人在空旷的房间，习惯一个人穿梭在这偌大的城市。却不习惯在黑暗中安静的清醒，要再入睡很难很难，原来一切尘埃落定后，心还是无法自由。

我走进心理理疗所，与一位叫惠芬的心理师倾吐，希望能得到改善。

等陈述完后我问她："这种情形，该如何治？"

"治不了。"她给出结论，转而又微笑着道，"其实你是个很强大的人，这个强大不在于你的人，而是指你的心理承受能力，你能在剧创过后自我修复，仍然能够做到保持本心。每一次，你都在用自己的方式治愈着心伤，偶尔的迷茫只是一时的困境，但你都能正确地走出来。"

"按你这么说，我根本无需找你了？"

"不，你不找我，不把所有的事吐露一遍，怎么剖开自己的心看清你想要什么呢？"

"我不懂。"心理师讲话都这么深奥的吗？

惠芬浅笑着说："我问你，在恢复自由后，没有任何人再来束缚约束你，或者参与你的人生，你觉得大松一口气吗？"

摇摇头，我觉得越来越窒息。

"这将近两个月的时间，你可有留意身旁英俊的男士，准备开始平凡的生活呢？"

再度摇头，我的身旁除了已婚人士，就是有女朋友的，而且都不英俊。

对，不英俊是关键。

"那最后一个问题，你还爱他吗？"

这次我没有再摇头，而是怔住，爱他吗？爱或不爱，似乎是很简单的选择题，可是我迟迟做不出选择。惠芬失笑地摇头道："好了，你的表情已经告诉我，你爱他。既然如此，为什么不去找他？"

"找他？我可以吗？可是他对我说……"

“你同意了？”

那种情形，不是我同意或不同意能决定的吧。

惠芬宽慰说：“回去好好想想，退一步海阔天空，但偶尔跨出那一步，或许也会是不一样的蓝天。”

我又一次失眠了，躺在床上看着头顶的天花板，小白在床下“呜呜”低吟，我起身下床把它抱在了怀中，去C市的三天我把它暂寄在了宠物会所里，接回来时它一副哀戚可怜的模样。我一边抚着小白的毛，一边回想着白天惠芬的话。忽然脑中电光闪过，什么直击而来。

子杰的话！他在回程车上讲的那番话，如果他真要我平静过日，就不会把那些事讲给我听，让我体味许子扬所受的压力和痛苦，这些事他会瞒得严严实实。话里话外都在为许子扬解释，更是在暗示我一些信息。

我急急找出手机就想拨号，一看时间是凌晨两点，只好作罢。睁眼到天亮，立即拨号码，却是关机状态。我又迟疑着拨了那熟悉的十一个数字，得到的是拨打的号码已被停用，我的心空落落的，他做得还真是彻底。

我一整天上班都心神不宁，中间趁下课的时间给子杰打了好多通电话，都是关机。我再也忍不住，向校长请了假，打车到许子扬以前的工作地点，可我哪里有门路去探问，站在门外头只能干等。一直等到天黑，也没见到他的身影。

回家我就上网去搜查近段的新闻，一条一条看过去，也没任何相关报道。第二天我请了一上午的假，赶早跑去门外候着，没等来许子扬，却等到了另外一个人，韩洛。

他看到我时愣了下，抬手看了看表上的时间，还是向我走了过来。

我直截了当地要求：“能帮我找下许子扬吗？”

他迟疑了两秒后，才艰涩开口道：“我早已不是许少的助理了。”这个答案让我吃惊，但回头细想，那段时日确实没有看到他出现在许子扬身旁。

“出事后，我就被调离了，目前转了文职。”

“那你能见到他吗？要是能见到他，帮我捎个口信，就说我有事找他。”

韩洛却苦笑着抛出一个炸弹：“你难道不知道他已经不在这里了？”

我呆怔住：“他不在这儿在哪儿？”一时没明白他的意思。

“前些日子他就离职了，据说是回了趟C市，之后就没再回来过。我如今职位低，也问不到他的去处，可能是调职去了别处。”

第十三章

山不过来我过去

韩洛说的回趟C市，应该就是送许父回去，然后发生老爷子去世一事。在那之后，他没回来……我以为子杰讲那么多的意思是，许子扬会不惜一切代价东山再起，誓要打倒那些陷他们许家于不义的人。尤其是子杰眼中除去刻骨的痛，也燃着愤怒的火焰，对老爷子被活活逼死一事，他们无法释怀。

可现在韩洛却说他没回来，是我想错了吗？

顾卿微有句话说得没有错，我真的不够了解他，他埋藏着的心思太深太沉，怎么都猜不透。往往表面上是这样，背地里却又是另外一种可能，刚刚想透他可能是因为要用尽各种办法，其中不乏可能有所谓的联姻，所以才再度对我决绝放手。

可是转个身，却发现根本不是这样，他甚至退出了本城的视野，那他去了哪里？

周末我搭车去了子杰所在的城市，他的手机打不通，但是有地址。这个世上所有人都会拒绝帮我寻找答案，唯独他不会。他似乎早就预料会有这一天，所以在离开前把地址写下来留给我。

一来一去花了两天时间，回来时，我已从子杰那边得到了答案。

这一次，山不过来，只能我自己走过去了。

我再次走上下乡支教的旅程，心情却是大不同。上一次来，带着彷徨不安的心，这一次，心却无比坚定。我为寻他而来，不错，许子扬在那里，就在那个我们再遇后情定的地方。

子杰告诉我时，说不震惊是假的，我怎么也没想到他会请求调职回到了那里，也越加肯定了他的口是心非。在去的路上想了很多再见到他时该如何如何，可是真的见到了后，却只能怔怔地看着那远处的身影。

他身旁并行走着一个女人，由于隔得太远，看不清，可是无数不好的念头都在指证那个人是谁。顾卿微论心机、城府都在我之上，她怎会错过这个机会而不到他身边去呢？所以，他的身旁其实已经伊人相伴，而我不过是自作多情一场？

“余姐？”清澈的男音响在耳畔，我茫然转首，辨认了好一会儿才想起这个年轻人是在车上刚刚结识的，他是来此参加支教的应届毕业生。路程太长，总会有人耐不住找人攀谈，他就是主动搭讪的那个。我想了好一会儿也没想出他的名字，只得抱歉地询问：“请问你叫……”

年轻小伙做了个被雷到的表情后，一脸懊恼地问：“余姐，我就那么没存在感吗？我叫林墨斌，双木林，墨水的墨，文武斌。”

我点点头表示记住，忽略心间的抽痛，无论如何都不能不战而退。

要打听许子扬的所在地很容易，还是原来他曾待过的乡镇府那边。我与他在乡镇府门前狭路相逢，他看到我时先怔了下，眸中流露出难以置信。

“浅浅，你……”

我目光转了一圈，没见伊人，露出寡淡的笑容：“是我，余浅！”

“你怎么会来？”他劈头就是一句质问，目光在我脸上狠盯着。我扶住年轻小伙的胳膊，笑容灿烂道：“我们一起委派下乡支教，没想到会遇见你。这是我朋友，他叫林墨……”林墨什么？怎么又忘了？

“林墨斌。”

林墨斌已经走上前，向许子扬伸出手，但在那凌人阴鸷的眸光中缓缓缩回了手，面上尴尬无比，转回头时向我投来求救的眼神。

我在心中哀号，林墨斌对阵许子扬，完败！

刚才刹那间脑子是秀逗了，拉这小子临时来充数，他根本就连许子扬的一个眼神都抵挡不住。许子扬锐利的目光从林墨斌身上转到我还圈在他胳膊上的手，顿觉那处如被灼烧般难受。

我手上紧了紧，抓得更紧了，也不看他，只把眸子低垂着。却听林墨斌以只有我们两人能听到的音量在低语：“余姐，你再这么抓下去，我胳膊得残了。”这才发现手指因为抠得太紧，等于是在掐着他一般，只得松开了些。

突闻旁边传来一个女声：“子扬，可以去那边视察了。”我闻声望去，铁灰色的套装包裹着一个靓丽的女子，从衣着来看，正是刚才远远看到走在他身旁的人，但，不是顾卿微。

我暗暗松了一口气。

必须承认，对顾卿微存着的不止是敌意，而是一种刻骨的恐惧。她总是以柔弱的姿态出现，然后毁灭我好不容易重建起的城堡，无论是真实的，还是虚假的，她都以摧枯拉朽之势将我所有的努力毁于一旦。对她，我已起了深深的惧寒。

许子扬转首看了那职装女子，淡淡道：“知道了。”然后再看向我，从未有过的淡漠，“浅浅，你走吧。”说完，低咳了两声不再看我，转身迈步走去，那名职装女子朝我看了一眼，就紧步跟了上去，没走几步又与他并排走着了，姿态与刚才远看时一样，肩并肩相偕而行。

第十三章

山不过来我过去

我眯着眼目送他们走离我的视线，心里说不上来啥滋味。

“余姐，那个男的是谁？气势好迫人。”

我不禁莞尔，重重拍了林墨斌一下后脑：“走吧，我们还没去跟校长报到呢。”傻小子摸了摸脑门，嘴里咕哝着：“女人别随便拍男人的头。”我失笑连连，这小伙还真够逗的，但也幸亏了他，被他这一闹，冲散了我出师未捷的沮丧。

重进学校，与校长会面后，就正式定下我这次的支教事宜。

到了傍晚，再度走去那门口，守门的是个老师傅，我谎称是许子扬的堂妹，来这里找他有事，那老师傅果真就信了。一边与师傅有一句没一句地闲聊着，一边等着。

夜幕降临时，终于看到许子扬缓缓向这边走来，他的身旁依然是那个职装女人，从刚才老师傅的口中得知，她叫童晓涵。我从椅子里起身，等他们走近时，热心的老师傅先扬声喊：“许工，你的堂妹许老师来找你了。”两道目光立即朝我看来。

许子扬顿住身形，站在那处，昏暗的路灯照在他脸上，看不太清是何表情。只听童晓涵轻声道：“我先进去了，你们慢聊！”随后与老师傅打了声招呼，就走了进去。

我比了比旁边的空地：“我们去那边谈谈好吗？”

他眸光暗邃地看着我，终于微不可察地点了点头，率先走向了竖着电线杆的路灯底下。我走近他，细看他的眉眼，又听到他在轻咳，忍不住问：“你的咳嗽怎么一直没好？”从那时开始犯了这毛病，之后事情连连发生，居然到这时都还没好全。

哪知他深吸了口气，冷漠着声道：“余浅，为什么你要来？我已经对你放手了，这一次不会再有什么人安排在你身边，也不会再干涉你与谁交往。”

我沉默了将近有一分钟，才轻声问：“你真的那么不想我来找你？”

他仰望星空，语声万般凄凉：“余浅，就当放我一条生路吧，我真的很累。”

心被什么狠狠扎了一下，尖刺倒钩回来，撕扯着疼，我点点头转身，忽又血往上涌，回头就吼：“许子扬，你要我放你一条生路？那当初你为顾卿微要生要死时，为什么就不放我一条生路呢？当时发现我能救她，你就该用逼用强地给我下蛊，也不要是用情来迷惑我啊！

“你可知道，车祸后多少个夜晚，我独自在黑暗里合眼向老天祈祷醒来时能忘了你，可是记忆就像个轮回，忘了所有都忘不了你！你一次次打破了我的轮回，让我把你刻进心里，刻进骨血里，然后你转个身说累了，让我不要来找你。好，既然那么不想我来找，你就该躲到犄角旮旯里，让谁也不知道你的去处，可你偏偏选这里！许子扬，只要你说一句不再爱我，我立刻就走，绝不拖泥带水，至死都不会来纠缠你，你说啊！”

月光下，他青白着脸，喘着粗气狠狠盯着我，眸光中浮现一抹决绝，我的心在下沉，他的声音已经响起：“余浅，我已经不再爱你。”悲绝中带着狠戾，不留一丝余地。

他真的说了……

来时再多的心理建设，都敌不过他一句“不再爱你”，我终于万念俱灰，他是真的真的不要我了。低下头时炙热的液体烫在眼角，异常疼痛，我用手轻抚小腹，轻到不能再轻：“宝宝，妈妈没有办法了，以后可能就只能我们两个人了。”

转身之际，听到他在身后惊问：“你说什么？”我悲凉地迈开步子，只走了两步，手臂就被抓住，身体被扳了回去正面对他，“余浅，你刚才在说什么？什么宝宝？”

模糊的视线，看不清他的脸，我悲凉笑道：“你还在意吗？许子扬，你放心，以后我都不会来打扰你。”拂开他的手，臂上的温度消失，但下一刻他却紧紧抱住我，语带轻颤着问：“你有孩子了？”

“放开我，”我突然情绪崩溃，对他大吼，“孩子跟你无关，从今以后我们再无任何关系。”我用力挣动，可是他的怀抱变得更紧，急切的声音在耳畔：“浅浅，对不起，我不知道你有孩子，要是知道……”

“要是知道你会怎样？许子扬，你试过思念到痛不能抑的滋味吗？我们从认识到现在，你总共对我说过三次分手，最初的两年你一句‘腻了’终结了我们的关系；西藏行刚刚同生共死过，你说放我自由；然后就是这次，你说你累了，说不再爱我。

“但凡我有一点骨气，我都不想来找你，可是你绝没尝过独自一个人眼泪止不住从滚烫变成冰冷的滋味；你也没试过想一个人想到无法控制，逐渐走入迷区无法自拔的滋味；我是疯了要爱上你，也是疯了不远千里赶来这里等着你说‘不再爱我’来糟践自己。”

“浅浅，你别说了，是我错了，我怎么能把你伤到如此呢？”怀抱骤紧，他把我的头按在胸前，下巴紧紧抵在我头上。我将眼泪往他衬衫上擦了擦，然后轻声道：“许子扬，放开我吧，我放你生路，你也放我生路，从此以后各不相干。孩子你放心，我会带着他，去寻找平凡的幸福。”

“不，你休想！没有什么平凡的幸福，不是我给的，我都不同意。”

强势霸道的许子扬，又回来了。

发现怀孕是去找子杰的那次，抵达那基地时，我吐得撕心裂肺，当时没在意，但是到了夜里就又有恶心感。心里一个“咯噔”，有了预感，回去后，第一件事就是去医院检查。看着报告上写着阳性两个字时，酸和苦先涌入心中，最后才是喜。

老实说，我在心里一直以为自己不会怀孕了。那年他心心念念求个孩子，却始终没有怀上，在后来得知身体里有个蛊时明白了答案。这个蛊定是对我的身体有影响，极有可能导致不孕，所以在西藏时那些话也并非全部为伤他而说，是当时真的以为自己可能没法生育了。

一直没有勇气去医院做个彻底的检查，但事实也证明，后来我与他在一起多次，始终都没怀上，也更加肯定了我心中的猜测。直到这一次，医生告诉我说孩子已经两个多月，我当时就懵了，是他在回C市前的那几个夜晚有的。这更坚定了要来找他的念头。

峰回路转只在一念之间，许子扬到底没狠得下心。

我被拉着进了他的职工宿舍，比起我那教工宿舍，环境要好上许多，但相对于他以前的生活来说算是极其简陋。他把我按在座位里，转身进了洗手间，出来时手上多了条绞干后的深色毛巾：“擦擦脸吧，全是眼泪。”

我接过来胡乱擦了两下，毛巾上是他独有的气息，脸上控制不住泛起潮红。等他坐定下来后，就抓住我的手问：“几个月了？是什么时候的事？有没有什么反应？”

我蹙了蹙眉，反问：“你是医生？”

他呆愣住，我却缓缓做起了汇报：“医生查出来大致有十周，至于什么时候有的你自己算，目前只是偶尔会反胃恶心。”见他仍旧呆呆的样子，我随口问，“如果我之前告诉你说孩子不是你的，比如是那天上午跟我一同过来的那个……男人的，你会怎么做？”

“我灭了他！”他咬牙切齿中带着狠，转而又轻哼了声，“就那小子？太嫩，也配不上你。”我抬起头盯着他的眼睛问：“在你眼里谁配得上我？你本人？”他别扭地转开了脸，手上却紧了紧，握得我的指骨有些微疼。

一时陷入沉默，过了会儿，他忽然出声：“事实如此。”

我愣过一秒才反应过来他的意思，不由得被气笑了："许子扬，真没见过比你更自大的人，刚才我就该叫林墨斌一起过来，直接气死你算了。"

"就那毛头小子？你上午连他名字都不记得，分分钟就可以秒杀。"

我直接气结，扭头不看他，兀自生闷气。

气息逼近，他从身后将我抱住，叹息着说："浅浅，绕了一个圈，命运还是把你给了我，这次是你主动走到我怀里来的，从此以后，你别无选择，别想我再放开你。"

"你还会对我放手吗？"

他坚决地，一字一字地说："再也不会！"

不知坐了多久，我见窗外夜雾沉浓，应是很晚了，推了推他道："我得回去了。"

"别回去，今晚住在这里。"他如是要求。我直觉地摇头："不行，我才来第一天就夜不归宿，而且刚跟门卫的张师傅说……我是你堂妹。"

一声低笑传来，他轻撩着目光把我上下打量一番："我上哪儿找了个这么标致玲珑的堂妹啊？"

"我姓许，叫许若，是许子杰的妹妹，难道不是你的堂妹？"

"哼，子杰那张嘴越来越拦不住了。"

心知肚明，我能找来这里，除了子杰说的，不作他人想。

最后我还是留了下来，千帆过尽，真的再在一起，反而不知道该说什么，之前坐车本身就累，晚上又跟他大战一场，加上怀孕容易疲乏，躺下不久我就睡着了。半夜醒来，已经成了个不良习惯，睁开眼正对上他黑亮的眸子，我呆愣住了。

那眼神，仿佛历尽千山万水看到失而复得的宝贝，有着怜惜和心疼。

瞬时，心底的某个角落倏然塌陷，千亿年的冰川悄悄地融开，仿佛时光倒流，回到最初的那一刻，我蒙蒙不知前尘往事纠葛，定定地看着他，不去想那些曾经历过的真相、裂痕、报复，那些暗黑且坚硬的，直插人心底的东西。

世间唯有一个他，许子扬，是我心心念念，想放都放不下的。

咫尺的距离，目光凝在眼前的唇上，都说薄唇的男人也薄情，事实我深深领教过他狠戾薄情一面，但记得最深的却是他的深情。

黑夜中，他挡在我身前，拦住那厮杀的砍刀；藏区翻车，他让我踩着他的肩背，送我走向求生之门；还有很多，比如他昏了头，安排着那些自以为是为我好的人，却又紧紧扯着线的那端不肯放手。

当两唇相触时，听到彼此的叹息在唇间，然后唇齿相依，唾沫相伴，真正的相濡以沫。

醒来已是天亮，屋内不见许子扬的身影，只在桌上留了纸条说他去视察了，让我别走，中午他就回来。那笔锋尖锐硬朗的字迹，很像他的性格。将纸条折好放进口袋，去洗手间梳洗时，迟疑了一秒，用了他的牙刷和毛巾，心想最多晚点去给他买新的，谁让他那么洁癖呢。

回到学校后，我稍稍整理了下，就带着备课本走去办公室，跟上次一样，先熟悉教学流程，再开始插班教课。没想到了中午的时候，许子扬找上门来了，他走进办公室劈头就问："不是让你别走的吗？"身后跟着校长等人，面带惊疑。

我连忙起身走过去朝校长抱歉地笑了下，拉着他往门外走，一直到僻静处才问："你怎么过来了？"

"你怀孕了怎么还跑来上班？"

"怀孕了怎么就不能上班了？"说完我被自己绕口令似的话给逗乐了，看他浓眉深皱瞪着我的样子，心想他不会是要我现在就开始在家保胎吧。

结果他下一句话证实了我的猜测："都怀孕了还上什么班，你现在要做的是在家养胎。等下我就跟校长说，帮你把这工作辞了。"他倒是一锤定音，做了决定。

我深吸了口气，放缓语气跟他打商量："许子扬，没有孕妇养胎是从怀孕初开始的，很多准妈妈都是工作到七八个月时才开始休产假。"

"工作到七八个月？"许子扬的声音高扬，难以置信，"绝不可能。"

我是被他强行带出学校的，说用强也不尽然，他半强迫半威胁地环住我腰说："你是希望我抱着你走，还是自己走？"最后我自然选择了后者，因为抱着出去的话，我丢不起这个人。

在宝宝这件事上，许子扬有着非比寻常的固执。回到他的住处后，就我任职老师的工作一事，展开了激烈的争论。他坚决不同意我再去工作，说万一有个什么闪失，磕磕碰碰的，非同小可。我实在气不过反问他："哪里会有那么多万一啊？而且，医生也说了，孕妇必须有适当的运动，不能长期闲在家的。"

"有这么一说？"他迟疑地问，我翻了个白眼："不信你去问医生啊。"哪知他果真点头："下午我们就去趟医院，再做个检查看看，你颠簸那么远的路到这里，可别有个什么影响。”

这回我辩驳无力了，他这人执拗起来强势得不行，就该什么都围着他转。

从医院出来，许子扬拿着B超报告一直看，嘴角咧得很开。我看他的样子，都有点神经兮兮了，回头我问他：“你看得懂？”他居然还点头了，拉着我指着某处说这是宝宝，实则那不过是个小点点，两个多月的小生命，根本还没有真正的形态。

因为我来了，他坚决不同意我再住教工宿舍，也不适合住他那职工宿舍，于是他另外找了房子，是个两层屋的民居。住进去的第一晚，许子扬就搬来两张躺椅，我们一起躺在院子里，仰头看着头顶的星空，他握紧了我的手道：“浅浅，我真的从未想过有这么一天。”

他的话含糊不清，是从未想过能与我在一起呢？还是从未想过他会真的落魄？

他又道：“我以为这次下了狠心，你是再也不会回来了，没想还有这么一天拉着你的手。”

“那你还会松开吗？”

“再也不会，不管你以后怎么闹，我都不会再松开。”

我怒瞪向他：“凭什么说是我闹？我哪里闹了？”

“好好好，你没闹，都是我自个儿瞎折腾呢。”他连忙投降，自从从医生那里得知孕妇怀孕期间情绪很重要，必须保持一个良好的心情后，他一改那恶霸的个性，不敢说唯命是从，但却在“合理有效”的范围内会对我谦让。

比如这个“合理有效”范围，就是他允许我去上半天班，下班后不能把心思都扑在教案上，勉强同意让我坚持到五个月的时候再开始休产假。做这个让步，他像是割肉般难受。

忽然指上一凉，我惊讶地低头去看，无名指被他套上了银色指环，心倏然而动，目光迷离在那银光上。只见他眉眼不抬，俯下身在那指环上印下一吻，温热触及我的指骨，停驻在那儿长久，带着虔诚。

从我的角度看，只看到他长睫轻垂，面容在月光下英俊如画，等他抬起眼看向我时，乌黑的双眸，如星月璀璨般灼亮，幽深如海，而我跌进了那片汪洋。

他说：“浅浅，这一次，不要再将它丢弃好吗？”

我的目光再度流转到那银色上，电光石火间，倏然清明开朗，吃惊地问：“这是……”他点点头，轻声道：“是的，它是原来那块佛牌，既然你那么不喜欢，我就把它改成了戒指。本没想还能有送出去的机会，一直把它串了绳子挂在胸口，直到你来，我才又动了这念头。”

无名指上，顿感灼热，没想到这块佛牌就如我们的感情，兜兜转转始终还是回到了我这里。也可能，它确实是在印证着我和他的走向，从无到有，从分到合。

凝视的目光聚焦在一起，他探身过来在我唇上印下轻轻一吻，我双手环住他的脖子，不让他退开，加深了这个吻。

夜里他抱紧了我，下巴抵着我的额头满足地说：“浅浅，真好，我又可以这么抱着你了。”

我唇角扬起，微抬了头看他，目不转睛。

他问：“看什么呢？”

我答：“你真好看！”

沉笑出来，他抬手捏了捏我的脸：“看你这傻样，当初我怎么就瞧上你了呢？”我鼻子里哼气：“有人居心不良呗。”他神色一滞，认真地说：“浅浅，对不起！”我看了他好一会儿，才点点头，他确实一直欠我这句道歉，终于，难平的气可以消散了。

一转眼，就是三个月过去，怀孕刚好五个月了，按照之前的协定，我跟校长提出了休假。休息下来人就比较闲了，医生也说孕期要多走动，所以我都会定时定点地散步。

这日，我去市场那边买了些水果，主要是为买雪梨，许子扬那咳嗽的毛病一直不好，之前我以为是他吸烟吸太多了的缘故，可我来了之后，他的烟瘾就慢慢戒了，有时候实在忍不住会躲到外面去偷偷抽一根，进门时也是将烟味散尽了才进来。

但仍时有听到他的轻咳声，让他去医院看，他也忙得抽不开身。这段时日，他确实更加忙了，重建工作一接近尾声，后头收尾的检测工作就上来了。

我买完水果看看时间还早，就晃去重建工地那边，远远可见那熟悉的挺拔身影。目光定了定后，才移转开，落在他身旁的两人身上。

一个是童晓涵，一个则是秦宸。起初得知师兄转职来当重建小组的组长时，还当真是讶异，我以为他会将支教事业一直进行下去，但显然在洪灾抢险中他因为走在最前线，组织大家逃生避难，从而奠定了他在重建工作时的改变方向。

至于……童晓涵，我不知道该如何定义她，许子扬不太跟我聊公事，只提过一次她是下派来做抽检工作的。严格意义上讲，她和许子扬不是上下级关系，反倒像是搭档。我与她也会面过好几次，但没有过真正的交集。

忽见有个建筑工人慌慌张张跑来，向他们指着某处汇报着什么，然后他们都跟着那工人往另一处走。我眼皮跳了下，心中有些不安，禁不住跟上前去察看。

只见那处似乎有纠纷，几个工人像是打了起来，许子扬和秦宸等人上前将人给分散开，然后训话。我见旁边也有人在探望，于是走上前询问怎么回事，原来是有工人在砌墙过程中从上面摔了下来，然后他的工友提议立即送医院，但工头却看其没什么事，只答应让他在边上休息一下，因为工作密度比较紧，走不开人。

结果一言不合，工友就与那工头起了矛盾，打起来了。听着不觉有他，这类矛盾纠纷应该属于经常性的，只需沟通好就行。可当我抬眼往那边细看时，惊得心都跳了出来，嗓子干裂嘶吼道："子扬，小心后面！"

许子扬闻声回头，往旁一闪，正好躲开一个工人手中挥过来的板砖。但见那板砖砸了空，竟往旁边的童晓涵身上抡去，眼见要砸中她的头，横过里冲出一人，将那民工给撞开，板砖砸在了他肩膀上。我仔细一看，那人正是师兄秦宸。

不知是否那民工起了头，立即又有好几人也跳出来，许子扬和秦宸与对方打在了一起，场面十分混乱。童晓涵早已退在外圈，面色焦急地打电话，一旁也有人在劝架，但都畏惧那几人的凶恶，不敢真上前。

眼见他们两人势单力薄，许子扬还好，能勉强应付过来，但秦宸那边就不行了，被打倒在地，头也破了。终于，呼啸的警笛声传来，镇上派出所的民警赶到，制止了群架。

只听那些被抓的民工在嘶喊："都是你们这些人，压榨我们的血汗！"

此时我再顾不上危险，快步朝那边走去，许子扬本在与人说话，一扭头看见我，立即跑过来寒着脸质问："你怎么过来了？"我将他上下搜寻了一遍，只在他手臂处看到乌青，其余部位并没受伤，才松了口气。

不等我答话，他就环住我肩膀说："你先回去，今天可能没法回家吃午饭，我找人送你。"刚想说不用送，那边童晓涵已经走了过来："子扬，有工人站出来要和你谈判，你先过去处理下。"事情紧急，容不得他推托，他喊了一个民警送我，就立即回身去处理事情了。

我透过人缝看到秦宸被抬走送医了，童晓涵也随了救护车一起。工地就剩许子扬在与民工周旋，旁边民警在侧，应是不会再出事了。我向民警提出去医院，他没拒绝，将我送到后就急匆匆离开了。

稍经询问，我就找到了秦宸被送医的外科，到那边见童晓涵站在门外，看到我后解释说秦宸被送进了检查室，手臂可能骨折了。我点点头，想等秦宸出来后探视情况，于是也站在了门前等候。

我发觉童晓涵的目光一直落在我身上，我转眸间，她说："不知能否借一步说话？"

回到家后，等到天黑才见许子扬回来，脸拉得很长。坐在桌前吃晚饭时，他也沉默不语，我拿脚踢了踢他，漆黑的眸子扫向我，寒风簌簌的，我倒是不怕，问他："你是不是还有事没跟我解释呢？"

"什么事？"

我放下筷子，一手撑着下巴，细细盯着他的眼："比如，童晓涵。"这个提示够吗？只见他的黑眸内瞳孔收缩，眸光闪了几闪，有惊慌，有错乱，但很快就镇定下来。他扣住了我的手，指纹摩挲在掌心里，似乎在考虑该如何说，我也不催，等着他给我答案。

"浅浅，我跟你坦白了，你可不能生气。"他倒是有自觉意识，先打下基础防备好，见我点头后，才缓缓道来。一段心路历程在我面前剖析开来，其中包含了他的坚忍与不舍以及痛苦。

等讲完后，他的表情认真又忐忑，像是在等待我审判一般。我也不是要挑刺，只挑了个极浅显的问题问："子扬，如果说我没有怀孕，没有这个宝宝，你是否依然还会选择放弃我，走你那规划好的路？"

他凝滞在那儿，久久无法成言。我轻叹一声，从童晓涵那里得知，原本最初他来这里的计划是与她有关的，如果没有"意外"，那么他们有可能会走上联姻之路。而这个意外，就是我，或者说，是我怀的这个孩子。所以，我无法不在意这个问题。

可能真的是孕妇的情绪比较多愁善感吧，夜里躺到床上时，心头仍觉发堵。过了很久，也没睡着，身后的呼吸也很沉重，他突然欺身过来抱着我，在我耳边轻声道："不会！"

我一时没反应过来，问他："什么不会？"

“你说如果没有宝宝，我是否会选择放弃你？我想了很久，答案是不会。在你出现在我视野中的那一刻，我就后悔了。真正抱紧的时候，才知道我是那么害怕失去你，即使我狠心决绝要推开你，也在不敢去碰触的心底角落存了一点希望，那希望就是当某天我功成名就时，你还留在原地等我。这也是我迟迟不敢用最直接的联姻方式来达到目的的原因，我怕一旦走错一步，将来的我和你，就真的是陌路。所以，最终的结局与现在一样，我不会放开你。”

世间最动人的情话不是我爱你，而是像他这样轻咬着耳语说我不会放开你。

第十四章

许我唯一，许我天荒

我不是你的故事

半夜醒来时，我怔怔地看着眼前沉睡的脸，多少次这样午夜梦回，悄悄地凝视，似乎总看不够他。凑近些抵着他的呼吸，但没触碰到他的唇，只感受那唇齿间气息相依的感觉。

以前会去计较他还隐瞒了什么，藏起了什么，现在则是认命，反正我和他就是分不开了，这条从爱情到人生的逆流之河，势必是我与他同走。

我和他本是两个极端，却像上辈子造了孽，这辈子，生给彼此折磨。爱情让我们变得挑剔，挑剔到看别人都没眼前这个男人丰神俊朗，让我的心再也容不下别人。口口声声宣扬着自由，当自由的那天来临时，我却发现，失去了他早已不会呼吸。

这个男人啊，是我永远都割舍不了的，也罢，就此与他纠缠一生吧。我将手轻轻环住他的胳膊，依恋地靠在他的肩膀上，慢慢入眠。

睁眼再见晨光，风清云朗，心情也豁然开朗。一身齐整走出屋子的男人，从头到脚都透着帅气，阳光打在他身上，浅浅的，暖暖的，我微笑着目送他去上班。

感叹今天真是个好天气呢，想必以后都会是晴朗的吧。

孕妇其实很闲，每日无所事事的，电脑不能用，手机有辐射，看书会伤眼，我都不知道还能做什么。肚子越来越大，行动起来就越加笨重了，人呆懒了后也不想动，产检时总听医生提议要多走动走动，于是，我在屋门前开始种花种菜，借此来打发时间。

这日，心念电闪间想到，宝宝都八个多月了，名字还没起呢，赶紧去翻字典。等许子扬一进家门，我就朝他挥手："来，快来选选看，哪个名字好？"

许子扬放下公文包，就走到我身后，拿起我想了一下午写下名字的纸，疑惑地问："这是要做什么？"我指了其中一行道："喏，这是给男孩取的名字，下面那行是给女孩取的名字，你帮我选选，看看哪个好。"

第十四章

我不是你的故事

下午想了好多男孩女孩的名字，然后把认为好的都记了下来。可是许子扬却只扫过一眼后就把纸给揉了，我急了起来：“你干什么呢？”他却漫不经心地说：“那些名字都不好。”

顿时我就恼了，那可是我一下午的心血，他看了一眼就全盘否决，气呼呼地问：“那你说什么名字好？有本事你自己来取。”他挑挑眉，酷酷地说：“已经想好了。”

“什么名字？”

“许诺。”

我怔住，许诺……嘴里轻念过这个名字，抬眼间只见他深幽的眸光紧凝着我，那里头藏着说不出的深意，很温柔很温柔，像盛满了极深的深山泉水，欲溢未溢。我傻傻地问：“怎么会想取这么个名字？”

他俯下身将我一把抱起，一直走到床边坐下，将我按坐在他腿上，然后环住我的腰，紧紧相贴着：“浅浅，我一直都欠你一个承诺，现在我说，我愿许你唯一，会不会太晚？”

我扭转头去看他，双目四对，涓涓清流汇入百川，这个承诺我等了太久。那年我问：“夫君，许我唯一可否？”回答我的是子杰不是他；后来我又问：“你能许我唯一吗？”他的回答是：“我不就是你的唯一吗？”一语双关，他只是我的唯一，而没有真正许我我是他的唯一。

后来我以为再也等不到他这句承诺了，真的不是我执拗，承诺代表不了什么，但是从最初到现在，我都一直将他当成是我的唯一。终于等到这刻，他对我说：我愿许你唯一。

我扬起桃花般灿烂的笑容：“不晚。”永远都不晚。

许子扬眉眼弯了起来，我则突然想到一个问题：“许诺的名字会不会太女性化了，要是个男孩怎么办？”

“女孩。”他肯定道。

“你怎么知道？”

“直觉。”

我有翻白眼的冲动，他居然说直觉！手去掐他的胳膊，听到他“嗤”声后，才恨恨地说：“还不老实招来！”他抚了抚被掐的手臂，才漫不经心道：“你五个月做B

超时，我偷偷塞钱给那医生了。”

我直接瞪眼，手指到他鼻子：“你……你走后门！”想想这形容不恰当，但国家规定不能在孩子出生前私自鉴别胎儿性别，他居然私下干了这事。

他倒是笑得眉飞色舞的，还脸带得意地说：“身为宝宝的爸爸，自然有权知道真相。”

我无力地趴在他肩膀上问：“那你这名字早就想好了？要是男孩呢，也叫许诺？”

“男孩？我想了两个，许唯一，或者许唯，看你喜欢哪个。对了，咱闺女的小名我也想好了，叫一一，或者唯唯。”

我无语地从他腿上滑下来，直接爬进了里床的位置。他在后面还问：“小名叫一一还是唯唯呢？你选一个呀。”咬牙切齿扔了句话给他：“你自己选！”

是我认识错误，这个男人除去腹黑外，还强势，除去强势外，还自恋！许唯一？亏他想得出来！也彻底了悟，他是根深蒂固地把自己当成唯一，没有别人。

重建工作到了尾声，许子扬越来越忙了。中间有个小插曲，是关于童晓涵与师兄秦宸的，在那次意外事故中，师兄为救童晓涵，手骨断裂，乡镇医院医疗设备有限，必须得去市级医院治疗，童晓涵陪着师兄一起去了，两人之间似产生了火苗。

其中有许子扬的推波助澜在，而他与童晓涵似乎也达成了什么协定。那天童晓涵找我时说了句话，我记得很清楚，她说：“许子扬非池中鱼，这个山野乡村，早晚关不住他。”如今他的形势就是越发好了，往往有时候要赶去市里开会，来来回回这么跑着。

“余姐。”一声轻唤打断了我的冥思，抬头见林墨斌背着双肩包朝我走来，爽朗的笑容挂在他脸上，他还真是个没心没肺的小子。支教期间，他遇到难题常来找我，人又风趣幽默，学校里的老师都对他印象好。

我坐在躺椅里，指指他肩上的背包：“这是要上哪儿呢？今天没有课要上吗？”

他从我门前拉了长椅，将包卸下来，然后极少看到的赧然在他脸上浮现：“余姐，我要走啦，都半年多了，家里打了好几个电话来催我回去，我是来跟你告别的。”

我愣住了：“你要走？”林墨斌点点头，向远处看去：“余姐，这半年多亏得你不嫌我烦，以后我就不来聒噪你啦。”我抬脚假意踢他，圆睁着眼：“我什么时候嫌你聒噪了？”

他耸耸肩，无所谓地笑：“来时的路上，我第一眼看到你时就觉得特亲切，像我姐。还没跟你提过吧，我家里有个姐，比我大了四岁，你们长得不像，但都是这种温吞的性子，前几天她给我打电话说要结婚了，就这么一个姐，她结婚你说我能不回吗？只好卷铺盖走人啦。”

我笑着拍拍他的肩膀：“要回去，就一个姐姐，结婚这么大的事怎能少了你呢。”

他转过头，眸光清澈：“余姐，你啥时候跟许哥结婚呢？我想喝你们的喜酒。”我脸上的笑凝住了，然后一寸一寸被剥离，目光垂落，定在无名指上的银色指环上。这个问题，从未有人触碰，却清醒地存在。

还有后续的现实问题，宝宝快出生了，准生证迟迟未办，等出生了之后，宝宝的出生证明与户口这些，都需要某些前提。许子扬是个心事有多重的人，我比谁都清楚，他不提这些定是有别的考量，可我无法做到不去介意。

林墨斌也发觉了气氛不对劲，有些不安地问：“余姐，我是不是说错话了？”

我勉强笑着摇头道：“没事，你回去后有空就跟我联系，号码没变，但可能要过段时间我才能用手机。”林墨斌起身背起包，我也跟着站起来，想送他两步，可不知是起得势头猛了，还是别的什么原因，突然肚子有剧痛传来。

我忍不住痛弯下腰，林墨斌连忙扶住我急问：“余姐，你怎么了？”

一阵又一阵的痛蔓延进我的神经，回想产检时医生对宫缩的形容，我语声不稳地说：“我想可能……要生了。”林墨斌大惊失色，他比我还要慌乱：“那怎么办？通知许哥回来吗？”

我朝天空翻了个白眼，将身体的重量尽量靠在他身上，这个时候找许子扬有P用，他又不是妇产科医生：“送我去医院。”

有人说生孩子的痛，是女人必经的过程。唯有身临其境的人，才能真正体会到那痛是何等撕心裂肺，尤其是当尝试了那无法忍受的痛后，又被医生告知孩子胎位不正了，必须要剖腹时，我顿生了狠揍许子扬的心。

可当耳旁听到嘹亮的哭声时，所有的痛就都变成了莫名感动的泪水。

女儿，许诺。

被推出产房时，许子扬双手捧着宝宝冲过来，面色比我都还要白：“浅浅，你怎么样？”我张了张嘴，没发出声来，半身麻醉没退，整个人都没知觉。还是护士比较体贴地提醒：“宝妈很累，先送进病房再说。”

等在病房里安顿下来时，宝宝被安放在我床边的一个小床上，伸手就能够到。侧脸去看，说不出的酸甜滋味，心里满满的，都是初为人母的满足感。

另一边手上一紧，转头去看，是许子扬握住了我的手，我发现他的脸色依旧苍白，手在轻颤，满眼都是惊惧。这才意识到这个男人是吓坏了，可生孩子都是这样的啊。

原本两人计划好在预产期前一周，就去市里的医院住下待产，可哪里知道宝宝会提前半个月就忍不住跑出来了。我回握住他的手，感觉他掌心一片汗湿且冰凉，忍不住有些心疼他：“别担心了，我和宝宝都没事呢，看，宝宝多可爱。”

试图缓解他的紧张，移开注意力，可是似乎没有效果。他深呼吸了几次后，才声音不稳地说：“浅浅，林墨斌打我电话时他说……他说你快不行了，我拼了命赶回来，就听护士说生不出来，你被推进手术室了，当时脑子里一片空白，所有不好的念头都涌了上来。我……我……真的好怕失去你。”

我伸手去揽他的头，压在肩膀上，轻声道：“别怕，我没事，生个孩子嘛，是女人必经的，没那么危险啦。”心里却在暗骂那林墨斌，臭小子胡说八道什么。

而那个臭小子躲在门框背后遮遮掩掩的，想进又不敢进，正好被我无意间瞧到，声音不高不低地喊：“林墨斌，你进来。”

此时，许子扬的情绪已经平复下来，但在看向门边时，满脸阴鸷，眸光锐利。林墨斌不敢与他的目光对上，颤颤巍巍地靠近我床边：“余姐，你没事了吧？”

我轻哼了声：“嗯，没死呢。”小伙子一下满面通红，结结巴巴地解释：“我当时……是吓坏了，看你那么痛，嘿，这不是没经验嘛，下次不会了。”我怒眼瞪过去，还有下次？

许子扬从椅子里站起来，柔声道：“我去问问医生你什么时候能吃东西。”往门处走时，却朝林墨斌勾了勾指，“你跟我出来。”

林墨斌一下脸色大变，惊慌地看着我，他对许子扬有惧意也不是一天两天了，我看着是又好气又好笑，给了他一个爱莫能助的眼神，许子扬那积压的余怒不消，谁都没好日子过。

半小时后我昏昏欲睡间，许子扬一个人回来了。我微张开眼，有气无力地问：

第十四章
我不是你的故事

“墨斌呢？”

“走了。”

我点点头，忽然想到什么，又转过头问：“他走哪儿去了？”正好护士推着车进来换点滴，他往旁让开了些，然后风轻云淡地说：“回家了。”

“……”

闺女出生，初为人父的许子扬，堂而皇之休了一个礼拜的“产假”。但这个礼拜对他来说，可谓水生火热，我因为刚动过刀子，不能起身，于是照顾我和孩子的活儿都落到了他肩膀上。起初他也拍着胸脯说自己一个人能搞定，用不着特意去请护士帮忙，可在宝贝女儿连号哭两个晚上后，他彻底蔫了。

又是心疼，又是不知所措，护士来检查都说没问题，可宝宝吃也吃过，也没尿尿，就是哭个不停。后来我忍无可忍，皱着眉喊他把宝宝递给我，奇迹般地，孩子一到我怀里就不哭了，看得他目瞪口呆，好半天才憋出话来：“原来她是想要妈妈啊。”

一周后他又要开始上班，因为目前他的工作都移交到市区，于是将我也转到了市妇产科医院，这边安排妥当后，他也正式投入了工作，没过几日，他就拿来一个文件袋递给我。我打开一看，居然是补办的孩子的出生证明，还有户口本。寥寥看完，我就将纸张塞进了文件袋里，随手往旁边一扔。

他从旁抱住了我，我扭开头不理他。宝宝父亲那栏是空白，户口也是随我。他给我看这些是想说什么？我真的不想再去猜测了。

只听他叹息着在我耳边说：“浅浅，时机没到，我不能把隐患带到你身上去。相信我，好吗？”最终是抵挡不住他这样温软的语气，也有些明白他的意思。基本上他工作上的事我都不去过问，因为知道他的目标在哪里，中间的过程会很辛苦，知道了反而会忧心，但坚信他一定能够自己处理好。

听他所言，可能辛苦不止，这条路还会无比艰险，比如他的父亲和老爷子就是个例子，他怕波及我。我放软了身体靠在他怀中，默应了他的做法，确实如果有危机出现，我是不怕，但有了小宝贝后，不能不防。

可当宝宝两个月左右准备出院时，许子扬突然脸色发白地跑来，眼中满是惊恐。他这么惊慌失措的样子，只有在宝宝出生那天才看到。而当他颤着唇道出那句话时，我亦觉得天翻地覆。

他说：“浅浅，子杰出事了。”

当我们匆匆赶到那座城市的医院时，已是夜幕低沉，忐忑焦虑的心在看到玻璃窗内浑身插满管子双目紧闭的子杰时，碎成片片瓦砾。

重症病房，危在旦夕。

我呼吸紧滞得透不过气来，若不是理智还在，可能真的要抱不住怀中的女儿。转过头，就看到许子扬满面沉痛，目光幽暗紧凝。垂眸间就看到他垂在身侧的拳握得极紧，似压抑着满腔的痛和怒。

“子扬。”一声轻柔的呼唤，从我们身后传来。两人同时回转身，就见一位端庄秀丽的女子站在那里，从内而外散发着高贵气息，但她的眉色间隐藏着点点痛楚。只听身旁压制情绪地轻唤：“姐……”我立即想起这个女子是谁了，她是子杰的姐姐，子扬的堂姐，许阡柔。

许家出品，自然不可能有例外，她是个很美的女人，尤其是那股气质特别缥缈，像悠远的山水，像柔美的画。虽然跟许子扬这么多年，但与她的交集十分少，早前曾听说过她学画画，常年都在外面写生，追逐自由的空气。

闻名不如见面，确实她如名字般纤柔美丽，但是她的眉间有着淡淡的忧伤。

“姐，这是怎么回事？子杰他……”许子扬急声问。

许阡柔移转目光看向里头躺着的弟弟：“他带队做任务，预埋的备用弹在规定时间外突然引爆，危急时刻他以身挡住，护住了学员，于是他躺在那里了。”她的语调很轻柔，却隐藏悲痛。

目光转向了我，朝我轻点了下头，又转移到怀中的女儿身上，眼中闪过柔意：“子扬，去开个病房先安排她们母女休息吧。”许子扬沉默了下，就环着我的肩膀向一边走，很快病房就开好了，他把我按坐在床上后，蹙着眉说：“浅浅，抱歉，让你和女儿陪我过来，可是……”

我抬手压住他的唇：“我明白，你再去问问医生看，子杰是什么情况了，我这心里压得难受。”了解他当时听到子杰出事时的手足无措，如果我不在他身边，他更压不住惊惧的情绪。事实上我也不想他将此事瞒我，因为我和他一样，为子杰担忧。

没过一会儿，他又找来个专门的看护陪着我，怕我一个人胡思乱想，安抚我说没事。可他嘴上这么说，眼底的惊痛却比任何人都要强烈。

等他离开后，我给女儿喂好了奶，陪着她躺了会儿，还是抵不住心里的担忧悄悄起身。这个房间是开在重症病房不远处的，拉开门就能看到许子扬与许阡柔并排站着的身影。

“姐，叔叔和婶婶那边有通知吗？”

“我没敢通知，怕爸妈受不住这打击。子扬，你不知道，当我听到消息赶来时，看到子杰那样当场就哭了，心里害怕到无法形容，可是又无人诉说，只能打电话找你。”

许子扬手环上了她的肩膀，轻声道：“我知道，我在电话里听到你说时，其实……也很怕。可是姐，相信他，一定能熬过来的。”

许阡柔头微偏，靠在他肩膀上，幽幽开口：“你说子杰出事会不会是……”

“姐，不要说！无法求证的事不要轻易说出来。”

我心中划过异样，他们意在指什么？低低的哽咽声从那处传来，听得我心中酸涩至极。好一会儿，才听许阡柔沙哑着声音说：“我们许家，牺牲得还不够吗？我是，子杰是，你也……何时才是头啊？”沉重又无奈，哀愁而伤感。

我悄悄转身，没有去打扰他们，回到病房后，打发走了看护，就坐在床边，凝看着女儿甜睡的小脸。如果每个人都能像刚出生的婴儿一般思维单一，无忧无虑该多好啊。许阡柔说，为了许家每个人都做出了牺牲，她是，子杰是，许子扬……也是。

那么，许子扬做了什么牺牲？这个问题，我在想，但想不透。

这夜许子扬没有回来，我躺在床上翻来覆去睡不着，中间女儿醒来两次喝奶，又咕哝着睡了过去。其实这段时间本身我的睡眠质量就很差，有个宝贝疙瘩大半夜醒来要照料，加上心里忧着事，就更加难入眠了。

早晨梳洗过后，我把女儿放进推车里，拿小被子盖好就走出了门。却见那重症病房区一片忙乱，心中大惊，连忙推着推车往那处跑，从白色的医护人群中找到许子扬的身影，拉住他问：“发生什么事了？”

“子杰突然反复。”他回得简明扼要，却声音不稳。顿觉心被什么扼住了一般，只能眼睁睁看着子杰被推进了急症室，而许阡柔孱弱的肩膀在颤抖。

煎熬的等待，再推出来时，我都觉得那推床上的人，脸如白纸，还泛着青。医生沉重地说：“不能再有反复了，这二十四小时是关键，你们家人在旁监护着，一有异样立即通知我们。”

所有人的心都沉到谷底，这等于是病危通知了。许阡柔一把抓住许子扬的手，颤着声问：“子杰会不会……”他坚定开口：“不会，因为他是许子杰。”

二十四小时很短，但对焦虑地坐在重症病房外的每个人来说，却很长。可能是静谧的气氛感染到了女儿，她开始号哭起来，我怕影响到他们两姐弟的心情，连忙抱着她走远一些安抚。抬眼间见走廊那边走来一男一女，方向正是重症区域。

男人第一眼就给人一种极致深沉的感觉，从那眼角的纹路可看出他的年岁应该有四十来岁了，眼神无比锐利，莫名地让人感觉森寒。女的一身军装，很年轻。

他们没有注意我，直接掠过了我身旁。

“阡柔。”低沉中带了点沙沙的嗓音，来自那个男人。我向那边看去，许阡柔惊慌地转过身，目光在凝聚到男人身上时，闪过无数情绪，我只解读出了一种：害怕。

许子扬沉敛的眸光扫射而来，盯在男人脸上，足足停顿了有五秒钟，他才开口：“苏执行长，你好！”因为那人背对着我，所以看不到他的神色，但从他的气势来看，此时是压过许子扬的，不知道执行长这个官是有多大。

而男人开口的话却让我惊异，他说：“别这么见外，叫我姐夫就好！”

他居然是许阡柔的丈夫！

注意到许阡柔在男人说到姐夫两字时瑟缩了下，眸子立即垂下不看任何人，脑中电光闪过，恍然悟到昨晚她说的牺牲是什么了。徒生一种莫名的悲哀，这条道路如此艰涩，表面看似风光，背后却是牺牲了多少人的幸福铺就而成。无法将许阡柔这么一个富有灵气的人，与这些联系在一起，可偏偏她就那么无奈地置身其中。是否，那些她追求的自由梦想，已经生生被湮灭？

只见军装姑娘走上前两步，似乎极难开口地问：“能告诉我，他怎么样了吗？”

原本垂眸的许阡柔突然抬起头冷哼出声：“他怎么样你看不到吗？如果不是因为你，他会躺在那里生死未卜？”姑娘往后退了一步，身体微微发颤：“我不知道的，当时是我太鲁莽了。”

那个男人上前拍了拍她的肩膀，却是对许阡柔道：“阡柔，你对小敏太严厉了，这事怪不了她。当时的情形谁都无法预料，而子杰作为带队，没有及早将可能的危险规避，属于他的责任。”

“苏暮年！”许阡柔怒喝出声，她扬起手指指着玻璃窗内，“你说的那个人是我弟弟，亲弟弟！请你不要对一个生命垂危的人加以‘责任’一词好吗？他就是为了所谓的责任，去救你的侄女苏敏，而他却躺在那里。”

第十四章
我不是你的故事

“阡柔，你能不能理智一点？”

“你要我理智？要是今天是她有事，你能不能理智啊？”许阡柔怒吼着指向军装姑娘，双眼怒瞪，与那男人形成了对峙。原来子杰是为了这姑娘而受伤的，从许阡柔口中得知她叫苏敏，中年男人叫苏暮年。

顷刻间，苏暮年散发出来的气场将气氛立即带入沉滞、压抑，我走上前两步，就从侧面看到他微带沉怒的目光紧盯在许阡柔脸上。许子扬跨前一步，以护卫姿态挡在了她身前，但是没用，他挡不住苏暮年暗幽的眸光。

“小叔叔，你别和小婶婶吵了。”苏敏在旁瑟缩着轻声劝，她目光凝在玻璃窗内的人身上，幽幽地说，“都是我的错，他让我不要过去的，我想在他面前表现，却害得指挥官……”

那悠远的眼神里，有着痛楚和依恋。

纷争没有持续，苏暮年接了个电话后就离开了，苏敏不肯走，留了下来，却只敢远远站在角落里，目光定在病房门口。

万幸，子杰在半夜的时候醒了过来，医生经过一番检查，确认他已无生命危险。第一时间到他身边去探视的，自然只有许阡柔和许子扬，我站在窗外驻足而望，心有欣慰。垂眸间，才发现眼眶湿润了，只有自己知道，其实心里也是万般害怕。

等许子扬出来时，我拉了他到旁边问：“子杰怎样了？”

“刚醒过来，没多大力气说话，姐在那儿陪着。”

我想了想，压低了声音道：“能不能……让她见见子杰？”我朝苏敏的位置指了指，他转眸看向她，眼中闪过若有所思：“再看吧，姐的情绪不太稳定，她不会同意让她看子杰的。”

“可是……”还想再劝，但又知这在情理之中，许阡柔是子杰的亲姐姐，她有权决定探视她弟弟的人员。我对苏敏心生不忍是因在她的身上看到了自己曾经的影子，那年许子扬身负重伤昏迷不醒，我也是被拒门外不得其入。

个中滋味，唯有当事人才能体会出。是焦虑害怕到无法思维，又要强忍住那心绪，只渴盼着谁能仁慈一些，让我见他一面，哪怕要我再卑微都愿意。

苏敏的眼神与表情，都在写着她对子杰用情至深。

苏暮年后来把许阡柔带走了，事实她已经憔悴不已，疲累到了极点，只嘱咐了许子扬几句，就离开了。但看她依在苏暮年旁的背影，是那般沉重和哀伤，仿佛折去了翅膀的鸟，再也无法飞翔。

苏敏在听到许子扬让她进去时，睁圆了双眼，满目都是不敢相信。等反应过来时，鞠躬到底，沙沙地说：“谢谢。”我在旁看得鼻子发酸，转开了视线。

与许子扬回到病房时，看护正在为女儿换尿布，我走上前接手过来，熟练地拉整尿布。他站在旁边轻靠在墙上，目光流连在我脸上，等安抚好女儿后，我抬起头与他的目光对上，悠远迷离。他忽然问：“浅浅，那年……你是不是也和她一般，想要来看我，却不得其门而入？”

我顿了顿，轻点了点头。莫名地感动，他懂我之前要求的含义。走近到我身边，他抱住我在耳旁轻声说：“后来子杰曾告诉我，你为了我去山上拜佛祈求，跪尽每一个神佛，然后在下山的时候差点儿晕倒，当听到这些时，我心撕裂般疼。”

我将身体的重量靠在他胸前，叹息着说：“都过去了。”曾经一度我十分后悔那举动，可是后来还是无限感激神明，他们没有真的放弃我，也没有放弃他。

等时间差不多时，我们一同走出去，却正好看到苏敏满面都是眼泪地跑开。

一迈进病房，立即就接收到温煦的目光，我定睁了两秒，就觉心头发堵。即使早已在窗外看过他，仍然禁不住难过，曾经那个嚣张跋扈的杰少，怎么就成了现在这副样子？我发现自己无比怀念以前的子杰。

“若若，快给我看看一一。”

他的目光定在我怀中的宝贝上，眼中有着渴盼。我走过去坐进床边的椅子里，将女儿递到他面前，最后还是熬不过许子扬，给女儿取小名叫一一。

子杰的目光变得越加柔软，其中透着欣羡，最后做出结论：“很漂亮，像你！”

我不由得笑了，评价很中肯，但旁边站着的男人却不服地分辩道：“哪里像她？明明像我。”

“我看着像，鼻子像若若，嘴巴也像，小小的，真是可爱。”三道目光都聚集在小人儿的脸上，被他这么一说，还真有点像，但是眉眼与脸型却是像了她父亲八分。倒是被我们品头论足的小家伙，则睡得昏天黑地，不知愁事。

经由小一一的话题一打岔，冲散了原先伤感的气氛。子杰也有意围绕着一一，要我给他讲讲女儿出生后的趣事。这样一来我也不好多问为什么刚才苏敏会哭着离开，捡了些许子扬带孩子的糗事讲，惹得他用嘲笑的眼神瞟某人。

离奇的是，许子扬居然在旁含笑不语，也不反驳，似乎很享受我与子杰分享宝宝经。

后来小一一被吵醒，开始大哭，我只得抱了她起身回房间喂奶。等再回时，推门间听到兄弟俩的说话声，我顿住了脚步，听了好一会儿。趁着子扬去问医生情况的空闲，我走进了病房，想与子杰单独谈谈。

“若若，小一一呢？睡了吗？”

我点点头，女儿这一觉起码得两三个小时，我特意关照了看护守着。斟酌了下，决定开门见山：“子杰，我刚才听到你和子扬的谈话内容了。”

他眼神缩了缩，定定地看我，默不作声。

“子杰，你……为什么要如此？这可是生命攸关啊？”怎么要牺牲到如此地步呢？就在刚才，我居然听到许子扬问他是不是早知内情，他的回答是不错，他说如果不那么做一次，就没有筹码与苏家合作。

他们这都是怎么了？一个两个都如此，就算形势所逼，也无需用如此决绝的方式呀。他与许子扬分头行动，利用各种方式都将自己的未来赌上。“其实你可以换种方式，那苏敏对你本身就……中意。”从之前苏敏对他的态度来看，应该是感情陷入得不少。

“我等不了！老爷子这件事是我和子扬心头的刺，如果不将那些人拉下马，我们枉为许家子孙。也正是看出苏敏对我有意，才不想以欺骗感情的方式来达到目的。若若，我与子扬一样，不到最后，真的不想靠那种手段上位。这种时候，我无心思与谁儿女情长，既然给不了别人想要的，那就不要把她拉入深渊，换个方式效果一样。这是我唯一能对她尽的责任。”

莫名地我为他难过，又为苏敏觉得悲哀，不是我有意往坏了想，这些事如果让苏敏知道，让她情何以堪？而且他说不要拉苏敏进深渊，在做下这些后，还能怎么抽身？

唉，我心中轻叹，就算不去管苏敏的想法，他这么做，值得吗？

“子杰，你不觉得代价太大了吗？”他差点儿没命啊！如果赌输了，就什么都没有了，哪里还能躺在这里跟我分析这些事。虽然我没有立场来评断他们的对错，可是如果为了某个目的，付出非比寻常的代价，即使有一天得偿所愿，那还是原来的自己吗？

他目光定在头顶苍白处，幽声说：“若若，跟你说个故事。我从小与子扬走得近，跟我姐反而疏远。可我们是亲姐弟，割不开的血缘，那年她要背着画板走天涯时，家里极力反对，我看她躲在房间里偷偷哭了一夜。

“第二天我就走到我父亲面前，向他要求走政途，唯一的要求是放我姐走，倒不是我伟大，而是我觉得身在我们这样的家庭，最终都免不了那最后政治联姻的命，为什么不成全一个人呢？何况她是我姐。后来我姐走了，逢年过节才回来，她每次回来都会带许多纪念品，然后有天她拉着我悄悄说爱上了一个画家，说那人非常有才华，将来定成大器。

“就为她这句话，我决定让她追随自由的梦想，鼓励她去寻找爱情。可艺术家的心思，我们凡人想不透，我姐跟着那个画家只知道浪漫，却迟迟不结婚，认为思想境界崇高才是真理。到后来，我都怀疑我姐是不是崇尚不婚主义了。

“直到许家出事，瞒得再紧，她还是知道了。那天她出现在我眼前，满目苍凉地告诉我，她与那个画家分手了。之后我只能眼睁睁看着她一步步走进既定的命运，嫁给苏暮年时，她脸上的表情是哀莫大于心死。苏暮年，高高在上，于我们落魄的许家来说，是一株救命稻草。可是他四十三岁了，比我姐整整大了八岁，他还离过婚，有个十岁不到的儿子。我姐嫁过去就当了别人的后母。

“那是我姐，我捧在手心呵护想给她幸福的姐啊，我只能无奈地看着她成为家族的牺牲品。你知道我当时的感受吗？不是痛到无法呼吸，而是觉得这个世界真的太残酷，失去以后，是要拿很多很多的祭品来供奉的。我们就是那个祭品，我姐都被逼向命运低头，那么也不差我一个。你说，我姐跟了苏暮年这样的人，我跟苏敏若在一起是什么事？哈。”

他最后那声笑荒凉又讽刺，而一口气说太多话，顿住时微微有些气喘，看得我心疼至极。

手上一暖，子杰轻盖住我的手，他的指尖有了薄薄的茧，摩挲而过的不是掌纹，倒像是命运。他轻声道：“若若，我跟你说这么多，是想告诉你，生在我们这样的家庭，不能有任何一点行差踏错，也从来都身不由己。我们能做的，就是在身不由己的夹缝中保留住什么，就像你跟子扬，他会极尽所能地留住你，而我也尽最大的可能保你安若。但是，你一定要坚信一件事，你和他会幸福，你的幸福只有他能给，懂吗？”

我知道是我脸上的慌乱被他看出了心思，他在宽慰我，可是我为什么听不太懂他的意思？蓦然睁大眼，有道极光闪入脑中，某种顿悟直入心扉，这是……许子扬借他的口来给我铺设心理？

我反抓住他的手，急问：“子杰，是不是他让你来劝我这些的？你们要做什么？”

许子杰的脸上浮现一种莫名的表情，看得我越加心慌，但一闪而过之后他却道：“若若你想多了，我只是给你打个预防针而已，你和子扬都有小一一了，你要相信他，不是吗？”

是这样吗？可为什么我心里极度不安？许阡柔嫁给比自己大八岁的苏暮年，许子杰接近苏敏，借由此事获得与苏家谈判的筹码。许子扬也姓许，他不可能什么都不做，或者他正在做，也或者他将来会做什么……他们就是一条船上的人，一荣俱荣，一损俱损，而且我完全有理由相信许子扬是他们的主心骨，每一个人都是在听他安排。

子杰从重症病房转入普通病房，情形有所好转。连着几日，苏敏都有来，没有再出现上回哭着跑掉的情形，子杰默认了她在身旁照料。在子杰渐渐恢复起来，能够走动时，许子扬打算带我回去。

但在离开前，却发生了一场不小的纷争，缘起于我和苏敏。我们同时遇上医院内失去理智的病人家属，而苏敏因为练过躲闪了开，我却被对方给抓住，虽然后来许子扬与子杰立即赶来救下我，不过虚惊一场。但子杰也因此将积聚已久的愤怒撒在了苏敏身上，偏偏不巧被苏慕年看到，雷霆之怒并没有，苏慕年那发狠的神情让我们都觉胆寒。

当天我和许子扬就回了，当下前景未明，又惹怒了苏家，就如雪上加霜，许子扬必须立即回来坐镇。我们暂时住进了分派的职工宿舍，名头上说是宿舍，实则却是独立的住房，环境还是比较好，住宅也安全。

有件事让我很忧心，就是他的咳嗽毛病又见复发，之前我怀孕期间生活比较安定，我老给他煮雪梨冰糖水喝，倒是好了。可到了这里后，应酬又增多，烟酒根本避不开。已经戒掉的烟瘾又有了，虽然他回来后极力克制着不抽，但从他身上的烟味可察觉，在外面没少抽。

咳嗽的症状就是因此而起的，我只能有心无力地担忧着，继续给他煮糖水喝。

明明看似平静的生活，却总感觉有一双无形的手在逼近，沉重的压力围绕着我们，我常常在心中慨叹，这何时才是个头。

这日，许子扬回来得很早，见他神色间有久违的笑意，嘴角微微上扬，平添几分俊逸，应该是公事顺利。我也不由得为他高兴，特意多炒了两道菜，上桌时给他把饭添满了，居然他硬是多吃了一碗，还笑着夸今天的菜好吃，我听了心里甜如蜜。

在厨房里洗碗时，忽觉腰上一紧，他从后抱住了我，胸贴在我背上，某处搁在我身后。我面上一炽热，嘴里嚷着：“别闹。”他却将下巴抵在我肩膀上，浅浅的笑声穿过耳膜，宣示着他的愉悦，我问他：“什么事这么高兴？”

“浅浅，再过一阵子，我们就回去。”

“回哪儿？”我微微讶异。

他将脸贴在我脸颊旁，轻语：“Z市。”

我沉默了，手上的动作也停顿了下来，他这意思是即将要成功了？

“怎么？你不想回去吗？”他察觉到我的怔忡，灼热的视线盯在我脸上。我微微侧转了头，与他对视：“没有，你在哪里我自然就在哪里。”

我早就明白，当许子扬功成名就时，他绝对会如王者般再度降临那座城市。尽管他可能在这里也能风生水起，但那不是他要的，他要的是在失去的领土上夺回属于他的东西，他要的是让那些曾经践踏他的人被他踩在脚底。否则怎能抵他父亲、老爷子等事的心头之恨呢？他跟子杰一样，或者说他们整个许家，都在以此为目标。

他听了我的话，很高兴，唇抵在我耳边轻声道：“回去后我给你一个惊喜。”

我心中一动，没有开口询问，却隐隐知道他指的“惊喜”是什么，唇角轻扬，眉眼间也有了欢喜。吃完晚饭后，我与小一一坐在床上玩，许子扬拿出手机对准我们：“别动，让我拍个照做封面。”

露齿而笑的瞬间，画面定格，我与亲爱的宝贝留存在了他手机上，也留存在了他心里。最后又被他闹着拍了张“全家福”，我们一左一右，宝贝女儿在当中，手机“咔嚓”的瞬间，宝贝对着镜头睁大眼，眸中尽是好奇。

等安抚好宝贝女儿睡觉后，我就压低了声音问：“能跟我讲讲外面的情形吗？”

语言是舒缓压力的一种方式，适度的倾吐对他会有帮助。他没瞒我，在我耳旁轻声讲着最近发生的事，告诉我有个项目正在发展，此项目顺利完成的话，对他而言是个不小的成绩，势必能将他带往新的高度。这就是他今晚回来压抑不住兴奋的原因。

两个人之间沟通是关键，现在的我们有什么事都不会选择去隐瞒，我十分依恋此刻的感觉。夜晚是在甜梦中度过的，醒来时嘴角都抑不住地上扬。早上送许子扬出门时，替他理了理领带，又抚平了衬衫上的皱褶。

我看着他转身离去的背影，心中有充实的感觉，每日清早目送他上班，夜里等他下班归家，这样的生活，不就是我追求的自由的平凡幸福吗？不觉欢喜异常，唇角扬起温柔的弧线。

可不知怎的，我的心漏跳了半拍，徒生不安的冲动，紧走两步，从身后抱住他。我的手指摩挲在他的西装外套上，莫名地产生一种占有欲，想将这个男人紧紧抱在怀里。

许子扬没回头，低笑着问我："怎么了？傻瓜，我要迟到了！"

我没说话，将脸贴在他后背上，有点娇宠的爱腻："就是想抱抱你。"

拥抱，是人与人心的距离靠得最近的时候，因为他是许子扬，拥抱才有意义。

他踏着清晨的阳光逐渐走远，等拐过一个弯，看不见他身影了，我才回转身进门。准备料理女儿，一会儿小家伙就要醒来，又要开始新的一天忙碌而甜美的生活。

十分钟后，我正在给女儿穿衣服时，忽听有人敲门，我心里觉得奇怪，他有东西忘拿了？是钥匙没带吗？我轻轻拍了拍女儿："宝贝乖，你爸爸忘拿东西了，我去给他开门哈，等着。"

我穿着拖鞋踢踏踢踏地走到门边，边开门，边笑问："忘拿什么了？"

沙滩，别墅，海浪声，是我现在的生活写照。

我已经住在这里七个月了，每天听着海浪声入眠，又在海风中清醒。曾经十分向往大海，觉得海边是个浪漫的天堂，但是此刻，我与浪漫绝缘。

因为我是个——囚犯。

其实这囚犯两字上，还得加个双引号，因为没有一个囚犯像我这样过着舒适的日子，除去没有人身自由外，其他一切都安好。身旁的摇篮床里，女儿睡得正香甜，她懵懂地看着世界，懵懂地不知身在何处，懵懂地只要妈妈在身旁就能满足。

可我这个明白人却无法如此懵懂啊，每天单一的生活，一成不变，日复一日，没有网络，没有电话，就连卫星电视也没有。倒是有高端的影碟机，有上百部好看的影片，有一屋子的书，也有曼妙的音响器材，那音效绝对要比我在电脑里放的音乐要强上百倍。

屋子里除去我和女儿，还有一个保姆，以及一个顾名思义为保镖实则为牢头的中年男人。保姆负责照顾我的饮食起居，保镖则负责掌控我的安全与……自由。

那日我以为是许子扬忘了什么回来拿，结果打开门看清外头站的人时，惊愕在当场，心亦往下沉，不祥的预感，之前不安的心，原来如此。

苏暮年站在门外，他英俊中带着历练沧桑的脸上，是沉稳而诡异的笑，看着我的眼神就像是在看垂死挣扎的猎物，最终都将堕入网中。我朝他身后望，只有一辆全黑的车子停在那处，不见其他人，而那车窗用深黑的胶膜糊得满满的，一点都看不清里面，犹如他的人一般，给人压抑窒息的感觉。

像苏暮年这种人，找上门来肯定是来意不善，但不至于会做下强抢民女的勾当，与他身份不符，他也不屑此类手段。那唇角的弧度足以证明，他已经成竹在胸。

我还是紧扶住门框，不让寸地地问："你有什么事吗？"

苏暮年淡声道："来找余小姐，苏某深感冒昧，不知可否进屋谈谈？"我摇摇头，勉强笑道："不好意思，这不太方便。"当时除了生硬的拒绝，我实在想不到该如何做，却有预感，这个男人突然出现，已是势在必得。

所以我在门口与他周旋的同时，不动声色地用指甲在门框上留下痕迹，一笔一画，我不敢有任何分神去看的动作，只能凭着感觉。苏暮年的神态彬彬有礼，但吐出的话却如毒蛇般："余小姐，我们最好还是谈谈吧，谈谈许子扬最近那个项目如何？"

我心中大惊，睁大眼看他，那暗沉的眸光里潜藏的意思再明显不过。我不得不将他让进了屋，门关上时，屋内顿生窒息感，是这个男人的气场太过强大，压得我透不过气来。

他挑了张桌边的椅子坐下，突然问了句："余小姐，钓过鱼吗？"

我不明其意，只挑了挑眉道："有，就一次。"那次还是许子扬带着我去的，钓到最后我在他怀里睡着了……打住，此时不是想那些甜美事的时候。

苏暮年笑了笑，也不多绕弯子："钓鱼的工具除去渔竿就是鱼饵，鱼饵越大自然就越容易成功。不瞒你说，刚才我提的那个项目就是我给许子扬下的饵，对于一个急于求成的人来说，这是个绝难碰到的机会。成功在望，然后功亏一篑，这种滋味不知道会怎样？"

我沉默着靠在门边，很简单的字已经刻好，而指甲脱落的瞬间，十指连心的痛侵入我神经。我凝眸看着他，寂色的眸子里是了然，只道："说吧，你要我做什么？"

苏暮年眼中微微闪过讶异，随后脸上浮出深沉的笑容："不错，我喜欢与聪明人说话。其实也不是什么要紧的事，就是想请余小姐去海边度个假。”

我讽刺地笑了笑，倒不是我真如他说的那般聪明，而是既然如他所说给许子扬下了鱼饵，如果是要害那都是他们男人之间的事，用不着跑来找我这个妇人说三道四。拿到我面前来说，足可见目的在于我。

所以我不耻下问：“为什么？”

他却眉梢微抬道：“这个问题，余小姐应该自己明白才是。”

脑中飞闪过医院的场景，赫然领悟。原因只在于，苏敏。

苏暮年在给许子扬下套的最初，目标就不是他，而是我，而他现在的立场很明确，如果我不合作，那么倒霉遭殃的就是许子扬。

这一次，多了一个苏家，许子扬要翻身，难如上青天。

我轻叹一声：“能带上我女儿吗？”

“荣幸之至！”

……

我慨然而叹，不能怪我当时的决定。那种情况下我不认为将女儿留下明智，首先我若跟着苏暮年走了，女儿一个人待在屋里一天，这个可能我想都不会去想；其次，许子扬在发现我留下的信息后，他必将全力以赴这场硬战，没有多余的心力和时间来照料女儿。

我赌苏暮年的动机，不过是想利用我来逼迫他和子杰，但不至于真正拿妇孺孩童下刀，所以女儿跟着我是最好的选择。与世隔绝后，外面的动向我是一点都不知道，保姆和保镖显然是受过训练和告诫的，他们不会向我透露一丁点的风声。事实上我也试图逃跑，但只跑出别墅五十米远，就被保镖给堵截住了，第二天苏暮年就过来了。

他什么话都没说，就走进婴儿房抱起一一往门外走，我急急拉住他问要干什么，他回过头扫了眼紧拽他衣服的手指，蹙着眉问：“你还跑吗？”他的意思很明显，如果跑，那么就将女儿与我隔离，我除了指天誓日向他保证绝不再跑外，别无选择。

之后我再没动过逃跑的心思，因为我绝对相信如果逃跑不成功，苏暮年会把女儿与我分开，到那时我就是追悔莫及也无用，所以还是省省力气，等着男人来营救。

这一等，竟是七个月，漫长而煎熬，尤其是我无法窥知许子扬的消息，不知道如今的情势对他是好还是坏，我压抑到快苟延残喘。

终于，命运的轮盘转向我，为我创造了绝妙的机缘。

第十五章

许我唯一，许我天荒

许我唯一

那日，我如往常般在傍晚时分走去海滩散步，因为到了炎热的夏季，远处的风景区依稀可看到三三两两的人，只是隔了太远的距离，看不清脸面。

一阵海风吹来，将我脖子上的纱巾飘得老远，我急追过去，保镖在身后唤，我也没理他，朝着纱巾追，可海风很调皮，掀起一层又一层的风浪。只觉身旁人影晃动，那中年保镖掠过了我，疾跑几步俯身捡起了那块纱巾，然后回转身来递给我，冷硬淡漠地说："余小姐，这些事可以让我来做。"

我在纱巾上凝目了半晌，抬起头笑道："脏了，丢掉吧。"

男人愣了下，神色迟疑地看着我。我也不多说，转身往回走，没有再去管那条纱巾。等走进家门时，余光中见男人手上空无一物，笑了笑，往楼上走，女儿应该要睡醒了。

几日风平浪静，在某天早晨突然有三个男人来访，保姆开的门，那时我正与一一坐在沙发里玩耍。中年男人很快就出面，试图遣走他们，这是我来这里半年多，唯一一次遇见苏暮年势力外的其他人，我能放过这么好的机会吗？不能。

于是我起身往门边走，男人看出我的意图，连忙朝保姆瞪眼："关门，这是私人宅邸，你们要强入我会报警，也会正当防卫。"保姆立即想把门给关上，但就在那时三人中的一人突然大嗓门地高声道："那如果你们非法禁锢呢？里头那位小姐是姓余名浅吧。"

三个男人抵住了门不让保姆关，而其中两人出示了警员证，他们是便衣民警！有人一头撞了进来，与我对视上后惊叫道："余姐，真的是你！"

我扬起了笑，人与人还真的讲究缘分的，绝处逢生时，再遇故人，是否该仰天长笑三声？

林墨斌。

第十五章
许我唯一

那块纱巾上我做了文章，抽去了极小的几根丝线，分别在三个角落，组合在一起就是——SOS。当我追着纱巾跑了四五十米远时，隔着百米的距离，依稀看到某个熟悉的身影，而他也正在向我这边看。

事实证明，我的眼力不错，确实，那熟悉的身影是林墨斌，也正因为是他，有没有纱巾的信息传递变得不再重要。因为他看清是我后，就一定会悄悄隐藏在附近查探。

我们一起被带入了警局做笔录，事情牵涉的范围广，就是没有脑子也知道不能说出苏暮年的名字，否则后头的事可就由不得我做主了。最好的方式是一问三不知，莫名其妙被人请进了那个海边别墅，然后限制了人身自由。

基于我的口供，警局对保姆和中年保镖做了拘留处置，我则正大光明走出了大门，只需在日后案情有眉目时再传我过去查证。但我知道，这个“日后”是不会有下文的，很快苏暮年就会知道这边的情况。

一下午的车程，我重新踏上Z城这块土地，有种恍如新生的感觉。

是出于某种直觉吧，我认定许子扬已经回到这座城市了。

林墨斌坚持要送我回来，说是要把我和一一安全送抵许哥那边，我也由了他。但没想我们刚走出车站大门，就看见一辆熟悉的黑色轿车停在那里，后车门敞开，里头坐着的男人不是苏暮年又是谁？我的心在沉落，筹谋了这许多，好不容易呼吸到自由空气，难道又要功亏一篑？

多日不见，苏暮年看我的眼神气定神闲，仿佛我就是他脚下的蝼蚁，生存权看他愿不愿意抬脚。在他缓步走到前方两米开外时，我率先开口：“我不会再跟你走。”表明自己的立场和态度，是我唯一能想到的，可是心却萧冷至极，如果眼前这个深不可测的男人拿出的筹码够震撼，我想我的选择还是与上一次相同。

但苏暮年却道：“我本也有意接你来Z市了，只是你比我快了一步而已，方式……还挺特别的。”我蹙起眉，他的意思是本就打算放过我了？不知为何，心里反而揪了起来，因为如果苏暮年会放过我，也就代表我已构不成威胁，或者筹码已无效。

这代表了什么？我不敢去想，绝不愿意是许子扬和子杰联手，与苏家硬碰硬从而导致两败俱伤，那是我最不想看到的。

“有没有兴趣跟我去个地方？我可以向你保证，绝不会再将你软禁。”

我挑眉讥笑：“你以为我会信？”

苏暮年倒也不介意我的态度，只道：“信不信由你，也无需坐我的车，你可在我车后打个的士跟着，到了那里你就明白了。就看你有没有勇气去看看许家人的另外一面。”他转身走向车门，沉稳坐进车内，然后噙着笑注视着我。

眼神说不上挑衅，但他话中的许家人却戳中了我的软肋，容不得我犹疑，我走到路边抬手拦车。不到两分钟，就有一辆的士缓缓停在跟前，待我和林墨斌坐进车内后，苏暮年的车子开始缓缓启动，车速并不快，有意在等我们。

当抵达目的地时，出乎我意料的，居然是法院门外。苏暮年再度从车内走过来，经过我身旁时只丢了一句话：“想见他就跟我来。”

我脚下一个踉跄，差点儿栽在了地上，许子扬在这里？难道……所有不好的可能纷纷涌入脑中，前方苏暮年的身影已经即将迈入法院大门，而我却腿颤抖到移不动分毫。林墨斌担忧地问：“余姐，你还好吗？”

我想说一点都不好，满心的恐惧和绝望侵占了我整个心，如果……他失败，是否代表着他现在坐在那里被审判？

苏暮年转过身来，台阶上的他越发高高在上，表情深不可测，我无法从其中窥见分毫信息。一把揪住身旁林墨斌的手臂，压低声音说：“墨斌，扶一下我。”无比庆幸在下车前把女儿给他抱着，否则此时我的情况真的可能会摔到她。

苏慕年带我直入门庭，有人出来恭谨接待，然后就引着我们悄声走入了庭。这是我第一次来到如此庄严肃穆的地方，庭审厅里不敢说坐满了人，但也坐了三分之二的位置。林墨斌与女儿被拦在了门外，理由是婴儿不许入内喧哗。我没有异议，确实万一小一一突然号两嗓子，恐怕就是苏暮年也难罩得住场吧。

进门后第一眼，目光就落定在一个暗沉的身影上，他背对着门，墨发柔软伏贴在他后脑上，腰背挺得不能再直。分隔半年多，我几乎是用着痴迷的目光在凝望那身影。胳膊被人碰了碰，苏暮年示意我坐下，于是我们坐在了最后一排，淹没在人群里。

这的确是一场庭审，原告和被告分坐两旁，证人一个个上来接受盘问和提供证词。我们入席坐下时已经到了下半段，基本都已成定局，我垂在两侧握到不能再紧的拳头，全是黏腻的汗湿，后背上也是如此，一片冰凉。

并没有听到完，我就退出了那扇门，用力闭了闭眼，才没有让酸涩的情绪外涌。林墨斌急急走上前询问：“余姐，是怎么回事？他带你进那里面干啥了？”

恰时，苏暮年也走了出来，我看了他一眼，拉了林墨斌就往法院大门外走。可是

第十五章
许我唯一

走到楼梯前时，苏暮年在身后道："怎么，不等他吗？你那么想见他，为什么不等他一会儿，再过五分钟，他也应该出来了。"

我没有回话，事实上我无力开口，苏慕年笑了笑就坐进车内离开了。晃神间，林墨斌在旁轻推了我一下："余姐，你看，是许哥。"

我顺着他的视线去望，刚才背对着我的人此时正从那大厅门内走出，仪表堂堂，眸若星辰，气度沉稳从容，再无原来的落魄之态，剪裁精致的西装外套将他衬得更加丰神俊朗。帅哥自然是配美女，他的右手弯内勾着一双玉臂，两人齐齐走出时大有举案齐眉之态。

刚才我在庭内坐的位置，也是从后方看到了他们并排而坐，时而眉目交换意见，时而气息冷凝，他们坐的并非是原告席也非被告席，而是陪审席。而子杰与苏敏则坐在听审席位间，因为我与苏暮年是后来悄悄进内的，又淹没在人群后，故而没有谁注意到我们。

其实从另一层意义上，我该拍手庆祝许子扬终于东山再起，将当初践踏他们许家的人踩在了脚底，他那脸上虽仍有阴霾之色，却挡不住骨子里散发出来的意气风发。他天生就是走在高处的人，站在云端之上，只是偶尔落下尘世，沾了点灰而已。

我与林墨斌站在大门口的角落里，他们还在门内边走边谈着什么，许子扬的另一边是个有些年岁的男人，从眉眼中可窥出应该是童晓涵的父亲，他们父女长得很像。没错，那个圈住他臂弯的人，是童晓涵。

突见许子扬顿住脚步，手抵在唇边咳嗽，童晓涵转头满脸忧色地看着他，似在询问什么。只见他摇了摇头，却是咳嗽不止到弯下腰来，子杰上前一步在另一边扶起他手腕，抬眸间，他撞上了我的视线。

不远不近的距离，我听不到他们在说什么，但能看到子杰的唇在动，从口型上可分辨，是"若若"两字。刹那间，猛咳不止的身影颤了颤，然后迅疾抬头，顺着子杰的视线向我这处看来，然后定住，眸中浮现出难以置信。

别人的目光有没有紧随而来我不知道，在他与我对视上的那一刻，我的眼里只看得到他，看着他几乎是狂奔着向我冲来，但他的身形在我一米开外处戛然而止。如此近的距离，我终于看清他的容貌，也看清他微微有些苍白的脸色，他又在轻咳了，但可听出是极力压抑住的。心痛不由得浮上来，怎么他的咳嗽一直没好吗？

他没开口，我也没开口，只是沉默着凝视对方。

还是随后跟来的子杰打破了沉静：“若若，你怎么会在这儿？”

我将目光转向他，同时也看到了他身后面如白纸的苏敏，我微微一笑，轻声道：“子杰，我回来了。”子杰紧凝着我，将我周身都看了个遍，来确定我是否安好。莫名地，眼角微湿了。是久别后再见亲人时的感怀，是难以言表的对他的亏欠，是综合了许多复杂情绪的忧伤。

七个月的时光，磨光了许多人的耐心，也差点儿磨碎了我的心。当那声“浅浅”在耳边响起时，我只能微仰了目光转向他。许子扬，你为什么不过来抱抱我？我这时候极需要一个拥抱来给以慰藉和勇气，那样我才有力气来义无反顾地爱你啊。

但，他就站在我几步之遥的地方，眸光紧凝着我，却没再跨前一步。

苍劲有力的声音从旁传来：“子扬，这位是……”是疑为童晓涵父亲的那个男人，他的身旁站着的正是童晓涵，我与她对上目光，很久未见，她如当初那般风光靓丽，只是眉宇间却多了一丝清愁。

“爸，她是子扬的堂妹。”

转而她向我走来，柔声道：“若若，你怎么不先打个电话过来呢，我和子扬好去接你啊。”

我静静凝看了她半晌，莞尔一笑：“手机不小心丢了，又记不住你们的号码，只好到这儿来碰碰运气了。”这个谎撒得不怎样，漏洞百出的，随便碰运气居然就碰到法院这边来了，那我真的是走了狗屎运。

童晓涵转而对她父亲说：“爸，你们先走吧，我们……”

“晓涵，你陪伯父先回，我先带她安排住宿，晚点再给你打电话。”许子扬沉声打断童晓涵的话，各人面色都有异，但童晓涵只愣了愣就点头同意了，走时到他身旁温柔地说：“那你安排好了给我电话。”然后转身圈住他父亲的臂弯，与其他人一同离去。

场上立时只剩了子杰与苏敏，许子扬与我，当然林墨斌抱着一一始终都站在我身后。

我收起了脸上始终如一僵硬的笑容，轻声问：“许子扬，你没什么要与我说吗？”

他保持缄默。

我的心瞬间就荒凉了，原来我和他从未脱离过这个轮回，一轮过去，他再度坐拥江山，而我则一败涂地。经历了重重磨难，我以为只要坚信就能拥抱明天，所以奋不顾身披荆斩棘而来，可是却发现，命运就像高高在上的暴君，时而给了你甜头，时而又玩弄你一把。

我发觉自己眼睛干涩到疼，刚看着子杰时都还能眼角湿润，可是在面对他时，我却没了眼泪。既然沉默，那就……这样吧，我缓缓转身，看向林墨斌：“我们走吧。”

却在刚走了一步时，手就被后面紧紧拽住，我没有回头，仰看着天空的云层，幽声道：“子扬，我一直以为蓝天是白云的故事，你是我的故事，却不知道，原来，我不是你的故事。这就是我和你的宿命。”

当命运强大到无可抗拒时，那么弱小的人们，唯有俯首称臣。

他的声音似压抑在喉间：“不是这样的，浅浅，你相信我！”

我转过头，看着他眼底再清晰不过的痛楚：“你知道吗？这半年多近七个月的时间，我连你一点消息都探查不到，我只能靠回忆去想你，也相信你会爱我如初，坚定不移的。诚如现在，我依然相信你爱我入骨，只是，你为了迈向那一步，你已成魔，而我却无法怪你，因为让你成魔的推手，是我。”

何其悲哀啊，我仰天长叹，眼角终于有泪滑落。原来，抬起头就不会有泪，这句话是骗人的，我心已成殇。

“若若，子扬他……”

“子杰！”我打断他的解释，目光却紧紧盯在许子扬的脸上，“我只问你一句，你为什么要把她推到人前？那样你要她今后如何过这一生？”

他眼神缩了缩：“你刚才进去了？”

我苦涩地点头，满心都是悲凉：“子扬，她是顾卿微，是你曾经放在心尖的女人，就算你不爱她了，也无需对她如此绝啊。”说不出的沉痛，他居然为求上位，心狠到把顾卿微推向了人前，让她站在证人的位置，可是那些事吐露出来，要她怎么过这余生？

就在刚才，顾卿微脸色灰白，神情绝望地被送到证人席上，然后面无表情地阐述她在多年前曾沦为何重远女人的事实，以及前不久向何重远勒索钱财不遂而翻脸等证供。

却见许子扬眼中的目光淬炼成冰，除了怒还有恨：“绝吗？你可知道，我父亲为何会进去？是因为她！她与何重远勾结！是她在我父亲的水杯里放了药。今天我只是押她出来做表面的证供，便宜她了！”

我惊呆了，眼前的男人满身都是戾气，他说那一切的罪魁祸首是顾卿微，怎么会这样？

一声叹息来自子杰，待我转而看他时，他才缓缓道："顾卿微早年为报父仇，曾多方游走，何重远就是其中一人。后来实在无奈她唯有把脑筋动向了子扬。但那时子扬与我，都不过是初生之犊，她不认为凭借我们能够帮到什么。于是，先找了伯父谈，那时伯父一直就想要子扬收心，如此良机一拍即合。由顾卿微出面，他从旁协助，一步步将子扬引入。

"这其中她千算万算，算漏了她的血症，也算漏了有一天子扬会爱上你。她不甘心自己辛苦谋划的一切，最终全为你做了嫁衣，何重远与她的合作就成了必然，其中有逼迫的成分，也有她心之所向。在我们前去藏区找你之时，她以子扬为借口约伯父谈话，却在伯父的水杯中下了轻微的药剂，当时伯父没发觉什么，还有过应酬，后来突然晕倒了，醒来人已在里头，以醉酒驾驶撞伤人为名被扣留。"

后面的事无需他再多解释，大致情形我已知道。可能许父当初并没把事情联系到顾卿微身上去，只以为自己被那些应酬的人摆了一道，但他在里头六个多月，还有什么事想不透？前因后果一联系就能发现其中的端倪了。当然，这件事已经过去，为了许父今后生活安宁，不会再被提起。庭上宣判的罪名是别的，顾卿微的证供只为添一把柴火。

我不由得想在这之前，是否许子扬也发现了什么，所以他对顾卿微总是只字不提？在后来与他安宁生活的岁月，我其实已将她放下，所以从未再去追根问底。

说不出是啥滋味，心疼他在那时的隐忍与有口难言，又嗔怪顾卿微的疯狂，她怎么能把感情算计到如此？得不到就毁灭吗？那样的爱太可怕了吧。

刚才庭上并未有结果，结果出来将在一周后，其间被告人除去何重远，还有一些其他人，还有……丁岚，她的表情比起当初在墓地时要平静许多，像是早已预料到有这么一天，也像是一直在等待着这么一天。

对她，我有着同情，她也是被命运捉弄了的人。其实，最初的最初，她何其无辜，却被拉进了旋涡中，从此泥足深陷，无法自拔。

似乎，一切都已尘埃落定，该受惩罚的人都已受到了惩罚。

只是徒留了无法成圆的结局于我们，有得到，自然就有牺牲，得到的越多，牺牲的也越多。这个道理，我如何不懂？

轻声叹息，我的目光凝在左手无名指上的银环："许子扬，我们……"

"浅浅，我送你和一一回家。"

第十五章
许我唯一

泪滚落，他说：我送你和一一回家。而不是，我们回家。

家是什么？家是有你有我，还有孩子，这才构成一个家。可是，当许子扬将我送回那所公寓时，他站在门框处，却没有进来，沉默如许，目光幽暗。最终，他转身离去，消失在我模糊的视线中。

历尽千帆远归来，却已是，物是人非。

我轻轻地关上门，将睡着的女儿抱进卧室安置在床内，盖好被子才抽身走出房间。目之所及，摆设一成不变，窗明几净到一尘不染，处处可显出有人长住这里的痕迹，洗手间内的琉璃台上，洗漱用品如我离去时一般保持原位，仿佛我不曾离开过。

回到客厅，我将身体埋在沙发里，犹觉不够，又将腿弯起放到沙发上，然后把脸埋在膝盖间，一阵阵的痛，侵袭而来。许子扬，你让我置身处处都留着你气息的屋子，要我如何能将你放下啊。

可是，你连顾卿微都不惜牺牲了，那么与童晓涵之间，还会如最初那般抉择吗？是否此时的你，已经身不由己到无法回头？你一直都说能给我幸福的唯有你，现在的你，还能许我唯一吗？

两天后，母亲赶了过来，还没进门就眼眶湿润，我连忙将她引了去看小一一。宝贝已经十一个月了，她越大越鬼灵精，也不怕生，初见外婆就乐呵着脸，逗得母亲破涕而笑。

多亏了母亲帮我照料孩子，我也闲了些。用一周的时间，心里想透彻了一件事。我爱许子扬，无关任何人的事，可能时间久远，各自身旁有了别人，但有一点不会变，他永远都是我的女儿许诺的父亲，他叫许子扬。

我与他不会因为时间转移而忘了彼此，到最后，也会将这份感情晋升为亲情。

于我而言，这足够了。

所以，许子扬在事后没有来找我，除了一开始有失落外，后来很平静。

关于他的动向，我并非一无所知，因为同在一个城市，总有渠道能窥探到一些事。比如，如火如荼准备中的婚礼定在什么时候，哪家酒店。这个自然不是新闻里播的，而是地方论坛上流传的“小道消息”。

其实，我还留意到每天天光未亮时，楼底下会停着一辆车，车身漆黑，不是奥迪，也不是尼桑，至于什么牌子我也没作研究。大致六点半前，这辆车才会缓缓驶离，于是我每天早上都起得特别早，五点左右准时醒来，搬张椅子隐在窗帘背后，默默看着那车。

这种相守的方式，有点傻，我却甘之如饴。

直到某天，他从车内出来，扶着车身在不停地咳嗽，我蹙紧了眉，终于忍不住下楼。没有走得太近，足以看清他的侧脸，因为咳嗽而涨得通红，不过停留了几秒，他就察觉了我，转眸看过来，有那么一瞬，他的眼中闪过狼狈与不安，随后是不见底的深邃。

我递过一张纸巾，指了指他的唇边，示意他擦下。

他接过的瞬间，指尖微触，一股沁凉穿透而来。以往他的体温总是暖暖的，现在怎么变得如此寒凉了？是早晨室外温度低的缘故吗？

察觉他的目光垂落在我左手的无名指上，那里在论坛里看到“小道消息”后就空了，我轻声道：“戒指我摘下来了，拿了红绳穿上挂在脖子里了，既然它本身就是佛牌，就该回到它原来的位置。”我从脖颈间拉出红绳，银光微闪，那枚银色的戒指安和地穿在红线中。

很多年前，他在传奇里对我说，戴上了就不要摘下来，我没听，摘了一次又一次，甚至扔弃，可兜兜转转，它还是回到了我身边，也回到了最初的位置。这辈子，我都将会每日戴着它，直到老去。

我见他沉默不语，知他心中可能辗转万千，却不会将苦楚道于我听。想了想后道：“以后不要过来了吧，起那么早对身体不好，现在你政务繁重，还得自己注意身体。你那咳嗽有去看过吗？怎么一直都不好的？”

“我没事。”

简单的三个字，概括了他的近况，我笑了笑，转身欲走。“浅浅，”许子扬在身后唤我，他说，“我不会负你。”我的眼眶酸涩至极，晶莹含而未落，也不敢回头，只轻声应道：“嗯。”

从那天后，再没见那辆车在楼下停过，可我每天早起的习惯却养成了，五点醒来成了我的生物钟。既然无法沉默相守，那只好执起笔，开始回忆我和他的点点滴滴，后来我有了动笔写下我与他的故事的念头。

我不要写情深缘浅的故事，我要写情不知所起，情若归何处。

有意规避一切信息，宅在家里只陪着女儿玩，买了好多玩具，还买了一个拼图，巨幅的那种，开始一点一点地拼。小一一时而来跟我捣乱，把我拼好的图案又给弄乱，我假意瞪她轻拍她小PP，却以为我在跟她闹着玩，把她逗得呵呵直笑。

第十五章

许我唯一

真是又好气又好笑，这么一闹之后，也冲淡了我心间的忧伤。

几日过去，我的拼图终于拼好了，寻了个地方挂起来。母亲在旁问，你这拼的是啥呢，我笑着指那图道：碧海蓝天。

拼图碧海蓝天已经完成，可我等待的碧海蓝天却迟迟没来。心中盘算着是否要再去买幅更大的拼图回来，开门时却愣住，子杰来了。

当我跌跌撞撞冲进病房的那一刻，视线模糊得不行，抹了一把眼睛后，雾光背后是我心里惦念了千百遍的脸，只是此时的他面容苍白，毫无血色，纵然英俊依旧，却是一直被我忽略了的病态。

子杰在我开门之际，悲恸不已地说："若若，你去看看他吧。"

那个瞬间，我的身体麻木，脑子停止思维，只拼命睁大眼睛，想要去辨认他眼中的情绪是否真如他所言，然后，慢慢地，左胸口某处，被掏空。

法院门外，他隐忍的眼睛在告诉我：等他！于是我乖觉地任他安排，将所有的信任交付，没有任何迟疑。那日楼下，他坚定地告诉我，他不会负我！其实我想说，我知道。这个世上，他许子扬负尽天下人，也不会负我余浅。

于是每日我都平静度过，安宁地等待他的出现，过了那日的婚期，他没来。我对自己说，再给他点时间，他一定会来找我的。可是想了无数种可能，也没想过他会先我而去。

子杰说，他在婚礼前三天，昏倒在童晓涵身旁。送医急救后，诊断出肺部有肿瘤，肝脏也受损严重，童家当机立断封锁消息。目前他被送医这件事，只有周边近身的人知晓。

难怪他老是咳嗽不止，缘由都在此！

躺在床上的他，双目紧闭，唇角是紧抿的弧度。握住他的手，少了平常的温暖，多了寒凉，我怎会粗心如此？他多次在我面前咳嗽难止，上回也察觉了他不同以往的凉，却从未想到别的上面去。

我将脸贴在他的掌心，任眼泪滚滚而落，哽咽轻喃道："子扬，你说你不会负我的，你怎么可以骗我？怎么可以再这样骗我？"

真的奢求不多，即使他不说那句不会负我的话，我也会默默坚守着这份感情。哪怕他真的与童晓涵结婚，我也信他有朝一日会回到我身边，这是他对我的承诺。

一年不够，就等两年，两年不够，就等五年。若等得太久了，心也累了，那就称呼他一句：孩子她爸。这些都是我想得很好的计划，可计划得再美好，也敌不过现实的残酷。

“许子扬，你是个骗子！从头到尾你都在骗我！”

我不信他对自己的身体不知情，那么他许我的那句话又算什么？是给我最后的希望吗？还是他没有料到他会倒下得这么快？

我从没有歇斯底里地哭过，每次伤心悲恸到极致，也都是默默流泪。可是此刻，我无法压抑情绪，心底万般痛楚纷涌，到最后泣不成声。

“浅浅……”

仿佛是来自异时空的声音，钻入我的耳膜，我猛然抬头，模糊的视线看不清他脸面，用力眨去眼泪，乌黑幽远的眼珠，闪着惊喜与疑惑。“你醒了？”出声后才发现嗓子哭到干哑，喉咙口涩疼。

微凉的手抚上我的脸，指尖摩挲泪痕，他问：“你怎么过来了？怎么哭了？”如果不是声音低，气息不稳，他这句话应该是带着急切的口吻。

我一把拽下他的手就往嘴边送，牙齿落下只半分，没狠得下心，看着他的眼睛凄然开口：“许子扬，你怎么可以一而再，再而三地骗我，你说你不会负我的，你说你要许我唯一的，怎么可以许下了承诺，转个身就失信？”

他眼中闪过困惑，头扬起想要起身来抱我，可就那一个动作都吃力万分，我倾身扑在他胸口，双手紧抱住他：“我不信老天爷会这么不公平，子扬，你不用对我遵守承诺，我只要你可以安然在这世上，哪怕要我此生都不再见你，我也认了。病魔不可怕，可怕的是被病魔战胜了意志，你不能就此放弃，知道吗？”

我的耳朵贴在他的心口处，强有力的心跳传入我耳中，心里晃过一个念头。

以最虔诚的心，向上帝，向佛祖，向所有的神明祈求：

哪怕以后生生不见，唯愿他安康。

头顶传来他悠远而好听的声线：“浅浅，你在说什么？”

我茫然抬头，泪还挂在脸上，许子扬刚才那句问话，似乎……有着无尽的困扰和疑惑。

他见我不说话，又问：“浅浅，你为什么说此生不再见我？还有什么战胜病魔的，我怎么听不明白呢？是不是我没在的这几天出了什么事？你快告诉我！”问到后来，他微微有些急切，眸光里尽是焦虑。

第十五章
许我唯一

我脑子一时转不过弯来了，许子扬的问话和神情都在透露着某种信息，可是我就是混沌到不行，没有一点思维能力来分析，只能愣愣地看着他。

他又在为我擦眼泪了，叹息着说：“一觉醒来就看你哭成这样，哭得我好心疼，是子杰找你来的？我都让他等事情稳定了后再与你说的，这小子……”

“一觉醒来？”我终于抓住了重点，揪住他的手急问，“你不是昏迷不醒吗？”

他怔住了：“谁跟你说我昏迷了？”

呃，是……子杰？他说的是那婚期前三天许子扬突然在童晓涵身旁昏倒，后来就讲查出肺部有肿瘤，我就直觉认定了他陷入长期昏迷中。“那你的病……”

他蹙起眉头：“子杰都跟你说什么了？”

我把子杰之前告诉我的一字不落地道了出来，听完后他就忍无可忍地扬声吼：“许子杰，你给我进来！”我有些反应过来，他怎么会是这个态度？

身后传来一声轻响，门被推开，回过头看，还真的是子杰。但他此时脸上却再没痛楚之色，而是掩着笑意，目光在我身上飘过，落在许子扬那处，轻描淡写地问：“找我何事？”

某人咬牙切齿：“你就这么咒我的？肺癌，肝脏受损？嗯？”

子杰手指弹了弹衣角的灰尘：“你不就是这么对童家交代的嘛。”

“那是童家！我让你先瞒着浅浅的，等事情稳定后再说出来，你倒是管不住自己嘴，跑去胡说了一通，害她以为我快死了。”

我在旁听着怎么越来越糊涂，他们在说什么？

子杰收起脸上的漫不经心和笑意，认真地说：“子扬，你知道若若已经有整整一个礼拜没走出过家门了吗？在我们安排计划的同时，她一无所知。她妈妈说这么多天，她每天除去照顾一一外，就只做一件事：拼图。那幅图足有两米多宽，她一片一片把它完成了。你说要等事情稳定以后再告诉她，可我怕她等不到那时就要崩溃。”

许子扬转眸看向我，痛楚和怜惜浮于他脸：“浅浅你……”

再懵懂痴傻的人，也嗅出了不对劲，只是在他们没把话说明白之前，我猜不透何意。他们说的安排计划，又是怎么回事？还有，子杰居然与我母亲有联系，还知道我的动向，是否表示我一直都在他们的视线范围内？

“子扬，不管稳定不稳定，大局不会改变了，就算童家事后发现端倪，也不至于会再反复。告诉若若吧，别让她忧心忡忡寝食不安了。”子杰说完后就退出了门，听那脚步声应是真的走开了，原来他刚才一直守在门外。

我定住视线，问许子扬："究竟怎么回事？"

他让我把床摇起来些，斜靠在床头，才抓着我的手缓缓讲述一些隐藏在背后的谋划。

原来，几天前的那场婚礼并没有因为他的昏倒而取消，而是临时换了新郎，新郎的名字叫秦宸，也就是我的师兄。这是许子扬与童晓涵等人一早策划的一场戏。

门当户对永远都是铁律，秦宸与童晓涵根本无法比，哪怕他在许子扬手下做事，有能力有担当，可谓后起之秀，但也难入童家人的眼。但偏偏童晓涵爱上了他，为此她动用之前与许子扬的协定，找他寻求帮助。

那时我刚巧被苏暮年带走，所以两人一拍即合，达成一致协议，于是计划在半年多前成形。许子扬是个很好的商人，在没有我和女儿这个后顾之忧下，他与童晓涵联手互助，一步步将敌人推下台。

而另一方面，他也为童晓涵制订好了计划，表面佯装两人关系密切，暗地里推动秦宸出现在童家视野里，让童父慢慢对他的能力认可，到时机成熟时，童晓涵再宣布她与秦宸的真实关系，那样童家接受起来就不会太困难了。

可这个计划却算漏了我会提前回来，许子扬再等不了那个缓冲时间，迫不及待地要将这件事了结，好给我一片幸福天空。于是临时改变策略，将他与童晓涵的婚礼以最快的进程提上台面，随后在婚礼前夕他突然病倒，给童家长辈一个措手不及。

试问有哪个家长在得知未来女婿得了绝症之后，还坚持把女儿嫁过去的？可婚期就在三天后，帖子都已发出，宣布取消婚礼对童家名声必然有损，就在这时，童晓涵挽住秦宸的胳膊亲自出面与他父亲协商。这等同于换种方式的逼婚，童晓涵做事确实干脆果断。

协商的内容无人知晓，但结果却在意料中。三天后，婚礼如期举行，新郎却换了人，而新娘脸上的笑容特别灿烂。如果我不是逃避这些信息的话，只要上网查一下，就早知道那场婚礼的新郎换了人。可那时我在干什么？在拼我的碧海蓝天……

把整件事在脑中重新理了一遍，基本已经大致清晰。如此看来，许子扬与苏暮年定是早协议好的，而之前苏暮年说本来也会放我并非是在讹我，确实应该有此意。若我猜得没错的话，许子扬原本是想将一切结束后再来找我，那时候天下已经太平，他只需将幸福捧到我面前。可偏偏阴差阳错的，我独自跑了回来，然后经此一劫，这可能真的就叫造化弄人吧。

等等，整个事情的过程还有一个症结，我提出疑问："童家能那么容易被骗到？说是肺部有肿瘤，他们就信了？"我可以想成医生这一块早被许子扬和童晓涵等人安排好，可是，童家人不是傻子，在没有任何症状的情况下，突然谎称得绝症就能信了？

许子扬不出声了，目光闪烁，不敢看我。

只心里盘转了一圈，我就领悟过来，颤着声音问："告诉我，你到底得了什么病？"

他迟疑着，最终还是道了出来："肺积水。"

"这是什么症状？"我茫然地问，以我浅薄的医学常识，不太懂这是个什么情况，严重不严重。

"浅浅，你别怕，不是太严重的，就是因为曾经喝酒太多，肝脏受损，后来又引发了肺炎，然后慢慢就形成了这个病，是早期。不是绝症，你放心。"

他让我放心！我的眸光变冷下来，盯着他一字一句地问："许子扬，你老实说，是不是你一早就查出病症了？然后为了你那狗屁计划，拖着不去治，最后变成了现在这种情况。是不是这样？"他不吭声了，也等于默认了这件事。

是了，童家不是傻子，如果许子扬没一点病态，平时没有任何症状，谁会信？可是我不敢去想，他为了这个计划，居然就硬把身体糟蹋到这种地步。还有，如此看来，那他原计划还说漏了这一点，就是一开始他假装与童晓涵表面亲密，最终为把秦宸推到人前，势必也要借用这个病症来摆脱童家。他可真是步步谋略，所有可能和后招全设想好了，都算计到自己身上去了，很好。

让我不得不怀疑，他的昏倒究竟是做戏，还是真的倒下？

气到浑身发抖，我得出去外面透透气，要不然真的会狠狠扇他一个耳光。可刚站起，就被他从身后拉住了胳膊，拽得十分紧："浅浅，别走！"

我怒从心头起，回头就吼："许子扬，你浑蛋！"下一瞬，人被他拽进了怀里，头重重撞在他胸口，听到一声闷哼，随后他的双手将我紧箍在怀里："你失踪的那刻，不知道我是有多绝望，我以为你又离开我了，可是这也比发现你是被苏家带走要来得好。与苏暮年谈判时，我忍到心在泣血，他说：如果你和女儿在我身边，我许子扬根本就不可能展开手脚，要想成功就必须无后顾之忧。他为我斩除障碍，如果想要赢回你们，就必须踏在云端。

为他这些话，我咬碎了牙和血吞，走在悬崖的边缘，将心狠绝到底，誓要将你夺回。与童晓涵联手是契机，我不可能不抓住，而她喜欢的又是你的师兄，就是看在你面子上，我也会倾尽全力成全，之前我欠她一个永久性的承诺，这一次也还了。这是一个双赢的机会，我不得不走那一步。但你相信我，自个儿的身体我清楚，一直有医生严密控制好病情的，没有到最坏的，否则我不会许你承诺说不会负你。”

“你的意思是说，要是到了最坏的情况，你就会躲开我？”

许子扬的表情犹如被击中了一拳般，错愕过后，无奈地说：“浅浅，你为什么总能把我的意思给曲解呢？我跟你解释这么多，就是想告诉你所有的情况都在我的掌控之中。这次的事情，原本我是想等彻底稳定后再来找你的，正好乘着这段时间在医院里养养病，等童晓涵与你师兄木已成舟不可能再反复了，那这个事就算是过了。”

是我曲解吗？我在心里悄悄地问自己。没有忽略他眸中一闪而过的光芒，是因为心虚。他是真有想过那个可能的，如果情况真的不可控制，那么他会如上一次割舍般对我，誓要把我推离他身边。他就是这么一个人！

子杰之所以会在没他授意的情况下通知我过来，还撒了个弥天大谎，不光是怕我一个人独自在家胡思乱想，更多的也是怕许子扬下狠心。他是实在看不过去我们两个人纠结了将近半生年华，还在各自的空间里兜兜转转，无法真正携手。

如果眼前这个男人用蛮狠或者持续隐瞒的态度对我，那么此刻我会如发疯的小兽般撕咬他，可是偏偏他用一种低敛的姿态，又强硬地锁我在怀中，一点点细说那些他的打算，他的成败。我除了无可奈何地叹息，再无他法。

谁让我爱他呢？

我上网查了很多有关肺积水的信息，也几乎每天都去询问医生情况，到后来医生都被我问烦了。许子扬在笃定我不会再跟他生气后，就气定神闲地享受起我衣不解带的服侍，中途我提议过要不要抱女儿来看他，被他一口否决。

理由是医院这种地方，宝贝还是少来为妙，他怕自己的咳嗽传染给孩子。也幸亏母亲过来了，所以我才能如此安心在医院陪他，否则还真不知道该拿女儿怎么办。

一周后，许子扬虽不能说神清气爽，但也恢复了元气，然后堂而皇之低调出院。他进门就把鞋子一脱，率先往里走，等我换好鞋关好门跟上时，就见他已经坐在床沿，逗着女儿玩，母亲含笑站在旁边。

看到如此安和的情景，莫名地，我眼眶微湿。苦尽甘来四个字无法形容我百转的心情，只觉得这一生，过得好艰辛，但最终让我等来了自己的圆满。

第十五章
许我唯一

晚饭是在欢闹中度过的，小一一对许子扬有着莫名的喜欢，可能这就是血缘的牵连。他缺席的半年，无损他在小家伙心中的地位，小一一扒拉着他的手不肯放。一直到晚上睡觉时，她都紧扒着她爸爸，最后实在无法，许子扬抱着她在屋内走了好多圈，才把她哄睡着。

他依旧坚持让女儿与我母亲同睡，因为他的咳嗽时而还会抑制不住，传染先不说，他怕会吵醒女儿。等到我与他回到房间时，他搂住我的腰，深深凝望着我。一直觉得他的眼眸深邃，看不到底，可此时，我却能看到无限温柔与爱恋。这个心思深沉看不透的男人，其实我早已看透了他，他爱我如我爱他一般强烈，过去种种，我们都在倾尽所有地去爱对方。

他忽然垂眸，长长的睫毛盖住了他黑漆乌亮的眼珠，我欲追逐，却发觉被他扣住的手被执起，然后指尖微凉，晶莹闪光的戒指在一点点套入，无名指。

这戒指……

“浅浅，那年我向你求婚，你没答应，把戒指留了下来。戒指与佛牌，我衡量了下价值，在你心中应该佛牌更重要，所以我反反复复把佛牌给你，而这枚戒指始终都在我这里，从未丢弃。那时，你眼中的渴望，我不是看不懂，可是时机未到，我爱你就不能娶你，只能狠了心假装不懂。现在，我终于可以问一句：‘浅浅，你还要我许你唯一吗？’”

许我唯一，我求了半生年华的誓言，终于？终于。

可是许子扬，你不带用这种方式的，把我又弄哭了。我泪如泉涌，手轻握成拳去捶他：“有你这么求婚的吗？没有单膝跪地，没有鲜花，问都不问一声，就把戒指给强戴上了。”

许子扬俯身温柔地轻啄我的眼泪，却道：“还需要那些名堂？你的人都是我的了，逃得到哪儿去。我觉得还是给一一再造个小唯唯，才更实在些。”

我被气笑了，这人怎么这样的？怎么说我也是个女人，还是会幻想浪漫啊。可某人早已狼性大发，剥夺我的话语权，强吻铺天盖地而来，湮灭了我反抗的意志。带着我堕入旖旎甜蜜的沧海，共同畅游无边情迷。

梦中出现了某个场景：那年那月那天，我身穿红色霓裳羽衣，伫立在月华树下，微扬起头凝眸向他，带着羞赧地问：“夫君，许我唯一可否？”